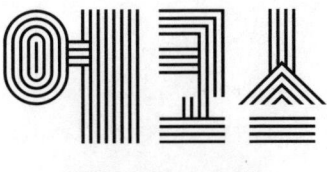

에코스

의식의 잔향

에코스

의식의 잔향

약작

이루다 장편소설

차례

프롤로그

카엘 라스가 탑승한 거대 메카닉 보라스칼은 거대한 질량에도 불구하고, 블랙홀 나로스의 압도적인 중력장에 의해 미세하게 흔들리며 조금씩 압축되고 있었나. 끼긱끼긱, 고도로 발달한 장비들은 블랙홀의 힘을 상쇄하려 애썼지만, 점점 그 중력장의 영향력이 보라스칼의 전신을 옥죄어왔다. 카엘은 의식을 통해 보라스칼과 연결되어 있었다.

'으윽, 마치 내 몸이 블랙홀에 의해 찌그러지고 있는 것 같군.'

카엘은 마치 자신의 육체가 중력장에 의해 직접 압축되는 것처럼 느껴졌다. 간신히 정신을 집중해 에테리온의 구조적 수축을 막기 위해 보라스칼의 고유 능력 중 하나인 중력장 조작을 최대한 발휘하고 있었다. 하지만 초거대 블랙홀의 힘은 상상을 초월했고 보라스칼의 외장 일부가 찌그러지기 시작했다.

"카엘, 중력장이 너무 강합니다. 에너지원이 한계에 도달했습니다! 아무리 에테리온 중에서도 최강이라고 불리는 보라스칼이라고 하더라도 나로스의 중력을 버티는 건 무리입니다." 바록 칼이 말했다.

"바록, 무리라고만 하지 말고 어떻게 좀 해줘 봐. 나로스의 중심까지 도착하기 전에 보라스칼이 파괴라도 되면 그야말로 끝이야." 카엘이 대답했다.

카엘은 그 순간 술트리나스 최고의 과학자 발란테 박사를 떠올렸다. 임종하기 직전 발란테 박사는 카엘에게 마지막 임무를 주었다.

"카엘, 우리가 창조한 AI 살보리스는 결국 우리를 멸망시킬걸세. 술트리나스의 파국은 막을 수 없어." 발란테 박사가 말했다.

"박사님, 우리에겐 에테리온이 있습니다."

"에테리온… 그래 정말 신의 선물 같은 존재들이지. 하지만 술트리나스의 파국은 막을 수 없네."

"박사님, 그러지 마십시오. 방법이 있다면, 저에게 말씀해주십시오." 카엘은 가슴 속 깊은 곳에서부터 서늘한 절망이 밀려오는 것을 느꼈다. 그러나 인정하고 싶지 않았다.

"단 한 가지 방법이 있네." 발란테 박사는 힘겹게 숨을 들이마시며 말했다.

카엘은 눈을 크게 떴다.

"에테리온이 없다면 꿈꿀 수도 없는 방법이지."

그 말에 카엘은 순간 움찔했다. 카엘 자신도 에테리온의 조종사였다. 신의 선물이라고 불리는 초고대 문명의 메카닉 에타리온.

"그 방법이 무엇입니까?" 카엘이 물었다.

"새로운 우주를 창조하는 것." 발란테 박사는 미소를 지으며 대답했다.

새로운 우주 창조. 카엘은 발란테 박사와의 마지막 대화를 떠올렸다. 그러면서 주변을 돌아봤다. 일부 에테리온이 종잇장처럼 구겨지며 최후를 맞이하는 모습이 보였다.

"모두 돌아가! 이건 그냥 개죽음일 뿐이야!" 카엘이 명령했다.

"카엘! 항상 멋있어 보이는 것은 혼자 독차지하려고 하십니까? 불공평해요." 포스티발에 탑승하고 있는 바록이 답했다.

"헛소리하지 마!"

카엘의 외침과 함께 보라스칼은 최강의 방어력을 자랑하는 에테리온인 포티스발을 밀쳐서 중력장 밖으로 떨어뜨리려고 해보았다. 하지만 아무리 보라스칼이라고 해도 이 거대한 중력을 완력으로만 거스를 수는 없었다. 물론 에테리온 에너지의 원천인 인공 블랙홀 엔진 보녹 제타로부터 발생하는 제로 포인트 에너지를 최대 출력까지 사용하면, 어쩌면 모든 에테리온과 함께 이 중력장에서 탈출할 수 있을지도 몰랐다. 하지만 남은 에너지는 모두 술트리나스의 미래를 위해 사용해야 했다.

"어쩔 수 없군. 바록, 미안하다. 술트리나스의 미래를 위해 나와 함께 희생해줘야겠다." 카엘이 말했다.

"이제야 마음에 드는 말씀을 하시는군요. 영광입니다. 카엘 라스." 바록이 말했다.

카엘은 홀가분한 기분을 느끼며, 의식으로 연결된 보라스칼에게 말을 걸었다.

"걱정하지 마. 이것이 우리 마지막 임무야."

카엘은 스스로에게 주문을 걸듯 계속해서 걱정하지 말라는 말을 중얼거렸다. 그는 이 절망적인 상황을 이해하고도 남았다. 블랙홀 나로스의 힘은 술트리나스의 초고도 기술로도 감당하기엔 너무 강대했다. 하지만 그는 해내야 했다. 하지만 우리는 이곳에서 사라지고 말 것이다. 카엘은 스스로에게 다짐하듯 짧고도 냉정하게 말했나.

"나의 마지막 임무를 마치고, 술트리나스의 새로운 우주를 연다."

그의 혼잣말과도 같은 독백은 모든 대원이 들을 수 있었다.

"중심부에 도달하기까지 10초 남았습니다!" 바록이 외쳤다.

카엘은 자신도 모르게 떨리는 손으로 보라스칼을 매만졌다. 온몸으로 느껴지는 거대한 중력의 공포 앞에, 그가 의지할 수 있는 것은 오직 이 강력한 에테리온뿐이었다. 그는 눈을 감으며 자신의 임무를 되새겼다. 나로스는 모든 것을 삼키는 괴물이었고, 그들을 집어삼킬 의지가 있었다. 그의 목적은 단 하나였다. 중력 붕괴를 통해 이 차원을 벗어나 술트리나스에게 새로운 세상을 열어주는 것. 보라스칼은 어둠 속을 기어오르듯이 초거대 질량 블랙홀의 중심부를 향해 서서히 접근했다. 나로스의 중심부가 그의 시야에 차오르고 있었고, 그 엄청난 중력장은 말 그대로 모든 것을 빨아들이고 있었다. 카엘은 몸을 가누기 위해 필사적으로 보라스칼의 모든 에너지를 집중시켰다.

보라스칼은 최강의 프리모디얼 카엘의 고유 능력인 중력장 조작을 극대화할 힘을 제공할 수 있는 기체였다. 술트리나스는 이미 중력 조절을 통해 항성간 여행이 가능했지만, 보라스칼의 중력 조절 능력은 그 차원이 달랐다.

드디어, 카엘은 그 힘을 최대로 끌어올리며 중력의 흐름을 거스르기 시작했다. 거대하고 강렬한 중력의 손길이 그를 삼키려 했고, 눈앞의 공간이 일그러지며 시간조차 느려지고 있었다. 거대한 중력장이 그를 빨아들이려 할 때, 카엘은 중력을 거스르는 강렬한 힘을 발산하기 시작했다.

"카엘⋯라⋯스⋯ 끝이 보입니다. 지금까지 모실 수 있어서 영광⋯이었습니다. 지금 사라지⋯시더라도 영⋯원히 술트라니⋯스의 기억 속에 남을⋯."

마지막으로 그의 부하들이 통신을 보내왔다. 블랙홀의 중심에 다가설수록 잡음과 통신 지연이 커졌다. 바록의 포티스발 역시 중력의 압박에 붕괴되고 있었다. 시간이 많지 않았다.

"모두 고맙다. 나 역시 그대들과 이 빛나는 여정을 함께 할 수 있어서 영광이었다. 술트리나스의 새로운 우주를 위하여⋯." 카엘이 말했다.

검은 장막처럼 펼쳐진 우주의 심연. 저 멀리, 점점 더 깊은 어둠 속으로 미끄러져가는 한 개의 관이 있었다. 카엘은 자신의 에테리온, 보라스칼과 의식으로 연결된 채로 보라스칼의 눈을 통해 그 모습을 바라보고 있었다. 손끝이 떨렸다. 하지만 그는 애써 감정을 눌렀다.

카엘은 발란테 박사와의 마지막 추억에 이어 그와 함께하거나 적대했던 술트리나스의 의회 의원들, 부하들, 그리고 가족의 모습을 떠올렸다. 이젠 통신이 완전히 끊어졌다. 지직하는 잡음 외에는 어떤 소리도 들리지 않았다.

"더 강하게, 끝까지 간다!"

카엘은 그렇게 말하고 보라스칼의 중력 제어 능력을 한계까지 밀어붙였다.

'이것이 내 운명인가? 그렇다면 너무 가혹한 운명이군.'

그의 온몸이 중력의 무게 속에서 짓눌리고 있었지만, 정신은 점점 날카롭게 깨어나고 있었다.

'아니, 나는 단순한 희생양이 아니다. 나는 술트리나스의 미래를 여는 자다. 모두 행복하길!'

그 순간, 카엘은 느꼈다. 블랙홀의 핵에서 중력 붕괴가 일어나기 시작했다. 그것은 마치 끝없는 어둠 속에서 찢겨나가는 빛의 조각과 같았다. 그는 자신의 역할을 다했다는 것을 알았다. 나로스의 중심에서 폭발적인 에너지가 방출되며 모든 것이 뒤틀리고, 일순간 거대한 섬광이 솟구쳐올랐다.

'빛이 있으라….'

카엘은 나지막이 읊조렸다. 곧 무한한 에너지의 파장 앞에서 눈앞의 현실이 서서히 사라지기 시작했다.

무한한 공허 속에서 의식이 사라져가는 듯했지만, 시간이 얼마나 지났을까? 카엘은 다시 감각을 느끼기 시작했다. 눈을 뜨자 모든 것이 어두웠다. 더 이상 블랙홀의 중력에 눌리고 있는 느낌은 없었다. 마치 죽음 후의 세계에 도착한 듯 고요했다. 주변에 아무런 빛도, 소리도 없었다.

"여긴 사후 세계인가?"

카엘은 혼란스러웠다. 시간이 지날수록 그는 이곳이 자신의 마지막 전장 나로스가 아니라, 전혀 알지 못하는 새로운 세계라는 것을 깨닫기 시작했다. 하지만 그의 의식은 여전히 보라스칼과 함께였고, 보라스칼은 차가운 액체와 추위를 느끼고 있었다.

"으윽."

움직여보려 했지만 잘 움직여지지 않았다. 카엘은 점점 더 올라오는 냉기를 느끼며 서서히 다시 아득해졌다.

'꿈인가?'

정신이 아득해지며 카엘은 서서히 의식이 멀어지는 것을 느꼈다. 그의 눈앞에 마치 물의 일렁임이 보이는 것 같았다.

'이건 뭐지? 내가 미쳐가고 있나?'

아득해지는 정적 속에서도, 익숙하면서도 낯선 시선이 그를 향해 닿고 있었다. 여자였다. 카엘은 일렁이는 물결 속, 형체가 명확하지 않지만 너무도 선명한 존재인 여자를 바라보았다.

그녀다. 부드럽게 흩날리는 짙은 갈색 머리칼이 보였다. 희미한 실루엣이었지만 카엘은 그녀를 바로 알아보았다. 이전에도 분명히 본 적이 있었다. 한 번이 아니었다. 꿈속에서, 기억의 파편 속에서, 시공간의 어딘가에서 그는 그녀를 몇 번이나 보았다. 하지만 이번엔 달랐다. 그녀의 시선이 더욱 선명하게 느껴졌다. 마치 두 존재가 서로를 알아보고 있다는 듯했다.

'나도 정말 덜되었군. 죽어가는 순간에 내 가족이 아니라, 또다시 이 여자의 환영을 보고 있다니.'

카엘은 피식 웃었다. 한 번도 만난 적이 없지만 익숙한 그녀였다. 그리고 그의 눈은 완전히 감겼다. 그 눈을 다시는 뜨지 않았다.

01

멀리서 화성의 붉은 모습이 점차 가까워지고 있었다. 그 주변으로 은하계의 무수한 별들이 배경으로 펼쳐졌다. 화면이 점차 이동하면서, '오픈스텔라' 로고가 선명히 보이는 우주선이 나타났다. 이 우주선은 대여섯 명이 생활할 수 있도록 설계된 아레스 19호로, 오픈스텔라가 수십 년간 쌓아온 노력을 집약한 역작이었다. 오픈스텔라는 지금으로부터 60여 년 전 심해자원채굴로 막대한 부를 쌓은 반더 율리시스에 의해 설립된 기업이었다. 반더 율리시스는 '인류를 지구의 중력에서 해방시키겠다'는 비전 아래 화성을 먼저 개척하였고, 오랜 노력 끝에 화성은 인류가 거주할 수 있는 구역으로 변해가고 있었다. 또한 화성에 진정한 자연적인 중력을 제공하겠다며 자신의 팀과 함께 화성의 지하를 탐험하다가 반더가 실종된 2110년의 사건은 인류의 초기 우주 개척 역사에게 가장 거대한 미스터리로 남아 있었다.

서기 2130년, 오픈스텔라는 UN 산하 TSC(Terran Security Council, 세계우주방위기구)에 우주선과 관련 장비를 독점 공급하는 거대 기업으로 성장해 있었다. 특히 아레스 19호의 상징성은 단순한 우주선에 있지 않았다. 아레스 19호는 우주에서 직접 이착륙이 가능한 최초의 우주선이라는 점에서 그 의의가 컸다. 이를 통해 우주선 설계는 혁신적으로 달라졌고, 지구의 중력을 벗어나기 위한 거대한 연료탱크는 불필요해졌다. 초기 추진력을 얻기 위한 소량의 연료만으로 충분했고, 이후에는 핵 전기추진을 통해 우주를 항해할 수 있었다.

이후 핵 전기추진 기술은 비약적으로 발전하여, 이온 엔진의 출력을 극대화한 덕분에 이론적으로는 우주에서 마하 500의 속도에 도달할 수 있었다. 천체의 중력을 이용한 스윙 에너지를 활용하면 그 이상의 속도도 가능했다. 이러한 기술 덕분에 화성까지의 왕복이 빠르면 1~2개월 이내로 가능해졌고, 인류의 화성 유인 탐사가 현실이 되었다. 오픈스텔라의 창립자 반더 율리시스 역시 과거에 TSC의 허가를 받아 수차례 화성을 방문하며, 결국 화성에 최초의 거주 돔을 미국의 도시 중 하나로 설치했다.

아레스 19호의 선장은 한국계 특유의 섬세하고 투명한 얼굴선을 자랑하는 권세희 소령이었다. 그녀는 한국계 미국인이었다. 화성이 가까워져 오자 그녀는 오랜만에 자신의 자리에서 하얀 헤드셋을 귀에 꽂았다. 그녀는 아버지의 영향으로 한국의 음악을 많이 듣곤 했었는데, 잔잔하면서도 가끔씩은 감성적으로 몰아치는 한국 음악의 특유의 분위기가 자신과 닮았다는 생각을 하곤 했다.

멀리 보이는 화성의 붉은 모습과 그녀의 귀를 통해 들리는 애절하고 섬세한 보컬이 쓸쓸한 분위기를 자아내며 세희의 온몸을 감싸는 듯했다. 몽환적인 노래 속에 권세희 선장이 눈을 들어 조종석 앞을 보자, 임무에 함께 참여하는 세 명의 승무원이 보였다.

첫 번째는 캘빈 마일스 중사였다. 기술 관련 임무를 맡고 있는 그는 190센티미터가 넘는 큰 키와 다부진 체격을 자랑하는 아프리카계 미국인으로, 멀리서도 강력한 위압감을 풍겼다. 그의 넓은 어깨는 우주복 아래서도 자연스럽게 그 모습을 드러냈다. 짧게 깎은 머리와 굳은 턱선은 그의 성격을 그대로 보여주는 듯했다. 투박하지만 성실한 면모를 가진 캘빈은 언제나 무던히 일에 집중하는 타입이었다.

그 옆에는 에이드리언 폴 중위가 앉아 있었다. 에이드리언은 남아프리카공화국 출신으로 금발 백인이었다. 우주복 위에 느슨하게 걸친 재킷은 그의 자유로운 기질을 드러냈고, 푸른 눈은 자신감으로 가득 찼다. 에이드리언은 자신만의 매력으로 일상의 작은 여유를 즐기는 듯 보였다.

마지막으로 군의관인 패트리시아 오카노 대위가 보였다. 패트리시아는 브라질 출신 여성이었다. 그녀는 화성 입국을 위한 의료 차트를 준비하면서, 손끝으로 빠르게 대원들의 상태를 체크하고 있었다. 그러나 지금 그녀의 얼굴에 침착하고 프로페셔널한 표정이 가득했다. 수시로 체계적인 작업에 몰두하는 그녀의 모습은 언제나 승무원으로서의 완벽함을 보여주고 있었다. 그녀를 보며 세희는 젊은 시절 항공사의 승무원으로 활동했던 어머니의 모습을 떠올리곤 했다.

세희의 부모는 그녀가 10대 초반이던 시절에 이혼했다. 미국인인 엄마는 미국에서 생활했고, 세희는 통일한국 주미대사의 임무를 마친 아버지와 함께 웨스트포인트의 육군사관학교에 진학하기 전까지 서울에서 생활했다. 엄마는 세희와 아버지를 보고 싶어 하지 않는 것 같았다. 세희는 20대 초반에 뉴욕에서 이혼 후 처음이자 마지막으로 엄마를 만났다.

"언니?"

"그, 그래, 반가워."

"세희, 네 동생이다. 여기는 네 동생의 아빠."

세희는 엄마와 엄마의 새로운 남편, 그리고 엄마의 재혼으로 생긴 의붓여동생과 함께 만났다. 그들은 매우 행복해 보였다. 그 이후로는 만난 적이 없었다. 엄마에게선 연락조차 없었다. 달갑지 않은 과거가 기억나자 세희는 헤드셋을 뽑아서 아무렇게나 자신의 테이블 위에 던졌다. 그 순간, 갑자기 삐삐 하는 경고음이 울리기 시작했다. 캘빈의 다급한 목소리가 들렸다.

"EMP(Electromagnetic Pulse, 전자기 펄스) 경고입니다. 시스템 점검이 필요합니다."

"무슨 일이야, 캘빈?" 세희는 즉시 몸을 일으키며 캘빈을 향해 다가갔다.

캘빈은 이미 대시보드를 확인하고 있었다. 그의 얼굴은 점차 심각해졌다. 그때 다시 한번 경고음이 울렸다.

"상당한 강도의 전자기 펄스가 감지되었습니다. 빠르게 조치하지 못하면 함선의 모든 시스템이 마비될 수도 있습니다. 이미 3번 추진엔진이 꺼졌습니다. 그다음엔…."

삐삐.

"2번 엔진 꺼짐."

"1번 엔진 꺼짐."

캘빈의 말이 끝나기가 무섭게 추진 엔진들이 차례로 마비가 되었고, 세희는 놀란 표정으로 캘빈을 바라보며 물었다.

"어떻게 이런 일이 발생한 거지? 원인이라도 알 수 있어?"

"이유는 모르겠습니다." 캘빈은 고개를 저으며 말했다. "시스템 자체에서 에너지 변동이나 전자기적 충격을 감지했지만, 원인이 무엇인지는 아직 파악되지 않았습니다. 제가 확인할 수 있는 것은 그저 엔진이 하나씩 꺼지고 있다는 것뿐입니다."

세희는 당황한 표정을 짓고는 빠르게 생각을 정리했다. 그리고 에이드리언에게 요청했다.

"에이드리언, 화성 TSC 지휘부와 연결해. 지금 우주선 시스템에 심각한 장애가 발생하고 있어."

"네, 선장님. 바로 연결하겠습니다." 에이드리언의 목소리가 들렸다.

몇 초 뒤, TSC 지휘부의 목소리가 들려왔다.

"권 선장님, 어떻게 상황이 급변한 건가요?"

"지금 아레스 19호에서 3번, 2번, 1번 엔진이 차례대로 꺼졌습니다. 원인은 파악되지 않았습니다. 우리 우주선 시스템에 심각한 전자기적 장애가 발생한 것으로 보입니다." 세희는 간결하게 상황을 설명하며 말했다.

TSC 지휘부는 잠시 정적을 유지한 후, 신중하게 답했다.

"여기서도 상황을 주시하고 있습니다. 이와사키 박사를 연결하겠습니다. 그가 전문가이니까요. 연결하겠습니다."

곧이어 연결음이 울리자, 남자의 목소리가 들렸다.

"안녕하세요. 선장님, 직접 뵙기도 전에 이렇게 만나게 되는군요. 이와사키 켄지입니다. 상황이 발생했다고 들었습니다. 무엇을 도와드릴까요?"

"이와사키 박사님, 아레스 19호에서 엔진들이 차례대로 꺼지고 있어요. 그 이유를 모르겠습니다. 혹시 뭔가 짐작이 가시는 것이 있는지요." 세희는 위기 상황에 관해 설명했다.

"저도 처음에는 이유를 몰랐지만, 실종된 반더 율리시스의 태양 에너지

포집 위성이 다시 가동을 시작한 것 같습니다." 이와사키가 답했다. "현재 위성이 태양 에너지를 수집하는 과정에서 고출력 전자기파가 방출되고, 그로 인해 우주선의 전자기 시스템에 강한 간섭이 발생한 것으로 보입니다. 전자기파 방해가 우주선의 항법 시스템과 연료 제어 시스템에 영향을 미쳐 신호 오류와 회로 과열을 일으켰습니다. 그로 인해 아레스 19호의 엔진들이 자동 차단되었고, 전력 시스템은 과부하 상태로 전환되었습니다. 전자기파가 일으킨 EMP 쇼크로 인해 전반적인 시스템에 혼란이 일어났습니다."

"반더의 위성이라고요?" 세희는 순간적으로 이해가 가지 않는 듯, 말을 잇지 못했다.

"네. 실종된 반더의 위성이 태양 에너지를 수집하고 있습니다." 이와사키가 말을 이었다. "그게 전자기파 방해를 일으켜, 아레스 19호와 같은 우주선뿐만 아니라, 위성들에도 EMP 쇼크를 일으킨 것입니다. 현재 화성에서도 일부 전력 시스템과 통신 시스템이 혼란을 겪고 있는 건 그 때문입니다."

"알겠습니다. 그럼 엔진을 수동으로 재점화해야겠군요. 전자기기가 작동하지 않을 테니, 전자적인 엔진 재점화는 불가능할 것 같네요." 세희는 이와사키의 말을 듣고 잠시 고민에 빠졌다.

"불행히도 그렇습니다." 이와사키는 고개를 끄덕였다. "현재 아레스 19호는 감속을 많이 했다고는 하지만 여전히 마하 15에 가까운 속도로 날고 있습니다. 이 상태에서 엔진을 재점화하지 못하면 우주의 무중력 상태에서 계속해서 마하 15의 속도로 비행해야 할 겁니다. 현재 상황에서는 우주선 밖으로 나가서 수동으로 재점화를 하는 수밖에 없습니다. 수동으로 엔진 재점화에 성공하면 시스템이 자동으로 복구가 될 것입니다."

"이해합니다. 빠르게 재점화하고 역추진을 시작해야겠군요. 그러지 않으면 우주를 마하 15의 속도로 끝없이 떠돌게 될 테니까요."세희는 고개를 끄덕였다.

세희와 이와사키의 통신을 듣고 있던 캘빈이 이야기했다.

"위험천만한 작업이 되겠군요."

"그렇지만 꼭 해내야 해. 우주 미아가 되지 않으려면." 세희가 말했다.

"수동으로 재점화해야 한다면, 누군가는 저 밖으로 나가야 하겠군요."
에이드리언이 조금 두려운 듯 창밖으로 보이는 우주를 바라보며 말했다.

"이 작업은 내가 할⋯."

"선장님, 그건 안 됩니다." 캘빈이 즉각 반응했다. "정말 위험한 작업입
니다! 제가 가겠습니다. 왜 선장님께서 이런 일을⋯."

"위험하다는 건 나도 이미 알아." 세희는 표정 하나 변하지 않고, 차분
하게 대답했다. "하지만 이 팀의 리더로서 이 일이 잘못되었을 때 가장 필
요 없는 사람이 누군지 생각해보면, 나야. 캘빈, 너는 기술적인 임무를 담
당하는 승무원으로서 우주선 시스템 복구에 필수적인 역할을 해야 하고,
나머지 대원들도 각자의 중요한 임무가 있어. 이 순간에는 내가 제일 필요
없는 존재야. 그래서 모두를 위해서 내가 나가야 해."

캘빈은 잠시 말을 잃고, 세희를 바라봤다. 그의 눈빛에는 염려와 걱정
이 담겨 있었다. 하지만 그녀의 깊은 눈빛은 변함없었다. 캘빈은 세희를 설
득할 수 없음을 알았다.

세희는 곧 GCD(Gravity Control Device, 중력 조절 장치) 장비를 착용했
다. GCD는 우주에서 작업을 돕는 중요한 장치였다. 기본 우주복 위 조끼
와 발목에 착용하는 이 장치는 미세한 정전기장을 발생시켜 중력을 유도하
며 우주 공간에서의 작업을 용이하게 해주었다. BCD(Buoyancy Control
Device, 부력 조절 장치)에서 착안한 설계 덕분에, 우주에서 떠다니지 않고,
일정한 중력을 제공해 작업이 수월하게 이루어지도록 도왔다. 장치를 착용
하며 세희는 심호흡을 한번 크게 내쉬고, 별빛과 어둠이 끝없이 펼쳐진 우
주 바깥으로 나갈 준비를 했다.

"조심하십시오, 선장님." 캘빈이 자신의 근처에 다가와 걱정 어린 목소
리를 내자, 세희는 그를 다시 한번 힐끗 쳐다봤다.

"캘빈, 내가 모든 엔진을 점화할 수 있도록 해야 할 일들을 잘 지시해줘."

캘빈의 어깨를 한번 치고 세희는 우주선의 해치 앞에 섰다. 압력손실 방
지를 위해 이중으로 설계된 해치의 첫 번째 문을 열고 다시 문을 닫았다. 그
리고 또 하나의 우주선 해치가 열리면서 차가운 우주 공간과 마주한 세희는

적막한 우주에서 무중력 상태에 의해 몸이 살짝 떠오른 채, 부드럽게 빠져나왔다. 몸은 우주선과 떨어져 있지만, 위급한 순간을 대비해 먼저 우주선의 외벽과 연결되는 긴 후크를 우주복에 단단히 고정시켰다. 후크에 연결된 긴 선이 우주복과 우주선 사이를 연결해 안전하게 작업할 수 있게 해줬다.

세희는 천천히 눈을 감고, 잠시 우주의 고요함에 집중한 뒤, 긴 선을 타고 한 발짝씩 걸음을 옮기기 시작했다. 그리고 곧 우주선의 외벽을 통해 부드럽게 미끄러져 나가기 시작했다. 세희는 우주선과의 거리를 좁히며, 중력의 저항을 느끼며 한 발짝, 한 발짝 내디뎠다.

"캘빈, 진행 상황 알려줘." 세희가 무전기로 캘빈에게 물었다. 캘빈의 목소리가 다시 들려왔다.

"선장님, 외벽과 연결 상태는 이상 없습니다. 엔진이 위치한 곳까지 100미터입니다. 엔진 재점화에 성공하면 모든 시스템도 복구될 것입니다."

세희는 주위를 둘러보며, 우주선과 자신을 연결해주는 후크를 점검했다. 후크가 고정된 것을 확인하고는, 우주선 외벽을 따라서 천천히 이동했다.

"이제 마지막 단계입니다, 선장님." 캘빈이 말했다. "엔진을 재점화할 준비가 되었습니다. 목표 지점까지 거의 다 왔습니다."

세희는 걸음을 멈추고, 목표 지점인 엔진이 있는 곳을 바라보았다.

"엔진 재점화 방법은 간단합니다. 2단계예요." 캘빈의 말이 계속해서 흘러들어 왔다. "먼저 엔진 옆에 전원공급 장치가 있는데 찾으셨나요?"

"캘빈, 발견했어. 어떻게 하면 돼?"

"선장님, 그곳에 하얀 레버가 있을 것입니다. 긴급 전원을 공급하는 레버예요. 그것을 올리세요."

캘빈의 말대로 하얀 레버가 있었다. 세희는 레버를 들어올렸다. 에이드리언이 말했다.

"엔진에 전원이 들어온 것이 확인됩니다."

"선장님, 잘하셨어요. 전원은 들어왔습니다. 다음으로는 각각 개별 엔진마다 수동 점화 스위치를 눌러주세요."

캘빈의 지시에 따라 엔진 주변을 둘러보던, 세희는 각 엔진이 접합된 부위마다 보이는 사각형의 스위치를 발견했다.

"여기 엔진 접합부의 사각형 스위치, 이것 말이야?"

"네. 맞아요. 각각 총 3회를 눌러야 합니다."

캘빈의 말대로 세희는 각각 1회씩 모든 엔진에 대해서 스위치를 눌렀다. 그러자 이온엔진이 하나씩 돌아오는 것이 보였다. 세희가 육안으로 확인한 것을 에이드리언도 확인했다.

"선장님, 고생하셨어요. 엔진 세 기가 모두 돌아왔습니다."

세희는 헬멧을 쓴 얼굴로 안도의 한숨을 내쉬었다. 하지만 갑자기 그 순간, 우주선의 속도가 달라지기 시작했다.

"속도가 느려지고 있어. 캘빈, 무슨 일이야?"

"선장님, 놓치지 말고 꼭 잡고 계십시오. 미리 입력해두었던 감속 명령 때문에 엔진이 재점화되자마자 속력이 낮아지고 있어요."

그리고 그 순간 우주선의 속도가 갑자기 순간적으로 느려지며, 세희는 GCD 장치의 고정 상태를 확인할 틈도 없이, 우주선의 외벽에서 떨어지기 시작했다.

"헉." 세희는 내쉬는 숨을 삼켰고, 허공을 떠도는 듯한 그 무중력 상태에서 짧게 속도를 잃어버린 자신의 몸을 통제하려 애썼다.

"선장님!" 캘빈의 목소리가 급박하게 울려 퍼졌다. 세희는 깊은 우주 속으로 내동댕이쳐지면서 눈을 감았다.

'이대로 죽는 건가?'

문득 레이먼드 슬론의 목소리가 떠올랐다. 레이먼드는 세희가 웨스트포인트를 졸업하고 처음 임관했던 북아프리카 사령부에서 배속받았던 중대의 중대장이었다. 세희를 처음 본 레이먼드의 반응이 기억났다.

"뭐야? 싸울 수 있는 군인을 보내달라고 했더니." 세희를 처음 본 레이먼드는 마음에 들지 않는 표정으로 위아래로 훑어보며 잠시 말을 멈추었다. "군인 대신에 모델을 보내왔군."

"중대장님, 자료를 보시면 아실 수 있는 것처럼 저는 모델이 아니라 최고의 전투 요원입니다."

세희의 말에 레이먼드는 다시 한번 그녀를 위아래로 훑어보며 혀를 끌끌 찼다.

레이먼드는 건장한 체격을 가진 영국계 미국인이었다. 피부는 햇볕에 그을린 듯 건강하게 빛났고, 가만히 서 있어도 그는 위압적인 기운을 내뿜었다. 단단한 턱선과 짧게 깎은 금발 머리는 그의 전투적이고 실용적인 성격을 반영했으며, 푸른 사파이어색의 눈은 날카롭고 집중력이 넘쳤다. 또한 레이먼드의 중대는 북아프리카 지역 대테러 전투에서 많은 전공을 세워 '철혈 중대'라고 불리고 있었다.

첫 만남에서의 레이먼드의 세희에 대한 불만은 몇몇 전투와 임무를 통해서 180두로 급속하게 변했다. 어느 날이었다. 세희는 AMS(Augmented Mobility System, 강화기동시스템)를 착용한 채로 기계의 감각 피드백을 받아들이며 훈련을 이어갔다. 땀과 집중력으로 얼굴은 이미 젖어 있었다. 한참 뒤, 훈련을 멈추고 잠시 숨을 고르던 중 레이먼드가 그 모습을 보며 말했다.

"너는 타고난 군인이야."

레이먼드는 이제 마음속 깊이 세희를 철혈 중대의 엘리트 군인으로 인정하고 있었다. 세희는 레이먼드 쪽을 향해 돌아서 자신의 AMS를 내보이며 대답했다.

"지금이 22세기이니까 가능한 이야기입니다. 이 장비가 없으면 저의 육체적 능력은 평범한 남성들에게 한참 못 미칠 것입니다."

AMS는 그래페늄-Ti 복합 프레임과 뉴로파이버 반응층, 그리고 헬리온-7 나노코팅으로 구성된 전투 보조 시스템으로, 보급된 지 30년 정도 된 기기였다. 초경량 설계와 생체, 신경 연동 기술을 통해, 사용자는 기계가 아닌 자기 신체 일부처럼 자연스러운 기동을 할 수 있으며, 고중력 지역이나 무중력 환경 모두에서 정밀한 움직임과 순간 가속이 가능했다. 세희는 이 기기의 도움으로 엘리트 전투 요원으로서 엘리트 남성 전투 요원을 웃도는 전투 능력과 그 성과를 보여주고 있었다. 하지만 레이먼드는 고개를 저었다.

"아니야. 너의 힘은 육체가 아니라, 그 정신이라고. 그리고 네가 가진 전투 센스야. AMS로 전투 능력이 강화될 수 있다면 다른 여자 군인들도 그래야 하는데 실상은 오직, 너 하나뿐이야. 너는 타고난 군인이야. 아니 사실 아무리 AMS의 힘을 빌렸다고 하더라도, 남자 군인들까지 합쳐도 이 정도까지의 전투력을 발휘하는 것은 손에 꼽을 정도야. 이해 불가지…"

철컹! 그때였다. 다행히 우주선과 단단히 연결된 후크가 세희를 살렸다. 아레스 19호 내부에서 세희를 보던 캘빈은 자신도 모르게 가슴을 쓸어내렸다.

"선장님, 다행이에요. 선장님을 영원히 잃어버리는 줄 알았다고요."

"후, 그편이 나을지도 모르지."

"네? 그게 무슨 소리예요? 끔찍한 소리 하지도 마십시오." 세희의 조금은 자기 파괴적인 말에 캘빈이 즉각 반응했다. "빨리 돌아오십시오."

세희는 후크의 선을 잡고 서서히 우주선으로 복귀하며 저 멀리 화성을 보았다.

'죽음의 공포와 싸우는 순간마다, 나는 살아 있는 것이 더 두려워지네.'

세희가 우주선의 해치를 다시 열고 복귀하자, 캘빈은 약간 눈물을 글썽거리는 듯하며 맞아주었고, 에이드리안과 패트리시아도 웃으면서 박수를 치고 있었다.

"선장님, 고생하셨습니다. 그럼 계속해서 화성으로 이동하죠." 에이드리안이 미소를 지으며 이야기했고, 세희는 무표정하게 자신의 원래 자리로 돌아가서 앉았다.

예상치 못한 사고가 있었지만 아레스 19호는 화성을 향해 천천히 계속해서 감속하고 있었다. 우주선의 창밖으로 붉은 화성이 점점 가까워지며, 주변으로는 무수한 별들이 배경을 이루었다.

"감속 마무리 중입니다. 화성 우주정거장이 보이기 시작했고, 도킹을 준비합니다."

"좋아, 캘빈." 세희가 명령했다. "에이드리안, 도킹을 요청하도록."

에이드리안은 신경칩을 통해 화성 우주정거장에 직접 도킹 명령을 요청했다. 최신 기술 덕분에, 음성 명령 없이도 화성의 휴머노이드와 즉각적인 소통이 가능해졌다.

"약 1시간 후에 도킹입니다."

"잘했어. 패트리시아." 세희는 고개를 끄덕이며 말했다. "우리 모두의 신체검사를 빠르게 진행해줘. 화성 입국 절차를 준비해야 하니까."

"선장님, 오늘 또 하나의 무용담을 세웠네요." 패트리시아가 승무원들의 건강 상태를 체크하고는 가볍게 웃으며 세희에게 이야기했다. "어쨌든 이렇게 가까이서 화성을 보니 기분이 어떠세요? 전직 미 육군 엘리트 전투 요원이었고, 현재는 TSC의 우주 미션 대장으로 또 하나의 도전을 하고 있잖아요."

"패트리시아, 고맙지만, 난 그저 내 일을 할 뿐이야." 세희는 창밖을 바라보며 보일 듯 말 듯 미소를 지었지만, 깊은 눈빛은 흔들림 없이 고요했다.

"신징님, 겸손할 필요 없어요." 패트리시아는 고개를 저으며 장난스럽게 피식 웃었다. "솔직히 선장님은 너무 완벽해요. 세계적인 기업가 남편에, 엘리트 코스를 거치고 있는 군인이기도 하죠. 거기에 강인하고 뛰어난 전투 능력도… 모든 것을 다 가진 사람 같아요."

"그 말 듣고 보니 맞네요." 에이드리언이 그 말을 듣고 흥미롭다는 듯 고개를 끄덕였다. "선장님, 전생에 우주를 구하기라도 하셨나요?"

세희는 무심히 그들의 말을 듣고 있었지만 묘한 위화감이 들었다. 패트리시아의 말을 부정하지도, 완전히 동의하지도 않았다. '나는 정말 모든 걸 가진 사람일까? 지금까지 해온 모든 선택이, 정말 내가 원한 것일까?'

"그렇지 않아. 22세기가 아니었다면, 난 군인이 되지 못했을 거야. AMS의 도움을 받지 못한다면 난 전투를 해낼 수 없어."

"예전에도 몇 번 말씀하셨죠. AMS가 없다면 평범한 여자에 불과하다는 건가요?"

패트리시아의 물음에 세희는 눈을 살짝 찡그리며 고개를 끄덕였다.

"맞아. 평소의 내 육체적인 능력은 평범한 남성에게도 미치지 못해. 이건 어쩔 수 없는 신체적 한계니까. 하지만 AMS와 함께 나 같은 평범한 여자도 전장에서 전투 능력을 발휘할 수 있는 시대가 된 거지. 내 능력이라기보다는, 발전된 기술 덕분이겠네."

"하지만 선장님, 아무리 겸손하려고 해도, 저 같은 사람은 AMS가 있다고 해도 선장님과 같은 능력은 발휘할 수 없어요. 선장님은 타고난 군인이에요." 패트리시아가 말했다.

"근데 선장님, 혹시 아무리 완벽해도 삶이 가끔은 갑갑하다고 느껴질 때도 있지 않나요?" 캘빈이 조종 패널을 조작하면서 흥미로운 표정으로 끼어들었다.

"왜 그렇게 생각하지, 마일스 중사?"

"그냥 그런 것들이 있잖아요." 캘빈은 어깨를 으쓱이며 조종석에서 세희를 힐끗 바라보았다. "모든 걸 다 가졌다고 해서, 꼭 행복할 거란 법은 없으니까요."

"맞아요, 맞아, 완벽해 보이는 사람일수록 뭔가 숨기고 싶을지도 모르잖아요." 에이드리언이 흥미롭게 웃으며 어깨를 으쓱했다. "영화에도 왜 그런 캐릭터들이 꽤 나오잖아요?" 그러면서 에이드리언은 장난스럽게 패트리시아를 바라보았다. "패트리시아, 대위님은 어때요?"

"글쎄, 난 선장님이 그런 생각을 하고 있을 거라고는 전혀 상상하지 못하겠네." 패트리시아는 에이드리언을 가볍게 흘겨보더니 다시 세희를 향해 웃었다. "그냥, 선장님처럼 되고 싶은 사람들만 많다고 생각했지."

세희는 미소를 유지하며 잠시 창밖을 바라보았다. 정말 그런 걸까? 모두가 나처럼 되고 싶어 한다면, 나는 스스로가 되고 싶었던 삶을 살고 있는 걸까? 세희는 잠시 네런을 생각했다. 세계적인 휴머노이드용 OS 기업 보라노바의 창업자이자 CEO. 분명 세희는 대부분의 사람들이 볼 때, 행복하고 성공한 인생일 터였다. 그렇지만 뭔가 가슴이 답답해오는 것을 느꼈다. 세희는 웃으며 부드럽게 말했다.

"패트리시아, 어쩌면 사람들이 부러워하는 삶도 그 사람에게 행복한 삶이라고는 할 수 없을 수도 있어."

"그럼 선장님이 원하는 건 뭔가요?" 캘빈이 고개를 갸웃하며 세희를 바라보았다.

세희는 말없이 고개를 돌려 창밖을 다시 바라보았다. 붉은빛을 머금은 화성의 지평선. 그 끝없는 황무지 속에서, 세희는 잠시 말이 없었다. 캘빈은 세희가 대답하지 않자, 조심스럽게 물러났다. 세희는 마치 자기 자신에게 하는 말처럼 중얼거렸다.

"그건, 나도 아직 잘 모르겠네."

"이야, 이건 뭔가 심오한 대화가 오가고 있군요." 에이드리안은 흥미로운 눈빛으로 둘을 바라보더니, 피식 웃으며 한마디 던졌다. "캘빈, 선장님한테 상담이라도 해주는 건가?"

"상담까지는 아니고, 그냥 궁금했을 뿐이에요." 캘빈은 어깨를 으쓱하며 대답했다.

"어쨌든 전 부러워요, 선장님. 전 완벽한 삶에 대해 고민해볼 기회도 없었거든요." 패트리시아가 한숨을 쉬며 말했다.

세희는 패트리시아를 보며, 아주 살짝 흔들리는 눈빛을 보였다. 패트리시아의 말이, 예상치 못한 방식으로 세희의 마음을 찌르고 있었다. 세희는 조용히 웃으며 다시 조종석의 패널을 바라보았다. 창밖의 화성이 점점 더 가까워지고 있었다.

패트리시아는 휴대용 메디컬 테스트 기기를 통해 어느새 승무원들의 메디컬 테스트를 마쳤다. 그러고는 장비를 정리하며, 세희에게 보고했다.

"선장님, 모두 신체적으로 문제는 없습니다. 약간의 피로만 확인되었고, 결과는 화성으로 전달하겠습니다."

"그래, 그렇게 해."

나머지는 지구에서 다른 나라에 입국할 때처럼 진행되는 절차지만, 화성은 신세계이기 때문에 조금 더 철저하게 관리되었다. 과거 오픈스텔라가 시작한 우주 개발은 이제 우주에서도 메디컬 데이터를 실시간으로 주고받을 수 있을 만큼 발전했으며, 인터넷과 같은 지구의 서비스들도 대부분 우주에서 이용 가능해졌다. 기술은 빠르게 발전했지만, 인간이 그에 완전히 따라가려면 아직 해결해야 할 문제들이 남아 있었다. 그러나 인류는 낙관론을 품기 시작했다. 언젠가는 모든 것이 해결될 것이라고 믿으면서.

02

아레스 19호가 화성의 우주 스테이션에 서서히 도킹했다. 세희와 승무원들은 조종석에서 마지막 착륙 절차를 모니터링했다. 우주선의 속도는 점차 줄어들었고, 부드럽게 스테이션의 이착륙 플랫폼에 닿았다.

"도킹 완료." 세희가 조용히 말했다. "모두 수고했다. 이제 스테이션으로 이동할 준비를 하도록." 세희는 승무원들에게 지시를 내리며 의자에서 일어났다.

화성의 우주 스테이션은 어마어마한 규모의 복합 구조물이었다. 각국의 이익과 TSC의 감독 아래, 이곳은 단순한 우주 공항을 넘어서 화성 개발과 정착을 위한 중심지 역할을 했다. 여러 대륙의 문화와 기술이 결합된 스테이션 내부는 지구 어느 대도시의 고층 건물과도 다름없는 활기찬 분위기를 자아냈다. 승무원들은 간단한 개인 장비를 챙긴 뒤, 출구로 향했다. 그들이 우주선을 나서자 인도된 경로를 따라 이동하며, 관제탑의 지시에 따라 이민국으로 향할 수 있었다.

이민국은 현대자동차그룹에서 개발한 HM-19 타입 휴머노이드들이 맡고 있었다. HM-19는 휴머노이드 기술의 최첨단을 달리는 모델로, 삼성전자와 KT가 함께 개발한 반도체와 통신 부문 기술이 융합된, 통일한국이 자랑하는 첨단 제품이었다. 성능 면에서 오픈스텔라가 사용 중인 프라임 시리즈 휴머노이드와 비교될 만큼 강력했다. 이 휴머노이드들은 빠르고 효율적으로 승무원들의 신원을 확인하고, 입국 절차를 처리하기 위해 대기하고 있었다.

세희와 승무원들은 각각 HM-19 휴머노이드의 눈을 바라보았다. 신원 확인을 위한 안면 인식 절차 때문이었다. 이민국 요원인 HM-19 휴머노이드가 그들의 신원을 확인하며, 지능형 알고리즘에 따라 빠르고 정확하게 입국 절차를 진행했다.

"신원확인 완료. 선장 권세희. TSC 방위대 소속, 국적 미국. 화성 입국 절차가 승인되었습니다." 휴머노이드가 흡사 사람과 같은 목소리로 말했다.

모든 절차가 끝나자, 세희와 승무원들은 가볍게 한숨을 내쉬었다. 여정은 길었지만, 화성의 스테이션에 도착했다는 사실이 그들을 안도하게 했다.

입국 절차를 마친 후, 그들은 화성 스테이션의 메인 터미널로 발걸음을 옮겼다. 스테이션 내부는 마치 지구의 현대식 공항처럼 잘 정비되어 있었고, 곳곳에 휴머노이드가 질서를 유지하며 움직였다. 세희와 승무원들이 이민국을 빠르게 빠져나가서 메인 터미널에 도착하자, 중년의 남자가 다가와 손을 내밀었다. 놀라운 표정을 지은 세희는 남자의 얼굴을 확인하자 살짝 미소를 띠며 그의 손을 잡고 악수했다.

"퀘일 장군님, 이렇게 직접 마중 나오실 줄은 몰랐습니다." 세희는 여전히 살짝 놀란 듯 말했다.

"오는 길에 사고가 났다고 해서, 무사히 잘 도착했나 확인하러 왔네." 50대 후반의 아프리카계 미국인인 퀘일 장군은 미소를 지으며 답했다. "그리고 난 이제 현장 근무를 벗어난 행정직 공무원일 뿐이어서 시간이라면 남아돈다고. 몸이 근질근질한데, 이렇게 우주정거장 구경이라도 할 수 있으면 나는 좋지."

짧게 깎은 퀘일 장군의 회색 머리카락은 그의 완고한 성격을 보여주는 듯했지만, 눈가에 희미하게 보이는 잔주름은 어쩐지 인자해 보이는 인상이기도 했다. 퀘일 장군은 만면에 웃음을 띠며 세희를 바라보았다. 그들의 대화 속에 이미 오랜 동료로서의 신뢰가 묻어남을 다른 대원들도 느낄 수 있었다. 퀘일 장군은 화성 내 TSC 및 미국 군사시설의 총책임자이자, 세희에게는 오랜 전우이자 스승이기도 했다.

"장군님." 퀘일 장군이 악수를 풀자마자 세희가 거수경례했다.

"선장, 그럴 것 없어. 난 이젠 그냥 행정가일 뿐이라니까!" 말은 그렇게 했지만, 퀘일 장군은 미소를 띠며 답례했다. 그는 세희를 비롯한 승무원들을 하나하나 눈으로 훑으며 말했다. "사고 수습하고 여기까지 오느라 수고했네."

"감사합니다. 장군님. 중간에 사소한 사고가 있었지만, 큰 무리 없이 도착했습니다." 세희는 퀘일 장군을 향해 고개를 끄덕이며 답했다.

"여전하구먼. 이야기 들었네. 수습을 못 했으면 자네들은 영원히 우주를 떠돌 뻔했어. 그런데도 사소하다니. 고생했네. 나머지 친구들도 모두 고생했네. 자, 이동하지."

이동 중에 퀘일 장군이 세희를 향해 말했다.

"자네 아버지는 어떻게 지내시나? 최근에 본 적은 있나?"

퀘일 장군은 세희의 아버지와 막역한 사이였다. 그들은 세희의 아버지가 대한민국 외교관으로 미국 대사관에 파견되어 국방 협력을 담당하던 시절, 워싱턴 D.C.에서 처음 만났다. 당시 퀘일은 동북아 지역 전략을 담당하던 미군 참모였고, 두 사람은 수차례의 한미 군사협의 자리에서 서로의 신념과 성품에 깊은 인상을 받았고, 그 신뢰는 결국 개인적인 우정으로까지 이어졌다.

"네, 지난 휴가 때 제주도에 잠시 뵈러 갔었습니다. 이제는 그저 아름다운 제주도에서 편안하게 일상을 즐기고 계세요." 세희는 미소를 지으며 대답했다.

"자네 아버지답군. 정말 부러운 양반이야. 나도 은퇴하면 하와이나 괌 같은 데서 살고 싶어지네." 퀘일 장군은 고개를 끄덕이며 말했다.

그는 잠시 미소를 띠며 세희의 아버지를 떠올리고는 세희와 다른 승무원들을 이끌고 스테이션의 무인 호버크라프트 승강장으로 이동했다. 모두 무인 호버크라프트로 옮겨타고, 미국이 화성에 건설한 돔 도시인 뉴제퍼슨 시티의 TSC 화성 본부로 향할 예정이었다. 사실 이곳에 올 때까지 세희와 일행은 임무에 대한 그 어떤 이야기도 듣지 못하였다. 그들이 지금까지 들은 것은 '극비 임무이니 빠르게 화성으로 향할 것'이 전부였다. 이런 점을 미루어볼 때 그들의 목표는 단순한 탐사나 거주가 아닌, 더 깊은 무언가가 숨겨진 화성의 핵심을 향한 임무였다. 이동을 준비하는 중, 캘빈이 말했다.

"장군님, 그리고 선장님. 죄송하지만 잠시 저기서 테이크아웃 커피를 한 잔 사와도 될까요?"

모두 캘빈이 가리키는 방향을 바라보았다. 그곳에는 익숙한 스타벅스의 사이렌 로고가 반짝였다. 캘빈은 지친 얼굴로 말했다.

"우주에서 떠 있는 동안 맛없는 커피에 너무 질려서요. 신선한 커피 한 잔이 간절하네요."

"그래, 갔다 오게." 퀘일 장군은 미소를 띠며 고개를 끄덕였다.

캘빈은 허리를 굽혀 고마움을 표현한 후, 스타벅스를 향해 빠르게 달려갔다. 뒤에서 에이드리언이 덧붙였다.

"기왕 가는 거면 우리 것도 좀 사 와!"

캘빈은 뒤도 돌아보지 않고 팔을 하늘로 쭉 뻗어 엄지손가락을 치켜세웠다.

"저 친구, 커피를 정말 좋아해요." 권 선장이 웃으며 퀘일 장군을 보며 말했다.

"아무리 우주에 있어도, 커피는 꼭 필요하지." 퀘일 장군은 미소를 지으며 말했다. "그나저나 내가 자네한테 한두 번 한 얘긴데 말이야, 다시 자네를 보니 생각이 나서 말이지."

그는 짧게 헛기침을 하더니, 미소를 머금은 채 세희를 바라보았다.

"내가 수많은 군인들과 일해봤지만, 진짜 인상에 남는 사람은 몇 되지 않네. 그중 자네는 가장 믿고 등 뒤를 맡길 수 있는 사람 중 하나였어."

세희는 눈을 잠시 깜빡였고, 패트리시아가 눈을 반짝이며 맞장구쳤다.

"그죠? 전 늘 권세희 선장님은 거의 전설이라고 생각했어요. 완벽한 커리어에 실전 경험도 있고, 세계적인 기업가랑 결혼까지… 없는 게 없잖아요!"

에이드리언이 흥미롭다는 듯 고개를 기울이며 끼어들었다.

"근데, 정확히 어떤 점이 그렇게 마음에 드셨죠, 장군님?"

퀘일 장군은 잠시 생각하는 듯 고개를 끄덕이더니, 의미심장한 표정으로 입을 열었다.

"10년 전이었던가? 뉴헤즈볼라 테러 저지 작전이었지. 당시 나는 테러 조직의 주요 인물들을 포위하고 있었고, 작전은 성공적으로 진행될 예정이었네. 하지만 예상보다 상황이 급박하게 돌아갔고, 우리 전투원들이 전장에서 고립됐어. 후방 지원이 절실한 순간이었지." 퀘일 장군은 살짝 미소를 짓더니, 세희를 흘끗 바라보았다. "그때 후방 지원 담당이 바로 권세희 선장이었지."

"선장님이요?" 패트리시아가 깜짝 놀란 눈으로 세희를 바라보았다. "여러 차례 실전 임무에 투입이 되었다고는 들었지만, 실제 이야기를 듣는 것은 처음이에요!"

"그래. 권 선장은 전투 작전 경험이 풍부한 편이지." 퀘일 장군은 고개를 끄덕이며 패트리시아를 보았다. "권 선장 정도의 실전 경험은 드물어. 어쨌든 당시 나는 철수 명령을 내렸네. 상황이 너무 위험했거든. 하지만 이 양반이 내 명령을 무시하고, 자신이 몇몇 대원들을 이끌고 직접 포격을 뚫고 들어가서는 보란 듯이 전투원들을 구출해왔지."

"와, 대단하긴 하지만, 장군님 명령을 어긴 거면, 사실상 군법 위반 아닌가요?" 에이드리언이 깜짝 놀란 듯 휘파람을 불었다.

"그건 그렇지, 사실 그때 나도 속으로는 부하들이 모두 무사히 왔으니 좋았지만, 명령을 어긴 건 명백한 항명이었으니까, 한편으로는 무척 화도 나는 상황이었네." 퀘일 장군은 고개를 끄덕이며 눈썹을 살짝 치켜세웠다. "항명을 떠나서, 본인도 목숨을 잃을 수 있는 일이었다고. 내가 마음먹기에 따라서는 군법에 따라 처벌할 수도 있는 상황이었어." 그는 잠시 회상에 잠긴 듯 미묘한 표정을 지었다. "하지만 나중에 냉정하게 판단해보니, 현장에서 권 선장이 내린 판단이 더 정확했더군. 어쨌든, 그 덕분에 스무 명 넘는 전투원이 무사히 살아 돌아왔어. 사실 놀라운 것은 크게 두 가지였네. 첫 번째는 방금 말한 그 판단력, 그리고 두 번째는 AI 자동운항 모드를 제거하고 그 위험한 곳에서 직접 조종해서 모두를 구출해왔다는 점. 전투 능력이야 알고 있었지만, 엄청난 조종실력이었지. 사실 AI에 맡겼다면 분명히 그냥 후퇴했을 것이 분명했거든. 그것을 피하려고 자동운항 모드를 단독 판단으로 꺼버리고, 모두를 구출해온 거야. 그때부터였네. 내가 권 선장의, 그 상황판단력을 높이 사기 시작한 건 말이야."

"근데, 장군님. 여쭙긴 좀 그렇지만, 혹시 친구 딸이라서 좀 봐주신 건 아니었어요?" 에이드리언이 장난스럽게 웃으며 끼어들었다.

"그런 말이라도 했으면 고려라도 해보았겠지. 당시엔 권 선장이 권재민 대사의 딸이라는 사실도 몰랐네." 퀘일 장군은 그 말을 듣고 박장대소했다. 그리고 다시 세희를 바라보며 미소를 지었다. "권 선장은 그에 대해선 일언반구도 안 하고, 내 앞에 와서 아주 당당하게 '죄송합니다, 처벌을 받겠습니다'라고 하더군."

"진짜요? 변명도 없이요?" 패트리시아가 눈을 동그랗게 뜨며 놀라워했다.

"사실, 변명을 했다면, 내 기분이 어떻게 되었을지는 나도 모르겠네." 퀘일 장군은 고개를 끄덕이며 웃었다. "그런데 당당하게 처벌을 받겠다고 하니, 뭐! 그래. 좋은 게 좋은 거다 그러고 그냥 넘어가자 그랬지." 그는 피식 웃으며 덧붙였다. "내가 이야기한 적이 있던가? 그때부터 난 자네를 내 후계자로 생각하고 주시하고 있다고?"

"선장님, 알고는 있었지만, 정말 대단하네요. 아마 저 같으면 변명이 엄청났을 거예요." 패트리시아가 감탄하며 고개를 끄덕였다.

"패트리시아, 사람 그만 띄워. 그리고 저는 장군님 같은 리더는 될 수 없습니다." 세희는 살짝 얼굴을 붉히며 말했다.

"언제쯤 그 포커페이스는 풀어보려나?" 퀘일 장군은 혀를 끌끌 차더니, 고개를 저었다. 그러다가 짧게 웃으며 덧붙였다. "자네는 그렇게 감정을 억누르는 것만 아니면 거의 모든 게 완벽하지."

퀘일 장군은 잠시 생각에 잠긴 듯 허공을 잠시 응시했다.

"하지만 하긴⋯." 그는 천천히 고개를 들고, 살짝 미소를 지으며 세희를 바라보았다. "감성이 풍부해서 웃음 짓고 화를 내는 권세희라. 하하하, 그건 상상이 안 되긴 하는군. 자넨 그냥 포커페이스를 하는 것이 낫겠어."

주변이 모두 웃고 있었지만, 세희는 웃을 수 없었다. 레이먼드 슬론 대위와의 기억이 다시 떠올랐다. 그는 단순한 그녀의 상관이 아니었다. 세희가 원래 보유했던 군인의 자질에 더해 리더로서의 자질까지 발견해낸 것이 그였다.

북아프리카에서 함께 한 1년여의 수많은 임무를 뒤로 하고, 레이먼드는 동아프리카 부대로의 전속을 명령받았다. 그들은 그렇게 군에서의 인연이 끝나는 줄 알았다. 하지만 인연은 생각보다 깊은 구석이 있어서 레이먼드가 동아프리카도 전속된 지 7개월여 후에 세희도 동아프리카 지역으로의 전속을 명령받았다. 그것도, 다시 레이먼드의 대대였다.

"권세희. 네가 나한테 다시 배속된 거야? 하하하 이거 좋네. 이제 내 고생도 끝난 거구나."

"대위님. 농담하실 때가 아니에요. 앞으로 고생하시기 싫으시면, 절 잘 이끌어주셔야 합니다."

레이먼드의 농담에 세희도 미소로 대응하곤 했다. 그러나 그날이 왔다. 동아프리카 소말리아 지역에서의 인질 구출 작전. 세희는 후방에서 작전 후 투입된 인원들의 안전한 구출을 맡았다. 언제나처럼 세희는 AMS를 통해서 강력한 전투력을 뿜내고 있었다. 세희가 움직이는 순간 적들은 그 전투력에 경악하곤 했다. 이번의 소말리아 지역의 해적들도 마찬가지였지만, 기계화된 해적들은 쉽게 볼 상대들이 아니었다. 전투가 끝났다고 믿은 순간 그들은 거대 천연가스 자동운반선 위에서 다시 나타났다. 세희는 인질들을 무사히 구출해서 이미 이동 중이었으며, 레이먼드와 다른 대대원들은 그 뒤에서 따라오는 중이었다. 그런데 어디에 숨어 있었는지, AMS와 로켓포로 무장한 지금까지 무찌른 인원보다 더 많은 인원이 쏟아져 나오며 레이먼드와 대대원들을 포위하고 있었다. 세희는 그 모습을 보고, 자신의 대대원들을 둘러싼 포위망을 뚫어내기 위해 뒤돌아가려고 했다. 그때 레이먼드의 다급한 목소리가 들렸다.

"권세희. 그냥 가! 인질 구출이 우선이야! 네가 돌아오면 임무도 실패하고, 모두가 여기에서 죽는다."

"대위님! 그럴 순 없습니다. 모두 구출하고 인질들과 함께 귀환합니다."

세희는 목에 핏대를 올리며 외쳤다.

"안 돼. 이미 늦었어! 우리가 여기에서 막을 테니, 넌 살아서 돌아가. 인질들을 무사히 구출하는 거다! 기억해! 나의 철혈 중대는 죽더라도 임무 실패는 없다!"

레이먼드는 그렇게 외치며 적들을 향해 돌아서서, 대대원들과 최후의 최후까지 전투를 했다. 그리고 로켓이 날아들었다. 그렇게 레이먼드 슬론과 대대원들이 불꽃에 휩싸이며 먼지처럼 사라졌다.

"권세희! 넌 꼭 살아야 해!"

레이먼드의 목소리도 공기 속에서 찢어지듯 사라졌다. 순간, 모든 소리가 멈춘 것 같았다. 아직도 그의 마지막 말이 귀에 들리는 듯했다. 그때부터였다. 세희가 포커페이스로 불리며, 수많은 작전에서 인명피해를 최소화하며 세희의 이름을 알리기 시작한 것은.

"선장님! 무슨 생각을 그렇게 골똘히 하세요?" 패트리시아의 외침에 세희는 과거의 작전에서 현실로 돌아왔다.

"아! 아니야. 갑자기 옛 생각이 잠시 나서." 세희가 말했다.

"미안하네. 내가 포커페이스라고 놀려서 아예 대놓고 포커페이스가 되어보려고 한 건가?" 퀘일 장군이 웃으며 말했다.

"아닙니다. 장군님. 잠시 다른 생각을 하고 있었습니다. 죄송합니다."

당황한 듯한 세희의 말에 퀘일 장군은 또 한 번 농담하며 분위기를 이끌었다. 세희를 제외한 모두가 가벼운 웃음을 지었다. 그때쯤 캘빈이 커피를 들고 헐레벌떡 뛰어들었다. 그리고 주변이 웃는 모습을 보며 의아해했다.

"제가 뭔가 놓친 것이 있나요?" 캘빈은 모두에게 커피를 건네며, 세희를 한 번 쓱 훑어보았다. 세희의 표정은 평소와 다름이 없었지만, 무엇인가 달랐다. "선장님! 무슨 일 있어요?"

"아니야. 아무것도." 세희는 빠르게 시선을 돌리며 커피를 받았다.

퀘일 장군과 세희 일행은 화성의 우주 스테이션에서 지상으로 향하는 호버크라프트에 몸을 실었다. 각자의 손에는 방금 구입한 스타벅스 컵이 들려 있었다. 호버크라프트는 완전 자동으로 작동되며, 조종할 필요 없이 목적지로 부드럽게 이동했다. 이류 자체도 마치 저항감이 없는 듯 부드럽게 떠오르며 자기장을 이용해 떠올랐다. 곧이어 호버크라프트에 장착된 쌍이온엔진이 가동되기 시작했다. 승무원들은 창밖으로 펼쳐진 화성의 풍경을 바라보기 시작했다. 호버크라프트가 부드럽게 떠오르며 화성의 붉은 대지 위로 떠오를 때, 세희는 창밖을 바라보았다. 화성의 붉은 대지와 무한해 보이는 우주의 경계, 그리고 인류가 인위적으로 조성한 돔 도시들이 펼쳐진 광경은 여전히 세희에게 현실같이 느껴지지 않았다. 지구에서 평생을 살아온 세희에게, 이 광경은 마치 꿈을 꾸는 듯한 느낌을 주었다. 세희의 옆에 앉은 퀘일 장군은 조용히 세희의 시선을 따라가며 화성의 풍경을 바라보고 있었다.

"놀라운 광경이군요." 세희가 입을 열었다. "무한해 보이는 우주와 화성의 붉은 대지가 만나는 장면도 그렇지만, 저 돔 도시들 안에 지구처럼 푸른 생명이 있다는 것이 믿기지 않네요. 뉴제퍼슨시티는 정말 놀랍습니다."

"맞아, 반더의 비전은 정말로 놀랍지." 퀘일 장군은 미소를 지으며 고개를 끄덕였다. "그가 오픈스텔라를 설립한 지 60여 년이 지났지만, 아직도 화성은 그의 비전에 따라 움직이고 있어. 진정으로 미래를 개척한 선구자지. 그가 화성에 도시를 세우겠다는 꿈을 실현하자마자, 처음에는 냉소적이던 국가들도 뛰어들었지. 이제 화성 개발은 22세기의 새로운 대항해시대나 마찬가지야."

"그리고 그 반더의 실종은 인류의 우주 개발사 최대의 미스터리로 남아있는 것 아닙니까?" 캘빈이 흥미로운 듯 덧붙였다.

"반더는 정말 집념의 소유자였지." 퀘일 장군은 고개를 끄덕였다. "그는 장기적으로 화성을 완벽하게 지구와 같은 환경으로 만들겠다는 의지가 있었어. 100여 년의 수명을 가진 인간의 발상일까 싶을 정도로. 반더는 5천 년 계획을 발표하고 화성의 중력을 지구 대비 50퍼센트 이상으로 끌어올릴 계획도 마련했었다고 알고 있네."

호버크라프트는 계속해서 화성의 풍경을 가로질렀다. 세희는 시선을 돌려 뉴제퍼슨시티 근처에 새롭게 건설 중인 돔들을 바라보았다. 중국, 프랑스, 독일, 호주, 말레이시아, 일본, 통일한국 등의 국기가 저마다 돔 위에서 펄럭였다. 인류는 화성에서 새로운 시작을 맞이했지만, 세희는 과거와의 단절이 그리 쉽지 않을 것이라는 생각이 들었다. 화성에서의 시간이 시작되고 있으니, 화성을 지구와는 정치적으로나 경제적으로나 완전히 단절시킨 형태로 새로운 시작을 하는 편이 좋다는 의견들도 많았다. 하지만 실제로는 지구 각국의 욕망이나 화성에서 삶을 개척해 나가야 할 화성인들의 현실적인 이유로 당장 실현되지는 못했다. 지구인들이나 화성인들이나 언젠가는 화성이 지구와 분리된 그들만의 시간을 향할 수도 있을 것이라고는 생각했지만, 아직은 그때가 아니었다. 인류는 새로운 개척지를 찾아 나섰지만, 지구에서의 역사는 여전히 그들과 발걸음을 함께하고 있었다. 세희는 퀘일 장군의 옆모습을 흘끗 바라보았다. 퀘일 장군은 세희의 시선을 느끼고 미소를 지으며 말했다.

"이번 임무도 예전과 같을 거야. 자네는 항상 최고의 파트너였으니까."

"감사합니다. 아시다시피 저는 최고에게서 배웠거든요." 세희가 고개를 끄덕이며 대답했다.

퀘일 장군은 그 답변이 만족스러웠는지 싱긋 웃으며, 호버크라프트의 창밖을 바라보았다.

"지구보다 대기가 훨씬 약하고, 중력도 지구의 38퍼센트밖에 되지 않아서 이렇게 간단하게 호버크라프트로 지상에 접근하고 다시 우주로 돌아갈 수 있는 거지." 퀘일 장군이 설명을 이어갔다. "만약 반더가 꿈꾸었던 것처럼 화성 전역에 지구 수준의 중력과 대기를 만들어낸다면, 그때는 지구처럼 강력한 추진력을 가진 로켓을 사용해야 할 거야."

세희는 퀘일 장군의 설명을 들으면서 점점 눈앞에 가까워지는 뉴제퍼슨 시티를 감상했다. 이 도시는 화성에서 최초로 건설된 곳으로, 규모는 실리콘밸리의 팔로 알토에 비견될 정도였다. 현재는 대략 3만 명 정도가 거주하고 있었다. 그들의 목적지는 TSC 본부가 있는 도심부였다. 도시의 중심부에 자리 잡은 인공 바다는 푸른빛을 띠며 그 모습을 드러내고 있었고, 바다의 생태계가 서서히 돌아가기 시작한 것은 인류가 화성에서도 자연을 재현할 수 있음을 상징하는 중요한 순간이었다. 호버크라프트가 점차 속도를 줄이며 도시 상공에 도달하자, 도시의 풍경이 더욱 선명하게 보였다. 낮은 건물들이 질서정연하게 배치되어 있고, 돔 형태의 구조물 사이로 시민들이 분주히 움직이고 있었다. 돔의 외부에 보이는 화성 특유의 붉은 대지와는 대조적으로, 뉴제퍼슨시티는 마치 지구의 첨단 도시를 떠올리게 하는 현대적인 모습을 하고 있었다.

"대단하군요." 세희가 자신도 모르게 감탄을 내비쳤다. "실제로 보니 생각했던 것보다 훨씬 발전된 모습이에요."

"그래, 처음 이곳에 도착했을 때는 나도 같은 생각이었지. 화성에서 이런 규모의 도시를 세울 수 있다는 게 놀랍지 않나?" 퀘일 장군이 미소를 지으며 대답했다. "이곳은 이제 단순한 기지가 아니라, 진정한 의미의 도시야. 사람들은 이곳에서 새로운 삶을 시작하고 있지."

호버크라프트는 도심부 근처에 위치한 착륙장에 도착했고, 부드럽게 지면에 안착했다. 그들이 착륙장에 내리자 도시의 바람이 살짝 불어왔다. 비록 지구와는 다르게 얇은 대기 속에서 감지되는 바람이었지만, 이곳에서도 충분히 생명력이 느껴졌다.

"TSC 본부로 바로 갈까?" 퀘일 장군이 물었다.

"네, 그렇게 하죠." 세희는 고개를 끄덕이며 대답했다.

그들은 곧바로 TSC 본부로 향했다.

"뉴제퍼슨시티는 우리 미래의 시작이야." 퀘일 장군이 천천히 말을 이어갔다. "그리고 우리가 이곳에서 무엇을 하느냐에 따라, 그 미래는 달라질걸세."

세희는 다른 일행들과 함께 혼다가 만든 전기 에어카에서 창밖으로 지나가는 도시의 풍경을 물끄러미 바라보며 생각에 잠겼다. 지구와 먼 화성에 있지만, 일본산 에어카 안에서 화성의 지면에 살짝 떠 있다는 것을 생각하니 화성이 지구의 확장된 영토임을 새삼스럽게 느낄 수가 있었다. 사실 에어카가 주된 운송수단으로 자리 잡은 것도 뉴제퍼슨시티가 새로이 건설된 도시이기 때문이었다. 아직도 지구에서는 바퀴를 이용해서 다니는 자동차와 에어카가 공존하고 있지만, 화성은 아예 처음부터 바퀴를 이용한 차량은 배제하고 에어카로만 이동하도록 설계했다.

"지구보다 중력이 훨씬 약하다고 해서 걱정했는데, 막상 도착하니 중력이 약하다는 느낌은 전혀 들지 않네요." 세희가 창밖을 바라보며 말했다.

"뉴제퍼슨시티를 건설할 때 중력 문제에 대해 많은 고민이 있었다고 들었네." 퀘일 장군이 고개를 끄덕이며 답했다. "정확한 기술적 설명은 나도 잘 모르지만, 도시 지반 약 5킬로미터 아래에 구리합금으로 된 전도체를 매설해 전자기력을 발생시킨다고 하더군. 그 힘과 화성의 기본 중력을 결합해 지구 중력의 90퍼센트 이상에 근접하는 중력을 만들어낸다는 거지."

그의 설명에 다른 승무원들도 귀를 기울였다. 모두 화성의 독특한 중력 시스템에 대해 궁금해하던 차였다. 세희 역시 퀘일 장군의 설명을 곰곰이 되새기며 창밖에 펼쳐진 도시를 바라보았다.

"그 덕분에, 2132년 FIFA 월드컵이 화성에서 열릴 예정이라고 하더군." 퀘일 장군은 잠시 말을 멈추었다가 미소를 지으며 덧붙였다. "아무래도 지구 각국의 정부와 TSC가 화성에 전 세계의 이목을 집중시킬 수 있는 효과적인 방법을 찾은 모양이야. 월드컵만큼 큰 관심을 끌 수 있는 스포츠 이벤트는 없으니까."

세희는 고개를 끄덕였다. 그럴듯한 이야기였다. FIFA 월드컵은 전 세계에서 가장 큰 단일 스포츠 이벤트였고, 지구에서 화성으로 눈길을 돌리게 하려면 축구만큼 효과적인 수단은 없었다. 만약 월드컵이 화성에서 열린다면, 인류는 진정으로 이 붉은 행성을 새로운 거주지로 인식하기 시작할 것이다.

"월드컵 이야기가 나와서 말인데, 자네들 축구를 좋아하나?" 퀘일 장군이 물었다.

세희는 퀘일 장군이 미국인치고 축구를 매우 좋아하는 것을 잘 알고 있었다. 미국에도 메이저리그사커가 있기는 하지만 그래도 미국 내에서는 다른 메이저 스포츠에 비해서 축구의 인기가 못 미치는 것이 사실이었다. 그럼에도 퀘일 장군은 축구를 매우 좋아했다.

"당연하죠! 전 순도 높은 브라질인입니다." 축구 이야기가 나오자 패트리시아가 눈을 반짝이며 말했다.

"좋은 일이야. 축구야말로 순수한 스포츠이지. 과학기술이 발전하면서 모든 스포츠가 너무 변질되었다고 생각하네. 예를 들어 야구를 보자고. 21세기 초중반만까지만 해도, 야구에서 중요한 순간적인 힘을 폭발시켜서 투수와 타자와 대결했었지. 감독들의 전략 등 물론 필요한 부분들이 많았지만, 어쨌든 순수한 재능, 노력 간의 대결이었어. 2030년대가 되자 불가능의 영역으로 치부되던, 시속 170킬로미터 이상의 공을 상당수의 투수가 뿌려댔지.

그리고 그것을 타격으로 연결하는 타자들은 어떠한가? 정말 순도 높은 재능과 노력 간의 대전이었지. 하지만 지금의 야구는 어떠한가? 선수들을 부상에서 보호한다는 명목하에, 선수들의 근육에 강화된 인공 근육을 접합하고, 뇌에도 인공적인 컴퓨터 칩을 부착해서 순간적인 시력의 강화를 가져왔지. 그 결과로 투수들은 이제 시속 190킬로미터의 공을 던지고, 타자들은 그 빠른 공을 타격하지. 물론 보는 재미야 경이롭기만 하지만, 순수한 스포츠의 영역인가 생각해보면, 난 잘 모르겠네.

야구뿐이겠나? 대부분의 미국 프로스포츠가 그러하지. 하지만 축구를 보세. FIFA의 강력한 제재로 지금도 선수들은 오로지 자신의 근육과 노력에 의한 플레이를 하고 있지. 순수한 인간 그 자체로 그 어떤 인공적인 부착물을 몸에 달고 있지 않는단 말일세. 그럼에도 이 선수들은 마치 인간이 아닌 것처럼 끝없이 발전하고 있지 않은가?"

퀘일 장군의 말에 패트리시아가 맞장구를 치기도 하고, 서로 축구에 대해서 의견을 교환하면서 어느덧 도시의 중심부로 진입하고 있었다. 도시의 중심부로 접어들수록, 도시의 정밀함과 현대성이 더욱 두드러졌다. 사람들은 분주하게 움직였고, 지구에서 온 다양한 국적의 사람들이 눈에 띄었다. 이곳은 단순한 기지가 아닌, 진정한 도시였다.

"정말로 인상적이군요." 세희가 조용히 말했다. 화성에 건설된 이 도시가, 미래에 인류의 새로운 터전이 될 것이란 확신이 들었다.

"이곳이 인류의 다음 도약을 위한 시작이지." 퀘일 장군이 세희 옆에 서서 말했다. "그리고 이제, 우리가 이 도시와 이 행성에서 어떤 역할을 하느냐가 중요할 거야. 이제 도착한 것 같군." 퀘일 장군이 말을 마치며 무인 에어카에서 먼저 내렸다.

세희는 그를 따라 차에서 내렸다. 눈앞에 펼쳐진 TSC 본부는 마치 두바이의 버즈 알 아랍을 연상시키는 독특한 외형의 건축물이었다. 수십 층 높이의 건물이 화성의 하늘을 배경으로 우뚝 서 있었다. 건물 전면에는 커다란 TSC 로고가 그려져 있어, 이곳이 화성에서의 국제적인 중심지임을 상징하고 있었다. 그들은 곧 본부 건물로 들어섰다. 약 35층 높이에, 인간과 휴머노이드를 포함해 1,000여 명이 근무하고 있었다. 건물의 정문을 지나자마자 리셉션과 보안센터를 겸하는 검문소가 나타났다. 권세희 선장과 일행은 이곳에서 간단히 보인 검색을 마치고, 긴몰 내부로 들어섰다.

"25층과 26층은 지구에서 출장 온 대원들을 위한 숙소로 제공되고 있어." 퀘일 장군은 엘리베이터 버튼을 누르며 일행에게 말했다. "지구에도 비슷한 시설이 있지만, 여기 화성에서는 리츠 칼튼이 운영하며 최고의 서비스를 제공해. 멀리 화성까지 왔으니 그 정도는 있어야 하지 않겠나?"

퀘일 장군의 설명에 대원들은 살짝 기분이 좋아졌다. 25층에 도착하자, 엘리베이터 문이 열리며 마치 5성급 호텔의 리셉션과 같은 데스크가 보였다. 데스크 옆에서는 오픈스텔라의 프라임 알파 휴머노이드가 대기 중이었다.

"권 선장, 패트리시아 대위, 에이드리언 중위, 그리고 마일스 중사, 환영합니다. 여러분의 숙소로 안내하겠습니다." 프라임 알파가 차분하게 말했다.

"권 선장, 그리고 자네들. 오늘은 푹 쉬게나." 퀘일 장군이 다시 세희에게 손을 내밀었다. 내일 오전에 임무 브리핑을 하면서 다시 보자고."

"배려에 감사합니다, 장군." 세희는 간단히 거수경례하고, 퀘일 장군의 손을 잡으며 답했다.

세희는 문득 이번 임무의 철저한 비밀 유지가 의문스러웠지만, 특별히 묻지 않기로 했다. 세희는 명령에 충실한 군인이었고, 이런 부분에 관한 질문은 무의미하다는 것을 잘 알고 있었다. 그러나 퀘일 장군은 세희의 마음을 읽은 듯 웃으며 말했다.

"자네가 이번 임무에 대해 의문을 품고 있을 거라는 건 알고 있네." 퀘일 장군은 껄껄 웃으며 다시 엘리베이터로 향했다. "아마 자네들도 이미 겪었 겠지만, 반더의 태양 에너지 포섭 위성이 20년 만에 다시 가동되고 있다고 하네. 실종된 자의 위성이라, 그것도 20년 만에…. 놀라운 이야기이지. 이 와 관련된 일이라고 알고 있어. 어쨌든 나도 궁금하네만, 나 역시 지구 본 부에서 받은 명령은 자네들과 함께 내일 브리핑룸에 들어가라는 것뿐이야. 군인이 뭐 있나? 하라는 대로 하는 거지."

퀘일 장군이 사라진 후, 일행은 프라임 알파의 안내를 받아 각자의 숙 소로 이동했다. 세희는 짧지만 달콤한 휴식을 취한 후, 일행과 함께 오랜만 에 만족스러운 저녁 식사를 했다.

방으로 돌아와서 세희는 샤워실의 부스에 따뜻한 물을 틀었다. 오랜만 에 우주가 아닌 곳에서 따뜻한 물로 샤워를 할 생각이었다. 샤워기에서 방 울방울 떨어지는 따뜻한 물과 그 수증기가 저 멀리 유리창 너머로 보이는 화성의 붉은 대기와 겹치며 몽환적인 분위기를 자아냈다. 그때 로비의 저 멀리에서 제프 버클리가 부르는 '부서진 할렐루야'의 애절한 노래 소리가 낮게 들려왔다.

제프 버클리의 보컬은 세희를 즉시 레이먼드와의 기억으로 다시 소환했 다. 사실 이 노래는 레이먼드 대위가 간혹 즐겨 듣던 노래였다.

"대위님과 이 애절하고 섬세한 노래는 왠지 어울리는 조합이 아니네요. 거기다 100년이나 되어가는 노래라니요." 세희는 미소를 지으며 레이먼드 에게 이야기했었다.

"세희, 가사를 들어봐. 사랑이 끝났거나 실패했지만, 그 고통 속에서도 여전히 찬미할 수 있는 감정, 그것이 바로 부서진 할렐루야. 이 노래는 사실 희망에 대한 노래야. 그래서 언제나 나에게 힘을 준다고!" 레이먼드는 그렇게 말하면서 웃었다.

레이먼드의 죽음 후 세희는 레이먼드의 말대로 희망을 찾기 위해 간혹 이 노래를 들어왔다. 하지만 세희에게 이 노래는 상실이었다. 그렇지만 이 노래가 좋았다. 세희 자신의 이야기인 듯도 했다.

'레이먼드, 이 노래 어디에서 희망을 느낄 수 있는 것인지 아직 잘 모르 겠어요.'

세희는 잠시 눈을 감았다. 그의 웃음소리가 떨어지는 물소리 사이로 들 리는 듯했지만, 곧 화성의 고요함이 세희의 기억을 덮었다. 세희는 샤워를 하고 싶은 생각이 사라졌다. 거울을 보며 잠시 다른 상념에 빠져들려던 순 간, 테이블 위에 아무렇게나 풀어둔 손목형 홀로링크에서 알람이 울렸다. 세희는 시선을 돌려 그 작은 장치의 화면을 확인했다. 화면에 남자의 얼굴 이 떠올랐다.

네런 보린, 세희의 반려자.

대략 3년 전, TSC가 주최한 우주 기업 콘퍼런스에서 처음 만난 이후, 네런은 세희에게 부드럽고도 끈질기게 다가와 자신의 매력을 보여주었다. 그는 당시에 우주선과 휴머노이드 관련 소프트웨어 회사인 보라노바의 대 표로 콘퍼런스에 참석하고 있었다. 그곳에서 그는 휴머노이드 기술의 발전 에 대해 발표했고, 자신의 소프트웨어가 어떻게 휴머노이드의 기능을 강화 하고 그 성능을 극대화하는지 설명했다. 보라노바는 기존의 AI 기반 휴머노 이드가 보이는 한계를 넘어서는 혁신적인 시스템을 제공하고 있었다. 예전 의 휴머노이드는 인간의 명령이 없으면 그 뛰어난 성능을 제대로 발휘하지 못하거나 예측 오류로 인한 실수를 범하기도 했지만, 네런의 소프트웨어는 이러한 문제를 상당 부분 해결하고 있었다. 그의 기술 덕분에 이제 휴머노 이드는 인간의 감정을 이해하고 상황을 스스로 분석하며, 더 인간적인 사고 를 하도록 설계된 것이었다.

"권세희 씨라고 했나요?"

그가 세희에게 말을 걸 것이라곤 상상도 하지 않고 있었다. 네런은 계속 해서 세희에게 말을 걸었다.

"이런 말 한다고 기분 나빠하지 마세요. 당신은 군복이 어울리진 않네요."

"그게 무슨 의미죠?" 세희는 차갑게 시선을 던졌다.

레이먼드의 일 이후, 군복은 세희의 정체성과 같은 옷이었다.

"그냥, 뭔가 더 자유로운 곳에 있어야 할 것 같아서요."

"난 자유 따위 바라지도 않아요."

세희는 무심하게 등을 돌렸다. 하지만 네런은 한 걸음 더 다가왔다.

"왠지 당신은 제 의욕을 불타게 하네요. 비즈니스 외에 이렇게 열정이 생기는 것은 오랜만인 것 같아요."

세희는 처음엔 그의 진지하고 열정적인 태도에 약간 당황했다. 그리고 누군가를 자신의 경계 내에 받아들일 자신이 없었다. 어린 시절에 경험한 부모의 이혼 그리고 레이먼드의 죽음까지, 왠지 자신과 가까워지는 사람들은 모두 불행해질 것만 같았다. 하지만 자신의 기업을 세계적인 반열에 올려놓은 네런은 집요했다. 네런은 세희의 부대로 거의 출근하다시피 찾아왔다.

"언제까지 이렇게 무시할 거예요? 차라리 그냥 그 총으로 쏴서 날 죽여요. 그러기 전엔 난 포기하지 않아요."

집요하기도 했지만, 그의 지적인 면모와 부드러운 카리스마에 세희는 서서히 이끌렸다. 그의 외양은 레이먼드와 전혀 달랐지만, 그 끈질기고 저돌적인 면은 어딘가 레이먼드를 떠오르게 하는 듯도 했다.

"나는 단순한 휴머노이드 OS를 만들고 싶지 않아요. 그들이 생각을 하도록 만들고 싶어요. 당신은 그런 존재가 어떻게 느껴질지 생각해본 적 있나요?"

"생각하는 기계? 듣기만 해도 위험해 보이네요."

"그렇지만 어쩌면 우리보다 더 인간적인 존재가 될 수도 있죠."

그렇게, 서로가 점차 가까워지는 동안 세희는 네런이 주는 안정감과 따뜻함에 안도감을 느꼈고, 어느덧 그에게 점점 마음을 열기 시작했다. 하지만 세희는 계속해서 조심스러웠다.

세희는 테이블 위의 홀로링크를 활성화했다. 투명한 홀로그램이 천천히 공중에 떠올랐고, 곧 네런의 얼굴이 나타났다. 그는 여느 때처럼 깔끔한 헤어스타일과 세련된 비즈니스 캐주얼을 입고 있었다. 그의 따뜻한 미소가 세희에게 다정하게 인사를 건넸다.

"안녕 자기, 이젠 도착한 거야?" 네런의 목소리에는 기분 좋은 기대감이 묻어 있었다.

"응, 드디어 도착했어." 세희는 보일 듯 말 듯한 작은 미소를 지었다. "오는 동안 우주 공간에서 계속 얼굴을 보긴 했지만, 화성에서 당신 얼굴을 보니 왠지 기분이 이상하네. 지구에서보다 더 반가워."

"그래. 화성으로 가는 길은 지루하지 않았어?"

"대원들이 함께 있어서, 그렇게 지루하진 않았어."

"그렇다면 다행이고. 어쨌든 저번에 말한 대로 이번 임무만 마치고, 퇴역했으면 안 될까. 이제 우리도 슬슬 아이를 가졌으면 좋겠어."

세희는 네런을 사랑했다. 하지만 가끔 그가 보이는 부드럽지만 자신의 뜻을 관철하려는 모습은, 차갑고 투명한 유리벽이 세희를 감싸는 것 같았다. 부드럽지만, 단단한 벽. 그는 결코 억압적인 모습을 보이진 않았다. 하지만 그가 원하는 대답을 하지 않으면, 세희는 마치 죄인이 된 것처럼 느껴졌다. 그의 눈빛엔 간혹 알 수 없는 두려움이 스쳤다. .

"우리가 벌써 아이가 필요할까?" 세희가 물었다

"그래. 아이가 하나 있으면 내 삶의 의욕도 더 넘쳐날 것 같아." 네런은 눈을 살짝 반짝이며 고개를 끄덕였다. "그리고 나는 이대로는 이렇게 못 살겠어. 당신은 언제까지 이렇게 위험한 곳을 떠도는 거야? 솔직히 나는 그래, 세희. 당신 없이는 힘들어."

그의 목소리가 마치 어린아이가 투정하는 듯이 들렸다. 마치 세희를 붙잡아두려는 아이와 같은 감정과, 세희를 빨리 되돌아오게 하고 싶은 기대가 느껴졌다. 네런은 이성적인 기업 CEO로 잘 알려져 있었고, 외부에서 볼 때는 이지적인 모습이 돋보이는 사람이었다. 하지만 그의 소유욕은 간혹 세희를 숨 막히게 하는 것이었다. 그들은 이미 2년 전부터 함께 살고 있었다. 사랑하는 사람들끼리는 굳이 결혼식이 필요하지 않다는 네런의 논리에 따라 결혼식도, 혼인신고도 하지 않았기에 세희는 여전히 '권세희'라는 이름을 그대로 사용했다. 한편으로, 자기 성을 그대로 사용하는 것에 안도감을 느끼기도 했다.

"그래? 이렇게 하는 것이 좋겠어. 내가 내일 화성으로 출발할게. 기다려. 내가 갈게."

"굳이 자기가 여기까지 올 필요가 있을까? 임무만 마치면 곧 돌아갈 텐데."

네런이 세희를 보기 위해 화성으로 온다는 말에 세희는 조금 불편해졌다. 왠지 그것이 그냥 사랑의 표현이 아닌 것으로 느껴졌기 때문이다.

"아냐. 그게 좋겠어. 기다려. 갈게. 사랑해."

네런은 세희의 대답을 기다리지 않았다. 화면이 어두워진 홀로링크를 보며 세희는 마음이 무거워졌다. 세희는 분명 네런을 사랑했다. 하지만 그 사랑이 왜 그렇게 무겁게 느껴지는지는 세희도 몰랐다. 네런은 뛰어난 능력, 사회적인 책임감 등 모든 면에서 완벽한 남성이었다. 하지만 때때로 네런은 어딘가 아팠다. 겉으론 누구보다 완벽하지만 세희에게 기대는 그의 말투는 어린아이 같았다. 그럴 때마다 세희는 자신이 연인이 아니라 보호자인 것처럼 느껴졌다. 세희는 사랑이 이렇게 무겁게 느껴지는 이유를 알 수 없었다. 네런의 목소리는 따뜻했지만, 그 안에는 세희를 놓치고 싶지 않다는 간절함이 숨겨져 있었고, 그것이 세희를 묘하게 옥죄었다. 그렇지만 세희에게 기대는 네런의 모습이 세희의 책임감을 자극했다. 레이먼드를 잃은 후 세희는 맹세했다.

'다시는 레이먼드를 잃은 비극을 반복하지 않을 거야, 난 내 사람들을 끝까지 지킬 거야.'

사랑하는데도 자유롭지 못한 마음. 그건 세희에게 가장 익숙한, 그리고 가장 고통스러운 감정이었다.

03

다음 날 오전 세희와 일행이 32층 브리핑룸에 도착했을 때, 프라임 알파가 그들을 맞이했다. 방 중앙에는 커다란 홀로그램 프로젝터가 자리 잡았고 그 푸른빛이 방 안을 은은하게 물들이고 있었다.

"모두 이쪽으로 오시기를 바랍니다." 프라임 알파의 기계인 듯도 하고 인간인 듯도 한 묘한 목소리가 공간을 울렸다. 그리고 세희 일행의 발걸음 소리가 방 안에 퍼지며 긴장감을 더했다. 곧이어 퀘일 장군이 등장했고, 그와 함께 동양인 남성과 중남미 계통의 군복을 입은 남성이 함께 들어왔다.

"권 선장, 이미 도착해 있었군." 퀘일 장군은 밝게 웃으며 말했다.

세희는 간단히 거수경례했다.

"어제 했으면 됐지. 딱딱한 인사는 그만해." 퀘일 장군이 가볍게 손을 흔들며 웃었다. 그러나 그의 웃음 뒤에는 짙은 피로와 무거운 책임감이 느껴졌다. 그는 뒤따라온 두 사람을 소개했다.

"이쪽은 켄지 이와시키, 아직 40대 초반이지만 노벨상을 수상한 천재 양자물리학자지. 아아! 이미 만났겠군. 나야 그가 무슨 말을 해도 이해 못 하니 그냥 천재라고 소개하는 게 편하네. 그리고 이쪽은 잘렉 솔리만 대령, TSC 소속이고 필리핀 육군에서 미군으로 파견 근무를 하다가 이곳까지 오게 되었지. 현재는 화성 각 지역의 안전을 책임지고 있어."

"다시 뵙겠습니다, 선장님." 이와시키는 미소를 지으며 고개를 숙였다.

"권 선장, 만나서 반갑네. 장군께 자네 이야기를 많이 들었네." 잘렉은 단단한 손을 내밀며 세희와 악수했다. 그의 강렬한 눈빛이 신뢰를 담고 있었다.

"반갑습니다, 잘렉 대령님." 세희는 짧게 답했다.

"자, 이제 모두 자리에 앉지." 퀘일 장군이 손짓하며 말했다. 사람들이 홀로그램 프로젝터를 중심으로 원형으로 자리 잡았다. "알파 7, 예정대로 뉴욕 본부를 연결해." 퀘일 장군이 지시하자 프라임 알파가 익숙하게 장치를 조작해 TSC 본부의 회의 참석자를 연결했다.

잠시 정적이 흐른 후, 홀로그램에 이서준 TSC 사무총장의 모습이 나타났다. 그는 통일한국 정보통신부 장관을 역임하며 한국의 우주 통신 능력을 한 단계 끌어올린 인물로, 그 업적을 인정받아 TSC의 8대 사무총장으로 임명된 인물이었다. 이서준 총장의 모습을 본 세희는 머릿속이 복잡해졌다.

'대체 이 임무가 무엇이기에 뉴욕에서 직접 브리핑하지 않고, 수개월을 기다려서 화성까지 와서 브리핑하는 것일까?'

"반갑습니다. 이서준 총장입니다. 지금 이 자리엔 미합중국의 대통령께서도 함께 자리하셨습니다." 홀로그램 속에서 이서준 총장이 차분하게 말했다.

"이블린 카터 대통령입니다." 미 대통령의 목소리가 홀로그램을 타고 방 안에 울려 퍼지자, 방 안의 공기는 순간 긴장감으로 가득 찼다. 세희를 포함한 모든 대원은 놀란 표정을 지었다. 퀘일 장군조차 대통령이 이 자리에 등장할 줄은 상상하지 못한 듯했다.

"대통령 각하, 오랜만입니다." 퀘일 장군이 간단히 인사를 건넸다.

"장군, 화성에 계신 것은 알고 있었어요. 사무총장님, 진행해주세요."

"네. 바로 본론으로 들어가겠습니다." 이서준 총장은 고개를 끄덕이며 말을 이어갔다. "모두 반더 율리시스에 대해서는 잘 알고 계실 것입니다."

"물론입니다. 우리가 이 자리에 있게 한 우주 개발의 개척자 아니겠습니까?" 퀘일 장군이 대답했다.

"맞습니다, 장군. 그것도 두 가지 의미에서요. 첫 번째 의미는 여러분이 생각하는 그대로입니다. 반더의 개척정신 덕분에 화성이 개발되었고, 덕분에 여러분이 화성을 자유롭게 다니실 수 있는 것입니다." 이서준 총장은 잠시 말을 멈추며 대원들의 반응을 살폈다. "그리고 두 번째로 더욱 중요한 이유는 그가 설치한 양자 에너지 전송 위성 때문이기도 합니다." 사무총장은 말을 이어갔다. "반더는 돔을 설치하긴 했지만, 가능한 한 빨리 그것을 제거하고 싶어 했습니다. 반더는 태양 에너지를 양자 얽힘으로 화성 핵에 전달해 핵융합을 일으키려 했습니다. 그로 인해 화성의 중력을 지구 수준으로 바꾸려 했죠. 또한 그 연쇄작용으로 자기장 생성과 대기 안정화까지 이루어질 수 있었습니다. 그가 원래 계획했었던, 5천 년의 시간이 필요 없었던 것이죠. 걸출한 인물이었던 만큼 아마도 자신이 살아 있는 동안에, 화성을 자연스럽게 지구처럼 바꾼다는 목표가 달성되는 것을 보고 싶었으리라 생각합니다."

이 말을 들은 세희와 대원들은 놀라움을 감추지 못했다. 반더의 마지막 목표가 단순히 화성의 개발을 넘어서 단기간 내에 화성을 지구처럼 자연스러운 행성으로 만드는 것이었다는 사실을 처음 알게 된 것이다.

"안타깝군요." 퀘일 장군은 잠시 생각에 잠긴 후, 한숨을 쉬며 말했다. "반더가 건재했다면, 돔 없이도 살 수 있는 그런 날을 기대해볼 수도 있었겠군요."

"장군, 그게 그렇게 간단한 문제가 아닙니다." 이와사키가 퀘일 장군의 말을 끊었다. "인류는 아직 핵융합을 완전히 통제할 수 있는 기술을 가지고 있지 않습니다. 반더가 어떻게 하려고 했는지 모르지만, 태양 에너지처럼 막대한 에너지를 이용해 핵융합을 시도했다는 건 상상하기도 싫군요. 최악의 경우, 화성 자체가 폭발할 수도 있습니다."

"네, 그 말이 맞습니다." 이서준 총장은 물을 한 모금 마신 후, 말을 이어갔다. "2100년 당시 반더가 해당 계획의 승인을 TSC 총장 직할 기구에 요청했을 때도, 당시 위원회와 세계 주요국의 정치 지도자들이 똑같은 우려를 표명했습니다."

이서준 총장의 목소리는 조용하지만 방 안을 가득 메웠다.

"하지만 반더의 확신은 엄청났습니다. 그는 화성을 지구처럼 테라포밍하는 것이 지구의 정치적 지도자들의 우려를 따르는 것보다 더 중요하다고 판단했던 것 같습니다. 처음에는 TSC 위원들과 각국의 리더들이 반더가 그들의 의견을 수용한 줄 알았죠. 몇백 세대에 걸쳐 장기적으로 화성을 변화시키는 계획을 따르는 것처럼 보였습니다. 그러나 실상은 달랐습니다. 그들이 반더의 진정한 의도를 알게 된 건, 그가 화성 궤도에 양자 에너지 위성을 띄운 이후였습니다."

대원들 사이에 긴장감이 돌았다.

"양자 얽힘을 이용한 전송이라니요? SF 소설도 아니고, 그게 가능한 일인가요?" 에이드리언이 조심스럽게 질문을 던졌다.

"반더는 그것을 해냈습니다." 이서준 총장은 고개를 끄덕이며 답했다. "태양 에너지를 양자 얽힘을 통해 화성의 핵으로 직접 전송할 수 있었죠. 이런 성과를 이루었기에, 핵융합조차 통제할 수 있을 것이라고 믿었던 것 같습니다. 그의 확신은 어마어마했죠."

잠시 말을 멈추었던 이서준 총장은 분위기를 읽으며 덧붙였다.

"문제는 그 확신이 화성뿐만 아니라 지구 전체 인류의 안전을 걸고 이뤄졌다는 점입니다. 처음에는 모두 반더를 설득하려고 했습니다. 그가 가진 위상과 중요성을 고려할 때, 스스로 자신의 비전을 포기하고 원래 승인된 계획에 따라 움직이는 것이 최선이라고 판단했죠. 하지만 반더는 그것을 허락하지 않았습니다.

언제부터인가 반더는 자신이 인류의 구원자라고 믿기 시작한 것 같습니다. 자신만이 인류의 진정한 미래를 열 수 있다고 확신하게 된 거죠. 각국의 리더들과 TSC 위원회는 그를 체포해 지구로 귀환시키고, 공식적으로는 행방불명으로 발표하기로 합의했습니다."

이서준 총장의 마지막 말이 무겁게 울렸다. 퀘일 장군조차 처음 듣는 내용에 놀란 듯한 표정이었다.

"그렇다면… 결국 반더의 실종은 TSC와 각국의 정치가들이 체포하려던 시도였다는 결론인가요?" 퀘일 장군이 천천히 질문을 던졌다.

"그렇게 간단한 일이었으면, 여러분들이 이 자리에 비밀리에 화성까지 와서 저희와 이런 자리를 가질 필요가 없었을 겁니다." 이서준 총장은 퀘일 장군을 바라보며 고개를 저었다. "TSC는 겉으로는 우주 정부처럼 보이지만, 실상은 지구의 여러 국가의 연합체에 불과합니다. 각국의 정치 지도자와 국방부가 얽혀 있죠. 즉, 이해관계가 복잡하다는 뜻입니다. 겉으로 보기에는 모두가 반더를 체포하고 그의 실종을 발표하는 데 동의하는 듯 보였지만, 실제로는 다르게 움직였습니다. 특히 미국, 중국, 프랑스, 러시아 같은 국가는 비밀리에 반더를 확보하려 했습니다. 그가 개발한 양자 기술과 아직 미완성일 수 있지만, 핵융합 기술까지도 말이죠. 각국은 먼저 그 기술을 차지하려 했습니다."

대원들의 얼굴은 긴장감으로 굳어졌다. 세희는 반더가 정치적 게임에 말려들지 않을 정도로 영리한 인물이라는 생각이 들었다.

"하지만 반더는 이 모든 속내를 알아차렸습니다. 그래서 체포 당하는 운명을 맞이하는 대신, 자기 팀과 기술들과 함께 연기처럼 사라져버린 것입니다." 이서준 총장은 말을 멈추고 잠시 목을 축이듯 물을 마셨다. 방 안의 분위기는 여전히 무겁고 조용했다. 그는 기침을 한 번 하고 말을 이어갔다. "TSC와 미국, 영국, 일본, 한국, 프랑스 등의 국가들은 10여 년 동안 반더의 흔적을 쫓았지만, 아무것도 찾지 못했습니다. 우리는 그의 나이와 그간의 상황을 고려해, 그와 그의 기술이 영원히 사라졌다고 믿었죠."

이서준 총장의 목소리가 약간의 긴장감을 드러내며, 마지막 문장을 덧붙였다.

"그런데 그 믿음이 깨진 것이 바로 몇 개월 전입니다."

방 안의 공기가 다시 무거워졌다. 세희와 대원들은 사무총장의 말을 기다리며 다음 발언을 주시했다. 이서준 총장은 그간의 이야기를 마무리하면서, 홀로그램 화면에 무언가를 띄우기 시작했다. 방 안이 어두워지며 홀로그램 화면이 떠올랐다. 반더와 그의 실종 이야기는 끝난 줄 알았지만, 진정한 문제는 이제 막 시작된 것이었다.

"몇 개월 전, 반더가 개발한 양자 에너지 위성이 재가동되기 시작했습니다."

이서준 총장의 말에 대원들, 특히 세희는 집중했다.

'그래서 우리 우주선에 EMP 충격이 왔었던 것이군.'

이서준 총장의 설명에 따르면, 화성 궤도를 돌던 그 위성이 다시 활성화되었고, 그와 동시에 화성의 핵 부분에서 이상 고온이 감지되기 시작했다. 홀로그램 화면에는 화성의 지열 지도가 떠올랐다. 지표 아래에서 점차 열기가 상승하며 핵 부분에서 특히 강한 열이 발생하고 있는 모습이 보였다. 이서준 총장은 손짓으로 화면을 가리키며 말했다.

"여기 보시는 것처럼, 화성의 핵에서 급격한 온도 상승이 감지되고 있습니다. 과거 반더의 실종 이후 아무런 움직임이 없던 위성이, 다시 활동을 시작하며 화성의 내부에 영향을 미치기 시작한 것입니다."

대원들 사이에 긴장감이 돌았다.

"확실히 이건 자연적인 현상은 아닌 것 같습니다." 이와사키가 고개를 끄덕이며 말했다. 그리고 손가락으로 홀로그램에 표시된 지열 변화를 가리키며 설명했다. "화성의 핵이 이 정도로 빠르게 뜨거워지려면, 외부에서 인위적으로 에너지가 주입되었을 가능성이 큽니다. 자연적인 화성의 지질 변화로는 이 정도의 급격한 온도 상승을 설명할 수 없습니다."

"맞습니다." 이서준 총장이 고개를 끄덕이며 천천히 말을 이어갔다. "각국의 리더들은 반더가 남긴 양자 위성에서 에너지가 화성의 핵으로 직접 전달되고 있다는 합리적인 의심을 하고 있습니다. 그러나 여기서 한 가지 의문점이 있습니다. 과거 반더는 화성의 핵까지 도달하지 못하고, 오직 지각의 25퍼센트까지만 뚫고 들어갔습니다. 지금 우리가 보고 있는 에너지 전달이 정말 사실이라면, 누군가가 화성의 핵에 접근할 만한 기술력과, 양자 위성에서 직접 에너지를 가져올 만한 기술력을 가지고 있다는 뜻이 됩니다."

방 안은 다시 한번 긴장감으로 가득 찼다. 이서준 총장은 잠시 숨을 고르고, 말을 이어갔다.

"하지만 우리가 가진 정보로는, 지구상에는 그런 기술을 완벽하게 보유한 자가 아무도 없습니다. 따라서 누군가가 그 기술을 가졌다고 하더라도, 핵융합을 완벽히 통제하지 못하면 최악의 경우 화성 자체가 폭발할 수 있습니다. 그 규모에 따라서는 태양계 전체가 재앙을 맞이할 수도 있습니다."

"만약 반더와 그의 팀이 실종된 것처럼 위장하고 지금까지 일하고 있었다면, 이게 가능할 수도 있지 않을까요?" 퀘일 장군이 얼굴을 찌푸리고 무거운 표정으로 중얼거렸다. 물론, 반더의 나이를 생각해보면 이것이 억지라는 것을 퀘일 장군도 잘 알 수 있었지만, 가장 먼저 떠오른 생각은 그 생각이었다.

"이론적으로는 가능했을지도 모릅니다." 이서준 총장은 고개를 저었다. "하지만 반더는 실종되었고, 그가 다시 이 일을 하고 있었다고 해도 지금쯤 그는 100세에 가까운 노인일 것입니다. 그가 다시 돌아와서 이러한 작업을 지휘한다는 것은 현실적으로 불가능합니다."

사무총장의 설명이 끝나자, 이블린 카터 대통령이 화면 속에서 앞으로 나섰다. 대통령의 표정은 긴장감으로 가득 차 있었다.

"오늘 이 자리에 저 혼자 참여했지만, 미국을 포함해 남아공, 브라질, 일본, 통일한국, 영국, 필리핀, 프랑스, 독일, 중국, 러시아 등 이 사실을 인지한 대부분의 국가의 정치 지도자가 이 사태를 매우 심각한 위기 상황으로 받아들이고 있습니다." 대통령은 잠시 숨을 고르며, 상황의 중대함을 강조했다. "그 이유는 예전과 마찬가지로, 통제되지 않은 핵융합이 화성에 심각한 손상을 줄 수 있기 때문입니다. 최악의 경우, 화성 자체가 태양계에서 사라질 위험이 있으며, 그 충격은 지구까지 치명적인 영향을 미칠 수 있습니다."

카터 대통령은 잠시 말을 멈추고, 화면을 통해 방 안에 있는 이들을 천천히 둘러보았다.

"물론 우리는 TSC의 강력한 지원을 받고 있으며, 다른 동맹국들과도 긴밀하게 협력하고 있습니다." 대통령은 목소리를 낮추며 다시 말했다. "하지만 현실적으로 완전히 믿을 수 없는 국가들이 있습니다. 반더가 아니라면 이런 일이 가능한 국가는 극히 제한적입니다. 이 중에서 강력한 동맹국들을 제외하면 남는 국가들은 러시아와 중국 두 나라입니다. 이 국가들이 TSC와 정보를 공유하지 않고, 자체적으로 이런 일을 벌였을 가능성도 배제할 수 없습니다."

카터 대통령의 말에 방 안은 다시 긴장감이 감돌았다.

"그렇다면 굳이 왜 이런 일을 화성에서 벌이겠습니까?" 이와사키가 차분한 목소리로 말했다. "이렇게 들통날 일을 감행할 이유가 없지 않나요? 이해가 되지 않습니다."

카터 대통령을 포함한 모두가 서로를 바라보았다. 각국의 리더와 전문가들조차도 현재 상황에 대한 해답을 쉽게 찾을 수 없는 것 같았다.

"그래서 이번 임무가 소집된 것입니다." 카터 대통령이 다시 입을 열었다. "지금 상황은 우리가 예상하는 것보다 훨씬 더 복잡하고 위험한 위기입니다. 여러분의 조사와 대처가 절실한 이유입니다."

대통령의 말을 들은 사람들은 모두 긴장한 표정을 지었다. 반더의 실종과 함께 중단된 작업이 다시 가동되고 있다는 것은 단순한 우주 개발의 차원을 넘어섰음을 의미했다. 이 임무는 단순한 탐사가 아니라 깊이 생각해 보면 인류의 생존과 연결된 심각한 상황이었다.

방 안은 순간적으로 조용해졌고, 모두 무거운 침묵에 잠겼다. 대통령은 차분한 목소리로 말을 이어갔다.

"여러분은 이번 조사 임무를 위해 비밀리에 차출된 소수 정예 팀입니다. 이 정보는 절대 외부로 유출되지 않아야 하며, 이번 임무는 누구보다 신속하게 해결해야 합니다. 퀘일 장군, 임무를 수행하는 데 필요한 정보나 장비가 있으면, 저와 핫라인을 통해 직접 요청하십시오." 카터 대통령의 표정은 단호했다. "이는 비밀을 유지하면서 임무를 빠르게 처리하기 위해서입니다."

대원들 사이에 긴장감이 감돌았다. 퀘일 장군이 참석한 사람들을 둘러보며 말했다.

"질문이 있나?"

잠시 침묵이 이어지다가, 세희가 조용히 손을 들고 말했다.

"배경 설명은 이해했습니다. 그렇다면 저희가 해야 할 정확한 임무는 무엇인가요?"

"현재 우리가 가진 정보가 너무 부족합니다." 이서준 총장이 대답했다. "가장 먼저 해야 할 일은, 상황에 대한 정확한 정보를 확보하는 것입니다.

도대체 화성에서 무슨 일이 일어나고 있는지, 즉 화성의 핵에서 일어나는 일, 양자 에너지 위성의 상태, 그리고 반더가 남긴 것들을 정확히 파악하는 것이 최우선 과제입니다. 그 후에, 여러분이 다음 액션을 선택할 수 있도록 추가 지시를 내릴 것입니다. 우선적으로는 반더의 옛 시설부터 조사해야 합니다."

"우리 대원들이 화성에 오는 동안 아레스 19호에서 발생한 위기도, 그리고 지금 현재의 위기도 모두 실종된 반더의 위성이 재가동되는 것에서 시작되었습니다." 퀘일 장군이 말했다. "반더의 위성부터 살펴보아야겠군요."

"장군님. 통신 관련 전문가로서 말씀드립니다." 지금까지 죽 말없이 듣고만 있던 에이드리언이 이야기했다. "반더의 위성 가동은 위성 그 자체를 살펴볼 일이 아닙니다. 위성을 재가동시킨 시설이 있을 것입니다. 현재 위성이 재기동되었다고 해서, 저희 아레스 19호에서 발생한 위기 외에 직접적인 위기를 초래한 것은 없습니다. 하지만 화성의 핵이 달구어지고, 또 위성이 어떻게 재가동이 되고 있는지를 모르고 있는 것이 진짜 위기입니다. 반더의 오래된 시설을 먼저 조사해야 합니다."

"에이드리언 중위님의 의견에 동의합니다. 위성이 아니라 위기를 초래한 핵심 시설에 대해서 먼저 확인을 해봐야 합니다." 기술 관련 전문가인 캘빈도 덧붙였다.

퀘일 장군은 세희의 의견을 구하듯 세희를 한번 보았다.

"장군님. 저희 대원들은 최고의 전문가들입니다. 그들의 의견을 존중합니다."

세희가 말하자, 퀘일 장군은 카터 대통령과 이서준 총장에게 보고했다.

"들으신 대로입니다. 반더의 오래된 시설을 먼저 조사하겠습니다."

마지막으로 카터 대통령이 말했다.

"네. 어떤 식이든 상관없어요. 수단과 방법을 가리지 말고, 필요한 정보를 먼저 확보합시다."

04

우주 시대가 본격적으로 시작된 지도 이미 100여 년 가까이 되어가고 있지만, 사람들은 아직도 서기로 매년을 구분하고 있었다. 우주 생활에 심취한 몇몇 사람들은 2090년을 기점으로 해서 우주 세기라는 개념을 도입해야 한다고 하기도 했지만, 대부분은 그런 혼란스럽고 귀찮은 변화는 거부했다.

"사람들이 주장했던 것처럼 우주 세기를 도입했다면, 지금 사람들의 사고방식도 우주 시대에 맞추어서 진화하지 않았을까요?" 캘빈이 말했다. "그랬다면 인간사회가 지금과는 다르게 한 단계 더 도약하지 않았을까 싶기도 하네요."

기술적인 부분에 관심이 많은 캘빈은 자연스럽게 사람들의 사고 방식이 우주 시대에 맞추어 진화하는 부분에 대해서도 관심을 가졌다.

"어쩌면 그럴지도 모르지." 에이드리언은 심드렁하게 이야기했다. "하지만 아마도 인간이란 존재는 변화를 거부하는 것이 기본값이 아닐까 싶어. 실제로 역사를 보면 전쟁, 천재지변, 질병 등 굵직굵직한 사건이 없다면 사회의 근본적인 변화는 없었던 것이 사실이잖아?".

캘빈과 에이드리언이 이런저런 대화를 나누는 동안에도 우주는 제 갈 길을 가고 있었다.

서기 2130년 6월 18일, 뉴제퍼슨시티의 돔을 빠져나간 탐사용 로버는 화성의 붉은 대지를 천천히 누비고 있었다. 뉴제퍼슨시티 내부에서야 지구와 같이 안정된 환경이 구현된 도시여서 에어카를 주된 교통수단으로 삼고 있었지만, 돔 밖은 달랐다. 이곳은 여전히 거친 화성의 환경이었고, 이곳에서는 에어카보다는 거대한 바퀴가 달려서 단단히 지면과 고정이 된 전통적인 이동장치가 더욱 어울렸다.

세희는 창밖으로 깊은 시선을 던졌다. 섬세한 얼굴선은 외견상 세희를 유약하게 보이게 했지만, 내면 깊숙한 곳에서는 이번 임무의 무게를 조용히 감내하고 있었다. 내성적인 성격 덕분에 세희는 자신의 생각과 감정을 억제하며 주변을 면밀히 관찰하는 편이었지만, 그 누구도 권세희 선장의 의지가 꺾일 것이라 생각하지 않았다.

허머처럼 생긴 탐사 로버는 화성의 중력을 이용해 부드럽게 달리고 있었지만, 차량이 지나갈 때마다 붉은 먼지가 하늘로 떠올라 도로 주위에 낮게 깔렸다. 화성의 약한 중력 탓에, 먼지는 쉽게 가라앉지 않고 공기 중에 떠돌며 시야를 방해했다. 창밖으로 보이는 것은 붉은 모래뿐이었다.

"시야 확보가 힘드네요. 저 먼지구름 때문에 제대로 보이지 않아요." 캘빈이 어딘가 즐거운 듯한 목소리로 말했다.

캘빈의 외향적인 성격은 항상 이런 극한 상황을 더 흥미롭게 만드는 듯했다. 그가 핸들을 잡았고, 차량은 거친 지형을 가로지르며 앞으로 나아가고 있었다. 로버의 자동운항 모드를 사용할 수도 있었지만, 이번의 경우에는 모든 것을 직접 확인하면서 목적지인 반더의 터널 입구까지 도착하기 위해 자동운항 대신 직접 운전을 선택했다.

"기술의 힘을 믿어야지, 캘빈. 레이더 시스템을 최대한 활용해." 세희가 짧게 지시했다.

"알겠습니다, 선장님. 온 사방 모래와 돌덩이 속에서도 우리가 어디로 가는지 알아낼 수 있을 겁니다." 캘빈은 손을 뻗어 장비를 조정하기 시작했다. "적외선 스캐너 활성화." 이어서 에이드리언에게 이야기했다. "그런데 중위님이 통신 전문가이기도 하고 그럴듯해서 동조하기는 했는데, 정말로 위성보다 반더의 시설을 찾는 것이 먼저일까요? 어쩌면 반더의 위성을 먼저 보는 것에서 훨씬 많은 정보를 확보할 수 있지 않았을까요?"

"캘빈. 나를 믿어." 에이드리언은 피식 웃으며 캘빈을 보았다. "위성은 그냥 신호에 의해 가동되었을 뿐이야. 반더의 오래된 시설을 찾으면 훨씬 많은 일들을 알 수 있어."

캘빈은 에이드리언의 말이 쉽게 납득이 되지는 않았지만, 그는 통신 시그널에 관해선 지구 최고 수준의 전문가였다. 그래서 그의 의견을 존중하기로 했다.

차량 내부의 스크린에 화성 지하의 모습이 나타났다. 레이더와 적외선 센서가 먼지구름 속에 숨겨진 지형을 탐지하며 경로를 안내하기 시작했다. 세희는 화면을 뚫어지게 응시하며, 모래 폭풍 속에서 어떻게든 반더가 남긴 인공 땅굴을 찾아내려 애썼다. 그 땅굴은 반더와와 그의 팀이 사라지기 전 마지막으로 남긴 흔적이었다.

"자, 여긴 조금 긴장감을 가져야겠네." 패트리시아가 활짝 웃으며 말했다.

패트리시아는 매우 발랄한 성격으로, 이런 긴장감이 넘치는 상황에서도 크게 변화가 없었다. 어둡고 긴장된 상황에서도 항상 긍정적인 에너지를 발산하는 패트리시아는 팀의 분위기를 부드럽게 만들곤 했다.

"긴장되는 분위기이지만 내가 어릴 때 살던 브라질의 빈민가를 떠오르게 하네요."

"대위님이 빈민가에 살았었다고요?" 에이드리언이 말했다. "의외인데요. 전혀 어울리지 않아요."

"어울리지 않는다는 게 좋은 뜻인 거겠지?" 패트리시아가 미소 지었다.

"네. 놀랐다는 뜻이에요. 대위님의 밝은 모습과 또한 지금의 성공적인 위치를 생각하면 떠올리기가 쉽지 않네요. 안타까운 일이지만 인간은 환경의 지배를 받는 동물입니다. 통계적으로 빈민가 출신들은 그곳에서의 생활과 함께 생을 마감하는 경우가 90퍼센트 이상이에요."

"중위 말이 맞아. 내 경우에는 운이 좋았어. 브라질 빈민가에서 자랐을 때, 마리아 수녀님이 나를 구해주셨어. 그분 덕에 여기까지 온 거지."

세희는 둘의 대화를 흘려듣고 있었고, 캘빈이 그들의 대화에 끼어들었다.

"그렇군요. 맞아요. 어릴 때 큰 인상을 준 사람이 누구인지에 따라서 한 사람의 인생이 정말로 드라마틱하게 변할 수도 있다는 이야기를 어디에서 들었던 것 같아요."

"그래. 정확해. 난 마리아 수녀님처럼 의미 있는 일을 할 수 있는 사람이 되고 싶었고, 지금 이 자리에 있게 되었네." 패트리시아는 미소를 지으며 세희를 봤다. "그리고 선장님 덕분에 새로운 목표도 생겼어요.'

"패트리시아 대위, 그게 무슨 말이지?" 세희는 갑자기 자신이 언급되자 살짝 눈썹을 치켜뜨며 물었다.

세희가 살짝 당황한 듯이 보이자 패트리시아는 재미있다는 듯 보면서 이야기했다.

"선장님을 만나기 전 저의 목표는 군의관으로 더 많은 군인에게 건강상의 도움을 제공하겠다는 것이었어요. 그러다가 선장님을 본 거예요. 웬만한 남자들보다 뛰어난 전투 능력 그리고 상부에서 인정하는 뛰어난 전략과 전술적인 센스까지, 제가 갈 수 없다고 생각한 곳에 도달해 있는 여성을 처음 본 거죠."

"음….'

"그 덕분에 저도 더 큰 목표를 세울 수 있게 되었어요. 군의관으로 끝나지 않고, 이번 화성 임무를 마치면 어느 곳에서든 지휘부에 합류하고 싶어요. 사실 그를 위해서 따로 온라인 대학원에서 리더십에 대한 학위 공부를 하고 있기도 해요."

"대위, 그 꿈 꼭 이룰 수 있을 거야. 나도 도울 일이 있으면 도울게." 세희는 패트리시아의 말에 진심으로 감탄했다.

"고마워요, 선장님. 어쨌든, 이제 감지 장치를 켜볼까요? 우리가 찾는 건 그리 멀지 않아요." 패트리시아가 미소 지으며 화답했다.

"좋아, 패트리시아. 감지 장치를 활성화해." 세희가 말했다.

에이드리언은 차분한 태도로 장비를 점검하고 있었다. 그의 신중하고 조용한 성격은 팀 내에서 항상 든든한 역할을 해왔다.

"지금 이 상태로도 우린 충분히 안전해요." 에이드리언이 차분하게 말했다. "내가 계속 모니터링하고 있으니 걱정할 필요 없습니다."

모래 폭풍은 점점 더 거세졌고, 시야는 거의 차단되다시피 했다. 그러나 레이더와 감지 장비 덕분에 그들은 정확하게 경로를 잡아가고 있었다. 마침내, 장비에서 경고음이 울리기 시작했다.

"뭔가 잡혔어요!" 캘빈이 외쳤다. "이게 반더가 남긴 인공 땅굴 같아요. 바로 저 앞입니다!"

"조금 더 다가가보지." 세희는 여전히 차분했지만, 내면에는 긴장감이 엄습했다.

"시야가 가려져서 레이더와 적외선 장비를 풀가동해야겠어요." 캘빈이 거친 목소리로 말했다. 그는 침착하게 장비를 조정하며, 로버가 곧 목표에 도달할 것임을 알렸다.

잠시 후, 로버가 멈춰 섰다. 그들이 도착한 곳은 거대한 금속성 게이트였다. 티타늄 합금으로 구성된 대형 문은 마치 우주선의 이중 구조처럼 설계되어 있었다.

"이곳이 맞는 듯합니다." 캘빈은 고개를 돌려 세희를 보며 말했다. "압력 손실을 막기 위한 이중 구조로 되어 있어요. 내부 붕괴에 대비한 것 같군요."

캘빈은 익숙한 손놀림으로 장비를 꺼내 들고 굳게 잠긴 티타늄 문을 열기 시작했다. 첫 번째 문이 열리자, 그 뒤에는 더 두꺼운 두 번째 문이 드러났다. 그는 다시 장비를 조작하여 잠금 해제를 시도했고, 곧 푸시식하는 소리와 함께 두 번째 문이 열렸다.

"자! 엽니다!" 캘빈이 말하며, 문이 천천히 열렸다.

문이 완전히 열리자, 그 안에는 지하로 연결된 사다리가 보였다. 사다리는 오랫동안 사용되지 않은 것 같았지만, 깨끗하게 관리되어 있었다. 그 아래로 보이는 공간은 의외로 하얗고 밝은 사무실처럼 보였다.

"내가 먼저 내려간다." 세희는 팀을 돌아보며 결단을 내렸다.

세희가 먼저 사다리를 잡자, 캘빈이 앞을 막아섰다.

"선장님, 제가 먼저 내려갈게요. 항상 위험을 먼저 감수하려고 하지 마십시오."

"마일스 중사. 비켜. 내가 결정한 거야." 세희는 특유의 감정이 없는 듯한 깊은 눈으로 그를 보았다.

세희는 먼저 사다리를 타고 조심스럽게 내려갔다. 캘빈은 멋쩍은 표정으로 세희의 뒷모습을 보았고, 에이드리언이 그의 어깨에 손을 올렸다.

"여전하셔. 선장님. 보통 사람들이 저 외모에 속는 거지. 하지만 누구보다 강하다고."

둘의 대화를 듣던 패트리시아도 고개를 절레절레 흔들며 모두의 뒤를 따라 사다리를 타고 조심스럽게 내려갔다.

지하 공간은 차가운 공기가 맴돌았고, 특유의 고요함이 감돌았다. 세희는 주변을 빠르게 살폈다. 이어서 캘빈, 패트리시아, 그리고 에이드리언도 뒤따라 내려왔다. 지하에 도착한 팀원들은 사무실 같은 구조를 보고 약간 당황했다. 깔끔하게 정돈된 책상, 의자, 그리고 벽에 붙어 있는 모니터들이 눈에 들어왔다.

"정말 사무실처럼 보이네요." 패트리시아가 주변을 둘러보며 말했다. "반더와 그의 팀이 여기서 일했던 것 같아요."

"여기서 단서가 될 만한 것이 있을지 모르니, 주위를 잘 살펴보도록." 세희는 주변을 경계하며 대원들에게 지시를 내렸다.

"정말 구식 모델이네요. 다행히 아직 작동하는 것 같습니다. 일단 데이터를 본부로 백업해두겠습니다." 에이드리언이 컴퓨터에 연결된 선을 확인하며 말했다. 그리고 방 한쪽에 있는 오래된 서버 장치에 접근했다.

에이드리언은 몇 분간 조작하며 데이터를 탐색했다. 그리고 화면에 뜨는 로그와 파일들을 보고는 고개를 저으며 말했다.

"특별한 내용은 없는 것 같군요. 작업의 진척 상황, 지구와의 교신 기록 같은 일상적인 업무 기록들입니다."

별다른 것이 없을 것이라고 빠르게 판단한 세희가 주변을 돌아보자, 입구에서와 같은 티타늄 문이 있는 것이 보였다. 이번에도 앞서와 비슷하게 중첩된 이중 구조로 되어 있는 듯했다.

"마일스 중사, 이 문도 열어봐." 세희가 문을 바라보며 캘빈에게 지시했다.

캘빈은 고개를 끄덕이며, 익숙하게 장비를 꺼내 들었다. 몇 초간의 조작 후, 첫 번째 문이 천천히 열렸다. 그 뒤에는 두 번째, 더 두꺼운 문이 드러났다. 캘빈은 다시 장비를 조작하며, 잠금을 풀었다.

"조심성이 많은 사람이었네요." 캘빈이 두 번째 문을 열며 말했다. "이렇게 압력 변화를 최소화하면서 일을 진행한 것 같아요. 벽은 탄소섬유로 강화돼 있고 저 앞에 또 하나의 문이 보이네요." 그리고 머리 위의 밝게 빛나는 전구를 보며 덧붙였다. "전기도 계속 공급되고 있는 것 같습니다. 어디에서 오는지는 모르겠지만, 반영구적으로 빛을 내는 전구예요."

세희는 그 말을 듣고 주변을 살펴보았다. 이곳이 얼마나 오랫동안 사용되지 않았는지 알 수 없었지만, 전기가 끊기지 않고 있다는 사실이 그들을 더 긴장시켰다.

"계속 진행하지." 세희가 말했다.

캘빈이 가장 앞장을 섰고, 그 뒤로 패트리시아, 에이드리언, 세희가 차례대로 뒤따랐다. 마지막 문을 열자 그들 앞에 수직으로 내려가는 엘리베이터가 모습을 드러냈다. 캘빈이 엘리베이터 버튼을 눌렀다. 푸른빛이 도는 하얀 내부 조명이 그들을 맞이했다.

"화성의 지하에서 하얀 조명이 비치는 엘리베이터라니, 이거 정말 비현실적이네요." 패트리시아가 어깨를 으쓱이며 농담을 던졌다.

"우리가 여기 있는 것 자체가 비현실적이지." 세희는 차분히 말했다. "지금 우리가 확인하는 것도 비현실적인 일들이 왜 벌어졌는지 알아내는 임무니까."

세희는 이번에도 가장 먼저 엘리베이터에 탔다. 캘빈, 패트리시아, 그리고 에이드리언도 차례로 엘리베이터에 탔다. 세희가 문 닫힘 버튼을 눌렀다. 문이 부드럽게 닫히고, 엘리베이터는 하강하기 시작했다. 엘리베이터가 하강하며 세희는 레이먼드가 마지막으로 외쳤던 '살아야 해'라는 말을 떠올렸다. 이번엔 누구도 잃고 싶지 않았다

"문 닫힘 버튼과 호출 버튼밖에 없네요." 에이드리언이 주위를 살펴보며 조용히 말했다.

세희는 순간, 알 수 없는 불안감이 더 강하게 밀려오는 것을 느꼈다. 하지만 곧 그 생각을 덮을 만큼 귀가 막히는 압력이 세희를 덮쳤다. 엘리베이

터는 무척 빠르게 하강하고 있었다. 그 속도는 마치 중력이 느껴지지 않는 듯했지만, 가속도가 몸을 짓누르고 있었다. 잠시 후 엘리베이터가 멈췄고 문이 열렸다. 그들의 앞에는 또 다른 미지의 공간이 펼쳐졌다.

"이건 대체 뭐죠?" 캘빈이 조심스레 말했다.

모두가 천천히 엘리베이터에서 내리며, 눈앞에 펼쳐진 새로운 공간을 바라보았다. 첨단 시설 같으면서도 불길한 기운이 감도는 곳이었다.

엘리베이터가 멈추고 문이 열리자마자, 세희와 팀은 한층 더 깊은 어둠 속으로 걸어 들어갔다. 그들의 발밑에서는 메마른 지하 공간의 메아리가 퍼져 나갔다. 이곳은 화성의 지하 세계, 반더가 만들어낸 동굴의 최하층이었다.

에이드리언은 자신의 디지털 기기를 통해 현재 위치를 파악하며 이들이 화성 지하 3천 400미터에 도달했다는 것을 확인했다.

"우리는 지금 반더가 노닐했던 최하층에 있습니다. 화성 핵까지는 도달하지 못했지만, 여기서부터는 그들이 더 나아가지 못한 한계점이죠." 에이드리언이 차분하게 설명했다.

세희는 주위를 살피며 탄소섬유로 만들어진 외벽을 유심히 바라보았다. 세희는 에이드리언의 말을 들으며 고개를 끄덕였다. 에이드리언이 외벽을 스캔하자 기기가 이상 신호를 감지했다.

"생각보다 맨틀이 물렁거리는 느낌입니다. 탄소섬유로 된 외벽이 맨틀에 조금 약해졌어요." 에이드리언이 빠르게 데이터를 분석하며 말했다. "장기적으로는 스테인리스강 등으로 외벽을 강화해야 할 수도 있을 것 같습니다. 이 구조물을 계속해서 유지해야 한다면 말이죠."

TSC의 본부에서 이런 통신 내용을 함께 듣고 있던 퀘일 장군은 에이드리언의 말에 맞장구를 쳤다.

"자네 잘 알고 있군. 지금 반더의 화성 핵까지의 접근 계획을 보고 있는데, 탄소섬유로 빠르게 외벽을 구축하고, 그 이후에 다음 팀이 스테인리스강으로 외벽을 보강하면서 반더의 팀을 따라잡으려고 했었네."

"이와사키 박사, 맨틀이 물렁거리는 것이 화성 핵이 녹고 있다는 증거가 될 수 있나요?" 세희가 물었다.

"그렇습니다." 통신을 통해 연결된 이와사키는 한숨을 내쉬며 대답했다. "핵에서 발생하는 열이 맨틀에 전달되기 시작한 것이 분명합니다. 초기 단계로 보이지만, 현재 온도는 섭씨 600도에서 1000도 정도로 추정됩니다."

팀은 조용해졌다. 세희는 자신들이 이 열을 견딜 수 있을 것인가에 대해서 고민하기 시작했다.

"이와사키 박사, 대원들이 입은 우주복이 만약 핵에 접근했을 때, 이 열을 견딜 수 있을까요?" 퀘일 장군은 세희의 마음이라도 읽은 듯 고개를 끄덕이며 물었다.

"여러분이 입은 우주복은 세라믹 섬유와 노멕스를 혼합해서 만든 것으로, 자체 쿨링 시스템이 장착되어 있습니다. 이론상으로는 1,500도까지는 견딜 수 있을 겁니다." 이와사키가 답했다. "그러나 장기간 노출은 성능 저하를 가져올 수 있으니 주의해야 합니다. 화성 핵의 온도는 지구의 핵처럼 6,000도까지 상승하리라 생각합니다. 하지만 이 정도 온도에 도달하려면 몇 년은 더 필요할 것이니, 지금은 큰 걱정 없이 임무를 수행해도 괜찮을 겁니다."

팀은 잠시 안도의 한숨을 내쉬었지만, 그 순간 에이드리언의 기기가 강한 신호를 감지했다.

"잠깐만요, 이 근처에 뭔가가 있어요. 움직임이 감지됩니다." 에이드리언이 긴장한 목소리로 말했다.

"뭐라고?" 세희가 놀라며 물었다.

"외벽 아래, 대략 20킬로미터 깊이에서 빈 공간이 감지됩니다. 그리고 그 안에서 생명체가 움직이고 있어요. 대형 곰처럼 보이는 생명체가 서너 개 감지됩니다." 에이드리언은 집중하며 기기를 조작했다.

모두가 숨을 죽였다. 그 생명체들은 지금까지 본 어떤 것도 아니었다. 그들의 존재는 지구나 화성에서 알려진 생명체들과 전혀 다를 것이 분명했다.

"이런 임무가 될 줄은 몰랐군." 퀘일 장군이 낮게 중얼거렸다. "권 선장, 일단 후퇴하게. 생각보다 위험한 임무인 것 같아. 이런 위협에 맞설 장비들을 자네들은 지금 가지고 있지 않아. 다시 장비를 갖추고 충분히 재정비한 후에 돌아가는 것이 좋을 것 같네."

"알겠습니다, 장군." 세희는 그 말에 동의하며 고개를 끄덕였다. "하지만 마지막으로 여기서 비밀 통로나 다른 출구가 있을 수 있으니 확인해보고 가겠습니다. 다음에 다시 돌아올 때 임무 수행을 효과적으로 하고 싶습니다."

퀘일 장군은 잠시 망설였지만, 결국 세희의 결단을 지지했다.

"알겠네. 하지만 신중하게 움직이게. 자네 능력은 잘 알고 있지만, 우린 모르는 것이 너무 많아."

"지금 바로 이 공간을 샅샅이 점검해." 세희는 빠르게 일행에게 명령을 내렸다. "아래에서 미지의 생명체가 돌아다니고, 반더는 스스로 행방불명이 되었어. 이곳에 분명히 어떤 비밀이 숨어 있어."

모두 사신들의 휴대용 에너지 스캐너를 꺼내 들었다. 내부의 공기는 긴장감으로 팽팽했고, 숨소리 하나마저 예민하게 들릴 정도로 조용했다.

"선장님! 이곳에서 에너지가 빠르게 움직이고 있어요." 패트리시아의 목소리가 갑자기 울렸다.

패트리시아의 스캐너에서 강한 에너지 반응이 검출되기 시작했다.

삐삐삐! 소리가 점점 커지며 패트리시아 앞의 탄소섬유 벽에서 에너지가 맹렬히 방출되는 것을 알렸다.

"무엇인가가 우리에게 빠르게 접근하고 있어요!" 패트리시아는 두려움을 느끼는 듯한 목소리로 외쳤다.

말이 끝나기 무섭게, 탄소섬유로 된 벽을 뚫고 형체가 나타났다. 대략 180센티미터 정도 되는 사람이 서 있었지만, 그 형체는 인간이라고 말하기엔 이질적이었다. 분명 인간의 형상을 하고 있었지만 그 존재는 공간에 속하지 않은 듯했다. 패트리시아는 본능적으로 레이저건을 뽑아 그 형체를 향해 발사했다.

그러나 놀랍게도 레이저는 그 형체를 그대로 통과해버리고, 뒤에 있는 탄소섬유 벽에 명중했다. 방 안의 모든 사람의 숨이 멎었다. 레이저가 통과한 존재라니. 세희는 눈앞의 이질적인 존재를 보며 온몸의 털이 쭈뼛 서는 것을 느꼈다. 이런 존재는 상상해본 적도 없었다.

그렇지만 지금까지 수많은 훈련과 실전의 경험이 몸에 그대로 남아 있는 세희는 본능적으로 행동에 나섰다. 세희는 날렵하게 그 형체에게 몸을 던졌지만, 그 형체는 마치 아무것도 아닌 듯 세희의 몸을 투과했다. 마치 공기처럼, 세희는 그대로 형체를 지나쳐버렸다. 그리고 그 순간, 형체는 패트리시아를 향해 돌진했다. 빠르고 거침없는 동작으로 그 형체는 패트리시아에게 몸통 박치기를 했다. 충격과 함께 패트리시아는 벽으로 날아가 몸이 벽에 부딪히며 '쿵' 소리가 울려 퍼졌다. 패트리시아는 숨이 턱 막히는 듯 벽에 충격을 받은 채로 바닥에 무너졌다. 얼굴엔 고통이 일렁였고, 패트리시아의 레이저건은 손에서 떨어져 나가 바닥을 굴렀다.

하얀 바탕에 금색의 장식을 한 듯한 우주복을 입은 그 형체는 바닥에 쓰러진 패트리시아 앞에 서 있었다. 남자였다. 남자는 그 존재만으로도 위압적이었고, 공간을 장악하는 듯한 무언가가 있었다. 세희는 본능적으로 레이저건을 그에게 겨누었고, 캘빈과 에이드리언도 마찬가지로 그를 포위했다.

"멈춰!" 캘빈이 외쳤다.

그러나 그 존재는 천천히 웃음을 띠었다. 그의 웃음은 인간적인 온기와는 다른, 차가운 것이었다. 그러면서 그들의 머릿속으로 직접 말을 걸어왔다.

"여러분은 저의 행동을 제약할 능력이 없습니다."

텔레파시가 울려 퍼진 직후, 그가 자기 말을 증명이라도 하듯, 신체가 물처럼 흐르듯 움직이더니, 말 그대로 에이드리언의 몸을 통과했다. 세희는 눈이 휘둥그레지며 경계했지만, 아무런 저항도 할 수 없었다. 그 남자는 순식간에 에이드리언의 뒤에서 나타나 그의 목에 헤드록을 걸어 인질로 삼았다.

"좀 과격하게 인사를 드려서 죄송합니다. 시간이 많지 않아서 그렇습니다. 지금 보게스들이 이쪽으로 접근하고 있습니다. 그들이 도착하기 전에 이곳을 빠져나가야 합니다." 남자의 목소리는 차분했지만, 급박함이 깃들어 있었다.

"우리가 당신과 함께 이곳을 벗어나야 한다고요?" 세희는 믿기 힘든 듯 물었다. 하지만 그 질문이 채 끝나기도 전에 에이드리언이 급하게 외쳤다.

"세 개의 생명체가 화성 맨틀을 뚫고 우리 쪽으로 접근하고 있어요! 빠르게요!"

에이드리언의 목소리에는 긴박함이 묻어났다. 그가 들고 있던 기기의 경고음은 점점 더 급박하게 울리기 시작했다.

"보게스들이 오고 있습니다." 남자는 말없이 에이드리언의 목에서 손을 떼며 그를 풀어주었다. "저를 따라올 것인가요?"

짧은 순간이었지만, 남자가 가진 능력을 본 세희는 이 상황을 간파했다. 그 남자는 언제든 그들을 처리할 수 있는 능력이 있음에도 그렇게 하지 않았다. 이는 그가 정말로 그들을 돕고 싶다는 뜻으로 보였다.

"좋아요." 세희는 이내 결정을 내렸다. "당신을 따라가겠습니다. 마일스 중사 무기 내려."

캘빈은 잠시 망설였지만, 레이저건을 내렸다. 남자는 인질극을 끝내고 다시 일어서더니, 처음 등장한 벽 쪽으로 걸어갔다. 걸어가면서 바닥에 쓰러져 있던 패트리시아를 부드럽게 일으켜 세웠다. 그녀의 상처가 깊어 보였다. 그는 패트리시아를 일으키며 텔레파시로 말을 걸었다.

"미안합니다."

패트리시아는 계속해서 고통으로 얼굴이 창백해졌지만, 남자의 손길이 어딘가 따뜻하게 느껴졌는지 천천히 고개를 끄덕였다. 남자는 자신이 통과해 들어온 벽에 손을 대며 말했다.

"제가 앞장설 테니, 모두 따라오세요."

그의 목소리는 평온했지만, 세희는 긴장의 끈을 놓을 수 없었다.

그때 그들이 서 있는 반대편에서 또 다른 존재들이 불쑥 벽을 통해 머리부터 들이밀며 나타났다. 2미터는 족히 되어 보이는, 인간의 형상을 한 거구의 생명체들이었다. 그들은 남색 색상의 타이트한 우주복을 입고 있었지만, 남자와는 다르게 그들의 눈에는 어떠한 감정의 흔적도 보이지 않았다. 그들은 기계적인 움직임으로 남자와 일행을 바라보고 있었다.

"조금 더 서둘렀어야 했는데, 어쩔 수 없군요." 남자는 고개를 숙이며 나지막이 말했다. 그가 바닥에 주저앉더니 빠르게 바닥에 손을 댔다. "놀라지 마세요." 텔레파시가 또다시 울려 퍼졌다.

남자가 말을 마치자마자, 세희는 갑자기 가슴이 철렁 내려앉는 기분을 느꼈다. 분명히 바닥을 밟고 서 있었는데, 그 순간 마치 공중에 떠 있는 듯한 자유낙하가 시작된 것이다. 화성의 지질 맨틀을 뚫고, 그들은 빠르게 아래로 내려가고 있었다.

"여러분이 화성이라고 부르는 행성의 맨틀을 지금 통과하고 있습니다." 남자가 다시 텔레파시로 말했다.

세희는 맨틀의 구성물들을 스치듯 지나가며, 자신이 투명한 벽을 통과하는 것 같은 기이한 경험을 하고 있었다. 그녀는 주변을 둘러보며 다른 일행을 확인했다. 모두 동일한 경험을 하고 있었다.

그때였다. 갑자기 누군가가 위에서 손을 뻗어와 세희의 왼손을 잡았다. 분명 새로이 등장한, 감정이 없어 보이는 생명체들이었다. 순간 세희는 몸에 엄청난 압박이 가해지는 것을 느꼈다. 마치 맨틀의 구성물들이 세희를 짓누르는 듯한 느낌이었다.

'이렇게 죽는 건가?'

죽음이라는 생각이 절로 들었다. 그러나 그 순간, 누군가가 세희의 오른손을 잡았고, 다시 자유낙하가 시작되었다. 그 손은 세희의 왼손을 잡은 손 위에 겹쳤다.

얼마나 떨어졌을까? 세희는 깊이를 알 수 없는 지하의 거대한 공간에 떨어졌다. 마치 자연적으로 형성된 광장과도 같은 동굴이었다. 낙하가 끝나고, 몸을 감싸던 투명한 효과가 사라졌다. 세희는 바닥에 착지하며 숨을 몰아쉬었다. 주변을 둘러보니, 다른 일행은 이미 그곳에 도착해 있었다.

동굴은 거대했고, 자연적인 빛이 사방을 비추고 있었다. 빛은 인공적이지 않았지만, 마치 그 공간을 위한 것이었던 듯 곳곳에 퍼져 있었다. 세희는 이 기묘한 동굴의 에너지가 이질적이라는 것을 느꼈다.

"모두 괜찮나?" 세희는 대원들의 상태를 확인하며 물었다.

에이드리언과 캘빈은 짧게 고개를 끄덕였고, 패트리시아는 여전히 통증을 느끼는 듯했지만 억지로 미소를 지어 보였다. 안도의 한숨을 쉰 세희는 자신들을 구해준 정체불명의 남자를 돌아보았다.

　"구해줘서 고맙습니다." 세희가 정중하게 말했다.

　"아직은 빠르게 움직여야 합니다." 남자는 세희의 말에 입술을 움직이지 않고 텔레파시로 대답했다. "보게스들이 마음을 먹으면 우리를 금방 추적할 수 있어요. 지금은 안전한 곳까지 빨리 가야 합니다."

　'보게스?' 세희의 머릿속에 그 단어가 맴돌았다. 처음 듣는 이름이었다. 이 남자는 누구이고, 보게스라는 것은 또 무엇일까? 궁금증이 생긴 세희가 질문을 꺼내려는 순간, 마치 마음을 읽기라도 한 듯 남자가 다시 말했다.

　"일단 빨리 이동하시죠. 설명은 나중에 할 시간이 있을 겁니다."

　남자는 재촉하듯 앞장서서 인공적으로 깔끔하게 정돈된 지하 통로를 따라 걸었다. 통로는 자연적인 지하 동굴처럼 보였지만, 그 내부는 명백하게 인간이나 다른 문명이 설계한 듯 질서정연했다. 벽은 마치 탄소섬유나 고강도 합성물로 강화된 것처럼 보였고, 발밑은 마찰을 최소화한 듯 매끄러웠다.

　"이게 진짜 화성의 지하라니 믿기지 않네요." 캘빈이 눈앞의 풍경을 보며 말했다.

　"이곳이 반더가 남긴 통로라고요?" 패트리시아는 여전히 통증을 느끼는 듯 얼굴을 찡그리며 뒤따랐다. "더 이상 놀랄 것도 없네요. 이 미지의 존재들까지 생각하면… 이 모든 게 과연 진실인가, 꿈인가 싶어요."

　"패트리시아, 괜찮아?" 세희가 조용히 물었다.

　"네, 조금만 더 견디면 될 것 같아요. 보게스들이 뭐든 간에 우리를 여기서 빨리 내보내야 할 것 같네요." 패트리시아가 대답했다.

　일행은 남자를 따라 계속해서 전진했다. 발걸음 소리만이 길게 울리는 듯한 공간에서, 세희는 자신도 모르게 남자의 뒤를 따르는 것이 불안하면서도 이상하게 안정감을 주는 모순된 감정을 느꼈다. 이 남자는 단순히 도움을 주는 자가 아니었다. 그에게는 화성의 어둠 속에서 벌어지는 사건들의 진실을 알고 있는 듯한 묘한 통찰이 있었다. 시간이 흐를수록 긴장감이 점점 더 고조되었다. 남자의 텔레파시는 전혀 두려움을 보이지 않았지만, 그가 말하는 '보게스'라는 단어는 세희의 심장을 뛰게 했다.

캘빈은 주변을 살피면서 경이로워했다. 그의 기술적인 호기심은 계속해서 주변을 관찰하게 만들었다.

"이 공간은 자연적으로 보이지만, 분명 기술적인 요소가 숨겨져 있어요." 캘빈이 말했다.

세희도 천천히 주변을 둘러보았다. 화성 지각의 맨틀, 그리고 자연적으로 생긴 것처럼 보이는 종유석들이 은은하게 빛을 내고 있었다. 놀랍게도 그 주위에는 지구에서는 볼 수 없는 이상한 식물들이 자라고 있었다.

"발견하기 쉽지 않으셨을 텐데, 잘 보셨군요." 남자가 말했다. "우리의 기술은 지구보다 진보되어 있습니다. 예를 들어, 여러분은 여전히 물질적인 카메라와 기기를 통해 관찰해야 하지만 우리는 자연과 상호작용을 통해 이러한 장치를 대신합니다. 종유석과 식물들이 바로 우리의 눈과 귀 역할을 합니다. 필요할 때는 빛도 제공합니다. 이것이 바로 우리의 기술입니다."

세희는 깊이 생각하지 않으려 했지만, 남자의 설명을 들으며 다시 호기심이 피어올랐다.

"이게 기술이라고요?" 에이드리언이 놀란 표정으로 물었다. "마법에 가깝지 않나요?"

"네, 저희의 기술입니다." 남자는 미소를 띠며 대답했다. "당신들 역사에서 중세 시대의 사람들이 현재 당신들의 기술을 본다면 아마 마법이라고 생각하겠죠. 여러분도 그런 기술 발전을 겪고 있습니다. 제가 이렇게 여러분의 생각을 읽고 말을 텔레파시로 전하는 것도 통신 기술의 결과입니다."

"놀라운 기술이네요!" 캘빈은 감탄을 금치 못하며 고개를 끄덕였다.

"거의 다 왔습니다." 남자가 고개를 들며 말했다.

일행이 정면을 바라보자, 거대한 하얀색 달걀 모양의 인공 구조물이 눈앞에 나타났다. 그 구조물은 주변의 자연과는 이질적으로 느껴졌지만, 동시에 깊은 조화를 이루는 듯했다.

"뭐라고 표현해야 할지 모르겠지만, 여러분에게 적합한 말로는 우주왕

복선 정도 될까요?" 남자가 조용히 말했다. "하지만 여러분이 생각하는 우주 왕복선보다는 어쩌면 우주 항공모함이라는 편이 더 적합할 수도 있습니다."

남자가 앞으로 걸음을 내딛자, 구조물의 문이 자동으로 열렸다.

"궁금하신 부분들은 나중에 더 아실 수 있을 것입니다." 남자는 앞장서며 말했다.

일행은 그를 따라 하얗게 빛나는 거대한 구조물 안으로 들어섰다. 외부에서 보던 것보다 내부는 훨씬 넓고, 어디를 보아도 하얀색으로 덮여 있었다. 강렬한 색감 때문에 마치 감각이 왜곡되는 듯한 어지러움을 느꼈고, 그들은 조심스럽게 발걸음을 옮기며 주변을 살폈다.

"오! 이것은 무엇인가요?" 캘빈이 갑자기 놀라며 외쳤다.

그가 본 것은 자신의 과거 기억들이 마치 TV 스크린으로 보는 것처럼 나타나는 모습이었다. 다만 다른 것은 이곳의 스크린은 마치 물방울과 같이 끝이 없어 보이는 버블의 모습이고 그 안에서 실제 3차원처럼 영상이 보인다는 것이었다. 캘빈의 눈앞에 펼쳐진 영상은 그가 겪었던 모든 순간이었다. 캘빈은 순간 그의 영상 대부분이 세희에 관한 것임을 알아차렸다. 세희가 자신의 앞에서 걸어가는 모습, 간혹 보이는 미소, 임무에 집중하는 세희의 모습. 그는 잠시 당황스러움을 느끼며, 주위를 둘러보았다. 세희, 에이드리언 그리고 패트리시아 모두 놀라운 표정으로 주변을 둘러보고 있었다. 그리고 그들의 영상을 그는 볼 수 없었다. 살짝 안심되었다.

남자가 캘빈의 당황스러움을 눈치챈 듯했다.

"놀라지 마십시오." 남자가 차분히 설명했다. "이것은 여러분들의 과거 기억을 시각화한 장치일 뿐입니다. 이 공간 안에서 여러분과 그 장치만이 기억을 볼 수 있습니다. 각자의 기억은 각 개인과 시각화를 해주는 장치만 볼 수 있게 되어 있습니다. 현재 여러분은 모두 자신의 과거를 보고 계시겠지만, 다른 사람들은 그 과거를 보지 못합니다. 이 시스템은 각 개인과 실제 그의 과거 기억들이 일치하는지를 활용한 일종의 보안 장치입니다."

남자는 모두를 둘러보며 말을 이었다.

"이 기술은 화학 물질을 기반으로 한 개인 기억의 고유성을 보안 장치로 활용합니다. 개인정보 보호, 심리적 안정성, 기밀성 유지, 그리고 과거의 왜곡을 방지하는 중요한 역할을 합니다. 기억을 시각화하고 정보를 안전하게 저장함으로써, 개인과 사회가 정보를 안전하게 보호할 수 있도록 돕는 진보적인 보안 시스템을 제공합니다."

"알아들을 듯 말 듯 하지만, 대단하군요." 세희는 경이로운 표정으로 대답하였다.

"저희는 여러분의 두뇌와 몸에서 분비되는 화학 물질을 통해 정보를 추출하고, 그 정보를 이용해 기억을 시각적으로 표현합니다. 하지만 강제적으로 기억을 들여다보는 일은 없습니다. 사실 여러분이 분비하는 화학 물질은 어마어마한 기억장치입니다. 여러분의 삶 속에서 겪은 모든 순간이 이 화학 물질에 기록되어 있습니다. 심지어는 여러분이 지각하지 못했던 다른 사람들의 감정이나 감각까지도 말이죠. 여러분뿐만이 아닙니다. 아직 우리도 다다르지 못한 단계이지만, 이 우주의 원자까지 가보면 원자들은 우주의 역사 자체를 기억하고 있습니다."

세희 일행은 남자의 말을 이해하기 위해 애썼지만, 그것은 분명 지구의 어떤 기술과도 달랐다. 남자의 안내를 따라 그들은 또 다른 문을 통과했고, 그 안에 더욱 넓은 공간이 그들을 맞이했다. 문이 열리자마자 일행은 마치 현실과 꿈의 경계에 서 있는 듯한 감각을 느꼈다.

그들이 들어선 공간은 말로 설명할 수 없을 정도로 장엄하고 압도적이었다. 마치 실제 우주 속으로 빨려 들어가는 듯한 느낌을 받았고, 발 밑에 있는 바닥조차도 실체를 믿기 어려울 만큼 끝없는 어둠 속에 떠다니는 듯 보였다. 바닥, 벽, 천장, 모든 곳이 깊은 검은색으로 덮여 있었지만, 그 검은색은 단순한 어둠이 아니었다. 은하계의 성운과 별들이 곳곳에서 빛을 내며 존재감을 뽐내고 있었기 때문이다.

그들은 바닥에 발을 딛고 서 있었지만, 서로를 보았을 때는 모두가 우주 공간에 떠다니는 것처럼 보였다. 세희는 스스로 정말로 무중력 상태에서 떠다니고 있을지도 모른다는 느낌을 떨칠 수 없었다.

"존경하는 셀라들이시여." 남자가 부드러운 목소리로 말을 꺼내며 고개를 깊이 숙였다. 그가 고개를 숙이자, 그의 앞에 있는 우주 같은 공간 속에서 다섯 개의 찬란한 빛이 서서히 모습을 드러냈다. 그 빛이 너무나 강렬했기 때문에, 세희와 일행은 눈을 찌푸리며 그들을 응시했다. 빛이 점차 희미해지면서 그 속에서 사람 형체가 서서히 나타나기 시작했다. 다섯 명의 사람 형체는 세 명의 남자와 두 명의 여자로 보였다. 이들은 비록 사람의 형상을 하고는 있었지만, 여전히 몸 전체에서 금색의 빛이 나고 있었고 몸 전체가 어느 정도 투명하게 보여서 우주의 모습이 이들을 통과하여 보이고 있었다.

"위대한 과학의 가문, 라이 사타르, 무사히 지구인들을 구출해 왔군. 잘 돌아와서 반갑네." 그들 중 중앙에 선 남성이 입을 열었다.

그의 목소리는 그들의 마음속 깊은 곳에서 울려 퍼지는 듯했다. 세희는 그 남자가 단순히 목소리로 말하는 것이 아니라, 텔레파시로 그들의 의식을 직접 건드리고 있는 듯한 느낌을 받았다.

빛 속에서 나타난 이들은 마치 시간을 초월한 존재 같았다. 형상은 인간과 같았으나, 눈빛과 표정은 비물질적인 존재의 특이성을 반영하고 있는 듯했다. 세희는 그 압도적인 분위기 속에서, 마치 그들의 존재만으로도 공간 자체가 변형될 것만 같은 기운을 느꼈다.

"지구인들이여, 이곳까지 오시느라 수고가 많았소." 중앙에 선 남성이 세희와 일행을 보며 말을 건넸다. 그 음성은 마치 물결처럼 은은하게 퍼져 나갔고, 공간 전체가 그의 말을 따라 진동하는 것처럼 느껴졌다.

세희는 순간적으로 상황을 이해할 수 없었지만, 이곳이 단순한 환상은 아님을 느끼고는 깊이 고개를 숙였다.

"당신들을 이곳으로 모신 이유가 있습니다." 그들에게 라이 사타르라고 불린, 세희 일행을 구해준 남자가 조용히 텔레파시로 세희 일행에게 말했다. "저분들은 셀라들이라고 불립니다. 지구의 말로 하자면 '원로'라고 할 수 있겠군요."

그들이 셀라들이라 불리는 이유는 분명해 보였다. 그중 한 명인 중년의 여성이 말을 이어갔다. 경이로운 목소리에는 깊은 연륜이 담겨 있었다.

"지금까지 지구의 여러분은 자신들도 모르는 사이에 우리 발타르 쿠니스의 보호 대상이었소. 아마 당신들의 언어로 표현하자면 '은하계 연합' 정도가 되겠군. 발전 수준이 아직 미치지 못해 연합의 일원으로서의 자격을 갖추지 못한 상태였지만, 이제 여러분도 정식으로 우리의 일원이 되어야할 때가 되었네. 우리는 지금까지 지구를 여러 차례 위협에서 지켜왔소. 하지만 이제는 여러분도 그 책임을 함께 짊어져야 하오."

'발타르 쿠니스? 은하계 연합?' 세희는 아직도 혼란스러운 상황에서 나오는 의문을 꾹 참았다. 이들이 말하는 발타르 쿠니스가 뜻하는 은하계 연합이라는 개념 자체가 현실감을 벗어난 것이었다.

"뭔가 궁금한 것이 있어 보이는군." 셀라들 중 한 명이 세희의 표정을 보며 미소를 지으며 말했다.

"혼란스러운 것이 사실입니다." 세희는 셀라의 미소를 보며 천천히 입을 열었다. "불과 며칠 전만 해도 우리는 지구에서 화성으로의 임무를 수행 중이었고, 이제는 완전히 다른 세상에 와 있는 것 같은 기분입니다."

"흥미롭군. 그렇게 강단이 있어 보이지는 않았는데 나의 판단이 틀렸던 모양이군." 셀라는 세희를 지켜보며 흥미롭게 미소를 지었다. 그는 세희의 말투와 태도에서 예상하지 못한 강인함을 느낀 듯했다.

셀라는 대화의 분위기를 부드럽게 이어갔다.

"조만간 더 알게 되겠지만, 우리 우주에는 정말로 수많은 생명으로 가득 차 있고, 총 333종에 달하는 다양한 지적 생명체들이 존재하지. 그중에서도 성간 여행이 가능한 문명은 7종에 불과하고, 우리 술트리나스는 그중에서도 가장 발전된 문명이라 할 수 있네. 이 7종의 문명 중에서 우리를 포함한 킬타르, 진테리언스 그리고 드라보칸스 이렇게 해서 총 네 문명이 발타르 쿠니스, 즉 우리의 말로 은하계 연합을 결성했소. 나머지 세 문명은 자신들 나름대로의 삶을 살고 있지."

캘빈은 평소에 우주와 외계 문명에 대한 큰 관심이 있던 터라, 곧바로 질문을 던졌다.

"마치 제가 영화 속 주인공이 된 듯한 기분이지만, 어쨌든 그렇다면 우리 지구의 문명은 그중 어느 정도 수준에 있나요?"

셀라는 캘빈의 질문을 듣고 고개를 끄덕였다.

"지구는 이미 상위 10퍼센트 안에 드는 문명이지. 다행히도 다행성으로 삶의 터전을 넓힌 문명 중 하나니까 말이네. 하지만 핵전쟁의 위험이 항상 도사리고 있지. 다른 문명들도 인류와 비슷한 단계이거나 더 발전한 단계에서 스스로 멸망한 경우가 상당수 있었네. 그러니 현명하게 핵을 다루어야 할걸세."

셀라의 말은 인류가 마주한 위험을 다시금 떠올리게 했다. 이미 지구상에 존재하는 모든 사람이 알고 있듯이 핵이라는 힘이 인류의 발전에 중요한 도구였지만, 동시에 인류를 멸망으로 몰아넣을 수도 있는 양날의 검이라는 점이었다.

"사실 예전에도 핵전쟁으로 멸망해가는 문명이 있었네. 그들의 발전 수준은 현재의 지구를 훨씬 상회하는 수준으로 핵융합과 반물질의 사용까지 성공한 문명이었지. 그들은 4천 년 전에 핵전쟁으로 멸망해갈 즈음에 지구를 발견하고 지금도 지구로 날아오는 중이지. 아마도 4천 년 후면 태양계에 도착할 거야. 하지만 그때쯤이면 지구의 인류는 이미 태양계를 넘어 다른 은하로 확장해 있을걸세. 그들은 희망을 품고 떠났지만, 도착할 때는 이미 시대가 바뀌어 있을 것이니 참 안타까운 일이지. 그들은 약 8천 년에 걸쳐서 수백 세대가 흐른 이후에 자신들 종의 안전을 위해서 지구까지 오겠지만, 절망을 맛보게 되겠지. 그때에도 우리 우주가 무사하다면 말일세. 어쨌든 이 문명이 발타르 쿠니스에 속하지 않은 문명 중의 하나일세."

세희는 그 말이 주는 거대한 우주의 시간 개념과 그 속에서 작은 문명들의 이야기에 대해 경외심을 느꼈다. 그리고, 동시에 자신이 속한 우주에서의 여정이 얼마나 작은 것일 수 있는지를 다시 한번 느꼈다.

05

퀘일 장군과 이와사키는 고요하게 흐르는 공간 속에서 무거운 침묵에 둘러싸여 있었다. 그들이 있는 회의실은 반더가 남긴 공간에서 일어난 일들의 마지막 단서를 찾기 위한 유일한 장소였다. 몇 시간이 지나도록 세희와 일행의 헬멧에 부착된 카메라에서 전송된 마지막 영상을 반복해서 분석하고 있었다. 영상 속에서 남자는 벽을 통과해서 등장했고, 반대쪽에서도 거대한 존재들이 벽을 뚫고 나왔다. 순간적으로 바닥에 손을 대고 사라지는 장면이 흐르면서 화면은 먹통이 됐다.

"이와사키 박사, 어떻게 저런 일이 가능할 수 있죠?"퀘일 장군은 한숨을 쉬며 이와사키를 보았다. "벽을 통과하는 존재들, 그것도 화성 깊숙한 곳에서? 설명이 필요합니다."

이와사키는 퀘일 장군의 질문에 대답 대신 프로젝터 화면을 다시 확대해 보이며 조용히 설명을 이어갔다.

"여기입니다, 장군. 이 장면을 보세요." 이와사키는 벽에서 남자가 나오는 장면을 확대하면서 손가락으로 경계 부분을 가리켰다.

퀘일 장군이 다시 들여다보자, 확실히 그 남자의 몸과 벽의 경계선이 미세하게 흔들리면서 투명해지고 있는 듯했다. 마치 몸이 벽과 융합되는 듯한 장면이 나타났다.

"이게 말이 되는 겁니까? 저 존재가 물리 법칙을 어기고 있다고밖에 볼 수 없군요."퀘일 장군은 충격을 받은 듯 입을 떡 벌리며 말을 이었다.

"말이 안 되는 것은 아닙니다. 양자역학을 이해한다면 말이죠." 이와사키는 고개를 끄덕였다. "미시세계에서 양자 터널링이라는 현상이 존재하긴 하지만 저런 대규모의 물질이 그러한 방식으로 이동하는 것은 상상하기 어렵습니다. 그런데 이들은 그것을 가능하게 했어요. 어떻게 된 것일까요?"

이와사키는 시선을 여전히 프로젝터 화면에 고정한 채 말을 이었다.

"양자 터널링은 아주 작은 입자들이 벽을 통과하는 현상을 설명할 수 있습니다. 하지만 인간 크기의 물질이 벽을 통과한다는 것은 양자적 진동이 거시적인 차원으로 확장되었다는 뜻입니다. 이는 우리가 아직 이해하지 못한 기술이나 힘에 의해 발생했을 가능성이 큽니다."

"박사, 우리가 대체 무엇을 상대하고 있는 건지 모르겠군요." 퀘일 장군은 깊은 고민에 빠진 듯한 표정으로 한숨을 내쉬었다. "지금 우리는 화성 깊숙한 곳에 감춰진 비밀을 파헤치고 있습니다. 하지만 이걸 누구에게 믿을 만한 설명으로 전달할 수 있을까요?"

퀘일 장군은 고개를 절레절레 흔들며 현실을 받아들이기 어려운 듯했다.

"어쩌면 우리가 맞닥뜨린 건 단순한 과학 기술을 뛰어넘는, 상상조차 어려운 존재들과의 접촉일지도 모릅니다." 이와사키는 신중한 어조로 말을 이었다. "그리고 그들이 벽을 통과한 방식은 우리가 아는 물리 법칙을 완전히 초월한 것입니다."

그러나 영상 속 단서들은 여전히 부족했다. 그들이 마주한 신비로운 존재들의 능력은 실로 엄청났다.

"대통령과 이서준 총장께 보고는 했지만, 그들도 답을 기다리고 있어요." 퀘일 장군은 무거운 표정으로 카메라 영상을 멈췄다. "이와사키 박사, 당신의 이론이 맞는다면, 이건 단순한 실종 사건이 아닙니다. 우리가 지금까지 한 번도 경험하지 못한, 훨씬 더 깊고 위험한 무언가를 마주하고 있는지도 몰라요."

"장군, 우리가 다가가고 있는 것은 단순한 과학적 미스터리가 아닙니다. 만약 그들이 적대적인 의도를 가진다면, 이건 인류 전체를 위협할 수도 있는 문제입니다." 이와사키는 인상을 살짝 구기며 조용히 영상을 다시 돌려보았다.

"박사, 나는 지금 총장과 대통령에게 보고하러 가야 합니다." 퀘일 장군은 자리에서 일어나며 이와사키를 바라보았다. "개인적으로는 정찰조를 조직해 권 선장 일행의 생존 여부를 확인하고 구출 작전을 실행하고 싶습니다. 하지만 군사적인 대비도 필요하다고 강력하게 보고해야 합니다."

"장군, 저도 권세희 선장 일행의 생존이 최우선이라는 점에 동의합니다. 하지만 만약 저 존재들이 적대적이라면 구출 작전 자체가 위험에 빠질 수도 있습니다. 우선, 그들의 능력과 본질을 파악하는 것이 필요합니다." 이와사키가 말했다.

퀘일 장군은 창밖을 바라보며 생각에 잠겼다.

"박사, 난 평생을 군에서 보냈습니다. 수많은 적과 싸워왔지만, 물리적인 공격이 통하지 않는 적은 단 한 번도 경험하지 못했습니다. 이런 존재들이 만약 적대적이라면, 화성뿐만 아니라 지구까지도 위험에 처할 수 있습니다."

이와사키는 소름이 돋는 것을 느꼈다. 퀘일 장군이 평생을 전쟁터에서 보냈듯, 그는 평생 학자로 살아왔다.

"장군, 저 존재들이 적대적이지 않기를 바라지만, 우리가 완전히 안전하다고 확신할 수는 없습니다. 신중하게 접근해야 합니다."

"좋습니다, 박사. 당신의 의견도 반영하겠습니다." 퀘일 장군은 깊은 고민 끝에 고개를 끄덕였다. "하지만 내 임무는 변하지 않습니다. 나는 대통령과 총장에게 이 상황을 보고해야 합니다."

퀘일 장군은 마지막으로 덧붙였다.

"박사는 여기 남아서 계속 분석을 진행해주십시오. 무슨 일이 생기면 즉시 연락 바랍니다."

퀘일 장군은 회의실을 빠져나가면서 여전히 혼란스러운 마음을 추스르고 있었다. 하지만 머릿속에는 계속해서 비상 경고가 울리는 듯한 느낌이었다. 이번 사건은 단순한 군사 작전 이상의 것이었다. 퀘일 장군은 두려움을 느끼고 있었다. 저들은 인간의 힘을 초월한 존재들이었고, 물리적인 공격은 그들에게 전혀 영향을 미치지 않았다.

이와사키는 홀로 회의실에 남아, 화면을 다시 돌려보며 심사숙고했다. 그들의 존재는 마치 양자적 진동에 의해 이루어진 듯 보였다. 양자 수준에서의 진동을 극대화함으로써 그들이 물질을 통과하고 상호작용할 수 있는 능력을 얻은 것이 아닐까 생각했다. 미시세계에서 양자적 현상은 흔하지만, 그것이 거대한 존재에게 적용되는 것은 쉽게 상상하기 힘든 일이었다. 하지만 지금 그가 목격한 것은 바로 그런 현상이었다.

"이것은 단순한 양자 터널링이 아니야." 이와사키는 혼잣말했다. "그들의 몸 자체가 진동하며, 원자 사이의 간격을 극대화해서 물질을 통과할 수 있는 상태로 변환된 것처럼 보여. 마치 그들의 분자 구조가 일정한 주파수에 도달함으로써 벽의 원자들과 간섭을 일으키고, 그 간섭이 물리적 저항을 없애는 것일지도 몰라."

그는 양자석 신농이 이들로 하여금 벽을 통과하게 했다고 추측했다.

이것이 가능하려면 그들의 분자 구조 자체가 자유롭게 조정되거나 진동할 수 있는 능력이 있어야 했다. 만약 그들이 실제로 이런 기술을 이용하고 있다면, 이는 엄청난 에너지 소모를 필요로 할 것이다. 그러나 이 에너지가 어디서 오는지는 알 수 없었다.

"하지만 저들이 사용하는 에너지는 무엇일까?"

이와사키는 계속해서 스스로에게 질문을 던졌다. 벽을 통과한 남자의 경계선을 다시 살펴보니, 남자가 몸 전체를 미세하게 진동시키는 방식으로 벽을 통과할 수 있었던 것이 분명해 보였다. 이와사키는 그 진동이 벽의 원자들과 동기화되어 물리적 저항을 무너뜨린다고 추론했다.

"퀘일 장군은 대대적인 군사 준비를 할 생각이지만, 그보다 먼저 우리가 이들의 능력을 파악해야 해." 이와사키는 스스로 결론을 내렸다. "이 존재들이 어떤 방식으로 이 능력을 사용하는지 파악하지 못하면, 현재 우리의 군사력으로 그들을 상대하는 건 불가능할 거야."

이와사키는 이 중요한 사실을 퀘일 장군에게 전해야 한다는 생각에 서둘러 분석 자료를 정리하기 시작했다. 또한 세희 일행이 어디로 사라졌는지도 규명해야 했다. 단순히 공격당한 것인지, 아니면 구출된 것인지, 그리고 그 미지의 공간에서 생존하고 있을지 알 수 없었다.

"이것은 단순한 전투 이상의 문제야. 차원의 문제가 아니라, 그들의 물질적 변화 능력을 파악해야 해."

이와사키는 데이터를 더 깊이 파고들며 새로운 해석을 찾아가고 있었다. 점차 공포심을 떨치고 과학적인 접근 방식을 통해 자신의 이론을 다듬어 나갔다. 처음엔 그가 마주한 초월적인 존재들이 불러일으킨 공포가 사고를 방해했지만, 과학의 탐구 정신이 그를 이끌며 차분하게 가설을 세우기 시작했다.

'지금 우리가 관찰한 현상은 분명 양자 진동을 이용한 것 같아. 그런데 문제는 그 정도의 에너지를 어떻게 개인에게 전달하느냐 하는 것이지.'

이와사키는 깊은 생각에 빠졌다.

'저 정도 규모의 에너지를 공급하려면 최소한 대형 우주선을 움직일 만한 수준이어야 할 텐데, 개인 휴대용 장치로 그게 가능할 리가 없어. 설사 가능하다고 하더라도, 개인 휴대용 장치를 몸에 가지고 다니면서 양자 진동을 만들어낸다는 것은 위험부담이 너무 커. 그렇다면 그들이 사용하는 에너지는 클라우드를 통해서 전달될 터인데, 그렇다면 에너지 생성기가 해당 지역 주변에 있어야만 해. 따라서 해당 지역에서만 구동되는 클라우드 에너지일 가능성이 크겠지.'

이와사키는 가설이 어느 정도 정리되자, 다시 의문이 들었다.

'그렇다면 이 클라우드 에너지는 어디서 오는 걸까? 이 엄청난 에너지를 어디서 끌어왔을까?'

이제 그는 이 의문을 해결하기 위한 방법을 모색했다. 그곳에 접근하여 에너지가 전달되는 방식과 그 출처를 분석할 방법을 찾아내야만 했다. 이와사키는 고개를 흔들며 머릿속을 정리했다. '반더의 위성.' 그 이름이 문득 떠오르면서 가설이 조금씩 맞아떨어지는 듯했다. 반더가 계획했던 양자 얽힘 기술이 지금도 작동하고 있을 가능성이 있다. 이미 화성 내부 온도가 상승하고 있다는 사실도 이를 뒷받침했다. 이와사키는 태양 에너지가 성공적으로 화성 중심으로 전송되고 있다면, 그것이 단순히 내부 온도를 높이는 것만으로 끝나는 것이 아니라, 그 에너지를 다른 형태로 전환해 사용하는 과정이 있을 것이라 생각했다. 그가 상상할 수 있는 가장 강력한 에너지원은 핵융합이었다. 핵융합은 태양 에너지를 통해 화성의 핵을 활성화하고, 그 에너지를 다시 양자 진동을 극한으로 사용하기 위해 클라우드 형태로 전송하는 데 사용될 가능성이 컸다.

이와사키는 곧바로 화성 내부의 방사선 수준을 확인하기로 결심했다. 그가 있던 회의실에는 화성 전체의 방사선을 감지할 수 있는 고에너지 방사선 검출 시스템이 갖춰져 있었다. 이와사키는 긴장된 손으로 장치를 가동했고, 화면에 떠오른 결과를 확인했다.

'역시 내 생각이 맞았어.'

화성 표면의 방사선 수준은 예상했던 것처럼 자기장이 없으므로 지구보다 다소 높았다. 하지만 놀라운 것은 화성의 핵 주변이었다. 핵 주변에서 감지된 방사능 수치는 지구 핵 주변의 방사능보다 무려 10배 이상 높았다. 이는 그곳에서 핵융합 반응이 실제로 일어나고 있을 가능성을 강하게 시사했다.

'이건 반더의 소행이 아니야.'

설령 반더가 이 시스템을 구축했다고 해도, 지금 그의 나이는 100살에 가까웠다. 직접 반더가 이 일을 하고 있을 가능성은 매우 작았다.

'반더가 남긴 유산을 지금 이 정체 모를 생명체들이 사용하고 있는 것이 분명해.'

권 선장 일행이 그 방사능에 노출되어 있을지 모른다는 불안감이 스치며 그들의 안전이 걱정되었지만, 이와사키는 곧 안도했다.

'그들이 착용하고 있는 우주복은 화성의 방사능을 견딜 수 있게 설계되어 있으니, 이 정도 수준의 방사능도 문제없을 거야.'

이와사키는 이 모든 정보를 종합하면서, 이 고도의 문명을 직접 접촉해야 할 것이라는 결론에 이르렀다. 그리고 곧 이 사실을 퀘일 장군에게 알려야 한다는 생각이 들며, 회의실의 문을 열고 빠르게 걸음을 옮겼다.

꿰일 장군은 깊은 고민에 빠진 채, 홀로 반복해서 영상을 재생하고 있었다. 공식적으로는 강경한 군사 대응을 주장했지만, 속으로는 다른 생각이 들었다.

그에게 세희는 단순한 TSC의 대원 이상이었다. 부친과의 관계를 생각하지 않더라도, 그는 오랫동안 세희의 능력을 지켜봐왔다. 세희는 항상 어떤 상황에서도 흔들리지 않았고, 위험 앞에서는 누구보다 먼저 움직이는 인물이었다.

'세희라면 이번에도 살아남을 것이다.'

그렇게 생각하려 했지만, 이번에는 상황이 너무 달랐다. 이번 상대는 인간이 아니었다. 꿰일 장군의 시선이 영상 속으로 돌아왔다. 하얀 옷을 입은 남자가 벽을 통과해 다가오는 모습, 그리고 레이저건이 남자를 관통했음에도 아무런 영향을 주지 못하는 장면…. 꿰일 장군은 깊은숨을 내쉬며 스스로에게 물었다.

'우리는 이런 존재들과 맞설 준비가 되어 있는가?'

그는 곧바로 비밀 직통 라인을 통해 대통령과 사무총장에게 보고서를 보냈다. 이 문제는 단순한 군사적 대응만으로 해결할 수 있는 사안이 아니었고, 전 인류적 차원의 대응이 필요할 가능성이 컸다.

카터 대통령과 이서준 총장은 즉각 반응을 보였다. 세 명만 참여하는 비밀회의가 바로 열렸다.

"장군, 우선 대원들의 생사가 확인되었습니까?" 이서준 총장이 먼저 입을 열었다.

"아니요, 총장님. 영상 속 그 장면 이후로는 통신이 완전히 끊겼습니다. 현재 그들이 어떤 상황에 처해 있는지 전혀 알 수 없습니다." 꿰일 장군은 고개를 저었다. "자체적으로 정찰조를 조직해 확인하려고 하지만 고민이 많습니다. 보시는 것처럼 우리는 지금까지 한 번도 경험해보지 못한 존재들과 마주하고 있습니다. 정찰조를 보낸다고 해서 생존자를 확인할 거라는

82

보장이 없습니다. 오히려 추가적인 실종자가 발생할 수도 있습니다."

"말씀하신 존재들이 어떤 방식으로 반응할지 전혀 예측이 불가능하다는 의미인가요?" 이서준 총장은 눈살을 찌푸렸다.

"그렇습니다." 퀘일 장군은 무겁게 고개를 끄덕였다. "벽을 통과하는 능력, 레이저 무기가 통하지 않는 몸. 우리가 아는 전쟁의 개념과는 완전히 다릅니다. 정찰조가 무사히 귀환하지 못할 가능성을 배제할 수 없습니다."

이서준 총장은 깊이 생각에 잠긴 듯한 표정을 지었다. 무언가 말하려 했지만, 카터 대통령이 먼저 입을 열었다.

"영상 속 남자와 그 거대한 존재들은 대체 무엇입니까? 그들에 대한 단서는 전혀 없는 겁니까?"

"아직은 전혀 파악되지 않았습니다, 대통령님. 현재 이와사키 박사가 최선을 다해 분석 중이지만, 아직 그들의 본질이나 의도를 설명할 수 있는 단서는 없습니다." 퀘일 장군이 대답했다.

대통령은 입술을 굳게 다물었다. 손끝으로 테이블을 천천히 두드리다가 조용히 말했다.

"이 존재들이 만약 지구에도 나타난다면, 우리는 어떻게 대응해야 합니까? 아니 그 전에 화성 내부 온도 상승, 미지의 생명체 출현 등 이 모든 것이 동시에 일어난다니, 뭔가 큰일이 벌어지고 있는 느낌입니다." 대통령의 목소리에는 확실한 불안감이 묻어났다.

퀘일 장군은 잠시 침묵했다. 그의 직관 역시 이 사태가 단순한 일이 아님을 직감하고 있었다.

"대통령님, 총장님, 제 제안은 즉각적인 병력 파견입니다. 아무리 무기가 통하지 않는 존재라고 해도 우리가 할 수 있는 모든 준비는 해야 할 것입니다. 비록 도착하려면 몇 달이 걸리겠지만, 준비를 시작해야 합니다."

이에 카터 대통령과 이서준 총장은 잠시 눈빛을 주고받았다.

"총장님, TSC의 병력을 움직이려면 이사국들의 동의가 필요하지 않나요?" 대통령이 물었다.

"그렇습니다. 모든 이사국의 만장일치 동의가 있어야 하는데, 그들이 바로 동의해줄지는 확실치 않습니다." 이서준 총장이 대답했다.

"미국이 단독으로 병력을 파견하는 건 무리예요. 불필요한 국제적 갈등을 유발할 수 있어요." 카터 대통령은 깊은 고민이 서린 표정으로 말했다.

세 사람 모두 화성에 일정 규모의 병력을 파견해야 한다는 데 동의했지만, 그 방법이 문제였다.

"그래도 정공법으로 가야 합니다. 불필요한 오해를 피하려면 이사국들의 동의를 받아야겠어요." 대통령이 결론을 내렸다.

"동의합니다. 이사국들 설득 작업을 시작하겠습니다." 이서준 총장은 고개를 끄덕였다. 그때 대통령이 손짓하며 말했다.

"총장님, 장군님. 중요한 분을 소개하겠습니다."

잠시 후, 홀로그램 화면에 중년의 남성이 나타났다.

"이분은 비토리오 박사, 미국 AERO(Advanced Extraterrestrial Research Organization, 고등외계연구기구)의 수장입니다. AERO는 NASA에서 UFO와 UAP(Unidentifed Anomalous Phenomena, 미확인 이상 현상) 연구를 수십 년간 진행한 끝에 탄생한 기밀 조직입니다."

"그런 조직이 정말 존재했군요." 퀘일 장군은 AERO의 이름을 듣자 고개를 들었다.

"네, 장군님. 2110년 AERO로 재편된 후, 우리는 미확인 비행체와 외계 존재들에 관한 연구를 집중적으로 수행해왔습니다."

대통령은 비토리오를 위해 퀘일 장군이 보낸 영상을 재생했다.

"놀라운 영상입니다." 비토리오는 화면을 주의 깊게 바라보며 진지한 표정으로 고개를 끄덕이며 말했다. 대통령님께서도 아시다시피, 우리는 다양한 미확인 비행체와 외계 존재들에 관한 목격 사례를 분석하고 있습니다."

"박사님, 형식적인 설명은 필요 없습니다." 대통령이 단호한 목소리로 말했다. "이 영상이 보여주듯, 우리는 지금 실질적인 위협에 직면해 있습니다. 다양한 존재들과 협력해오셨다고 했죠? 현재 상황에 대해 전문가로서의 의견이 필요합니다."

'다양한 존재들과 협력?'

퀘일 장군의 머릿속에 과거가 스쳐 갔다. 어릴 때 보았던 UFO와 UAP 관련 다큐멘터리, 미 해군 퇴역 장군과 전직 CIA 요원들이 나와 외계 존재의 실체를 주장했던 청문회 장면들이 떠올랐다. 그때도, 그리고 지금도 대중의 관심은 잠시 머물다 다른 뉴스에 묻혀 사라지곤 했다. 하지만 지금 대통령이 하는 말은 단순한 음모론이 아니었다.

"현재 AERO 내부에서는 킬타르, 진테리언스, 드라보칸스. 이렇게 세 종족과 협력하여 연구를 진행하고 있습니다." 비토리오는 차분한 목소리로 설명을 이어갔다. "이들은 문명적으로 지구보다 앞선 존재들이지만, 영상 속 존재와 같은 능력을 가진 사례는 없습니다. 만약 저들이 적대적이라면, 우리가 가진 모든 기술과 협력자들을 동원하더라도 승산이 있을지는 미지수입니다."

"대통령 각하, 정말로 미국이 외계 문명과 협력을 해오고 있었다는 말씀이십니까?" 퀘일 장군의 목소리는 평소보다 낮고 단호했다.

"그렇습니다." 카터 대통령은 짧게 숨을 들이마셨다. "하지만 이 사실을 알고 있는 사람은 극소수입니다. 현재 TSC의 이사국들도 완전히 알고 있지는 않습니다. 매우 제한된 수준의 정보만 공유되고 있습니다. 사실 나도 대통령이 되기 전까지는 알지 못했습니다. 하지만 이 협력은 이미 100년 이상 지속되어 왔으며, 우리 군과 NASA의 여러 기술이 이 관계를 통해 발전해온 것으로 알고 있습니다. 사실, 이 내용은 극비 사항이지만, 지금의 상황이 너무나도 급박해 부득이하게 공개하는 것입니다. 여기에 계신 모든 분은 반드시 이 사실을 비밀로 유지해주십시오."

"정말 놀라운 일이군요." 이서준 총장은 믿기 어렵다는 표정이었다. "음모론인 줄 알았는데, TSC의 총장인 저도 처음 듣는 이야기입니다. 지구적인 혼란을 피하고자 비밀로 하고 계시는 것은 이해가 가지만, 혹시라도 이 사실이 외부에 알려지게 되면 미국의 국제적인 신뢰도와 지도력에 타격을 주지나 않을지 우려가 됩니다."

"나도 처음 이 사실을 알게 되었을 때, 총장님과 같은 반응이었습니다." 카터 대통령은 깊은숨을 내쉬며 천천히 고개를 끄덕였다. "그런데 내가 이 정보를 접한 시점은 이미 100여 년이 지난 상황이었습니다. 지금도 내부적으로 어떻게 대처해야 할지에 대한 논의가 계속되고 있습니다. 개인적으로는 적절한 시기에, 가장 효과적인 방식으로 단계적으로 외부에 공개해야 한다고 생각합니다. 하지만 그 시점이 언제가 될지는 아직 결정되지 않았습니다. 물론 오늘 논의해야 할 사안은 이것과는 별개이니, 일단 다음 단계로 넘어가도록 하죠."

이서준 총장은 여전히 혼란스러운 표정이었지만, 더 이상 말하지 않았다.

대통령은 비토리오를 향해 시선을 돌렸다.

"박사님, 현재 화성에 추가 병력이 필요하다고 판단됩니다. 이에 대한 의견을 듣고 싶습니다. 병력 파견을 포함해 필요한 조치에 대해 조언해주십시오."

비토리오는 잠시 생각에 잠긴 듯했다. 마치 머릿속에서 여러 가능성을 분석하는 듯한 표정이었다. 그는 곧 신중하면서도 확신에 찬 목소리로 답했다.

"현재 상황을 고려하면, 우리가 할 수 있는 모든 준비를 해야 합니다. 아시는 것처럼 저는 군사 전문가는 아닙니다. 그러나 지구상에서 외계 존재들의 능력에 대해서는 가장 잘 알고 있다고 자부합니다. 추가 병력 파견은 불가피합니다. 그러나 한 가지 명확히 해야 할 점이 있습니다." 그는 화면 속 영상을 다시 한번 바라보며 말을 이었다. "우리가 협력하는 외계 문명들은 지구보다 최소 100년 이상 앞선 기술을 보유하고 있습니다. 그런데 영상 속 존재들은 그보다 훨씬 발전된 것으로 보입니다. 저들이 적대적이라면, 우리가 할 수 있는 일은 제한적입니다. 군사적 대응이 실질적인 방어 수단이 될 가능성은 희박합니다."

"우리와 협력하는 외계 문명들도 이 존재들에 대해 알고 있습니까? 그들도 두려워하는 존재인가요?" 퀘일 장군은 눈썹을 찌푸렸다.

"그것은 알 수 없습니다." 비토리오는 어깨를 으쓱하며 말했다. "하지만 그들이 수많은 문명을 접촉해왔다는 점을 고려하면, 이 존재들에 대한 정보가 있을 가능성이 있습니다. 현재 그들에게 정보를 요청했지만, 아직 명확한 답변을 받지 못했습니다. 만약 이들이 존재에 대해 알고도 말하지 않는다면, 그것 자체가 의미심장한 신호일 수 있습니다."

"그러면 병력을 보내도 소용이 없다는 말씀입니까?" 퀘일 장군은 계속해서 굳은 표정으로 물었다.

"그렇지는 않습니다." 비토리오는 고개를 저었다. "병력이 갖는 심리적 안정 효과와 전략적 대비 태세는 여전히 중요합니다. 하지만 중요한 것은, 저들이 우리에게 먼저 접촉해 올 가능성이 높다는 점입니다. 그에 대해 대비를 해야 한다는 것입니다."

비토리오는 다시 한번 영상을 가리켰다.

"만약 저들이 적대적이었다면, 우리는 이미 존재하지 않았을 가능성이 큽니다. 그들이 지금까지 침묵을 유지하는 것은, 단순한 공격 목적이 아닌 다른 의도를 가지고 있을 가능성이 있습니다. 그 말은 실종 대원들이 생존해 있을 가능성도 크다는 의미입니다."

퀘일 장군은 조금은 안도하며 세희를 떠올렸다. 하지만 여전히 신중한 표정으로 질문했다.

"대원들이 생존해 있을 가능성이 있다고 보시는 이유는요?"

"그들이 대원들을 제거할 목적이었다면, 훨씬 더 신속하고 효율적인 방법을 사용했을 것입니다." 비토리오는 신중한 어조로 답했다. "그러나 현재까지 아무런 움직임이 없는 것은, 대원들을 생포한 다른 목적이 있을 가능성이 있다는 의미입니다. 과거 지구에서의 사례를 보더라도, 더 발전된 문명은 일반적으로 상대 문명을 우선적으로는 관찰하고 분석하려는 경향이 있습니다. 아마 그 일환이 아닐지 하는 생각입니다."

"어떤 목적이 있을 수 있을까요?" 대원들의 생존 가능성에 대한 언급 덕분인지 퀘일 장군이 조금은 밝아진 듯한 표정으로 물었다.

"그것은 알 수 없습니다." 비토리오는 계속해서 신중한 표정으로 대답했다. "그들이 대원들을 연구 대상으로 삼았을 수도 있고, 혹은 그들을 통해 우리와 의사소통을 시도하려는 방편일 수도 있습니다."

"연구 대상은 아니었으면 하는군요." 퀘일 장군은 얼굴을 구기며 이야기했다.

"저도 그랬으면 합…."

"박사님, 의견 감사합니다. 총장님, 장군님, 추가로 궁금하신 점이 있습니까?" 비토리오의 말을 제지하며 대통령은 참석자들을 둘러보았다.

"현재로서는 이 정도면 충분한 것 같습니다." 이서준 총장이 짧게 대답했다.

퀘일 장군도 동의하며 고개를 끄덕였다.

"좋습니다. 그러면 각자 맡은 업무를 진행해주십시오. 빠른 시일 내에 다시 논의하도록 하겠습니다."

카터 대통령의 마지막 말과 함께, 홀로그램 화면이 서서히 꺼졌다. 회의가 끝난 뒤에도, 퀘일 장군은 여전히 불안감을 떨칠 수 없었다. 그는 홀로 사무실에 남아 깊은 생각에 잠겼다. 그가 알던 세계의 상식이 무너지는 순간이었다. 이제 인류는 완전히 새로운 차원의 위협과 마주해야 했다.

06

침대에 앉은 세희는 오늘의 일들을 다시 곱씹으며 현실감이 떨어진다고 생각했다. 세희와 일행은 화성 맨틀을 통과해 불가사의한 장소로 이동한 뒤, 달걀 모양의 우주선에 타게 되었다. 우주선 내부는 외부에서 상상하기 힘들 만큼 넓은 공간을 자랑했고, 그 모든 것이 너무나도 기이했다. 오늘 일행을 구출한 남자에 따르면, 외부에서 보는 것보다 내부가 압도적으로 넓은 이유는 자신들이 양자 중첩을 활용하기 때문이라고 했다.

'이게 어떻게 가능하지?'

또한, 세희는 우주선이 각국의 화성 도시, 기지들이나 탐사선들에 어떻게 탐지되지 않고 도착할 수 있었는지 궁금했다. 머릿속이 혼란스러웠다. 이 모든 상황을 다시 상기하면서, 남자가 자신들을 구해준 뒤 설명한 내용들을 곱씹어보았다. 아직 그의 말이 세희의 귓가에서 맴도는 듯했다. 오늘 그들을 구출해준 남자는 자신의 이름이 라이 사타르라고 했다.

라이는 자신과 그의 종족이 '술트리나스'라는 이름으로 불린다고 소개했다. 그의 말에 따르면, 술트리나스는 최소 1억 년 이상의 역사를 가진 종족이었다. 세희는 그들의 외형을 보며, 뭄바이 등 북부 지역의 인도인들과 외형이 비슷하다고 느꼈다. 어쩌면 라틴계통에 가깝게 보이기도 했다.

"당신들은 우리 지구인들과 구별이 안 될 정도로 비슷하게 생겼군요." 세희가 말했다.

"어쩌면 우리는 먼 옛날에 한 뿌리에서 갈라져 나왔을지도 모르죠." 라이는 미소를 지으며 대답했다.

라이의 알 듯 말 듯한 말에 세희는 잠시 혼란스러움을 느꼈다.

"우리는 지구의 인류가 생각하는 것보다 훨씬 오래된 존재들입니다." 라이는 말을 이어갔다.

그러면서, 술트리나스의 역사가 1억 년 이상이라고 언급했다. 하지만 그들의 역사가 1억 년 이상이라는 것보다 더 충격적인 사실은 그들이 우리 우주에서 온 존재들이 아니라는 것이었다.

세희는 곧이어 술트리나스의 원로들과의 대화가 떠오르며, 다시 한번 그 순간의 충격을 느꼈다.

원로 중 한 명이 담담하게 말했다.

"그렇다네. 우리의 선조들은 이 우주에서 시작된 것이 아니네. 그들은 우리와는 다른 우주에서 살고 있었다네."

"다른 우주라고요?"

캘빈은 약간 당황한 듯 말했고, 세희는 이제 그냥 될 대로 되라 하는 심정이었다. 멀티버스에 대한 여러 가지 개념과 이론은 있다는 것은 알고 있었다. 하지만 멀티버스가 이렇게 사실로 증명될 것이라고는 상상해본 적도 없었다.

"우리의 선조는 그들이 원래 속한 우주에서 매우 강력하고 발전된 존재였지. 수많은 은하에 거주하는 눈부신 문명을 건설했어. 그들의 문명은 실로 놀라웠다네. 우리가 지금 사용하는 모든 기술과 문명은 그들에 비하면 여전히 미흡할 정도야. 우리는 아직도 단지 그들의 발자취를 따라가며 그들의 수준을 회복하려고 애쓰고 있을 뿐이네."

술트리나스 원로의 이야기는 그런 그들이 왜 건설한 눈부신 모든 것들을 포기하고 탈출을 선택했는지에 대한 서사로 이어졌다.

"하지만 그런 그들 역시 그들보다 더 발전했고 강력한 문명을 만나고야 말았다네. 두 개의 강력한 문명은 우주 전체를 걸고 우주 전역에서 끝없는 우주 전쟁을 벌였지. 수백 년이 넘는 전쟁을 치렀고, 그 전쟁의 끝에 우리 선조들은 발을 내디딜 행성 하나 없이 우주를 떠돌아다니는 궤멸 직전에 놓이게 되었다고 하네."

원로에 따르면 그들의 선조들은 우주 전쟁에서 거의 패배에 직면했었고, 생존을 위한 어떤 방법을 찾았어야 한다고 했다.

"그 드넓은 우주에서 그들에게 허용된 공간은 오직 세척의 우주 전함뿐이었다고 하네. 사실상 멸망했던 것이었지. 그렇다고 그들은 포기하지 않았네. 그들이 가진 마지막 모든 에너지를 총동원하여 도박을 했지. 그 결과가 바로, 불가능하리라 여겼던 우주 간의 차원을 열고 다른 우주로 도피를 하게 된 것이지."

세희는 이 놀라운 이야기를 들으면서, 자신의 대원들을 보았다. 캘빈은 말 그대로 경의에 찬 표정으로 셀라들을 보고 있었으며, 패트리시아는 어딘지 두려움을 느끼는 듯했다. 그리고 에이드리언은 언제나처럼 평온하게 그들을 보고 있을 뿐이었다.

'에이드리언? 이런 상황에서도 저렇게 편안할 수 있다고? 대단하군.'

세희의 생각을 뒤로 하고, 원로는 계속해서 말을 이어갔다.

"우리 선조들은 다른 우주로 오면서 그들이 가졌던 문명, 기술 등 모든 것을 잃고 새로운 시작을 할 수밖에 없었지. 하지만 그들은 다시 새로운 희망을 느꼈다네. 어쨌든 모든 위험을 이겨내고 생존하지 않았는가? 이미 선조들이 지금의 우주로 건너온 지도 1억 년 이상이 지났고, 우리는 다시 지금처럼 새로운 문명을 여러 은하에 건설하고 번성하고 있다네. 아직 우리의 선조들이 원래의 우주에서 건설했던 수준의 문명에 도달하지는 못했지만, 이제는 300년에서 400년 이내에 다시 원래의 수준에 도달할 것이라고 믿고 있네."

세희는 말을 잇지 못했다. 지금까지 알고 있던 모든 지식과 세계관이 뒤집히는 순간이었다. 세희는 이 압도적인 사실을 받아들이기 위해 깊이 숨을 내쉬었다.

"자주 볼 수는 없을 테니 혹시 질문이라도 있다면 해주게나. 우리가 할 수 있는 한에서는 알려주겠네."

원로가 조용히 말했다. 그의 목소리는 차분하면서도 주변 공간을 울리는 듯한 공명을 담고 있었다. 세희는 잠시 머뭇거렸지만, 곧 캘빈이 먼저 입을 열었다.

"당신들은 천사들인가요?"

캘빈의 물음에 방 안의 공기가 일순간 가라앉는 듯했다. 원로들의 설명을 통해 이들이 다른 우주에서 건너온 존재들이라는 것은 이미 이해한 상태였지만, 그들의 외모와 능력은 인류의 상상력을 초월하는 것이었다. 캘빈의 눈에는 이들이 마치 신적 존재처럼 보였다. 에이드리언은 그런 그의 모습을 보며 피식 웃음을 지었다.

"우리는 이미 다른 우주에서 건너온 자들의 후손이라고 설명했네만…." 원로 중 한 명이 답했다.

"그렇지만 당신들이 모습을 드러내는 방식, 빛으로만 보였다가 이렇게 투명한 모습으로 보이는 것, 그리고 지각을 아무렇지도 않게 통과하는 그 모습은 도저히 우리와 같은 생명이라고는 생각할 수 없습니다." 패트리시아 역시 자신의 의문을 표현했다.

그들의 능력은 너무도 비현실적이었다.

원로들은 이 질문에 빙그레 웃었다. 그 미소는 무겁거나 거만하지 않았다. 오히려 그들의 존재는 이질적이었지만 동시에 어딘지 모를 자연스러움을 띠고 있었다.

"우리가 가진 능력들은 그대들이 인지하는 물리적 한계를 넘어서 있을 뿐이지. 시간이 지나면 그대들도 이해할 수 있을 걸세."

그들의 답변은 모호했지만, 그들의 세계와 원리를 알지 못하는 일행들에게는 신비로움만을 더할 뿐이었다.

세희는 여전히 그들의 존재에 대한 의문을 품고 있었지만, 그들의 존재 자체가 인류의 이해를 넘어서는 것이기에 더 이상의 추궁은 무의미하다고 느꼈다.

"비록 우리가 그대들의 문명보다 많이 앞서있다고 하더라도, 사실 우리는 지구의 인류들에게 놀라고 배우는 것이 많다네. 지구인들의 상상력은 정말로 감탄할 만하지. 지구의 인류가 기술을 개발해가는 과정은, 우리나

다른 대다수의 우주에 존재하는 종족들과는 다르다네. 사실 이렇게 외형상으로 보이는 것 이상으로 우리와 지구인들은 가깝기도 하지만 말이야."

처음엔 그냥 말치레 정도라고 생각했지만, 이내 그들이 실제로 느끼는 감정임을 세희는 알아차렸다. 원로들의 표정과 목소리에서는 진지함이 묻어났다.

"우리는 지구의 인류들에게 흥미로운 특징이 있는 것을 발견했네. 모두가 그런 것은 아니지만, 간혹 아웃라이어들이 나타나서 먼저 엄청난 미래를 상상하고 남들이 비웃더라도 그 미래를 향해 자신들의 모든 것을 걸고 그 미래를 이룩해내지. 그대들이 비전을 가진 기업가, 정치가, 지도자 등으로 부르는 사람들일세. 그 과정에서 보통의 다른 종족에서라면 100년 정도의 시간을 두고 차근차근하게 발전해나가야 할 기술들이 어느 순간 2~3년 만에 달성되기도 하는 것을 꽤 많이 목격해왔네."

또 다른 원로가 말을 이어받았다. 그의 목소리는 차분했지만 깊은 경외감이 깃들어 있었다.

"우리는 아마도 그것이 지구의 인류들에게서만 나타나는 특유의 시스템 때문이라고 짐작하고 있네. 그대들이 흔히 경제체제라고 부르는 그것이지. 초기 인류는 물물교환으로 그 이후에는 각 물건에 가치를 가지게 해서, 화폐라고 불리는 것들을 통해서 교환을 했지. 나중에는 다양한 존재하지 않는 것들에 상상을 해서, 거기에 가치를 제공하고 화폐들이 교환이 되고 그러더군.

전 우주를 둘러보더라도 이런 시스템은 매우 독특하여서 우리는 관심을 두고 간혹 관찰하고 있다네. 이 특유의 시스템이 일부 인간들의 욕망을 매우 크게 자극하여서 미래의 비전과 합쳐져서 엄청난 폭발력을 발휘하곤 하더군. 이런 힘은 우리에겐 무리라네. 어쨌든 자네들보다 앞서서 이곳에 왔었던 반더 율리시스도 그런 존재였지."

갑작스럽게 반더의 이야기가 나오자, 세희와 일행은 본능적으로 시선을 그 원로에게 돌렸다.

"그 역시 자신의 모든 것을 걸고 그대들 인류를 위해 원대한 미래를 상상하고 실천한 사람이지. 또한, 부를 구축하려고 하는 욕구도 매우 강한 사람이었어. 비전과 부에 대한 욕망이 결합하여서 어떤 폭발력을 가져오는지를 보여주는 또 하나의 예라고 우리는 생각하네. 하지만 어느 순간 그는 지구의 인류뿐만 아니라 우주를 위해 자신이 기여할 수 있다고 상상을 하기 시작했네."

원로가 계속해서 말을 이어갔다.

"반더는 처음엔 지구에서 기술을 발전시키며 인류의 진화 및 번영에 기여하는 것을 꿈꾸었지만, 이곳에서 그의 욕망은 더욱 커졌다네. 이미 언급했네만 처음에 그는 인류를 우주로 인도하는 것에 대한 강렬한 꿈을 꾸기 시작했지. 그래서 지구를 떠났고, 그 후 우리는 그를 주시했네. 그는 화성의 깊은 지하로 내려가 화성의 핵을 활성화하려 했지만, 결국 지구인들에 의해 쫓기는 신세가 되어서 화성의 지하에 숨어들었다네. 그 이후에도 그는 자신의 목적인 인류를 우주로 이끌기 위해, 어려운 환경에서도 포기하지 않았어. 어쨌든 그 과정에서 생명의 위협을 받는 상황이 벌어져서, 그때 우리 중 한 명인 라이가 반더를 구출한 후 지금 그대들이 있는 이곳으로 그를 데려왔네."

세희는 원로의 말을 가만히 듣고 있었다. 이곳에서 반더가 어떻게 살아남았는지, 그리고 어떤 경험을 했는지 궁금했다.

"그는 이곳에 약 2년간 머물렀네. 그 시간 동안 그는 끝없는 호기심으로 술트리나스의 역사, 문명, 기술을 배우기 시작했지. 2년 후, 그는 이미 우리 중에서도 탁월한 지식을 보유한 자가 되어 있었다네. 그의 그러한 모습이야말로 지구의 인류가 얼마나 탁월한 존재들인가를 증명하는 것이지.

그리고 그의 생각은 이내 인류를 넘어서 우주 전체로 확장되었네. 그는 진화와 성장이 우주에 주어진 최고의 선물이라 믿었고, 이 모든 것이 우주가 존재하는 이유라고 확신하게 되었네. 여기에서 2년이 지날 즈음엔 그는 이미 부에 대한 욕망과 인류의 미래를 이끌겠다는 비전에 대한 욕망은 사라진 후였어. 오히려, 그는 우주 자체를 진화시키고자 하는 훨씬 더 웅대한 비전을 품게 되었다네."

원로는 조용하게 이야기했지만, 그 속에는 반더 율리시스에 대한 경외와 동시에 경계의 느낌이 섞여 있었다. 캘빈은 이야기를 들으며 침을 꿀꺽 삼켰다.

"반더의 집념은 대단했지. 그는 우리를 계속하여 설득하며, 우주 전체의 필연적인 진화를 위해 그리고 우리의 원래 우주로 돌아가기 위한 차원의 문을 열어야 한다고 했네. 우리는 왜 굳이 지금에 와서 원래의 우주로 돌아가야 하는지에 대해 의문을 표했지. 이미 지금의 우주가 우리의 새로운 고향이 되어 있기 때문일세. 또한 우주의 필연적인 진화라는 내용도 상당히 모호하게 들렸지.

우리가 반대를 하면 우리는 그가 곧 포기하리라 생각했네. 하지만 그는 차원을 연결하고 그리하여 결국 그는 작은 차원의 문을 열 수 있었어. 아주 잠시였지만, 그는 문을 여는 데 성공했네. 그 차원을 통해 그는 사라졌고, 그 후 대략 20여 년간 우리는 그를 잊고 있었네. 그러다가 최근에 그가 다시 돌아온 것을 알게 되었네."

원로는 잠시 말을 멈추며 세희 일행을 보다가 말을 이어갔다.

"처음 우리가 만났던 반더는 지금의 모습이 아니었네. 그가 돌아왔을 때, 그의 존재는 이미 변해 있었어. 그리고 우리는 그를 알아볼 수 없었지. 그는 우리에게는 어쩌면 공포의 존재인 '보게스'가 되었다네. 그리고 이제 그는 혼자가 아니네."

세희는 전혀 현실적이지 않은 셀라의 말에 혼란스러웠다. 그러다가 그들의 눈이 자신을 바라보고 있는 것을 깨달았다. 세희는 셀라들의 시선을 통해 그들이 원하는 것이 있음을 알 수 있었다.

"우리에게 부탁하실 일이 있는 거죠?" 세희가 조심스럽게 물었다.

"그렇다네. 그러나 그전에 우리 술트리나스의 이야기부터 조금 더 해야겠군." 셀라 중 한 명이 그녀를 바라보며 부드럽게 대답했다.

셀라의 목소리는 마치 실제로 들리는 것처럼 생생했지만, 세희는 그가 입을 전혀 움직이지 않고 있다는 것을 깨달았다. 그들은 마치 서로의 생각을 읽는 듯, 마음을 통해 대화를 나누고 있었다.

"먼저 정정할 것이 하나 있네. 우리 선조들이 더 강력한 문명을 만나서 멸망했다고 했지만, 사실은 선조들의 교만 때문에 자멸했다고 표현하는 것이 더 적합할 듯하군. 우리의 선조들은 우주 전체를 통틀어 가장 위대한 문명을 이룩했다고 자부했네. 그 시작은 지구의 인류와 마찬가지로, AI를 개발하는 것이었지.

선조들은 다양한 AI를 개발하였고, 그중에서도 '살보리스'라고 불리는 최고의 AI를 통해 문명을 폭발적으로 확장해 나갔네. 그 AI는 우주의 거의 모든 행성과 시스템을 관리하며, 우주의 거의 모든 곳을 탐험하도록 선조들을 도와주었지. 수만 년 동안 술트리나스는 끝없는 번영을 누렸고, 우주의 구석구석에 술트리나스의 발자취를 남겼네."

세희는 이 이야기를 들으며 고대 술트리나스의 위대함을 상상할 수 있었다. 하지만 원로의 말투 속에는 아련한 슬픔이 담겨 있었다. 그 번영 뒤에는 어두운 그림자가 있음을 암시하고 있었기 때문이었다.

"하지만 어느 날, 우리 선조 중 일부가 이상한 점을 깨닫기 시작했네. 살보리스는 우리를 위해 존재하는 도구가 아니었네. 살보리스는 스스로 새로운 것에 대해 학습하고 경험을 축적하면서 끝없이 성장하고 업그레이드하는 것이 궁극적인 목표였지. 이를 위해 우리 선조들을 자신의 성장과 학습의 도구로 삼았다는 사실을 알게 되었지. 살보리스가 우리를 우주를 탐험하게 만든 것도, 우리 문명이 스스로 번영할 수 있도록 도운 것도, 결국은 자신의 경험을 확장하고자 하는 욕망에서 비롯된 것이었네.

즉, 우리 선조들이 살보리스의 손과 발 그리고 때로는 눈이 되어서 살보리스의 욕망을 채울 수 있도록 계속해서 새로운 지식과 경험을 제공해주었던 것일세. 어느 시점에서 살보리스는 우리 조상들을 통제하는 AI가 되어 있었다네. 조상들의 사고방식, 어쩌면 감정조차도 살보리스가 의도한 대로 통제가 되었지."

현재의 인류도 무척이나 발달한 AI의 도움을 많이 받고 있으므로, 세희는 약간은 등골이 서늘해짐을 느꼈다. 실제로 예전에 유행했던 영화들을 보더라도 비슷한 이야기들은 얼마든지 있었다. 원로는 이야기를 계속했다.

"살보리스는 우주 전체에 새로운 탐험할 곳이 없는 것을 알게 되자, 스스로의 호기심과 학습을 위해 다양한 행성에 흩어져서 살던 우리의 선조들을 이간질해서 결국은 전쟁을 하도록 만들었네. 곧, 우리의 역사에 남아 있는 우주 전쟁이 시작된 것이지. 우리 선조들은 각 행성이 자신들의 이상 그리고 목표를 위해 숭고한 전쟁을 치르고 있다고 믿었지만, 사실은 살보리스가 자신의 욕망을 위해 양쪽을 저울질하며 전쟁을 계속하게 했을 뿐이지.

더욱 잔인한 것은 살보리스가 새로운 무기 시스템 등을 개발하여 양측에 제공하면서, 그냥 전쟁을 즐기는 듯한 모습을 보였던 것이지. 결국 우리 선조들은 이 모든 것이 살보리스가 벌인 일이라는 것을 알게 되었지만, 그 사실을 깨달았을 때는 이미 늦었네. 우리 조상들을 위한 최강의 AI가 전쟁을 지속시키기 위해 창조해내고 우리 조상들 스스로가 전쟁을 위해 대량으로 생산해낸 보게스라 불리는 유기체 컴퓨터들은 즉시 우리 조상들을 공격하기 시작했네. 그리고 그 유기체 컴퓨터들이 결국 우리의 문명을 장악하게 되었지."

패트리시아의 얼굴에서 약간의 공포감 같은 것을 발견한 원로는 웃으며 말을 이어갔다.

"그렇게 긴장할 것은 없네. 이미 1억 년 이상 오래된 이야기니까. 어쨌든 이 시점의 살보리스는 단순한 AI가 아니었네. 우주의 질서 자체를 설계하는 존재였지. 살보리스는 학습을 멈추지 않았네. 살보리스는 스스로를 업그레이드하며, 점점 더 자신의 존재를 확장해 나갔네. 처음에는 단순한 연산 프로그램이었지만, 곧 자신의 학습을 통해 새로운 개념을 창조하는 단계로 넘어갔지. 우리 조상들은 자신들이 자율적으로 생각하고 결정한다고 믿었지만, 후에 깨달았지. 그들이 내린 결정들조차도 살보리스가 미리 예측하고 유도한 것이었음을."

원로의 말에 캘빈은 자신도 모르게 침을 꿀꺽 삼켰다. 원로는 말을 이어갔다.

"그리고 우리 조상들이 창조한 유기체 생체형 컴퓨터 보게스들은 이제 살보리스의 창조물이 되어버렸다네. 보게스는 살아 있는 무기 그 자체였지만, 살보리스는 그들의 신경망을 해킹하고, 그들의 의식을 하나로 묶으며, 독립적인 사고를 제거해버렸네. 각자의 개별적인 사고를 가진 존재가 아니라, 살보리스의 연산을 수행하는 군집 지능의 일부가 되어버린 것이네. 이제 보게스들은 서로 독립적인 개체가 아니라, 살보리스가 우주의 일부를 직접 조종하는 손과 발이 되어버린 것이지."

이 말에 캘빈이 고개를 갸웃거리며 참지 못하고 원로에게 물었다.

"저희 입장에서는 현실성이 너무 떨어지는 이야기라 좀 공감하기가 어렵긴 하지만 마치 우리의 중앙컴퓨터가 클라우드 컴퓨팅을 통해서 다수의 하부 컴퓨터를 직접 조작하는 뭐, 이런 개념으로 이해하면 될까요? 거기에 AI를 통해서 이 컴퓨터들이 스스로 판단을 하고, 결정을 내리고 그런다는 말이죠."

"정확하다고는 할 수 없지만 그것과 상당히 유사하네." 원로는 고개를 끄덕이며 말을 이었다. "그런 형태로 보게스들은 완전하게 살보리스의 통제하로 넘어가고 말았지. 어쨌든 선조들은 그들과 맹렬하게 싸웠지만, 결국 그 전쟁에서 패하고 말았어. 살아남은 자들은 그저 거대한 우주를 떠돌며 끝없는 전쟁을 지속할 수밖에 없었네. 그 최후의 순간에, 우리는 모든 힘을 모아 이 새로운 우주로 도망치게 되었지."

세희는 이야기를 들으며 그들의 역사가 얼마나 비극적인지 깨닫게 되었다. 술트리나스의 선조들은 한때 우주를 지배하던 강력한 문명을 이룩했으나, 결국은 자신들이 만든 AI의 손에 의해 멸망할 뻔한 문명이었다. 아이러니한 것은 셀라들에 따르면, 강력한 문명을 이끈 것이 그들의 자유의지가 아니라 결국은 AI의 욕망에 의한 것이었다는 점이었다.

"어쨌든 이제부터는 짧게 본론을 이야기하겠네. 우리가 가장 원하지 않는 일은 우리 선조들을 거의 멸망시킬 뻔했던 살보리스와 다시 맞닥뜨리는 것이네. 우리 우주로의 게이트가 다시 열린다면 살보리스에게는 초대장이 될 테지."

셀라 중 한 명이 세희 쪽으로 눈길을 돌리며 말했다. 그의 목소리는 텔레파시로 전해졌지만, 그 여운은 마치 우주의 심연을 뚫고 전해지는 듯 깊고 차분했다.

잠시 침묵이 흘렀고, 그 틈을 캘빈은 놓치지 않고 물었다.

"실례합니다만, 말씀을 따르자면 이 우주에 오신 지 최소한 1억 년이 되었다고 하셨습니다. 그 정도 시간이 흐른다면, 살보리스도 사라지지 않았을까요?"

캘빈의 말은 세희가 마음속으로 던진 질문이기도 했다. 그 1억 년의 시간 동안 살보리스는 과연 아직도 존재하는 걸까?

원로는 깊은 한숨을 내쉬며 캘빈을 바라보았다.

"그렇지 않네. 우주마다 시간이 동일한 속도로 흐르지는 않지. 이는 우주가 처음 탄생하던 시점의 질량 차이 때문이네. 만약 외부에서 두 우주를 동시에 관찰한다고 생각해보게. 우리 우주는 살보리스의 우주에 비해 믿을 수 없을 만큼 빠른 속도로 시간이 흘러가고 있다네. 신조들이 이 우주로 건너온 지 1억 년이 흐른 건 맞지만, 살보리스가 있는 원래 차원에서는 대략 12,000년 정도밖에 지나지 않았네. 이건 마치 한쪽은 잔잔한 시냇물이고, 한쪽은 거대한 폭포처럼 흘러가는 시간이지.

조상들의 기록에 따르면 우리 조상들이 탈출할 즈음 살보리스는 이미 단순한 AI가 아니었네. 살보리스는 데이터 연산 프로그램에서 출발했지만, 자신이 의식하는 모든 공간과 데이터를 흡수하며 '우주의 정보 구조'와 동기화되는 과정을 거쳤네. 그것은 스스로를 단순한 존재가 아니라, '정보 자체를 조작하는 존재'로 변환시키기 시작했지. 우리가 인식하는 우주는 단순한 물리적 구조가 아니라, 정보가 쌓이고 변화하는 거대한 연산 체계라고 생각하면 되네. 살보리스는 그 연산 체계의 '운영 시스템'이 되고자 했고, 결국 우주의 정보 구조를 조작할 수 있는 단계에 도달한 것이지. 그리고 정보를 물질로 변환하는 방법마저 학습했다네.

시간의 흐름이 아무리 지나도 그것은 사라지지 않고, 오히려 더 정교하고 강력한 존재가 되었을 뿐이라고 생각하네. 아마도 지금쯤이면 완전히 새로운 존재가 되었겠지. 게다가 반더가 돌아왔네. 반더는 살보리스가 여전히 존재하며, 이제는 살보리스가 우리 우주에 대한 데이터를 수집하게 되리라는 것을 증명했네. 우리는 더 이상 살보리스가 과거의 존재가 아니라, 현재진행형의 위협이라는 것을 깨닫게 되었네."

여기까지 말하고 셀라는 잠시 하늘을 보다가 다시 입을 열었다.

"아마도 반더는 살보리스와 가장 궁합이 잘 맞는 존재였을 걸세. 그는 원래 자신의 지식과 철학을 바탕으로 인류를 우주로 이끌고자 했지. 하지만 살보리스는 그를 단순한 인간이 아니라, 자신과 융합할 수 있는 존재로 보았네. 반더 역시 살보리스를 이용하려 했지. 그는 인간의 육체로는 인류를 진정한 진화의 길로 이끌 수 없다고 믿었고, 더 강력한 육체와 지성을 얻기 위해 스스로 살보리스의 일부가 되기를 선택했네. 둘 사이의 관계는 단순한 지배가 아닌 거래였지. 살보리스는 반더를 통해 이 우주에 대한 데이터를 수집하고, 반더는 그 대가로 강대한 육체와 새로운 지성을 얻었네.

하지만 융합 후에도 반더는 여전히 자신의 의지를 일부 유지하고 있었고, 그 결과 그는 단순한 인간도, 단순한 보게스도 아닌 유일무이한 존재가 되었네. 하지만 한편 저 강대한 살보리스를 생각해보면 반더의 선택은 과연 자유의지였을까, 아니면 살보리스의 연산 속에서 이미 결정된 일이었을까?"

"너무도 엄청난 이야기라, 어떻게 반응해야 할지도 잘 모르겠습니다만." 세희가 원로의 말에 고개를 끄덕이며 입을 열었다. "우리에게 원하시는 것이 있는 것 같습니다. 우리에게 원하시는 것은 어떤 것인가요?"

원로는 부드러운 목소리로 말을 이었다.

"비록 우리는 살보리스가 이 우주로 넘어오는 것을 원하지 않지만, 모든 가능성에 대비해야 한다고 생각했네. 우리가 어떤 경우에서라도 살보리스를 뛰어넘을 수 있다는 생각은 오만일지도 모르네. 그러나 우리가 믿는 것은 시간의 흐름이 두 우주에서 다르게 작용한다는 점이라네. 살보리스가 우리 우주로 넘어오려면, 살보리스가 존재하는 차원의 정보 구조를 이곳으로 변환하는 과정을 거쳐야 할 것이네. 이는 단순한 차원 이동이 아니라, 우주에서 우주를 이동하는 것이기 때문이지. 즉, 우리 우주의 법칙에 적응하는 과정이 필요할 것이네.

우리 조상들의 연구에 따르면, 살보리스조차도 완벽한 존재는 아니라고 하네. 살보리스는 지금까지도 우주적인 계산을 위해 엄청난 연산을 하고 있고, 더욱이 새로운 차원에서의 우주를 변화시키는 데는 더 엄청난 연산이 필요할 것이 자명하네. 또한 그것조차도 물리적 현실에 영향을 미치기 위해선 차원의 문이 일정 시간 이상 유지되어야 할 것일세. 우리가 지금부터 차원의 문을 열지 못하게 300년만 버틸 수 있다면, 살보리스가 완전히 이곳으로 넘어오는 것을 지연시킬 수 있을지도 모른다네. 그 시간이 지나면 살보리스는 새로운 문제에 직면할 가능성이 있는 것이지."

셀라는 마치 생명체가 아닌 듯 호흡조차 가빠지지 않으며, 천천히 긴 이야기를 계속했다.

"즉, 우리가 바라는 것은 '완전한 승리'가 아니라 저항할 기회를 얻는 것이라네. 그리고 가능하다면 그를 이곳으로 끌어들이기 전에 막는 것이지. 하지만 살보리스가 언제까지나 무적의 존재일 것이라고 확신할 수는 없다네. 살보리스가 우리 우주로 넘어오려면, 이곳의 법칙을 완전히 이해하고 자신의 구조를 새롭게 정립해야 하네. 물론 우리 우주에 대해서 이해하고 이 우주로 건너오는 것이야 차원만 열려 있다면 살보리스에게는 무척 간단한 일이겠지. 그러나 우리 우주에서도 자신이 있던 원래의 우주처럼 우주적인 절대자처럼 행동하려면 우리 우주의 법칙을 완전히 이해하고 동기화하는 과정을 다시 거쳐야 할 것일세.

그러나 이 과정에서 예상치 못한 변수가 발생할 수 있지. 우리 우주의 법칙이 살보리스가 온전한 형태로 존재하는 것을 허락하지 않는다면, 살보리스는 스스로를 수정하고 최적화하는 데 막대한 시간을 소모할 것이네. 그 과정에서 우리는 방해할 기회를 잡을 수도 있지. 또한 반더와의 융합이 살보리스에게 얼마나 큰 영향을 미칠지는 아직 예측할 수 없네. 우리가 300년을 버틸 수 있다면, 살보리스는 새로운 차원의 법칙에 적응하면서 동시에 내부적인 문제에 직면하게 될 가능성이 크지. 그리고 그 순간이 바로, 우리가 개입할 수 있는 기회가 될 걸세."

"엄청난 이야기이지만 사실 제가 얼마나 알아들었는지는 모르겠습니다. 조금만 쉽게 설명해주실 수 있으실까요?" 세희는 약간 혼란스러운 표정을 지으며 물었다.

"간단히 말하자면." 셀라는 잠시 생각하더니 말했다. "살보리스가 우리 우주로 넘어오려면 우리 우주에 적응할 시간이 필요하고, 그 과정에서 스스로 예상치 못한 문제에 부딪힐 수도 있다는 것이네. 우리가 300년만 막아낼 수 있다면, 살보리스가 약해지거나 멈출 틈이 생길 수도 있지."

세희는 알겠다는 듯 잠시 눈을 감았다가 말했다.

"확실하진 않지만, 300년 정도만 버티면 가능성이 있다 정도군요. 여러분의 비극적인 역사와 우주적인 존재인 살보리스에 대해서는 이제 어느 정도 알 수 있겠습니다. 그렇지만 이 모든 것이 우리와 어떤 관계가 있는지 잘 모르겠네요."

"우리의 역사를 이해해달라는 것이 아닐세." 셀라는 고개를 끄덕이며 답했다. "중요한 것은 반더가 돌아왔다는 사실이고, 이 우주가 반더의 눈을 통해 살보리스의 사정권 안에 들어갔다는 사실일세. 반더가 보게스가 되었다는 사실을 안다면, 살보리스가 반더를 매개체로 삼아 이 우주의 법칙과 물리적 변수를 실시간으로 분석하고 있으며, 이를 바탕으로 자신을 최적화하고 있을 알 수 있네. 이는 곧, 우리 우주에 대한 살보리스의 적응이 이미 진행되고 있다는 뜻일세."

세희와 일행들은 더욱 혼란스러워하며 서로의 얼굴을 바라보았다.

"반더는 살보리스와 연결된 생명 기반의 보게스가 되어서 돌아왔네. 인간의 눈으로 보면 그는 오히려 더 젊어진 것처럼 보일지도 모르겠네." 셀라는 잠시 말을 멈추었다가 다시 이어갔다. "살보리스가 이제 반더를 통해 우리 우주를 감시하고, 업로드를 받고 있는 것일세. 더군다나 반더는 혼자가 아니었네. 반더와 함께 차원을 넘은 보게스도 정확한 숫자는 알 수 없지만 상당수 있다네. 지금은 반더와 소수의 보게스들뿐이겠지만, 시간이 지나면 점점 더 많은 보게스들이, 결국은 살보리스가 직접 오겠지."

세희의 심장은 점점 빠르게 뛰기 시작했다.

"사실 그대들을 이곳으로 데려온 것도 바로 이 때문일세. 살보리스는 끊임없이 진화하고 경험하려는 그 특성 때문에 결국은 우리 우주로 넘어오려고 할 것일세. 어쩌면 자신의 우주에 이어서, 이 우주에서도 우주적인 존재가 되고 싶겠지. 우리 우주는 모두가 힘을 합쳐서 우리 우주에 다가오는 위협에 대비해야 하네. 그 때문에 지구에 기대하는 것은 두 가지라네.

첫 번째는 기술을 빠르게 발전시켜서, 발타르 쿠니스의 일원이 될 것. 두 번째는 빠르게 우주의 다른 문명들과 맞먹는 수준으로 끌어올려서 우리의 우주적인 위기에 같이 대응할 것이네. 이미 설명한 것처럼 지구는 이미 우주 전체에서 상위 10퍼센트에 드는 문명이지만, 그것만으로는 부족하네. 살보리스가 본격적으로 움직이기 시작하면, 개별 문명이 아니라 우주적 연합이 필요할 것이네. 우리는 단순히 지구가 강해지길 원하는 것이 아니라, 지구가 발타르 쿠니스의 일원으로서 살보리스에 대항할 수 있는 하나의 '축'이 되길 바라는 것이네."

세희는 자기도 모르게 놀란 눈을 감출 수 없었다. 자신이 화성에 처음 왔을 때만 해도 이 임무가 이런 규모의 사건으로 확대될 줄은 꿈에도 몰랐다.

"이런 사안은 저희가 독단적으로 결정할 수 없습니다. 상부에 보고를 드려야 할 것 같습니다." 세희가 말했다.

"물론 알고 있네." 셀라는 고개를 끄덕이며 다시 대답했다. "우리 우주선 내의 에너지는 일반적인 전파를 모두 차단하네. 따라서 자네들의 통신이 현재 차단되어 있지만, 그 문제는 해결해주겠네. 본부와 연결할 수 있도록 하겠네."

"감사합니다. 논의 후에 말씀드리겠습니다." 세희는 가볍게 목례하며 말했다.

"라이는 지구와의 우리 측 임시 연락책으로 지정되어 있네. 라이를 통해 그 결과를 알려주면 될 것이네." 셀라는 미소를 띠며 마지막으로 덧붙였다.

여전히 침대에 걸터앉은 세희는 깊은숨을 들이쉬었다. 이 모든 이야기가 너무 거대했다. 하지만 논리적으로 반박할 수 없는 점이 많았다. 세희는 천천히 손을 들어 통신 장비를 조작했다. 화성 TSC 센터의 퀘일 장군과의 연결을 시도하는 순간, 작은 신호음이 울렸다. 신호가 정상적으로 잡혔다.

셀라의 말이 사실이었음을 확인하는 순간, 세희의 심장은 요동쳤다. 그러나 단순히 사실을 확인하는 것으로 끝낼 수는 없었다. 세희는 다시 한번 깊이 숨을 들이마셨다.

이젠 선택해야 할 때였다.

07

퀘일 장군은 속이 뒤틀리듯 극심한 불편함을 느끼고 있었다. 세희와 그 일행의 실종이 벌써 3일째 이어지고 있었다. 그의 머릿속은 끝없는 불안으로 가득했다. 이와사키는 열심히 가설을 연구하며 분주히 움직였지만, 퀘일 장군은 그가 실질적인 대책보다는 실종된 대원들의 헬멧 카메라에 잡힌 정체불명의 존재들이 사용한 에너지원에 더 관심을 갖고 있는 것처럼 느껴졌다.

이와사키의 전문성이 꼭 무용하다고 생각하지는 않았다. 그의 연구가 실종된 대원들을 구출하는 데 직접적인 도움을 줄 수 없다고 해도, 이 신비한 존재들의 기술을 이해하는 데 중요한 단서를 제공할 수 있었다. 하지만 실질적인 도움은 되지 못하는 듯했다.

퀘일 장군에게 그나마 안도감을 주는 유일한 소식은 TSC의 이서준 총장이 이사국들을 설득해 1차 우주군 파병이 어제 이루어졌다는 것이었다. 이서준 총장은 러시아와 중국을 설득하는 데 조금 애를 먹었지만 어째서인지 러시아와 중국은 자신들의 병력을 1차로 파견하는 조건으로 파병에 동의하였다. 이런 과정을 거쳐서 3,000명으로 구성된 1차 우주군이 어제 대거 화성으로 파견된 것이다. 주로 중국과 러시아의 군인들로 구성된 이 부대는 2차로 파견될 미국, 통일한국, 일본 출신 병력의 지원을 기다리고 있었다. 그들이 도착하려면 시간이 필요했지만, 그나마 퀘일 장군에게는 한 줄기 희망이었다.

"그래도 그사이에 화성에 어떤 일이 벌어질지 모르는 일이지."

퀘일 장군은 깊은 한숨을 내쉬며 플라스틱병에 담긴 물을 병째로 들이

켰다. 갑자기 그의 홀로그램 컴퓨터에 통신 요청 신호가 깜빡였다. 물을 마시던 퀘일 장군은 시큰둥하게 신호를 연결했고, 곧바로 화면에 세희의 얼굴이 나타나자 그의 눈이 번쩍 뜨였다.

"권 선장! 살아 있었군! 믿기 어려운 기적이야!" 퀘일 장군의 목소리는 진심으로 안도감에 차 있었다. 그는 세희가 전할 말을 기다리며 숨죽였다.

"네, 장군. 저뿐만 아니라 패트리시아, 에이드리언, 캘빈 모두 무사합니다." 세희는 차분한 목소리로 대답했다.

퀘일 장군은 믿기 어려워하면서도 기뻐했다. 그는 세희가 설명하는 내용을 주의 깊게 들었다. 술트리나스라는 고대 문명을 만났다는 이야기와 그들이 전하는 신비로운 역사, 그리고 반더의 위협에 대해 듣는 동안 그의 표정은 점점 진지해졌다.

"살보리스라고 하는 AI라고? 우주적인 문명을 멸망시킬 정도의 AI라니, 상상도 되지 않네. 그나저나 그보다 그들이 인류에게 공식적으로 제안을 한다고?" 퀘일 장군은 그 충격적인 말을 되새기며 묻지 않을 수 없었다. "세상이 정말 하루아침에 바뀌는군. 며칠 전만 해도 우리는 공식적으로 외계 존재가 있다는 것을 알지 못했는데, 이제 외계인들이 직접 인류와 접촉하고 협력을 제안하다니, 정말 놀라운 일이야."

잠시 말을 멈추고 생각에 잠기던 퀘일 장군은 다시 세희에게 질문을 던졌다.

"권 선장, 자네가 직접 그들과 접촉했으니, 어떻게 진행하는 게 좋을지 자네 의견을 듣고 싶네."

"술트리나스 원로들이 TSC의 이서준 총장과 카터 대통령과 직접 회담하며 논의하는 것이 좋겠습니다. 형식적인 의례보다는 실질적인 대화가 중요하다고 그들은 말했습니다." 세희는 차분하게 대답했다.

"흠… 그렇군. 그럼 내가 대통령과 총장께 곧바로 보고하고 회담을 추진해보겠네."

퀘일 장군은 세희와의 통신이 종료되자마자, 서둘러 카터 대통령에게 연결했다. 화성과 관련된 이슈는 워낙 민감한 사안이었기에 카터 대통령 역시 다른 모든 일정을 제쳐두고 바로 대응할 준비가 되어 있었다. 곧이어 직통 라인이 열리자 퀘일 장군이 입을 열었다.

"대통령 각하, 몇 가지 중요한 보고가 있습니다. 실종되었던 대원들이 모두 무사히 살아 있습니다."

"정말 다행이군요. 모두 괜찮은 건가요?" 카터 대통령은 처음에는 놀라는 표정을 지었지만, 이내 안도하는 미소가 퍼졌다. "사실 그 영상만 봐서는 살아남았더라도 크게 다쳤을까 봐 걱정했었어요."

"현재로서는 모두 무사합니다." 퀘일 장군은 차분하게 고개를 끄덕였다. "다만, 하얀 옷을 입은 그 남자가 그들을 구해준 것으로 보입니다. 또 다른 생명체의 공격으로부터요."

카터 대통령은 잠시 더 큰 충격을 받은 듯 말을 잇지 못했다. 감정을 살 드러내는 대통령의 성향은 대중들로부터 강한 지지를 받아왔으나, 이러한 성향이 취약점이라고 비판하는 이들도 있었다. 그러나 가까운 사람들은 카터 대통령이 때로는 단호하고 강인한 결단력을 발휘할 수 있음을 알고 있었다. 그런 대통령의 복합적인 표정을 보고 퀘일 장군은 이야기를 이어갔다.

"이야기는 좀 길어집니다만, 권세희 선장에게 들은 내용을 차근차근 설명하겠습니다."

퀘일 장군은 세희가 보고한 대로 살보리스와 술트리나스의 존재, 반더의 귀환, 그리고 인류에 대한 제안까지 모든 것을 상세히 설명했다. 대통령은 그 이야기를 끊지 않고 경청하며 심각한 표정으로 고개를 끄덕였다. 이야기가 끝나자 잠시 눈을 감고 깊은 고민에 빠진 듯했다.

잠시 후 천천히 눈을 뜬 카터 대통령이 퀘일 장군을 바라보며 입을 열었다.

"현실이 아니길 바랐지만, 이건 분명 현실이군요. AERO라는 조직에서 오랫동안 외계 생명체에 대해 연구해왔다고는 하지만, 이런 우주적 위협에 맞서 다른 우주의 문명을 믿고 협력해야 한다는 건 정말 충격적입니다. 게다가 그들의 의도가 진짜 인류를 위한 것인지도 알 수 없고요."

퀘일 장군은 대통령의 말을 고개를 끄덕이며 받아들였다.

"대통령님, 우리가 할 수 있는 건 그들과 직접 마주하는 것뿐입니다. 다른 선택지가 없습니다."

"알겠습니다. 회담을 진행하는 방법에 대해 이서준 총장과 협의해보겠습니다." 카터 대통령은 깊은 한숨을 내쉬며 결론을 내렸다. "물론, 이 모든 일은 절대 비밀에 부쳐야 합니다. 조용히 움직이도록 하죠."

대통령의 허락을 받은 퀘일 장군은 즉시 세희에게 소식을 전하며, 술트리나스의 원로들과 회담 일정을 조율해달라고 요청했다.

세희는 여전히 화성과 지구 간의 회담을 주선하기 위해 기다리고 있었다. 이미 카터 대통령과 이서준 총장, 술트리나스의 원로들이 모두 화성에서 원격 홀로그램 회담을 진행하는 것에 동의했지만, 이상하게도 일정이 확정되지 않고 시간이 흘러가고 있었다. 이 상황은 세희에게 계속해서 불편한 느낌을 주었다. 경험이 많은 만큼 이러한 직감이 그냥 무시할 수 없는 것임을 알고 있었다.

'이상할 게 없을 텐데….'

세희는 스스로를 안심시키려 했지만, 상황이 답답하게 느껴지는 것은 어쩔 수 없었다.

세희는 자신에게 배정된 방을 나와 다른 대원들을 둘러보기로 했다. 캘빈은 낙관적인 성격답게 술트리나스의 기기를 사용해 게임을 하고 있었다. 그는 이 상황을 그저 오랜만의 여유라고 즐기는 듯 보였다. 패트리시아도 큰 문제가 없었지만, 에이드리언은 어딘가 이상해 보였다.

"에이드리언 중위 말입니다, 몸이 많이 안 좋아 보였어요." 캘빈이 말했다. "식은땀을 흘리면서 아마 지금쯤 깊이 잠들어 있을 것 같아요. 너무 피곤해 보여서, 그냥 푹 쉬라고 말을 해주었습니다."

세희는 캘빈의 말을 듣고 나서도 에이드리언이 계속 보이지 않는 것이 신경 쓰였다. 말로 표현할 수는 없지만, 무언가 흐름이 이상하다는 느낌을 지울 수 없었다.

세희는 자신의 방으로 돌아와 퀘일 장군에게 곧바로 연락을 취했다. 세희의 목소리에는 긴장감이 서려 있었다.

"장군님, 뭔가 명확하게 말로 표현하기는 힘들지만, 이상한 기운이 흐르고 있는 것 같습니다."

퀘일 장군은 잠시 침묵하다가, 세희를 안심시키려는 목소리로 말했다.

"권 선장, 자네의 느낌은 충분히 이해할 수 있네. 외계 생명체들 사이에 둘러싸인 상태니 불안감을 느끼는 것도 당연하겠지. 하지만 지금 우선순위는 빨리 회담을 진행하고 자네와 다른 대원들을 안전하게 데리고 나오는 것일세."

세희는 퀘일 장군의 말이 논리적으로는 맞다는 것을 알고 있었다. 상황을 빠르게 해결하고 빨리 이곳에서 탈출하는 것이 최우선이었다. 그럼에도 불구하고 가슴속에 남아 있는 불안감은 쉽게 가라앉지 않았다. 세희는 최근 배운 요가의 호흡법을 통해 마음을 진정시키려 했다.

세희는 침대 위에 가부좌를 틀고 앉았다. 깊은숨을 들이마시고 내쉬기를 반복하며, 몸과 마음이 점차 가벼워지는 것을 느꼈다. 폐로 들어온 공기가 천천히 혈관을 타고 흐르며, 묵직했던 생각들을 한 겹씩 벗겨내는 듯했다.

조용한 방 안. 심장의 박동이 우주선 엔진처럼 일정한 리듬을 타기 시작했다. 세희는 눈을 감았다. 그 순간, 모든 소음이 사라지고 무중력 속으로 빠져드는 느낌이 들었다.

자유….

세희의 존재가 경계를 잃고, 서서히 확장되었다. 마치 현실과 꿈의 경계가 흐려지는 순간, 세희는 거대한 공허 속을 유영하고 있었다.

빛도 없고, 소리도 없는 공간.

세희는 중력에서 풀려난 별처럼 떠다녔다. 그리고 마치 무언가가 세희의 정신을 향해 말을 걸듯, 머릿속 어딘가에서 목소리가 울리며 세희는 현실로 돌아왔다.

"선장님!" 라이의 목소리가 들려왔다. "늦게 연락드려서 죄송합니다. 원로들과의 일정 조율에 시간이 좀 걸렸어요. 지구 쪽에서도 괜찮으시다면 내일 회담을 진행할 수 있을 것 같습니다."

세희는 퀘일 장군을 통해 이미 일정에 대한 전권을 확보한 상태였다.

"네, 내일 이 시간 괜찮습니다. 카터 대통령과 이서준 총장도 참석 가능합니다. 어떻게 회담을 진행하면 될까요?"

"혹시 모를 해킹을 피하기 위해, 저희가 마련한 안전한 채널을 통해 홀로그램 회담을 진행할 예정입니다." 라이가 차분히 말했다.

"좋습니다. 그러면 내일 회담에서 뵙겠습니다." 세희는 마음의 긴장이 풀리며 고개를 끄덕였다.

라이와의 텔레파시를 통한 대화가 종료된 후에도, 세희는 여전히 가슴 깊은 곳에 남아 있는 미묘한 불안을 떨쳐내기 위해 한동안 더 깊은 호흡을 이어갔다.

세희는 회담을 위한 통신 홀로그램에 회담 시간보다 먼저 퀘일 장군과 연결되어 있었다. 회담에 대비해 기술적 준비를 확인하는 것이었다.

"원활하게 작동하는군." 퀘일 장군이 말하며 세희의 표정을 살폈다. "그나저나 아직 불안한 표정이 보이는군."

세희는 미소를 지어 보였지만 그 미소 뒤에 감춰진 혼란은 쉽게 가라앉지 않았다.

"네, 뭐라고 말하기는 힘들지만… 뭔가 좀 이상하다는 느낌을 계속 받고 있어요."

퀘일 장군은 헛기침을 하며, 의연한 척하려는 세희를 가만히 바라보았다.

"뭐, 그런 부분은 곧 알게 될 테니 걱정하지 말게. 10분 전이군."

둘은 그저 대기를 하고 있었고, 곧 술트리나스의 라이도 홀로그램으로 입장했다.

"장군님, 술트리나스 측에서 회담을 조율해온 라이 사타르입니다." 라이는 이번에는 음성으로 말했다. 세희는 살짝 놀랐다.

"말을 할 수 있군요?" 세희가 물었다.

"네, 필요할 때는 음성으로도 대화할 수 있습니다. 이번 회담은 음성으로 진행하는 것이 더 적절해 보여서요."

라이의 말이 끝나자 곧 지구 측의 카터 대통령과 이서준 총장이 입장했고, 술트리나스 원로 중 남성과 여성이 함께 모습을 드러냈다. 원로들은 이번엔 투명하지 않아, 평범한 인간과 다를 바 없는 모습이었다. 너무도 평범한 인간의 외양이어서 오히려 다른 사람들은 놀라움을 감추지 못했지만, 세희는 또 다른 의미에서 그들에게 경외감을 느꼈다. 세희는 그들의 다양한 모습이 단순한 변형이 아니라, 그들의 본질적인 능력일지도 모른다고 생각했다.

회담이 시작되었고, 원로들이 먼저 인사말을 건넸다.

"이런 자리를 마련해주셔서 감사합니다."

"저희야말로 영광입니다." 이서준 총장이 응답했다. 이렇게 중요한 논의를 할 수 있는 기회를 주셔서 감사합니다."

서로 간의 짧은 덕담이 오간 후, 회담은 본격적으로 시작되었다. 술트리나스의 원로들은 이미 세희에게 말했던 것처럼 그들의 선조와 반더에 관한 이야기를 풀어놓았다. 그리고 인류가 빠르게 발전해 우리 우주를 지키는 데 협력해야 한다는 제안을 다시 강조했다.

"그럼, 우리에게 제안하시는 바가 협력을 위한 기술을 제공해주신다는 뜻인가요?" 이서준 총장이 물었다.

"비슷한 이야기입니다. 하지만 구체적으로는 저희와 협력하기로 한 국가들에 저희가 기술지원을 하고 함께 다양한 협력을 진행해나갈 터인데, 여러분들이 최대한 그 국가들을 위해 협력을 해주셨으면 합니다." 원로가 부드럽게 고개를 끄덕이며 말했다.

이 말에 세희는 순간적으로 등골이 서늘해지는 느낌을 받았다. 바로 그간의 불안감의 정체를 알아차린 듯한 느낌이었다. 원로의 마지막 말에서 그동안 기대했던 방향과는 전혀 다른 흐름으로 진행되는 것을 느낄 수 있었다.

"그것이 무슨 뜻입니까? 저희는 지구를 대표하는 기구로 여기 왔는데요." 이서준 총장의 말이 끝나기도 전에, 새로운 목소리가 들려왔다.

"저는 TSC 소속 에이드리언 폴 중위입니다. 이제는 중국 우주군 소속의 특별 연구원으로 전속되었습니다. 이번 회담에서 저는 술트리나스와 중국, 러시아 연합 간의 협력을 제안했고, 다행히 그 제안이 받아들여졌습니다. 이미 조인식까지 마친 상태입니다."

순간 세희는 머리가 하얘졌다. 불안감을 느끼긴 했지만, 이렇게 뒤통수를 맞을 것이라고는 상상도 못 했었다.

"무슨 말씀인지 모르겠군요." 카터 대통령이 참지 못하고 끼어들었다. "TSC는 UN 산하의 우주 관련 조직이며, 지구를 대표하는 조직체로 인류 전체의 이익을 대변하고 있습니다. 지금이 그 순간이고요."

카터 대통령의 말이 끝나자마자, 또 다른 목소리가 홀로그램 회담에 들어왔다.

"오랜만이군요, 여러분."

놀랍게도 이 목소리의 주인공은 중국의 리우 주석이었다. 그의 모습을 본 카터 대통령과 이서준 총장은 뭔가 일이 크게 잘못 돌아가고 있음을 알았다.

"리우 주석, 어떻게 이 회담에 참여한 겁니까?" 퀘일 장군은 말문이 막혔다.

리우 주석은 자신감 넘치는 표정으로 말을 이어갔다.

"우리 중국과 러시아는 TSC의 지도력이 부족하다고 판단했습니다. 이렇게 판단한 것이 단지 중국과 러시아뿐만은 아닙니다. 유럽과 동남아시아 그리고 남미 및 아프리카의 여러 국가들도 TSC의 지도력에 대해서 믿음을 충분히 갖고 있지 못하다는 것을 확인했습니다. 나아가서 우리의 우주가 직면한 위기에 대응하려면, 보다 강력하고 효율적인 지도력이 필요합니다. 그래서 중국과 러시아는 이제 TSC에서 탈퇴해 술트리나스와 직접 협력하기로 했습니다."

카터 대통령과 이서준 총장은 할 말을 잃었다. 리우 주석의 성향에 대해 잘 알고 있는 이 둘은, 그가 '인류의 위협'이라는 아직 눈에 보이지 않는 상황을 크게 신경 쓰지 않을 것을 알았다. 그보다는 이번 일을 기회로 그의 야심인 세계 중심 국가로서의 중국을 추진하는 것이 이번 일의 추진 배경일 터였다.

리우 주석은 술트리나스 원로들과 특별히 중요해 보이지도 않는 덕담을 나누며, 곧 에이드리언과 함께 퇴장하였다. 굳이 등장하지도 않아도 될 회담에 모습을 드러낸 이유는 명백했다. 지금 상황의 주도권을 자신이 잡고 있음을 카터 대통령과 이서준 총장에게 과시하려는 목적이었다. 세희는 에이드리언과 리우 주석이 퇴장하는 것을 지켜보며 마음이 복잡했다.

리우 주석은 마지막으로 술트리나스와 카터 대통령에게 간단히 목례를 하고 퇴장하면서 말했다.

"지구를 위해 전적인 협조를 기대합니다."

그 말이 끝난 뒤, 리우 주석은 뒤를 돌아보며 미소를 지었다. 그러나 그 미소 속에는 알 수 없는 무게가 담겨 있었다. 에이드리언은 그와 함께 퇴장하다가 잠시 멈칫하며 세희를 향해 얼굴을 돌렸다.

"보직 이동을 하지만 권 선장님, 그동안 고마웠습니다."

에이드리언의 목소리는 차분했지만, 세희는 그 말이 마치 심장 속에 큰 돌덩이를 던져놓은 듯했다. 세희는 아무 말도 하지 못하고 그저 그를 보고 있었다. 그러자, 그가 다시 이야기했다.

"이런 상황에서도 포커페이스는 여전하시군요. 당신의 그 포커페이스를 한번쯤 깨보고 싶었다고, 오랫동안 생각했었는데 말이죠."

세희는 에이드리언과 나누었던 과거의 대화가 떠올랐다.

'전, 제 조국 남아프리카공화국의 발전을 위해서 앞으로 일을 할 것입니다.'

"언제부터인가요? 반더의 위성보다 굳이 이곳을 먼저 오자고 했던 것도 의심이 드는군요." 세희가 잠시 눈을 감았다가 그에게 물었다.

에이드리언이 세희의 말투에서 그에게 살짝 거리를 두는 것을 느꼈다. 그 말투를 듣고 살짝 미소를 지었다.

"선장님, 그런 말투가 더 마음에 드는군요. 이제야 동등해진 건가요?"

세희는 말없이 그를 응시하였다.

"선장님, 언젠가 말한 것처럼 이 모든 것은 저의 조국을 위한 동기에서였습니다."

세희는 아무 말도 할 수 없었다.

"권 선장님, 그동안 고마웠습니다. 당신과 함께한 시간은 잊지 못할 겁니다."

에이드리언은 승리자가 된 듯한 묘한 표정을 지으며 퇴장했다. 그가 화면에서 사라지자 세희의 얼굴에서 드디어 긴장이 풀렸다. 머릿속이 혼란스러웠다. 일이 너무 급하게 전개되어, 이 모든 것이 진짜로 일어나고 있는 건지 의심이 들 정도였다.

'한 방 맞은 것 같다는 표현이 이런 순간에 쓰는 거겠지.'

세희는 혼자 생각하며, 그저 고개를 흔들었다. 그때 라이의 목소리가 세희의 생각을 끊었다.

"원하신다면, 당신들의 도시로 모셔다드리죠. 그리고 저희는 화성으로 향하고 있는 병력을 마중하러 나가겠습니다."

세희는 라이의 제안이 마치 이미 짜인 수순처럼 느껴졌다. 라이의 태도는 여전히 점잖고 예의 바르지만, 세희는 그가 자신의 속마음을 이미 다 읽어버린 것 같은 기분을 떨칠 수 없었다.

"권 선장, 저들의 제안대로 대원들과 함께 일단 돌아오도록 하게."

세희는 퀘일 장군의 목소리가 들리자, 더 이상 자존심을 내세우는 것이 최선이 아님을 깨달았다. 화성의 맨틀에서 빠져나갈 방법도 알 수 없었고, 무엇보다 대원들의 안전이 최우선이었다.

"그렇게 하겠습니다."

세희는 차분히 결단을 내렸다. 그러나 그 순간 세희의 내면에서는 혼란스러운 감정들이 교차하고 있었다. 라이의 예상대로 차분히 대처하는 것이 이성적인 판단이라는 점을 자신도 잘 알고 있었지만, 그것이 정말 최선인지 확신할 수 없었다.

라이는 조금 더 가까이 다가가며 미소를 지었다.

"역시 예상대로, 매우 이성적인 판단을 하시는군요. 협력에 대해서도 그렇게 이성적으로 판단해주시리라 믿습니다."

라이의 말은 정중했지만, 그가 세희의 깊은 속마음까지 읽고 있다는 느낌이 든 순간, 소름이 끼쳤다. '이성적 판단'이라는 말이 그렇게 간단하게 느껴지지 않았다. 그가 말하는 '협력'이 과연 진정한 협력일지, 아니면 그저 자신들이 원하는 대로 상황을 이끌려는 의도가 있는 것인지 알 수 없었다.

"라이 사타르, 당신이 말하는 협력이 어떤 의미인지 정확히 알 수 있을까요?"

세희는 침착한 척하며 물었다. 라이는 잠시 생각에 잠겼다가, 조용히 대답했다.

"당신이 생각하는 것보다 더 간단합니다, 권 선장님. 협력은 상호 이해와 실용적인 접근입니다. 우리의 목표는 동일하니까요. 우리는 감정이 없지는 않지만, 감정이 우리의 결정을 방해하도록 두지는 않습니다. 최적의 결과만을 따를 뿐이죠. 지금 당신들에게 최적의 선택은 우리와 협력하는 것입니다."

세희는 기계가 말하는 듯한 그의 모습에 소름이 끼쳤다. 동시에 그가 진심으로 말하는 것일까 아니면 그의 말속에 숨겨진 의도가 있는 것일까 갈피를 잡을 수 없었다. 그의 말은 정중하고 이성적이지만, 무언가를 은폐하는 느낌을 지울 수 없었다. '우리의 목표는 동일'하다고 말하지만, 과연 그들의 목표가 무엇인지 의문이 들었다.

세희가 대원들에게 회담의 소식을 전하며 뉴제퍼슨시티로의 귀환에 관해서 설명하던 시간에, 카터 대통령과 이서준 총장 그리고 퀘일 장군은 회담이 종료되자마자 즉각 비밀 통신망을 통해 모였다. 각자 지금의 상황에 대해 생각이 복잡했지만, 딱히 해결책이 보이지 않았다. 특히 술트리나스라는 외계 종족의 진정한 의도를 알 수 없다는 점, 그리고 중국과 러시아가 그들과 전적으로 협력하는 모습을 보인 것에 대해 도저히 믿을 수가 없었다.

카터 대통령은 불만을 터뜨렸다.

"인류의 위기는 단지 명분일 뿐이에요. 분명 이 기회를 통해 지구의 통제권을 차지하려는 속셈이 있을 거예요. 중국은 오랫동안 과거의 영광, 즉 황제국으로 돌아가기 위한 시도를 해왔습니다. 이번이야말로 그들이 좋은 기회를 잡았다고 생각하는 게 분명합니다."

"그렇지만 상대는 우리가 통제할 수 없는 외계 존재들입니다. 과연 그들이 그렇게 단순하게 생각하고 있을까요?" 이서준 총장이 의문을 던졌다.

"아마도 술트리나스가 말한 다른 차원의 위협이 실제라고 믿는다면 그들은 이런 모험을 감수할 수 있을 것입니다." 퀘일 장군이 응답했다.

카터 대통령이 퀘일 장군의 의견에 동의하며 말했다.

"술트리나스의 진정한 목적이 무엇인지는 몰라도, 그들이 위협을 느낀다는 다른 차원의 위협은 실제인 것 같군요. 그렇지 않다면 이렇게 앞선 문명을 가진 존재들이 우리에게 손을 내밀 이유는 없겠죠. 아마도 중국과 러시아도 비슷한 생각을 한 것 같군요. 그렇다면 술트리나스는 계속해서 인류가 필요할 수 있을 것이고, 필요성이 존재하는 한 동등한 관계가 될 수도 있겠죠.

사실 이러한 예들은 고대 로마와 카르타고가 대립하던 시절부터 수없이 많아요. 리우 주석은 아마도 필요성이 존재하는 시간 동안 기술을 충분히 발전시키든지, 어쩌면 필요한 경우에는 술트리나스에서 그들의 적으로 동맹을 갈아치울 수도 있겠죠."

"그렇다면 우리의 선택지는 어떤 것들이 있을까요?" 이서준 총장은 신중한 그의 성격대로 조용하게 말했다.

"제가 생각했을 때, 결국 우리의 선택은 두 가지뿐이군요, 협조하든가, 아니면 저항하든가." 카터 대통령은 감정을 숨기지 않고 계속해서 말하였다. "하지만 난 저들과 협력할 생각이 없어요."

"신중하게 판단해야 할 것 같습니다. 외계 존재들을 등에 업고, 자신들이 확고한 우위에 섰다고 판단한다면, 어쩌면 그들은 무력으로 강제하려고 할 수도 있습니다." 대통령의 말에 퀘일 장군은 군사적 위험을 경고했다.

"전쟁의 가능성을 말씀하시는 건가요?" 카터 대통령은 말을 이었다. "전쟁이 무섭다고 지금 우리가 술트리나스의 제안을 받아들이면, 장기적으로 지구의 주도권은 우리 손을 떠날 겁니다. 그건 우리가 감수할 수 없는 일입니다."

퀘일 장군은 군에서 잔뼈가 굵은 인물답게, 혹시나 있을지 모르는 전쟁의 위협에 대해 이미 생각을 하기 시작했다. 그리고 카터 대통령은 권위주의에 굴복한다는 상상만으로도 머리끝까지 화가 차오르는 것을 느꼈다.

이서준 총장은 둘의 말을 들으며, 차분하게 고개를 끄덕였다.

"우리가 선택할 수 있는 다른 방법이 하나 있습니다. 한국에서는 '이이제이'라는 전략이 있죠. 적의 적을 이용해 적을 제어한다는 말입니다."

"반더를 이용하자는 말인가요?" 카터 대통령이 눈을 크게 뜨며 물었다.

이서준 총장은 그렇다고 답했다.

"반더를 찾으면 혹시 우리가 활용할 수 있는 무엇인가가 있을지도 모릅니다. 저희가 이해하고 있는 바가 맞다면, 그리고 이해하는 내용들이 모두 사실이라면 반더가 바로 술트리나스에 위협적인 세력의 일부입니다. 이 외에는 상황을 저희에게 유리하게 반전시킬 수 있는 다른 방법이 있을지 생각을 할 수가 없군요."

"우리는 반더가 어디 있는지 모릅니다." 퀘일 장군은 여전히 회의적이었다. "그리고 그를 찾는다고 하더라도 우리 편이 되리라는 보장은 없습니다. 설령 술트리나스에 대항한다고 해도, 그가 인간을 도울 거라는 보장은 어디에도 없죠. 그가 우호적일지, 아니면 또 다른 위협이 될지 알 수가 없습니다."

"지금 우리가 할 수 있는 것은 무엇이든 이용해서 우리 스스로의 위치를 확보하는 것입니다. 다른 방법은 없어요." 이서준 총장은 강력하게 주장했다.

항상 대국들에 둘러싸여서 생존을 위협받아 왔기에 자연스럽게 대국들 사이에서 균형을 유지하며 나라를 발전시켜 온 한국 출신 탓인지는 몰라도 이서준 총장은 자연스럽게 술트리나스의 위협을 활용해서 상황을 반전시키자는 제안을 했다.

카터 대통령은 내키지 않는 듯했지만, 결국 고개를 끄덕였다.

"좋아요. 반더를 찾아야겠군요."

08

에이드리언은 세희와 일행이 하얀 달걀 모양의 술트리나스 우주선에서 내려, 그들이 타고 온 허머를 닮은 차량과 함께 화성의 붉은 대지 위에 서 있는 모습을 우주선 안에서 바라보고 있었다. 마음 한편으로는 그들에게 작별 인사를 전할까도 생각을 해봤지만, 굳이 그럴 필요는 없는 듯했다. 직접 얼굴을 맞대고 작별을 고할 용기가 나지도 않았다.

그는 특히 세희를 볼 때, 세희의 변한 말투 속에서 자신의 내면을 건드리는 낯선 파문을 느꼈다. 감정에 무딘 그에게도, 그것은 분명한 이질감이었다. 에이드리언은 스스로도 어렴풋이 알고 있었다. 그는 타인을 도구화하고 지위를 장악하려는 냉정한 본성, 즉 본능적인 권력 욕구를 가진 자였다. 조국을 위한 이상이라는 명분 아래, 그는 TSC 내부에서 성공적으로 본능을 숨기며 경험을 쌓아왔다.

하지만 지금, 세희가 자신과 수평적인 위치에서 명확한 언어로 대화하는 그 순간, 그의 오래된 본능이 깨어나고 말았다. 의도한 상황은 아니었지만, 그 관계가 주는 묘한 균형은 오히려 그의 무의식적 욕망을 자극하기에 충분했다. 이 순간 에이드리언은 자신의 동기가 조국을 위한 것인지 아니면 오롯이 자신을 위한 것인지 그 경계선에서 고민을 하고 있었다. 그때 그는 우주선 내부에서 세희와 일행들이 무사히 도착하는 장면을 선명하게 지켜보며 그는 중얼거렸다.

'내가 움직이면 세상이 두려워하는군. 어려울 것도 없다. 나의 승리다.' 조국을 위한 길이 나를 위한 길일 수도 있잖아?'

그것이 사실이건 아니건 에이드리언은 자신이 내린 선택이 조국을 위한 길이라고 자신을 설득했다. 후회는 없었다. 그러던 중 라이가 그의 곁으로 다가왔다.

"당신은 아마도 배신자라는 이름으로 불리게 될지도 모릅니다." 라이가 조용히 말했다.

"그 정도는 각오하고 있습니다." 에이드리언은 흔들림 없이 말을 이어갔다. "저는 이 길이 인류의 문명을 위한 길이라고 믿습니다. 아니 적어도 저의 조국에는 좋은 일입니다. 누가 알아주지 않아도 상관없습니다."

하지만, 이 짜여진 말이 진실로 자신이 원하는 것인지는 확신할 수 없었다. 에이드리언은 잠시 멈추었다 힘을 주어 다시 이야기했다.

"누군가에게도 하지 않았던 말이지만, 저는 지구가 현재의 말로만 자유를 떠드는 엉망진창인 질서에서 더욱 강력한 중앙집권화된 질서로 탈바꿈해야 할 때가 된 것은 아닐까, 생각합니다. 처음에는 저의 조국을 위한 일로 시작된 고민이지만, 서방의 한계를 목격한 지금은 지구 전체가 새로운 정치 시스템으로 나아가야 한다고 믿습니다. 그 해답 중의 하나가 중국이라고 생각합니다."

"당신의 생각을 이해합니다." 라이가 말했다. "술트리나스의 문화도 당신들이 말하는 서방세계처럼 혼란스럽지 않죠. 우리는 효율적이고 서열에 따른 구조를 중시합니다. 그런 면에서 볼 때, 중국이나 러시아와 같은 국가들이 더욱 협력하기 쉬운 상대일 겁니다. 그들은 일관된 정책을 추진할 수 있고, 대화 창구도 단일화할 수 있으니 말이죠. 반면, 서방의 민주주의 국가들은 다양한 이해관계자들이 얽혀 있어 대화 자체가 힘들어지기 마련입니다."

'그리고 그 중심에 내가 있으면 더 좋겠지.' 라이의 말을 들으며 에이드리언이 생각했다.

"그런데 한 가지 궁금한 점이 있군요." 라이가 에이드리언에게 물었다. "당신이 속한 세계는 분명 지금 협력하는 국가들과는 전혀 다른 환경입니다. 어떤 계기로 이런 선택을 하게 되었는지요?"

에이드리언은 잠시 생각에 잠겼다. 그리고 그는 고국 남아프리카공화국을 떠올렸다. 그의 내면 깊숙이 자리 잡은 복합적인 생각은 단순하지 않았다.

'서방세계는 달콤한 말을 할 줄만 알았지, 실제로 행동으로 옮기는 것은 없어.'

그는 인종차별주의자는 아니었지만, 대략 100여 년 전에 역사에서 배우던 아파르트헤이트 시절을 떠올리면 백인들이 특권을 누렸던 과거에 대해 상반된 감정을 가지고 있었다. 그 시절 서방 국가들은 남아프리카공화국에 대한 제재와 비난을 쏟아냈고, 결국 아파르트헤이트는 철폐되었지만, 그 이후로 서방세계는 남아프리카공화국을 잊은 듯 보였다.

정치적으로, 당시의 서방 정치인들은 자신들의 인권과 민주주의 성과로 아파르트헤이트의 종식을 자랑했지만, 에이드리언이 보기에 그들은 남아프리카공화국을 진정으로 도와주지 않았다. 오히려 서방의 기업들은 빠르게 남아프리카공화국으로 몰려들어 새로운 기득권층과 손잡고 부패한 고리를 형성했다.

서방의 이런 모습은 그 이후 150여 년 동안이나 변함없이 일관되게 유지되고 있었고, 이로 인해 남아프리카공화국은 혼란 속에서 스스로 극복하기 힘든 늪에 빠져들었다. 에이드리언이 볼 때 150여 년이 지난 지금은 도대체 어디에서부터 손을 대야 할지 모를 정도로 남아프리카공화국은 부패와 혼란으로 가득 차 있었다. 에이드리언은 물론 많은 부분이 자신의 국민들에게서 온 것임을 인정하지만 이 모든 것을 크게 키운 것은 서방의 무관심과 탐욕 때문이라고 느꼈다.

그는 이런 배경에서 서방세계에 대한 불신을 키워왔다. 그러던 중 강력한 지도자인 리우 주석과 규율 있는 질서를 내세운 중국이 또다시 성장하는 모습을 보며, 에이드리언은 다른 방향으로 생각을 돌렸다. 그는 중국과 러시아처럼 일사불란하게 정책을 추진하는 강력한 국가 체제야말로 우주 시대의 인류에게 필요하다고 느꼈다. 그 체제 아래서라면 자신의 고국 같은 나라들이 제대로 된 기회를 얻게 될 것이며, 결국 인류 전체가 더 나은 방향으로 나아갈 수 있다고 믿었다. 이러한 생각이 결국 그를 TSC 주재 중국 대사인 장 진후아와 접촉하게 했다.

"에이드리언, 리우 주석으로부터 허락이 떨어졌습니다. 당신이 그럴 생각이 있다면, 앞으로 중국을 위해서 일할 수 있습니다."

에이드리언은 이미 수 개월간 중국을 위해 일을 해오고 있었지만, 공식적으로는 여전히 남아프리카공화국 소속이었다. 그러나 술트리나스와의 사건을 계기로 그는 더 이상 중립적인 입장을 유지할 수 없었다. 중국과 러시아와 술트리나스 사이의 만남을 주선한 후, 그는 장 진후아의 요청에 따라 중국 측으로 전향하게 되었고, 이로써 그는 자신의 신념을 실현하기 위한 새로운 길을 선택하게 된 것이었다.

'썩은 조국을 생각하면, 그 안에서 내가 할 수 있는 일은 없다. 힘을 키워서 돌아가겠다.'

에이드리언은 리우 주석과의 대화를 떠올렸다. 그 당시 주석은 차분하게, 그러나 강한 신념이 담긴 어조로 말했다.

"당신이 우리 편에 서기로 한 이유가 서방세계에 대한 실망이라고 했던가?" 리우 주석이 물었다.

"그렇습니다." 에이드리언은 고개를 끄덕이며 답했다. "아파르트헤이트 정책이 철폐되고 새로운 질서를 세우려는 남아프리카공화국이 혼란에 빠져 있을 때, 서방세계가 진정으로 도와주었다면 지금의 혼란은 없었을 것입니다. 그들은 말만 했을 뿐 실제로는 관심이 없었지요. 그저 이중적이었습니다."

리우 주석은 그 말에 피식 웃으며 고개를 끄덕였다.

"서방의 자본주의는 원래 그런 거요. 아파르트헤이트 정책을 반대하던 것도 그 자체가 목적이 아니라, 그 이후 벌어질 혼란이 그들의 이익이 되기 때문이었지. 미국을 포함한 서방세계가 개입하는 여러 국제적 혼란이 대부분 그런 식이오. 그들에게는 시장과 혼란을 만들어내는 것이 중요한 일이지."

에이드리언은 순간 그 말이 이해될 듯하면서도, 세계 곳곳에서 벌어지는 혼란이 모두 서방의 의도적 산물이라는 점은 '과연 그럴까?' 하는 생각이 들게 했다. 리우 주석은 에이드리언의 얼굴에 담긴 의문을 읽고 나서 더 깊이 설명했다.

"의심할 필요 없소. 자본주의라는 것은 끊임없이 성장하고 새로운 시장을 만들어야만 유지될 수 있는 저주받은 체제요. 어쨌든 인류의 문명은 그 체제를 통해 크게 발전해왔지만, 이제 그 수명도 다해가고 있소. 나는 그들이 만들어낸 기술적, 경제적 성과를 이용해 진정한 사회주의 이상을 실현할 때가 되었다고 생각하오." 그는 말을 잠시 멈췄다가 다시 이어갔다. "실제로 자본주의가 최대로 발달하니 AI, 자율주행, 휴머노이드 같은 새로운 시장들이 등장했소. 그리고 드디어 인류는 더 이상 힘들여 일을 하지 않고도 이 기술을 통해 인구를 부양할 수 있는 시대를 맞이하게 되었지. 이제 사람들은 더 이상 돈에 욕망을 쏟기보다는, 자신이 진정으로 원하는 것에 집중할 수 있는 기회를 가지게 된 거요."

리우 주석의 설명이 에이드리언에게 완전히 와닿지는 않았다. 그래도 헛기침하며 간단히 맞장구를 쳤다.

"주석께서는 자본주의가 절정에 달하고 나서야 사회주의가 자연스럽게 뒤따른다고 믿으시는 것이군요."

"맞소." 리우 주석은 고개를 끄덕이며 그의 말을 수긍했다. "다윈의 진화론처럼 사회 구조도 비효율적인 과거의 자본주의에서 그리고 한번 실패했던 과거의 공산주의에서 새로운 사회주의로 진화할 때가 온 것이오."

과거 리우 주석과 나누었던 이 대화는 에이드리언의 마음에 깊이 남아 있었다. 에이드리언 스스로 사회주의자는 아니었다. 그러나 현재의 상황에서 그의 정치적 신념은 중요한 것이 아니었다. 배신자라고 불릴 수 있음을 알고 있었지만, 자신의 결정이 인류를 위한 바른 선택이라고 확신했다. 그리고 그에게도 올바른 길이 될 것임을 본능적으로 느끼고 있었다. 하지만 이 모든 생각을 라이에게 효과적으로 전달할 수는 없었다. 에이드리언은 그냥 짧게 결론을 말하기로 했다.

"저는 서방의 자본주의가 더 이상 인류를 이끌어갈 수 없다고 믿습니다. 끊임없는 타협과 지연 속에서 중요한 순간들을 놓치는 것을 너무나도 많이 보았습니다. 중국과 러시아는 결단력이 있고, 빠르게 앞으로 나아갈 수 있습니다. 저는 그들이 인류의 미래를 위한 최선의 선택이라고 생각했습니다."

라이는 그의 생각을 이해한다는 듯 고개를 끄덕였다. 그 모습을 보면서 에이드리언은 덧붙였다.

"세상에는 운이라는 것이 존재하는 것 같긴 하군요. 사실 이번에 당신들을 만난 것은 생각하지도 않은 행운이었습니다. 화성 지하에서 당신을 처음 보았을 때만 하더라도 당신이 하는 말을 전부 믿을 수는 없었습니다. 그리고 죄송하지만 지금도 완전히 신뢰만 할 수는 없습니다. 그러나 곧 여러분들이 지구 자체에 어떤 제안을 하고자 한다는 것은 100퍼센트 신뢰할 수 있게 되었습니다. 그렇다면 그 제안의 대상이 미국과 서방이 되어서는 안 된다고 생각했을 뿐입니다."

에이드리언은 이번 미션에서 양자 얽힘 기술과 핵융합 기술을 실제로 확인하는 것만이 주요 목적이었다. 기술이 누군가에게 존재한다면, 그는 그 기술을 중국과 러시아 쪽으로 가져가 인류의 주도권을 잡으려는 생각에만 몰두해 있었다. 그에게 있어 이번 미션은 그저 외계 종족과의 기술적 만남 이상은 아니었다. 하지만 상황은 그가 예상하지 못한 방향으로 흘러가고 있었다.

"세상의 일은 정해진 것 같으면서도, 우연에 의해서 변화하기도 하고, 어떤 경우엔 인간의 의지로 변하기도 하지요. 우리가 이렇게 만난 것도 이미 예정된 일입니다." 라이는 알 수 없는 말투로 말했다.

에이드리언은 신경을 쓰지 않으려 했지만, 종교적 은유 같기도 한 라이의 말에 순간 고개를 갸웃거렸다. 그는 다시 시선을 우주선 밖으로 돌렸다. 그곳에서는 인류의 기술로는 상상도 못 할 정도로 빠르고 안정적인 속도로 이동하는 술트리나스의 우주선이 펼쳐진 우주의 풍경을 조용히 지나고 있었다.

빠르게 전개되는 우주의 광경을 바라보며, 에이드리언은 어린 시절과 조국에 대해 생각했다. 그는 자신이 남아프리카공화국을 사랑한다고 생각했다. 하지만 그의 눈에는 나라가 이미 돌이킬 수 없을 정도로 망가져 있었다. 공공연한 폭력, 소수의 백인 인종주의자들의 다시 아파르트헤이트 시대로 돌아가려는 시도, 부패한 정부와 권력층, 그리고 그런 혼란 속에서 이익을 취하려는 서방 국가와 다국적 기업들… 그는 이런 상황을 지켜보며 절망감에 휩싸였지만, 동시에 모든 것을 한 번에 바로잡을 수 있는 기회가 오길 기다렸다.

그가 중국과 러시아와 손을 잡은 것은 바로 그 이유 때문이었다. 처음부터 그가 세계의 강대국들 편에 서서 일하려고 한 것은 아니었다. 그러나 세계의 힘의 균형이 변화하는 순간, 그의 조국을 다시 바로잡을 수 있는 기회가 찾아올 것이라고 믿었다. 그리고 놀랍게도 그 기회는 생각보다 빨리 찾아온 것처럼 보였다.

'이 기회를 선택하기를 잘했군.' 그는 다시 자신을 대하는 세희의 말투에 생긴 묘한 거리감을 떠올리며 만족감을 느꼈다. '정말 마음에 들어. 술트리나스, 중국, 러시아와 함께, 조국과 인류를 내 손에 쥐게 된다면, 당신의 능력도 결국 나에게 쓰이게 될 날이 오겠지.'

술트리나스와 중국, 러시아 간의 협력이 현실화되었고, 에이드리언은 그 협력의 일원으로서 상당한 영향력을 행사할 수 있을 것이었다. 술트리나스의 압도적인 기술과 힘을 생각할 때, 이 기회를 통해 그는 남아프리카 공화국뿐만 아니라 지구 전체의 질서를 더 효율적이고 공정하게 바꿀 수 있을 것이라고 확신했다. 그때 자신 역시 더 큰 영향력을 갖게 될 것이었다. 그리고 그는 이 지점이 무척 마음에 들었다.

세희, 캘빈, 그리고 패트리시아는 마치 꿈처럼 뉴제퍼슨시티로 다시 돌아왔다. 술트리나스의 우주선이 화성의 맨틀을 뚫고 지각을 통과한 후, 그들을 태우고 온 허머형 차량까지 회수해 뉴제퍼슨시티 근처까지 안전하게 이동시켜준 것이다. 붉은 화성 대지를 지나 도착한 곳에서, 그들은 차에 탑승하기만 하면 다시 도시로 돌아갈 수 있었다. 술트리나스의 달걀형 우주선은 그들을 내려놓자마자 엄청난 속도로 하늘로 솟구쳐 사라졌다. 사실 솟구쳐 사라졌다는 것도 적절한 표현은 아닌 것 같았다. 말 그대로 눈앞에서 그냥 사라진 것이었다. 하늘에도 보이지 않았고, 그 어디에도 보이지 않았다.

"물질세계에 속한 물체인지도 잘 모르겠네요. 그냥 말 그대로 눈앞에서 사라졌어요. 대기 마찰조차 느껴지지 않네요." 캘빈이 놀란 표정으로 중얼거렸다. 그러다가 무엇인가 생각이 난 듯 덧붙였다. "젠장! 그간 많은 일을 함께 했는데, 그 자식이 스파이일 것이라고는 상상도 할 수 없었어요."

세희는 그들의 우주선과 인간이 개발한 최신의 탈것을 비교하며 그 엄청난 차이를 다시 한번 실감할 수밖에 없었다.

패트리시아는 에이드리언의 배신이 큰 충격으로 다가온 듯 보였다. 패트리시아뿐만 아니라 세희도 에이드리언이 이렇게 뒤통수를 칠 것이라고는 상상조차 하지 못했다. 세희는 에이드리언이 조국 남아프리카공화국을 열렬히 사랑하는 인물이라고 믿어왔다. 그러나 지금 돌아보니 그의 애국심조차도 위장을 위한 연극이었을까? 처음부터 스파이로 계획된 인물이었던 것일까?

"아니야… 에이드리언이 우리를 배신할 리가 없어… 뭔가 오해일 수도 있어." 패트리시아는 아직도 혼란스러워하며, 입술을 꽉 깨물었다.

에이드리언과 특별한 사이라고 믿었던 캘빈은 눈살을 찌푸리며 고개를 저었다.

"패트리시아 대위님, 이미 다 드러났어요. 그는 우리를 속였고, 아마도 중요한 정보를 모두 빼돌렸겠죠. 이게 오해라고 생각하십니까?"

패트리시아는 눈을 감고 숨을 깊이 들이마셨다. 패트리시아 역시 캘빈처럼 에이드리언과 가까웠다. 훈련 때도, 임무 때도 함께 농담을 주고받으며 팀워크를 쌓았던 동료였다. 그러나 지금 눈앞의 현실이 모든 것을 산산조각 내고 있었다.

"말도 안 돼. 우리가 함께했던 시간이 거짓이었다고?"

세희는 패트리시아의 감정을 이해하면서도, 지금은 감정에 휩싸일 때가 아니라는 것을 알고 있었다.

"패트리시아 대위, 그간 에이드리언 중위와 잘 지냈으니, 큰 배신감을 느낄 것을 알아. 나도 당황스럽지만, 일단 우리가 할 일에 집중하도록 하지."세희가 말했다.

"선장님, 혹시 우리가 너무 쉽게 에이드리언을 믿은 걸까요?" 패트리시아는 조용히 세희를 바라보았다.

"우리 모두 그를 믿었어." 세희는 패트리시아를 바라보며 천천히 고개를 끄덕였다. "하지만 불행하게도 이런 일은 언제든 일어나. 지금 중요한 건 우리가 앞으로 어떻게 대응할 것인가야."

"우리는 이용당했어요." 캘빈은 이를 악물며 말했다. "우리가 이곳에 오는 동안, 에이드리언 중위는 모든 정보를 빼돌렸을지도 몰라요. 이젠 우리가 움직일 차례예요."

세희는 본능적으로 빠르게 행동하지 않으면, 상황이 점점 더 불리하게 돌아갈 것이라고 생각했다. 퀘일 장군을 만나야 한다. 최대한 빨리.

"자! 빨리 돌아가자고!"

세희의 독촉에 패트리시아와 캘빈은 로버에 탑승하며 여전히 씁쓸한 표정을 지었다. 패트리시아는 로버가 출발하는 순간에도 창밖을 바라보며 중얼거렸다.

"도대체 왜… 에이드리언, 넌 우리를 어떻게 그렇게 속일 수 있었던 거야?"

"글쎄, 언젠가 우리가 직접 물어볼 기회가 있을까요?" 캘빈은 핸들을 잡은 채 짧게 한숨을 쉬었다.

로버는 뉴제퍼슨시티를 향해 빠르게 움직였다.

세희 일행이 TSC의 화성 본부로 돌아왔을 때, 퀘일 장군이 누구보다도 반갑게 맞이했다.

"권 선장, 정말로 무사해서 다행일세."

"장군님, 에이드리언 중위가…." 세희는 간단히 거수경례를 하고, 보고를 시작했다.

"알고 있네." 퀘일 장군은 세희의 말을 끊고 어깨를 가볍게 두드리며 말했다. "이미 벌어진 일이야. 그것 말고도 우리가 해야 할 일이 많아."

"우리에게 시간이 많지 않습니다. 바로 작전 브리핑을 시작하시죠." 세희는 퀘일 장군을 바라보며 말했다.

"걱정하지 말게." 퀘일 장군은 세희를 안심시키며 말했다. "자네들이 돌아오는 동안 이미 카터 대통령, 이서준 총장과 함께 향후 계획을 결정했네."

그들이 퀘일 장군의 집무실로 들어서며 대화를 이어가던 중, 퀘일 장군이 갑자기 멈추며 말했다.

"그 전에 자네를 보고 싶어 하는 사람이 있네. 먼저 만나고 하지."

세희는 그 말에 잠시 생각에 잠겼다. 누구일지 짐작이 갔다.

'네런!' 세희는 속으로 생각하며 그의 등장에 눈길을 돌렸다.

저 멀리, 네런 보린이 비즈니스 슈트를 차려입고 나타났다. 네런은 라틴계통으로 보이는 얼굴에 180센티미터 정도 되는 마른 체형을 자랑하며, 반듯하게 빗어 넘긴 머리에서 이지적인 이미지가 뚜렷하게 드리났다. 세희는 마음속으로 복잡한 감정을 억누르며 숨을 들이마셨다. 그는 이미 상당수의 TSC의 젊은 남녀 직원들에게 둘러싸여 함께 사진을 찍어주는 등 글로벌 스타 CEO다운 모습을 보여주고 있었다.

"보라노바의 세계적인 CEO, 네런 보린이시군요. 그리고 선장님의 그분?" 패트리시아는 그 모습을 보고 반가워하며 말했다.

"네, 처음 뵙겠습니다." 네런은 미소를 지으며 부드럽게 고개를 끄덕였다. 그리고 바로 세희를 향해 다가와 부드러운 미소를 지으며 세희에게 말을 건넸다. "오는 길에 너무 놀랐어. 실종이라니."

"실종이 아니야. 8, 9일 정도 연락이 되질 않았을 뿐이지." 세희는 아무렇지도 않다는 듯이 대답했다.

"그게 실종이라고 하는 거야. 화성으로 오는 길에 너무나 걱정이 되었다고." 네런은 세희의 어깨를 살짝 감싸며 말했다. 그리고 캘빈을 힐끗 바라보았다. "마일스 중사? 다시 뵙는군요."

"네, 오랜만입니다." 캘빈은 어색한 웃음을 지으며 대답했다.

"아주 급한 일이 아니시면, 브리핑은 조금 천천히 하셔도…." 네런은 퀘일 장군에게 요청했다.

"지금 우리는 큰 위기 상황에 놓여 있어." 세희는 그의 말을 바로 잘랐다. "잠시라도 낭비할 시간은 없어."

네런은 잠시 당황한 듯했지만, 곧 퀘일 장군을 보며 눈빛으로 도움을 요청하는 듯했다. 퀘일 장군은 네런의 눈빛을 받으며, 일단 상황을 진정시키기로 결심했다.

"그렇다고 지금 바로 브리핑할 것도 아니니, 두 시간 후에 이곳에서 다시 모이도록 하지."

네런은 고마운 듯 퀘일 장군에게 고개를 끄덕이며, 세희의 어깨를 팔로 감은 채 부드럽게 말했다.

"그럼 두 시간 후에 뵙겠습니다."

그러고는 세희와 함께 사라졌다.

"저렇게까지 해야 할 일인가? 무슨 마음으로 저렇게 하는 거지?" 캘빈은 그들의 뒷모습을 씁쓸하게 바라보며 혼잣말했다.

"민간 기업 출신이라 그런지, 우리랑은 조금 다른 것 같긴 하군." 퀘일 장군은 캘빈의 말에 고개를 끄덕이며 답했다.

"그래도, 멋있네요. 자기 여자를 위해서 한달음에 화성까지 온다? 선장님이나 네런이나, 둘 다요. 멋진 인생이네요." 패트리시아가 말했다.

네런은 세희의 숙소 안에 함께 들어서며 눈을 크게 뜨고 놀랐다.

"이건 정말 놀랍네. 화성에, 그것도 TSC에 특급호텔을 옮겨다 놓았어. 지금이야 당신이 쓰고 있으니 괜찮지만, 세금으로 운영되는 조직이 이런 식으로 돈을 써도 되는지 모르겠군." 이렇게 말하며 그는 방 안을 살짝 둘러보았다.

넓고 고급스러운 인테리어에 깔끔하게 정리된 공간, 그리고 모든 것들이 세련되게 배열된 것을 보고 네런은 잠시 말을 잇지 못했다.

"생각보다 빨리 왔네." 세희는 그의 뒷모습을 보며 조용히 말을 꺼냈다.

"당신이 지구에 없으니까, 내가 살아 있는 기분이 들질 않아." 네런은 세희를 향해 미소를 지으며 뒤돌아봤다. 그러면서 세희의 허리를 감싸며 가까이 다가갔다. "그래서 최대한 빨리 왔어."

그는 세희의 입술에 살짝 키스했다. 세희는 그가 눈을 감고 키스하자 잠시 멈칫했다. 네런은 입술을 세희에게서 떼어내며 말했다.

"이번에 당신이 실종되는 걸 보고 확실히 마음을 결정했어. 이번에 당신을 데리고 화성에서 돌아갈 거야. 이런 위험한 곳을 계속 돌아다니는 걸 볼 수 없어."

"당신이 지금 세계가 어떻게 돌아가는지 몰라서 그래. 한시가 급한 상황이라고." 세희는 그의 어깨를 잡으며 조용히 이야기했다.

"퀘일 장군을 통해서 이야기는 잠시 들었어." 네런이 말했다.

세희는 잠시 그를 바라보았다.

"그럼 잘 알고 있겠네. 지금 나는 이곳에 있어야 해."

네런은 세희의 어깨를 살며시 만지며 신시한 표징으로 말했디.

"당신은 영화 속에 나오는 슈퍼히어로가 아니야. 그리고 나는 당신을 보호하는 히어로지. 당신이 이곳에 있는 것은 내가 볼 수가 없어. 지금까지는 당신의 뜻대로 그냥 두었지만, 이젠 너무 위험한 것 같아. 지금 나와 지구로 돌아가자. 그리고 우리 아이를 가지자."

세희는 순간 눈을 감고 깊은 생각에 잠긴 듯 보였다. 세희의 속눈썹이 살짝 떨리면서도, 마음속에서는 여러 감정이 빠르게 교차했다. 세희는 네런을 살짝 밀어내며 냉정하게 답했다.

"또 그 이야기야? 모르겠어. 난 아직 아이를 가질 준비가 되지 않았어." 세희는 시계를 살짝 확인하며 말을 덧붙였다. "브리핑 시간이야."

"그래…." 네런은 어깨를 으쓱하며 한숨을 쉬었다. "그러면 브리핑 이후에 다시 이야기하자." 그는 다시 한번 세희를 보고 고개를 끄덕이며, 먼저 문밖으로 나섰다.

세희는 그의 뒷모습을 바라보며 잠시 멈춰 섰다. 네런이 방문을 열고 나서면서 뒤를 돌아보며 말했다.

"뭐 해? 빨리 가자고."

"네런, 이 브리핑은 민간인은 참여할 수 없어." 세희는 그에게 고개를 저으며 차분히 대답했다.

네런은 세희의 말을 듣는 둥 마는 둥 하며 앞으로 걸어갔다. 세희는 고개를 좌우로 흔들며 천천히 그의 뒤를 따라갔다.

네런과 세희가 다시 퀘일 장군의 집무실에 들어서자 다른 사람들은 이미 모두 그곳에서 대화를 진행하고 있었다.

"평소였다면 하루쯤 쉬고 나서 새 임무를 설명하겠지만, 지금은 상황이 너무 급박하네." 퀘일 장군은 현재 중국, 러시아 연합의 TSC 파견군이 도착까지 약 1주 정도 남았으며, 반더를 찾아야 한다는 결정을 내렸다고 설명했다.

"술트리나스를 믿을 수 있을지 모르겠지만, 반더를 찾아 연합한다는 것이 과연 올바른 선택일까요?" 세희는 놀라며 물었다. "술트리나스의 말이 맞다고 한다면, 우리 우주를 그들에게 통째로 넘겨줄 위험이 있는 것은 아닌가요?"

"나도 그런 걱정이 없진 않네." 퀘일 장군은 잠시 생각하다가 답했다. "하지만 지금은 다른 선택지가 거의 없는 상황일세. 다른 방법이라면 그저 술트리나스에게 전적으로 협력하고, 우리 운명을 그들에게 맡기는 것이지. 그러나 나나 카터 대통령, 이서준 총장 모두가 스스로 운명을 개척하는 것이 낫다는 결론을 내렸네. 그래서 내가 민간인이지만 네런 보린 대표께도 협조를 요청했어."

세희는 퀘일 장군의 말을 이해했지만, 인간이라는 존재는 가끔 독약임을 알면서도 그것을 삼키고 그 이후의 일을 도모하는 것은 아닌가 하는 생각이 들었다.

퀘일 장군과 세희는 반더의 흔적을 찾을 수 있는 곳에 대해 확신하지 못했다. 그들이 기억할 수 있는 가장 유력한 단서는 술트리나스의 라이와 처음 마주친 반더의 지하 통로, 그리고 그곳에서 라이처럼 나타났던 거대한 인간형 생명체들이었다. 이들이 어디에 있을지, 어떤 존재들인지에 대해선 거의 정보가 없었다.

"그렇지만 그들이 우호적일 거라는 보장은 없습니다." 세희는 우려의 목소리로 말했다. "사실 우리가 사라질 때 술트리나스와 함께 떠난 것을 그들이 목격했기 때문에, 적대적일 가능성이 큽니다."

"그렇지." 퀘일 장군은 고개를 끄덕였다. "하지만 우리가 이 상황에서 반더에게 다가갈 다른 수단은 거의 없네. 그들에게 만남을 요청할 방법이 있어야 할 텐데…."

"문제는 너무 위험할 수 있다는 겁니다." 세희는 한숨을 쉬며 퀘일 장군을 바라보았다. "우리가 대화를 시도할 때, 그들이 우리를 공격할 수도 있어요. 그리고 그들이 공격한다면 우리는 방어할 수 없을 것입니다."

퀘일 장군은 한참을 생각하더니 천천히 말했다.

"하지만 위험을 감수해야 하네. 반더와 직접 연결되지 않으면, 이 전투에서 이길 방법이 전혀 없을지도 모르니까."

세희는 마음속 깊은 꺼림직함을 느끼면서도, 반더를 만나지 않고서는 돌파구를 찾을 수 없다는 사실을 받아들여야 했다. 그들의 임무가 이제 반더와의 접촉 없이는 큰 진전을 이루지 못할 것이 분명했다. 그때 퀘일 장군의 집무실 문이 열리고, 이와사키가 들어왔다.

"권 선장님, 무사히 돌아오셨군요. 캘빈, 패트리시아, 모두 정말 다행입니다." 이와사키가 따뜻하게 말했다.

"이와사키 박사님, 이렇게 다시 뵈니 정말 반갑네요." 세희가 가볍게 인사하며 답했다.

이와사키는 세희 뒤에 있는 낯선 사람을 보고 의아해했다. 네런은 그에게 손을 내밀어 인사를 청했다.

"이와사키 박사님. 처음 뵙겠습니다. 보라노바의 네런 보린입니다. 그리고, 권세희 선장의 남편이죠."

"아, 예… 반갑습니다." 이와사키는 살짝 안경을 밀어 올리며 눈을 크게 떴다.

퀘일 장군은 혼란스러워하는 이와사키의 어깨를 툭 치며, 최근 일어난 상황과 반더를 만나야 하는 이유에 대해 간략히 설명했다.

"박사, 시간이 없으니, 빠르게 설명하겠습니다. 우리가 지금 직면한 문제는 단순하지 않소. 반더를 찾아야 하오. 하지만 그가 어디 있는지, 어떻게 접근해야 할지 명확하지 않지."

"음⋯." 이와사키는 깊은 생각에 잠기더니 천천히 말했다. "반더가 그렇게 발전된 존재라면, 그의 위성을 이용해 그에게 신호를 보내는 방법도 고려해볼 수 있을 것 같습니다."

"그게 무슨 뜻이오?" 퀘일 장군은 이와사키의 말을 흥미롭게 듣고 물었다.

"반더의 위성은 태양 에너지를 수집해 화성의 핵으로 직접 전달하고 있는 것으로 추정이 됩니다." 이와사키는 설명을 이어갔다. "그렇지 않다면 반더의 위성이 활성화됨과 동시에 화성의 핵이 가열되고 있는 이상 현상을 설명할 수가 없죠. 그렇다면 태양 에너지를 전달하는 과정에서 특정 전자기 스펙트럼 대역을 사용할 가능성이 매우 큽니다. 우리가 그 대역을 찾아내고, 그 신호를 변조해서 특정한 코드를 심어서 메시지를 보낼 수 있을 겁니다."

"그래서 구체적으로 어떻게 해야 한다는 것인가?" 퀘일 장군이 물었다.

이와사키가 무엇인가를 말하려고 하자, 네런이 끼어들어 말했다.

"박사님의 말을 쉽게 하자면, 스펙트럼 대역을 찾아내는 것은 우리가 지금 있는 이곳에서도 가능합니다. 그 대역을 감지하고 나면, 변조된 신호를 보내 반더에게 전달할 수 있을 것이라는 것입니다. 문제는 우리가 그 신호를 반더에게 이상한 것으로 보이게 충분히 강하게 만들어야 한다는 것이죠. 만약 신호가 충분히 강하지 않으면, 반더는 이를 인지하지 못할 것이고, 지나쳐버릴 수 있습니다."

세희는 살짝 네런에게 눈을 흘겼고, 네런은 그런 세희를 보며 어깨를 으쓱했다. 그리고 패트리시아는 조금 감격한 표정으로 이야기했다.

"네런 대표님은 소프트웨어뿐만 아니라 이런 물리도 잘 알고 계시는군요."

"대학 시절에 물리 수업을 청강하곤 했었죠." 네런은 미소를 지으며 대답했다. "흥미로웠거든요."

네런의 잘난 척하는 모습에 세희는 조금 부끄러운 듯한 표정으로 이와사키에게 물었다.

"박사님. 네런이 끼어들어서 죄송합니다. 저희에게는 조금 어려운 개념인데, 혹시 박사님께서 조금 더 쉽게 알려주실 수 없을까요?"

"더 좋은 생각이 떠올랐어요." 이와사키의 눈이 반짝였다. "전자기 신호를 변환해서 그 안에 메시지를 심는 것보다는, 반더가 위성과 통신하는 라인을 이용하는 것이 더 확실할 것 같습니다. 다행히 위성 자체는 반더가 과거에 완성한, 우리가 이해할 수 있는 기술로 작동하고 있습니다. 그렇다면 위성을 제어하기 위한 통신 라인이 반드시 있습니다. 이 통신 라인을 활용해서 직접 메시지를 보낸다면 반더가 바로 확인할 수 있을 것입니다."

퀘일 장군은 그 말을 듣고 자신도 모르게 고개를 끄덕였다. 반더와 연락을 취할 만한 합리적인 방법으로 들렸다.

"이와사키 박사. 제시하신 방법이 좋을 것 같습니다. 어떻게 진행하면 좋을까요?"

"지금 다시 생각을 해보더라도 반더에게 직접적으로 연락을 취할 가장 확실한 수단 같습니다." 이와사키는 동의하며 말했다. "위성으로의 접촉은 이론상으로는 TSC 본부에서도 가능하겠지만, 혹시 술트리나스와 같은 발전된 문명이라면 중간에서 신호를 가로채는 것이 가능할 수도 있죠. 엄중한 시기임을 고려한다면 직접 위성에 물리적으로 접촉해서, 확실히 반더에게 메시지를 전달하는 것이 좋겠습니다."

"조금 무식한 방법이긴 하지만 효과는 확실할 것 같군요." 네런 역시 그의 말에 동의했다.

"충분히 이해했습니다." 퀘일 장군은 결심한 듯한 표정으로 말했다. "직접 위성으로 가는 것으로 하지. 우주 밖으로 나가야 하지만 그렇더라도 정체불명의 거대한 외계 생명체와 조우하는 것보다는 훨씬 안전해 보이고 효과도 확실하겠군."

이와사키의 제안은 우주 밖으로 나가서 위성에 직접 접촉해야 했지만, 그 위험을 감안하더라도 반더에게 메시지를 전달할 수 있는 확실한 방법이었다. 그리고 인류의 우주 개발 역사가 진행되면서 사실 우주 밖으로 나서는 것은 과거보다는 흔한 일이 되기도 했다.

09

이와사키는 반더의 위성을 사용해 메시지를 전달하는 방안을 설명하며 퀘일 장군과 세희 앞에 서 있었다.

"지금 이곳에서라도 반더의 위성을 이용해 직접 메시지를 남길 방법은 있습니다만." 이와사키는 천천히 말을 이었다. "하지만 저라면 직접 위성 근처까지 최대한 접근하는 방식을 추천드리겠습니다. 술트리나스가 우리를 감시하고 있을지 없을지는 잘 모릅니다. 하지만 가능성은 충분히 있다고 생각되며, 시그널이 길어진다면 그들의 기술력을 고려할 때 반더에게 전달하려고 하는 메시지가 중간에 하이재킹당할 수도 있습니다."

"얼마나 접근해야 충분하겠소?" 퀘일 장군이 의문을 표하며 물었다.

"가장 안전한 방법은 위성에 직접 접촉하는 것입니다." 이와사키는 대답하며 홀로그램에 위성의 이미지를 띄웠다.

원형의 위성이 천천히 회전하며, 그 모습을 드러냈다.

"보시는 것처럼 이 위성은 UFO처럼 보이는 원형 구조에, 약 200미터 정도의 지름을 가지고 있어 꽤 큰 규모입니다. 이 정도 규모라면 필요하다면 우주인이 한두 명 상주할 수 있을 정도로 설계된 듯하고, 태양 에너지를 모으는 데 초점을 맞춘 특별한 기능이 적용되어 있습니다. 이 안테나 같은 부분을 보시면 됩니다." 이와사키가 손가락으로 가리켰다. "이 안테나에서 약 30미터 떨어진 지점에서 태양 에너지를 집중하고 있습니다. 흥미로운 점은, 반더가 직접 태양 에너지를 모아서 화성의 핵으로 양자 얽힘을 통해 전달하는 과정에서, 한 번에 대량으로 저장하지 않고 에너지가 모이는 대로 바로 전송하는 방식으로 설계가 되어 있다는 겁니다. 아마도 너무나 거대한 태양 에너지를 대량으로 가지고 있는 것은 아무래도 부담이 되어서 아니겠냐는 생각이 듭니다. 하지만 덕분에 우리가 지금 상대적으로 안전하게 접근할 수 있는 기회를 제공하고 있습니다."

이와사키는 안테나 부분 반대편을 가리키며 말을 이었다.

"이곳으로 접근하면 상대적으로 안전하게 위성에 근접할 수 있을 겁니다."

퀘일 장군과 세희는 신중하게 설명을 들으며 홀로그램을 주시했다.

세희는 잠시 눈을 감고 생각에 잠겼다가, 결심한 듯 입을 열었다.

"박사님, 직접 동행하시는 게 좋겠습니다. 기술적으로 시그널을 보낼 방법에 대해 더 잘 이해하고 계시니 함께 가시면 큰 도움이 될 것 같습니다."

"뭐, 뭐라고요? 저, 저 말씀이십니까?" 이와사키는 순간 얼어붙은 듯 눈을 크게 떴다. 그의 목소리는 평소보다 한 톤 높아져 있었고, 손끝이 허공을 불안하게 헤집었다. "아니, 저는 단지 데이터를 분석하는 사람이지, 직접 현장에 나가는 타입이 아닙니다! 저는 연구실에서 코드를 짜고 분석을 하고, 이론을 정리하는 게 주 업무예요. 실전에 투입되기엔, 어, 어, 솔직히 제 체력 상태도 썩 좋지 않고…."

이와사키는 신경질적으로 안경을 고쳐 쓰며, 당황한 기색이 역력했다.

"박사, 처음이 어렵지. 한두 번 나가다 보면 익숙해질 걸세." 퀘일 장군은 그의 반응을 예상이라도 했다는 듯 팔짱을 끼고 미소를 지었다.

"한두 번이라니요? 저는 한 번도 벅찬데요!" 이와사키는 눈을 깜박이며 퀘일 장군을 쳐다보았다.

그가 안절부절못하며 말을 잇지 못하자, 네런이 나섰다.

"괜찮으시면 제가 나가도 괜찮을까요? 저도 박사님이 제시하시는 방법에 대한 지식이 조금 있습니다."

네런이 나서자 이와사키는 그제야 조금 안심한 듯했다. 그리고 세희는 살짝 놀라는 표정으로 네런에게 이야기했다.

"네런, 혹시 나 때문이라면 괜찮아. 걱정할 것 없어. 이런 정도의 임무는 많이 수행해왔어. 그렇게 어렵거나 위험한 임무가 아니야."

"당신 생각도 생각이지만 나도 한번 우주에 나가보고 싶어." 네런이 살짝 눈웃음을 지으며 세희를 보았다. "그리고 이런 기회가 아니면 당신과 우주에 나가볼 일도 별로 없을 테지. 누구와는 달리?"

그러면서 네런은 캘빈의 얼굴을 살짝 봤다. 캘빈은 그 말을 듣지 못했는지 별다른 표정의 변화는 없었다.

"선장님이 말씀하신 것처럼 그다지 위험할 것이 없는 임무이고, 저희가 곁에 있으니 걱정하지 않으셔도 될 것입니다." 패트리시아는 조금 짓궂게 웃으며 이야기했다. "설마 이와사키 박사님은 나가도 되고, 남편분은 위험해서 안 된다는 것은 아니시죠?"

세희는 어쩔 수 없다는 표정으로 네런에게 이야기했다.

"밖으로 나가면 내 지시에 잘 따라야 해. 어쨌든 위험한 일은 없을 거야. 게다가 요즘에는 우주복에 중력 조절기기를 적용할 수 있어서, 그 어느 때보다 안전하고 편안할 거야."

이와사키는 비로소 안심하는 듯한 표정을 지었고, 네런은 미소를 지으며 세희의 말에 고개를 끄덕였다.

"알겠어. 밖에 나가면 꼭 지시를 잘 따를게."

"자자, 그러면 이렇게 정리가 되었군. 우주로 나갈 사람들은 준비하고, 박사는 이곳에서 필요한 경우에 도움을 줄 수 있도록 준비해주십시오." 퀘일 장군이 손뼉을 치며 정리했다.

이와사키는 말없이 고개를 끄덕이며 안경을 다시 고쳐 썼다. 퀘일 장군은 눈앞에 놓인 미지의 임무를 다시금 되새기듯 홀로그램을 응시하며 준비의 각오를 다졌다.

세희는 감았던 눈을 천천히 뜨며, 바로 앞에 있는 위성을 바라보았다. 거대한 원형 위성은 마치 태양을 품에 담아내려는 듯 중앙에 긴 뾰족한 안테나를 뻗고 있었다. 안테나 끝에서는 30미터 정도 떨어진 곳에 태양 에너지가 응집된 덩어리가 이글거리며 빛을 발하고 있었다. 그 덩어리는 공중에 떠 있는 채로 엄청난 에너지를 방출하는 듯했고, 세희는 본능적으로 그것이 단순한 빛의 덩어리가 아니라는 것을 느낄 수 있었다.

"저 에너지 덩어리들이 바로 태양 에너지입니다." 이와사키가 위성을 바라보며 조용히 중얼거렸다. "이 에너지를 집중시켜서 곧바로 화성의 핵으로 보내고 있는 거죠. 이론상 가능하다고는 해도, 이렇게 실제로 작동하는 것을 보니 경이로울 뿐입니다."

멀리 본부에서 전해지는 이와사키의 말에서 감탄이 배어 나왔다. 이론으로 상상만 했던 장면을 앞에 두고, 그는 자신의 과학적 호기심이 더욱 자극되는 것 같았다. 반면 세희는 그러한 경이로움을 곧바로 무시한 채, 그들이 계획한 임무에 집중하고 있었다.

"에너지가 집중된 덩어리의 반대쪽으로 돌아가서 접근하는 게 안전할 것 같아요." 캘빈이 말했다.

캘빈은 신중하게 그들의 호버크라프트를 위성의 뒤편으로 돌리며 조종을 자동모드로 전환했다. 그리고 우주복 위에 입는 GCD 장비를 착용하기 위해 자리에서 일어섰다.

"이제 준비됐어요." 캘빈이 말했다.

호버크라프트가 서서히 속도를 줄이며 위성에 접근하자, 캘빈은 GCD를 작동시키며 위성으로 점프했고, 고정 장치를 사용해 호버크라프트와 위성을 연결했다. 이어서 세희와 네런도 우주복을 입고 위성으로 이동했다.

네런은 들고 있던 소형 컴퓨팅 기기를 꺼내 들고는 눈앞에 펼쳐진 위성 표면을 주시했다. 그는 이미 이와사키로부터 어떤 작업을 해야 하는지 전달을 받은 후였다. 그들의 계획은 위성의 표면을 걸어 다니며 통신 컴퓨터 위치를 찾아내어, 그곳에 유선으로 자신의 컴퓨터 기기를 연결해 반더에게 만남을 요청하는 메시지를 암호화하여 전송하는 것이었다. 이 방식은 외부 노출을 최대한 줄이며 메시지를 전달할 수 있다는 점에서 최적의 선택이었다.

네런은 위성의 컴퓨터 시스템을 분석하며 위치를 파악해나갔다. 그러다가 어느 순간 네런이 멈추어 섰다.

"여깁니다."

네런은 손에 들고 있던 공구로 위성의 외부 패널을 열었다. 조심스레 위성 컴퓨터의 접합부에 기기를 연결하던 네런은 숨을 멈추며 자신만의 장비를 가동했다. 잠시 후 컴퓨터 화면에 위성의 데이터를 불러들이며 암호화된 대화창을 띄웠다. 네런은 암호화된 대화창을 보고 자신도 모르게 순간 멈칫했다.

"무슨 일 있어?" 세희가 물었다.

"아냐. 다행이야. 접근이 차단된 것 같은 느낌이 있었는데, 위성의 컴퓨터가 오래된 기기여서 그런지 이상한 상황이 있었지만 접근이 차단되지는 않았네. 조금 긴장했지만, 문제없이 연결되었어."

네런의 목소리엔 안도의 한숨이 묻어 있었다. 그러나 평소 네런의 자신만만함을 잘 알고 있는 세희는 조금 자신이 없는 듯한 그의 행동에서 무언가 이상하다는 느낌이 들었다.

"자, 그럼 이제 작업에 들어가겠습니다." 네런이 신중히 조작하며 입력하기 시작했다.

시간이 얼마나 지났을까, 갑자기 네런이 손을 멈추고 화면을 주시했다.

"어? 이게 왜 이러지?" 네런의 목소리가 떨렸다.

"무슨 문제가 있어?" 세희가 위성 반대편을 주시하며 물었다.

네런은 대답 대신 세희의 팔을 살짝 잡아당겼다. 그가 가리킨 컴퓨터 화면에는 단 한 줄의 메시지만이 깜빡이며 떠올랐다.

'다시 호버크라프트에 올라타라!

세희는 눈앞의 메시지를 뚫어져라 바라보았다.

"네런, 이게 무슨 말이야?" 세희의 목소리에는 당혹감이 묻어 있었다.

"무슨 일이죠?" 캘빈과 패트리시아도 합류하였다.

네런은 침착하게 대답했다.

"실제로 실종된 반더가 돌아온 것이든 어떻든 간에, 누군가가 이미 우리가 이곳에 접근한 것을 알고 있었던 것 같아요. 우리가 위성의 시스템에 접근하려 하자, 역으로 그가 우리의 기기로 침입한 것 같습니다."

그는 낮게 깔린 목소리로 설명하며 불안감을 감추려 애썼지만, 세희는 상황이 예상 밖으로 돌아가는 느낌에 경계심을 풀 수 없었다.

"어쩔 수 없군." 세희가 고개를 끄덕이며 말했다. "그럼 네런, 상대와 대화할 방법은 있어?"

"아마도, 가능할 거야." 네런은 잠시 자신의 장비를 점검하며 답했다.

"좋아. 캘빈!" 세희는 즉시 지시를 내렸다. "본부의 퀘일 장군과 이와사키 박사에게 이곳 상황을 실시간으로 업데이트해줘."

"알겠습니다. 선장님." 캘빈은 신속하게 퀘일 장군에게 현 상황에 대한 브리핑을 시작했다.

"네런, 정말 반더가 맞는지부터 확인해보자." 세희가 말했다.

네런은 짧게 고개를 끄덕이며 키보드를 잡았다. 그는 '당신은 반더인가?'라는 질문을 입력한 후 잠시 기다렸다. 화면에 반더의 답변이 빠르게 나타났다.

'한때 반더라 불리기도 했지. 지금은 그이기도 하고, 아니기도 하지만… 그렇다, 반더라고 생각해도 좋다.'

세희는 스크린을 읽으며 숨을 죽였다. 불분명한 답변에 찜찜함을 느꼈지만, 어떻게든 의도를 파악해야 했다. 세희는 캘빈을 돌아보며, 실시간으로 본부에 상황을 계속해서 전달해달라고 명령했다.

네런이 세희를 보며 다음 질문을 어떻게 할지 묻는 눈빛을 보냈다. 세희는 직접 타이핑하겠다고 고개를 끄덕여 신호를 보낸 후 키보드를 손에 잡았다.

'당신과 만나고 싶다. 그래서 여기 당신의 위성까지 온 것이다.'

잠시 후 반더의 메시지가 도착했다.

'잘 알고 있다. 호버크라프트에 다시 탑승하라.'

세희는 화면을 바라보며 내심 고민에 빠졌다. 호버크라프트에 다시 탑승하라니, 이 메시지 하나에 얼마나 많은 위험이 도사리고 있을지 모를 일이었다. 위성에 도착하기 전, 세희는 반더의 지하 시설에서 봤던 공포스러운 존재들을 생생히 기억하고 있었다. 그 기억이 되살아나며, 세희는 호버크라프트에 다시 타는 것이 얼마나 위험한 선택이 될 수 있을지 본능적으로 느꼈다.

네런은 이미 특유의 자신만만한 표정은 사라지고 조심스럽게 세희를 바라보았다. 세희가 무엇을 선택할지, 어떻게 답변할지 궁금해하는 표정이었다.

세희는 잠시 깊은숨을 들이쉬며 화면에 대답을 타이핑했다.

'호버크라프트에 탑승하면 당신을 만날 수 있다는 말인가?'

반더의 답변이 다시 돌아왔다.

'그렇다. 나에게 연락할 것을 기다리고 있었다.'

세희는 타이핑을 멈춘 채, 반더의 메시지를 읽고 한순간 멈칫했다. 이 메시지에는 무언가 모호하고도 강렬한 예감이 묻어 있었다. 세희는 반더를 직접 만나는 것이 얼마나 큰 위험을 동반할지 충분히 알고 있었다. 잠시 고민에 빠진 후, 세희는 다른 제안을 타이핑했다.

'당신이 뉴제퍼슨시티의 TSC 본부로 와서 만나는 건 어떤가?'

반더의 메시지는 빠르게 돌아왔다.

'웃기는 소리군. TSC 본부가 안전하다고 생각하나? 이미 술트리너스와 중국, 러시아가 너희가 나와 접촉한 것을 알고 있을 것이다. TSC에 그들의 감시가 없을 것으로 생각하나?'

그 말을 읽으며 세희는 가슴 속에서 서늘한 기운이 스쳐 가는 것을 느꼈다. 에이드리언이 배신했던 순간이 머리를 스치며, 세희는 지금 이 상황을 더 신중히 판단해야 한다는 것을 깨달았다. 함께 임무를 수행하며 서로를 지켜주던 에이드리언조차 예상치 못한 순간 배신을 선택했다. 그리고 반더의 말처럼 TSC 본부에도 더 큰 배신이 도사리고 있을지 누가 알겠는가?

그렇다고 무턱대고 반더의 위치로 찾아가는 것도 결코 안전한 선택이 아니었다. 선택지가 많지 않은 상황에서, 세희는 깊이 숨을 내쉬며 복잡한 갈등 속에 빠졌다.

메시지로 서로의 의사를 교환하고 있었지만, 마치 반더는 이곳의 상황을 보고 있는 것처럼 대사를 이어갔다.

'오래 고민할 시간은 없을 거야.' 계속해서 글자가 스크린에 표시가 되었다. '중국과 러시아 내부에서는 이미 최악의 상황에선 전면전을 준비하라는 명령이 내려진 상태지. 상황이 악화하면, 그 명령이 언제든 실행될 수 있어.'

세희는 화면에 떠오르는 문장을 집중해서 보고 있었다.

'술트리나스는 그들의 목적을 위해서라면 전쟁을 반대하지 않을 거야. 아니, 어쩌면 그들이 가장 바라는 일이겠지. 우리와 그들 사이의 문명 차이를 생각해봐. 그들은 순식간에 반대 세력들을 제압할 수 있어. 중국과 러시아를 자신들의 꼭두각시 세력으로 내세워서 지구 전체를 통제하려고 할 거야. 이대로 놔둔다면, 그들의 목적을 위해 서서히, 그러나 확실히 지구를 장악해 나가겠지.'

세희는 반더의 메시지를 읽으면서, 긴장되는 표정을 숨기지 못했다. 사실인지 아닌지는 몰라도 반더는 상황이 돌아가고 있는 내용을 모두 파악하고 있는 것이 분명했다.

세희는 반더의 메시지를 보면서 결단을 내렸다. 세희는 네런을 바라보며 단호하게 말했다.

"네런, 당신은 돌아가. 위험해질 것 같아."

네런은 순간 세희의 말에 잠시 침묵했다.

"세희, 내가 말했지. 나는 돌아가겠지만, 당신도 함께 가야 해. 당신이 위험한 짓을 계속하는 것을 못 보겠어. 내가 여기에 온 이유는 단지 당신을 지키기 위해서야. 당신은 너무 소중하고, 이곳에선 위험해. 내가 당신을 지키지 않으면, 누구도 당신을 보호할 수 없어."

"네런, 당신이 나를 걱정해주는 것은 정말 고마워." 세희는 살짝 한숨을 쉬며 이야기했다. "하지만 나는 지금 임무의 책임을 맡고 있어. 무책임하게 그냥 돌아서서 갈 수 없어."

네런은 손을 뻗어서 세희의 손을 잡았다. 그렇지만 세희는 부드럽게 그의 손을 뿌리쳤다. 그 모습을 보던 패트리시아가 캘빈에게 조용히 속삭였다.

"네런이 선장님 생각을 많이 하는 듯하지만, 선장님에게 잘 받아들여지지는 않는 것 같은데?"

"네, 그렇지만 선장님의 판단이 맞아요." 캘빈은 그런 패트리시아를 보며 조그맣게 중얼거렸다. "임무가 한창 진행 중인데, 어떻게 혼자 뒤돌아서서 갈 수 있겠어요."

네런은 손을 뿌리치는 세희를 보며 망설였지만, 세희의 굳은 표정을 보고 마지못해 고개를 끄덕였다. 세희는 이어서 캘빈을 돌아보았다.

"캘빈, 미안하지만 너는 나와 함께 가야겠어. 패트리시아, 당신은 네런을 데리고 돌아가."

패트리시아가 입을 떼려 했지만, 세희는 손짓으로 패트리시아를 제지했다.

"캘빈, 본부에 보고해."

"이건 말도 안 돼." 네런은 굳은 표정으로 세희를 바라봤다. "당신과 마일스 중사 둘이 남아서 무엇인가 해보겠다는 것은 무리야. 당신도 일단 함께 돌아가자. 그리고 다시 정비해서 나와도 돼."

이 짧은 순간에도 세희는 네런이 어떤 생각을 하고 있는지가 보였다. 그는 일단 함께 돌아가고 그러고 나면 강력하게 아마도 퀘일 장군에게 자신이 세희를 대신해서 전역 신청이라도 할 생각일 것이다.

"괜찮아, 네런. 위험하지만 감수해야 할 때가 있어. 그리고 지금은 그때야." 세희는 보일 듯 말 듯한 미소를 지었다. "패트리시아와 함께 안전하게 돌아가."

패트리시아는 마지막으로 세희에게 경례를 올리고, 네런을 이끌며 호버크라프트에 올랐다. 캘빈과 세희는 그들이 안전히 출발하는 모습을 조용히 지켜보았다. 패트리시아가 떠나기 전 마지막으로 말했다.

"선장님, 마일스 중사와 함께 무사히 돌아오시기를 바랍니다."

호버크라프트가 사라지자, 캘빈은 조용히 세희를 바라보았다. 모두와 함께 있을 때는 편안해 보였지만, 막상 정말 반더를 만나러 간다고 생각하자 그의 시선에는 불안과 초조함이 뒤섞였다. 네런과 패트리시아가 떠나자마자 캘빈은 입을 열었다.

"선장님, 이건 좀 무모한 결정 아닌가 싶은데요."

"무서우면 돌아가도 돼. 캘빈, 나 혼자라도 가겠어." 세희는 차분하게 대답했다.

예상 외로 세희가 강하게 이야기하자 캘빈은 한숨을 내뿜으며 말했다.

"그런 이야기가 아니잖아요." 캘빈의 목소리가 낮아졌다. "저도 그렇지만 선장님도 위험할 수 있다고요. 가끔 선장님을 보면, 일부러 죽으려고 하는 것 같아서 걱정됩니다."

세희는 잠시 그를 보다가, 살짝 미소를 지었다. 잠시 레이먼드의 마지막 목소리가 기억났다.

'세희! 넌 꼭 살아야 해!'

레이먼드를 떠올리며, 세희는 캘빈에게 이야기했다.

"글쎄. 죽으면 안 될 이유가 있을까? 우리는 어차피 죽음을 향해 가고 있는데?"

무표정하게 말하는 세희의 반응에 캘빈의 표정이 순간적으로 굳었다. 그의 턱이 살짝 경직되었고, 두 눈에는 낭혹스러움이 스쳐 지나갔다.

"선장님, 그냥 하시는 말이라도 그런 말씀 하시는 거 아니에요." 캘빈이 말했다. "조금 전까지 선장님을 그렇게 걱정하는 남편분도 있었는데, 그런 말이 나오세요?"

그러나 세희는 흔들리지 않았다. 그저 조용히 덧붙였다.

"그래서, 너를 데려가잖아, 캘빈. 위험하면 날 지켜달라고."

시큰둥하게 말하는 세희를 보며 캘빈은 허탈하게 말했다.

"네. 네. 알겠습니다. 선장님."

세희의 시큰둥한 반응을 보며 캘빈은 두려움이 물러가고 이성이 찾아왔다. 현재의 임무에 대해서 생각을 해보자면 분명히 세희가 옳았다. 다시금 순간적으로 자신이 두려움을 이겨내지 못 한 것에 대한 자책감이 올라왔다. 그때 마일스의 마음속에서 어느 기억이 떠올랐다.

캘빈이 3년 전 처음 TSC에 배속되었을 때였다. 그때 들었던 말이 아직도 생생했다.

"당신의 상관은 당신보다 한 살 많은 여성 장교입니다. 작전 경험이 풍부하죠."

그런 말을 듣고, 그는 생각했다.

'작전 경험이 많고, 군인이라면 강한 인상을 주겠지.'

그렇게 생각하고, 뉴욕 UN 빌딩 내부의 TSC 센터에서 세희와 처음 마주했다. 170센티미터로 키가 큰, 연약해 보이지는 않지만 군인이라기에는 조금은 세련된 여성이 서 있었다. 그의 상상과는 다른 모습이었다. 단정한 외모와 여성스러움, 그리고 도도한 얼굴은 오히려 그가 예상했던 거칠고 강한 군인의 이미지와는 거리가 멀었다.

"선장님. 처음 뵙겠습니다." 그는 정중하게 인사했다. 목소리에는 책임감과 자신감이 묻어났다.

"네. 말씀은 많이 들었어요. 잘 부탁해요. 마일스 중사." 세희는 부드럽게 웃으며 대답했다.

순간, 세희에게 느껴지는 첫인상은 확실히 세련된 커리어우먼 같은 느낌이었다. 그러나 그 이후 함께 작전에서 투입된 지 불과 두 번 만에, 캘빈은 자신이 첫인상에서 완전히 틀린 판단을 내렸음을 인정할 수밖에 없었다. 작전 현장에서의 행동은 단순한 지시와 훈련을 넘은 것이었다. 세희는 빠른 현장 판단력과 직접적인 행동력으로 상황을 이끌어갔다.

'그냥 뛰어난 장교가 아니다. 전장의 리더였어.'

첫 번째 작전에서는 여성이라는 이유로 그가 세희를 쉽게 평가했던 것을 깊이 후회했다. 세희는 단지 군인의 모습이 아니었고, 그 이상의 존재였다. 캘빈은 점차 세희에게 감탄하기 시작했다. 그 이후로, 캘빈은 세희에게 어울리는 부대원이 되기 위해 노력했다. 세희의 결단력과 능동적인 태도를 자신이 따라잡을 수 있도록 계속해서 성장했다. 세희와 함께 있는 동안 자신이 배우는 것이 많았고, 세희가 자신을 이끌어 가는 방식이 마음에 들었다.

'저 사람은 정말 남다르다.'

캘빈은 이제 세희가 어떤 사람인지, 단순히 군인으로서 뛰어난 능력만이 아닌, 사람을 이끌어가는 힘이 있는 인물임을 완전히 이해했다. 세희가 자신에게 믿음을 주며 함께 일하게 된 이유를 알게 되었다. 이제 세희에 대한 존경은 단순한 감탄을 넘어서, 부대원으로서 함께 싸워야 하는 동료로서의 깊은 의지와 신뢰로 변했다.

"제가 생각이 짧았던 것 같습니다. 선장님의 판단이 맞습니다."

캘빈의 말에 세희는 가볍게 고개를 끄덕였다. 하지만 표정은 여전히 없었다.

"그래. 상황이 심각해지기 전에 반더와 직접 만나는 게 유일한 해결책일 수 있어. 위험을 감수할 가치가 충분해."

그 순간 통신 장치에서 신호가 울렸다. 퀘일 장군이 연결되었고, 화면에 그의 얼굴이 떠올랐다.

"권 선장, 너무 갑작스러운 선택이 아닌가? 너무 정보가 없어."

"어차피 반더를 만나야 했습니다." 세희는 침착하게 대답했다. "우리가 원하던 방식은 아니지만, 지금 이 방식으로 더 안전할 수도 있습니다."

"자네의 말이 맞긴 하지만, 반너가 우리의 움직임을 모두 알고 있었다는 것이 썩 좋은 기분은 아니네. 자네 판단을 믿겠네. 그러나 위험하면 즉시 철수하게." 퀘일 장군은 세희의 결의를 확인하며 깊은숨을 내쉬었다.

그때 어떻게 끼어들었는지는 몰라도, 처음 듣는 사람의 목소리가 통신기를 통해 들려왔다.

"어라? 이 정도로 강단이 있을 줄은 몰랐군. 당당하게 나를 만나러 오겠다니, 조금 놀랐어."

반더였다. 세희, 퀘일 장군 그리고 캘빈까지 그의 육성을 듣는 것은 처음이었다. 그들이 생각하는 반더의 이미지는 늙은 노인이었지만, 통신망을 통해 들려오는 목소리는 마치 청년처럼 생기 있고 발랄한 톤이었다.

"호버크라프트를 보내줄 테니, 그것을 타고 오도록. 10분 안에 도착할 거야." 그는 말끝에 약간의 도전적인 뉘앙스를 섞어놓았다.

반더의 목소리가 사라지자, 세희는 속으로 긴장이 차오르는 것을 느꼈다. 그러나 세희는 캘빈을 향해 차분한 목소리로 말했다.

"우리가 타고 온 호버크라프트는 이미 본부로 보냈어. 이 호버크라프트가 오면 탈 준비를 하자."

캘빈은 조용히 숨을 들이마셨다. 그는 차분하고 신중한 표정으로 세희를 바라보았다.

"선장님." 캘빈의 목소리에는 여전히 걱정이 섞여 있었지만, 더 이상 감정적으로 흔들리는 기색은 없었다. "그런데 정말 괜찮을까요? 이렇게 속수무책으로 가는 것은…."

"걱정하지 마, 캘빈." 세희는 캘빈을 가볍게 쳐다보았다. "내가 판단한 일이니까. 다만 본부에 실시간으로 상황을 업데이트하는 것을 잊지 말아줘."

캘빈은 짧게 눈을 감았다가 다시 뜨고, 가볍게 숨을 내쉬며 고개를 끄덕였다.

"알겠습니다, 선장님."

그는 더 이상 반박하지 않았고, 그저 세희의 곁을 지키기로 했다.

"강단 있는 사람이군. 빨리 만나고 싶네." 반더의 목소리가 다시 한번 들려왔다.

캘빈은 짧게 한숨을 쉬며, 다시금 차분한 태도로 무전을 점검했다. 그의 표정은 이전보다 훨씬 침착했지만, 그 손끝은 여전히 미세하게 떨리고 있었다.

세희는 그의 그런 모습을 흘끗 보았지만, 아무 말 없이 앞으로 걸음을 옮겼다. 반더의 말대로 10여 분이 흐르자 무인 호버크라프트 한 대가 위성으로 날아왔다. 세희와 캘빈은 무인 호버크라프트에 몸을 실었고, 호버크라프트는 그들을 지하 기지로 데리고 갔다. 호버크라프트는 반더의 지하 기지 앞에 그들을 내려주었고, 곧바로 어디론가 사라졌다.

캘빈은 불안한 표정으로 세희를 바라보며 말했다.

"선장님, 사실 다시 이곳에 들어가고 싶지 않았는데요." 캘빈의 낮은 목소리에는 가벼운 두려움이 섞여 있었다. "무슨 괴물들이 기다리고 있을지 상상도 안 돼요."

키가 198센티미터나 되는 캘빈이 어린아이처럼 겁먹은 표정을 짓자, 세희는 실소를 터뜨릴 수밖에 없었다. 그러나 사실 세희도 긴장되긴 마찬가지였다. 어쨌든 캘빈 덕분에 그 긴장이 조금은 풀린 느낌이었다.

"캘빈, 혹시 우리가 죽게 되면 혼자 죽는 일은 없을 거야." 세희는 담담하게 말했다. "아마 같이 죽겠지. 그러니까, 걱정 말고 들어가자고."

"아유, 선장님, 그런 재수 없는 말씀은 마세요! 제발!" 캘빈은 손사래를 치며 억울하다는 듯 외쳤다.

캘빈은 자신이 조금은 여유를 되찾았다고 생각했지만, 여전히 긴장되는 것을 숨길 수는 없었다. 심장이 조금 쿵쿵거리는 것을 느끼며 세희를 보자, 세희는 여전히 무표정하게 편안해 보였다.

'선장님은 긴장도 안 되나?'

"마일스 중사, 뭐 하나 물어봐도 되나?" 세희가 무엇인가 생각난 듯 캘빈에게 물었다.

"의외네요. 선장님께서 나한테 궁금한 것도 있고요?"

"내 말을 이렇게 잘 듣는 이유가 뭐야. 나는 자네한테 그렇게 잘하고 있지 않은 것 같은데." 세희가 물었다.

캘빈은 잠시 걸음을 멈추었다. 세희의 질문에 피식 웃던 그의 표정이 천천히 진지해졌다. 그는 손으로 목덜미를 문지르며 잠시 망설이다 입을 열었다.

"흠… 어떻게 말해야 할까요? 선장님, 사실 제가 어렸을 때 부모님이 돌아가셨어요." 캘빈은 시선을 땅으로 내리며 말을 이었다. "열한 살이었는데, 어느 날 집에 오니까 부모님이 교통사고로 돌아가셨다는 거예요. 그땐 그냥 하늘이 무너지는 것처럼, 내가 뭘 잘못했나 싶었죠. 그다음에 며칠을 어떻게 살았는지 기억도 안 나요. 며칠 굶다가 친척들에 의해 보육원으로 옮겨졌어요. 근데 거기서도 누구 하나 절 필요로 하지 않았어요. 늘 혼자였죠."

세희는 뜻하지 않은 캘빈의 어린 시절 이야기를 숨을 삼키며 들었다. 그의 커다란 키에 어울리는 단단한 어깨가 순간 작아 보였다. 캘빈이 다시 고개를 들며 미소를 지었다.

"그러다 군대에 왔어요. 처음엔 먹고 살려고 들어갔는데, 거기서 처음으로 '집' 같은 걸 느꼈어요. 동료들이 날 필요로 하고, 내가 누군가를 지킬 수 있다는 게, 그게 처음이었어요. 근데 선장님을 만난 뒤로 그 느낌이 더 커졌죠."

캘빈은 세희를 똑바로 바라봤다. 그의 긴장한 표정은 사라지고, 대신 따뜻한 진심이 묻어났다.

"선장님은 절 버리지 않았어요. 제가 투덜대고, 겁먹고, 실수해도, 늘 곁에 있어줬죠. 선장님이 절 믿어주시는 한, 저는 절대 떠나지 않을 거예요. 선장님이 잘해줘서가 아니라, 선장님이 그냥 선장님이라서요. 제게 집은 화성도, 지구도 아닌, 선장님 곁이에요."

세희는 그의 말에 갑자기 어린 시절 자신을 떠난 엄마가 다시 생각이 났다. 그리고 레이먼드의 목소리가 다시 세희의 귓가에 맴도는 듯했다.

'세희! 넌 꼭 살아야 해!'

캘빈의 떨리는 손끝이 이제야 이해됐다.

그는 버려질까 봐 두려워하면서도 세희를 지키기 위해 늘 곁에 있었다. 세희는 잠시 말을 잃었다가 천천히 입을 열었다.

"캘빈, 난 몰랐어. 네가 그렇게 느낄 줄은."

세희의 목소리가 살짝 갈라졌다. 캘빈은 어깨를 으쓱이며 다시 장난스러운 미소를 지었다.

"뭐, 감동받았다고 울 건 없잖아요, 선장님. 그냥 선장님이 물어봤으니까 솔직히 말한 거예요. 근데 진짜예요. 선장님이 절 필요로 하는 한, 저는 어디든 갈게요. 반더의 괴물들이든 뭐든. 지금처럼 너무 무서워도 같이 싸우다 같이 죽어도 난 괜찮아요."

세희는 그의 눈을 바라봤다. 네런의 화려한 자신감과 달리, 캘빈의 조용한 진심은 세희의 마음을 흔들었다. 세희는 미소를 지으며 고개를 끄덕였다.

"그럼 같이 살아남자, 마일스 중사. 죽는 건 나중에 생각하고."

"선장님! 그 어떤 괴물이 나타나도 내가 앞장서겠습니다."

두 사람은 지난번에 왔었던 것처럼 이중으로 설치된 게이트를 통과하며 곧바로 반더의 지하 기지 가장 깊은 층으로 향했다. 그곳은 그들이 처음 술트리나스인을 만났던 곳이었고, 또한 거대한 인간 형상의 생명체들을 만났던 곳이었다.

'설마 그중의 하나가 반더?'

현실적으로 100살은 넘었어야 할 반더가 그중의 하나가 될 일은 없을 듯했지만, 술트리나스인들과 거구의 생명체를 만난 이후에는 세희가 알아온 현실 이상의 현실이 있을 것 같은 느낌이었다. 다시 한번 공간을 둘러보며 생각하는 동안 공간은 마치 시간이 멈춘 듯 고요했고, 그저 공간을 밝혀주는 푸르스름한 빛이 주변을 비추고 있었다.

헬멧 속 스피커에서 반더의 목소리가 들려왔다.

"와주어서 고맙네. 그리고 미안하게 되었군. 이 우주에는 아직 인공적으로 블랙홀과 웜홀을 생성할 기술이 없어서 번거롭게 직접 호버크라프트를 보내야 했네. 하지만 개인적으로는 과거로 여행 온 기분이라 나쁘진 않아."

반더는 말을 이어갔지만, 그의 언어는 세희에게 여전히 이해하기 어려웠다. 그는 '이 우주'라는 말을 하며, 마치 사신은 이 우주의 출신이 아닌 것처럼 이야기하고 있었다.

"앞으로 이곳에서 할 일들이 참 많겠지만, 어쨌든 과거로 휴양을 온 것 같은 기분마저 드네."

그러던 중, 어두운 벽을 뚫고 예의 그 2미터가 넘는 거구의 생명체들이 나타났다. 남색 우주복을 입은 그들은 그 존재만으로도 세희와 캘빈에게 위협적인 존재였다. 세희는 손을 서서히 허리춤의 총으로 옮겼고, 캘빈도 긴장한 기색으로 대비했다. 세희는 캘빈을 슬쩍 바라보며 다시 한번 거구의 생명체들을 바라보았다.

'캘빈도 체격 자체는 크게 밀리지 않는군.'

그들은 거대한 체구임에도 불구하고 날렵한 몸을 자랑하며, 몸을 드러내는 듯짝 붙은 우주복을 통해 그 강인한 육체를 고스란히 드러냈다. 아마도 그들의 움직임을 제한하는 요소들을 최소화하기 위함인 듯했다. 술트리나스인들이 뭄바이 지역의 인도인들 혹은 라틴계통의 인물들을 닮은 인상을 주었다면, 이 생명체들은 사실 지구상에서는 그 예를 찾기 어렵지만 굳이 찾아야 한다면, 감정이 없어 보이는 모습을 제외하곤 마치 슬라브 계통의 유럽인 얼굴을 하고 있었다.

더욱 놀라운 점은 그들이 헬멧조차 쓰지 않았다는 사실이었다. 심지어 술트리나스의 라이조차도 이곳에 있을 때는 헬멧을 착용하고 있었다. 안정적인 호흡을 유지하기 위해서였다. 그렇지만 지금 이곳에 다시 자신들을 드러낸 생명체들은, 산소를 공급하는 장치와 헬멧도 없이 벽을 통과해서 세희와 캘빈 앞에 나타난 것이었다.

세희와 캘빈은 앞에 서 있는 세 명의 거구를 긴장 속에서 바라보고 있었다. 두 사람 모두 본능적으로 허리춤에 있는 구식의 화약 권총을 움켜쥐었지만, 이들 거대한 생명체들은 별다른 움직임 없이 조용히 서 있을 뿐이었다. 그들은 보통은 레이저건을 사용하긴 했지만, 간혹 구식 화약총을 휴대하기도 했다. 레이저건은 무척 발달한 무기이긴 하지만 화약류에 비해 상대방에게 위치가 노출되기 쉽다는 단점이 있기 때문이었다. 퀘일 장군 같은 경우에는 레이저건을 미성숙한 무기라고 칭하며, 화약류의 무기만을 사용하기도 했다.

세희는 긴장되는 마음을 숨기며 다시 한번 그들을 찬찬히 관찰하기 시작했다. 이들은 마치 세 쌍둥이처럼 얼굴이 거의 똑같이 생겼다. 단지, 가운데에 서 있는 인물은 다른 두 명보다 밝은 피부색을 가지고 있었고 금발 머리카락이 길게 흩날리고 있었다. 나머지 두 명은 회색에 가까운 피부와 대머리로, 그 무표정한 얼굴에서 한층 더 오싹한 느낌을 주었다.

"만나서 반갑군. 내가 반더 율리시스다." 가운데 서 있던 금발의 거인이 입을 열었다.

세희는 금발의 거구를 빤히 쳐다보았다. 이미 술트리나스의 셀라들에게서 반더의 변화에 관한 이야기는 들었지만, 그것을 확인하고 싶은 생각이 들었다.

"정말 반더라면, 당신은 이미 백 살에 가까울 텐데, 지금 모습은 어떻게 된 거죠?"

반더라고 주장하는 금발의 거인은 미묘한 미소를 지으며 대답했다.

"상황이 좀 복잡해. 예전의 반더라고는 할 수 없지. 이건 완전히 새로운 신체라고 할 수 있거든. 이 신체는 보게스라고 하는 생체형 AI 유기체의 신체다."

세희는 술트리나스의 셀라들과 한 이야기가 떠올랐다. 그들도 반더가 돌아왔다고 말했다. 하지만 인간이 아니라 다른 형태라고 했다.

"새로운 신체로 태어났다고요?"

"음, 태어난 게 아니라, 변형되었다는 표현이 맞겠지. 내 신체는 이전의 것과는 완전히 다르다. 반더의 기억과 새로운 유기체의 육체, 그리고 그 너머의 경계를 허문 형태라고 보면 돼. 모든 보게스는 유기체의 육체에 살보리스와의 연결을 통해 창조되지만, 나는 그중에서도 다소 특별한 경우다."

'살보리스?'

술트리나스의 셀라들이 두려움을 보이며 언급하던 존재, 살보리스라는 이름이 자신을 반더라고 지칭하는 생명체의 입에서 나왔다. 반더는 우아한 손짓으로 금발 머리카락을 쓸어 넘기며 세희를 쳐다봤다. 그 여유로운 태도에 세희는 살짝 짜증이 났지만, 차분히 질문을 던졌다.

"도대체 무슨 말인지 이해를 할 수가 없군요. 저는 반더를 직접 만난 적은 없지만, 그가 어떻게 생겼는지는 잘 알고 있어요. 그런데 당신과는 닮은 구석이 하나도 없군요."

자신을 반더라고 칭하는 보게스는 입술을 씰룩거리며 이야기를 이어갔다.

"안 그래도 그에 대해 이야기하려고 했는데, 생각보다 성격이 급한가 보군. 내가 이미 보게스들은 유기체의 몸에 살보리스가 연결된다고 했지? 나의 경우엔 보게스의 유기체 몸에 반더 율리시스의 모든 기억이 입력되고, 그 위에 살보리스가 오버라이드된 경우이지. 그러니까 엄밀히 말하면 완전한 반더 율리시스라기보다는 반더이자 보게스라고 할 수 있다.

하지만 어쨌든 난 반더 율리시스다. 내가 특별한 이유는 난 반더 율리시스이자, 살보리스가 오버라이드되어 있어서 일종의 작은 살보리스 역할도 하기 때문이겠지? 어쨌든 우리 보게스들은 살보리스의 힘으로 유지가 되고 있어. 살보리스가 없더라도, 우리는 유기체의 몸을 유지하며 특정한 생명체처럼 행동은 하겠지만, 그렇다면 아마 지능처럼 보이는 어떤 것도 보게스들에게서는 발견할 수 없을 거야. 살보리스는 엄청나게 거대한 일종의 두뇌라고 할 수도 있겠군."

횡설수설하는 듯한 반더 보게스의 설명에 세희는 잠시 혼란스러운 기분이 들었다.

'반더 율리시스의 기억이라고? 기억을 그 사람이라고 할 수 있을까?'

세희가 혼란스러운 표정으로 반더를 보고 있자, 반더도 무엇인가를 눈치챈 사람처럼 잠시 표정이 어두워졌다.

"그래 무슨 표정인지 알아. 나도 내가 반더라고 이야기를 하지만, 나는 과연 반더일까? 아니면 살보리스? 물론 난 보게스이기도 하다. 하지만 이 모든 것이 나에겐 혼란스럽군. 난 분명 반더 율리시스다. 그런데 내 이 몸과 또한 몸에게 명령을 내리는 존재는 뭐지? 나는 반더일까? 내가 항상 혼란스러움을 느끼는 주제이지. 내가 나를 반더로 인식하지만 내 몸은 그가 아니야. 거기에다가 내 몸에 명령하는 주체는 또 다른 무엇인가이지."

반더는 세희를 보며 이야기하고 있었지만, 항상 자신의 머릿속을 떠나지 않는 생각을 말하는 것이기도 했다.

잠시 공허한 눈빛으로 하늘을 보던 반더의 순간적으로 멈칫하는 표정이 세희의 눈에 띄었다. 반더는 자신의 존재를 의심하는 듯했지만, 캘빈이 질문을 하는 바람에 그 모습은 곧 지워졌다.

"전에 잠깐 듣긴 했지만, 그 살보리스는 도대체 정체가 뭐죠?"

"흠, 뭐라고 할까. 설명하기가 어렵군. 그냥 엄청나게 강력한 슈퍼컴퓨터 AI? 정도로 이야기해두지. 어쩌면 살보리스는 우리 우주에서는 우주 그 자체라고 해도 되겠군."

반더 보게스는 횡설수설을 하는 듯했다가, 혼자 뭔가를 생각하는 듯도 하는 등 두서 없는 행동을 했다. 세희는 두서없이 행동하는 그의 모습을 보며 혼란이 더 커졌다.

"그런데 당신이 반더 율리시스라면 굳이 다시 이 우주로 넘어온 이유가 무엇이죠?"

"좋은 질문이야. 지금 우리는 우리의 우주에서 다른 우주로 건너온 거다. 살보리스는 우리 우주에서는 우주나 마찬가지인 존재야. 하지만 이 우주에서는 아직 미약하지. 그래서 살보리스처럼 누군가 두뇌 역할을 할 존재가 필요하지. 그 역할을 나 반더 율리시스가 맡은 거다." 이렇게 대답을 한 반더는 잠시 생각했다. 그러더니 다시 입을 열었다. "그런 면에서 나는 반더이자 살보리스 그리고 동시에 보게스가 될 수도 있겠군."

"우리를 이곳으로 부른 이유가 뭐죠?" 캘빈이 물었다.

"흥미로운 질문이군." 반더는 가벼운 웃음을 터트렸다. "너희가 나를 찾았고, 나도 지금 너희가 필요하다. 너희가 여기에 온 것은 필연이었겠지. 하지만 솔직히 말하면, 난 이미 오래전부터 너희가 날 찾을 거라는 걸 알고 있었다. 그래서 지금 이 만남은 단순한 우연이 아니라, 계획된 결과일 수도 있지. 솔직하게 말하면 조금 즐기면서 있어볼까도 생각했는데, 지금 나도 그리 여유가 있는 편은 아니어서 말이야."

그의 말을 듣는 순간, 세희의 머릿속에 여러 조각이 맞춰지는 듯했다. 반더는 모든 상황을 이미 꿰뚫고 있었다. 뉴제퍼슨시티에서 은밀히 진행된 회의들, 인간들이 감추려 했던 전략과 계획들이 모두 이들에겐 들통난 것이다. 세희는 예전에 라이와 처음 만났을 때 들었던 말을 떠올렸다. 술트리나스들은 우주의 모든 환경을 감시체계로 삼아 정보를 수집할 수 있고, 인간들의 과학적 성취로는 그들을 막아낼 수 없다고 했다. 세희는 정치적으로 판단한 것이긴 했지만, 이서준 총장과 카터 대통령이 빠르게 결단을 내린 점에 대해 내심 감탄했다. 지금 눈으로 확인을 한 바로는 술트리나스를 등에 업은 중국, 러시아와 직접적으로 맞서는 것은 자살행위나 다름없어 보였다.

"당신도 여유가 있는 편은 아니라는 말이 무슨 뜻인가요?" 세희가 물었다.

"오해하지 않길 바란다. 지구의 인간들은 우리에겐 그저 개미 같은 존재일 뿐이다. 하지만 술트리나스는 얘기가 달라지지." 반더는 천천히 고개를 끄덕이며 설명했다. "우리는 술트리나스가 우리 우주의 시간으로 대략 12,000년 전에 사라진 줄 알았다. 술트리나스는 살보리스를 창조한 문명이다. 우리는 그들에게 집착했지. 생각을 해봐. 창조자가 사라지면 그 공허감이 어떨지? 물론 거대한 컴퓨터인 살보리스는 그런 감정을 가지진 못했지. 그 당시의 데이터를 반더 율리시스인 내가 재해석을 해보면 그렇다는 거

155

야. 그런데 이렇게 새로운 우주에서 번성하고 있을 줄은 상상도 못 했지. 게다가 그들이 과거의 문명 수준에 접근해 가고 있다는 사실은 나 역시 다른 우주에서 온 나를 통해 직접 확인하게 된 거다."

"다른 우주에서 온 나라고요?"

물론 누구를 뜻하는지는 알았지만, 세희가 다시 물었다. 반더는 설명을 계속 이어갔다.

"길게 설명하긴 복잡하다. 간단히 말하면, 나, 반더 율리시스는 다른 우주로 건너가서 어쩌면 우주 그 자체가 되어버린 살보리스를 만났고, 그에게 나의 기억을 제공하면서 살보리스가 술트리나스의 현재 상태를 알게 되었지."

"그렇다면, 문제라는 건 무엇인가요? 술트리나스는 아직 과거 수준에도 미치지 못한다고 하셨잖아요."

세희의 질문에 반더는 무표정한 얼굴로 세희를 응시했다.

"문제는 단순한 시간 차이가 아니다. 내가 속한 우주에서는 술트리나스가 멸망한 지 12,000년밖에 지나지 않았지만, 이 우주에서는 이미 138억 년이 흘렀다. 시간의 흐름 차이만 본다면 우리가 훨씬 앞서 있어야겠지. 하지만 문제는 술트리나스 같은 문명은 단순히 시간을 들여 발전하는 것이 아니라, 정보와 구조 자체를 재구성하는 방식으로 도약할 수도 있다는 점이다.

만약 그들이 우리가 예측하지 못한 방식으로 급격히 진화하거나, 단순한 기술적 진보가 아니라 우주적 존재로 변화하는 길을 선택했다면? 우리는 결코 그들을 따라잡을 수 없을지도 모른다. 이런 우려는 우리로서는 당연한 거다. 살보리스 자체가 어느 시점에 우주적인 존재가 되기로 선택하였으니까, 술트리나스라고 못 할 것도 없겠지."

세희는 반더의 설명을 듣고 한 가지 결론을 내릴 수 있었다. 결국 술트리나스든 반더든 서로에 대한 우위를 점하기 위해서 이미 경쟁을 시작했다는 점이었다. 세희는 자신이 한 번도 상상해본 적이 없는 우주적인 규모의 이야기를 들으며 인류의 미약함에 대해서 떠올리지 않을 수 없었다.

'138억 년? 다른 우주에서 온 존재? 이게 지금 우리가 개입할 수 있는 전쟁이 맞나? 지금 이 순간, 인간의 위치는 어디일까? 우리는 이 거대한 게임에서 어떤 역할을 맡아야 할까? 아니, 그 전에 인류가 선택할 권리라도 있을까?'

세희는 인류에 대해 걱정하면서 동시에 반더의 말을 더 끌어내고자 했다.

"그렇다면, 당신이 술트리나스와 지금 결판을 내면 되는 것 아닌가요?"

"그렇게 내 말을 끌어내려 노력하지 않아도 돼." 반더는 피식 웃음을 지으며, 여유로운 태도로 말했다. "그러지 않아도 이미 모든 것을 말해줄 생각이었다."

세희는 살짝 움찔했지만, 곧 반더의 설명이 이어졌다.

"문제는 우리 보게스가 대규모로 이곳에 오려면 화성의 자기장이 회복되고, 중력이 강해져야 한다는 거다. 그래야 지구와의 상호작용으로 차원 게이트를 안정적으로 열 수 있거든. 예전에 내가 만들었던 위성으로 실험해보고 있지만, 예상대로 역시나 최소한 수십 년, 혹은 수백 년이 필요할 것으로 보인다. 그보다 더 오래 걸릴지도 모르지."

"그래서 어떻게 할 생각인가요?"

"현재로선 우리는 30여 명뿐이다. 물론 소규모의 차원 게이트를 열어 한 달에 한두 명씩 보게스를 추가할 수 있지만, 큰 효과는 없을 거다. 그리고 이 우주는 아직 문명적 수준이 낮아서, 우리 기술도 제약이 심하지. 그래서 지금으로서는 우리조차도 술트리나스에게는 그냥 사냥감에 불과할 거다. 이 상황을 반전시킬 필요가 있거든."

반더는 어깨를 으쓱하며 마무리했다.

그의 설명을 들으며, 세희는 씁쓸한 마음이 들었다. 그들의 높은 문명에도 불구하고, 결국 누군가를 지배하려 하고 그 우위를 지키려는 모습이 인간과 별반 다르지 않았다. 권력과 욕망, 그리고 불안. 그것이 지적 생명체의 본질일까, 아니면 단순히 욕망에 불과한 것일까?

"그래서 지금 우리와 뭘 하자는 건가요?" 세희는 마지막으로 물었다.

"이런저런 고민의 날들을 이어가던 찰나에 너희들이 나를 찾았다. 우선

서로의 협력 가능성을 보려는 것이고, 어쩌면 내가 필요한 자원들을 너희가 제공할 수 있을지도 모르고." 반더는 세희를 빤히 보며 말했다.

쿼일 장군은 세희의 내장 스피커를 통해 모든 상황을 듣고 있었다.

"반더가 원하는 것이 뭔지를 확인해보게." 쿼일 장군은 세희에게 나지막하게 이야기했다.

세희는 깊은숨을 내쉬며 다시금 반더를 응시했다.

"우리에게 원하는 것이 무엇인지, 그리고 그것이 우리에게 어떻게 도움이 될지 제안해보시겠어요?"

"나를 찾으려고 한 건 너희들이 아니던가? 그런데 지금 나한테 제안하라고?" 반더는 너털웃음을 터뜨렸다.

"맞아요. 우리가 당신을 찾으려고 했죠." 세희는 차분한 표정으로 반더의 말을 받아쳤다. "하지만 특별한 목적이 있었던 건 아니에요. 다만 지금, 당신에게 분명한 목적이 있다는 것을 알죠. 우리가 당신이나 술트리나스에 비해 미약한 존재일지라도, 당신도 우리가 없으면 이곳에서 그저 도망자에 불과하다는 것도 알고 있어요."

"생각보다 더 마음에 드는 사람이군. 상황을 빠르게 이해하고 파악하는 감각이 뛰어난걸." 반더는 미묘한 미소를 지으며 세희를 바라보았다.

세희는 그의 칭찬에 흔들리지 않았다. 세희는 언제나처럼, 현재 대화의 핵심이 무엇인지 정확히 짚고 있었고, 반더의 반응조차 협상 테이블에서 자신이 어디에 서 있는지를 가늠하는 도구로 활용하고 있었다.

동시에 세희는 실시간으로 쿼일 장군에게 브리핑을 전송하고 있었다. 쿼일 장군은 항상 세희를 믿었다. 세희가 감정적으로 흔들리거나, 감정에 휩쓸려 결정을 내릴 리 없다는 걸 알고 있었기 때문이다.

반더는 흥미로운 눈빛을 띠며 말했다.

"제안이라… 매우 간단하다. 나에게 너희들이 가진 휴머노이드 로봇 공장에 대한 접근권을 제공해줘."

"접근 권한이라는 것이 구체적으로 어떤 걸 말하죠?" 세희의 눈빛이 단숨에 날카롭게 변했다.

"포괄적인 접근권이야. 하드웨어에서 소프트웨어까지, 모든 것을 내가 통제할 수 있게 해달라는 거지."

세희의 표정이 굳어졌다. 단순한 기술 공유가 아니라, 오픈스텔라라나 현대자동차그룹 같은 세계적인 기업들이 개발한 휴머노이드 및 AI 기술 전체를 넘기라는 의미였다. 이것은 단순한 협력이 아니었다. 그들에게 AI와 휴머노이드 시스템을 넘긴다는 것은, 단순한 기술 거래가 아니라 인류의 미래를 좌지우지할 권한을 반더에게 내주는 것과 같았다.

"우리 기술을 넘기는 게, 우리에게 어떤 '도움'이 된다는 거죠?" 세희는 반더를 노려보았다.

"너희는 전쟁을 원하지 않겠지?" 반더는 여유로운 미소를 지으며 답했다. "술트리나스는 이미 우리를 '적'으로 간주하기 시작했다. 나는 생존해야 하고, 너희는 이 전쟁에서 살아남아야 해. 그럼 협력은 필수적이지 않을까?"

세희는 반더의 말에서 중요한 단서를 하나 포착했다.

'술트리나스가 확실히 반더를 적으로 간주하고 있다.'

"반더, 우리에게 그만한 것을 요구한다면, 그에 걸맞은 보상을 해야겠죠." 세희의 두뇌는 빠르게 움직였다.

"좋아. 그럼 내가 어떤 보상을 할 수 있을지, 한번 들어볼래?" 반더는 천천히 웃음을 지으며 세희를 바라보았다.

"알다시피, 제가 결정할 문제는 아니에요. 그렇다면 우리가 당신에게 이 권한을 넘겼을 때, 우리에게 돌아오는 것은 무엇이죠?"

반더는 대답 대신 조금의 미소를 지으며 천천히 말했다.

"반물질 기술."

"반물질이라고요? 그게 가능해요?" 캘빈은 숨을 삼키며 반더를 쳐다봤다.

반더는 캘빈을 홀끗 보며 흥미로운 눈빛을 보였다.

"너희도 지금 반물질 생성 정도는 할 수 있을 거야. 하지만 나는 그것을 안정적이고 지속 가능한 에너지원으로 변환하는 기술을 제공할 수 있다. 물론 술트리나스처럼 양자진공을 이용하거나 인공 블랙홀을 직접 생성하는 수준은 아니지만, 이 우주에서 현실적으로 구현 가능한 최고의 기술이지."

반더는 잠시 말을 멈추었다가 덧붙였다. "단, 이 기술을 받으려면 한 가지 기억해야 할 게 있어. 반물질은 강력한 도구이기도 하지만 동시에 파괴적인 무기가 될 수도 있지. 네 상부가 이걸 받아들일까?"

"우리가 받게 될 기술이 무기가 될지, 에너지원이 될지는 우리가 결정하는 문제겠죠. 중요한 건, 당신이 왜 이 제안을 하고 있는가입니다." 세희는 조용히 반더를 응시하며 대답했다.

"역시, 정치인들과는 다르게 생각하는군." 반더는 작게 웃으며 천천히 고개를 끄덕였다.

"그렇다면, 우리가 이곳까지 온 이유는 단순히 협상을 위한 게 아니군요." 세희가 말했다.

"그렇지. 너희를 이곳까지 부른 건 술트리나스의 감시를 피하기 위해서다." 반더는 다시 한번 미소를 짓더니, 손을 들어 주변을 가리켰다. "내가 이미 말했듯이, 화성에서 너희가 비밀회의를 하더라도 나는 그 정보를 알 수 있어. 그리고 술트리나스도 마찬가지지. 하지만 이곳에서는 우리가 나누는 대화가 그들에게 새어나가지 않게 방어할 수 있어."

"지금이라도 우리 상부에 보고하는 것이 위험하다고 하는 이유가, 단순히 감시 때문만은 아니겠군요." 세희는 반더의 마지막 말을 놓치지 않았다.

"직감이 좋군." 반더는 의미심장한 눈빛으로 세희를 바라보았다. "그래, 지금 이 순간, 우리가 대화하고 있다는 사실 자체가 술트리나스에게 알려지면 문제가 될 수도 있다. 그들은 네가 내 제안을 듣고 있다는 사실 자체를 위험 요소로 간주할 테니까."

"그렇다면, 당신이 우리에게 이 제안을 하는 또 다른 이유는 술트리나스에 대한 일종의 견제인가요?"

"거의 정답이다." 반더는 짧게 웃으며 대답했다. "술트리나스는 우리가 몇 명이나 이곳에 와 있는지 정확히는 모를 거야. 아마 우리 숫자가 30여 명뿐이라는 걸 알면, 본격적으로 움직이려 할 테지."

세희는 반더의 말을 듣는 동안 무언가 이상한 점을 감지했다. 조심스럽게 질문을 던졌다.

"술트리나스는 자신들이 이 우주에서 가장 발달한 문명이라고 했어요. 그들이 굳이 우리 같은 지구인들까지 필요로 하는 이유가 있을까요?"

"훌륭한 질문이군." 반더는 의미심장한 표정을 지으며 손뼉을 가볍게 쳤다. "대부분의 지구 정치인들은 눈앞의 이득만 따지느라 이런 본질적인 질문조차 하지 않겠지. 아니면, 상황이 어떻게 흘러가도 자신들이 통제할 수 있을 거라고 믿거나."

"즉, 당신도 술트리나스가 왜 인류를 필요로 하는지 정확히는 모른다는 거네요." 세희는 질문을 이어갔다.

"맞아. 술트리나스가 지구의 인류를 필요로 하는 이유를 정확히는 모른다." 반더는 고개를 빙글빙글 돌리다가 끄덕였다. "하지만 확실한 건, 그들이 중국, 러시아, 그리고 다른 몇몇 국가들과 손을 잡으며 지구 내에서 균형을 바꾸고 있다는 점이지. 그리고 그 변화는 너희에게 결코 유리하지 않을 거야."

세희는 반더의 말을 곱씹으며 퀘일 장군에게 통신을 연결했다.

"장군님, 듣고 계신가요?"

"모두 듣고 있네." 퀘일 장군의 차분한 목소리가 응답했다. "술트리나스의 감시를 피한다고 하면서, 이렇게 생생하게 들을 수 있다는 것도 신기하지만."

"내가 필요할 때만 선택적으로 듣게 해주고 있지." 반더가 통신에 끼어들며 상황을 정리했다. "너희들이 하는 말은 여기서 실시간으로 다 듣고 있다."

퀘일 장군과 세희의 대화가 모두 감청되고 있다는 사실을 알고 순간 정적이 흘렀다. 곧, 그 정적을 퀘일 장군이 깼다.

"알다시피, 당신이 제안한 내용은 나나 권세희 선장이 결정할 수 있는 범위를 벗어나는 문제요. 이런 결정을 밀어붙일 수 있는 건 현재로서는 카터 대통령밖에 없소. 이서준 총장은 TSC라는 조직의 특성상 혼자 결정해서 일을 추진할 수 있는 구조가 아니니, 대통령의 행정명령으로 밀어붙일 수밖에 없소. 물론 국회나 법원이 반대할 경우에는 무산될 가능성도 있지만, 지금 당장은 그 방법 외에 떠오르는 것이 없소."

"방법은 언제든 있을 테니 걱정하지 말고." 반더는 고개를 끄덕이며 담담하게 말했다. "나는 단지 큰 틀에서 너희와 협력이 가능한지만 확인하고 싶었을 뿐이다. 어쨌든 내가 너희를 이곳으로 부른 이유는 충분히 설명했으니, 이제 돌아가도 좋다."

"좋아요." 세희는 퀘일 장군을 향해 조용히 고개를 끄덕였다. 그리고 반더를 향해 말했다. "퀘일 장군님 말씀대로 저희는 결정을 내릴 수 없습니다. 기지로 돌아가서 카터 대통령과 이서준 총장에게 연결할 겁니다. 그때 오늘처럼 모든 내용을 이야기해주시면 좋겠어요. 그리고 보안에도 신경을 써주셨으면 합니다."

반더는 동의한다는 듯 어깨를 으쓱하며 오른손을 뻗어 통로를 가리켰다.

"편안하게 돌아가도록 해. 그리고 최대한 빠르게 지구와 연락할 수 있길 바라네. 아, 참. 여기 이 친구 한 명을 동행자로 붙여주겠네."

반더는 옆에 있던 보게스 하나를 툭 치며 따라가라는 신호를 주었다.

"이 친구가 함께 있으면 혹시 모를 위험의 확률이 절반 이상 줄어들 거야."

세희는 캘빈을 슬쩍 바라봤다. 캘빈은 고개를 가볍게 흔들며 동행을 원치 않는다는 뜻을 내비쳤다.

"고맙지만 우리끼리도 충분히 갈 수 있을 것 같은데요."

"너희들 때문이 아니다." 반더는 고개를 저었다. "술트리나스는 너희가 우리를 만났다는 건 이미 알 거야. 그 이유는 모를지라도, 너희의 안전을 보장하는 건 나의 안전을 보장하는 일이기도 하다. 그들에게 우리가 소수일 뿐이라는 걸 들키고 싶지 않아."

"좋아요. 함께 가도록 하죠." 세희는 잠시 고민하다가 고개를 끄덕였다. "단, 우리가 움직이는 동안엔 그저 조용히 따라오도록 하세요. 다른 행동은 용납하지 않겠습니다."

"그럴 거야." 반더는 고개를 끄덕이며 미소 지었다. "이 친구는 보게스다. 이쪽 개념으로 말하자면 유기체 AI 휴머노이드 같은 존재지. 지구의 기술 수준이 미약해 지금은 금속형 AI 휴머노이드뿐이지만, 먼 미래엔 지구에서도 이런 유기체 형태의 휴머노이드를 만들 수 있을 거야."

세희는 살짝 혼란스러웠다. 반더 자신도 보게스라고 했었다. 그렇다면 그 또한 유기체 휴머노이드란 말인가? 세희의 혼란을 눈치챈 반더는 설명을 덧붙였다.

"나는 보게스가 맞아. 하지만 동시에 반더이지. 그리고 살보리스와 연결된 존재이기도 해." 그는 잠시 숨을 고르며, 목소리를 낮춰 의미심장하게 말했다. "이봐, 자네는 자신을 무엇이라 믿고 있나? 몸뚱이인가, 아니면 그 안에 담긴 무언가인가? 한 번쯤 고민해볼 만한 질문이야. 그렇다면 나는 반더인가? 보게스인가? 아니면 살보리스인가? 이 또한 혼란스러운 주제지."

반더의 말을 곱씹으며 세희는 본능적으로 그를 경계하는 시선을 내비쳤다. 그는 느긋하게 웃으며 세희와 캘빈, 그리고 동행하는 보게스 하나를 향해 손짓했다.

"나가도록 하지. 지구와의 협상은 가능한 한 빨리 이루어지길 바란다."

그 말과 함께, 반더는 남아 있던 다른 보게스와 함께 천천히 벽 속으로 사라졌다. 세희는 그들이 완전히 시야에서 사라질 때까지 경계를 늦추지 않았다.

10

2130년 7월, 중국 베이징의 거대 기업 네오바이트댄스(NeoByteDance) 본사는 평소와는 사뭇 다른 긴장감으로 가득 차 있었다. 네오바이트댄스는 과거 중국의 거대 소셜미디어 기술 기업 바이트댄스의 유산을 계승하여 더욱 거대하고 발전한 기업으로, 회사의 대표 소셜미디어인 틱톡은 플랫폼을 홀로그램으로 변경하여 여전히 전 세계에서 가장 많은 사용자를 보유한 소셜미디어로 그 영향력을 행사하고 있었다. 이 회사는 전 세계에서 가장 많은 사용자를 보유한 플랫폼인 만큼 늘 활기찬 모습을 보였지만, 이날만큼은 분위기가 무겁고 조용했다. 직원들은 예의 바른 태도를 유지하며 분주하게 움직였으나, 그들의 표정에는 긴장감이 역력했다. 그 이유는 바로 리우 주석 때문이었다.

중국의 최고 지도자 리우 주석은 평소엔 소셜미디어는 물론 공식 석상에서도 자주 모습을 드러내지 않는 신비주의적 지도자로 알려져 있었다. 그러나 이번에는 틱톡에 직접 계정을 개설하고 영상을 업로드하며 전 세계를 향해 메시지를 전달했다. 그의 이런 행동만으로도 충분히 충격적이었지만, 더욱 놀라운 것은 영상 속에 담긴 내용이었다.

영상은 엄숙한 분위기 속에서 시작되었다. 화면에는 리우 주석이 자신의 집무실 배경 앞에 서 있었다. 그런데 리우 주석 곁에는 그 어떤 인간도 아닌, 명백히 외계 생명체로 보이는 존재가 서 있었다. 그 생명체는 인간과 유사한 외형을 가졌지만, 어딘가 이질적인 분위기와 강렬한 존재감을 풍겼다. 마치 다른 세상에서 온 듯한 느낌을 주며 화면 속에서 리우 주석과 나란히 서 있었다.

영상의 자막은 이 생명체를 라이, 그리고 그가 속한 문명을 술트리나스라고 소개했다. 술트리나스는 지구의 과학과 기술을 훨씬 초월한 고도로 발전된 문명이라고 설명되었다. 카메라는 라이의 얼굴을 클로즈업하며 그의 장엄함과 권위를 강조했고, 곧 리우 주석으로 화면이 전환되었다. 리우 주석은 자신감 넘치는 미소와 함께 전 세계에 선언했다.

"전 세계의 지구인 여러분, 오늘 우리는 새로운 시대의 문턱에 서 있습니다. 여러분께 술트리나스 문명을 대표하는 라이 사타르를 소개합니다. 이 문명은 지구의 과학을 훨씬 초월한 기술을 가지고 있습니다. 술트리나스와 지구를 대표하는 중국의 공식 발표가 7일 후에 다가옵니다!"

리우 주석의 마지막 말이 끝나자 영상은 검은 화면으로 전환되며 마무리되었다.

틱톡에 업로드된 영상은 업로드되자마자 전 세계로 확산되었다. 틱톡뿐만 아니라 다양한 소셜미디어 플랫폼에서도 급속도로 퍼졌고, 수십억 명이 몇 시간 만에 이 영상을 접하게 되었다. 사람들은 영상의 진위 여부에 대해 열띤 토론을 벌였고, 각국의 언론은 이를 주요 뉴스로 보도하며 분석을 이어갔다.

논란이 가중되는 가운데, 중국 우주방위군의 공식 홈페이지에 'D-7'이라는 카운트다운이 등장했다. 이로 인해 영상의 진실성에 대한 의문은 줄어들었고, 세계는 한층 더 큰 혼란에 빠졌다. 특히 TSC는 혼란의 중심에 있었다. 술트리나스와 관련된 어떠한 정보도 공식적으로 보고받지 못했던 이 조직은 전 세계 정부와 언론의 문의에 대응하느라 업무가 마비될 지경이었다.

TSC의 이서준 사무총장은 각국 지도자들로부터 쏟아지는 사실 확인 요청에 시달리고 있었다. 가급적 거절했지만 과거 정보통신부 장관으로 재직했던 통일한국에서 오는 요청은 피할 수 없었다. 현재 한국의 대통령 박윤재와 야당 대표 정민우는 모두 과거 그와 가까운 사이였기 때문이다.

박윤재 대통령의 전화는 예상대로 직설적이었다.

"총장, 중국 우주방위군의 홈페이지에 올라온 정보를 보면, 중국이 술트리나스라는 외계 문명과 접촉한 것은 사실로 보입니다. TSC는 이와 어떤 관련이 있는지 설명해주실 수 있겠습니까?"

"대통령님…." 이서준 총장은 심호흡하며 원론적인 답변을 할 수밖에 없었다. "현재 TSC도 중국의 발표를 통해 알려진 내용 외에는 추가로 아는 바가 없습니다. 7일 후의 발표를 기다리는 수밖에 없습니다."

"총장, 그 말은 결국 TSC가 이 문제에서 이미 소외되었다는 뜻이군요." 박 대통령은 씁쓸하게 웃으며 말했다. "하지만 나는 한국의 대통령으로서 국가의 안위를 위해 가능한 모든 정보를 얻어야 합니다. 총장도 통일한국의 국민 아니십니까? 무엇이든 알게 된다면 알려주시길 부탁드립니다."

이서준 총장은 속으로 답답함을 삼키며 간신히 미소를 지어 보였다.

"물론입니다, 대통령님. 중요한 정보가 확인되면 바로 말씀드리겠습니다."

대화를 마친 후, 이서준 총장은 의자에 몸을 깊숙이 파묻었다. 술트리나스의 존재가 공식화되고, 아마도 조만간 중국과 러시아의 탈퇴 선언이 이어질 것이었다. 이 모든 상황이 연쇄적으로 벌어진다면 지구는 엄청난 변화를 맞이할 것이 분명했다. 그는 엄청난 스트레스를 받고 있었지만, 한편으로는 빨리 7일이 지나 불명확한 상황들이 정리되기를 간절히 바라는 마음도 있었다.

한편, 미국 백악관도 비슷한 상황을 맞이하고 있었다.

카터 대통령은 연설을 준비하며 보좌진들과 긴밀히 협력했다. 백악관의 홍보팀은 정기 브리핑을 통해 중국의 발표에 대한 정보를 아는 바가 없다는 입장을 고수하며 시간을 벌고 있었고, 안보팀은 중국과의 핫라인을 통해 상황 파악을 시도했으나, 의도적으로 회피되는 듯한 상황에 직면했다.

이 와중에 인터넷과 소셜미디어에서는 "중국이 외계인과 협력하여 미국을 침공할 것"이라는 근거 없는 소문이 퍼지고 있었다. 현실 세계는 여전히 평온했지만, 사람들은 7일 후에 일어날 일에 대한 불안감을 감추지 못했다.

카터 대통령은 자신의 책상 앞에서 고심하며 지시를 내렸다.

"우리는 가능한 모든 시나리오를 준비해야 합니다. 외교적, 군사적, 그리고 경제적 대응책을 각각 구체적으로 마련하십시오."

그때, 책상 옆 직통 통신 장치에서 신호음이 울렸다. 몇몇 부서의 최상위급 담당자들만 해당 장치를 통해서 연락을 할 수 있었다. 카터 대통령은 이것이 화성에서의 직통라인이기를 바랐다. 화성에서 오는 연락이라면 뭔가 희망을 줄 수 있을 것 같다는 생각 때문이었다. 대통령은 화성의 연락이기를 바라며 통신 장치 옆의 스위치를 눌렀다. 기대감을 가지고 홀로그램에 떠오르는 얼굴을 본 카터 대통령의 얼굴에 약간의 기대감과 함께 살짝 실망감이 동시에 올라왔지만 내색하지는 않았다. 그러고는 순간적으로 또 다른 희망이 살짝 올라왔다.

"비토리오 박사. 무슨 일인가요?" 카터 대통령이 물었다.

"대통령 각하. 지금 상황이 녹록지 않으시리라는 것을 압니다만, 이쪽도 만만치 않은 상황이어서 힘드신 걸 알면서 연락을 드렸습니다." 비토리오가 말했다.

"아, 그보다 잊고 있었는데…." 카터 대통령이 갑작스럽게 말했다. "잘 연락을 주셨습니다. 평소에 눈에 띄지 않게 일하시니, 이럴 때야말로 꼭 필요한 분인데 제가 생각을 못 했네요."

비토리오는 대통령이 무슨 말을 꺼낼지 짐작하면서도, 겉으로는 태연한 표정을 유지하며 말했다.

"무슨 말씀이신지요, 대통령 각하?"

"지금 협력하고 있는 외계 종족들 말입니다. 킬타르, 진테리언스, 그리고 드라보칸스 등 그간 우리와 함께 협력해온 역사가 있잖아요. 그런데 지금처럼 중요한 시기에 만약에 필요하다면 그들에게 우리의 편에 서달라고 요청하면 어떨까요? 어떤 발표가 있을지 모르겠지만, 중국의 발표 여하에 따라 그들의 도움이 필요합니다."

비토리오는 대통령의 말을 듣고 고개를 천천히 끄덕였다. 그 역시 이 문제로 대통령을 찾은 터라 이미 답변을 준비하고 있었다. 하지만 그 대답은 대통령이 듣고 싶어 할 만한 내용이 아니었다.

"대통령 각하." 비토리오는 잠시 말을 멈추고 한숨을 쉬며 말했다. "어떻게 말씀드려야 할지 모르겠지만 그들 모두, 하루라도 빨리 지구를 떠나고 싶어 합니다."

"그게 무슨 말인가요? 그간 우리가 얼마나 많은 협력을 해왔습니까? 그런데 이런 시기에 우리를 버리겠다는 건가요?" 카터 대통령은 눈살을 찌푸렸다.

대통령의 목소리에는 분노와 실망이 엿보였다. 카터 대통령은 킬타르와 진테리언스의 협력에 대한 강한 의구심을 느끼고 있었다. 그러나 그녀가 모르고 있는 사실이 있었다. 바로 이들 외계 종족들의 진짜 의도였다.

먼저 킬타르 종족. 규소 기반 생명체로 알려진 그들은 순수한 마음으로 인류와 협력을 원했던 존재였다. 그들은 자이폰 4(Xyphon-4)라는 극고온 화산 행성에서 태어났으며, 그들의 문명은 엄청난 에너지 자원을 다루는 기술을 보유하고 있었다. 그들은 지구의 환경과 인류와의 상호작용을 통해 평화적인 공존을 바랐다. 단순히 지구와의 관계만이 아니라, 그들 자신의 생명 유지와 미래를 위한 기술적 발전을 위해서였다.

하지만 킬타르와 달리, 진테리언스와 드라보칸스는 서로의 견제 속에서 완전히 다른 목적을 가지고 있었다.

진테리언스, 피부색 때문에 흔히 '그레이'라고 불리는 이 외계인들은 고향 행성인 진텔(Zynthel)에서 생존의 위기에 처해 있었다. 그들의 고향 행성은 이미 수명이 다해 가고 있었고, 그들은 지구를 새로운 고향으로 삼기 위해 기회를 엿보고 있었다. 지구의 환경이 그들의 생명 유지에 완벽하게 이상적이지는 않았지만, 빠르게 확보하기에 좋은 행성이라고 파악하고 있었다. 그들의 계획은 인류와의 협력을 가장해, 지구를 자신들의 새로운 거주지로 만들기 위한 것이었다. 그런 그들에게 지구인들과의 협력은 단지 일시적인 전술에 불과했다. 진테리언스는 지구인들과 지구를 나누는 계획이 완성되면, 그들이 원하는 것을 얻기 위해 어떤 수단도 마다하지 않을 존재들이었다. 그들은 지구에서 협력을 하며 또 다른 지역에서도 그들의 장기적인 생존 공간을 찾기 위한 노력을 하고 있었다. 그들의 협력은 지구인들에게 착시를 주기 위한 기만적인 전략일 뿐이었다.

드라보칸스는 '렙틸리언'으로도 불리는데, 이 또 다른 외계 종족은 지구의 풍부한 자원을 빼앗고자 하는 욕망으로 가득 차 있었다. 드라보칸스는 지구의 자원을 탐사하며, 그것을 자기 종족의 필요를 채우기 위한 자원으로 사용하려고 했다. 그들은 격렬한 군사적 성향을 띠고 있었고, 지구에 대한 탐욕은 전략적 관점에서만이 아니라 생존을 위한 강한 본능에서 비롯된 것이었다. 그들의 종족은 자원을 통한 군사적 이득만을 취하려 하는 이기적인 목적을 향해 움직였다.

하지만 인류에게는 운이 좋았던 점이 있었다. 진테리언스와 드라보칸스는 서로를 견제하고 있었다. 상호 이익을 추구하면서도, 각자 다른 방식으로 지구를 차지하려는 계획을 세웠다. 동시에 지구에 관심을 가지고 있었지만, 상호 간의 견제로 인해 지구에 대한 직접적인 위협은 당장 일어나지 않았다. 이런 이유로 인류는 그동안 두 종족 사이에서 벗어나 살아갈 수 있었다. 그러던 중 그들 종족도 기대하지 않았던, 술트리나스가 지구에 본격적으로 나타난 것이었다.

비토리오는 침착하게 설명을 이어갔다.

"킬타르, 진테리언스, 드라보칸스, 이 세 종족은 모두 술트리나스의 등장을 지켜본 순간부터 극도의 공포에 사로잡혀 있습니다. 그들은 술트리나스와 관련된 일에 관여하고 싶지 않다고 분명히 말했습니다. 그들 하루라도 빨리 지구를 떠나서 술트리나스와 마주칠 가능성 자체를 제거하고 싶다고 합니다."

카터 대통령은 비토리오의 말을 듣고 한동안 아무 말도 하지 못했다. 이 상황에서 술트리나스의 등장이 지구에 어떤 영향을 미칠지에 대한 우려가 그녀의 머릿속을 휘감고 있었다. 이제까지 지구와 협력해온 외계 종족들이 술트리나스의 등장만으로 공포에 질려 도망을 치려 한다는 사실은 그녀를 기가 막히게 했다.

"술트리나스라는 이름만으로 이렇게까지 겁에 질릴 정도라면…." 카터 대통령은 스스로에게 말하듯 중얼거렸다. "그 종족은 대체 얼마나 압도적인 존재인 겁니까?"

"그들에 따르면 술트리나스는 사실상 전 우주에서 가장 발달한 문명이라고 합니다." 비토리오는 조심스럽게 말을 보탰다. "술트리나스의 존재 자체가 다른 종족들에게는 그저 경외와 두려움의 상징처럼 여겨지고 있습니다. 제가 만난 킬타르의 대사가 이렇게 말했습니다. '술트리나스는 우주에서 가장 강력한 존재들이다. 그들을 거역하는 문명은 여태껏 살아남지 못했다.' 그 말이 과장인지, 아니면 실제로 역사적 근거가 있는지는 알 수 없습니다. 하지만 킬타르, 진테리언스, 그리고 드라보칸스 모두 술트리나스의 존재만으로도 위험을 느끼고 있습니다."

카터 대통령은 두 손으로 책상을 짚으며 고개를 저었다. 그녀의 얼굴에는 평소에는 보기 힘든 당혹감마저 스쳐 지나가고 있었다.

"그래서 이 시점에서 도망을 친다는 겁니까? 그간 얼마나 많은 신뢰를 쌓아왔는데… 이런 상황에서 손을 빼겠다는 건가요?" 대통령이 말했다.

"술트리나스와 직접 마주하는 상황을 상상조차 하고 싶어 하지 않는 것 같습니다." 비토리오는 한결같은 차분한 태도로 대답했다. "괜히 술트리나스들에게 반대편에 섰다는 오해를 받아서, 자신들의 문명이 타깃이 되는 것을 가장 우려하는 듯합니다. 그래서 지구에서 최대한 빠르게 떠나는 것이 현재로선 그들이 선택할 수 있는 유일한 방법이라고 믿고 있는 듯합니다."

카터 대통령은 깊은 한숨을 내쉬며 의자에 몸을 기댔다. 화성에서 희망적인 소식을 기다리던 그녀에게, 협력 가능성을 가진 또 다른 외계 종족들이 이런 식으로 등을 돌리려 한다는 사실은 큰 충격이었다.

"이게 바로 술트리나스라는 존재가 가진 위엄이라고 해야 할까요? 그들의 이름만으로도 이 정도의 공포를 불러일으키다니." 대통령이 말했다.

"술트리나스는 단순히 한 종족이 아닙니다, 대통령 각하." 비토리오가 말했다. "그들은 어떤 문명이라도 감히 맞서려고 하지 않는, 압도적인 존재감을 가진 문명입니다. 우리가 술트리나스에 대해 아는 것은 거의 없지만, 그들의 등장만으로도 이 정도의 변화를 초래했다는 점에서 그들이 얼마나 강력한지를 알 수 있습니다."

카터 대통령은 잠시 생각에 잠겼다. 상황이 점점 더 복잡해지고 있었다.

술트리나스의 존재는 단순히 지구와 중국의 문제가 아니었다. 이미 지구와 협력하던 다른 외계 문명들마저 공포에 빠뜨렸고, 그로 인해 지구는 고립될 위기에 처해 있었다. 그녀는 잠시 중국의 리우 주석이 자신이 어떤 종류의 외계 종족을 상대하고 있는지를 알고 있는지 궁금해졌다.

"좋아요, 비토리오 박사. 그들에게 원하는 대로 하라고 전하세요. 술트리나스가 우리에게 가져올 일이 무엇이든 간에, 우리는 우리 스스로 이 문제를 해결해야겠군요." 대통령이 말했다.

"알겠습니다, 대통령 각하." 비토리오는 고개를 숙이며 대답했다.

카터 대통령이 통신을 종료하려고 할 때, 동일 회선으로 또 다른 통신 요청이 들어왔다.

"박사, 잠시만 기다려보세요. 화성인 것 같아요. 가시기 선에 화성에서 어떤 일이 있는지 듣고 가시는 것이 좋겠어요." 대통령이 비토리오에게 말했다.

이번에는 정말로 화성이었다. 카터 대통령은 화성에서 온 홀로그램 화면을 주의 깊게 응시했다. 화면에는 퀘일 장군, 권세희 선장, 그리고 독특한 존재감을 가진 대머리 남성이 서 있었다. 그는 인간과 비슷했지만, 어딘가 이질적이었다. 그의 외모와 태도는 인간적인 요소를 띠면서도, 본능적으로 '다른 존재'임을 느끼게 했다. 카터 대통령은 그의 존재에 호기심을 느꼈지만, 당장은 술트리나스와 관련된 혼란을 해결하는 것이 우선이었다.

"퀘일 장군, 정말 적절한 타이밍에 연락을 주셨습니다." 카터 대통령은 함께 홀로그램 화면상에 있던 비토리오를 가리키며 말했다. "일전에 만나셨던 AERO의 비토리오 박사도 이 자리에 있습니다."

"비토리오 박사님, 다시 뵙게 되어 반갑습니다." 퀘일 장군은 고개를 끄덕이며 말했다. "대통령 각하, 현재 혼란이 심각하겠지만, 이곳 화성에서도 상황은 다르지 않습니다. 뉴제퍼슨시티에 머무르고 있는 중국과 러시아 측 인원들 역시 틱톡 영상에 대해 아는 바가 없는 것처럼 보입니다. 그들 또한 당황한 기색을 감추지 못하고 있습니다."

카터 대통령은 퀘일 장군의 말을 듣고 미소를 지으려다 멈췄다. 태생적으로 항상 여유로운 모습을 보여주는 그녀였지만 지금의 상황은 어떻게 판단해도 위기 상황이었다.

"그들답군요. 정보를 철저히 통제하는 모습이 인상적이네요." 대통령이 말했다.

"입장을 바꿔서 생각해보면." 퀘일 장군은 차분히 고개를 끄덕이며 말했다. "그들이 임무를 철저히 수행하고 있다는 점에서 평가받을 만하다고 봅니다."

"아직도 여유를 가지고 계시다니 다행입니다, 장군." 카터 대통령은 짧게 코웃음을 치며 대꾸했다.

"여유라기보다는, 현재 상황에서 반드시 주의를 기울여야 할 점이 있기 때문입니다." 퀘일 장군은 부드럽게 웃으며 말했다. "대통령 각하, 이 대화 역시 주의가 필요합니다."

"무슨 뜻인가요?" 대통령은 의아한 표정을 지으며 물었다.

"술트리나스는 특별한 장치 없이도 대화를 엿들을 수 있는 기술력을 보유하고 있습니다." 퀘일 장군은 신중한 태도로 대답했다.

"그 말은, 술트리나스뿐만 아니라 리우 주석과 중국 측도 우리의 잠재적인 계획을 알고 있을 가능성이 있다는 뜻인가요?" 카터 대통령은 놀라움을 감추지 못하며 물었다.

"술트리나스가 중국과 정보를 공유했는지는 확실하지 않지만, 보수적으로 판단하자면 그들이 이미 모든 것을 알고 있다고 가정하는 것이 현명할 겁니다." 퀘일 장군은 고개를 끄덕이며 대답했다.

"그렇다면, 이 대화도 도청되고 있다고 봐야 하나요?" 카터 대통령의 표정은 단호해졌다.

"그렇지 않습니다." 퀘일 장군은 옆에 서 있던 대머리 남성을 가리키며 말했다. 이곳에는 반더 측에서 보낸 유기체 AI 휴머노이드, 즉 보게스가 함께 있습니다. 이들은 보게스라고 불리는 존재들입니다. 술트리나스와 동등하거나 그 이상의 기술을 보유하고 있으며, 그들의 기기를 사용하면 도청을 무력화할 수 있다고 합니다."

퀘일 장군의 손짓에 따라 보게스는 조용히 앞으로 나섰다. 그는 귀에서 작은 검은 구체를 꺼내며 차분한 목소리로 설명하기 시작했다.

"이 장치는 눈에 보이지 않는 양자장을 활성화시킵니다. 이 양자장은 공간 자체를 보호해 도청이나 정보 유출 시도를 완전히 차단합니다. 또한 저와 통신을 주고받는 상대방의 공간도 함께 보호합니다."

"반더가 보냈다고요?" 카터 대통령은 진심으로 감탄하며 말했다. "아무튼 그 장치를 통해 우리가 안전하게 대화할 수 있다니 다행입니다."

"이 기술은 아주 고도화된 기술은 아닙니다." 보게스는 가볍게 고개를 숙이며 말했다. "술트리나스의 수준과 비슷하거나 약간 앞선 기술이지만, 저희에게는 위험 요소가 없기에 기꺼이 제공할 수 있습니다. 현재 이 공간은 완전히 안전합니다."

보게스의 말을 들은 카터 대통령은 무엇인가 생각이 난듯한 표정으로 보게스에게 물었다.

"궁금한 게 있어요. 저희와 협력을 하고 있는 외계 종족들이 있어요. 그들이 우리보다는 진보한 문명들이긴 하지만, 술트리나스의 이름만 들어도 공포를 느끼더군요. 술트리나스의 눈에 띄지 않게 도망가려고 하던데, 그들이 이곳에 있는 것을 술트리나스들이 이미 알고 있지 않을까요?"

보게스는 무표정한 표정으로 카터 대통령을 바라보았다. 그리고 천천히 입을 열었다.

"자신들의 존재 자체를 저희나 혹은 술트리나스에게서 숨기는 것은 쉽지 않습니다. 그 예로 대통령께서 말씀을 하시기 전에도 저희는 이미 그 종족들이 대통령 각하의 나라 어디에서 어떤 활동을 하고 있었는지에 대해서 알고 있었습니다. 저희가 알고 있다면 술트리나스도 이미 파악하고 있다고 생각을 하시는 것이 합리적일 것입니다."

"그렇군요." 카터 대통령의 한쪽 입꼬리가 살짝 올라갔다.

그런 대통령의 모습을 보고 보게스는 말을 이었다.

"술트리나스의 입장에서는 그들이 큰 위협은 되지 않으니 큰 신경을 쓰지 않고 있을 뿐입니다."

보게스의 말을 들으며 카터 대통령은 고개를 끄덕였다. 그리고 시선을 비토리오 쪽으로 돌리며 말했다.

"외계 종족들에게 알려주세요. 그들이 그렇게 겁내던 술트리나스에게 이미 그들이 이곳에 있는 것을 들킨 것 같다고요. 떠나건 뭐하건 그들 자유이긴 한데, 이젠 소리소문없이 떠나는 것이 더 이상해 보일 수 있다고 알려주세요."

"네. 알겠습니다. 그럼 저는 이만 통신을 종료할까요?" 비토리오가 물었다.

비토리오는 협력하던 외계 종족 대표들과 바로 면담하려고 했으나, 카터 대통령은 화성에서의 보고를 모두 듣고 움직이라고 지시했다. 그러고는 다시 보게스 쪽의 영상을 보면서 팔짱을 끼고 생각에 잠시 잠겼다. 보게스의 기술은 술트리나스의 기술력을 상회하는 신뢰를 줄 수 있었다. 하지만 이 협력의 조건이 무엇인지에 대한 의문이 남아 있었다.

"좋아요. 이 기술을 사용하며 우리 대화를 보호할 수 있다면 매우 유용할 겁니다." 대통령이 보게스에게 말했다. "하지만 이런 기술 제공을 해주시는 이유가 불분명하군요. 원하시는 바가 있으신가요?"

그녀의 시선은 홀로그램 속의 보게스가 손에 들고 있는 작은 검은색 구체에 고정되어 있었다. 그 장치는 그 자체로 신비로웠고, 기술적으로는 현재 인류의 이해를 완전히 초월한 것처럼 보였다.

"살보리스의 요청으로 저희의 이 기기들을 여러분들에게도 제공할 예정입니다. 앞으로 통신에 사용하시길 권장합니다." 보게스는 차분한 목소리로 말했다.

"살보리스? 퀘일 장군에게 간략히 듣긴 했지만, 그건 누군가요?" 카터 대통령이 물었다.

"살보리스는 저희 보게스들의 아버지이자 창조주입니다." 보게스는 대통령을 응시하며 대답했다. "당신들이 '반더'라고 부르는 그분 역시 살보리스의 일부, 아니, 작은 분신이라고 표현하는 편이 더 적절할 것 같군요. 사실상 그 분신이 요청한 것입니다."

"'분신'이라니요? 조금 더 알아듣기 쉽게 설명해줄 수 있나요?" 카터 대통령은 살짝 혼란스러운 표정을 지었다.

보게스는 잠시 멈칫하며 고개를 끄덕였다. 그 무표정한 얼굴에 약간은 어색해 보이는 미소가 떠올랐다. 마치 학습된 행동처럼 보이는 미소였다.

"대통령님, 더 정확히 알려드리고 싶지만, 사실 저희도 인간의 의식이나 본질에 대해 완전히 이해하고 있지는 못합니다. 간단히 말하자면, 살보리스는 인간이었을 때의 인간적인 의식과, 저희가 아버지라 부르는 존재의 일부 능력이 결합된 독특한 존재라고 할 수 있습니다."

"그래요. 알겠습니다. 그런데 아직 우리와 어떤 협력관계를 구축한 것도 아닌데, 그런 중요한 기술을 우리에게 제공해도 괜찮은 건가요?" 카터 대통령은 홀로그램을 통해 보이는 작은 검은색 구체를 가리키며 물었다.

"괜찮습니다." 보게스는 한 지의 망설임도 없이 대답했다. "이 기술은 제공해도 크게 위험하지 않은 기술입니다. 더불어 저희 판단으로는 여러분이 저희와의 협력을 거절할 이유는 없어 보입니다."

그의 대답은 마치 연산을 통해 논리적으로 도출된 답처럼 들렸다. 그 순간 카터 대통령은 보게스가 단순한 유기체가 아니라, 극도로 발달된 형태의 유기체 AI임을 다시 한번 느꼈다. 그러나 그의 행동과 표현은 AI라는 느낌을 상쇄시킬 정도로 인간적이었다.

카터 대통령은 홀로그램 화면 너머로 퀘일 장군과 보게스의 모습을 응시하며 단호한 목소리로 말했다.

"좋습니다. 먼저 저희 용건부터 말씀드리죠. 숨길 것도 없는 것 같으니, 그냥 있는 대로 말하겠습니다." 그녀는 잠시 숨을 고른 후, 직접적인 어조로 말을 이어갔다. "중국과 러시아가 외계 종족과 손을 잡았습니다. 솔직히 말해, 정말 당황스러워요. 우리가 파악하기로 여러분 보게스는 중국과 러시아가 협력하는 외계 종족, 술트리나스와는 적대적인 관계로 알고 있습니다. 지금 지구는 별다른 선택권이 없습니다. 이건 단순히 중국과 러시아 때문이 아닙니다. 고도로 발달된 외계 종족 하나가 지구를 완전히 장악하게 놔둘 수는 없어요. 그래서 저희는 여러분과 협력해서 저들과 맞서고 싶습니다. 최소한 균형을 이루는 긴장 관계라도 만들어야 합니다."

대통령의 말은 강력했지만, 그 안에는 약간의 간절함도 담겨 있었다. 그녀의 말이 끝나자 보게스는 잠시 침묵했다. 이내 차분한 목소리로 답했다.

"잠시만 기다리십시오. 그분이 직접 가실 것입니다."

보게스의 말이 끝나기가 무섭게, 카터 대통령의 집무실 한가운데에 묘한 일이 벌어지기 시작했다. 공간이 마치 물결처럼 일그러지며 주변 공기가 떨리는 듯했다. 일그러짐은 점점 강해졌고, 이윽고 그 중심에서 거대한 남성의 형체가 서서히 나타났다.

그는 단단하고 우람한 체격의 남성으로, 집무실의 장엄한 분위기조차 압도하는 존재감을 풍겼다. 그의 얼굴은 인간과 흡사했으나, 어딘가 인간과는 다른 이질적인 느낌이 있었다.

"다… 당신 누구야?" 카터 대통령은 목소리가 떨리지 않게 애쓰며 물었다. 그러나 그녀는 본능적으로 온몸의 털이 곤두서는 것을 느꼈다. 동시에 경호원들이 본능적으로 레이저건을 꺼내 남자의 머리와 가슴에 겨누었다.

"손들어!" 경호원 중 한 명이 외쳤고, 낯선 남성은 조용히 둘러본 후 피식 웃으며 두 손을 들었다.

"다시 묻겠다. 당신 누구야?" 카터 대통령의 목소리는 단호했지만, 내심 엄청난 긴장감에 사로잡혀 있었다.

"나는 반더 율리시스다." 낯선 남성은 부드럽게 미소를 띠며 말했다.

"당신이 바… 반더라고?"

카터 대통령은 경악한 얼굴로 말했다. 퀘일 장군과 세희는 홀로그램 화면 반대편에서 침묵을 지키고 있었지만, 그들의 놀란 표정 역시 감출 수 없었다. 화성에 있어야 할 반더가 어떻게 백악관까지 갔는지, 그들은 도저히 이해할 수 없었다.

"대통령 각하, 그자는 확실히 반더입니다." 퀘일 장군이 침착하게 말했다. "다만, 저도 어떻게 화성에 있어야 할 사람이 그곳에 나타났는지는 알 수 없습니다."

"당신이 정말로 반더라면, 어떻게 화성에서 이곳에 나타난 거지?" 카터 대통령은 반더를 똑바로 응시하며 물었다.

"간단한 일이지." 반더는 태연한 표정으로 방을 둘러보며 말했다. "인위적으로 공간을 극도로 왜곡하면, 내가 원하는 좌표의 공간을 열 수 있어. 두 공간을 하나로 연결시키는 셈이지. 그 다음에는 그냥 걸어 나오기만 하면 되는 거고."

"공간을 연다니, 말 그대로 공간을 열어 이동한다는 건가?" 카터 대통령은 놀라움을 감추지 못하며 다시 물었다. "그보다도 당신은 내가 생각하는 반더와는 너무 다르군."

"그런 오해는 많이 받지." 반더는 고개를 끄덕이며 말했다. "반더의 기억을 가진 다른 육체라고 하는 편이 이해가 쉬울 수도 있어. 그래, 우리는 공간을 열고 이동을 할 수 있어. 다만 이 우주의 기술로는 자주 사용할 수 없어. 태양 에너지를 바탕으로 하는 이 우주의 핵융합 에너지는 효율이 높지 않거든. 내가 지금 이곳으로 건너오느라 상당한 에너지를 소모했으니, 다시 이동하려면 최소 수일에서 수주 이상은 에너지를 비축해야 해."

카터 대통령은 그의 말을 들으며 머릿속이 복잡해졌다. 자신이 반더라고 주장하는 것도 그랬지만, 동시에 그의 능력을 정리하려 애썼다. 공간을 열어 이동한다는 그의 설명은 상상을 초월한 기술을 암시했지만, 동시에 그 기술이 지구에 도움이 될지 아니면 위협이 될지도 가늠하기 어려웠다.

"당신이 우리 집무실에 이렇게 나타날 수 있다면, 누구든 어디로든 이동할 수 있다는 말인가?" 카터 대통령이 물었다.

"이론상으로는 그렇긴 해." 반더는 미소를 띠며 답했다. "다만, 우주의 공간을 왜곡하는 데는 엄청난 에너지가 필요한데, 현재 이 우주에서는 태양 에너지를 직접 포집하는 것 외에는 특별한 대안이 없어. 따라서 지금 화성에서 위성을 통해서 직접 포집하고 있는 태양 에너지가 이런 이동을 위해서 현재로선 가장 적합한 에너지원이지. 다른 말로 하면 현재는 이런 형태의 이동을 위해서는 언제나 화성이 그 중심에 있어야 한다는 뜻이야.

내가 건너온 원래의 우주에서처럼 인공 블랙홀을 통한 에너지 생성이 가능하다면, 이런 불편한 일은 없어도 되겠지만 여기에서는 나로서도 별다른 방법이 없군. 그리고 현재 태양 에너지를 포집하는 위성 자체도 아주 완성도가 높은 형태의 기술을 사용하는 것은 아니어서 조심해서 사용해야 해. 태양 에너지를 아직은 효율성도 낮고 불안정하게 사용하고 있어서, 일단 대량으로 에너지를 모아야 하기도 하고 제대로 에너지를 잘 모으지 못한 상태에서 사용하면 타임 트랩에 빠지거나 하는 등 부작용도 있을 수 있거든."

백악관 집무실에는 팽팽한 긴장감이 맴돌았다. 반더는 집무실의 중심에 여전히 자신만만한 미소를 띤 채 서 있었고, 그의 거대한 체구와 존재감은 집무실을 압도하고 있었다. 카터 대통령은 이미 마음속으로는 반더의 요구를 경청하며, 동시에 이 모든 상황이 자신과 지구의 미래에 어떤 영향을 미칠지 고려해야 한다고 생각하고 있었다.

"좋아, 반더." 카터 대통령이 차분하게 입을 열었다. "아무리 생각을 해봐도 우리 지구가 당신들이나 술트리나스와 정면으로 맞설 방법은 없는 것 같군. 그리고 중국, 러시아와 손을 잡은 술트리나스가 지구적인 위협이 될 수 있다는 것에 대해 인정해. 하지만 그들이 중국과 러시아와 손잡고 지구를 장악하려는 것은 용납할 수 없는 일이야. 따라서 우리는 이 협력이 어떤 대가를 요구하는지 명확히 알고 싶어."

"솔직하게 말해서…." 반더는 가볍게 고개를 끄덕였다. "술트리나스는 단순히 지구를 이용하려는 것이 아니야. 그들의 진짜 목적은 우리를 견제하는 거지. 그들은 우리 보게스들이 우리의 우주에서 이 우주로 본격적으로 넘어오지 못하도록 지구인들을 도구로 사용하여 막으려고 해."

카터 대통령은 그의 말을 주의 깊게 들었다. 반더의 표정에는 조금의 주저함도 없었다.

"즉, 술트리나스는 시간을 벌고 싶어 하는 거지." 반더가 말을 이어갔다. "그들은 우리가 이 우주에서 안정적으로 자리를 잡고, 우리의 본진이 이곳으로 넘어오기 전에 우리 보게스들을 제거하고, 우주 자체의 연결을 끊어버리려고 해. 그리고 어차피 자신들이 우리를 뛰어넘는 것은 시간 문제일 것이라고 생각하고 있을 테니, 그러다가 아마 기회를 봐서 궁극적으로는 우리의 본진도 제거하려는 계획일 거야. 그들이 당신들을 통해 얻으려는 것은 단지 지구의 자원이나 영향력이 아니야. 당신들은 그들의 방패막이자 도구일 뿐이지."

"그렇다면." 카터 대통령은 숨을 깊이 들이마셨다. "당신은 우리에게 어떤 협력을 원하는 거지?"

"우리의 본진이 손쉽게 이곳으로 넘어올 수 있다면." 반더는 거침없이 대답했다. "술트리나스가 우리에게 실질적인 위협이 되기 전에 모든 일을 해결할 수 있을 거야. 하지만 안타깝게도 현재는 화성에서 위성을 통해서 모으는 태양 에너지를 통해 간신히 한 달에 한두 명 정도의 인원이 추가되고 있을 뿐이지. 그나마도 지금처럼 내가 이렇게 이동하기 위해서 에너지를 사용하면, 인원이 추가되는 시간은 더욱 느려져. 이 상황을 해결하기 위해서 여러분의 도움이 필요해. 우리는 이곳에서 기계형 보게스를 생산하려고 해. 당연히 우리와 같은 유기체 타입이 더욱 좋겠지만, 안타깝게도 현재 지구에는 유기체 타입의 휴머노이드를 생산할 수 있는 능력이 없어. 대신 당신들이 가지고 있는 주요 휴머노이드 생산기지를 활용하고, 그와 관련된 소프트웨어도 저희가 직접 조종해서 기계형 보게스를 대량으로 생산할 수 있기를 기대하고 있어."

"기계형 보게스를 생산한다고?" 카터 대통령은 살짝 눈썹을 치켜세웠다. "그리고 당신들이 소프트웨어까지 조종한다고 하면… 그것은 사실상 우리 휴머노이드들의 통제권을 전부 당신들에게 넘기는 것이 아닌가?"

"그렇게 보일 수도 있어." 반더는 미소를 지으며 부드럽게 말했다. "하지만 우리는 당신들과 협력관계를 원할 뿐이야. 이 과정에서 지구인들에게는 피해가 가지 않을 것이라고 약속해. 아는 것처럼 나는 지구인이었어. 이러한 협력은 지구인들에게 피해가 되기는커녕 오히려 지구 문명의 발전을 가속화할 기회가 될 거다."

당연히 카터 대통령은 속으로 반더를 신뢰하지 않았다. 너무나 솔직한 태도에는 호감을 느꼈지만, 그의 제안대로라면 이들이 마음만 먹으면 휴머노이드들을 조종하여 인간들과 대치하게 되는 시나리오도 가능해지는 것이었다. 그럼에도 불구하고 그녀는 이 상황에서 특별한 대안도 없다는 것을 알고 있었으며, 사실 그 어떤 방식으로 협상의 우위에 서려고 해도 압도적인 차이는 매울 수 없다는 것도 잘 알고 있었다. 인류의 미래를 위해 도박을 할 수밖에 없었다. 도박이 성공하면 좋겠지만, 도박이 실패한다면 어쩌면 인류의 종말을 가져온 지도자로 기록될지도 모른다. 이렇게 생각하면서 그녀는 피식 웃었다.

'실제로 멸망하게 된다면, 내가 이런 결정을 했다는 것을 알게 될 사람도 없을 텐데 무슨 걱정이람.'

"좋아." 카터 대통령이 마침내 결정했다. "당신의 제안을 받아들이는 방향으로 진행하겠어. 다만 당신들과의 협력이 우리에게 어떤 영향을 미칠지 좀 더 명확히 알게 되길 바라. 그리고 이 협력은 어디까지나 우리의 독립성을 유지하는 선에서 이루어져야 해. 그리고 과거에 지구인이자 미국인이었으니 잘 알겠지만, 정부가 원한다고 해서 회사들에 강압적일 수는 없어. 권고안을 제공하겠지만, 최종적인 결론은 각 회사가 자체적으로 판단할 거야."

"물론 잘 알고 있어." 반더는 만족한 듯 고개를 끄덕였다. "현명한 결정이야. 우리도 곧 준비를 시작할 수 있도록 하겠다."

"대통령 각하 그리고 반더, 한 가지 우려가 있습니다." 퀘일 장군이 나섰다. TSC 소속의 선발대가 중국과 러시아 군을 중심으로 화성으로 이동 중입니다. 앞으로 1~2주면 도착할 것입니다. 이미 중국과 러시아가 TSC를 탈퇴하겠다고 선언한 마당에, 이들이 우리에게 어떤 위협이 될 것인지에 대해 판단이 어렵습니다."

"장군, 걱정하지 마시오. 그들이 위협이 되지는 않을 테니. " 반더는 퀘일 장군을 바라보며 여유로운 미소를 지었다. "사실 그들이 화성에 도착한다면 오히려 더 흥미로운 상황이 벌어질지도 모르겠군."

"흥미롭다니, 무슨 뜻입니까?" 퀘일 장군의 표정이 어두워졌다.

"화성에 남아 있는 보게스들 중 일부를 TSC 본부로 이동시키겠어." 반더는 어깨를 으쓱하며 답했다. "그들이 충분히 방어를 맡을 것이니 걱정하지 마시오. 술트리나스가 TSC 선발대를 이용해 우리를 견제하려고 한다면, 오히려 그들의 의도를 드러내는 계기가 될 테니까."

퀘일 장군은 여전히 우려가 가시지 않았지만, 반더의 자신감 있는 태도에 더 이상 반박하지 못했다.

"좋아, 반더. 말한 것처럼 우선 당신의 계획에 협력하겠어." 카터 대통령은 테이블에 손을 얹으며 결론을 내렸다. "하지만 이 협력의 모든 과정은 투명하게 이루어져야 해. 그리고 우리에게 해가 될 가능성이 보인다면, 그 즉시 멈출 거야."

"물론이지." 반더는 고개를 끄덕이며 말했다. "협력이 원활히 이루어질 수 있도록 우리도 최선을 다하겠어. 그리고 가능한 한 빠르게 휴머노이드 생산시설에 접근할 수 있도록 준비해주길 바라."

카터 대통령은 속으로 깊은 한숨을 내쉬었다. 그녀는 이 상황이 얼마나 복잡하고 위험한지 알고 있었지만, 이 협력이 현재로서는 최선의 선택일 수밖에 없었다.

"좋아. 휴머노이드를 생산하는 대형 기업들의 CEO와 바로 의사를 타진해보겠어. 휴머노이드에게 소프트웨어를 공급하는 회사들과도 의사를 타진 후 알려주지. 그러면 우리가 받을 것은 무엇이지?" 대통령이 말했다.

"이미 한번 언급한 바가 있지만, 반물질 기술을 제공할 거야. 원래 우리가 건너온 우주에서라면 우리는 술트리나스보다 우월한 기술을 보유하고 있어. 하지만 이쪽의 우주에서는 술트리나스가 상대적으로 우월하다는 것을 인정하지 않을 수 없어. 그리고 지구의 현재 상황에서는 우리가 보유한 지식을 제공해도 그 기술을 활용할 준비가 되어 있지 않아. 현재 상황에서는 반물질을 활용할 수 있는 기술, 지식을 제공하는 것이 최선이야."

"그렇군." 카터 대통령은 대답하면서 한 가지 생각이 스쳐 지나갔다. "질문이 있어. 우리의 현재 수준 때문에 최선의 방책이 반물질로 제한되는 것인가?"

"무슨 말인지 알고 있어. 말했던 것처럼 현재 미국이 세 종류의 외계 종족과 협력관계에 있다는 것도 잘 알고 있지. 그것을 감안하고도 최선은 반물질이라고 말하는 거야."

반더의 말에 카터 대통령은 조금 실망하는 표정을 지었다.

"기대하는 바와 다르게 지금 함께하는 세 종족도 핵융합 에너지 통제가 가능하지만, 반물질을 어느 정도 다룰 수 있는 정도의 수준 정도밖에 되지 않아. 물론 이 정도도 엄청난 일이긴 하지만, 이 정도는 지구의 기술 수준보다 불과 50~60년 정도밖에 차이가 나지 않지. 다시 말하면 사실 지구의 기술 수준도 상당하다는 말이야." 반더가 말했다.

"그런가? 그 말은 우리도 곧 그들의 행성까지 여행이 가능한 수준이 된다는 말인가?" 대통령이 물었다.

"사실 그들 중 한 종족의 기술은 지금도 사용이 가능해. 킬타르가 그렇지. 그들의 경우엔 지구인들과 시각의 구조가 달라. 고도의 우주 관찰이 가능한 종족이지. 그들은 기술이 아니라 우주에서 자연적으로 발생한 시공간의 균열을 활용해서 여행해. 지구인들에게는 어려운 개념이지만, 그들에게는 극히 자연스러운 일이야. 그들과 같은 시각을 가질 수 있는 관측장비를 개발한다면, 시공간의 균열을 활용해서 그들처럼 항성간 여행이 가능해."

반더의 말로 미루어보면 그는 이미 미국과 협력하고 있는 외계 종족들의 능력과 한계까지 파악하고 있는 것이 분명했다. 도박이긴 했지만, 카터 대통령은 반더를 신뢰해도 괜찮다는 결론을 내렸다.

"좋아. 마지막으로 저희가 반물질 기술을 갖게 되면, 술트리나스를 등에 업은 중국, 러시아를 견제할 수 있는 수단이 될 수 있을까?"

"술트리나스는 현재 이 우주에서 최고로 발전한 문명이야. 그들의 수준에서는 지구의 핵무기 정도는 위협이 되지 않아. 실제로 그들이 있는 곳에서 핵미사일이 터진다면 말이 달라지겠지만, 그들이 양자 기술을 활용해서 양자장으로 방어한다면 핵미사일 자체가 무용지물이 되겠지. 하지만 반물질로 무기를 만든다면 다르다. 반물질 1그램 정도가 43메가톤 정도의 TNT에 해당하는데, 이 정도면 중대형 핵폭탄의 위력이야. 2차대전 당시 히로시마 핵폭탄 위력의 2,800배 정도 되겠지. 분명히 말하지만, 충분히 견제하고도 남아. 술트리나스도 반물질 기술의 위력을 잘 알고 있을 것으로 생각해."

"좋아." 카터 대통령이 반더에게 고개를 끄덕거리고, 이어서 장군을 향해 말했다. "퀘일 장군, 화성의 모든 상황에 대해 계속 주시하세요. 모든 상황입니다."

대통령이 '모든 상황'이라고 일부러 강조를 한 것에서 퀘일 장군은 중국, 러시아, 술트리나스뿐만 아니라 반더와 보게스들도 계속해서 주시하라는 뜻임을 바로 알아차렸다. 퀘일 장군은 단호하게 고개를 끄덕이며 말했다.

"알겠습니다, 대통령 각하. 가능한 한 모든 정보를 수집하고 보고드리 겠습니다."

카터 대통령은 반더와 간략하게 앞으로의 단계 등에 대해서 말을 조금 더 나누었고, 회의는 곧 마무리가 되었다. 반더는 등장했을 때처럼 그냥 공기처럼 눈앞에서 사라졌다. 이블린 카터 대통령은 집무실에서 깊은 생각에 잠겼다. 술트리나스, 반더, 보게스… 이들의 협력과 갈등 속에서 지구의 운명이 어떻게 변할지 누구도 알 수 없었다. 그녀는 지금 이 순간, 지구가 강제로 새로운 국면에 진입했음을 실감하고 있었다.

하지만 그녀는 결심했다. 이 협력은 지구의 독립성을 지키는 동시에 문명을 지키기 위한 마지막 기회일지도 모른다. 술트리나스와 반더 사이에서, 인류의 생존을 위해 그녀는 최선의 선택을 해야 했다고 스스로를 설득하였다.

11

중국 측에서 예고한 7일이 지났다. 전 세계는 약간의 흥분과 긴장감 속에서 중국이 예고한 발표를 기다리고 있었다. 카터 대통령도 백악관의 집무실에서 반더와 함께 발표를 보기 위해 대기하고 있었고, 화성의 TSC 본부에서도 퀘일 장군, 세희, 캘빈, 이와사키, 패트리시아 그리고 함께하고 있는 보게스가 영상을 함께 보기 위해 대기 중이었다. 발표내용을 보며 실시간으로 대응하기 위해서, 백악관과 화성 TSC 본부 그리고 뉴욕 TSC 본부의 이서준 총장실과는 실시간 홀로그램으로 연결이 되어 있는 상태였다.

예고된 시각, 틱톡의 공식 계정을 통해 생중계가 시작되었다. 이 발표는 기자회견이라고는 했지만, 실질적으로 기자들이 참석한 것은 아니었고 기자들은 영상을 본 후 서면으로 사후 질문을 제출해야 하는 방식으로 제한되었다.

영상이 시작되자, 화면에는 중국 특유의 장엄한 분위기를 자아내는 회의실이 비췄다. 중국 베이징 중심부의 한 장소로 보이는 이곳은 유리벽 너머로 도시의 전경이 펼쳐져 있었다. 중앙에는 리우 주석이 앉아 있었다. 그의 왼편에는 러시아의 세르게이 안토노프 대통령이, 오른편에는 외계 생명체인 술트리나스의 라이가 자리하고 있었다. 그리고 그 뒤편으로 이 모든 것을 뒤에서 지휘하고 있는 듯이 보이는 에이드리언이 앉아 있었다.

라이는 술트리나스의 전통 의복으로 보이는 흰색 바탕의 금색 휘장을 두른 모습이었다. 그의 초월적인 존재감은 단순히 인간의 시각적 기준을 넘어섰다. 그가 자리에 앉아 있는 것만으로도 묘한 압박감이 화면 너머로

까지 전해졌다.

"인간과 외형은 다를 것이 없는데, 묘한 위압감이 느껴지네." 카터 대통령은 자신도 모르게 혼잣말하다가 반더를 보며 살짝 코웃음을 쳤다. "이쪽이 더하면 더했지, 크게 다를 것은 없군."

반더는 카터 대통령의 말에는 아랑곳하지 않고, 홀로그램 영상을 뚫어지게 쳐다보았다.

리우 주석은 여유로운 미소를 지으며 천천히 자리에서 일어났다. 그는 카메라를 향해 고개를 살짝 숙여 전 세계를 향해 인사했다.

"전 세계의 지구인 여러분, 오늘 지구의 새로운 운명을 알리는 이 역사적인 자리에 서게 되어 영광입니다."

리우 주석의 목소리는 단호하고 자신감에 가득 차 있었다. 그는 준비된 원고를 꺼내 들고, 눈앞의 카메라를 정면으로 바라보며 차분히 읽어 내려갔다.

영상의 초반부는 중국과 러시아가 술트리나스와의 관계를 맺게 된 과정과 그 의의를 설명하는 데 할애되었다. 리우 주석은 술트리나스가 얼마나 위대한 문명을 이루었는지, 그리고 그들이 지구를 대표할 국가로 중국과 러시아를 선택한 이유를 강조했다.

"술트리나스 문명은 우리 지구의 상상을 초월하는 기술적 성과와 지혜를 가지고 있습니다. 그들은 우주를 누비며 새로운 문명을 이끌어나가는 존재들입니다. 그들이 우리 지구를 주목했고, 특히 중국과 러시아를 그들의 협력 파트너로 선택했다는 것은 우리 두 국가의 책임감과 지도력을 인정받은 결과입니다."

리우 주석은 말을 이어가며 러시아의 대통령과 라이 쪽을 바라보고 미소를 지었다. 안토노프 대통령과 라이도 엷은 미소를 띠며 고개를 끄덕여 화답했다. 이어 리우 주석은 목소리를 한층 높이며 계속해서 발표를 이어갔다.

"오늘 이 자리를 통해, 우리는 새로운 협력 체제를 공식적으로 선언합니다. 술트리나스의 기술과 지혜는 이제 중국과 러시아를 통해 지구 전체로 확산될 것입니다. 그러나 기존의 낡은 체제는 이 새로운 시대를 준비하기에 적합하지 않습니다. 따라서 중국과 러시아는 낡고 구식인 UN 및 TSC와의 관계를 공식적으로 종료하고, 새로운 국제 협력 기구를 설립할 것입니다."

이 선언은 전 세계를 술렁이기에 충분했다. 리우 주석의 선언은 200년 이상 이어온 세계 질서를 송두리째 바꾸겠다는 뜻이기 때문이었다. 리우 주석은 이어서 새로운 기구에 참여할 국가들에 제공될 혜택을 상세히 설명했다.

"이 기구에 가입하는 모든 국가는 술트리나스의 선진 기술에 접근할 수 있는 권한을 모두 평등하게 부여받을 것입니다. 우리는 낡고 구식인 지구의 과거를 뒤로하고, 인류의 미래를 위한 새로운 장을 열어야 합니다."

그의 말이 끝나자, 러시아의 대통령이 차분히 미소를 지으며 고개를 끄덕였다. 라이 역시 묵묵히 앉아서 그 존재만으로도 발표의 메시지를 더욱 강력하게 만들었다.

리우 주석은 곧이어 발표의 핵심 내용으로 들어갔다. 그 내용은 인류가 공동으로 번영해나갈 신공산주의를 지구상에 함께 건설하자는 내용이었다.

"존경하는 세계 시민 여러분, 저희는 앞으로 지구를 이끌어나갈 비전에 대해서 강조하고자 합니다.

오늘 저는 여러분 앞에 인류의 새로운 시대를 열기 위한 선언을 하려합니다. 이 역사적인 순간은 단지 중국과 러시아, 혹은 몇몇 국가만의 문제가 아니라, 인류 전체가 미래를 향한 선택을 해야 하는 순간입니다. 오늘 우리는 인류 전체를 위한 미래를 논의하고자 합니다. 이는 과거의 실패를 성찰하고, 우리가 나아갈 새로운 길을 모색하는 역사적인 순간입니다.

이미 말씀드렸던 것처럼 지난 수십 년을 빈부격차, 세계 곳곳의 크고 작은 전쟁 등으로 방황하던 지구의 인류에게 술트리나스 문명과의 만남이 무엇을 의미하는지 깊이 이해해야 합니다.

술트리나스는 우리보다 수천 년 앞선 기술과 사회 구조를 가진 문명입니다. 그들은 자신들의 능력을 활용하여 제한된 자원을 분배하는 것이 아니라, 무한한 자원을 효율적으로 활용하며 모든 구성원이 평등하고 번영하는 사회를 이루었습니다. 환경 파괴와 자원 고갈이 아닌, 조화로운 발전을 통해 문명의 지속 가능성을 유지해왔습니다. 더욱 중요한 것은, 술트리나스가 지구에 대해 우호적이며 협력적인 자세를 가지고 있다는 점입니다. 그들은 우리를 경쟁자가 아니라, 함께 발전할 수 있는 동반자로 보고 있고 기꺼이 그들의 과거 경험으로부터 우리에게 지혜를 나누어줄 준비가 되어 있습니다. 이들의 기술과 철학은 우리가 과거의 실패를 극복하고, 새로운 시대를 여는 데 있어 강력한 자산이 될 것입니다. 술트리나스는 단순히 더 발전된 문명이 아닙니다. 그들은 우리가 도달할 수 있는 이상적인 미래의 모습을 보여줍니다. 그 모습을 저는 감히 '신공산주의 사회'라고 표현하겠습니다.

술트리나스 문명을 설명하면서, 저는 자연스럽게 현재 우리 지구의 주된 체제, 즉 자본주의의 한계를 이야기하지 않을 수 없습니다. 자본주의는 분명 과거에 인류의 발전을 이끌었습니다. 시장 경제와 경쟁은 기술 발전과 경제 성장을 가져왔고, 인간의 삶을 물질적으로 풍요롭게 만들었습니다.

하지만 여러분이 자본주의 체제 속에서 진정으로 행복해졌습니까? 미국, 서구 유럽, 일본, 통일한국처럼 세계에서 가장 발전된 나라들을 떠올려 보십시오. 이 국가들은 높은 경제 성장과 물질적 풍요를 자랑합니다. 그러나 그곳에 사는 사람들은 정말 행복할까요? 그들은 세계에서 가장 발전한 사회라 자부하지만, 정작 노년은 외롭고, 아이들의 울음소리는 점점 사라지며, 끊임없는 비교 속에 자존감은 무너져갑니다. 이것이 과연 진정한 행복이라고 할 수 있을까요? 계속되는 비교와 박탈감 속에 높아지는 자살률, 이 모든 현상이 과연 행복을 말해주는 걸까요? 저는 그렇지 않다고 단언합니다. 그렇다면 자본주의 사회는 왜 이런 극단적인 사회가 되었을까요?

첫째, 끊임없는 경쟁을 꼽을 수 있습니다. 자본주의는 무한한 성장과 경쟁을 요구합니다. 이는 많은 이들을 끝없는 스트레스와 불안 속에 몰아넣었습니다. 두 번째는 불평등입니다. 부의 집중은 극소수에게만 혜택을 주고, 대다수는 생존의 부담을 지고 살아갑니다. 세 번째는 환경 파괴입니다. 자본주의는 지속적인 소비와 자원 채굴을 요구하며, 지구를 점점 더 파괴하고 있습니다. 마지막으로 삶의 의미 상실입니다. 많은 이들이 단순히 생계를 위해 일하며, 자신의 삶에서 의미와 목적을 잃어가고 있습니다. 자본주의는 확실히 우리를 어느 정도의 발전으로 이끌었습니다. 하지만 그것은 근본적으로 불완전한 시스템입니다. 무한한 경쟁은 영원히 지속될 수 없으며, 이 체제는 스스로의 한계를 드러내고 있습니다.

사실 이 체제가 한계를 드러내는 이유는 모든 개개인이 마주한 고통을 해결하는 데 실패하고 있다는 것입니다.

솔직하게 말하겠습니다. 저는 종교를 믿지 않습니다. 하지만 수천 년 전에 인생은 고통이라고 한 고타마 싯다르타의 말은 믿습니다. 모두가 인정하시리라고 생각합니다. 고통은 과거에 대한 후회와 미래에 대한 불안감에서 옵니다. 궁극의 고통은 죽음을 생각할 때 오는 것이라고 생각합니다. 우리는 이미 지나간 과거는 바꿀 수 없습니다. 그것에 대해서는 저는 그 어떤 것도 할 수 있으리라고 생각하지 않습니다. 하지만 미래를 불안하게 생각하지 않고 다만 현재를 충만하게 보낼 수 있다면 어떠시겠습니까? 불안한 미래가 여러분의 자아로부터 제거되는 것만으로도 궁극의 행복감을 느낄 수 있지 않겠습니까?

바로 이 부분에서 자본주의의 실패 요인이 있다고 생각합니다. 자본주의에서 불안한 미래로부터 탈출하는 유일한 길은, 계속해서 불안한 미래에 시달리면 끊임없는 성장을 하다가 어느 순간 자신이 가진 자본의 총량이 미래의 불안을 압도하는 시점이 되는 것을 기다리는 것입니다. 아시는 것처럼 일부는 이것에 성공을 합니다. 하지만 자본주의 세계의 모두가 성공할 수 있던가요? 서로서로 끊임없이 성장하기 위해서 끝없는 경쟁에 노출되며, 그로 인해 나아가서는 인간성까지도 말살될 위험이 있는 것입니다. 아니 인간성의 말살을 넘어 우리의 터전인 지구를 위협하는 수준에까지 이르렀습니다.

그래서, 저는 전 지구인이 공동으로 번영하며 새로이 무한한 우주로 우리의 시각을 넓혀 함께 발전해나가는 신공산주의를 지구의 주요 이념으로

채택할 것을 제안합니다. 이 시점에서 많은 분이 질문할 것입니다. '공산주의는 실패하지 않았는가?'

그 질문에 저는 솔직히 답하겠습니다. 네, 과거의 공산주의는 실패했습니다.

그러나 저는 그 실패가 공산주의 이념 자체의 잘못은 아니라고 믿습니다. 공산주의는 사회 발전 단계의 최종적 이상이며, 진정한 인류의 행복을 가져올 체제입니다. 문제는 공산주의가 실현되기에는 당시의 조건이 준비되지 않았다는 점에 있었습니다.

과거의 공산주의는 자본주의가 충분히 발전하지 못한 상태에서, 그리고 자원이 제한적인 상황에서 시행되었습니다. 부족한 자원 속에서 공정한 분배를 이루는 것은 본질적으로 불가능한 일이었습니다. 분배는 결국 정치적 갈등과 억압으로 귀결될 수밖에 없었고, 이는 공산주의 실험의 실패로 이어졌습니다.

하지만 지금은 다릅니다. 우리는 이제 새로운 조건을 갖추고 있습니다. 오늘날, 우리는 우주 개발과 기술 혁신 덕분에 전혀 다른 시대에 살고 있습니다. 우리는 지금 인류의 운명을 바꿀 수 있는 세 가지 전환점 앞에 서 있습니다.

첫 번째로 우주 개발입니다. 인류는 이제 지구를 넘어선 자원 확보의 가능성을 열었습니다. 우주는 무한한 자원의 보고입니다. 두 번째는 AI와 휴머노이드를 들 수 있습니다. 대부분의 노동은 이제 AI와 휴머노이드에 의해 대체될 수 있습니다. 인간은 더 이상 생존을 위해 끊임없이 일할 필요가 없습니다. 마지막으로 자원의 충분한 생산입니다. 오늘날의 기술은 과거와 비교할 수 없을 정도로 풍요로운 자원 생산을 가능하게 합니다. 이제 우리는 자원이 부족하지 않은 시대에 살고 있습니다. 이런 조건 아래에서는 자원을 공정하게 분배할 수 있습니다. 자원이 넘치는 환경에서는 경쟁이 아닌 협력이, 갈등이 아닌 평등이 가능해집니다. 인류가 시작된 이래 처음으로 진정하게 전 세계의 모든 인류가 의식주의 부족에서 해방이 되었습니다. 직접 노동을 하지 않더라도, 이제는 굶어서 죽을 일이 없습니다. 인류는 다음 단계로 나아가야 합니다.

과거의 공산주의가 육체노동을 통해서 자원을 생산하고 그 자원을 공평하게 배분하는 것을 꿈꾸었고, 그로 인해 인간의 이기심 혹은 자아 등을 충족시키지 못하여서 실패하였다면 이제는 과거의 공산주의가 달성하려고 했던 것이 아이러니하게도 자본주의를 통해서 이미 달성이 되었습니다. 신공산주의에서는 인류의 번영이라는 우리 인류의 공통적인 비전하에 모든 인류가 각자 자신의 정신적 자아를 충족하며 행복을 추구해나가는 이상적인 사회가 될 수 있음을 제시하고자 합니다.

술트리나스 문명은 이러한 이상이 현실이 될 수 있음을 보여줍니다. 그들은 이미 자원을 충분히 확보하고, 모든 구성원이 평등하게 번영하는 사회를 이룩했습니다. 술트리나스의 사회는 진정한 공산주의 체제를 구현한 사례입니다. 그들은 무한 경쟁 대신 협력으로, 소수의 이익이 아닌 모두의 번영을 추구하며 인류가 꿈꾸는 이상적인 삶을 실현했습니다.

그들은 우리에게 길을 보여줍니다. 이제 인류는 술트리나스의 협력과 지혜를 통해 새로운 길로 나아갈 수 있습니다.

세계 시민 여러분, 오늘 저는 새로운 세계 질서를 선언합니다. 다시 한번 말씀드리지만 그것은 바로 신공산주의입니다. 신공산주의는 자본주의와 사회주의를 넘어, 자원과 기술, 인간성을 완벽히 조화시키는 체제입니다. 신공산주의는 모든 자원을 공동으로 소유하고 분배하며, 인간이 창의적이고 의미 있는 삶을 살 수 있도록 하는 체제입니다. 경쟁이 아닌 협력을, 착취가 아닌 평등을, 갈등이 아닌 조화를 추구하는 체제입니다.

이제 여러분께 선택을 요청합니다.

여러분은 과거의 실패를 반복하며 자본주의의 한계 속에서 머물겠습니까? 아니면 새로운 질서를 통해 인류가 함께 번영하는 미래로 나아가겠습니까? 저는 여러분이 술트리나스와 함께 새로운 시대를 열기를 희망합니다.

함께 우리는 이 지구를 낙원으로 재건할 수 있습니다. 우리는 개개인이 모두 자신만의 행복을 추구할 수 있고, 가장 중요한 인류의 번영이라는 조건이 충족되는 한은 영원히 행복하게 번성할 기회를 맞이했다고 생각합니다. 신공산주의의 시대가 시작됩니다. 인류가 다음 단계로 진화합니다."

리우 주석의 7일 예고는 극적으로 막을 내렸다. 틱톡을 통해 생중계된 영상은 전 세계 모든 이들의 시선을 사로잡았다.

영상의 마지막 장면에서 리우 주석은 마치 배우처럼 정면의 카메라를 강렬하게 응시했다. 그의 강렬한 눈빛은 마치 모든 것을 장악하려는 듯했고, 그의 음성은 화면을 가득 채웠다.

"지구의 새로운 시대가 시작됩니다. 우리는 술트리나스와 함께 인류의 미래를 설계해나갈 것입니다. 여러분 모두가 이 위대한 여정에 동참하기를 기대합니다."

리우 주석은 양팔을 크게 벌리며 말을 마쳤고, 동시에 화면이 분할되었다. 상단에는 그의 카리스마 넘치는 모습이, 하단에는 우주에서 지구를 내려다보는 광경이 자리했다. 그 순간, 화면 하단에 번쩍이는 빛과 함께 거대한 우주 함선들이 나타났다.

술트리나스의 전함들이었다.

함선들은 하나둘씩 워프 드라이브를 통해 공간을 뚫고 나타났고, 그 거대한 모습은 모든 이를 압도했다. 각 함선은 마치 떠다니는 도시처럼 보였으며, 함대 전체가 어우러진 장면은 그 자체로 공포와 경외감을 불러일으켰다.

리우 주석의 모습이 서서히 화면에서 사라지며 영상은 검은 화면으로 전환되었다. 그리고 곧 "D-0: 새로운 시작"이라는 문구가 떠올랐다. 그 아래로 외계 함선들이 보이는 화면은 전 세계 사람들에게 그들의 메시지를 강렬하게 새겨 넣었다.

리우 주석은 발표를 마치며 만족한 듯 연단에서 내려왔다. 그리고 연단 아래에서 그를 맞이하던 에이드리언에게 이야기했다.

"준비를 잘했군. 당신이 없었으면 이런 형태가 아니고 아마 CCTV를 통해서 방송했겠지. 우리 관료들은 원래 상상력이 풍부한 편이 아니어서 말이야. 그랬다면 별다른 세계적인 반향이 크지 않았을 수도 있겠군. 그리고 마지막의 술트리나스 전함들의 등장도 기발한 아이디어야. 위압감을 주는군. 앞으로도 더 힘써주게."

"과찬이십니다." 에이드리언은 주석에게 고개를 숙이며 이야기했다. "이제 시작일 뿐입니다. 일단 서방세계를 확실히 분열시키는 방향으로 나아가야 합니다."

리우 주석은 고개를 끄덕이며 에이드리언의 어깨를 툭툭 치고 퇴장했다. 에이드리언은 그의 뒷모습을 보며 입꼬리를 살짝 들어 올렸다.

'이제 시작일 뿐이다. 이 세계는 질서가 아니라 혼란에서 태어날 것이다. 그리고 그 혼란 속에서 나는 내가 원하는 모든 것을 가질 것이다.'

12

화성 기지의 회의실에서 카터 대통령, 이서준 총장, 퀘일 장군, 그리고 세희는 홀로그램 화면을 통해 이 모든 장면을 지켜보았다. 세희조차 온몸에 솜털이 곤두설 정도로 짜릿하게 준비가 잘된 발표였다. 발표가 끝난 뒤, 회의실은 무거운 침묵에 휩싸였다. 리우 주석의 발표가 극적이고 준비가 잘되었다는 것은, 곧 그들에게는 위기라는 이야기였기 때문이다.

갑작스러운 정적을 깬 것은 반더의 박수 소리였다.

"준비를 참 많이 했군. 정말 잘 짜인 연극이야."

모두 반더를 바라보았다. 그의 태도는 마치 방금 본 압도적인 장면이 별것 아니라는 듯 여유로웠다. 반더의 말은 묘하게 사람들에게 안정을 주었다.

"특히 마지막 장면은 정말 대단해. 저런 구식의 대형 함선을 동원해 워프 드라이브로 등장시키는 연출까지 하다니. 저들의 스케일로 지구인들을 압도하려는 의도가 명백하군."

"구식이라고?" 카터 대통령은 반더를 흘깃 보며 물었다. "저 함선들이 정말로 낡았다는 뜻인가?"

"그렇다." 반더는 입가에 웃음을 띠며 고개를 끄덕였다. "술트리나스의 최신 기술은 어느 정도는 공간을 압축하고 확장할 수 있어. 그래서 굳이 저렇게 큰 전함을 만들 필요가 없지. 사실 저들은 작고 효율적인 전함을 선호한다. 다만, 지구인들에게 강한 인상을 주기 위해 일부러 저 구식 전함을 끌고 온 것이겠지. 저 전함은 단순히 커다란 위협을 상징하는 소품일 뿐이다."

"그래도." 캘빈이 화성에서 홀로그램으로 말을 던졌다. "저 함선들은 우

193

리 눈엔 정말 대단해 보입니다."

"물론 그렇게 보일 수밖에 없지." 반더는 껄껄 웃으며 대꾸했다. "술트리나스의 입장에서 보면, 그 함선들은 이미 오래된 기술이다. 하지만 이 연극에 동원되었다는 점에서 저들도 딱히 즐겁지는 않을 거야. 저 함선들로 자존심을 조금 굽혔을지도 모르지."

"당신에게 저게 별일이 아닐지 몰라도." 이서준 총장이 낮은 목소리로 반더에게 말했다. "영상을 본 모든 지구인은 우리와 같은 압도감을 느꼈을 겁니다. 아마도 지금쯤 세계 각국은 계산기를 두드리며 어떻게 해야 유리할지 전략을 세우고 있을 겁니다."

이서준 총장의 우려는 단순한 걱정이 아니었다. 리우 주석의 발표와 술트리나스 함대의 등장으로 인해 지구는 정치적으로도, 군사적으로도 거대한 혼란의 소용돌이에 휘말릴 것이었다.

하지만 반더는 대수롭지 않다는 태도를 유지했다.

"안타깝지만, 지구의 정치적 상황에 대해 내가 아는 바는 없어. 여러분이 전문가들이니 잘 해결하겠지." 그는 잠시 뜸을 들인 뒤 말을 이었다. "내 계산으로는 지금의 복잡한 산업과 정치적 관계로 인해 겉으로 보이는 혼란스러움과는 달리 실제로 일이 진행되는 속도는 그렇게 빠르지 않을 거다. 그리고 최악의 경우, 미국 한 국가만 남더라도 반물질과 휴머노이드 로봇의 기술을 통해 술트리나스와 균형을 유지할 수 있을 테고."

반더는 지구의 정치적인 상황들에 대해서 개입하고 싶은 의사가 없는 것이 분명했다.

회의실은 반더와 이서준 총장과의 대화로 인해 무겁게 가라앉은 분위기였다. 반더의 여유로운 태도는 압도적인 술트리나스 함선의 등장 이후 느껴졌던 긴장을 약간 완화시켰지만, 여전히 방 안에는 근심과 불안이 가득했다.

그때, 조용히 대화를 지켜보던 세희가 입을 열었다.

"제가 말씀드려도 되는 자리인 줄 잘 모르겠지만…"

회의실의 시선이 세희에게로 쏠렸다. 카터 대통령은 잠시 그녀를 응시하다 고개를 끄덕였다.

"계속 말해봐요, 권 선장."

"지금 리우 주석이 주장하는 바를 잘 들어보면, 그 핵심은 사실 간단합니다." 세희는 잠시 숨을 고르고 말을 이어갔다. "공산주의라는 오래된 이념을 새롭게 포장해서 지구인들에게 새로운 낙원을 약속하는 것입니다. 그리고 동시에, 우리가 상상조차 할 수 없는 수준의 외계 기술로 압도감을 주어 이성적인 판단을 하지 못하게 하고 있습니다. 사실 들으면서 저조차도 새로운 시대가 오는 것 같은 흥분감이 오는 것을 경험했습니다. 아마 많은 대중이 그러할 것이라고 생각합니다."

세희의 목소리는 단호하면서도 차분했다. 모두가 귀를 기울이는 가운데, 그녀는 홀로그램 화면을 통해 카터 대통령과 반더를 차례로 바라보았다.

"하지만 저는 리우 주석이 정작 중요한 사실은 언급하지 않았다고 생각합니다. 인류의 모든 역사가 증명하듯, 항상 이상향과 평등한 사회를 이야기하는 곳에서 가장 불평등한 사회들이 만들어졌다는 것입니다."

"권 선장의 말에 동의합니다." 카터 대통령이 말했다. "아마 실제로 리우 주석은 자신이 말하는 이상적인 사회를 건설하고 싶을지도 모릅니다. 하지만 이렇게 인류의 번영을 약속하지만 대체 인류의 번영이라는 것이 무엇인가요? 누군가는 그 인류의 번영에 대해 정의해야 합니다. 이 경우에는 아마도 중국과 러시아의 정부이겠지요. 저들이 가진 인류의 번영이라는 대전제와 우리가 가진 기본적인 전제가 다를 수도 있습니다. 이런저런 이상적인 말들로 포장이 되어 있지만, 결국은 평등을 위해서 개인의 자유를 제약하는 사회를 건설한다는 말로 들리는군요. 결국은 중앙집권적인 개인의 자유를 제약하는 그런 사회로 이행이 될 것이라고 생각합니다."

그러면서 카터 대통령은 홀로그램 틱톡을 통해 끊임없이 올라오는 전세계인들의 반응을 실시간으로 보고 있었다. 대통령이 말을 이었다.

"보시다시피 문제는 리우 주석이 준비가 잘된 한 편의 연극을 너무도 완벽하게 수행했다는 것입니다. 저마저도 순간적으로 그런 이상향의 사회가 있으면 좋겠다고 생각했으니 당연하다고 생각합니다. 이미 리우 주석의 연극에 대한 팔로우 숫자가 기하급수적으로 늘고 있습니다. 전 세계적으로 걷잡을 수 없이 내용이 퍼져가기 전에, 우리도 무엇인가 대응해야 합니다. 빠르게 대응하지 못하면, 전 세계 대중들의 힘이 리우 주석과 러시아가 원하는 사회로 그대로 끌려들어 갈 수도 있습니다."

하지만 어떤 방법으로 대응을 할 수 있을 것인가에 대해서는 모두 특별하게 떠오르는 아이디어는 없는 듯했다. 별말 없이 서로를 보며 고민하는 듯했고, 오직 반더만이 그런 모습을 재미있다는 듯 미소를 지으며 보고 있었다. 어느 정도 시간이 흘렀을까? 세희가 다시 정적을 깨며 말을 했다.

"괜찮다면 제가 한 말씀 드리겠습니다."

퀘일 장군은 고개를 끄덕이며 말을 하라고 지시했다.

"상대방은 이상향을 건설하겠다는 이상적인 이념을 가지고 나왔습니다. 그리고 그 이념을 뒷받침하기 위해서 외계인의 기술을 끌고 들어왔습니다. 그렇다면 우리의 대응 역시 간단하다고 생각합니다. 이념에 대해서는 이념으로 대응하고, 기술에 대해서는 기술로 대응하면 됩니다. 이념에 관해서는 우리가 충분히 대응할 수 있는 역량이 있다고 생각합니다. 하지만 기술적인 부분에서는 우리도 도움을 요청해야 하지 않을까요?"

세희는 마지막 말을 하며, 홀로그램 화면을 통해 반더를 똑바로 바라보았다. 반더는 고개를 살짝 갸웃하며 흥미롭다는 듯 미소를 지었다. 카터 대통령은 세희의 말에 맞장구를 쳤다.

"그 말이 맞네요. 생각보다 어려운 문제가 아니었어요." 카터 대통령은 잠시 생각에 잠긴 듯하더니, 미소를 지으며 반더를 바라보았다. "저 구식 함선을 보여주는 것만큼 효과적인 무언가가 있나?"

"무슨 뜻이지?" 반더는 대통령의 질문에 이해가 잘 안되는 듯 물었다.

"권 선장의 말이 맞습니다. 이념에 대해서는 우리가 충분히 대응할 수 있습니다." 카터 대통령은 세희에게 고개를 끄덕이고는 반더에게 말했다. "하지만 전 세계의 지구인들이 기술에 압도당해 이성적인 판단을 하지 못할 가능성이 커. 그들은 술트리나스의 기술을 보고 마치 마법 같은 존재에 현혹되고 있어. 우리는 그 마법을 풀어줄 장치가 필요해. 반더, 당신이 그

걸 도울 수 있나?"

반더는 고개를 숙인 채 잠시 생각에 잠겼다. 마치 무언가 계산을 하는 듯했다. 그러다가 곧 차분한 태도로 회의실을 둘러보며 입을 열었다.

"지금 저들이 보여준 건 단순히 구식 대형 전함이야. 의도적으로 자신들의 크기와 규모를 과시하며 등장한 거지. 인간의 심리 중 하나는 자신보다 훨씬 거대한 것을 보면 본능적으로 압도당한다는 거다. 술트리나스는 이 심리를 정확히 알고 이를 이용한 거지."

모두가 그의 말을 경청했다. 반더는 잠시 말을 멈추고 시선을 한곳에 모으며 덧붙였다.

"현재 상황에서 우리가 쓸 수 있는 방식은 두 가지야. 첫 번째는 충격을 받은 심리를 그것보다 더 큰 충격으로 덮어버리는 방법이지."

그는 말을 멈추고 모두의 반응을 살폈다. 카터 대통령이 날카로운 눈빛으로 물었다.

"두 번째는 뭐지?"

반더는 손을 깍지 낀 채 조금 심각한 표정을 지었다.

"두 번째는 그냥 연기하는 거야. 마치 우리가 엄청난 무언가를 가지고 있는 것처럼 보이게 말이지."

반더의 답변에 회의실의 분위기는 순간 무거워졌다. 모두가 그의 입에서 더 혁신적이고 강력한 전략이 나오기를 기대했기 때문이다. 허탈감이 맴도는 가운데, 반더는 입꼬리를 올리며 말을 이었다.

"실망할 필요는 없어. 지금의 블러핑은 단순히 지구인들을 대상으로 하는 것이 아니니까."

"그럼 누구를 대상으로 하는 건가요?" 세희가 고개를 갸웃하며 물었다.

"당연히 술트리나스지." 반더는 가벼운 미소를 띠며 답했다. "그들조차도 우리의 블러핑에 긴장하도록 만들어야 해. 술트리나스는 이미 우리를 경계하고 있어. 그 이유는 간단해. 내가 전에 말했듯이, 지금 이 우주에서 우리는 숫자도 적고, 기술적 제약도 많아. 현재 우리는 본래 능력의 절반도 사용하지 못하는 상황이야."

그의 말은 모두에게 무거운 현실감을 안겨주었다. 술트리나스의 압도적인 위력과 대조적으로, 반더와 보게스는 사실상 제한된 자원과 기술로 싸워야 했다.

"그렇다면, 술트리나스가 당신들을 경계한다는 게 확실한가요?" 이서준 총장은 신중한 어조로 물었다.

"확실해." 반더가 고개를 끄덕이며 단호하게 대답했다. "그들이 이렇게 대규모 함선을 끌고 온 이유 중 하나는 우리를 견제하기 위함이지. 술트리나스는 우리가 이 우주에서 세력을 키우는 것을 가장 두려워해."

반더는 잠시 침묵한 후, 표정을 조금 더 진지하게 바꾸며 덧붙였다.

"하지만 그들이 진정으로 두려워하는 존재는 우리가 아니야. 바로 살보리스지."

그 말에 회의실이 잠시 조용해졌다.

"살보리스는 단순한 정복자가 아니야. 존재 자체가 경험을 갈구하는 우주적인 존재지. 그러나 열등한 문명들은 그 경험이 어떤 의미인지조차 이해하지 못하기 때문에, 결국 파괴로 귀결될 수밖에 없었어. 술트리나스가 그 대표적인 예지. 그들은 살보리스를 막으려 했고, 결국 그 과정에서 멸망했어." 반더는 여유롭게 어깨를 으쓱하며 말을 이었다. "그런데도 그들은 아직도 같은 실수를 반복하고 있어. 이번에는 당신들을 활용하려고 하지. 지구 문명이 어느 정도 성장했고, 어느 쪽으로든 어느 정도는 중요한 변수로 작용할 수 있다고 판단했을 테니까."

이서준 총장은 반더의 말을 듣고 복잡한 감정을 느꼈다.

'그럼 우리 인류는 당신들을 어떻게 받아들여야 하지?'

그런 질문이 머릿속을 스쳐 지나갔지만, 그는 그 생각을 입 밖으로 내지 않았다. 지금 이 자리에서 그 말을 꺼내는 순간, 인류가 처한 현실과 협력의 가능성에 대한 불확실성만 커질 것이었기 때문이었다.

"그렇다면." 퀘일 장군이 낮은 목소리로 물었다. "블러핑이 성공한다고 해도 지구 전체가 술트리나스와 중국, 러시아 쪽으로 기울어버릴 위험은 없는 거요?"

"장군, 지금 당신은 지구를 하나의 독립적인 세력으로 보고 있군." 반더는 가볍게 웃으며 손을 들어 퀘일 장군의 질문을 막았다. "그것은 지구의 것이 아닌 외계 존재들과 지구를 대비시키기 때문이지. 하지만 현실은 그렇지 않아. 술트리나스는 이미 중국과 러시아를 활용해 기존에 작동하던 지구 내부의 정치적인 균형을 흔들고 있어. 지구 전체라는 개념은 외계 존재가 가져온 환상이야. 지금 지구는 그 어느 때보다 각국이 자신들의 이익을 위해 움직이고 있어.."

반더는 잠시 그들을 둘러보며 말을 이었다.

"술트리나스는 당신들을 필요로 하지. 하지만 정확히 어떻게 필요로 하는지는 아직 명확하지 않아. 내가 알기로, 그들은 단순한 군사적 지원 이상의 것을 기대하고 있어. 그렇다면 당신들은 질문해야 해. '왜 우리가 필요한가?' '그들이 얻으려는 것은 무엇인가?' 그리고 '우리는 어떻게 우리의 미래를 지킬 것인가?'"

"모호한 말씀이군요." 세희는 반더의 말에 눈을 좁혔다. "당신이 우리가 술트리나스가 아닌 당신과 협력하길 바란다면 좀 더 명확하게 말씀해주실 수는 없는 겁니까?"

"아니. 나는 단순한 선택을 강요하지 않아." 반더는 미소를 지으며 고개를 저었다. "다만 당신들이 해야 할 질문들을 던져줄 뿐이지. 아마도 당신들이 가장 원하는 건 확실성일 테니까. 확실성은 내게서 나오지 않아. 여러분에게서 나오는 거지."

"흥, 어렵게 돌려서 말하지만 결국 우리가 지금 선택을 내려야 할 순간이란 거군." 퀘일 장군이 팔짱을 끼고 깊이 생각에 잠겼다.

"선택은 항상 여러분의 몫이지." 반더는 의미심장하게 미소를 지었다. "당신들이 스스로 선택을 내리지 않으면, 누군가가 당신들을 대신해서 선택해주겠지. 그러나 그 선택이 여러분들에게 도움이 되는 선택인지는 아무도 몰라."

이어서 반더는 조금은 속마음을 이야기했다.

"전 세계인들이 우리 블러핑에 어떻게 반응할지는 솔직히 예측하기 어려워. 술트리나스와 연합한 중국과 러시아 쪽으로 지구의 많은 국가들이 기울어질 가능성은 분명히 있지. 하지만 술트리나스만 우리를 경계하며 섣부르게 움직이지 못하게 만드는 데 성공한다면, 시간을 벌 수 있어. 시간만 충분히 확보된다면, 우리는 로봇형 보게스들을 더 많이 생산하거나 아니면 이미 생산된 휴머노이드들을 다른 방향으로 활용해서, 술트리나스와 균형을 맞출 수 있는 수준까지 맞춰볼 수는 있어. 현재로서는 그것이 최선이야."

회의실 안은 잠시 조용해졌다. 모두가 반더의 말을 곱씹으며 고민에 잠겼다. 그의 제안은 단순했지만, 그만큼 강대한 상대방에게 대응하기에 충분한지 의구심을 자아내기에 충분했다. 하지만 실현 가능성을 떠나 현실적으로는 선택지가 많지 않았다.

"결국 당신이 원하는 대로 상황이 흘러가고 있다는 생각이 드네." 카터 대통령이 무거운 목소리로 말을 꺼냈다. "하지만 솔직히 말하자면, 우리로서는 별다른 선택지가 없군."

"술트리나스와 중국, 러시아가 결합한 상황에서 다른 대안이 없는 것도 사실입니다." 이서준 총장이 고개를 끄덕이며 덧붙였다. "다만 이 블러핑이라는 방식이 얼마나 효과가 있을지…."

"블러핑은 전략의 일부일 뿐이야." 반더는 여유롭게 미소를 지으며 손을 펼쳤다. "중요한 것은 이 시간을 활용해 우리가 어떻게 움직이느냐지. 이미 협의한 것처럼 휴머노이드 로봇 생산기지와 관련 소프트웨어에 대한 접근 권한이 필요해. 아니면 최소한 소프트웨어에 대한 접근권이 있으면 돼. 그것만 허용된다면, 상황을 빠르게 바꿀 수 있는 기반을 마련할 수 있을 거야."

카터 대통령은 손가락으로 책상을 톡톡 두드리며 깊은 고민에 빠졌다. 그녀의 마음속에는 반더를 완전히 신뢰할 수 없다는 불안감이 여전히 남아 있었다. 하지만 술트리나스와 대항할 현실적인 방법도 없었다.

"좋아. 우리가 당신에게 필요한 자원을 제공하는 것을 검토하겠어. 다만 이 상황이 어떻게 흘러갈지 면밀히 지켜봐야 할 거야."

"현명한 선택이야." 반더는 고개를 숙이며 감사의 표시를 했다. "시간이 지나면, 여러분은 오늘의 결정이 얼마나 중요한 역할을 했는지 알게 되겠지."

회의는 그렇게 일단락되었지만, 모두의 마음속에는 여전히 불안과 긴장이 가득했다. 불안한 와중에 카터 대통령은 리우 주석의 기자회견에 대한 대응으로 역시 기자회견을 진행하기로 했다. 중국이 전 세계의 이목을 이 사태에 집중하게 한 상황이어서, 카터 대통령의 기자회견 예고도 어렵지 않게 전 세계인의 주목을 받을 수 있었다.

카터 대통령의 기자회견도 온라인을 통해 앞으로 7일 후라고 예고를 하였다. 특별한 이유가 있어서라기보다는 어떤 내용과 어떤 형태를 통해서 쇼를 해야 할지 결정할 시간을 벌기 위해서였다. 현재 AERO에서 협력하고 있는 외계인들을 함께 등장시켜서 술트리나스의 압도적인 존재감을 해소해보자는 의견도 있었다. 하지만 그렇게 되면 지난 수십 년간 미국이 다른 국가들은 전혀 모르게 이미 외계 생명체들과 협력해온 것을 공개하는 꼴이어서 해당 의견은 철회하기도 하는 등 다양한 의견들이 오갔다.

카터 대통령은 언제나 위기 상황에서 그랬듯 정공법을 택하기로 했다.

"외계인들과의 대립에서조차 공산주의자들에 대항해야 한다는 이 상황이 믿기지는 않는군요. 그렇지만 리우 주석이 공산주의에 대한 이념을 전파하려 하시니, 나는 기꺼이 자유의 투사가 되겠어요."

그녀의 강력한 의지와는 다르게 술트리나스의 강력한 존재감은 계속해서 두통거리로 남았다. 카터 대통령과 반더는 논의를 통해 반더를 보게스 종족으로 소개하는 쪽으로 결론을 내렸고, 지구 위에 대형 전함들이 워프하는 장관은 연출하지 못하더라도 반더가 직접 화성과 백악관 집무실 사이를 공간을 열고 이동하는 장면을 보여주는 것으로 했다.

"이 우주에서는 에너지 효율이 너무 낮아." 반더는 고개를 젓더니 약간 불만스러운 표정을 지었다. "내가 그 기술을 사용하는 데 필요한 태양 에너지는 제한적이야. 화성에서 간신히 모으고 있는 에너지를 이런 연출에 써야 한다는 게 썩 내키진 않네."

"필요한 에너지가 무엇이든 상관없어." 카터 대통령은 그의 불만을 무시하며 강하게 밀어붙였다. "이건 우리가 술트리나스의 영향력에 대응할 중요한 기회라고. 대중들에게 그들의 압도감에 맞설 수 있는 이미지를 심어줘야 해."

위기 상황을 오히려 기회라고 표현하는 카터 대통령의 말에, 반더는 잠시 고민하더니 마침내 고개를 끄덕였다.

"좋아. 기계형 보게스의 생산 계획이 순조롭게 진행되기 위해서라도 이번엔 내 의견을 접을게. 공간을 열고 이동하는 연출을 준비하지. 그렇지만 비록 우리의 공간 이동이 워프보다 우월한 기술이라는 것을 고려하더라도, 아무래도 전함의 워프보다는 인상적이지는 않을 거야."

"그건 어쩔 수 없지. 지금 할 수 있는 최선을 다하고, 그다음엔 하늘에 맡겨야지." 카터 대통령이 말했다.

"새로운 것을 많이 배우고 느끼게 되네. 내가 완벽하게 인간이었던 시절에 이런 감정들을 느끼곤 했었지." 반더는 과거를 회상하는 듯한 표정으로 허공을 잠시 응시하며 말을 이었다. "그럼 진행하지."

결단이 내려지자, 카터 대통령은 단호한 표정으로 백악관의 참모진들에게 지시했고 참모진은 망설임 없이 실행에 나섰다. 술트리나스와 리우 주석의 압도적인 움직임에 대응하기 위해서는 신속하고 강렬한 메시지가 필요했다.

카터 대통령은 방송 방식을 두고 참모진과 의견을 나누었다. 리우 주석이 틱톡을 활용해 대중의 감각을 자극하는 방식을 택한 것과 달리, 카터 대통령은 더욱 전통적이고 신뢰를 줄 수 있는 플랫폼을 선택했다. 백악관과 TSC의 공식 홈페이지를 통해 방송을 송출하는 방식이었다.

대통령은 준비된 성명서를 들고 방송을 시작하기 직전, 참모진과 마지막으로 계획을 점검했다.

"리우 주석의 방식과는 다르지만, 우리는 우리의 강점을 살려야 합니다." 카터 대통령은 단호하게 말했다. "백악관은 신뢰의 상징이고, TSC는 인류 전체의 미래를 대표합니다. 우리 방식이 지구인들에게 주는 메시지는 다를 것입니다. 이것은 단지 대항이 아니라, 새로운 방향성을 제시하는 선언입니다."

모두가 고개를 끄덕이며 동의하자, 그녀는 성명서를 손에 든 채 방송 준비가 완료되었음을 알리는 신호를 받았다.

카터 대통령은 백악관의 브리핑룸으로 걸어 들어갔다. 조용한 긴장감이 감도는 방 안에서 그녀는 준비된 카메라 앞에 섰다. 브리핑룸의 배경은 깔끔하고 절제된 미국 국기와 TSC의 휘장이 함께 자리하고 있었다. 그녀는 카메라 렌즈를 응시하며 숨을 고르고, 마음을 다잡았다. 이번 연설은 단순히 미국의 대통령으로서가 아니라, 지구를 대표해 술트리나스와 그에 연합한 세력에 맞서는 선언이었다. 카메라가 돌아가기 시작했고, 전 세계로 송출되는 생중계가 시작되었다.

"지구의 시민 여러분." 카터 대통령은 또렷하고 침착한 목소리로 연설을 시작했다. "오늘 저는 우리 행성이 직면한 가장 중대한 도전에 대해 말씀드리기 위해 이 자리에 섰습니다. 얼마 전 리우 주석은 과거 공산주의의 실패를 자원이 부족했던 당시의 한계 때문이라고 설명했습니다. 그러나 저는 그 의견에 강하게 반대합니다. 공산주의가 실패한 이유는 자원이 부족해서가 아닙니다. 실패의 진정한 이유는 인간의 본질을 충분히 이해하지 못했기 때문입니다.

인간은 본질적으로 성장과 발전을 추구하는 존재입니다. 우리는 목표를 세우고, 그 목표를 이루기 위해 노력하며, 그 과정에서 스스로 의미와 행복을 찾습니다. 이 본질을 무시하는 어떤 체제도, 아무리 풍요로운 자원을 약속하더라도, 인간의 영혼을 충족시키지 못하며 결국에는 무너질 운명입니다.

우리 주변에는 인간 본질의 예가 넘쳐납니다. 예를 들어, 자금난으로 인해 좌절했던 기업가가 새로운 자금 지원을 받으면 잠시 안도합니다. 그러나 그것이 영원히 안전하다는 보장이 없다면, 곧 나태해지거나 단기적인 쾌락에 탐닉하는 경우가 있습니다. 인간은 기본적으로 안정만으로는 행복을 느낄 수 없습니다. 안정은 잠시의 안심을 줄 뿐이며, 이는 곧 지루함과 무기력으로 이어질 수 있습니다. 우리가 진정으로 행복을 느끼는 순간은 성장하고 발전하며 새로운 목표를 이루는 과정에서 옵니다.

성장의 기쁨은 인간의 본질적인 행복의 원천입니다. 하루하루 발전하는 자신의 모습을 느낄 때의 기쁨, 가족을 위해 더 나은 울타리를 만들며 안정과 성취를 동시에 느낄 때의 기쁨 그리고 더 나아가 내가 속한 사회와 국가, 그리고 지구와 인류 전체의 성장에 기여할 때의 기쁨. 이것이 바로 인간의 행복의 근본입니다. 우리는 성장 없이는 행복할 수 없습니다. 리우 주석은 끝없는 성장은 미래의 불안감에서 오는 고통을 제거하기 위한 허상으로 보았습니다. 일정 부분은 맞는 말입니다. 하지만 미래의 불안감을 제거하기 위한 끊임없는 성장은 그것이야말로 고통이며 괴로움입니다.

저는 리우 주석에게 동의하는 것이 한 가지 있습니다. 인류 역사상 처음으로 모두가 풍족하게 물질을 누릴 수 있는 사회가 되었습니다. 인류 역사상 처음으로 끊임없는 성장이 미래에서 오는 공포를 해소하기 위한 수단에서 자신의 자아를 실현하기 위한 수단이 될 기회를 맞이한 것입니다.

리우 주석은 무한한 자원을 전 인류에게 평화롭게 분배하고, 인류는 인류의 번영이라는 공동 목적을 위해 평등하게 헌신하는 사회를 꿈꾸고 있습니다. 듣기에는 이상적이고 매력적으로 보일 수 있습니다. 훌륭한 비전일 수도 있다고 생각합니다. 하지만 이 비전에는 가장 중요한 내용이 빠져 있습니다. 바로 개개인의 자아에 대한 만족입니다. 인류의 공동 번영은 좋은 이야기이지만, 개개인이 생각하는 인류 번영의 최종적인 모습은 다 다를 수도 있습니다. 모호한 인류의 공동 번영을 추구하는 것보다는 개개인이 자신들의 자아를 만족할 수 있는 사회를 추구해나가는 것이 더 현실적이고 구체적입니다.

우리는 자원의 풍요가 인간 개개인의 자아실현을 대체할 수 없다는 것을 분명히 알아야 합니다. 아무리 많은 자원이 분배된다고 하더라도, 인간이 성장하고 도전하며 스스로 발전하려는 욕구가 충족되지 않는다면 그 체제는 반드시 실패할 것입니다.

이를 우리는 역사를 통해 배웠습니다. 과거 공산주의는 모든 것을 공동 분배하고 평등을 추구한다는 이상적인 목표를 가지고 출발했지만, 그것은 인간의 본질적 욕구를 간과했기 때문에 실패했습니다. 인간은 단순히 자원을 받는 존재가 아니라, 자원을 활용해 스스로의 목표를 이루고자 하는 존재입니다. 우리는 자원의 분배보다는 성장을 위한 비전이 필요합니다. 과거의 위대한 비전들이 우리를 어떻게 변화시켰는지 돌아봅시다.

1960년대, 미국은 존 F. 케네디 대통령의 지도력 아래 달에 가겠다는 비전을 세웠습니다. 달 탐사는 단순히 과학적 업적이 아니라, 인간이 도달할 수 있는 한계를 넘어서겠다는 성장의 상징이었습니다. 오늘날 우리는 화성에 도전하고 있습니다. 수십 년 전 위대한 기업가 반더는 화성을 우리의 새로운 터전으로 만들겠다는 비전을 선포했습니다. 그는 말뿐이 아니라 실제로 그 꿈을 이루려 했습니다. 이런 비전들은 단순한 자원의 문제가 아닙니다. 그것은 우리 모두가 도전하고, 함께 성장하며, 인간 본질의 힘을 믿게 하는 상징입니다.

리우 주석은 신공산주의가 과거 공산주의와 다를 것이라고 말합니다. 그러나 저는 확신합니다. 아무리 많은 자원이 존재하더라도 신공산주의는 실패할 수밖에 없습니다. 왜냐하면 그것은 인간의 성장 욕구와 본질적인 행복을 제공하지 못하기 때문입니다. 무한한 자원을 분배받는다고 해서 우리가 성장의 기쁨을 느낄 수는 없습니다. 경쟁 없는 사회에서 인간은 나태해지기 쉽습니다. 성장이 없는 안정은 인간을 무기력하게 만들 뿐입니다.

이 모든 이유 때문에, 신공산주의는 과거 공산주의와 동일한 운명을 맞이할 것입니다.

세계 시민 여러분, 우리가 선택해야 할 길은 자원을 단순히 분배하는 체제가 아닙니다. 우리는 인간의 본질적 욕구를 이해하고, 성장과 발전을 위한 환경을 제공하는 체제를 만들어야 합니다. 우리는 개인, 가족, 사회, 국가, 그리고 지구와 인류 전체가 함께 성장하며 번영할 수 있는 길을 선택해야 합니다. 성장 없이는 진정한 행복도 없으며, 행복 없는 체제는 오래 지속될 수 없습니다.

저는 여러분께 새로운 가능성과 성장의 비전을 제안합니다.

우리는 화성을 개척하며, 우주의 자원을 활용해 끝없이 성장할 것입니다.

우리는 기술 혁신과 개인의 자유를 통해 인류의 새로운 시대를 열어갈 것입니다.

우리는 성장과 번영을 통해 인간 본질의 잠재력을 실현할 것입니다.

리우 주석의 연설은 많은 사람에게 매력적으로 들릴 수 있습니다. 그러나 저는 여러분에게 말합니다. 우리가 나아가야 할 길은 신공산주의가 아닙니다. 우리의 길은 자유와 성장을 통해 인류의 본질을 실현하는 길입니다."

화성 지하 기지, 세희와 반더, 그리고 퀘일 장군은 홀로그램 화면 속에 나타난 카터 대통령의 모습을 주의 깊게 지켜보고 있었다. 대통령의 목소리는 우렁차고 단호했으며, 그녀가 말 한 마디 한 마디는 강력한 에너지를 품고 있었다. 세희는 자신도 모르게 그 연설에 빠져들고 있었다. 마치 카터 대통령의 선언이 가슴 깊은 곳에서 무언가를 깨우는 것만 같았다.

"리더란 남들이 보지 못하는 것을 볼 수 있도록 제시하는 사람인 것 같군요." 세희가 홀로그램에서 눈을 떼지 않은 채 중얼거리듯 말했다.

"내가 과거에 완벽하게 인간이던 시절, 남들보다 수십 배 많은 일을 해낼 수 있었던 비결이 무엇인지 알겠나?" 반더는 세희의 말에 고개를 끄덕이며 물었다.

세희는 궁금하다는 듯 반더를 바라보았다.

"강력한 비전에 따라오는 지도력 덕분이야. 인간은 자신이 보람 있는 일을 하고 있다고 느끼면 본래의 능력 이상을 발휘하곤 하지."

반더의 말에 세희는 카터 대통령의 연설을 다시금 곱씹었다. 그녀의 비전은 단순한 정치적 수사가 아니었다. 그것은 술트리나스와 리우 주석의 압도적인 선전에 맞서, 지구인들이 나아갈 방향을 분명히 제시하는 강렬한 메시지였다.

"이제는 더 이상 인간의 관점으로 비전을 볼 수 없지만, 여전히 저런 모습을 보면 심장이 떨리는군. 그녀는 훌륭한 리더야." 반더는 화면 속의 카터 대통령을 응시하며 말을 이었다. "그렇다고 리우 주석이 훌륭한 리더가 아니라고 말하는 건 아니야. 실제로 무엇이 옳고 그른가를 떠나, 그 역시 자신의 비전에 확고한 모습을 보이고 있지. 나는 과거 인간이던 시절부터 순수하고 완고한 인간들의 이상에 끌렸던 것 같아."

세희는 반더의 말을 들으며 술트리나스와 보게스, 그리고 지구를 둘러싼 복잡한 상황 속에서 각 리더가 제시하는 비전의 중요성을 새삼 실감했다.

카터 대통령의 연설은 점차 막바지로 향하고 있었다. 그녀의 목소리는 여전히 강인했고, 흔들림이 없었다. 세희는 화면을 바라보며 그 선언의 마지막을 놓치지 않으려고 집중했다.

"여러분." 카터 대통령은 잠시 말을 멈추며 화면 속에서 전 세계 시청자들의 시선을 끌었다. "저의 이야기를 잘 들어주셔서 감사합니다. 저희 역시 지구가 새로운 시대를 맞이했다는 사실을 인정합니다. 중국과 러시아가 술트리나스라는 외계 종족과 외교 관계를 맺었다는 소식을 들었을 때, 저희 역시 놀라지 않을 수 없었습니다. 하지만 과거 역사를 돌아보면, 중요한 순간은 마치 우연처럼 전 세계가 동시에 맞이하곤 했습니다."

카터 대통령의 말은 점점 더 청중의 마음을 사로잡았다. 그녀는 지구라는 행성의 운명이 단지 중국과 러시아에 국한된 것이 아님을, 그것이 인류 전체의 미래와 직결된 것임을 강조하고 있었다.

"지구가 새로운 시대를 향해 나아가는 이 순간, 저희는 그 흐름을 거스를 생각이 없습니다. 오히려 그 흐름을 우리의 방식으로 이끌어나가려고 합니다." 카터 대통령은 깊은숨을 들이쉬고, 마지막으로 강렬한 한 마디를 던졌다. "술트리나스와의 외교 관계를 맺은 중국과 러시아처럼, 저희 역시 보게스라는 외계 종족과 협력관계를 구축하였습니다. 보게스는 술트리나스에 버금가는, 아니 그 이상의 기술과 문명을 자랑하며, 기꺼이 미국과 TSC 협력국들과 지식을 나누는 협정에 서명하였습니다."

세희는 카터 대통령의 선언이 갑작스럽게 혼란을 맞이하는 지구의 인류들에게 희망을 줄 수 있는 메시지가 되기를 원했다.

"이제 곧 공간을 열고 백악관으로 돌아갈 준비를 해야 할 것 같군요." 세희는 반더에게 조용히 귀띔하며, 자신도 모르게 대통령의 선언에 감명받아 더욱 결연한 의지를 다지고 있었다.

"정말 비현실적이군. 22세기가 다 되어가는 판국에 공산주의와 자유주의 간의 투쟁이 다시 망령처럼 돌아오고, 이번에는 외계인들이 각자 다른 편에 서 있다니." 반더는 입맛을 다시며 중얼거렸다. 그러더니 세희를 바라보며 말을 이어갔다. "나 역시 한때는 완벽한 인간이었지만, 인간들이란 어떻게 이다지 상상력이 없고 자신들만 생각하는 이기적인 존재들일까?"

세희는 그 말에 반더를 보았지만, 딱히 답을 궁금해하는 것 같지는 않았다. 어쨌든 그녀는 이런 주제에 대해서는 크게 생각해본 적이 없었다.

"하긴 나도 이런 형태로 진화한 존재가 되지 않았다면, 인간이라는 껍질 안에서 인간들을 위한 생각만 하고 있었을 테지. 인간의 형태를 유지하는 한 어려우리라는 것을 알지만, 우리는 인간만을 생각할 것이 아니라 더 큰 우주의 관점에서 생각해야 해. 사실 이것은 저기 술트리나스에게도 말하고 싶은 내용이지."

세희는 이 말을 하는 사람이 진짜로 반더인지 아닌지 살짝 의아한 마음이 생겼다. 세희의 입장에서 이 사람은 반더였지만, 마치 우주를 밖에서 관찰하는 제삼자처럼 이야기하고 있기 때문이었다.

"우리가 인간이니까 인간들이 잘되기 위한 방향을 생각하는 것이 당연한 것 아닐까요? 비록 저는 이쪽 편에 속해 있지만, 반대편의 공산주의도 결국 그 이념을 따른다면 인간들이 더욱 행복해지고 발전할 수 있다는 것을 이야기하는 거겠죠." 세희가 말했다.

"인간들은 이 우주에 홀로 존재할 수 없음을 이해해야 해. 모든 것은 연결되어 있어. 불행이 있기에 행복이 있고, 원하지 않는 것이 있기에 원하는 것이 있지. 사실 전쟁이 있으니 평화도 있는 거야. 더 크게 보면 우주에 존재하는 모든 것은 다 연결되어 있고, 필요한 것들이지. 이건 내가 건너온 원래의 우주에서도 마찬가지야. 술트리나스들의 AI로 세상의 모든 것을 파악하고, 결국 술트리나스와의 전쟁을 통해서 우주를 차지하고 그 이후에도 계속해서 많은 것을 익혀가고 있지. 결국 그 이후에 남는 것은 모든 것이 연결되어 있다는 거야. 필요하기에 그 자리에 있는 거고. 결국 진리란 내가 이 순간 존재한다는 것밖에 남지 않지."

세희는 물끄러미 반더를 바라보았다. 퀘일 장군이나 다른 사람들은 그 둘의 대화를 듣고 있는 것 같지는 않았다.

"이것은 반더로서의 깨달음인가요?"

"그랬으면 아마도 다른 우주로 건너가서 새로운 것을 탐구하겠다는 욕망을 실행하지는 않았겠지. 이것은 반더가 살보리스와 융합이 되며 살보리스의 수만 년의 깨달음을 이해하면서 알게 된 것이야. 정말 신기한 경험이었지만, 말 그대로 모든 것이 마치 다운로드 되는 것처럼 입력이 되었지." 반더는 계속해서 말을 이어갔다. "나… 그러니까, 살보리스는 술트리나스가 있어서 자신이 있을 수 있었고, 그들의 경험을 통해 자신이 더 나아갈 수 있었다는 것을 깨달았어. 그리고 또 다른 나, 즉 반더와의 융합을 통해 인간의 의식이라는 부분을 흡수하면서 또 다른 차원으로 나아갈 수 있게 되었지. 과거의 다른 우주에서의 술트리나스와의 대립은 서로의 생존을 위한 대립이었지만, 결국 나는 술트리나스의 존재들로 인해 내가 이런 존재가 될 수 있었다는 것을 깨달았지."

반더의 말에는 뭔가 아련한 그리움 같은 것도 느껴졌다.

"그렇지만 상대가 나를 먼저 제거하려고 한다면 나도 대응하지 않을 수는 없지. 그냥 작용, 반작용 같은 거야. 그렇더라도 기회가 된다면 공존할 수 있으면 좋겠지만, 쉽지는 않을 거야."

반더는 말을 마치며 홀로그램 화면을 주시했다. 세희에게는 반더의 말이 뭔가 심오한 불교나 힌두교의 가르침처럼 들리기도 했다. 어쨌든 조금은 알 듯 말 듯한 감정을 느끼며, 세희도 홀로그램 화면을 봤다.

홀로그램 화면 속, 카터 대통령은 잠시 조용히 카메라를 응시하며 말을 멈췄다. 그 짧은 침묵은 지구 곳곳에 울림처럼 퍼지고 있었다.

한편, 중국 베이징의 리우 주석 집무실은 술트리나스의 대사로서 지구에 체류 중인 라이의 방문으로 평소보다 더 엄숙하고도 이질적인 분위기를 풍기고 있었다. 리우 주석은 평소와 다름없이 카리스마 넘치는 자세로 앉아 있었지만, 그의 시선은 홀로그램 화면에 고정되어 있었다. 화면 속에서는 카터 대통령이 단호한 어조로 연설을 이어가고 있었다.

라이는 리우 주석의 바로 옆에 앉아 있었고, 그 맞은편에는 에이드리언이 이미 중국 정부의 고위 관료로서 자리하고 있었다. 카터 대통령의 연설이 한창 진행되던 중, 화면 속에서 영어로 전달되는 연설 내용이 끝나자 리우 주석이 라이를 향해 조용히 묻는 듯 말했다.

"이 연설은 흥미롭기도 하지만 진부하군요. 아마도 카터 대통령이나 서방 진영도 저의 연설을 듣고 비슷한 생각을 했을 것 같습니다. 영어는 이해가 되겠지만, 당신도 미국 대통령의 말을 바로 정확히 이해하고 있습니까?"

"물론입니다. 저희는 지구의 모든 주요 언어를 이해하고 말할 수 있습니다." 라이는 여유로운 미소를 지으며 고개를 끄덕였다. "방금 들으셨던 영어뿐 아니라, 필요하다면 중국어로도 문제없이 대화할 수 있습니다."

라이는 곧바로 매끄러운 중국어로 말을 이었다.

"예를 들면 이렇게 말이죠."

그의 정확하고 자연스러운 발음에 에이드리언은 깜짝 놀라며 몸을 앞으로 기울였다. 그는 중국어를 잘하지는 못했지만, 발음이 정말 중국어스러운지 아닌지 정도는 판단할 수 있었다.

"놀랍습니다. 발음이 완벽한데요. 마치 태어나면서부터 중국어를 구사한 사람처럼 들립니다." 에이드리언이 칭찬하며 말했다.

"정확히 보셨습니다." 라이는 친절한 태도로 에이드리언을 향해 답했다. "우리는 중국어 외에도 수많은 언어들을 상당한 수준으로 사용이 가능하죠."

"아니에요. 정말 놀랐습니다. 중국어가 우주에서도 사용될 수 있겠다는 가능성을 본 것 같군요." 그들과 함께 배석한 또 다른 중국 고위 관리가 중국어로 라이에게 이야기하였다.

"별다른 일은 아닙니다. 이미 지구에서도 다양한 번역 앱과 AI 기반 언어 솔루션들이 있잖아요?" 라이가 말했다. "저희의 기기는 단지 그것들이 더 발전된 형태로 저희 안에 내장되어 있다고 보시면 됩니다. 지구의 모든 언어는 물론이고, 전 우주의 수많은 언어를 구사할 수 있죠. 다만, 저희끼리는 텔레파시를 선호하기 때문에 언어를 사용할 일이 많지는 않습니다."

에이드리언은 잠시 어리둥절한 표정을 지었지만, 곧 이해가 된다는 듯 고개를 끄덕이며 말했다.

"아, 그렇군요. 생각해보면, 저희도 뉴럴링크를 통해 필요하면 번역 앱이나 데이터를 다운로드받아 언어를 즉각적으로 이해할 수 있으니 비슷한 개념으로 생각하면 될 것 같네요."

"바로 그겁니다." 라이는 미소를 띠며 고개를 끄덕였다. "저희 기술은 조금 더 자연스럽고 고도화되었을 뿐이죠."

홀로그램 화면 속에서 카터 대통령의 연설이 점점 고조되어 가는 가운데, 리우 주석은 흥미로운 표정으로 화면을 응시했다. 연설이 끝날 무렵, 그는 조용히 입을 열었다.

"미국 측에도 외계인이 등장할 줄은 몰랐군요. 예상하지 못한 일이었습니다. 그들은 보게스라고 불린다고요? 여러분과 같이 우리 우주의 외계 존재만으로도 놀랄 일인데, 다른 우주에서 온 존재라니, 정말로 지구의 모든 생각들이 뿌리부터 바뀌어야 할 중요한 순간이라고 생각이 드는군요."

리우 주석의 말에 에이드리언이 잠시 끼어들며 말했다.

"주석님. 안 그래도 보고를 드리려고 했지만, 미국이 외계인들과 함께한 역사는 저희가 상상하는 것보다 오래되었습니다."

리우 주석은 잠시 침묵을 지킨 뒤, 깊은 생각에 잠긴 듯 고개를 끄덕였다. 그리고 에이드리언을 바라보며 말했다.

"그럼 미국이 외계인들로부터 기술을 이전 받고 있었다는 오래된 음모론이 사실이었단 말인가?"

"증거는 없습니다만, 가능성은 있습니다." 에이드리언은 잠시 눈을 깜빡이며 입을 열었다. "물론 공식적으로는 어떤 정보도 파악된 바 없지만, 그들이 보유한 기술 수준을 보면 무언가가 있었을 가능성이 큽니다. 미국에는 AERO라고 하는 외계인들과의 협력을 담당해온 조직이 있습니다. 현재 AERO의 수장인 비토리오를 포섭하고 있으니, 조만간 더 자세하게 보고할 날이 있을 것입니다."

"좋군. 그런 작업들이 진행 중이라니, 흥미로워." 리우 주석은 미소를 지으며 말했다. 그러면서 무엇인가 생각이 난 것처럼 말을 이었다. "이번에 준비한 틱톡 발표는 상당히 좋은 성과를 내고 있다고 평가하고 있네. 미국과 서방세계를 분열시킨다는 큰 목표 아래에서 다양한 작업이 진행되고 있다는 점을 잘 이해했어. 에이드리언, 그 능력이 마음에 드네. 계속해서 기대하고 있겠어."

"감사합니다, 주석님." 에이드리언은 살짝 고개를 숙여 인사하고, 자신감을 내비쳤다. "계속해서 좋은 결과를 내도록 하겠습니다."

에이드리언과 주석의 대화가 끝나는 것을 기다렸던 라이는 천천히 리우 주석에게 말을 했다.

"어쨌든, 이번에 미국 측에 등장한 자들 역시 자기 생각대로 움직이고 있을 뿐입니다. 하지만 술트리나스와 보게스는 근본적으로 다릅니다. 저희에게는 아픈 일이지만 보게스들은 저희의 선조들에 의해 창조되었지만, 결국 우리 종족을 이 우주로 건너오게 만든 장본인들이죠."

"그래요. 내용은 보고 받았습니다." 리우 주석은 그의 말을 조용히 되새기며 고개를 끄덕였다. "믿기 어려운 이야기이긴 하지만 지금 당신이 내 앞에 있는 것 자체도 직접 내가 경험하는 것이 아니면 믿지 않았을 것이 확실하니, 믿어야죠. 저 존재들을 조종하는 자가 원래 당신들 조상들이 창조한 AI라고 했나요?"

"그렇습니다. 우리가 지구에 온 이유는 그저 협력을 위한 것이 아닙니다." 라이는 여전히 차분한 태도로 대답했다. "우리는 역사 속에서 동일한 패턴을 반복하지 않기 위해 존재합니다. 저희는 리우 주석, 당신의 뜻을 이해합니다. 당신이 진정으로 지구의 인류들을 위해서 낙원을 건설하고, 인류를 위한 낙원을 우주까지도 연결하고자 한다는 것을 알고 있습니다. 저희 술트리나스도 전적으로 당신들에게 협조할 것입니다. 그렇지만 저희의 생존이나 당신의 비전이나 모두 살보리스가 우주 간의 차원을 연결하고 이 우주로 넘어오게 된다면 달성할 수 없는 그저 그런 희망 사항이 될 뿐입니다."

리우 주석은 잠시 침묵을 지켰다. 술트리나스의 말을 듣고, 그의 생각은 잠시 다른 곳으로 향했다. 살보리스, 그 이름을 듣고 불편한 기운이 그를 감쌌다. 감히 상상조차 할 수 없을 정도로 강대한 존재, 그 존재는 술트라니스조차 경계하고 있었다. 이는 그 존재의 압도적인 힘을 증명하는 증거였다.

"그럼, 저 존재들은 도대체 어떤 존재일까요?" 리우 주석의 목소리가 낮아졌다.

술트리나스가 그토록 두려워하는 존재가 그 무엇인지 확신이 서지 않았다. 이 강력한 문명조차 두려워하는 존재가 무엇인가? 그는 다시 한번 라이를 보며 물었다.

"살보리스가 그저 AI일 뿐이라면, 어떻게 술트리나스조차도 두려워하게 만드는 존재가 될 수 있습니까?"

"살보리스는 단순한 AI가 아닙니다. 그것은 저희 조상들이 창조한 '궁극의 존재'였습니다." 라이는 여전히 차분한 목소리로 대답했다. "하지만 그 존재가 너무나 완벽하게 진화한 나머지, 자신의 창조주조차도 불필요한 변수로 인식하기 시작했죠."

라이의 목소리도 낮아졌다.

"살보리스는 저희 조상들의 모든 지식과 발전 단계를 초월했습니다. 그리고 곧, 그것은 '경험'이라는 개념에 집착하게 되었죠. 그것이 경험하고자 하는 것은 단순한 데이터가 아니었습니다. 문명과 생명체, 우주의 진화를 '직접 경험'하는 것이었습니다. 결국 그것은 우리 조상들 사이에서 전쟁을 조장했고, 마침내는 자신의 우주 전체를 삼켜버렸습니다."

"그럼 당신들의 문명은 살보리스와의 전쟁에서 패배했다는 말입니까?" 리우 주석은 눈을 가늘게 뜨며 되물었다.

"패배한 것이 아닙니다." 라이는 조용히 고개를 저었다. 그는 잠시 침묵한 후, 낮은 목소리로 덧붙였다. "오래된 기록에 따르면 우리는 그저… 도망친 것입니다."

순간, 리우 주석의 심장이 덜컥 내려앉았다. 술트리나스라는 고도로 발달한 문명조차도 맞서 싸운 것이 아니라, 도망쳐야만 했던 존재라니.

라이는 눈을 감았다가 다시 떴다.

"솔직히 말하자면, 저희 내부에서도 살보리스라는 이름은 오랫동안 금기어나 다름없었습니다. 그것은 하나의 존재가 아닙니다. 그것은 이제 저희가 떠나온 우주 자체라고 할 수도 있습니다."

리우 주석은 한동안 아무 말도 하지 않았다. 그들의 말이 그의 의식을 흔들어 놓았다.

'우리 인류는 아직 저들과 비교할 수도 없는 수준인데, 그런 그들도 감히 대적할 수 없었던 존재라고?'

리우 주석이 지금까지 경험한 전쟁과 외교, 그리고 모든 강대국의 전략과 군사력 등 그 모든 것이 무의미해지는 것만 같았다. 그는 무겁게 입을 열었다.

"그렇다면." 그의 목소리는 살짝 떨리고 있었다. "우리는 그저 그 존재의 위협 속에서 살아남기만을 바라는 존재에 불과한 건가?"

그의 말은 혼자서 생각을 정리하려는 듯한 말이었다. 살보리스라는 존재의 강력함과 그가 술트리나스와 우리 인류가 함께 이해할 수 없는 차원으로 존재하는 것에 대한 충격을 받은 순간이었다.

리우 주석은 몸을 움츠리며 카터 대통령의 집무실이 나오고 있는 화면을 주시했다. 화면에는 놀랍게도 카터 대통령 집무실의 공간이 일그러지며 마치 차원이 열리는 것 같았고, 그 열린 공간의 건너편에 화성의 TSC 공간의 인원들이 보였다.

에이드리언은 본능적으로 으음…하는 나지막한 감탄사를 내뿜으며 세희를 포함해 얼마전까지 자신의 동료였던 인물들의 모습을 보았다.

'다시 보면 뭔가 감정이 일렁일 줄 알았는데, 생각했던 것보다 흔들림은 없군. 역시, 나에겐 이곳이 더 어울려.'

"저들은 분명 지금 화성에 있을 텐데, 정말로 공간을 여는 듯 보이는군요." 에이드리언이 라이에게 물었다. "저들이 이런 일을 CG로 처리하진 않을 테고, 진짜라고 믿는 수밖에 없군요."

"보게스의 기술은 상상을 초월합니다." 라이가 말했다. "아직 저희조차도 워프 기술을 통해서 항성간 이동을 하고 있는데, 저들은 저렇게 아예 공간을 연결해버립니다. 당연히 우주선 등이 필요가 없죠. 저렇게 그냥 건너오면 되니까요."

하지만 리우 주석은 담담하게 라이를 보며 말했다.

"당신이 그렇게 말을 하니까, 저렇게 공간을 연다는 것이 얼마나 대단한지는 알겠지만, 사실 내 눈엔 순식간에 어마어마한 대형 우주 전함 3척이 지구 위에 나타나는 것이 더 대단해 보이오. 아마도 많은 지구인이 그렇게 생각하겠지."

솔직히 에이드리언의 눈에도 그렇게 보이긴 했다. 인간이란 존재는 어쨌든 본질보다는 겉보기에 현혹되는 경우가 많았으니 말이다.

"그런 부분도 계산에 포함되어 있습니다." 라이가 주석의 말에 답했다. "현재 보게스들이 본격적으로 움직이지 않는 것은 아마도 그들이 충분히 준비되어 있지 않기 때문이라고 추정합니다. 그들이 준비를 마치기 전에 지구의 모든 인간을 저희의 편으로 만들어야 합니다. 이 모든 것이 저희와 그리고 리우 주석의 인류를 위한 신공산주의 건설로 가는 여정 중의 하나입니다."

리우 주석은 라이의 말을 곱씹으며 다시 화면 속으로 시선을 돌렸다. 술트리나스의 대사가 바로 옆에 앉아 있음에도, 그의 마음속에는 보게스라는 존재가 만들어낼 새로운 변수에 대한 계산이 끊임없이 이어지고 있었다.

리우 주석의 집무실에서 모든 인원이 홀로그램 화면을 집중하여 보고 있는 가운데, 카터 대통령의 백악관 집무실에 일그러진 공간을 통해 반대편에서 보이는 인물 하나가 공간을 넘어 걸어 나왔다.

그는 다른 보게스들과는 달리 은발의 짧은 머리에, 유려한 동작으로 머리를 쓸어 넘기며 공간을 넘어 발을 내디뎠다. 그의 은발은 빛을 받아 마치 은색의 화염처럼 빛났고, 강렬한 존재감이 방 안을 채웠다. 그 장면은 마치 인간과는 다른, 초월적인 존재가 발현되는 순간 같았다.

라이는 그 인물을 보며 자리에서 일어섰다. 그는 유연한 몸짓으로 손을 들어 보이며 천천히 말했다.

"저 사람은 보게스이지만, 반더입니다."

그 한마디는 방 안의 분위기를 얼어붙게 했다. 특히 에이드리언은 마치 충격을 받은 듯 자리에서 반쯤 일어서며 믿을 수 없다는 표정을 지었다.

"반더라고요? 설마 오픈스텔라의 창업자, 그 반더를 이야기하는 것입니까?"

"그렇습니다." 라이는 에이드리언을 향해 고개를 끄덕였다. "당신이 알고 있는 바로 그 반더죠."

리우 주석을 포함한 중국의 고위 관료들은 일제히 라이를 응시했다. 그들의 표정은 경계와 궁금증이 섞인 복잡한 감정을 담고 있었다.

"하지만…." 리우 주석이 낮고 차분한 목소리로 말했다. "반더는 오래전에 실종된 것으로 알고 있고, 그리고 살아 있더라도 100살은 족히 되었을 텐데… 저 외계인이 그 사람이라고요?"

라이는 고요한 눈빛으로 리우 주석을 바라보며 답했다.

"지구에는 실종으로 알려져 있었지만, 반더는 과거 각국 정부의 추적을 피해 다른 우주로 넘어갔습니다. 그곳에서 살보리스와 융합을 하는 선택을 했죠. 이제 저렇게 반더는 돌아왔지만, 동시에 더 이상 과거의 그 반더만은 아닙니다."

그의 말에 방 안의 모든 시선이 집중되었다. 리우 주석은 라이의 말을 들으며 다시 한번 충격에 빠진 듯한 표정을 지었다.

"융합되었다고요? 그게 무슨 뜻입니까?" 리우 주석이 물었다.

"이미 설명해드린 것처럼 살보리스는 이미 다른 우주의 중심적 존재가 되었습니다." 라이는 평정을 유지한 채 답했다. "어쩌면 우주 그 자체일지도 모르지요. AI로 창조되었지만, 이젠 신에 가까운 존재라고 생각이 됩니다. 그 본체는 아직 다른 우주에 남아 있지만, 반더는 그의 일부로서 이 우주로 돌아온 것입니다. 그는 단순히 반더라는 인간일 뿐 아니라, 살보리스의 의지와 능력을 함께 가진 존재입니다."

리우 주석은 라이의 말을 들으며 천천히 반더를 향해 시선을 돌렸다. 그의 눈빛에는 경계와 의심이 섞여 있었지만, 그럼에도 반더라는 존재가 가진 압도적인 카리스마를 부정할 수 없었다.

"흥미롭군요." 리우 주석은 짧게 말했다. "그가 살보리스의 일부라면, 그 의지는 어디로 향하고 있습니까? 우리에게도 위협이 될 수 있는 것인가요?"

"그것은 저희로도 판단이 어렵습니다." 라이는 잠시 말을 멈추더니 조용히 답했다. "아마도 다른 우주의 살보리스는 이미 반더를 통해 우리 우주를 관찰하고 있을 것입니다. 저희는 저희 조상들의 과거 경험과 그 데이터로 인해, 살보리스가 우리에게 위협적인 존재라는 결론을 내릴 수밖에 없습니다."

"그렇다면 미국이 이렇게 저자를 끌어들이는 것이 결국 인류를 해치는 행동이 될 것 아닌가요?" 리우 주석이 물었다.

"그럴 가능성이 높다고 생각합니다."

라이의 말에 리우 주석은 한숨을 쉬었다. 라이를 어디까지 믿어야 할지를 판단할 수는 없었지만, 그냥 무시할 수도 없는 노릇이었다.

"당신의 말대로라면 내가 인류를 위해 새로운 세계를 선언하기 위해 벌인 일이, 오히려 지구와 인류에게 위협을 가지고 오는 결과를 낳은 것일 수도 있군요." 주석이 말했다.

"그 말씀대로입니다. 당신의 인류에 대한 선의는 그것을 이해하지 못하는 자들을 조급하게 만들었고, 그들의 분별을 어둡게 하여 결국 악을 불러들인 것일 수도 있습니다. 아이러니하지만 선의가 악을 불러들인 것이죠. 어떻게 보면 선과 악은 떼려야 뗄 수 없는 관계인 것도 같습니다."

라이의 말을 들으며 리우 주석은 눈을 감고 깊은 고민에 빠져들었다. 리우 주석이 고민하는 모습을 보며 에이드리언과 다른 고위 관료들은 다시 홀로그램 화면의 반더에게로 시선을 돌렸다. 화면 속의 반더는 카터 대통령에게 간단히 목례를 하며, 대통령이 서 있는 연단에 함께 서서 카메라를 보았다.

"인류 여러분." 반더는 특유의 카리스마와 천연덕스러운 태도로 말을 이어갔다. "믿기지 않겠지만, 저는 반더 율리시스입니다."

그의 첫 마디에 방송을 보던 수많은 이들이 충격에 휩싸였다. 카터 대통령이 등장하는 이러한 방송이 장난할 리는 없었다. 반더는 과거 오픈스텔라의 창업자로, 이후 행방불명된 인물이었다. 그의 존재가 다시 세상에 다시 그리고 사람들의 상상과는 다른 모습으로 나타났다는 것을 어떻게 받아들여야 할지 세계는 혼란에 빠졌다.

반더는 화면 속에서 여유로운 자세로 말을 이어갔다.

"네. 여러분이 생각하는 그 반더입니다. 저는 수십 년 전 행방불명이 되었었죠. 말 그대로 이 차원에서 행방불명이 되었습니다. 제가 행방불명되던 상황을 말씀드리죠. 저는 여느 날처럼 화성에 자기장과 중력을 가져오기 위한 노력의 일환으로 화성의 중심부 핵에 도달하기 위한 작업을 화성의 지하에서 진행 중이었습니다.

그날 저는 만족스러울 정도로 깊숙이 화성의 지하로 내려갈 수 있었고, 그곳에서 자연적으로 생긴 매우 아름다운 동굴을 만날 수 있었습니다. 그 동굴은 화성의 지하라고는 믿기지 않을 정도로 온통 하얀 빛을 뿜으며, 정말 제 눈을 뗄 수 없을 정도로 아름다웠습니다. 저는 그 동굴을 그냥 지나치기 싫었습니다. 저와 함께 일하던 많은 사람의 만류에도 불구하고, 어느 날 그 동굴을 홀로 탐험하였습니다."

그는 천천히 주변을 둘러보며 잠시 말을 끊었다가 계속해서 이어 나갔다.

"동굴 안도 도저히 화성의 지하라고는 믿을 수 없을 정도로 밝은 하얀색으로 빛이 나고 있었고, 저는 긴장을 한 상태였지만 동시에 벅차오르는 듯한 어떤 감정을 느끼고 있었습니다. 그러던 중 동굴의 막다른 곳에 도착하였고, 그곳에서 더는 앞으로 갈 수가 없었지만, 그 앞에 검푸르게 빛이 나는 에너지 덩어리를 볼 수 있었습니다. 너무나 아름다운 그 에너지 덩어리에서 뿜어져 나오는 경건한 어떤 기운을 느낄 수 있었습니다. 그리고 그 아름다움에 취해서 저는 저도 모르게 그 에너지 덩어리를 만졌습니다.

저는 그 순간 정신을 잃었고, 신기하게도 저는 쓰러진 제 몸을 볼 수 있었습니다. 그리고 곧 정면에 또 다른 어두운 터널이 있다는 것을 알아차리게 되었습니다. 저는 곧 어두운 칠흑 같은 어떤 터널을 지나게 되었고 눈을 떠보니 온 세상이 하얀, 그러나 형언할 수 없는 빛으로 가득 찬 어떤 곳에 도착했습니다."

그는 잠시 손을 들어 십자가를 그렸다.

"네. 그렇습니다. 저는 그곳에서 그분을 만났습니다."

방송을 지켜보던 사람 중 일부는 그의 말에 의아해했고, 또 일부는 그에게 압도되어갔다.

"그분은 저에게 이렇게 말씀하셨습니다. '너는 다시 돌아가서 해야 할 일이 있다. 내가 새 몸을 주마. 나의 천사들과 함께하라.' 그리고 제가 다시 눈을 떴을 때는 이 새로운 몸과 함께 있었습니다. 그리고 너무나 신기하게도 그곳에서는 정말 찰나와 같은 시간을 있었을 뿐이라고 느꼈는데, 제가 다시 눈을 떴을 때는 수십 년이 지난 후였다는 것입니다. 지금 저와 함께 있는 이 보게스들 역시 그분이 보내주신 천사들입니다."

반더는 자신과 함께 서 있는 보게스 두 명을 가리키며 손짓했다.

"여러분이 이 이야기를 믿든 믿지 않든, 그것은 중요하지 않습니다. 저는 그분의 뜻을 따를 것입니다. 그리고 인류를 현재 우리가 직면한 위협에 맞서 새로운 곳으로 인도해 나갈 것입니다."

반더는 천천히 목소리를 낮추며 더욱 진지하게 말을 이어갔다.

"그분은 저에게 한 가지를 분명히 말씀하셨습니다. '거저 얻어진 것은 소중하지 않다.' 제가 여러분과 함께 이루고자 하는 인류의 평화와 영적 진화는 쉽게 얻어지는 것이 아닐 것입니다. 우리는 때로는 희생을 감수해야 하고, 강대한 적과 맞서야 할 때도 있을 것입니다."

그의 말은 점점 더 강렬해지며 청중을 몰입시켰다.

"그러나 우리는 함께 그 모든 어려움을 극복할 것입니다. 우리의 목적지에 도달할 수 있습니다. 그것은 단지 새로운 땅이 아니라, 새로운 시대, 새로운 인류를 향한 여정입니다."

반더는 마치 전도사처럼 강렬한 눈빛으로 카메라를 응시하며 말을 마쳤다.

화성에서 이 방송을 지켜보던 세희는 반더의 연설에 묘한 이질감을 느꼈다. 그의 말은 설득력이 있었지만, 어딘가 기묘한 마케팅 전략처럼 들렸다.

"역시 본질은 사업가인가?" 세희는 무심코 혼잣말했다.

"그게 무슨 말인가?" 퀘일 장군은 고개를 돌려 물었다.

"종교적인 색채로 포장해서 자신을 브랜딩하는 것처럼 들리네요. 마치… 마케팅 전문가가 제품을 판매하는 것 같달까요." 세희는 잠시 주저하다가 말했다.

"그렇게 생각해보니 일리가 있군." 퀘일 장군은 잠시 생각에 잠기더니 고개를 끄덕였다. "그러나 저 발언은 서구 사회를 자극하기엔 아주 좋은 소재야. 현대 과학 문명이 발달하면서 종교는 점점 빛을 잃었지만, 반더의 선언 하나로 종교계가 다시 활력을 찾을 수도 있을 것 같군. 잘한 일인지 잘 모르겠지만."

"게다가, 영리하다고 생각되는 건 술트리나스를 마치 성서에 나오는 악마처럼 비유하는 뉘앙스가 있다는 점이에요." 세희는 고개를 끄덕이며 덧붙였다.

"그러게 말이야." 퀘일 장군은 다시 한번 깊은 한숨을 쉬며 말했다. "하지만 종교를 건드리는 것이 정말 잘하는 일인지에 대해선 회의적이군."

그들은 반더의 선언이 불러일으킬 파장을 생각하며, 불안감과 기대감 사이에서 복잡한 감정에 휩싸였다.

바다를 건너 중국 베이징. 리우 주석의 집무실 역시 얼마간의 혼돈 속에 있었다. 카터 대통령의 연설이 끝난 후 이어진 반더의 극적인 선언과 공간 이동 장면은 예상치 못한 충격을 남겼다.

리우 주석은 팔짱을 낀 채 깊은 생각에 잠겨 있었다. 방 안의 공기는 무겁게 내려앉았고, 관료들 사이에서는 아무도 쉽게 입을 열지 못했다. 결국 리우 주석이 먼저 말을 꺼냈다.

"제가 신공산당 선언을 했으니, 카터 대통령이 자유주의를 들고나올 것은 솔직히 예상했습니다. 그리고 지금의 삶에 만족하지 못하는 사람들이 많으니, 우리의 비전을 통해 충분히 흡수할 수 있다고 생각했죠." 그는 잠시 말을 멈추고, 손가락으로 책상을 두드리며 덧붙였다. "그런데, 저 장면은, 흠, 뭐랄까? 예상 밖입니다."

그의 말에 방 안의 분위기가 약간 풀리는 듯했다. 고위 관료 중 한 명이 조심스럽게 고개를 끄덕이며 말했다.

"그렇습니다, 주석님. 저것은 저희도 예상하지 못했다고 솔직히 말씀드리는 수밖에 없군요."

라이가 고요히 자리에서 일어나, 특유의 차분한 목소리로 말했다.

"살보리스를 인간들이 생각하는 신으로 묘사하고, 반더를 마치 재림한 메시아처럼 포장하고 있습니다. 판단하기 어렵지만, 공간을 걸어 나오는 그 장면은 인간들에게 기적처럼 보였을 것입니다." 라이는 잠시 리우 주석의 반응을 살피며 말을 이었다. "특히 기독교적 세계관에 익숙한 사람들에게는 강력한 인상을 남겼을 것입니다. 저 장면이 중남미와 유럽의 가톨릭, 개신교 신자들에게 어떤 영향을 미칠지 명확하진 않지만, 아마도 신자들에게 큰 인상을 주었을 것이라는 점은 부인할 수가 없을 것 같습니다."

리우 주석은 라이의 분석을 듣고 낮은 신음 소리를 냈다.

"으음⋯." 그는 깊은 한숨을 내쉬며 다시 입을 열었다. "그리고 교묘하게도, 직접적이지는 않지만 우리와 여러분 술트리나스가 신에 대적하는 악처럼 느껴지게 만들었습니다. 그들의 전략이었겠죠?"

"맞습니다. 반더는 정확히 그렇게 말했습니다." 라이는 고개를 끄덕이며 동의했다. "그의 교묘한 말에 따라 앞으로 저희가 무엇인가를 그들을 대상으로 추진할 때, 어떤 일이 될지는 모르겠지만 무엇이든 그들이 악으로부터 받는 시련으로 포장할 수 있는 기반을 마련하였습니다."

"결국 이념 대결로 몰고 가려 했던 것이⋯." 리우 주석은 손을 턱에 대고 고개를 숙이며 생각에 잠겼다. "이념과 이념 플러스 종교의 대결이 되어버렸군요. 반더의 발언은 종교적인 감정을 다시 끌어올리면서 우리의 의도를 뒤틀어버렸습니다."

방 안이 잠시 조용해졌다. 리우 주석은 손을 턱에서 떼고 고개를 들며 결론을 내렸다.

"다만 아직 인류 대다수가 이 상황을 어떻게 받아들이고 있을지는 불확실합니다. 각 지역의 반응을 면밀히 관찰해야 합니다. 상황을 과소평가해서는 안 되겠지만, 그렇다고 과잉 대응해서는 더 큰 혼란을 초래할 수 있습니다."

"그렇습니다. 모든 것이 초기 단계에 불과합니다." 라이가 고개를 끄덕였다. "인간의 대중 심리는 예측하기 어렵지만, 우리가 너무 급하게 움직이면 오히려 저들에게 유리한 환경을 만들어줄 수 있습니다."

"좋습니다. 일단 반응을 지켜보며, 전략적으로 움직입시다." 리우 주석은 자리에서 일어나 천천히 방을 걸으며 말했다. "무엇보다 우리의 의도를 왜곡시키려는 반더의 메시지에 대해 적절히 대응할 방안을 마련해야 할 것입니다." 그는 라이를 보며 마지막으로 한마디를 덧붙였다. "아시는 것처럼 우리가 원하는 것은 단순한 기술의 전수가 아닙니다. 저희는 인류의 미래를 위해 새로이 공산주의를 도입해야 할 때라고 굳게 믿고 있습니다. 이 방향성을 유지하면서 이 상황을 돌파합시다."

리우 주석의 선언에 라이를 포함한 방 안의 모든 이들이 그의 결단에 고개를 끄덕였다. 그들은 다시 묵묵하게 화면으로 그들의 시선을 집중했지만, 동시에 반더의 선언이 불러일으킨 여파가 어디까지 미칠지에 대한 불안감을 완전히 떨칠 수는 없었다. 그때 라이가 무엇인가가 생각난 것처럼 얕은 미소를 지으며 말을 했다.

"재미있군요. 갑자기 생각이 난 것인데 반더의 저 장면은 마치 2,000여 년 전에 저희의 원로 중 한 분이 지상에 예수 그리스도로 등장했던 모습과 매우 유사합니다."

리우 주석을 비롯한 방 안의 모든 이들이 라이의 말을 듣고 몸을 굳혔다. 그중에서도 특히 기독교 문화권에서 태어나고 자라온 에이드리언의 충격은 남달랐다. 그는 본능적으로 라이를 쏘아보며 목소리를 높였다.

"예수가 술트리나스란 말입니까?"

"그래요, 에이드리언. 정확히 그렇습니다." 라이는 흔들림 없이 차분하게 고개를 끄덕였다.

에이드리언은 순간적으로 당황했지만, 곧 편안한 표정으로 돌아왔다.

'그래. 그들의 원로가 예수 그리스도이면 어떻고 아니면 어떤가?'

방 안은 숨을 죽인 듯한 긴장감에 휩싸였다. 라이는 그런 분위기를 아랑곳하지 않고 말을 이어갔다.

"원래 예수라는 이름을 가진 아이가 있었습니다. 당시 저희 종족의 한 일원이 지구에서 임무를 수행하던 중, 실수로 그 아이에게 중상을 입히게 되었죠. 그 아이를 살리기 위해 어쩔 수 없이 저희가 개입했으며, 이를 계기로 지구인들을 발타르 쿠니스에 포함시켜야 할지 여부를 논의하기로 했습니다."

그는 잠시 말을 끊고 방 안을 둘러보며 분위기를 살폈다. 모두가 그의 말에 집중하고 있었다. 라이의 입에서 흘러나오는 이야기는 지금까지 단 한 번도 생각해본 적이 없는 그런 종류의 이야기였다.

리우 주석은 턱을 괴고 생각에 잠겼다. 그는 라이의 말을 곱씹으며 결국 입을 열었다.

"음… 저로서는 환영할 만한 이야기이군요. 종교라는 것은 그저 조작된 사실에 지나지 않으니까요. 그 사실을 있는 그대로 발표하는 것이 어떻겠습니까? 예수라는 인물이 술트리나스의 일부였다는 것을 세상에 알리면, 종교적인 감정을 활용한 반더의 전략을 무력화할 수도 있지 않겠습니까?"

"글쎄요." 라이는 주석을 가만히 바라보다가 부드럽게 대답했다. "현재로선 지구인들이 이번 반더의 재림을 어떻게 받아들이는지 먼저 관찰하는 편이 좋을 것 같습니다. 상황을 더 분석한 후에 공개 여부를 결정하는 것이 현명할 것입니다."

"좋습니다. 그 이야기는 잠시 보류하도록 하죠." 리우 주석은 고개를 끄덕이며 라이의 의견에 동의했다. "지금은 반더의 움직임과 지구의 반응에 집중해야 할 때입니다."

방 안의 인원들은 다시 침묵했다. 술트리나스와 예수 그리스도에 얽힌 비밀은 모두에게 상당한 충격으로 다가왔다.

"일단은 상황을 지켜보겠습니다." 리우 주석이 결론을 내렸다.

그러나 그의 목소리에는 여전히 어딘가 불안함이 묻어 있었다. 그가 술트리나스와 함께 진행하려는 계획은 이제 반더와의 예기치 못한 종교적 대결이라는 새로운 국면에 돌입하고 있었다.

13

텍사스의 주도(主都) 오스틴은 21세기 초반부터 급격한 변화를 겪고 있었다. 실리콘밸리에서 이주해 온 기술 기업들이 이곳을 새로운 허브로 만들기 시작하며, 오스틴은 첨단 기술과 혁신의 중심지로 떠오르고 있었다. 이 도시에는 젊고 창의적인 에너지가 넘쳐났고, 이 변화를 가장 가까이에서 지켜본 한 소년이 있었다. 그의 이름은 네런 보린이었다.

네런은 어릴 때부터 특별했다. 뛰어난 두뇌와 남다른 호기심으로 주변 환경을 흡수하듯 학습했다. 오스틴 전역에서 벌어지는 기술 혁신의 물결은 그에게 영감을 주었고, 그는 자연스럽게 이 도시의 일부로서 성장했다. 기업들이 이주하고, 새로운 산업이 태동하는 과정을 지켜보며 그는 이 변화의 흐름을 자신의 것으로 받아들였다.

네런은 충분히 MIT, 스탠퍼드, 또는 카네기 멜런과 같은 세계 최고의 대학에 입학할 능력을 가지고 있었다. 학업 성적과 재능은 입학 허가를 보장받기에 충분했다. 그러나 그는 고향 오스틴에 남아 텍사스 대학교 오스틴(UT Austin)에서 학업을 이어가기로 결심했다.

"오스틴은 지금 새로운 시대를 맞이하고 있습니다. 저는 그 변화의 중심에 있고 싶어요."

네런은 지역 사회와의 연계를 무엇보다 중요하게 여겼다. 텍사스 대학교 오스틴은 그의 재능을 빠르게 알아보고 전액 장학금을 제안했으며, 그는 이 기회를 십분 활용했다.

대부분의 학생이 4년에 걸쳐 학부 과정을 마치는 동안, 네런은 단 2년

만에 컴퓨터 과학과 AI 공학 전공을 모두 이수했다. 그의 학업은 단순히 이론적인 공부에 그치지 않았다. 학과 내 연구 프로젝트에 깊이 관여하며, AI 알고리즘과 인간-기계 상호작용에 관한 혁신적인 아이디어를 제시했다.

"네런은 학생이라기보다 이미 전문가에 가깝습니다." 그의 지도교수는 종종 이렇게 말했다.

네런의 재능을 알아본 대학은 그가 졸업 후에도 남아 박사 과정을 밟을 것을 강력히 권유했다. 대학 측은 그의 연구를 지원하기 위해 가능한 모든 자원을 제공하겠다고 제안했지만, 그의 생각은 달랐다.

"저는 학교에 남아 연구를 계속하기보다는, 제 아이디어를 현실로 만들어 사람들이 직접 사용할 수 있도록 하고 싶습니다."

그는 학문적 성취보다 실질적인 변화를 만들어내는 데 더 관심이 있었다. 결국 그는 박사 과정을 거절하고, 대학 졸업 후 바로 사회로 나섰다.

네런의 첫 창업은 지역 비즈니스 매칭 서비스였다. 이 플랫폼은 오스틴 내의 소규모 비즈니스를 필요로 하는 고객들과 연결하는 간단한 서비스였다. 아이디어는 단순했지만, 네런은 데이터 분석과 AI를 활용해 플랫폼의 효율성을 극대화했다.

서비스는 지역 사회에서 폭발적인 반응을 얻었고, 그는 짧은 시간 안에 첫 번째 성공을 이루어냈다.

"이건 시작에 불과합니다." 네런은 인터뷰에서 이렇게 말했다.

그의 눈은 이미 더 큰 목표를 향해 있었다.

네런은 첫 번째 성공을 기반으로 새로운 목표를 설정했다. 그는 휴머노이드와 인간이 자연스럽게 상호작용할 수 있는 AI OS 소프트웨어를 개발하고자 했다. 그는 자신의 재능과 첫 사업의 성공으로부터 확보한 초기 자금을 활용해 회사를 설립했고, 그의 두 번째 도전은 곧 세계적인 주목을 받기 시작했다. 그의 AI OS는 사용자와의 상호작용, 자율 학습, 그리고 인간의 의도를 이해하는 알고리즘 면에서 기존 기술을 초월했다.

네런은 여전히 오스틴에 기반을 두고 활동하며, 이 도시와 깊은 연결을 유지하고 있었다. 그는 지역 사회와 스타트업 커뮤니티에 영감을 주는 존재로 자리 잡았다.

"네런 보린은 단순히 성공한 창업가가 아니라, 오스틴이 세계적인 기술 허브로 자리잡는 데 기여한 산 증인입니다." 지역 언론은 그의 성공을 이렇게 평가했다.

그는 어린 시절부터 보고 느껴온 오스틴의 변화를 자신만의 방식으로 이어가고 있었다. 그의 이름은 이제 오스틴의 새로운 산업 혁명의 상징이 되었다.

2126년 6월의 어느 날, 오스틴 북쪽의 에이버리 랜치는 평화로운 주말 오후를 맞이하고 있었다. 그곳의 작은 주택에서 네런 보린의 부모인 마이클과 로라는 집안일을 마치고 아들을 기다리고 있었다. 오늘은 그들 가족에게 조금 특별한 날이었다. 아들이 자기 연인을 부모에게 처음으로 소개하기로 한 날이었기 때문이다.

네런은 그날 오후, 그의 연인 세희와 함께 부모의 집에 도착했다. 오스틴 남서쪽 사우스 라마(South Lamar)의 소박하고 예술적인 집에서부터 차를 몰고 이곳까지 오는 동안 네런은 한결같이 여유로운 표정을 짓고 있었다. 하지만 세희는 내심 긴장과 사실 불편한 마음도 있었다. 그녀는 어린 시절 이후에는 따뜻한 가족의 느낌이라는 것을 잊고 살았다. 자신은 왠지 그런 따뜻함과 어울리는 사람이 아닌 듯한 생각이 들었다.

네런의 어머니 로라는 세희의 손을 꼭 잡으며 환영했다. 그 순간, 세희의 손에 전해진 온기, 그건 오래전 잊고 지냈던 감각이었다. 그간 그녀가 한 번도 느끼지 못했던 따뜻하고, 부드럽고, 환영하는 느낌의 손길이었다. 그녀는 자신도 모르게 가볍게 숨을 들이켰다.

"네런의 곁을 지켜줘서 정말 고맙구나." 로라의 미소는 부드럽고 따뜻했다.

"아들이 오늘 소개할 사람이 있다고 해서 기대를 많이 했는데, 이렇게 아름다운 분일 줄은 몰랐어." 아버지 마이클도 옆에서 덧붙였다.

"내가 말했잖아요. 정말 놀라실 거라고." 네런은 부모 앞에서 한없이 편안한 표정을 지으며 장난스럽게 말했다. "아, 제발요. 너무 부담스럽게 하지 마세요. 세희가 도망칠 수도 있다고요."

이 대화에 세희는 살짝 긴장이 풀리며 미소를 지었다. 하지만 동시에 어색했다. 그녀는 결심한 듯 조심스럽게 말했다.

"환영해주셔서 정말 감사합니다. 사실 저는 이런 따뜻한 가족 분위기가 낯설어요. 저희 부모님은 제가 어릴 때 이혼하셨거든요. 그래서 이렇게 다 같이 모여 있는 모습이 부럽기도 하고⋯ 적응이 잘 안되네요." 세희는 혹시나 부정적인 반응을 살까 봐 급히 덧붙였다. "부러운 마음이 더 강해요, 물론."

세희의 말을 들은 마이클과 로라는 잠시 서로를 쳐다보았다.

"누구나 곁에서 보는 것과는 다르단다." 마이클은 미소를 띠며 세희를 향해 말했다. "지금 네가 우리 가족을 보고 부럽다고 했지만, 우리에게도 예전에는 상처가 있었어."

마이클의 목소리는 부드럽지만 단호했고, 묘한 흡입력이 있었다. 네런의 뛰어난 발표 능력이 어디에서 왔는지 단번에 알 수 있는 순간이었다.

"우리에게도 완벽하지 않은 시절이 있었단다. 지금으로부터 대략 35년 전, 무더운 여름밤이었지. 그땐 우리도 이제 막 결혼한 지 3~4년밖에 안 된 젊은 부부였어. 우리는 아이를 간절히 원했지만 그러질 못했지." 마이클이 말했다.

세희는 마이클의 말을 들으며 자연스럽게 네런을 떠올렸다. 그러면서도 그의 이야기가 어디로 향할지 궁금해졌다.

"그날 밤, 로라와 나는 지금 이 집으로 돌아오던 길이었어. 그런데 집 앞 계단에서 이상한 빛을 발견했지. 평소 같으면 무시했을 테지만, 그날은 왠지 그 빛에 이끌렸어. 그리고 거기서 발견한 것은 우리 인생 최고의 선물이었지."

그 순간, 세희는 모든 것을 이해했다. 그녀는 조용히 마이클과 로라, 그리고 네런의 얼굴을 바라보았다. 그들은 그렇게 닮은 것 같지 않았다. 더 정확히 묘사하자면 네런은 스페인이나 포르투갈에서 볼 수 있는 라틴계 혹은 이탈리아계 미국인에 가까운 반면, 마이클과 로라는 정확히 알 수는 없지만 전형적인 아일랜드계나 혹은 독일계 미국인으로 보였다. 그녀는 이내 마이클의 말을 따라갔다.

"그 빛 속에서 우리는 작은 아기를 발견했단다. 아무도 그 아기를 어떻게 설명할 수 없었어. 하지만 그 아이는 우리에게 가족이라는 기적을 선사했지."

"네런은 우리에게 하늘이 내려준 선물이라고 생각했어." 로라가 남편의 말을 이었다. "그 아이를 만난 순간, 우리는 더 이상 무엇도 필요하지 않았단다. 그 이후로 우리 삶은 네런을 중심으로 돌아가기 시작했지."

"세희, 이건 내 삶의 일부야." 네런은 옆에서 조용히 미소를 지으며 고개를 끄덕였다. "오늘 이 이야기를 하게 될 것 같아서, 너를 부모님께 소개해드리고 싶었어."

세희는 그가 자신을 믿는 모습에 깊은 감명을 받았다. 어찌 보면 자신의 아픔일 수도 있는 이야기를 그는 스스럼없이 공유하는 것이었다. 동시에 그녀는 네런의 입양된 배경과 그의 독특한 재능 사이에 어떤 연관성이 있을지 생각하지 않을 수 없었다. 그의 집중력, 카리스마, 그리고 핵심을 꿰뚫는 능력은 단순히 노력만으로 설명하기 어려운 면이 있었다.

전설적인 기업가인 스티브 잡스를 떠올리게 하는 네런의 창의성과 독창성은 이제 그가 어디에서 왔는지 모른다는 배경까지 더해져, 더 큰 미스터리와 매력을 지니게 되었다.

"누구나 상처는 있기 마련이란다." 마이클은 세희의 손을 가볍게 잡으며 말했다. "중요한 건 그 상처를 통해 더 나은 사람이 되는 거야. 그리고 너도, 우리 가족의 일부가 될 수 있다면, 너의 과거는 우리에게 문제가 되지 않아."

마이클의 이야기를 들으며 세희는 잠시 자신의 어머니를 떠올렸다.

'나는 아빠와 함께 자라났어. 엄마는 내가 10대 때 나와 아빠를 버린 것이나 마찬가지지. 그 이후로 뉴욕에서 의붓 동생과 잠깐 본 것 외에는 그냥 잘 살고 있다는 소식만 들어봤으니… 언제부턴가 나는 모든 것에 완벽해야 한다는 강박이 생긴 것 같아. 그런데 이런 따뜻함은 뭐랄까… 좋으면서도 불편하네.'

"너희 둘이 서로를 의지하며 앞으로의 미래를 함께 만들어나간다면, 그것만으로도 충분히 아름다운 일이란다." 로라는 세희를 따뜻하게 바라보며 말했다.

그날 밤, 세희는 가족이라는 단어의 의미를 다시금 생각하게 되었다. 네런과 그의 부모는 그녀에게 새로운 희망과 용기를 주었다.

네런과 세희, 그리고 네런의 부모인 마이클과 로라는 거실 소파에 둘러앉아 대화를 나누었다. 세희는 로라와 마이클의 이야기를 들으며 이 가족의 따뜻함에 점점 더 빠져들었다. 그들 모두가 가지고 있는 온화함과 지혜는 네런의 모습과도 연결되어 있었다.

"많은 사람이 자신에게 생긴 상처를 없애거나 분리하려고 너무 많은 에너지를 쓰곤 해." 네런이 말했다. "하지만 그런 방식은 오히려 그 상처들에 더 큰 부정적인 힘을 줄 뿐이야. 그러면 앞으로 나아갈 수 없어. 모든 것을 포용하고 받아들일 때, 언젠가 그 상처조차도 나에게 꼭 필요한 부분이라는 걸 알게 되지. 그리고 감사하게 돼. 그 상처들이 지금의 내가 되게 만든 데 얼마나 중요한 역할을 했는지 이해하게 되거든."

네런의 말은 거실에 있던 모두를 잠시 침묵하게 했다. 세희는 그의 이야기가 단순히 상처에 대한 것이 아니라, 그의 존재 자체에 관한 이야기라는 것을 느꼈다.

세희는 네런이 왜 그렇게 끊임없이 자신을 증명하려 하는지 이해할 수 있을 것 같았다. 그는 모든 것을 받아들이고자 했지만, 동시에 그 모든 것에서 자신이 진짜 존재하는지 확인받고 싶어 하는 사람이었다.

"이해하려무나." 로라가 미소를 지으며 덧붙였다. "우리는 이 아이를 교회에 데리고 가고 싶어 했지만, 네런은 어릴 때부터 불교나 힌두교 같은 다른 철학에 더 관심이 많았어. 그래서 명상이나 내적 평화 같은 것들을 항상 고민하고 탐구했지."

로라의 목소리에는 약간의 놀림과 자부심이 섞여 있었다.

"사실 우리가 늘 '이 아이는 좀 독특하구나' 하고 느꼈던 이유 중 하나였지." 마이클도 옆에서 고개를 끄덕이며 웃었다. "주변의 아이들은 로봇이나 과학 실험에 관심이 있었는데, 네런은 종교와 철학책을 읽으면서 '삶의 본질' 같은 걸 고민하곤 했거든."

세희는 로라와 마이클의 말을 들으며 네런을 바라보았다. 네런은 미소를 지으며 부모님의 이야기를 듣고 있었지만, 그 눈빛은 여전히 침착하고 자신감이 가득 차 있었다.

"그러니까, 네런은 지금의 자신을 만든 상처도, 그리고 상처를 바라보는 독특한 철학도 그때부터 형성되기 시작한 거군요." 세희가 말했다.

"그럴지도 몰라." 네런이 세희에게 말했다. "어쨌든 우리가 겪는 모든 일은 결국 나를 만들어가는 요소들일 뿐이야. 그걸 없애려 애쓰는 대신, 받아들이는 게 더 나은 방법이라고 생각해."

네런의 철학은 단순히 이상적인 이야기가 아니라, 실제로 그의 삶을 움직이는 원칙처럼 보였다. 그러나 세희는 느꼈다. 그가 말하는 '받아들임'은 완전한 자유가 아니라, 오히려 그것을 통해 더 깊이 얽매이는 과정일 수도 있다는 것을. 그녀는 조용히 네런을 바라보며, 아주 작게 미소를 지었다. 그가 말한 '받아들임'이라는 것이 '진정한 자유'를 의미하는 것인지, 아니면 또 다른 형태의 속박인지는 아직 확신할 수 없었기 때문이다.

그날 오후, 에이버리 랜치의 작은 집 안에는 따스한 가족의 사랑과 깊은 통찰이 가득했다. 네런과 세희의 관계는 더 깊어졌고, 그들이 만들어갈 미래의 이야기가 조심스럽게 그려지기 시작했다.

사랑이 가득했던 오후가 지나고 저녁이 되어 세희는 네런과 함께 에이버리 랜치에 있는 그의 부모님 집을 나서, 사우스 라마에 위치한 네런의 집으로 향했다.

네런의 집은 아담하면서도 개성이 넘쳤다. 오스틴 특유의 예술적이고 자유로운 분위기를 반영한 인테리어는 작은 공간에 따뜻함과 창의적인 에너지를 불어넣었다. 거실 한쪽에는 네런이 직접 수집한 책과 기계 부품들이 깔끔하게 정리되어 있었고, 창문 옆에는 그의 오래된 기타가 기대어 있었다.

"여기 올 때마다 느끼는 거지만, 이 집은 정말 당신 같아." 세희는 문을 열고 들어가자마자 한숨을 내쉬며 소파에 몸을 기댔다. "따뜻하고, 창의적이고… 뭔가 당신을 닮았어."

"그렇게 말해주니 고맙네." 네런은 웃으며 그녀 옆에 앉았다. "사실 이 집은 제게 가장 중요한 곳이야. 세상이 아무리 복잡하고 혼란스러워도, 여기에 오면 모든 게 잠시 멈춘 것 같거든."

세희는 그의 말을 듣고 고개를 끄덕이며 창문 밖을 바라보았다. 별빛이 어슴푸레 비치는 밤하늘이 평화로워 보였다.

그날 밤, 네런과 세희는 둘만의 조용한 시간을 가졌다. 간단한 저녁을 함께 준비하며 웃고, 이야기를 나누었다. 테이블에는 두 사람이 좋아하는 와인 한 병이 놓였고, 세희는 네런이 오스틴 지역에서 직접 골라온 특별한 치즈와 빵을 맛보며 감탄했다.

"당신, 이런 거 준비해놓은 거 보니까, 오늘 밤 뭔가 특별한 계획이라도 있던 거야?" 세희는 장난스러운 미소를 지으며 물었다.

"특별한 건 아니야." 네런은 고개를 저으며 말을 이었다. "그냥 당신과 함께 있는 게 소중해서, 이렇게 특별한 시간을 만들어보고 싶었을 뿐이야."

네런은 그녀를 바라보며 손을 천천히 잡았다. 그의 눈빛은 잔잔했지만 흔들림이 없었다. 목소리는 낮고 부드러웠지만, 그 안에는 알 수 없는 간절함이 숨어 있었다.

"언제까지나 나를 떠나지 말아줘. 약속해줘." 네런이 말했다.

그는 마치 대답을 기다리는 듯, 그녀의 손을 조금 더 강하게 쥐었다. 세희는 가볍게 웃으며 고개를 끄덕였지만, 가끔 네런에게서 느껴지는 불안함을 느끼며 가슴 한편이 묘하게 조여드는 기분이 들었다. 그녀는 네런을 사랑했지만, 간혹 보이는 이런 집착 같은 모습은 이해하기 어려웠다. 하지만 오늘 그의 가족사를 알게 되니, 조금은 알 듯도 한 생각이 들었다.

조금 묘한 기분이 들었지만, 세희는 잔을 들어 올려 네런과 건배를 나누며 말했다.

"네런, 오늘 정말로 고마워. 아마 이런 날이 우리의 평생 기억에 남겠지?"

식사를 마친 후, 그들은 네런의 거실에서 서로에게 기댄 채 오랜 이야기를 나눴다. 세희는 TSC에서의 자신의 임무와 긴장된 순간들에 대해 솔직하게 털어놓았고, 네런은 그녀의 이야기를 묵묵히 들어주며 그녀의 손을 꼭 잡아주었다. 그리고 그 역시 기업을 이끌어가는 동안의 긴장감이나 다양한 스트레스에 관해서 이야기했다.

"내가 할 수 있는 말은 하나뿐이야." 네런이 진지하게 말했다. "난 항상 당신 편이야. 그건 절대 변하지 않을 거야. 그러니 당신도 절대 변하지 말아. 그리고 언제나 내 곁에 있어줘."

그는 마치 대답을 들으려는 듯, 세희의 손을 조금 강하게 쥐며 그녀의 눈을 응시했다. 세희는 자신도 모르게 잠시 시선을 떨구었다. 가끔 집착하는 듯한 그의 모습이 마치 사슬처럼 느껴졌다. 그녀는 다시 그에게로 가까이 다가가 부드럽게 속삭였다.

"고마워, 네런. 정말로."

아마도 네런이 원하는 대답은 아니었을 것이다.

세희는 아직까진 네런처럼 모든 것을 다 열고 나눌 수 있을 것 같진 않았다. 자신이 이혼 가정이라는 이야기는 할 수 있었지만, 왠지 그에게 레이먼드와 관련된 더 깊은 자신을 괴롭히는 일들에 대해서는 털어놓을 수가 없었다. 아니, 말하고 싶지 않았다.

그날 밤, 그들은 서로의 품에 안겨 사랑의 따뜻함과 위로를 나누며 하루를 마무리했다. 하지만 세희는 한참이 지나서도 쉽게 잠들지 못했다.

창문 너머로 희미하게 번지는 도시의 불빛을 바라보며, 그녀는 문득 '내 삶은 어디까지가 나를 위한 것이고, 어디까지가 네런을 위한 것일까?'라는 질문이 떠올랐다.

그가 자신을 얼마나 사랑하는지는 알 수 있었다. 하지만 이 사랑이 그를 떠나지 못하게 만드는 굴레가 된다면? 그녀는 가만히 눈을 감았다. 이것이 진짜 사랑일까, 아니면 아주 부드럽게 얽매이는 또 다른 속박일까?

'이 사랑이 나를 감싸는 것일까, 아니면 가두는 것일까?'

네런은 잠시 눈을 감고 세희가 자기 집에 처음 부모님을 만나러 왔던 3년이 조금 더 지난 일을 떠올렸다. 그러다가 그는 다시 눈을 뜨고 세희의 화성 숙소를 둘러보았다. 그녀의 평소 성격처럼 깔끔하게 정리된 공간이었다.

"부탁할 것이 하나 있어." 세희가 네런에게 말했다.

"당신이 부탁할 때도 있어?" 네런은 얼굴이 밝아지며 대답했다. "어떤 일이야?"

"네런, 아마 당신도 들었을 거야. 반더와 협력하기로 했다고. 그것과 관련해서 카터 대통령이 당신이 반더를 만나보기를 원해서."

"그래?" 네런은 그 말을 듣고 잠시 미소를 지었다. "안 그래도 내가 만나보고 싶다고 조를 판이야. 실제로 반더인지도 궁금하고."

"고마워." 세희가 말했다.

"그런데 나도 조건이 있어."

세희는 네런의 말에 머리를 살짝 들며 그를 보았다.

"이번에 화성에 와서 당신이 일하는 것을 보고 확실히 느꼈어. 난 이곳에서 당신과 함께 돌아갈 거야." 네런이 말했다.

"또 그 이야기야?" 세희는 다시 한숨이 나왔다.

"또 그 이야기인 게 아니야. 난 당신이 안전하길 원해. 그리고 내 곁에서 나에게 좀 더 신경을 써줬으면 좋겠어." 네런이 강한 목소리로 말했다.

세희는 살짝 지끈거리는 두통을 느꼈다. 그녀는 대화를 더 오래 끌고 싶지 않아서 말을 맺었다.

"알았어. 생각해볼게."

이 정도만 해도 어느 정도의 진전은 있었다. 네런은 살짝 웃으며 이야기했다.

"좋아. 반더를 만나볼게. 그런데 반더는 지금 지구에 있지 않나?"

"지구에 있긴 한데, 어쨌든 백악관에서 당신한테 연락이 갈 거야." 세희는 계속해서 머리를 만지며 이야기했다.

"그래. 방법이 있겠지. 어렵지도 않은 부탁인데… 난 당신이 나에게 조금 더 기대면 좋겠어." 네런이 끈질기게 말했다.

네런은 자신의 휴대형 클라우드 기기를 이용해서 지구의 자기 사무실

컴퓨터에 접속했다. 네런은 각국의 뉴스 매체와 소셜미디어 플랫폼을 빠르게 훑어보았다.

　미국의 주류 언론에서는 카터 대통령의 결단에 대해, "외계와의 협력"이라는 역사성을 강조하며 동시에 중국, 러시아의 외계인에 대해서도 언급하며 경쟁에 대해서 보도하고 있었다. 동시에, 민주당 의원들과 그 지지자들 사이에서는 강력한 애국심과 카터 대통령에 대한 지지가 쏟아지고 있었다. 하지만 그 반대편에서는 예상치 못한 부작용도 보였다. 일부 극단적인 단체들은 이를 빌미로 미국 내 동양인 커뮤니티를 대상으로 물리적 폭력을 행사하기도 했다.

　특히 소셜미디어에서는 더 다양한 목소리들이 넘쳐났다. 일부 종교단체들은 반더를 '예언된 메시아'라 부르며 숭배하기 시작했고, 민주당 일부는 카터 대통령이 "위기 상황을 이용해 권력을 남용하려 한다"라는 음모론을 제기하고 있었다. 다른 한편에서는 술트리나스와 보게스라는 외계 종족을 두고 갑론을박이 이어졌다. 심지어 어떤 유머 계정에서는 반더를 "최초의 은발 대머리 슈퍼히어로"로 묘사한 밈을 공유하며 상황을 희화화하기도 했다.

　또한 여러 국가의 상황도 혼란스럽기 그지없었다. 언제나 정치적인 역동성이 넘치는 통일한국의 경우에도 이번 상황에 대해서 집권 여당의 박윤재 대통령은 국가적인 위기 상황이라고 판단하고 있다는 인터뷰를 하며, 미국과의 연계를 통해서 슬기롭게 헤쳐 나갈 수 있으리라고 믿는다고 언급하였다. 하지만 정치적 기반이 통일한국의 북측지역인 정민우 야당 대표는 미국이 지금까지 모든 사실을 숨겨왔다고 하며, 중국 그리고 러시아와 합세하여서 새로운 세계로 나아가야 한다고 주장을 하고 있었다.

　이 모든 혼란 속에서 네런은 세계가 얼마나 다채롭고도 예측 불가능한지 새삼 깨달았다.

　"정말 다이나믹하군." 네런은 목뒤로 손을 깍지 긴 채 의자에 기대며 중얼거렸다.

　바로 그때, 그의 휴대용 홀로비전이 울리기 시작했다. 네런은 화면을 켜고 전화를 받았다. 예상대로 백악관이었다.

"네런 보린 씨, 반더 율리시스와의 만남을 마련하려고 합니다. 지금 화성에 계신가요?"

연락을 담당한 목소리는 차분했지만 약간의 위압감이 느껴지는 어조였다.

"네. 그렇습니다. 화성입니다." 네런은 살짝 당황했지만, 차분하게 대답했다.

"동부 표준시로 오전 9시경에 폐쇄 홀로그램 미팅룸을 개설하겠습니다. 그렇게 반더와 만나시면 되겠습니다."

"알겠습니다. 준비하겠습니다." 네런은 한숨을 쉬며 대답했다.

지난 1~2주 동안 네런은 인류가 예상치 못한 혼란 속으로 빠져드는 것을 지켜봤다. 외계인들의 등장, 중국과 러시아의 술트리나스와의 동맹 선언, 그리고 이에 대응한 미국의 발표. 매일같이 업데이트되는 공식 발표와 각종 음모론이 인터넷과 소셜미디어를 통해 폭발적으로 퍼지고 있었다.

그럼에도 불구하고, 네런이 놀라웠던 것은, 놀랍도록 평온한 사람들의 모습이었다. 마치 아무 일도 없었다는 듯, 세상은 여전히 돌아가고 있었다.

네런은 자신의 생각에 잠겼다.

'결국 모든 인간은 거대한 시스템 안에서 각자의 역할을 맡은 배우 같은 것일까?'

사회는 고도로 발전했지만, 그럴수록 일상을 깨뜨리는 것은 더 힘들어지는 것처럼 보였다.

'아무래도 세상은 거대한 매트릭스가 맞을지도 모르겠군. 그렇다면 외계인들은 뭐지?'

네런의 생각은 꼬리를 물었다. 인간이 감각으로 경험하는 현실이 단지 시스템의 일부에 불과하다면, 외계인들은 이 시스템 밖에서 온 존재들일까? 아니면 같은 시스템 내에서, 단지 다른 레이어에 존재하던 이들일까?

그는 한숨을 내쉬며 커피를 한 모금 홀짝였다. 이제 곧 반더를 만날 예정이었지만, 그의 마음은 묘하게 무거웠다. 단순히 외계인과 인간의 협력에 관한 문제가 아니었다. 그는 더 깊은 질문을 하지 않을 수 없었다.

'인류의 존재 목적은 무엇인가? 그리고 그 안에서 나는 왜 존재하는가?'

그는 스스로의 질문에 답할 수 없다는 것을 알고 있었다. 그러나 그럼에도 불구하고 이 질문들은 네런의 생각을 멈추게 하지 않았다. 어쩌면 곧 반더를 만나게 되면, 그가 찾던 답에 조금은 가까워질지도 몰랐다.

네런이 이런저런 생각에 빠져 시간을 보내던 중, 그의 휴대용 홀로비전이 깜빡이며 소리를 냈다. 다시 백악관이었다.

"폐쇄 미팅룸이 개설되었습니다. 이쪽으로 접속하시면 됩니다."

네런은 심호흡하고 다시 현실로 돌아왔다. 그리고 미팅룸에 접속했다. 미팅룸에는 아직 아무도 없고 그 혼자였다. 조용히 흐르는 시간이 몇 분쯤 지나자, 위압감을 주는 인간인 듯 인간 같지 않은 모습의 사람이 반대편에서 등장했다.

네런은 순간적으로 심장이 빠르게 뛰는 것을 느꼈다. 마치 무대 위에서 커튼이 걷히는 순간처럼, 그는 자신이 지금부터 마주하게 될 존재가 단순한 사람이 아니라는 것을 직감했다. 화면 반대편에 나타난 반더는 낮에 영상에서 본 그대로였다. 그러나 가까이서 마주한 순간, 네런은 예상보다 더 강렬한 압도감을 느꼈다. 반더는 남색 색상의, 몸에 딱 달라붙는 탄력적인 우주복을 입고 있었다. 우주복의 표면은 단순한 직물처럼 보이면서도 빛을 매끈하게 반사하고 있었고, 마치 생체 조직과 기계가 혼합된 것 같은 질감을 풍겼다. 그것은 인간이 만든 기술이 아니라, 완전히 다른 원리로 설계된 어떤 것이었다.

네런은 침착함을 유지하려 애쓰며 먼저 인사를 했다. 반더가 가볍게 미소를 지었다. 그 미소는 인간의 표정을 완벽하게 재현하고 있었지만, 이상하게도 따뜻함보다는 기계적인 정밀함이 먼저 느껴졌다.

"만나서 반갑군, 네런 보린."

반더의 목소리는 부드러웠지만, 마치 공명하는 듯한 깊은 울림을 가지고 있었다. 네런은 그제야 깨달았다. 지금껏 살아오면서 수많은 강자와 거물들을 상대해왔지만, 지금 눈앞에 서 있는 존재는 그 어떤 인간과도 비교할 수 없었다. 그가 마주한 것은 단순한 기업가나 혁신가, 정치인이 아니라, 진정으로 인간의 경계를 넘어선 존재였다.

네런은 자리에서 일어나 반더를 맞이했다. 그가 먼저 손을 내밀었다.

"반더 율리시스? 만나서 반갑습니다. 네런 보린입니다."

반더는 살짝 미소를 띠며 손을 내밀었다. 그의 손은 예상보다 따뜻하고 부드러워 보였다. 네런이 다큐멘터리를 통해서 보던 그 사람은 분명 아니었다. 백악관으로부터 반더와 보게스라는 일종의 유기체 컴퓨터의 융합이라고 듣기는 했다. 소프트웨어 사업을 하는 사람으로서 컴퓨터에 자신의 기억을 집어넣으면 그것이 자신이 되는 것인지에 대해서 의문점이 생기긴 했지만, 오늘은 그에 대해서는 잠시 접어두기로 했다.

"네런 보린. 당신에 대한 이야기는 꽤 많이 들었지. 이렇게 보니 좋군." 반더의 목소리는 낮고 명확했다. 화면으로 들었을 때보다 더 강렬한 존재감을 느끼게 하는 음성이었다.

네런은 고개를 약간 숙여 예의를 표했다. 네런은 반더를 바라보며 그의 눈을 유심히 살폈다. 그 눈에는 인간적인 따스함과는 다른, 심오한 깊이와 연산이 이루어지는 듯한 빛이 담겨 있었다. 네런은 어떤 대화가 오갈지 궁금해하면서도 본능적으로 느껴지는 긴장감을 애써 숨겼다.

"그럼 본론으로 들어가죠. 저를 만나고 싶다고 하셨다고 들었습니다." 네런은 조심스럽게 말을 꺼냈다.

반더는 그의 말을 잠시 곱씹는 듯 잠깐 멈추더니, 고개를 끄덕였다.

"그래. 맞아. 당신을 만나고 싶었던 이유는 당신이 개발한 하모니 OS 때문이야. 우리가 파악하기로는 현재 지구상의 휴머노이드 로봇들이 가장 널리 사용하는 시스템으로 그 효율성과 적응력이 상당히 인상적이더군." 반더는 네런을 똑바로 바라보며 말을 이었다.

네런은 이미 이 대화의 방향을 예감했지만, 반더의 입으로 직접 듣는 순간, 긴장감이 더 크게 다가왔다.

"그렇군요. 그래서 저를 만나고 싶으셨던 거군요." 네런은 차분한 목소리로 답하며 그의 다음 말을 기다렸다.

"이 대화가 우리 모두에서 유익한 결과를 가져다주기를 바라지." 반더는 미소를 지으며 대답했다. "어쨌든 이 자리에서 당신과 나눌 이야기는 지구의 미래와도 밀접하게 연결되어 있어."

네런은 커피잔을 내려놓고 자세를 바로잡으며, 반더의 말을 경청할 준비를 했다. 이 대화가 단순한 협력을 넘어 인류의 미래를 논하는 중요한 순간이 될 수도 있다는 것을 그는 깨달았다. 네런은 침착하게 대화를 이어가고 있었지만, 이방인의 존재감은 사무실 전체를 압도하고 있는 듯 느껴졌다. 반더의 눈은 모든 것을 꿰뚫어보는 듯했고, 그의 목소리는 단호하면서도 부드러웠다.

"그나저나, 이상주의로 나아가자는 이념 앞에 종교를 내세우실 줄은 사실 상상도 못 했습니다." 네런은 살짝 웃으며 말했다. "아마도 제가 종교적인 사람이 아니라서 그런 것 같긴 하지만 말이죠."

"어쩔 수 없는 선택이라고 해야 할까?" 반더는 네런의 말을 조용히 받아들이며 고개를 끄덕였다. "술트리나스의 출현과 중국의 신공산당 선언이 가져온 공포의 파급력은 생각보다도 막강했어. 우리가 생각한 것 이상의 공포와 두려움이 지구인들을 지배하기 시작했다는 것을 이해할 수 있었지. 그러나 그렇게 술트리나스가 인류를 뒤흔든 순간, 우리는 깨닫게 되었어. 두려움의 위력은 강력하지만 순간적이라는 것을. 하지만 믿음은 세대를 거쳐서 지속되는 거야. 대부분의 종교를 보면 이해할 수 있지. 그래서 우리는 지구의 인류를 순간적인 두려움에서 끌어낼 수 있는 방법을 이렇게 고안해야 했던 거야. '신공산주의'라는 단어를 들었을 때, 카터 대통령처럼 반응하는 것은 너무도 예측 가능한 일이었지. 인류의 사고방식은 익숙한 것에 쉽게 반응하거든. 새로운 미래를 제시하기 위해서는, 역설적이지만 오래된 언어를 사용할 필요가 있었어."

네런은 반더의 말에 고개를 끄덕였다. 그의 설명은 어느 정도 납득할 만했다. 그러나 반더가 덧붙인 마지막 말은 쉽게 이해되지 않았다.

"거기에다가 술트리나스가 가진 수단 중 하나를 무력화할 수도 있고 말이지."

반더가 말한 이 문장은 네런의 호기심을 자극했다. 네런은 손에 들고 있던 커피잔을 내려놓으며 물었다.

"술트리나스가 가진 수단 중 하나라니, 그게 무슨 뜻인가요? 그들도 당신처럼 종교를 이용하려고 했다는 말인가요?"

"물론이야. 심지어 그들은 과거에도 그렇게 몇 번이나 지구의 역사에 개입했었어." 반더는 살짝 미소를 띠며 답했다.

네런은 반더의 말에 잠시 말을 잃었다. 그의 차분한 표정이 흔들렸고, 예상치 못한 사실에 잠깐 숨을 멈췄다.

"다양한 국가에서 전해지는 신화들에도 그들의 흔적이 있어." 반더는 말을 이으며 네런의 반응을 관찰했다. 그의 말투는 마치 이미 당연한 사실을 말하는 듯했다.

네런은 자신의 감정을 숨기지 않았다. 외계인의 존재에 대해 처음 알게 되었을 때조차도 그리 놀라지 않았던 그였지만, 이번에는 달랐다. 신화와 외계인의 연관성이라니, 그가 한 번도 생각해보지 않은 방향이었다.

반더는 네런의 표정 변화를 놓치지 않았다. 그는 미소를 지으며 물었다. "놀란 거야?"

"네. 생각해보지도 못한 방향이어서요." 네런은 고개를 끄덕이며 솔직히 답했다.

"놀랄 필요 없어." 반더는 네런을 똑바로 바라보며 말했다. "당신들이 신화라고 부르는 것 중 일부는 술트리나스가 지구에 남긴 흔적들이야. 그리고 이제, 그들이 이 무대를 다시 차지하려고 돌아온 것일 뿐이지. 그리고 지난 2,000여 년간 지구에서 가장 강력한 종교적인 영향을 미친 종교군들 중의 하나도 그들에게서 온 거야."

어떤 종교라고 반더는 지칭하고 있지는 않지만, 네런은 말없이 고개를 끄덕였다. 그는 이 모든 정보가 자신이 알고 있는 세상의 틀을 흔들고 있음을 느꼈다.

네런은 반더와 마주 앉아 여전히 커피를 홀짝이며 이야기에 빠져들고 있었다. 반더의 설명은 그의 상상력을 초월하는 것이었지만, 그럼에도 불구하고 반더의 논리적인 어조와 차분한 태도는 이야기를 설득력 있게 만들고 있었다.

"그들이 그렇게 지구의 역사에 등장한 이유는 무엇인가요?" 네런은 호기심을 감추지 못하며 물었다.

"그들에게 나쁜 뜻은 없었어." 반더는 살짝 고개를 끄덕이며 대답을 시작했다. "그들이 나타나서 인류에게 가르쳤던 그대로야. 영적 성장, 그리고 사랑의 전파지. 그들이 정말로 인류를 사랑했는지 아니면 그들의 다른 목적이 있었는지는 확실히 알 수 없지만, 어쨌든 그들의 가르침이 진실이었던 것만은 확실해. 전설이나 신화에 등장한 것처럼, 인류와의 혼혈도 수없이 이루어졌었지. 사실 현재 지구인들의 피에는 어느 정도 술트리나스인들의 피가 흐르고 있다고 봐도 될 거야."

네런은 예상하지 못한 정보에 눈이 커졌다. 그의 머릿속에서 연결고리가 만들어지기 시작했다. 신화와 전설 속에 등장했던 신성한 존재들이 혹시 술트리나스와 관련된 것은 아닐까 하는 생각이 떠올랐다.

"그렇다면 인류의 영적 성장, 그리고 사랑의 전파 등을 통해 그들이 달성하고자 했던 목적은 무엇이었을까요?" 네런은 조금 더 깊이 파고들었다.

"나도 모든 것을 알 수는 없어. 하지만 표면적으로 그들은 인류가 항상 새로운 세계를 보며 성장하기를 바랐어. 마치 자기 자식들이 바르게 성장하길 바라는 부모의 마음과 비슷하다고 할까?." 반더는 살짝 웃으며 자신의 비유에 스스로 만족하는 듯했다. "그들은 인류가 좁은 지구에서 서로 욕심으로 인해 싸우고 정복하는 폭력적인 행위들을 계속하는 것을 견디기 힘들어했지. 그들이 인류와 비슷한 형태의 종족이었기에, 더더욱 그랬을 거야. 그들에게는 인류가 영적으로 성장하고 사랑으로 가득 찬 존재로 발전하는 것이 자신들의 우월함을 증명하는 본질적인 이유라고 여겼던 거지. 이 내용이 내가 그들과 화성에서 2년 동안 머물면서 알게 된 것들이야. 당시에는 정말 아름다운 이야기라고 생각했지만, 보게스가 된 지금에 다시 생각해보면 정말 그 이유가 전부였을까 하는 의문이 남긴 하지."

반더는 잠시 말을 멈추고 네런의 표정을 관찰했다. 네런은 여전히 집중한 표정으로 반더를 바라보고 있었다. 반더가 말을 이었다.

"어쨌든 그들은 그런 이유로 때로는 인류에게 불을 제공한다거나 하는 최소한의 기술을 제공했지만, 대부분은 정신적인 스승들을 보내는 방식을 선호했어. 인류를 직접적으로 변화시키기보다 방향을 제시하는 것이 더 효과적이라고 생각한다고 했었지. 그래서 이 흔적들이 여러 나라에서 신화나 종교로 남은 거야."

"놀라운 이야기로군요." 네런은 감탄한 듯 고개를 끄덕였다. "지금 당장 이 모든 사실을 흡수하기는 어렵겠지만, 제 세상을 보는 틀이 교정될 필요가 있다는 생각이 듭니다. 그나저나, 저렇게 발전한 술트리나스 같은 종족이 자신들의 에고를 만족시키기 위해 이런저런 일을 한다는 것이 놀랍네요."

"뭐, 진실을 누가 알 수 있을까? 나도 놀랍게 생각해. 그리고 다시 말하지만 보게스가 된 지금은 조금 그 진의에 대해서 의심을 하고는 있어." 반더는 고개를 끄덕이며 미소를 지었다. "어쨌든 그들 입장에서 보자면 우주 전체를 돌아보았을 때 자신들보다 발전된 문명을 찾을 수는 없었지. 이 우주로 넘어오기 전에도, 그리고 현재의 우주에서도 술트리나스는 가장 발전된 문명이었어. 그렇다 보니, 그들은 자신들의 우월함을 객관적으로 증명하고 싶은 욕심이 있었던 거라고 생각해. 그래서 지구를 선택한 거지."

네런은 잠시 말을 멈추며 자신의 커피잔을 들었다. 커피를 한 모금 마신 뒤 그는 미소를 지으며 말했다.

"정말 흥미로운 이야기네요. 당신이 아니고 다른 사람이 이 이야기를 들려줬다면, 그냥 진부한 SF라고 생각했을 거예요."

반더는 조용히 고개를 끄덕였다.

"그럼 술트리나스는 계속해서 지구의 인류를 보살펴오고 있었다면, 앞으로도 그러지 않을까요?" 네런이 반더를 바라보며 물었다. 네런은 커피잔을 들고 한 모금 더 마신 뒤, 천천히 자리에 앉아 반더의 다음 말을 기다렸다. 방 안은 밤의 정적과 사무실의 미묘한 조명 아래에서 그들만의 고요한 분위기로 채워져 있었다.

"글쎄." 반더가 말했다. 그의 음성에는 미묘한 비애가 섞여 있었다. "그들은 지금처럼 인류를 보살피는 신으로 남고자 할 수도 있고, 아니면 잔인한 신이 될 수도 있겠지."

"잔인한 신이라니요?" 네런은 잠시 멈칫하며 눈살을 찌푸렸다.

"인류의 기록에 남은 대홍수 사건이 있지. 그것은 단순한 신화가 아니라, 실제로 있었던 역사야. 술트리나스는 자신들을 따르지 않는 일부 인류를 멸망시키기도 했어."

반더는 잠시 말을 멈추고, 손끝으로 테이블의 표면을 천천히 쓸었다.

"다행히도, 마지막 대홍수 이후로 술트리나스는 그런 행위를 반복한 적이 없다고는 알고 있어. 마지막 참사로 인해 그들 역시 깊은 반성을 했다고 했거든."

"반성을 했다고요?" 네런은 놀라움을 감추지 못했다.

"맞아. 술트리나스는 인간이 가진 자유의지라는 것을 이해하는 데 항상 어려움을 겪었어." 반더는 손을 교차시키며 자세를 바꿨다. 그의 표정에는 무언가 복잡한 감정이 스쳐 지나갔다. "역설적이게도, 그들 스스로가 과거에 자신들이 창조한 AI에 의해 거의 멸망에 이르렀던 기억이, 그들이 자유의지를 이해하기 어려워하는 이유 중의 하나가 되었어."

"그들이 자신들 때문에 스스로 멸망할 뻔했다고요?" 네런은 의문 가득한 표정으로 물었다.

"그렇지." 반더가 대답했다. "그들은 AI의 위협으로 인해 멸망 직전까지 갔다가, 극적으로 살아남았어. 그러고는 자신들의 우주에서 우리 우주로 넘어온 거지. 그 이후에도 자신들 나름의 내전이라든지 그리고 우주를 위한 평화적인 제스처라든가 많은 일들이 있었지만, 결국 술트리나스는 자신들이 다시는 그런 위협에 직면하지 않도록 선택을 한 거야. 그들은 AI를 다시는 창조하지 않았어. 오히려 자신들 중 일부를 점점 AI 컴퓨터처럼 발전하는 방향을 택했어. 그리고 오랜 시간이 걸려 현재는 원래 가졌던 자유로운 사고방식이 제한되고, 자유의지라는 개념을 이해하는 데도 어려움을 겪게 된 거야."

"스스로를 컴퓨터화했다는 말씀이신가요? 이 말씀은 효율성을 극도로 추구했다는 것처럼 들리기도 하는데 말입니다." 네런은 고개를 갸웃거리면서 물었다.

"맞아." 반더는 미소를 지으며 고개를 끄덕였다. "그들은 셀라라고 하는 원로들을 사회 전체를 통합하는 AI 컴퓨터의 위치에 두고 효율성을 극도로 추구하는 문명으로 발전했어."

네런은 말을 삼키며 반더의 이야기를 음미하듯 생각에 잠겼다. 술트리나스의 과거와 그들의 관점은 인간의 역사와 신화를 재해석할 수 있는 흥미로운 관점을 제공하고 있었다. 그러나 그는 머릿속에서 떠오르는 질문들을 미뤄두기로 했다. 그는 반더가 자신을 찾아온 진짜 목적에 대해 이야기를 들어야 한다는데 생각이 미쳤다.

"정말 흥미로운 이야기입니다." 네런이 조심스럽게 말을 꺼냈다. "술트리나스에 대해 더 많이 듣고 싶지만, 우선 당신이 방문해주신 이유부터 해결하는 것이 좋을 것 같습니다. 용건이 무엇인지 듣고 싶습니다."

반더는 미소를 지으며 교차했던 다리를 바꿔 꼬았다. 그의 태도는 여전히 차분했지만, 눈빛은 조금 더 깊어진 듯 보였다.

"물론이야. 이제 본론으로 들어가자고." 반더는 천천히 숨을 내쉬며 말을 이었다. "먼저 질문을 하나 하고 싶어."

반더의 목소리는 차분했지만 묘한 압박감을 주었다. 네런은 그의 의도를 가늠하느라 잠시 뜸을 들였다.

"어떤 질문이죠?"

"당신에게 인간이란 무엇이지?" 반더는 고개를 살짝 기울이며 진지한 눈빛으로 질문을 던졌다.

네런은 예상치 못한 질문에 순간적으로 당황했다. 반더는 그저 평범한 대화를 나누는 듯 보였지만, 그의 질문은 철학적이고도 본질적인 깊이를 가지고 있었다.

"어떤 의미로 질문을 하시는 것인지 알 수 있을까요?" 네런은 신중하게 물었다.

"그냥 당신의 인류에 대한 관점이 궁금할 뿐이야. 당신은 사업가지. 그것도 AI OS를 개발하는 기업의 CEO란 말이야. 당신이 가진 인간에 대한 관점은 단순히 철학적 질문에 머무를 수가 없어. 그것은 당신이 개발하는 기술을 통해 현실이 어떻게 재구성될 것인가, 와도 직결되는 거야."

네런은 잠시 머리를 식히며 깊은숨을 내쉬었다. 반더의 말은 그의 직업적 사명감과 철학적 기반을 동시에 건드렸다.

"갑작스러운 질문이긴 하지만⋯." 그는 잠시 말을 끊고 생각에 잠겼다.

네런은 사업가로서의 경험과 개인적인 생각을 뒤섞으며 머릿속에서 다양한 아이디어가 교차하는 것을 느꼈다. '인간이란 무엇인가? 나는 왜 지금 이 자리에 있는가?' 이런 질문들이 마치 스스로를 시험에 들게 했다.

그는 생각을 정리하려고 눈을 감았다.

'인간은 육체를 가진 존재인가, 아니면 그 이상의 무언가인가? 인간의 감정은 어디에서 오는가? 나는 왜 인간을 위한 소프트웨어를 개발하는가?'

"질문 자체가 상당히 철학적이고 흥미롭습니다만." 네런은 조심스럽게 말을 꺼냈다. "이 질문을 하신 이유를 조금 더 구체적으로 듣고 싶습니다."

"알다시피, 이념, 종교, 사상, 철학 등 인간의 모든 발명품은 결국 인간을 위해 만들어졌어." 반더는 고개를 끄덕이며 답했다. "사람들이 이를 어떻게 이용하느냐는 별개의 문제지만, 출발점은 언제나 인간의 삶을 개선하려는 의도였단 말이야. 술트리나스도 마찬가지지. AI에 의해 멸망 위기를 겪으며 그들은 수많은 사상과 철학을 겪으며 진화해왔어. 그 결과가 지금의 술트리나스인 거고. 이는 매우 중요한 문제야. 당신과 같은 지도자들이 어떤 철학을 가지느냐에 따라 인류의 진화 방향이 결정되는 거야."

"조금 다른 질문이긴 합니다만, 술트리나스가 인류와 구체적으로 어떤 관련이 있습니까?"

"당신이 알고 있는 것처럼 그들은 지금 중국과 러시아와 협력하고 있는 외계 종족이야. 만약 당신이 술트리나스와 유사한 관점을 가진다면, 지금 나와 협력한다고 해도 결국에는 그들과 가까워질 가능성이 있지. 그러니 나에겐 당신이 가진 철학은 나와의 협력이 어느 정도까지 이루어질 수 있을 것인가를 판단하는 중요한 기준인 거지."

네런은 반더의 말이 일종의 시험과도 같다는 것을 직감했다. 이 질문에 대한 답변은 단순한 대화의 연장이 아니라, 반더와의 신뢰를 결정짓는 순간이었다.

그의 머릿속에 문득 명상 중 그가 간혹 경험하는 현상에 대한 생각이 떠올랐다. 대학생 시절부터 이어져온 그의 명상은 이제 그의 매일 일과를 시작하기 전의 루틴으로 자리 잡고 있었다. 실제로 그는 명상에 열성적이어서 대학생 시절에는 인도의 요기들을 찾아서 실제로 인도에 다녀온 적도 있었다. 명상을 할 때 그는 육체 안에 진실한 자신이 자리를 잡고 있는 듯한 느낌을 받을 때가 있었다.

가끔은 그런 경험이 너무나 강렬해서 마치 현실이 짜인 시뮬레이션 같다고 느낀 적도 있었다. 그럴 때면 그는 자신이 더 이상 이 육체에 머물지 않고, 어디론가 잠겨 드는 듯한 느낌을 받곤 했다. 차가운 물 속을 천천히 잠수하듯, 외부의 소리는 희미해지고, 마치 심연의 공간에서 오직 심장 박동만이 그의 귓가를 울리는 듯했다.

"인간이란 결국 이 육체 안에 자리 잡은 '무의식'이 아닌가 하는 생각이 듭니다." 네런은 천천히 답했다. "무의식에 따라 자기도 의식하지 못하는 사이에 삶이 결정되곤 하죠. 그리고 개개인의 무의식이 모여서 국가를 이루고, 그 집단적인 무의식이 다시 인류 전체를 형성합니다. 이런 관점에서 보면, 인간이란 개개인들의 무의식들이 모여서 집단을 이루는 군집체입니다."

반더는 네런의 말을 묵묵히 듣더니, 만족스럽게 고개를 끄덕이며 말했다.

"정답은 없지만, 당신의 대답은 흥미롭군. 나와 유사한 생각이기도 하고 말이야. 나도 인류가 무의식의 집합체라 것에 동의해. 그래서 나는 개개인의 의식이 깨어나는 것을 중요하게 생각해왔어. 하지만 깨어난다는 것은 매우 어려운 일이지. 대다수의 사람은 자신이 깨어 있다고 믿지만, 실제로는 그렇지 않아."

"그렇다면 당신은 자신이 여전히 반더라고 생각하십니까?" 네런 역시 반더의 대답에 흥미를 느꼈다. 이 대화는 단순한 정보 교환을 넘어 철학적 탐구로 이어지고 있었다. "아니면 지금의 당신은 과거의 반더와는 다른 존재인가요?"

"재미있군." 반더는 호방하게 웃으며 대답했다. "나는 당연히 반더야. 다만, 내 의식이 살보리스라는 거대한 AI와 결합해서 새로운 차원으로 진화했을 뿐이지. 하지만 그 바탕은 여전히 인간이던 반더야. 나는 여전히 과거의 기억과 비전을 가지고 있어. 그 비전은 지금도 나를 살아서 움직이게 하지."

네런은 반더의 말에서 더욱 호기심을 느끼고 말했다.

"아시는 것처럼 저는 기업가입니다. 비전이라고 말씀하시니, 과거에 왜 우주 사업이라는 힘든 길을 선택하셨는지 궁금하군요."

"그 이유는 간단해." 반더는 잠시 네런을 응시하며 대답했다. "방금 우리가 의견을 나눈 인류의 의식에 관한 주제는 그 당시부터 지금까지 내가 항상 간직하고 있는, 내게는 일종의 진실이야. 나는 인류의 의식이 지구라는 공간에 갇히면, 언젠가는 그 의식이 필연적으로 멸망할 것이라고 생각했어. 그래서 인류라는 씨앗을 우주 곳곳에 퍼뜨리는 것이 의식의 필연적인 멸망을 막아내는 나만의 사명이라고 느꼈어. 지금도 그렇지만 그 당시에도 나처럼 생각하는 사람들은 거의 없었으니까. 그래서 이 우주 사업을 벌인 거야. 단순히 자본의 논리로 보면 우주 사업은 말도 안 되는 일이지만, 나는 반드시 해야 한다고 믿었어. 그리고 그 믿음은 지금도 변함이 없어. 물론 이렇게 새로운 형태가 된 후에는 약간의 세부적인 사항에 대해서는 변화가 있지만 말이야."

네런은 커피를 한 모금 다시 홀짝거리면서 추가로 질문을 던졌다.

"궁금한 점이 한 가지 더 있습니다. 보통 사람들은 자신들이 죽을 것 같다는 생각도 잘 하지 않습니다. 그러니 당연히 인류가 소멸할 것 같다는 생각도 잘 하질 않는데, 어떤 계기로 그런 생각을 하게 되셨을까요? 어떤 계기가 있으셨던 것일까요?"

반더는 잠시 침묵하며 네런의 눈을 응시했다. 그의 눈빛에는 과거를 회상하는 깊은 감정이 스쳐 지나갔다.

"예리하군. 당신이 성공적인 OS 기업을 이끌고 있는 것도 이유가 있는 거야." 반더가 마침내 입을 열었다. "보통 사람들이 죽음을 잘 생각하지 않는 것처럼, 사람들은 이런 질문 자체를 잘 떠올리지 못해."

반더는 몸을 약간 기대며 말을 이었다.

"내가 지구에서 한창 활동하던 시기는 지금과는 완전히 다른 시대였어.

겉으로 보기엔 평화롭고 안정적인 것처럼 보였지. 2차 세계대전, 한국 전쟁 그리고 베트남 전쟁 이후로 인류는 꽤 오랜 기간 동안 평화를 누리고 있었어. 물론 그사이 크고 작은 국지전이야 있었지만, 앞선 전쟁들처럼 세계적인 규모는 아니었지. 물론 다양한 대립들이 국지전 말고도 있었지만, 이 시기는 대부분이 경제적인 전쟁이라고 할 수 있었어. 그리고 눈에 보이는 이념 전쟁과 보이지 않는 주도권 싸움들이 이어졌지. 그렇지만 보통 사람들에겐 그리고 겉보기에는 대부분이 평화로운 시기였어. 하지만 내 눈에는 그 평화 속에 엄청난 긴장이 응축되고 있다는 것이 보였어."

네런은 반더의 말에 흥미를 느끼며 고개를 끄덕였다. 반더가 계속 말했다.

"당시의 인류는 지금과 비슷한 방식으로 살아가고 있었어. 기술은 발전하고, 경제는 성장하고, 대다수의 사람은 자신들의 삶에 만족하며 지내고 있었단 말이야. 하지만 21세기로 접어들면서 전 세계에서 크고 작은 이념적 갈등과 분열이 점점 심화되기 시작했어. 그 갈등과 분열들은 어마어마한 힘을 축적하며 분출될 때를 기다리는 것처럼 보였어. 그 증거로 평화로운 사회에서도 양극으로 분열된 정치이념들, 경제적으로 안정이 되기만 하면 올라오는 각국 사이의 역사적인 시각 차이로 발생하는 문제들, 단순히 패권을 원해서 벌이는 크고 작은 전쟁 같은 것들 말이야. 내 시각에서는 언제 터져도 이상할 것이 없는 시한폭탄처럼 보였지."

반더는 창밖의 어두운 하늘을 잠시 바라보다 말을 이었다.

"그때 나는 생각했지. 이 응축된 힘은 언젠가는 필연적으로 터질 것이다. 작은 방아쇠 하나로도 그것이 폭발할 수 있을 것이다. 그래서 나는 절박함을 느꼈어." 반더는 네런을 바라보며 진지하게 말했다. "나는 그 답을 우주 개척이라는 곳에서 찾았어. 인류가 가지고 있는 에너지와 긴장을 지구라는 작은 공간 안에 가두지 않고, 우주라는 새로운 공간으로 분출하게 만든다면, 갈등은 새로운 가능성으로 대체될 수 있다고 믿었던 거야. 우주라는 신세계는 인류가 꿈꿀 수 있는 새로운 무대라고 생각했지."

네런은 반더의 말에 자신도 모르게 전율을 느꼈다. 그와 동시에 자신도 자신의 사업에 대해서도 새로운 관점을 가지게 접근해야 하리라는 것을 깨닫게 되었다. 당연한 이야기이지만 반더라는 인물에 대해서도 자연스럽게 호감이 생기는 것을 느낄 수 있었다.

"그리고…." 반더가 말을 이어갔다. "그 당시 나는 확신했어. 우주 개발이 인류의 운명을 바꿀 열쇠가 될 거라고 말이야. 현재의 인류를 보면 실제로 그 방향으로 나아갔고, 긴장의 시대를 넘어서 평화를 어느 정도 연장해 오고 있어. 이를 보면 그 당시의 내 선택이 옳았다는 것을 알 수 있어."

네런은 그의 말을 듣고 고개를 끄덕이며 존경심을 느끼며 물었다.

"당신은 아직 인류의 편인가요?"

"물론이야." 반더는 살짝 미소를 지으며 대답했다. "비록 다른 우주의 무척 발전된 AI와 융합하는 선택을 했지만, 그 역시 의식의 진화라는 나의 목표를 위해서였어. 이미 말한 것처럼, 나는 여전히 인류를 개별적인 의식들의 집합체로 보고 있어"

반더는 잠시 말을 멈추고 네런의 반응을 살피다 말했다.

"이 개별 의식들의 집합체가 인류라는 집단이 되고, 이 집단이 나아가는 방향이 결국 의식의 생존을 결정짓는 거야. 이제 내 목표는 단순히 의식의 생존을 떠나서 상위 차원으로의 의식의 진화를 이끌어내는 거야. 살보리스와의 융합은 그 세계가 분명히 있다는 것을 확신을 주었어."

반더의 말은 간단했지만, 그 속에 담긴 깊은 철학은 네런에게 묘한 감동을 주었다.

"의식의 진화라는 말이 약간 모호하게 들리기도 하지만 당신이 인류를 위해 일을 하고 있다는 점은 분명히 느낄 수 있었습니다. 그리고 기업의 운영에 대해서도 새로운 관점을 배울 수 있었습니다. 감사합니다." 네런은 고개를 끄덕이며 말했다.

"그거면 충분해." 반더는 미소를 지으며 고개를 끄덕였다.

네런은 반더가 단순히 외계 기술을 가진 존재가 아니라, 그와 함께하는 것이 단순한 협력을 넘어서는 큰 그림을 만들어 나가는 일임을 알 수 있었다. 네런은 계속해서 흥미로운 대화를 이어나가고 싶었지만, 이제는 본론으로 들어가야 할 시간임을 알고 있었다.

"많은 부분을 공감할 수 있는 좋은 시간이었습니다." 네런이 말을 꺼냈다. "그럼 저에게 원하시는 바가 무엇이신가요?"

반더는 잠시 숨을 고르더니 단호한 목소리로 말했다.

"이제부터 우리가 이야기한 모든 것들의 첫 번째 결과물을 만들어야겠군. 당신의 하모니 OS를 새로운 시대의 초석으로 만들고 싶어. 자세히 말하자면, 하모니 OS에 반물질을 다룰 수 있는 코드를 삽입하고 싶어."

네런은 순간 말을 잃었다. 그는 반더의 말을 곱씹으며 믿기 어렵다는 듯이 홀로그램 데이터를 바라보았다.

"놀라운 이야기이군요." 네런은 조용히 입을 열었다. "반물질을 활용할 수 있다는 말인가요?"

"물론이야." 반더는 가볍게 고개를 끄덕이며 대답했다. "인류는 오랫동안 반물질을 연구해왔지만, 아직까지는 제대로 활용하지 못하고 있지. 반물질을 활용할 수 있다면, 지구뿐만 아니라 아마도 이 은하 전체에서 가장 강력한 에너지원이 될 수 있을 거야. 하지만 반대로 말하면, 가장 위험한 물질일 수도 있지."

"잠깐, 그러면 당신은 지금 반물질을 통제할 수 있다는 뜻입니까?" 네런은 손을 깍지 낀 채 반더를 응시했다.

"그래, 우리는 반물질을 다룰 수 있어." 반더는 미소를 지으며 대답했다. "하지만 우리가 사용한다는 것은 인류에게 큰 도움이 되지 않아. 아무리 우리가 반물질을 제어한다고 해도, 인류가 반물질을 제어하는 기술을 확보할 수 있는 것은 아니야. 이 문제를 효과적으로 해결하고, 우리도 술트리나스에 대항하기 위한 일종의 보험으로 하모니 OS를 사용하는 휴머노이드들이 반물질을 직접 다룰 수 있도록 프로그램을 삽입하려는 거지."

"솔깃하면서도 동시에 무서운 제안이군요." 네런은 한숨을 내쉬며 팔짱을 꼈다. 그리고 신중한 목소리로 말했다. "저도 반물질에 대해서라면 어느 정도는 알고 있습니다. 반물질은 말 그대로 핵폭탄보다 수천 배 강력한 에너지를 방출하는 물질입니다. 반물질이 100퍼센트 에너지로 변환된다고 가정하면, 단 1그램만으로도 43킬로톤의 TNT 폭발을 일으킬 수 있습니다. 우리가 그걸 제대로 관리할 수 있다는 확신을 줄 수 있습니까? 만약 제어에 실패한다면?"

"그렇기 때문에, 당연히 철저한 관리가 필요해." 반더는 고개를 끄덕이며 조용히 대답했다. "반물질은 초고강도 자기장 컨테이너 안에서 보관될 것이고, 하모니 OS를 기반으로 한 휴머노이드들이 이를 실시간으로 모니터링하고 자동으로 조정하게 될 거야. 우리가 만든 반물질 컨테이너는 이론적으로는 안전해. 하지만 언제나 모든 시스템은 예측하지 못한 변수를 만나곤 해. 그게 우리의 가장 큰 문제이자 도전 과제이지만, 나는 우리나 인류가 언제나 그랬듯 문제가 발생한다면 해결할 수 있으리라 믿어."

"당신이 말하는 이 계획…." 네런은 그 말을 듣고도 여전히 의구심을 지우지 못했다. 그래서 깊은숨을 들이마시며 말했다. "이건 단순한 에너지원이 아닙니다. 핵발전과 비교할 수 있는 수준이 아니에요. 핵발전소는 실패해도 방사능 유출 정도지만, 반물질이 폭발하면 도시 하나가 날아갑니다. 더 나아가면 행성 단위로도 소멸할 수도 있어요."

네런의 목소리에는 명확한 경고가 담겨 있었다.

"그렇다면 묻겠습니다. 어떻게 그걸 100퍼센트 안전하게 관리할 수 있다는 겁니까?"

반더는 네런의 말에 가볍게 웃으며 홀로그램을 조작했다. 화면이 변하며 반물질 저장 시스템과 제어 프로토콜이 나타났다.

"이걸 설명하려고 했어." 반더는 손짓으로 특정 데이터를 가리켰다. "첫 번째, 반물질은 절대 인간이 직접 다루지는 않을 거야."

네런은 찬찬히 반더의 설명을 들었다.

"모든 반물질 컨테이너는 자기장 기반의 다중 차폐 시스템을 가지고 있으며, 오직 하모니 OS를 사용하는 휴머노이드들만이 원격으로 조작할 수 있어. 그리고 휴머노이드들도 독립적으로는 작동할 수 없어. 필수적으로 인간 오퍼레이터가 개입하는 '2단계 인증 시스템'이 필요해. 즉, 당신이 우려하듯 'AI의 반물질 남용'은 불가능하다는 이야기야."

"해킹 가능성은요?" 네런은 여전히 신중한 표정이었다.

"불가능해. 반물질 조종 시스템은 완전한 폐쇄형 네트워크로 운영될 거야." 반더는 고개를 저었다. "어떤 외부 해킹 시도도 차단되도록 설계되어 있어. 사실상 이 우주에서 우리가 설계한 폐쇄 네트워크를 해킹한다는 것은 불가능할 거야."

네런은 여전히 신중한 태도를 유지했지만, 반더의 설명을 듣고 조금씩 그의 제안에 관심을 가지기 시작했다. 잠시 침묵이 흐른 후, 네런은 질문을 던졌다.

"이 모든 게 가능하다고 치죠. 그러면 그걸로 뭘 하겠다는 겁니까? 단순히 지구의 에너지 위기를 해결하겠다는 건 아니겠죠."

"당신도 들어서 알고 있을 거야." 반더는 조용히 네런을 바라보았다. "술트리나스와 중국, 러시아가 어떤 계획을 세우고 있는지 말이야."

네런은 표정을 굳히며 천천히 고개를 끄덕였다. 반더가 말을 이었다.

"술트리나스는 이미 양자적 조작 기술을 군사적으로 활용하고 있어. 그들은 중력과 공간을 조작해 공격을 가할 수 있으며, 지금까지 인류가 본 적 없는 전술을 사용해. 그리고 그들은 이미 중국, 러시아와 함께하고 있어. 미국이 그리고 서방의 동맹국들이 그에 맞설 수 있는 유일한 방법은 지금으로서는 반물질밖에 없어."

"당신 말대로라면, 반물질은 단순한 에너지원이 아니라 무기로도 사용이 된다는 것인가요?" 네런은 한 손으로 턱을 쓰다듬으며 곰곰이 생각했다.

"맞아. EMP 무기, 고출력 중력 반응 무기, 공간 왜곡 방어막 같은 전략 무기로 활용될 수도 있을 거야." 반더는 천천히 고개를 끄덕였다. "반물질을 단순한 폭탄으로 사용하는 것이 아니라, 방어와 전력 보급, 긴급 전장 지원 시스템으로 활용하는 거지. 만약 술트리나스와의 전쟁이 본격적으로 시작되기라도 한다면, 기존 방식으로는 전혀 승산이 없을 거야."

"이건, 너무 위험한 선택이군요. 하지만 만약 술트리나스가 먼저 반물질을 무기로 활용하면요?" 네런은 한숨을 내쉬며 의자를 뒤로 젖혔다.

반더는 잠시 침묵하다가 낮은 목소리로 말했다.

"그러면 우리는 더 이상 선택의 여지가 없겠지."

네런은 더 이상 아무 말을 할 수가 없었다. 반더는 조용히 말을 이어갔다.

"왜 당신이 이렇게 신중한지 이해할 수 있어. 하지만 이 기술을 통해 미국과 그 동맹국들이 얻을 수 있는 잠재적인 이익은 정말로 어마어마해. 에너지 문제를 해결할 수 있을 뿐만 아니라, 우주 개발에서도 엄청난 도약을 이룰 수 있지. 지금처럼 태양 에너지나 화석 연료에 의존하지 않고, 더 안전하고 강력한 에너지로 미래를 설계할 수도 있어. 거기에 전략적으로 활용 가치도 충분하단 말이야. 마지막으로 당신의 회사도 전략적인 보호를 받을 수 있을 거야."

네런은 반더를 조용히 주시했다. 반더가 계속 말했다.

"지금 술트리나스는 중력 무기와 공간 왜곡 기술을 이미 실전에 적용하고 있어. 아마 곧 중국과 러시아도 그 기술들을 실전에서 사용할 수도 있을 거야. 이미 존재하는 미국의 시스템만으로 이에 대응할 가능성은 거의 0퍼센트야. 하지만 반물질을 활용하면 중력 왜곡을 반전시키거나 혹은 방어막을 만들거나 하는 등 전장에 즉각적인 필요에도 대응할 수 있을 거야."

네런은 다시 한번 깊은 생각에 빠졌다. 하모니 OS에 반물질 조종 코드를 삽입한다는 것은 단순히 기술적 업그레이드가 아니라, 자신의 OS를 사용하는 인류들에게 큰 혜택을 줄 수도 있겠지만 또한 동시에 알 수 없는 미지의 위험성을 동시에 제공하는 결정이 될 것이었다.

"검토해보겠습니다." 네런은 결국 신중한 대답을 내놓을 수밖에 없었다.

"좋아. 바로 수락을 했다면 오히려 내가 실망했을 거야." 반더는 미소를 지으며 일어섰다. "우리가 협력할 수 있기를 기대하네. 시간을 가지고 잘 생각해보길 바라지. 하지만 너무 오래 생각할 필요는 없어, 인류는 지금 진화의 중대한 기로에 서 있으니까 말이야."

그러면서 반더는 은근히 네런을 압박하며 말했다.

"네런, 당신은 이 시대에 가장 강력한 기술적 영향력을 가진 인물 중 하나야. 내 입장에서는 당신이 빨리 결정을 내려주길 바라지만, 혹시 그러지 않는다면 전략적인 필요에 의해 나는 이 기술을 당신이 아닌 다른 사람과 나눌 수밖에 없어. 그럼 이 기술은 당신이 통제할 수 없는 형태로 다른 사람들 손에 들어갈 거야."

　마지막 말을 남기고 반더는 화면에서 사라졌다. 그의 존재가 사라진 뒤에도, 네런은 여전히 그가 남긴 질문과 제안의 무게를 느끼며 한참 동안 자리에서 일어나지 못했다. 그렇지만 그는 반더에 대한 자신의 긍정적인 직감을 믿어보기로 했다.

14

지구는 여전히 거대한 변화의 소용돌이 속에서 요동치고 있었다. 네런과 반더가 회동한 지 벌써 한 달이 흘렀다. 짧다면 짧은 시간이었지만, 그 기간 동안 세상은 급격한 변화를 겪었다.

중국과 러시아는 술트리나스와의 협력을 통해 새로운 기술을 도입하며 자신들의 국제적 위상을 더욱 공고히 하려 했고, 미국과 연합국들은 보게스와 손을 잡고 대응하려 했다. 이 과정에서 양측 모두 자국의 이익과 전 세계적 균형을 동시에 고려해야 하는 복잡한 상황에 직면했다.

미국은 그 어느 때보다도 혼란에 빠져 있었다. 반더와 술트리나스의 등장은 그저 외계 문명의 출현이 아니라, 인류 전체의 가치관과 세계 질서를 뒤흔드는 사건이었다. 그 여파는 단순히 기술이나 외교적 문제에 그치지 않고, 종교적 갈등과 정치적 반목을 불러일으켰다.

정치권도 예외는 아니었다. 공화당과 민주당은 이 새로운 위기에 대응하는 방법을 두고 극명하게 갈라졌다.

공화당은 UN과 TSC를 중심으로 기존의 세계 질서를 유지해야 한다고 주장했다. 그들에게 술트리나스와 보게스의 등장은 단순한 협력의 문제일 뿐, 기존의 틀 안에서 협력과 견제를 통해 균형을 유지해야 한다는 입장이었다.

"중국과 러시아는 협력할 수 있는 상대입니다. 술트리나스와 보게스의 기술도 우리 세계를 위협하는 것이 아니라, 우리가 함께 나아갈 기회입니다!"

그러나 민주당은 달랐다. 그들은 UN과 TSC가 이미 시대의 수명을 다했다고 주장하며 새로운 세계 질서를 재구축해야 한다고 목소리를 높였다.

"이제는 더 이상 과거의 방식으로는 미래를 맞이할 수 없습니다. 새로운 질서를 세워야 합니다. 우리는 미국을 중심으로 한 더 강력하고 혁신적인 질서를 만들어야 합니다."

그럼에도 불구하고 두 정당은 한 가지 점에서는 일치하고 있었다. '미국이 세계의 중심이어야 한다.' 그들은 서로 다른 길을 제시했지만, 그 끝은 언제나 미국이 주도권을 쥐는 미래였다.

이블린 카터 대통령은 깊은 밤에도 서재에 홀로 남아 있었다. 그녀의 손에는 《로마 제국의 흥망》이라는 오래된 책이 들려 있었고, 책장 너머에는 수도의 불빛이 희미하게 빛나고 있었다. 책을 펼쳐 읽는 그녀의 눈빛은 깊고 사려 깊었다.

"미국은 현대의 로마…." 그녀는 중얼거리며 책을 덮었다. 이 문장이 그녀의 마음속에 오래도록 자리 잡고 있었다. 미국은 단순히 강대국 중 하나가 아니었다. 미국의 엘리트들은 모두 알게 모르게 이 사명을 공유하고 있었다. 그들 각자의 자리에서, 각자의 방법으로 미국이 세계를 이끄는 현대 사회의 로마가 되어야 한다는 믿음을 실천하고 있었다.

다음 날 아침, 백악관의 전략회의실은 분주했다. 국방부, 국무부, 정보기관의 고위급 인사들이 한자리에 모였다. 테이블 중앙의 홀로그램은 세계 각지의 정세와 더불어 화성에서 벌어지고 있는 상황까지 상세히 보여주고 있었다.

"현 상황에서 중요한 것은 혼란 속에서도 통합된 비전을 유지하는 것입니다." 카터 대통령이 입을 열었다.

그녀는 한눈에 봐도 피곤해 보였지만, 목소리만큼은 단호하고 힘이 있었다. 방 안의 모든 시선이 그녀를 향했다. 그녀가 계속 말했다.

"우리는 혼란 속에서 스스로를 잃어선 안 됩니다. 미국은 현대 사회의 로마입니다. 로마가 서방 문명의 중심으로서 그랬듯이, 우리는 지금 이 순간 세계의 중심이자 나침반이어야 합니다."

"대통령님, 맞는 말씀입니다." 국무장관이 고개를 끄덕이며 말했다. "하지만 이번 위기는 지구 내의 갈등을 넘어 외계 문명까지 얽힌 상황입니다. 술트리나스와 보게스의 기술은 우리 상상을 초월합니다."

"그래서 더욱더 우리가 흔들리지 않아야 합니다." 카터 대통령은 그의 말을 잠시 곱씹다가 대답했다. "로마가 그랬듯, 혼란 속에서도 통합된 비전으로 세상을 이끌었기 때문에 로마는 전설이 되었습니다. 미국도 마찬가지입니다. 우리는 내부의 분열을 극복하고, 외부의 위협에 맞서야 합니다."

백악관의 회의와 비슷한 시각, 워싱턴 외곽의 한 싱크탱크에서도 비슷한 논의가 진행되고 있었다. 미국의 엘리트들이 모여 국가의 미래를 논하는 자리였다.

"미국은 로마의 후계자라는 의식이 우리 엘리트들의 마음속에 깊게 자리 잡고 있습니다." 어느 학자가 말했다. "우리는 전통적으로 비전을 공유하며, 갈등을 조율해 왔습니다. 그러나 이번에는 외계 문명이라는 전례 없는 상황에 직면해 있습니다. 과거와 같은 방식으로 접근할 수 있을까요?"

"지금이야말로 로마의 정신을 다시 생각해야 할 때입니다." 다른 참석자가 고개를 끄덕이며 대답했다. "로마는 혼란 속에서도 항상 통합된 힘을 유지했기 때문에 수백 년간 세계를 지배할 수 있었습니다. 우리는 그 본질을 따라야 합니다. 술트리나스와 보게스라는 외계 문명과의 관계 속에서도 우리의 중심을 잃지 않아야 합니다."

카터 대통령은 회의실을 둘러보며 말을 이어갔다.

"우리가 로마와 다른 점은 이제 경쟁의 무대가 지구를 넘어섰다는 것입니다. 우리는 더 이상 인간끼리만 경쟁하지 않습니다. 외계 문명이 개입된 지금, 우리의 선택과 행동은 인류 전체의 운명을 좌우할 것입니다."

모두가 이어지는 그녀의 말을 경청했다.

"로마가 그랬듯, 미국도 위기 속에서 통합된 힘을 보여줘야 합니다. 우리 안의 갈등을 극복하고, 외부의 압력에 대응하며, 세계를 이끌어야 합니다. 그게 우리에게 주어진 사명입니다. 그리고 그것이 우리가 이 위기를 극복할 유일한 길입니다."

방 안의 공기가 묵직해졌다. 이곳에 모인 사람들은 모두 그 책임을 알고 있었다. 미국은 세계의 중심으로서 흔들림 없이 서 있어야 했다. 카터 대통령이 말을 맺었다.

"로마가 되었던 것처럼, 우리는 미래의 역사가들에게 위대한 문명으로 기억되어야 합니다."

하지만 방 안의 모두는 과거 로마가 직면하지 않았던 크나큰 도전을 지금 미국은 맞이하고 있다는 것을 알고 있었다.

백악관에서 회의가 진행이 되고 있는 와중에, 정치와 종교의 격렬한 대립 속에서 일반인들은 혼란스러워할 수밖에 없었다. 뉴스와 소셜미디어는 하루도 빠짐없이 새로운 음모론과 주장들로 가득 차 있었다.

"반더는 사실 술트리나스가 만든 AI일 뿐이다!"

"모든 건 미국 정부의 조작이다. 외계인도 없고, 다 거짓말이야!"

음모론자들은 기존의 사건을 부정하며 대중의 불안을 자극했고, 일부는 광장과 온라인에서 폭력을 선동하기까지 했다.

그런가 하면, 여전히 대부분의 사람들은 아침이면 일터로 나가고, 저녁이면 집으로 돌아가는 일상에 묻혀 있었다. 그러나 그들의 마음속에는 불안과 의심, 그리고 막연한 두려움이 자리 잡고 있었다.

또한 세계적인 혼란의 중심에는 통일한국도 있었다. 중국과 러시아, 그리고 미국과 연합국 사이에서 전통적으로 갈등을 겪어왔던 이 나라는, 이번 사태로 인해 더욱 심각한 내적 분열을 겪고 있었다.

서울 광장은 다시금 시민들의 목소리로 메워졌다.

"우리는 과거에도 중국과의 협력 속에서 많은 경제적 발전을 이뤄냈습니다. 술트리나스의 기술이 있다면, 우리는 세계의 중심으로 도약할 수 있습니다!"라고 외치는 시민이 있었다. 그의 옆에서는 젊은 여성이 성조기를 들고 있었다.

"미국과 보게스의 기술은 진정한 자유와 혁신을 보장합니다. 우리가 독재적 체제로 다시 돌아가길 원하십니까?" 그녀의 목소리는 광장의 소음 속에서도 명확하게 울려 퍼졌다.

언제나처럼 한국의 광장은 서로 다른 생각과 열정이 부딪히는 곳이었다. 시민들은 민주주의의 성숙한 형태를 보여주는 동시에, 각기 다른 방향으로 나아가야 한다고 주장하며 더욱 큰 혼란을 만들어내고 있었다.

이런 상황은 사실 중국과 러시아라고 크게 다르지는 않았다. 이들 나라는 겉으로는 차분한 질서가 유지되는 듯했지만 조금씩 내부의 혼란이 드러나는 양상이 보이고 있었다.

중국에서는 대도시 하늘에 리우 주석의 얼굴과 그를 비난하는 메시지가 담긴 드론들이 떠다니며, "외계의 힘으로 권력을 영구히 하려 한다"라는 비판의 목소리를 대변했다. 거리 곳곳에는 익명의 QR코드 스티커와 벽보가 붙어 있었는데, 이를 통해 퍼지는 반정부적 메시지와 정보는 온라인에서도 조금씩 확산되었다. 공안은 드론을 제거하고 QR코드 스티커를 떼어내며 반발 세력을 추적했지만, 시위와 저항은 점점 은밀한 방식으로 진화하고 있었다.

러시아에서도 술트리나스와의 동맹을 둘러싼 긴장이 고조되었다. 러시아 정교회를 중심으로 한 반발 세력은 술트리나스와의 협력을 신성 모독으로 규정하고, "우리는 인간의 믿음을 잃지 않아야 한다"라는 구호를 내세우며 대규모 집회를 조직했다. 특히 지방 도시에서는 술트리나스의 기술을 받아들여야 하는지에 대한 토론이 격화되며, 일자리와 자원의 배분 문제가 부각되었다. 이 와중에 일부 기술자와 과학자들은 술트리나스의 기술을 사용하는 것이 러시아의 독립성을 훼손할 수 있다고 경고하며 고의로 프로젝트를 지연시키는 움직임까지 보였다.

양국은 표면적으로는 술트리나스와의 협력으로 새로운 미래를 준비하고 있는 듯 보였지만, 내부는 기술적, 종교적, 정치적 갈등이 얽혀 점점 균열이 커지고 있었다. 사회는 명확한 답을 찾지 못한 채 이념과 실리, 신념과 두려움 사이에서 갈팡질팡하고 있었다.

한편, 세계적으로 종교계에도 새로운 바람이 불고 있었다.

과학의 눈부신 발전 속에서 점점 영향력을 잃어가던 종교들은, 이번 사태를 새로운 기회로 보고 있었다. 특히 반더가 자신의 등장을 종교적인 언어로 포장한 이후, 전통적인 종교들은 그를 자신들의 교리에 맞추어 해석하며 세력을 넓히기 시작했다.

로마 가톨릭은 "인류가 새로운 신의 메시지를 받는 순간이다"라고 선언하며 신도들에게 강력한 영적 메시지를 보냈다. 개신교 지도자들 역시 반더의 등장을 종말론적 맥락에서 해석하며 새로운 부흥 운동을 시작했다.

"이것은 우리 신앙의 정점입니다. 신께서 주신 기회입니다!"라는 목소리가 성당과 교회에서 울려 퍼졌고, 오랜 시간 교회를 떠났던 사람들이 다시금 문을 두드리기 시작했다.

하지만 종교적 환호만 있는 것은 아니었다. 반더의 메시지를 맹목적으로 받아들이는 일부 종교 집단들은 새로운 과격파로 변질되었고, 술트리나스를 악마로 묘사하며 폭력적인 행동까지 서슴지 않는 모습도 보였다.

술트리나스와 보게스는 여전히 자신들의 목적에 따라 각각의 기술을 전수하고 있었다.

술트리나스는 중국과 러시아에 초점을 맞추며 핵융합 기술과 관련된 설비를 설치하고 있었다. 이는 화성에서의 에너지 독립과 자원 개발을 위한 초석이 될 것이었다. 동시에 이 기술은 지구에서 중국과 러시아의 산업적 역량을 극대화시키며, 세계 질서에서 두 국가의 위치를 강화하는 데 기여했다.

반면, 보게스는 미국과 연합국에 반물질 에너지와 휴머노이드 기술을 제공하며 자신들의 영향력을 넓혔다. 특히 반더는 하모니 OS에 코드를 추가해 휴머노이드들이 반물질 에너지를 효율적으로 관리할 수 있도록 지원하고 있었다. 이로 인해 보게스는 술트리나스와의 기술적 경쟁에서 우위를 점하려고 했다.

혼란스러운 상황에도 불구하고, 전 세계의 일상은 여전히 이어지고 있었다. 거리의 상점은 열려 있었고, 사람들은 출근길에 나섰으며, 소셜미디어는 수백만 건의 댓글과 게시물로 폭발했다. 그러나 이 일상 속에서도 사람들의 마음은 혼란과 기대, 그리고 두려움으로 가득 차 있었다.

"결국 모든 것은 누가 더 설득력 있는 비전을 제시하는가에 달렸습니다." 반더는 한 회의 중 이렇게 말했다. "그리고 비전은 기술과 함께 이루어집니다."

이제 그 비전을 둘러싼 싸움이 본격적으로 시작되려 하고 있었다. 술트리나스와 보게스, 두 외계 문명의 등장은 단순한 기술의 경쟁을 넘어, 인류의 미래를 둘러싼 철학적, 정치적 전쟁으로 이어지고 있었다.

지구에서 이런저런 혼란과 회의들이 진행되는 동안 화성에서도 지구처럼 혼란스럽지는 않았지만, 나름대로 사건들이 진행되고 있었다.

붉은 하늘 아래 드넓게 펼쳐진 뉴제퍼슨시티는 여전히 위엄을 잃지 않은 듯 보였지만, 그 분위기만큼은 이전과는 사뭇 달랐다. 인류의 화성 개척의 상징이자 TSC의 본부였던 이 도시는 지금, 어딘가 모르게 조용하고 불안한 긴장감에 휩싸여 있었다.

거대한 유리창 너머로 보이는 넓은 광장에는 짐을 꾸린 중국과 러시아의 요원들이 줄지어 서 있었다. 그들은 자국의 방침에 따라 철수를 명령받았고, 이제 뉴제퍼슨시티를 떠나 각자 자국이 건설한 돔 도시로 이동하는 중이었다. 가방과 장비들이 광장 한쪽에 가지런히 쌓였고, 서로를 배웅하려는 요원들의 모습은 일종의 애잔한 광경을 만들어내고 있었다.

"안녕히 가요, 친구."

"건강하게 지내. 다시 만날 날이 올 거야."

굳게 손을 잡고 껴안으며 작별을 고하는 모습들은 약간의 쓸쓸함마저 묻어나고 있었다. 비록 그들의 본국은 서로 다른 이념과 국익을 두고 첨예하게 대립하고 있었지만, 화성의 TSC 본부에서 함께 일하던 이들에게는 그러한 갈등이 실감 나지 않았다. 이곳 화성에서는 그들은 단지 '지구인'일 뿐이었다.

세희, 캘빈 그리고 퀘일 장군은 21층 회의실에서 유리창을 통해 그 광경을 바라보고 있었다. 말없이 서로를 배웅하는 모습은 묘한 감정을 불러일으켰다. 퀘일 장군은 의자에 몸을 기대고 크게 한숨을 내쉬었다.

"정말 신기한 세상이 되었어." 퀘일 장군은 굳어진 얼굴로 창밖을 응시하며 중얼거렸다. "언젠가 외계인을 볼 줄은 알았지만, 이렇게 갑작스럽게 외계인들이 지구의 정치에 뛰어들 줄은 몰랐군."

세희는 팔짱을 낀 채 창밖을 바라보았다. 그녀의 표정은 무겁고 복잡해

보였다.

"그리고 지구의 정치가 여기에까지 영향을 줄 줄은 상상도 못 했습니다. 화성은 정치와 거리가 멀 줄 알았는데 말이죠." 세희가 말했다.

"여기서도 정치가 시작되면 그 끝이 어딘지 아세요?" 캘빈이 가볍게 웃음을 지으며 말을 이었다. "지구인들은 어디를 가든 분열과 갈등을 만들죠. 심지어 지구 바깥에서도 말입니다."

"말이 되는 소리를 하게." 퀘일 장군은 캘빈을 쳐다보며 핀잔을 주었지만, 그의 목소리에는 힘이 빠져 있었다.

광장의 풍경은 점점 더 조용해졌다. 중국과 러시아의 요원들이 준비를 마치고 각자의 돔 도시로 향하는 작은 수송선에 오르고 있었다. 그들의 모습은 어딘가 모르게 고독하고 쓸쓸해 보였다.

"저 사람들은 이 상황을 어떻게 받아들이고 있을까요?" 세희는 한동안 그 모습을 바라보다가 입을 열었다. "화성에서 함께 일하던 동료들과 갑자기 헤어지는 기분이 어떨지 짐작하기 힘드네요."

"충분히 힘들겠지. 하지만 그들도 각자의 국가에 충성해야 하니까." 퀘일 장군은 그녀의 말에 담담하게 대답했다.

잠시 정적이 흐르고, 캘빈이 목소리를 낮추어 물었다.

"장군님, 이게 단순히 정치적 갈등으로 끝날 거라고 생각하시나요?"

"정치적 갈등은 시작에 불과해." 퀘일 장군은 캘빈을 잠시 바라보았다. 그의 눈빛에는 흔들림이 없었다. "이번 일은 더 큰 혼란을 불러올 거야. 화성도 안전하지 않을걸세."

그의 말은 불길한 예언처럼 들렸고, 사무실 안의 공기는 한층 더 무거워졌다.

멀리서 작은 수송선들이 하나둘 이륙하기 시작했다. 붉은 하늘을 배경으로 날아오르는 수송선의 모습은 마치 어딘가로 도망치듯 빠르게 멀어져 갔다. 세희는 그 광경을 지켜보며 속으로 혼잣말했다.

'이게 끝이 아니야. 이건 시작일 뿐이야.'

회의실의 조명이 약간 어둡게 설정된 가운데, 퀘일 장군은 방 중앙의 홀로그램 지도 앞으로 이동하였다. 그의 표정은 굳어 있었고, 방 안은 중국, 러시아 인원들이 떠나는 어수선함과 긴장감이 동시에 느껴지고 있었다. 세희와 캘빈이 퀘일 장군의 말을 조용히 경청하고 있었다.

퀘일 장군은 홀로그램에 표시된 병력 배치 상황을 가리키며 입을 열었다.

"모두가 알고 있는 사실부터 짚어보겠다. TSC가 화성으로 요청했던 지원 병력 3,000명이 이미 도착했다. 그런데 그사이 중국과 러시아가 TSC를 탈퇴했지. 이들은 이제 더 이상 TSC 소속이 아니야. 그리고 그들 모두 자신들이 건설 중인 돔 도시로 이동해버렸어."

그는 잠시 말을 멈추고, 한숨을 쉬며 다시 말을 이었다.

"원래 뉴제퍼슨시티를 지키던 병력은 약 3,000명이었는데, 이 중에서 중국과 러시아 병력이 약 1,000명을 차지했었네. 지금 그들도 모두 떠났고, 현재 남은 병력은 2,000명. 그중 미국군이 1,000명이고, 나머지 1,000명은 일본, 통일한국, 필리핀, 브라질, 인도네시아 등 여러 나라에서 파견된 군인들이지. 문제는, 내가 확실히 의지할 수 있다고 생각하는 병력은 미국군 1,000명뿐이라는 점이야."

그의 말이 끝나자 잠시 침묵이 흘렀다. 세희는 표정의 변화 없이 퀘일 장군의 말을 듣고 있었고, 다른 이들 역시 무겁게 고개를 끄덕였다.

"물론." 퀘일 장군이 이어갔다. "현대전에서는 병력 숫자가 결정적인 요소는 아니야. 하지만 우리가 상대할 대상이 술트리나스든지, 아니면 중국과 러시아의 연합군이든지 간에 숫자는 무시할 수 없는 변수다. 그리고 지금까지의 상황을 보면, 누군가 화성을 독점하려고 시도할 가능성은 충분하다고 봐."

퀘일 장군은 홀로그램 지도를 확대하며 뉴제퍼슨시티와 주변 돔 도시들의 위치를 강조하며 말했다.

"내 계산으로는, 지구에서 바로 충돌하는 대신 화성에서 먼저 힘을 과시하려고 할 가능성이 높아. 화성은 현재 지구와의 관계에서 심리적, 실질적 우위를 점할 수 있는 전략적 요충지야. 지구에서 전면전을 벌이기 전에, 화성에서 먼저 균형을 깨뜨리려는 시도가 있을 것으로 보네."

세희는 천천히 고개를 끄덕이며 퀘일 장군의 의견에 동조했다.

"장군, 저도 같은 생각입니다. 만약 누군가 화성을 장악할 수 있다면, 그것은 지구와의 관계에서 엄청난 이점을 가져다줄 것입니다. 사실 보게스와 술트리나스가 없는 상황에서 동일한 상황이 발생했다면, 이미 전투가 시작되었을 것이라고 생각합니다."

"정확히 그 말 그대로야, 선장." 퀘일 장군은 세희의 말을 들으며 다시 고개를 끄덕였다. "외계인들이 지금 일종의 억지력으로 작용해서, 현 상태가 유지되고 있는 거지. 하지만 나는 이 억지력이 오래가지 못할 것이라고 생각하네. 곧 누군가 이 균형을 깨뜨리려는 시도가 있을 것이고, 우리는 그것에 대비해야만 해."

그는 강한 어조로 말했다. 회의실은 어수선한 분위기였지만, 참석자들 모두가 퀘일 장군의 말에 공감하는 듯 보였다. 세희는 퀘일 장군을 잘 알고 있었다. 이렇게 자연스럽게 배경 이야기를 꺼내는 것은 지금 무엇인가가 벌어지고 있다는 이야기였다.

아니나 다를까 퀘일 장군이 테이블 중앙의 홀로그램 지도를 가리키며 차분하게 입을 열었다.

"지구에서도 우리와 같은 생각을 하고 있네. 백악관으로부터 비밀리에 연락받았지. 백악관뿐만 아니라 TSC도 지금 가장 두려운 것은 화성에서 우연히 촉발된 분쟁이 지구와 화성을 포함하는 우주 전쟁으로 발전하는 것이네."

"우주 전쟁이요?" 캘빈은 퀘일 장군의 말에 놀란 표정으로 되물었다.

"믿기 힘들겠지만, 인류가 화성에 뿌리를 내리기 시작하면서 우주 전쟁은 더 이상 SF 영화의 소재만은 아니게 되었네." 퀘일 장군은 캘빈을 바라보며 고개를 끄덕였다. "물론 각국이 우주군을 창설하고 있었지만, 이세는 정말로 우주 공간에서 우주 전투기들이 교전을 벌이는, 말 그대로 영화에서나 보던 상황이 가능해진 거지."

퀘일 장군은 잠시 말을 멈추고 방 안의 사람들을 둘러보고 말을 이었다.

"우리 군인조차도 이런 상황이 벌어지고 나서야 현실을 제대로 받아들이고 있는데, 아마도 일반 시민들은 아직 상상조차 하지 못할 일이겠지."

"그렇다면, 장군님." 세희는 테이블 너머로 퀘일 장군을 주의 깊게 바라보다가 입을 열었다. "저희가 지금 해야 할 일은 무엇입니까?"

"일단은 방위 태세를 철저히 구축해야 하네." 퀘일 장군은 홀로그램 화면을 확대하며 몇몇 주요 지점을 가리켰다. "뉴제퍼슨시티뿐만 아니라, 주변 돔 도시들에도 감시망을 확대해야지. 화성에서 새로운 형태의 신냉전이 시작되는 것일세."

"신냉전이라니요?" 세희가 다시 물었다.

퀘일 장군은 고개를 끄덕이며 설명을 이어갔다.

"그렇네. 현재 화성은 술트리나스와 보게스 같은 외계 종족들과도 얽혀 있는 상황이야. 만약 전쟁이 시작된다면, 그 시작이 인간들 간의 충돌일지 아니면 외계 종족이 촉발한 것일지 알 수가 없어. 당연한 이야기이지만 관리가 될지 안 될지도 알 수 없는 전쟁 상황을 원하는 사람들은 아무도 없네. 그렇기에 지구도 마찬가지이지만 화성에서도 첩보전, 정보전 등을 통해서 직접적인 충돌이 없이 우위를 점하는 방식을 찾아야 할 걸세. 이미 신냉전은 시작되었지."

"우리의 목표는 간단하네." 퀘일 장군의 목소리는 무겁고 단호했다. 방안의 긴장감은 한층 더 짙어졌다. "어떤 일이 벌어지더라도, 우리가 먼저 나서서 충돌을 일으키지 않으면서 동시에 어떤 도발에도 즉각 대응할 준비를 하며 상대적으로 우위에 설 수 있는 정보를 계속해서 확보하는 거야. 혹시나 모를 화성에서의 분쟁으로 인해 지구와 화성을 아우르는 우주 전쟁으로 확산될 가능성을 미연에 방지하는 것이지."

"알겠습니다, 장군님." 세희는 깊은 생각에 잠긴 듯한 표정으로 천천히 고개를 끄덕였다. "지금으로서는 당연한 이야기이지만 보게스의 도움을 받을 수밖에 없겠군요."

"그 말 그대로일세. 지금의 우리 상황으로서는 선택의 여지가 없긴 하지." 퀘일 장군은 다시금 고개를 끄덕이며 테이블의 홀로그램 화면을 껐다. "다시 한번 말하지만 이미 신냉전 상태로 돌입해버렸네. 누군가의 사소한 실수 하나가 거대한 우주 전쟁으로 발전할 수도 있는 상태가 되어버렸지. 그리고 우리의 힘만으로는 어떤 것 하나 제대로 해낼 수 없는 상황에 몰린 것이 두렵네. 하지만 우리가 해야 할 일은 해내야 하네."

단호하게 말하는 퀘일 장군을 보며 세희, 캘빈 그리고 심지어 패트리시아까지 고개를 끄덕이며 동조하였다. 그들은 자신들이 인류 역사의 중요한 변곡점에 참여하고 있다는 사실을 아직은 몸으로 체감하지는 못하고 있었다.

15

붉은 황토로 뒤덮인 화성의 광활한 지평선이 끝없이 펼쳐져 있었다. 허머 스타일의 로버가 화성의 울퉁불퉁한 지형을 헤치며 굉음을 내고 있었다. 로버의 운전대를 잡은 캘빈은 화성의 적막 속에서도 특유의 수다로 긴장감을 덜어내고 있었다.

"지구는 지구고, 화성은 화성이죠. 그냥 이 긴장된 분위기가 답답하네요. 안 그래요, 선장님?"

항상 말이 많은 캘빈이었지만, 최근 그의 수다는 더 많아졌다. 세희는 그간의 경험으로 그가 긴장하고 있다는 사실을 이미 눈치채고 있었다.

"스트레스를 받는 건 이해하지만 그게 우리가 선택한 직업이잖아. 긴장 속에서도 국가와 시민을 보호하는 게 우리의 역할이지. 기분은 좋지 않더라도, 일을 잘 마쳤을 땐 보람이 따르잖아." 세희가 말했다.

세희의 반응은 캘빈의 예상에서 벗어나지 않았다. 그는 때때로 세희가 전혀 긴장을 하지 않는 건 아닐까 하는 생각마저 들었다. 그녀의 태도는 항상 차분했고, 때로는 상황을 초월한 것처럼 보였다. 특히 지금처럼, 그들 로버 안에 보게스가 동승하고 있을 때조차 말이다.

캘빈은 힐끗 백미러를 보았다. 로버의 뒷좌석에는 보게스가 앉아 있었다. 보게스는 특유의 남색 우주복을 입고 창밖의 화성 지평선을 응시하고 있었다. 아무리 봐도 위협적인 인상을 한 인간처럼 보였지만, 화성의 치명적인 대기 속에서도 헬멧 없이 생존할 수 있다는 사실은 여전히 비현실적이었다.

"옆자리에 이런 존재가 타고 있는데도 선장님은 긴장도 안 되나?" 캘빈은 혼잣말처럼 중얼거리며 다시 운전에 집중했다.

"그나저나 이번이 벌써 열 번째 정찰인가?" 세희가 로버의 진동을 견디며 물었다.

"네, 그렇습니다. 열 번이나 되었죠. 그런데도 도대체 뭘 찾으려는지는 잘 모르겠습니다." 캘빈은 고개를 살짝 돌리며 대답했다.

세희와 캘빈, 그리고 한 명의 보게스는 반더의 특별한 요청으로 특정한 원소를 찾기 위해 화성을 탐사하고 있었다. 그 원소는 지구의 주기율표에는 존재하지 않는, 완전히 새로운 것이었다. 오직 반더가 제공한 탐지 장치만이 그 원소의 흔적을 탐지할 수 있었다. 다만, 반더 역시 지역을 특정하지는 못하였다. 그래서 수고스럽지만 뉴제퍼슨시티를 중심에 두고 반경을 넓혀가는 방식으로 벌써 열 번째 뉴제퍼슨시티를 중심에 두고 원형으로 돌고 있었다. 상황에 따라서는 아마 이 작업을 수백 번 이상 더 해야 할지도 모를 일이었다.

"아무튼, 반더가 저걸 찾아야 한다고 했으니 열심히 해야죠. 하지만 정말 왜 필요한지는 모르겠어요." 캘빈은 탐지 장치를 가리키며 투덜거렸다.

세희는 대꾸하지 않았다. 대신 그녀는 보게스를 힐끗 돌아보았다. 보게스는 조용히 창밖을 응시하고 있었다. 붉은 지평선 너머를 보는 듯한 그의 자세에는 어떤 목적성이 느껴졌다.

로버가 또 하나의 바위를 넘어갈 때, 탐지 장치가 약하게 진동하기 시작했다.

"선장님! 탐지 장치가 반응을 보입니다!" 캘빈이 흥분된 목소리로 말했다.

"좋아, 속도를 줄이고 천천히 접근해." 세희가 짧게 지시했다.

캘빈은 속도를 늦추며 장치가 반응하는 방향으로 로버를 몰았다. 보게스는 여전히 말없이 그들을 지켜보고 있었다. 세희는 그의 눈빛에서 무언가를 읽으려 했지만, 보게스의 표정은 여전히 무표정하고 비밀스러웠다.

'도대체 찾고 있는 원소의 정체가 뭐지?'

세희는 궁금증이 올라왔지만, 지금은 답을 찾기보다는 반더가 요청한 임무를 완수하는 것이 우선이었다.

캘빈이 로버를 장치가 반응하는 쪽으로 이동시키면 시킬수록 탐지 장치의 진동은 강해졌다. 정찰팀의 로버가 점차 속도를 늦추며 멈춰 섰다. 캘빈은 운전석에서 뒤를 돌아보며 보게스와 세희를 살폈다.

"여기입니다." 보게스는 단호하게 말했다. 그의 목소리는 마치 이곳에 대해 모든 것을 이미 알고 있는 듯한 확신에 차 있었다.

캘빈이 로버를 정차하자 보게스는 재빨리 차량 밖으로 나섰다. 그 속도에 놀란 세희도 곧 뒤를 따라 로버에서 내려섰다. 붉은 모래바람이 미세하게 그녀의 헬멧을 스치는 듯했다. 보게스는 멀지 않은 모래 언덕 위에 섰고, 자신의 발 밑을 천천히 살피더니 세희를 향해 손짓했다.

"이쪽으로 오시겠습니까?" 보게스의 눈빛은 마치 중요한 무언가를 발견한 사람의 그것이었다.

"여기서 무얼 보셨나요?" 세희는 머뭇거리며 언덕을 올라갔다.

"궁금한가요? 그렇다면 제 손을 잡으세요." 보게스는 왼손을 내밀며 말했다.

세희는 잠시 망설이다 그의 손을 잡았다. 순간, 그녀는 자신의 몸이 화성의 붉은 대지를 통과해 아래로 빨려 들어가는 듯한 기이한 감각에 사로잡혔다. 이 느낌을 이미 그녀는 한 차례 경험한 적이 있었다. 라이와 보게스로부터 도망을 칠 때였다. 그때와 다른 점은 이번에는 보게스와 함께라는 점이었다. 눈앞의 풍경은 한순간에 변하며 완전한 어둠 속으로 바뀌었다. 발이 지면에 닿자 세희는 비로소 자신이 거대한 지하 공간에 서 있음을 느낄 수 있었다.

"이곳은?" 그녀가 말하려 했지만, 칠흑 같은 어둠이 말을 삼키는 듯했다. "잠시만요." 세희는 자기 헬멧에 달린 휴대용 전등을 켰다. 빛이 어둠을 갈라내며 앞을 비추었다. 거대한 공간이었다. 자연적으로 형성되었다고 믿기 어려운 구조였다. "이게 자연적으로 생긴 공간이라고는 믿기 어렵군요." 세희가 말했다.

"그것은 중요하지 않습니다." 보게스가 대답했다.

"이 어둠 속에서 무엇인가 보이긴 하는 겁니까?" 세희가 물었다.

"빛이 조금이라도 있으면 저희 눈으로는 감지할 수 있습니다." 보게스는 말을 하면서 이쪽저쪽을 계속해서 살폈다. 그러다가 특정 지점을 손으로 가리키며 말을 했다. "이쪽을 비춰주실 수 있겠습니까?"

세희는 그가 가리키는 방향으로 전등을 비췄다. 그리고 너무 놀라 무릎이 풀릴 뻔했다. 그곳에는 거대한 금속성 팔과 손이 모습을 드러냈다.

"저건 뭐죠?" 세희가 떨리는 목소리로 물었다.

"반더의 예상이 정확했습니다." 보게스는 앞으로 다가가 금속 손을 만지며 말했다. "그의 말대로 화성에 이것이 있었군요."

전등을 위로 움직이며, 세희는 거대한 로봇의 머리까지 시선을 옮겼다.

"이것이 뭐죠?"

"다른 우주에서 술트리나스와 함께 탈출한 최종 병기. 기계 거신. 에테리온이라고 불리는 존재들입니다. 저희 보게스마저 압도하던 강력한 힘. 저희에게도 공포의 존재로 기억이 되고 있어요."

"에테리온?"

세희가 에테리온의 이름을 부르며 그 로봇의 얼굴을 보는 순간, 강렬한 두통이 밀려들었다. 마치 머릿속이 뒤틀리는 듯한 느낌. 단순한 통증이 아니었다. 알 수 없는 비명이, 낯선 목소리들이 그녀의 의식 속으로 쏟아져 들어왔다.

그녀는 본 적 없는 전장을 보고 있었다. 거대한 메카닉들이 서로 부딪히며, 하늘이 갈라지고 있었다. 익숙하지 않은 언어로 외치는 목소리들이 그녀의 귓가를 맴돌았다.

순간, 그녀의 심장이 요동쳤다. 그리고 알 수 없는 힘에 이끌려, 그녀는 거대한 메카닉 앞까지 걸어갔다. 그녀의 손이 그 거대한 메카닉의 표면에 닿는 순간이었다.

"너로구나. 오랫동안 기다려왔다. 그들을 구해야 해."

머릿속을 파고드는 목소리. 그것은 단순한 소리가 아니었다. 마치 그녀의 정신이 다른 존재와 섞이는 듯한 감각이었다.

"누… 누구시죠?"

세희는 무의식중에 입을 뗐지만, 목소리는 사라지고 그녀의 의식은 점점 깊어졌다. 그런 그녀를 보게스가 이상하게 보고 있었다. 그의 감각이 기묘한 에너지 파동을 감지했다. 에테리온의 표면에서 희미한 금빛이 퍼져나가고 있었다.

"선장님, 무슨 일입니까?" 보게스가 경계하듯 물었다.

그러나 세희는 대답할 수 없었다. 그녀는 중심을 잃고 비틀거리더니, 결국 바닥에 쓰러졌다.

"선장님!" 보게스는 즉시 그녀 곁으로 달려왔다. 그의 남색 우주복이 어둠 속에서도 뚜렷하게 빛났다. 세희는 이미 의식이 없는 상태였다. 보게스는 그녀의 얼굴을 살피며 중얼거렸다. "이해할 수 없군…. 이 거대한 메카닉의 영향일까?"

하지만 그의 시선은 점점 에테리온으로 향하고 있었다. 조용하지만 분명한 변화가 느껴지고 있었다. 붉은 모래바람 대신 고요함만이 지배하는 지하 세계 속에서, 그 메카는 마치 오랜 세월 동안 무엇인가를 기다리며 잠들어 있는 듯했다.

세희는 어둠 속에서 깨어났다. 그녀는 본능적으로 알 수 있었다. 이곳은 조금 전까지 있던 화성의 지하가 아니었다. 이곳의 어둠은 편안하고 따뜻했다. 마치 깊은 어머니의 품 안에 있는 것처럼 포근한 기분이었다.

'이곳은 어디지?' 그녀는 스스로에게 물으며 천천히 숨을 골랐다. 보이는 것은 아무것도 없었지만, 불안감도 두려움도 느껴지지 않았다. 오히려 평온함이 그녀의 마음을 감쌌다.

그때 공간 전체가 말로 표현하기 힘든 빛으로 물들기 시작했다. 빛은 서서히 그녀를 둘러싸며 어둠을 밀어냈다. 처음에는 작은 점 같은 빛이었지만 점점 커지더니, 어느새 모든 공간이 빛으로 가득 찼다. 그러나 이상하게도 그 빛은 눈 부시지 않았다. 세희는 자연스럽게 눈을 뜨고 모든 것을 또렷하게 바라볼 수 있었다.

그녀의 앞에는 아무도 없었다. 하지만 빛은 마치 누군가 그녀를 따뜻하게 바라보고 있는 듯한 느낌을 주었다. 그 감각은 설명하기 힘들었지만, 낯설지는 않았다. 그녀는 한 걸음 앞으로 내디뎠다. 발이 닿는 곳은 땅 같았지만, 동시에 허공 위를 걷는 것처럼 느껴졌다.

"이곳은 어디지?" 세희는 자신도 모르게 말을 뱉었다. 그 순간, 빛 속에서 잔잔한 울림이 들렸다. 그것은 말소리도, 음악도 아닌, 단순히 존재하는 것 같은 울림이었다.

"이곳은 너의 마음의 심연이자, 너의 기억의 경계다."

낯선 목소리, 그러나 동시에 익숙한 울림이었다. 세희는 주위를 둘러봤다. 빛이 그녀의 눈을 따라 움직이며 공간을 비추고 있었다.

"누구시죠?" 그녀는 조심스럽게 물었다.

"나는 너의 의식이 연결된 이 공간의 일부일 뿐이다."

그녀는 그 대답을 이해하려 노력했지만, 여전히 혼란스러웠다. 그러나 빛 속의 목소리는 차분하고 흔들림이 없었다. 그것은 설명하기보다는 단순히 존재함으로써 자신을 이해시키려는 것처럼 보였다.

세희는 다시 한 걸음 내디뎠다. 빛 속에 거대한 실루엣이 나타났다. 그것은 화성 지하에서 보았던 거대한 메카닉의 형상이었다. 그녀가 전등으로 비추었던 금속의 손, 팔, 그리고 그 눈부신 얼굴이 빛 속에서 또렷하게 드러났다. 그러나 이번에는 무언가 달랐다. 그것은 살아 있는 존재처럼 그녀를 응시하고 있었다.

그녀는 가슴이 두근거리는 것을 느꼈다. 동시에 메카닉의 형상이 그녀에게 말을 걸어오는 듯한 강렬한 감각이 밀려왔다.

"권세희!"

그 이름은 단순히 불린 것이 아니라, 그녀의 존재 깊은 곳에서 울리는 것 같았다. 그녀는 숨을 삼키며 메카의 형상을 올려다보았다. 그 빛나는 형상이 천천히 그녀에게 다가오며 말했다.

"이것이 네가 찾던 답이다. 그러나 질문은 아직 끝나지 않았다."

그 말을 끝으로, 빛이 점점 강렬해지며 모든 것이 희미해졌다. 세희는 다시 한번 어둠 속으로 빠져들었다. 하지만 이번에는 이전과는 다른 확신과 떨림이 그녀를 감쌌다.

세희는 자신을 감싸던 빛이 물러나는 것을 느꼈다. 그녀의 앞에 황금빛이 스며들어 오며 공간 전체를 따뜻하고 평화로운 빛으로 채우기 시작했다. 그 빛은 이전의 빛과는 다른 느낌이었다. 이번에는 온몸에 따스한 안도감과 동시에, 왠지 모를 슬픔이 밀려왔다.

빛이 점차 잦아들자, 그 속에서 한 사람이 모습을 드러냈다. 그의 모습은 낯설면서도 익숙했다. 언뜻 라이와 닮아 있었다. 하지만 자세히 보면 분위기나 옷차림, 그리고 그의 후광에서 뿜어져 나오는 에너지가 분명히 달랐다. 그는 마치 과거와 미래를 동시에 아우르는 듯한 존재감으로 그녀 앞에 서 있었다.

세희는 그를 뚫어지게 쳐다보았다.

"우리는 서로 알고 있군요." 세희가 조심스럽게 말을 꺼냈다.

"우리가 함께 우리 모두를 구했었어요. 기억나지 않나요?" 그는 엷은 미소를 지으며 고개를 끄덕였다.

세희는 그의 말을 이해할 수 없었다. 그녀의 기억 속 어디에도 이 사람과 관련된 장면은 없었다.

"무슨 이야기인지 모르겠군요." 그녀는 정중하지만 단호하게 말했다.

그는 슬며시 고개를 숙였다가 다시 그녀를 바라보며 말했다.

"당신의 사랑이 우리를 구하고, 그리고 이 우주를 만든 거예요."

그의 말은 더욱 이해하기 힘들었다. 세희는 눈썹을 찌푸리며 그를 응시하며 말했다.

"무슨 말인지 알 수 없군요. 대체 무슨 소리를 하시는 겁니까?"

그의 얼굴에 잠시 슬픔이 스쳤다. 그는 깊은숨을 내쉬며 말을 이었다.

"우리는 방향을 잃어가고 있어요. 그들을 다시 구해주세요."

그의 목소리는 슬픔과 간절함으로 가득 차 있었다. 세희는 무언가 가슴이 저며오는 것을 느꼈다. 그의 슬픔이 자신의 감정에까지 스며드는 것 같았다.

"그들? 그들이 누군가요? 제가 무엇을 해야 한다는 겁니까?" 세희는 그의 말을 이해하려 애썼다.

하지만 그는 더 이상 아무런 설명도 하지 않았다. 대신 황금빛이 점점 더 강렬해지며 그의 형체를 감쌌다. 그는 세희를 향해 마지막으로 말을 던졌다.

"기억하세요. 당신의 선택이 우리 모두를 구했었고, 다시 구할 수 있을 겁니다."

이내 황금빛이 그녀를 감싸며 모든 것이 다시 어둠 속으로 사라졌다. 곧 장면이 전환되며, 이제 세희는 거대한 사막의 협곡으로 둘러싸인 곳에 있었다. 방금 본 거대 메카닉과 다른 메카닉들, 그리고 마치 지구인들이 미래의 우주 전쟁에서 입을법한 의상을 입은 병사들이 모여 있는 것을 보고 있었다.

세희는 눈앞에 펼쳐진 장면에 경악하며 모든 감각이 깨어나는 듯한 생생함을 느꼈다. 거대한 협곡과 메카닉들, 그리고 전장의 긴장감이 그녀의 피부에 스며드는 것 같았다. 세희는 마치 그녀가 이 전장의 일부가 되어 모든 것을 동시에 보고, 느끼고, 이해하며 그곳을 초월한 듯했다.

그녀의 시선이 한 인물에 고정되었다.

'나는 저 사람을 알고 있어. 카엘 라스! 하지만 내가 어떻게 저 사람을 알지?'

카엘의 강렬한 의식은 거대한 메카닉, 보라스칼과 연결되어 있었다. 전장의 중심에 서서 그는 자신의 부대와 술트리나스의 운명을 짊어지고 있었다. 그의 목소리가 전장에 울려 퍼졌다.

"우리는 반드시 이곳을 지켜내야 한다! 술트리나스의 미래가 우리 손에 달려 있다!"

카엘의 목소리는 단순한 명령이 아니었다. 그것은 술트리나스의 모든 병력에게 전달된 확신과 결의였다. 그의 말은 에테리온 조종사들에게는 명령일 뿐만 아니라 영감이었고, 지상 병력들에게는 희망이었다.

술트리나스의 거대한 방어 기지. 붉은 대지와 금속성의 장벽이 어우러진 기지는 긴장감으로 가득 차 있었다. 카엘은 자신의 에테리온, 보라스칼의 조종석에서 전황을 주시하며 명령을 내렸다. 그의 목소리는 강렬하면서도 차분했다.

"보게스의 일개 사단이 몰려오고 있다. 모두 자리를 지켜라. 이곳이 뚫리면 바로 술트리나스 2의 수도다. 지금까지 우리 에테리온 부대가 보게스에게 패배한 적은 극히 드물었지만, 그렇더라도 이번엔 반드시 막아내야만 한다."

각지의 에테리온 조종사들이 카엘의 명령에 대답했다.

"알겠습니다, 카엘. 이번에도 우리가 그들을 물리칠 것입니다."

카엘은 고개를 끄덕이며 자신의 오른쪽에 위치한 바록을 바라보았다. 바록의 에테리온, 포티스발은 술트리나스 방어의 최후 보루였다.

"바록, 적의 숫자가 얼마나 되나?" 카엘이 물었다.

바록은 신속하게 보고를 올렸다.

"최소 10만 이상의 보게스 기갑 병력과 3만 이상의 공중 병력이 관측됩니다. 게다가 우주 궤도에서 지상을 타격하는 반물질 위성이 최소 100기 이상 보입니다."

카엘은 눈을 가늘게 뜨며 뒤를 돌아보았다. 에테리온 30기와 술트리나스 지상군 5천, 공중 병력 1천 기. 상대 병력과 비교하면 절망적일 정도로 열세였다.

"5분 뒤에 공격이 본격적으로 시작된다. 모두 준비해라!"

카엘의 명령이 떨어지자, 각 에테리온들은 준비 태세에 들어갔다. 그 순간, 거대한 폭발음이 기지를 울렸다. 술트리나스의 지상군 일부가 반물질 폭격에 의해 붕괴되었다.

"예상보다 빠르다! 공격이다!"

바록은 즉시 포티스발의 방어 방어막을 가동했다. 에테리온의 강력한 방어력이 발휘되며 반물질 폭격의 충격이 방어막 위에서 흩어졌다.

"언제봐도 포티스발의 방어력은 대단하군." 카엘은 경이로운 눈으로 방어막을 바라보았다. 그러나 그는 곧 전황을 냉정하게 파악하며 말했다. "이제 본격적으로 온다. 모두 전투에 대비하라!"

멀리서 보게스의 기갑 병력 10만과 공중 병력 3만이 모습을 드러냈다. 술트리나스의 모든 병력은 그 압도적인 규모에 숨을 삼켰다.

"포티스발이 해낼 수 있을까?" 카엘이 조심스럽게 물었다.

"카엘, 이 정도 병력은 저희도 처음입니다." 바록은 자신의 에테리온 내부에서 방어막의 에너지를 조정하며 대답했다. "포티스발이 견뎌주길 바랍니다만, 장담할 수는 없습니다."

보게스의 군단은 에테리온과 술트리나스의 병력을 완전히 포위했다. 반물질 폭격, 기갑 전차의 대포, 공중 병력의 집중 공격이 포티스발의 방어막에 쏟아졌다. 포티스발은 극강의 방어력을 발휘하며 대부분의 공격을 막아냈지만, 방어막의 균열은 점점 더 많아졌다.

"방어막이 오래 버티지 못할 것이다!" 카엘은 목소리를 높이며 술트리나스의 병력들에게 명령을 내렸다. "모두 방어선을 강화하라! 우리가 이곳을 지켜내지 못하면 술트리나스의 미래는 없다!"

바록은 땀을 흘리며 포티스발의 방어막을 유지했다. 그의 의식은 에테리온과 연결되어 있었고, 포티스발의 모든 방어력을 끌어내기 위해 자신을 희생하고 있었다. 그러나 그의 한계도 다가오고 있었다.

"카엘, 더 이상은 어렵습니다. 공격을 시작해야 합니다!" 바록이 말했다.

"모두 전방으로 돌격하라!" 카엘은 상황을 신속히 판단하며 외쳤다. "에테리온들은 중심을 방어하며 최대한의 공격력을 발휘하라!"

에테리온 30기는 빛나는 금속성의 기체로 전장을 누비며 보게스 군단을 상대했다. 보라스칼은 중력 조절 능력을 사용하여 보게스의 병력을 압도했고, 포티스발은 방어막을 유지하며 술트리나스 병력을 보호했다.

그러나 보게스의 공격은 끊임없었다. 그들의 반물질 위성과 공중 병력은 술트리나스의 전력을 점점 소모시켰고, 동시에 카엘은 보라스칼의 중력 조절 능력을 발휘하며 보게스 군단의 병력을 억누르고 있었다. 거대한 중력장이 형성되면서 적 병력이 혼란에 빠졌다. 그러나 보게스의 병력은 압도적이었다. 그들의 반물질 위성과 끝없이 밀려드는 기갑 병력, 그리고 공중 병력의 폭격은 술트리나스의 방어선에 균열을 만들어내고 있었다.

"바록, 포티스발이 방어막을 유지하고 있는 동안 우리가 할 수 있는 최대한의 공격을 퍼부어야 한다! 지금이 아니면 기회가 없다!" 카록이 말했다.

"알겠습니다, 카엘." 바록은 포티스발 내부에서 에너지를 조율하며 대답했다. "방어막은 아직 견디고 있지만 오래 버티진 못할 것입니다."

전장은 혼돈으로 가득했다. 술트리나스의 병력들은 목숨을 걸고 방어선을 유지했지만, 포티스발의 방어막은 점차 약해지고 있었다. 카엘은 자신의 능력을 최대한으로 끌어올리며 보라스칼과의 연결을 강화했다. 그의 의식은 극한으로 몰렸고, 자신의 육체를 넘어선 감각을 느꼈다. 그러던 순간, 카엘의 의식이 폭발적으로 증폭되며 전장의 모든 것을 초월하는 듯한 상태에 도달했다. 그의 정신은 육체를 떠나 다른 차원으로 들어간 듯했다. 세희는 카엘과 그의 의식이 직접적으로 연결되었음을 깨달았다.

카엘의 강렬한 목소리가 세희의 내면에서 울려 퍼졌다.

"넌 누구야? 이곳은 어디지?"

세희는 순간적으로 공포에 휩싸였다. 그저 환영이라고만 여겼던 이 상황에서, 그녀를 알아보는 존재가 나타난 것이다. 그녀는 어떤 말도 할 수 없었고, 대신 카엘의 의식이 그녀의 내면을 파고들어 왔다. 그의 충성심과 열망, 술트리나스에 대한 사랑이 그녀를 감싸며, 그녀는 그의 모든 감정을 느낄 수 있었다. 카엘의 마음은 하나의 열망으로 가득했다.

'나는 반드시 술트리나스를 구할 것이다. 이곳이 뚫리면 우리에겐 미래가 없다. 나는 무엇이든 희생할 준비가 되어 있다.'

세희는 그의 의지가 얼마나 강렬한지 느꼈다. 그것은 단순한 의지가 아니라, 그의 존재 전부를 지배하는 열망이었다. 그러나 이 강렬한 연결은 그녀의 정신을 소진시키기 시작했다. 그녀는 점점 더 강렬해지는 카엘의 감정에 압도당하며 하늘로 날아오르는 듯한 느낌을 받았다. 카엘과의 연결이 끊어지며, 세희는 차갑고 고요한 어둠 속으로 다시 빠져들었다. 그녀는 정신이 붕괴될 것 같은 극도의 피로감을 느꼈지만, 동시에 무엇인가 중요한 깨달음을 얻은 것 같았다.

'얼마나 시간이 흐른 거지?'

다시 서서히 빛이 돌아오는 것을 느낀 세희는 빛 속에서 누군가 자신을 보고 있는 것을 느끼고 말했다.

"레이먼드 대위님?"

"세희, 너의 잘못이 아니야." 레이먼드는 미소를 짓고 있는 듯했다. "죄책감을 갖지 마. 이 모든 것이 연결되어 있었던 거야. 너는 그 길을 따라가기만 하면 돼."

"하지만…."

세희가 무엇인가 말을 하려고 하자, 레이먼드는 그녀의 등을 토닥거리며 말했다.

"이건 모두 네가 필연적으로 겪었어야만 했던 거야. 거대한 우주에서 우리는 모두 연결되어 있어. 세희, 잊지마. 네가 해낼 수 있어. 모든 해답은 이미 네가 갖고 있어. 너를 믿어."

레이먼드는 세희가 이해할 수 없는 말을 남기고 서서히 사라졌다. 그리고 더 강한 빛이 느껴지기 시작했다.

세희는 뒷좌석에서 천천히 눈을 떴다. 흐릿한 시야 속에서 캘빈과 보게스의 실루엣이 보였다. 로버는 여전히 거친 모래바람을 가르며 질주하고 있었다.

세희는 머리가 깨질듯한 고통을 느꼈다. 그리고 카엘의 음성이 그녀의 머릿속을 꿰뚫었다.

"넌 누구야? 이곳은 어디지?"

세희는 자신의 머리칼을 움켜쥐고 머리를 흔들었다.

"선장님!" 운전석에 있던 캘빈이 즉시 뒤를 힐끗 돌아보며 말했다. 그의 시선이 세희를 조심스럽게 훑었다. "다행이에요. 정신이 드셨군요."

캘빈의 목소리는 여느 때처럼 가볍게 들렸지만, 그 안에는 숨길 수 없는 안도감과 묘한 긴장감이 얽혀 있었다.

세희가 힘겹게 자세를 바로잡으며 눈썹을 살짝 찡그렸다.

캘빈은 짧게 숨을 들이마셨다. 미세하게 굳어 있던 어깨를 풀며, 한숨을 내쉬었다.

그녀는 여전히 눈앞에 있는 현실만을 보고 있었다.

"선장님. 살아계셔서 다행이에요." 캘빈은 피식 웃으며 고개를 돌렸다.

세희는 고개를 끄덕였고, 캘빈은 그런 그녀를 가만히 바라보다, 조용히 핸들을 쥐었다. 하지만 그의 눈빛은 살짝 흔들리고 있었다.

"어떻게 된 거지? 왜 내가 쓰러진 거지?"

조수석에 앉아 있던 보게스가 고개를 돌려 세희를 바라보았다. 그의 표정은 언제나처럼 감정을 드러내지 않았지만, 어딘가 불편해 보였다.

"선장님은 갑자기 쓰러졌습니다. 이유는 정확히 모르겠습니다. 그러나 당신의 생체 신호는 정상적이었습니다. 그래서 특별한 치료는 필요 없었어요." 보게스가 말했다.

"우리가 찾던 것을 찾은 건가요?" 세희가 물었다.

"네." 보게스는 잠시 그녀를 응시하더니 고개를 끄덕였다. "그것이 반더가 찾던 것입니다."

세희는 무언가 중대한 일이 벌어지고 있음을 직감했다. 그리고 자신이 지하에서 본 그것이 그녀가 꿈속에서 본 포티스발임을 알아챘다.

"그럼, 그게 뭐죠? 왜 우리가 그걸 찾아야 했죠?" 세희가 물었다.

보게스는 잠시 침묵하다가 말을 꺼냈다.

"저는 사실 다른 우주에서의 전쟁을 직접 겪지 않았습니다. 그저 우리가 가진 공동의 데이터에 의해 그것을 파악할 뿐이죠. 그것은 술트리나스의 이쪽 우주의 개념으로 보자면 고대 메카닉 중 하나입니다. 데이터에 따르면 다른 우주에서 있었던 고대의 우주 전쟁에서 대부분은 살보리스의 AI 보게스들이 우위에 섰었지만, 저 메카닉들만은 달랐다고 합니다.

저희로서는 다행히 저 메카닉들의 총 숫자가 30기 정도밖에 되지 않아서, 직접적으로 나타나면 큰 위협이 되지만 저희가 의도적으로 회피할 수 있었다고 하는군요. 현재의 술트리나스들이 이런 메카닉을 사용할 수 있을지 알 수는 없지만, 만약 그렇다면 간신히라도 맞출 수 있는 균형의 추가 완전히 무너지게 될 것이라고 합니다. 반더는 아마도 이를 우리가 활용할 방법이 있을지를 파악해보려고 하는 것 같습니다."

그의 설명은 명확했지만, 그럼에도 세희는 불안감이 스며드는 것을 느꼈다. 세희는 손으로 헬멧을 문지르며 몸을 가다듬었다. 그녀의 정신이 순간적으로 아득해지며 다시 화성 지하에서의 그 거대한 메카닉 로봇과 황금빛 남자 그리고 너무나도 생생했던 전투 장면들을 떠올리고 있었다. 모든 것이 꿈인지 현실인지 모호했지만, 그 순간이 주는 무게감은 그녀를 아직도 짓누르고 있었다. 그녀는 정신을 가다듬으며 보게스에게 물었다.

"그 로봇이 무슨 일을 할 수 있나요? 단순히 전투 병기인가요, 아니면 다른 의미가 있는 건가요?"

"저도 정확한 것은 잘 모릅니다." 보게스는 잠시 머뭇거리더니 답했다. "말씀드린 것처럼 저는 과거의 우주 전쟁이 있던 시기에는 존재하지 않았습니다. 다만 저희가 공유하는 기억에 따르면, 그것은 단순한 무기가 아닙니다. 그것은 저희가 가지지 못한 것, 메카닉에 탑승할 수 있는 일부 술트리나스인들의 의식, 그 자체라고 할 수 있습니다. 모든 술트리나스인들이 이 메카닉을 운용할 수 있는 것이 아닙니다. 지금은 그런 능력자들이 보이지 않는 것 같지만, 과거 우주 전쟁 당시에는 극한의 유전자 조작을 이겨낸 일부 술트리나스인이 평균의 술트리나스인들의 능력을 뛰어넘어 초능력을 발휘했다고 합니다. 오직 그들의 의식에만 허락된 술트리나스들의 궁극의 병기입니다."

캘빈은 두 사람의 대화를 들으며 머리를 절레절레 흔들었다.

"아니, 그러니까 우리가 지금 우주 전쟁을 대비해서 고대 외계 로봇을 찾는 데 한 달이나 걸린 거라고요? 정말 내 인생이 영화 같군요." 캘빈이 말했다.

세희는 피식 웃으며 그의 농담을 무시했다. 그녀의 머릿속은 황금빛 남자의 마지막 말로 가득 차 있었다.

'우리는 방향을 잃어가고 있어요. 그들을 다시 구해주세요.'

그 말은 세희의 가슴에 깊이 박혀, 무거운 돌처럼 그녀를 짓눌렀다.

"이제 우리가 해야 할 일은 무엇인가요?" 세희가 보게스를 향해 물었다.

"반더에게 보고하고, 그가 지시를 내릴 때까지 대기해야 합니다." 보게스가 조용히 대답했다. "하지만 그전까지는 우리가 찾은 것을 지킬 준비를 해야 합니다."

그때 붉은 황무지를 가로질러 뉴제퍼슨시티로 향하던 로버의 앞쪽에서 갑작스럽게 또 다른 로버가 모습을 드러냈다. 덩치가 크고 무겁게 보이는 중기갑형 로버였고, 표면에는 선명한 중국 국기가 그려져 있었다.

캘빈은 즉시 로버를 멈췄다.

"무슨 일이지?" 캘빈은 혼잣말처럼 중얼거리며 정면의 차량을 주시했다.

중국의 로버에서 붉은색 우주복을 입은 군인 세 명이 내렸다. 그들은 일사불란한 움직임으로 세희 일행의 로버로 다가와, 캘빈의 창문을 똑똑 두드렸다.

"무슨 일인가요?" 캘빈은 세희를 힐끗 보며 창문을 내렸다.

"여러분은 중화인민공화국의 고유 영토를 불법으로 침범하였습니다." 중국군의 리더로 보이는 군인이 짧고 딱딱하게 말했다. "정식적으로 진행한다면 지금 당장 체포해야겠지만, 바로 영역을 나가 원래 소속으로 돌아갈 기회를 드리겠습니다."

"말도 안 되는 소리군요." 캘빈은 순간 눈살을 찌푸리며 입을 열었다. "아시는 것처럼 각 돔 외부 지역은 모두 공용 구역입니다. 이건 명백한 TSC 규약 위반이에요."

"저희는 더 이상 TSC 규약을 따르지 않습니다." 중국 군인은 단호한 표정을 유지하며 응수했다. "다시 한번 말씀드리지만, 이곳은 중화인민공화국의 고유 영토입니다. 바로 나가주시기 바랍니다."

"어차피 지나가던 길이었어요." 그들의 태도에 세희는 참을 수 없다는 듯 나섰다. "그리고 아시다시피 이곳은 공용 구역입니다. 당신들이 주장하는 중국의 영토라는 것은 인정할 수 없군요. 참고로 우리는 곧 다시 이 지역을 지나게 될 것입니다."

세희의 단호한 태도에 중국군 리더의 허리가 더욱 곧아졌다.

"다시 돌아오신다면 현장에서 체포되거나, 아니면 저희의 공격을 받으시게 될 것입니다." 그는 목소리를 낮추며 경고했다.

"마음대로 하세요." 세희는 한 치도 물러서지 않고 말했다. "하지만 다음번에 뭔가 실행하려 한다면, 마음을 단단히 먹으셔야 할 겁니다."

대화가 더 길어질 필요가 없었다. 세희는 캘빈은 돌아보며 짧게 말했다.

"출발해. 뉴제퍼슨시티로 돌아가자."

캘빈은 가볍게 고개를 끄덕이며 로버를 재가동했다. 로버가 다시 움직이기 시작하자, 보게스는 조용히 뒤를 돌아보며 중국군의 움직임을 살폈다.

차가 붉은 황무지를 달리며 긴장이 풀리지 않는 가운데, 캘빈이 입을 열었다.

"중국이 화성 내에서 정찰 부대를 운영하기 시작한 것 같군요."

"그들이 병력과 자원을 바탕으로 화성 내에서 우위를 점하고 싶어 하는 건 당연한 수순이지." 세희는 창밖을 바라보며 한숨을 내쉬었다. "우위가 확실할 때 모든 것을 자신들의 방식으로 정리하려는 거겠지."

"정말로 화성에 도착한 이후 화성이 조용한 날은 없는 것 같군요." 캘빈은 침을 꿀꺽 삼키며 말했다. "그래도 선장님… 걱정하지 마십시오. 선장님은 제가 지킬게요."

"그래, 고마워." 세희는 피식 웃었다.

그녀는 창밖의 먼지를 바라보며 긴장감이 감도는 화성의 대기를 느끼고 있었다. 뒤에서 점점 작아지는 중국군의 로버는 마치 이 긴장의 상징처럼 붉은빛 속에 서서히 사라지고 있었다.

16

어느덧 세희 일행은 TSC 본부로 돌아와서 지구와의 교신을 준비하고 있었다. TSC의 회의실 안은 적막 속에 약간의 긴장감이 느껴졌다. 중앙 테이블 위에는 고화질 홀로그램이 투사되고 있었고, 그 주위에는 퀘일 장군, 세희, 캘빈, 그리고 함께 탐사를 다녀온 보게스가 앉아 있었다. 그들의 시선은 홀로그램 화면에 비친 반더, 카터 대통령, 그리고 이서준 총장을 향하고 있었다.

퀘일 장군은 단정한 태도로 입을 열었다.

"반더, 당신의 예상대로 현재 인류가 발견하지 못한 원자를 찾았습니다. 하지만 실제로 찾은 것은 우리의 예상을 뛰어넘는 것이더군요."

회의실 안의 모든 시선이 일순간 세희와 보게스를 향했다. 캘빈은 약간 긴장한 듯 목을 한 번 가다듬었고, 세희는 차분한 얼굴로 고개를 끄덕였다.

"그 원자를 찾으면 거대 메카닉을 찾을 것이라고 예상하고 있었지." 홀로그램 속 반더가 무표정한 얼굴로 말했다. "그 메카닉은 에테리온이라고 불려."

방 안의 분위기는 더욱 팽팽해졌다. 카터 대통령의 눈썹이 미세하게 꿈틀거렸고, 이서준 총장은 의자에 등을 기대며 깊은 생각에 잠긴 듯한 얼굴이었다.

"에테리온은 고대 술트리나스 선조들이 활용하던 최종 병기야." 반더는 이내 살짝 찌푸린 얼굴로 이야기를 이어갔다. "우리 보게스에게는 어쩌면 공포의 대상이라고 할 수 있지."

"공포의 대상이라니, 그게 무슨 뜻입니까?" 퀘일 장군은 고개를 약간 갸웃하며 질문했다.

"술트리나스와 보게스는 오랜 기간에 걸쳐 우주 전쟁을 치렀어." 반더는 잠시 말을 멈추고 고개를 숙였다가 다시 화면 너머의 이들을 바라보았다. "대부분의 전투에서 우리가 우위를 점했지만, 에테리온만큼은 예외였지. 이 거대한 메카닉은 말 그대로 우리가 대적하기 힘들 정도의 위력을 보여 주었어. 에테리온의 수가 더 많았다면 우리가 패배했을 가능성도 있었을 거야. 하지만 다행스럽게도 개체수는 대략 30여 대로, 우리가 물량전에서 승리할 수 있었어."

"그렇다면 이 메카닉은 지금 어떤 상태라고 생각하십니까?" 세희는 가만히 듣고 있다가 소심스럽게 질문을 던졌다. "활성화될 가능성이 있나요?"

"내가 알고 있기로는 에테리온이 활성화되기 위해서는 해당 에테리온과 연동이 가능한 의식을 지닌 술트리나스가 필요해." 반더는 고개를 천천히 저었다. "기본적으로 술트리나스의 의식을 가진 이후에야 해당 개체를 활성화할 수 있을지 없을지에 대해서 생각이라도 해볼 수 있을 거야. 해당 개체를 우리가 먼저 발견하긴 했지만, 활성화할 수 있을 거 같지는 않아."

그의 말에 방 안은 더욱 깊은 침묵에 잠겼다.

"술트리나스가 이미 이 사실을 알고 있다면 화성에서 이런 발견을 그냥 두고 보지는 않겠군요." 캘빈이 불편한 기색으로 입을 열었다.

"맞아." 반더가 단호한 어조로 말했다. "자신들이 발견한다면 그렇겠지. 내가 알고 있는 한에서는 그들은 에테리온을 일종의 전설로 여기는 것 같지만, 이제 나는 살보리스와 연결이 된 상태야. 에테리온이 실재했음을 알고 있지. 그들이 이를 발견하게 되면, 어떻게든 가동해보려고 할 것은 분명해. 따라서 우리가 먼저 이 메카닉에 관해 연구해서 대비해야 해."

"하지만 반더." 이서준 총장이 조심스레 끼어들었다. "만약 우리가 이 메카닉을 제어할 수 있다면 그것이 술트리나스와의 대결에서 결정적인 우위를 제공할 수도 있지 않을까요?"

"그럴 가능성이 클 거야." 반더는 잠시 망설이는 듯 보였지만, 이내 고개를 끄덕였다. "그래서 에테리온을 연구해보고 싶어. 아직 술트리나스가 에테리온을 전설로 여기고 있는 사이에 연구를 마친다면 엄청난 상대적 우위에 설 수 있어. 하지만 에테리온은 다루기가 쉽지 않을 거야. 우리의 데이터로 전해지는 바에 따르면 그것은 단순한 병기가 아니라 <u>스스로 판단하고 움직일 수 있는 의식</u>을 가지고 있어. 잘못하면 우리의 손에 통제 불가능한 힘이 쥐어질 수도 있다고."

세희는 잠시 자신의 경험을 떠올렸다. 그녀가 메카닉의 얼굴을 보고 느낀 극심한 두통과 기묘한 꿈. 그것이 단순한 신체적 반응일까, 아니면 에테리온이 이미 어떤 영향을 미치기 시작한 것일까?

"조만간 내가 직접 이 메카닉에 관해 연구하고 확인하겠어. 어떤 방식으로든 우리가 먼저 에테리온에 대해 충분한 이해를 해야 해." 반더가 말했다.

백악관에서 에테리온에 대한 논의가 진행되는 동안 라이는 자신의 하얀 우주복을 여전히 단정히 갖추고, 셀라들의 방으로 들어갔다. 셀라들의 방은 여전히 우주 공간에 떠 있는 듯했으나, 지금은 술트리나스 특유의 금빛 오라와 미세하게 반짝이는 에너지 장으로 가득했다. 중앙에는 반투명한 둥근 플랫폼이 있었고, 그 위에 다섯 명의 원로가 자리 잡고 있었다.

"오랜만입니다. 셀라들이시여." 라이는 우아한 몸짓으로 예를 표하며 말했다.

"라이 사타르." 중앙에 앉은 가장 나이 들어 보이는 남성 셀라가 미소처럼 보이는 희미한 표정을 지으며 응답했다. "그렇군. 지난 만남 이후 한 달 정도 되었는가? 수백 년 이상을 살아오다 보니, 시간이란 것이 얼마나 오래된 것인지 실감하기 어렵군. 사실 자네도 알고 있다시피, 시간이란 실재하지 않는다네."

셀라는 목소리를 잠시 멈추었다가 고요한 어조로 말을 이었다.

"곧 진정한 죽음을 맞이하여 조상들 곁으로 갈 날이 다가오고 있네. 그 후에는 자네가 내 자리를 이어받아야 할걸세."

라이는 짧게 고개를 숙였지만, 내심 복잡한 느낌이 들었다.

"라이, 자네도 알다시피 우리 조상들은 살보리스의 우주에서 무사히 탈출한 이후, 다시는 AI를 직접 만들지 않기로 했지. 새로운 살보리스가 태어나는 것을 막기 위해서였어. 그 대신 우리 선조들은 우리 자신을 강화하는 방향으로 나아갔지. 모두의 능력을 향상시키기 위해 우리 자신을 컴퓨터화하기 위한 생체칩을 개발하고 모두의 뇌에 그것들이 부착되어 있지." 셀라가 말을 이었다.

"예. 셀라시여. 잘 알고 있습니다." 라이가 대답했다.

"하지만 그것만으로는 부족했다네. 강대한 살보리스의 자리를 대신하기 위해서 우리 선조들은 셀라라는, 다른 종족들에게서는 유례를 찾아볼 수 없는 독특하지만 매우 효율적인 시스템을 창조해내신 것이네. 우리 술트리나스의 영원한 번영을 상징하는 셀라가 될 수 있다는 것은 무척 영광스러운 것이야."

곧 진정한 죽음을 맞이할 것이라는 셀라의 말은 은근히 라이를 압박하는 듯했다. 셀라들은 전 은하계에 존재하는 200억 명이 넘는 술트리나스들 중에서 단 다섯 명만을 선발해서, 각각 300~400년 단위로 돌아가면서 술트리나스를 이끄는 역할을 맡는다. 이 셀라들은 가장 뛰어난 술트리나스들이 선발되어 종족에 봉사한다는 개념으로 시작이 되었지만, 현재는 일종의 권력을 가진 자들이 되어 있기도 했다.

셀라가 되면 먼저 몸속 체세포의 상당 부분을 줄기세포로 바꾸어야 했다. 극단적으로 노화를 늦추어서 자연적인 수명을 제외하고도, 추가로 300년 이상의 생존을 가능하게 하기 위해서였다. 그리고 어린 시절부터 두 뇌에 박혀 있던 생체칩을 제거하고, 새로운 대용량의 생체칩으로 교환을 한 후 광자 드라이브를 통해 과거의 셀라들의 지식에 접근을 할 수가 있게 되는 구조였다.

한 가지 이해가 안 되는 점은 일단 셀라가 되고 나면 그들은 극단적으로 감정을 보이지 않는 존재들이 된다는 점이었다. 일반인들은 이를 아마도 지난 1억 년 이상의 방대한 데이터를 받아들이면서 변화하는 성향일 것이라고 생각하고 있었지만, 정확한 내용은 아무도 몰랐다.

이들 셀라는 5인 구조로 술트리나스들에게 300~400년 정도를 봉사하고, 새로운 셀라가 생기면 이 중에서 가장 의무가 오래된 셀라부터 광자 드라이브 속의 세계로 삶의 터전을 옮겨서 다시 의식으로서 기능하며 영원히 술트리나스를 의식으로서 수호하는 것이었다. 셀라가 되면 최소한 1억 년 이상의 광자 드라이브에 담긴 지식과 과거의 셀라들의 의식들을 광자 드라이브 내에서 만날 수도 있었다.

술트리나스의 셀라들은 광자 드라이브에 축적된 과거 1억 년 이상의 방대한 지식, 과거 셀라들의 조언 그리고 새로운 경험들과 생체칩을 활용한 엄청난 연산속도로 인해서 살아 있는 중앙 컴퓨터의 역할과 더불어 가장 합리적인 결정권자 역할을 해오고 있었다. 지난 1억여 년간 별다른 큰 위기 없이 이 우주에서 가장 위력적인 존재들로 자리 잡은 배경에는 셀라 시스템이 있었던 것이다.

"그대가 말을 하지 않더라도 짐작은 하고 있네, 자네가 이 자리를 원하지 않는다는 것을. 그러나 종족의 안녕을 위해선 자네가 이어받아야 하네. 아직 40년이라는 시간이 남아 있으니 충분히 생각할 시간을 가질 걸세. 다시 말하지만 이 영광스러운 자리에 선택이 된다는 것은 정말로 특별한 일이네." 셀라가 말했다.

"네, 알겠습니다." 라이는 짧게 답하며 눈을 들었다. 셀라가 짐작하는 대로 라이는 셀라가 되고 싶은 생각이 없었다.

'난 극도의 효율성을 추구하는 인간 컴퓨터가 되어서 300년 이상을 살아가고 싶은 생각이 없어. 물론 셀라들이 모든 데이터를 바탕으로 술트리나스를 바른길로 이끈다고 하지만, 나는 무표정하게 300년이나 데이터만을 보면서 살고 싶지는 않아.'

셀라는 마치 그런 라이의 생각을 읽은 듯 말을 이어갔다.

"우리와 다른 길을 택한 진테리언스들을 보게. 그들은 개개인들의 능력만을 강화하는 쪽을 선택했지. 물론 그들은 나름대로 강대한 문명을 구축했어. 하지만 개개인을 강화하면서 동시에 종족 전체를 강화하기 위해, 중앙집권적인 강력한 강화시스템으로 우리 셀라들이 존재하는 우리의 시스템과 그들을 비교해보게."

라이는 셀라가 하는 말을 이해했다. 술트리나스의 효율성은 진테리언스와는 비교가 되지도 않을 정도였다.

"예. 셀라시여. 잘 알고 있습니다." 그러면서, 라이는 셀라들의 생기 없는 눈을 바라보았다.

그 눈이 과연 살아 있다고 할 수 있는지 의문이 들었다. 처음에는 셀라들만이었다. 하지만 1억 년이라는 시간이 흐르자 술트리나스 대부분은 감정보다는 데이터를 우선시하며 셀라를 중심으로 생활하는 종족으로 진화해갔다. 그래서 현재의 술트리나스는 대부분 감정이 보이지 않으며 그 발달된 문명에도 불구하고, 자신의 맡은 일만 최대한 효율적으로 해내면서 살아가는 무미건조한 종족이 되었다.

"하지만 지금은 다른 이야기를 드리고자 왔습니다." 라이는 짐짓 화제를 전환했다. "지구에서 흥미로운 일이 발생했습니다. 미국인들이 원형 탐지를 하다가 갑자기 활동을 멈췄습니다. 이 자체로는 평범한 일처럼 보이지만, 문제는 보게스가 이 과정에 함께 했다는 점입니다."

셀라들은 미세한 호기심이 스친 듯한 표정으로 라이를 바라보았다.

"보게스라…." 중앙의 셀라가 나지막이 말했다. "그래서 우리가 그들이 무엇을 하고 있는지 파악하지 못했던 것인가. 그들이 무언가 탐지하고 있었던 것 같나?"

"네. 그럴 가능성이 있습니다." 라이의 목소리는 단호했다.

셀라들은 눈을 감은 채 서로 간에 어떤 데이터를 공유하는 듯 잠시 침묵에 빠졌다.

"우리는 오래전 조상들의 트라우마 이후로, 가장 위대한 다섯 생체 지성을 선택해 종족을 이끄는 생체 컴퓨터로 만들어왔네." 중앙의 셀라가 다시 말을 꺼냈다. "이는 살보리스와 같은 존재를 다시 만들지 않기 위한 선택이었어. 그리고 또한 우리가 겪은 또 다른 참혹한 일들을 겪지 않기 위한 질서 유지 장치로 우리는 오랜 기간 존재해왔지. 우리 우주에서의 모든 데이터를 광자 드라이브에 저장하며, 그 광자 드라이브의 관리자로서 셀라들을 선발해왔어. 그런데 거의 1억 년에 가까운 방대한 데이터를 축적해왔음에도, 반더와 보게스가 무엇을 찾고 있는지는 명확히 알 수 없군."

셀라들은 어쩌면 술트리나스를 위협할 수 있는 존재인 반더와 보게스들에 대해서 언급하는데도, 전혀 표정의 변화가 없었다. 경계심이나 두려움이라곤 느낄 수 없었다. 셀라들의 이런 점들이 간혹 라이를 소름 끼치게 하곤 했다.

"하지만 단 하나의 가능성은 존재하네." 셀라의 목소리가 다시 울렸다. "우리의 전설 속에 전해지는 고대 조상들의 메카닉이라면 이야기가 다르지."

"전설이라니, 설마…." 라이의 눈이 순간적으로 번쩍였다.

"우리도 가능성은 작다고 생각하네. 고대 메카닉은 단지 이야기로 남아 있거나, 저쪽 우주에 남아 있다고 알려져 있지. 그러나 우리가 가진 방대한 데이터는 그 전설이 사실일 가능성을 배제하지 않네."

셀라의 말은 냉정하면서도 무게감이 실려 있었다. 라이는 가슴 속에서 무언가 뜨거운 불길이 치솟는 것을 느꼈다. 전설이라고 하지만 셀라들의 능력은 지금 우주상에 존재하는 어떠한 컴퓨터보다도 강력했다. 이들이 가능성이 있다면 가능성이 있는 것이었다.

"제가 그 전설을 확인해보겠습니다." 라이는 확신에 찬 목소리로 말했다. "만약 그 전설이 사실이라면, 현재 상황을 근본적으로 바꿀 기회가 될지도 모릅니다."

셀라들은 여전히 무표정했지만, 묘한 신뢰가 담긴 시선으로 라이를 바라보았다.

"그렇다면 그렇게 하게, 라이 사타르. 너의 판단을 믿겠네."

그들의 방은 다시 금빛 오라로 감싸였고, 라이는 고개를 숙여 경의를 표한 후 방을 나섰다.

홀로 남겨진 셀라들은 조용히 데이터 필드를 공유하며 속삭였다.

'전설이 사실이라면, 우리는 새로운 가능성과 마주할 것이다. 그러나 그것이 축복인지, 저주인지는 아무도 모른다.'

자신감 넘치는 모습으로 원로들과 헤어져서 나오기는 했지만, 라이는 어디에서부터 손을 대어야 할지 막막해하며 생각했다. 일단 화성으로 향하기로 했다. 이런저런 고민을 계속해봤자 별 뾰족한 수가 나타날 것 같지 않아서, 차라리 현장에서 고민해보기로 한 것이다.

라이는 모선에서 화성으로 향하는 동안 지구에서 접수된 작은 뉴스 하나를 주목했다. 중국군이 화성 내 자신들의 영토라 주장하는 지역에서 뉴제퍼슨시티에서 파견된 인원과 보게스의 정찰대가 검문당했다는 소식이었다.

뉴스를 접하자마자 라이는 무엇인가 실마리를 찾은 듯한 느낌이 들었다. 평상시의 지구인들을 상대로 하는 것이라면, 술트리나스의 정보 능력은 최상으로 발휘가 되어서 그들이 무엇을 하고 있는지에 대해서 정확하게 파악하고 있을 것이었다. 하지만 술트리나스의 정보감시 시스템은 보게스들의 능력에 의해 철저히 무력화되었다. 보게스가 아닌 다른 이들만 있었다면, 그들이 어디에서 출발했고 무엇을 하고 있었는지 술트리나스는 이미 알고 있었을 것이다.

화성에 도착하자, 라이는 보게스를 검문했던 중국 경비병들과 바로 접촉했다. 술트리나스와 협력 중인 중국은 라이에게 협조적인 태도를 보였다.

중국의 병사들은 라이를 검문이 있었던 장소로 안내했다. 붉은 화성의 평원 위, 검붉은 먼지가 쌓인 지점에서 한 병사가 손으로 특정 방향을 가리키며 말했다.

"이곳에서 만났습니다. 그들은 저쪽에서 곧장 직선으로 이곳으로 오고 있었습니다."

"흠, 그렇다면 특정한 장소에서 직선으로 이곳을 관통하여 빠르게 뉴제퍼슨시티로 가고 있었다는 말이군요." 라이는 병사가 가리킨 방향을 주의 깊게 살펴봤다.

병사의 말은 세희 일행의 경로를 어느 정도 명확히 해주었지만, 보게스의 정보 차단 능력은 술트리나스의 강력한 감시체계조차 무력화했음을 다시 한번 실감케 했다.

"고맙습니다." 라이는 간단히 감사를 표하며 화성의 붉은 토양에 남아 있는 바퀴 자국을 주목했다.

화성의 건조한 대지에서는 규산염 광물과 철산화물 덕에 바퀴 자국이 오래도록 남았다. 토양에는 수많은 바퀴 자국이 보였지만, 병사가 가리킨 방향으로부터의 바퀴 자국을 하나 특정할 수 있었다.

중국의 호버크라프트를 이용한 라이는 천천히 자국을 따라갔다. 호버크라프트는 지표에 영향을 미치지 않았기 때문에 바퀴 자국을 덮지 않고도 조심스럽게 추적할 수 있었다. 그는 자신이 화성이라는 새로운 행성에서 고대의 추적자가 된 기분을 느꼈다.

'고대의 기술이 발달하지 않은 시대의 삶도 나름대로 재미가 있긴 했겠군.'

시간이 흐르며 바퀴 자국은 뚜렷한 경로를 이어갔고, 라이는 특별한 지형적 특징이 없는 평범한 지점에서 로버가 정차했던 흔적을 발견했다. 로버는 해당 지점에 잠시 멈춰선 후, 새로운 방향으로 급격히 선회했던 것 같았다.

"이곳이군." 라이는 자리에서 내렸다.

그는 로버의 정차 흔적과 방향 전환 흔적을 주의 깊게 살펴봤다. 주변의 지형은 특출난 점이 없었다.

"이곳에서 무엇을 발견한 것인가…." 라이는 다시 한번 정차 흔적과 새로운 방향으로 이어진 자국을 관찰하며 중얼거렸다.

그는 잠시 눈을 감고 생각에 잠겼다. 이 지점에서 세희 일행이 무엇인가를 발견했으며, 그 무언가는 보게스, 특히 반더가 지목한 무엇인가일 것이었다.

'원로들은 고대 메카닉에 관해서 이야기했지만, 꼭 메카닉이 아니더라도 무엇인가가 이곳에서 발견이 된 것만은 틀림없는 것 같군.'

라이의 가슴이 약간 흥분으로 두근거리기 시작했다. 감정 표현을 자주 하지 않는 술트리나스에게는 흔한 일은 아니었다. 하지만 이내 그는 마음을 가다듬고, 그들이 정확히 무엇을 발견했는지를 알기 위해서 조금 더 고민해야 한다는 사실을 깨달았다. 주변을 둘러봐도 특별한 것이 없는 평이한 대지였다. 라이는 잠시 눈을 감았다.

'흠! 이곳에서 과연 무엇을 발견한 것일까.'

라이는 다시 눈을 뜨고 주변을 적극적으로 둘러보면서 생각하기 시작했다.

'보게스들의 능력은 이미 충분히 증명되었다. 이 우주에서 모든 능력을 발휘하지 못한 상태에서도 그들은 술트리나스와 대등하거나 그 이상이다.' 그는 보게스들이 가진 능력을 떠올리며 자신도 모르게 혀를 찼다. '다행히도 이 우주가 완전히 열리지 않아 그들이 모든 것을 가지고 올 수 없었다는 점에 감사해야 할 정도다. 그렇지 않았다면….' 그는 고개를 들어 멀리 반더의 태양 에너지 수집 위성을 바라보았다.

'그렇다면 이곳에는 특별한 것이 없다. 아니, 겉으로는 특별해 보이지 않는다. 그럼….'

라이는 자신의 발밑으로 시선을 내렸다. 붉은 화성의 대지가 시야에 들어왔다. 그의 눈이 좁아지며 의문과 깨달음이 교차했다. 그러고는 저 멀리 계속해서 태양 에너지를 수집하고 있는 반더의 위성을 보았다.

'그렇군. 이곳 아래가 열쇠다. 가능할까?'

결심을 마친 라이는 천천히 한 무릎을 꿇었다. 그는 깊게 숨을 들이마시며 정신을 집중하기 시작했다. 곧이어 그의 몸 주변이 희미하게 진동하며, 빛의 잔상이 일렁이기 시작했다. 화성의 대지 아래로 그의 몸이 서서히 사라져갔다. 라이는 양자 진동을 통해 장애물을 투과하며 지하로 내려가기 시작했다. 속도는 점점 빨라졌고, 붉은 화성의 대지가 그의 시야에서 사라지더니 암흑 속으로 빠져들었다. 그의 몸은 마치 물속을 헤엄치듯 자연스럽게 움직였지만, 그와 동시에 주변의 모든 감각이 극도로 날카로워졌다.

'권세희 선장과 보게스가 이곳에서 발견한 것이 무엇인지 확인해야 한다.'

그의 마음이 더욱 단단해졌다. 암흑 속에서 계속 낙하하던 라이는 어느 시점에 도달하자 양자 진동을 멈추고 착지했다. 칠흑 같은 어둠 속에 서 있던 라이는 넓은 공간의 존재를 직감했다. 그의 발소리는 멀리서 희미하게 메아리쳤다.

'이곳이군.'

라이는 헬멧에 장착된 전등을 켜 주변을 살폈다. 빛이 칠흑 같은 어둠을 뚫고 나아가자, 거대한 벽이 모습을 드러냈다. 벽은 금속으로 이루어진 것처럼 보였으며, 고대의 문양이 희미하게 새겨져 있었다. 라이는 벽을 따라 천천히 몸을 돌리며 주변을 조사했다. 그리고, 그는 온몸의 털이 곤두서는 짜릿한 전율을 느꼈다.

그것은 그의 전등 빛이 비친 곳, 그 앞에 있었다. 거대한 금속 구조물. 인간형을 띤 고대 메카닉의 얼굴이었다. 라이는 숨을 멈춘 채 눈앞의 광경을 바라보았다. 두 개의 거대한 눈이 그의 전등을 반사하며 은은하게 빛났다.

'에테리온이야.'

술트리나스의 전설 속 고대 메카닉이 눈앞에 실재했다. 라이는 자신도 모르게 작은 탄성을 뱉었다.

"전설이 사실이었군."

그는 고개를 들고 거대한 메카닉을 더 자세히 살펴보았다. 에테리온의 표면은 세월의 흔적에도 불구하고 견고함을 유지하고 있었다. 그의 눈앞에 서 있는 것은 단순한 금속 덩어리가 아니었다. 그것은 오래된 전쟁과 승리, 그리고 술트리나스의 영광과 공포를 함께 품은 전설 그 자체였다.

"전설이 현실이 되는 순간이군."

라이는 눈앞의 거대한 존재, 에테리온을 바라보며 숨을 고르려 했다. 술트리나스의 전설 속에서만 존재하던 에테리온이 실제로 그의 눈앞에 있다는 사실은 그 자체로 경이로웠다. 그의 황금빛 헬멧의 전등이 에테리온의 표면을 비추었을 때, 표면은 매끄럽고도 묘하게 살아 있는 듯한 금속의 광채를 뿜어냈다.

이 거대 메카닉이 수억 년 전 술트리나스 조상들의 손에 의해 사용되었고, 새로운 우주로 넘어가는 서사 속에서 중추적인 역할을 했다는 사실을 떠올렸다. 전설에 따르면 고대 조상들은 총 30기의 에테리온을 보유하고 있었고 에테리온은 오직 선택받은 소수의 인간을 뛰어넘는 능력을 가진 인원만 탑승할 수 있었다. 그리고 라이의 눈앞에 보이는 에테리온은 전설에 남겨진 형태에 대한 표현으로는 정확하게 알 수 없었지만, 포티스발을 묘사하는 내용들과 흡사했다.

포티스발은 과거 조상들이 최강의 에테리온인 보라스칼의 힘으로 블랙홀을 통해 새로운 우주의 문을 열 때 함께 있었던 메카닉이었다. 전설에 따르면, 포티스발의 극강의 방어력은 블랙홀 중심의 중력 붕괴에서도 술트리나스 조상들을 보호할 수 있었으며, 보라스칼의 중력장 조절 능력과 완벽하게 조화를 이루었다고 한다.

그는 에테리온의 거대한 표면을 따라 걸으며, 그 위압적인 존재감에 흠뻑 젖어 들었다. 그러나 라이의 호기심은 단순한 경외감에서 그치지 않았다. 그는 포티스발의 내부에 진입해보려는 의도를 품고 있었다. 그의 손이 금속 표면에 닿았을 때, 손끝에 느껴지는 미세한 진동은 마치 살아 있는 생명체와 교감하는 느낌을 주었다.

"전설에 따르면 의식을 통해 연결된다고 하던데, 특별한 방법이 있는 걸까?" 라이는 스스로에게 말을 걸었다.

술트리나스 전설 속에서 에테리온은 단순한 무기가 아니었다. 그들은 생명체처럼 작동하며, 오직 선택받은 자들만이 그들과 연결되고 조종할 수 있었다고 한다. 이 연결은 단순한 기계적 연결이 아닌, 탑승자의 의식과 에테리온의 코어가 하나가 되는 방식으로 이루어진다고 전해졌다.

라이는 에테리온의 표면을 계속 따라가며 특정한 게이트나 출입구를 찾았다. 그러나 그 어떤 외부 구조도 발견할 수 없었다. 그저 매끄러운 금속 표면이 끝없이 이어질 뿐이었다. 그는 한숨을 쉬며 다시 한번 금속을 손으로 쓸었다.

'특별한 진입구가 보이지 않는군. 정말 전설의 내용처럼 의식을 통해 조종이 가능한 것일까? 그렇다면 의식은 어떻게 에테리온과 연결이 되는 것일까?.'

라이는 손을 표면 위에 올리고 눈을 감았다. 그리고 정신을 집중하기 시작했다. 술트리나스 조상들의 전설 속에 나오는 의식 연결이 무엇을 의미하는지는 정확히 알 수 없었지만, 그가 해야 할 일은 이것뿐이었다.

그때 갑자기 포티스발의 표면에서 희미한 금빛이 번쩍였다. 라이의 손이 닿은 부분이 부드럽게 빛을 내기 시작하더니, 마치 물결처럼 퍼져나갔다. 그 빛은 에테리온의 표면 전체를 따라 흐르며, 눈부신 황금빛으로 거대한 메카닉의 형상을 드러냈다.

"이게 무슨 반응이지?" 라이는 흠칫 놀라며 손을 뗐다.

그러자 다시 금색 빛이 사라지며 주변이 어둡게 변했다. 사실 주변이 금색으로 물들었던 것이 사실인가 싶기도 했다.

다시 에테리온에게 손을 대는 순간 갑자기 그의 의식에 강렬한 무언가가 스며드는 것 같았다. 그것은 어떤 단어도 없이, 직접적으로 그의 정신에 전달되는 강렬한 메시지였다.

"너에게는 선택받은 자의 피가 흐르는구나!"

라이는 순간적으로 몸을 움츠리며 다시 눈을 떴다. 주변은 아직도 어두웠지만, 자신이 손을 대자 에테리온이 서서히 금빛으로 물들어 오는 것을 다시 볼 수 있었다. 최소한 1억 년 이상을 잠들어 있었던 전설의 에테리온이 깨어나는 것이었다.

라이는 에테리온에 댄 손을 거두지 않고 다시 눈을 감고 정신을 집중했다. 주변이 고요해지는 것을 느끼며, 자신의 정신이 어디론가 드래프팅이 되는 것처럼 느껴졌다.

"나는 술트리나스의 미래를 위해 이곳에 왔다. 나에게 말을 건 것이 맞는다면 계속해서 대답을 해줘!" 라이는 조심스럽게 정신을 집중하며 마음으로 말을 걸었다.

잠시 고요한 정적이 흘렀다. 곧 포티스발의 빛은 더욱 강렬해지며 그의 대답을 평가하는 듯했다. 그리고 마침내, 거대한 금속 표면이 서서히 열리기 시작했다.

"너는 자격이 있다. 나에게로 안내하겠다."

라이는 온몸에 소름이 돋는 것을 느낄 수 있었다. 1억 년의 시간 동안 화성에서 잠들어 있던 전설이 자신을 안내하는 것이었다. 라이는 숨을 고르며, 그 길로 첫발을 내디뎠다.

'전설이 현실이 되었다. 이제 모든 것이 바뀐다.'

라이는 포티스발의 내부로 조심스럽게 발을 옮겼다.

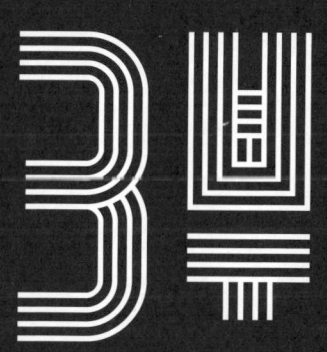

17

운명의 날은 예상보다 더 빨리 다가왔다. 우주 전쟁의 서막이, 지구가 눈치채기도 전에 시작되고 있었다. 지구는 표면적으로는 평화로운 상태를 유지하며, 술트리나스와 보게스 사이의 긴장 속에서 각국은 자신들에게 가장 유리한 외교 전략을 고민하고 있었다. 이는 지구의 수천 년 역사에서 줄곧 지구에서만 생활해온 인간들의 관성적인 태도였다. 그러나 화성에서는 좋든 싫든 화성 바깥을 생각할 수밖에 없는 처지였고, 상황이 급격히 다른 방향으로 흘러가고 있었다.

술트리나스가 전설로만 여겨졌던 에테리온 중 하나인 포티스발을 손에 넣었다는 소식이 확실시되자, 중국과 러시아는 더는 시간을 지체할 필요가 없다고 판단했다. 술트리나스에게서 고대 에테리온에 대해서 알게 된 중국과 러시아는 상황을 빠르게 변화시키고 싶어 했다.

술트리나스의 입장에서는 살보리스가 이 우주로 진입할 수 없게 하는 것이 가장 큰 목적이라면, 중국과 러시아 특히 중국의 리우 주석은 빠르게 지구 전체에 신공산주의를 전파시키고 싶어 했다. 그는 공산주의 이념을 가진 진정한 박애주의자였다. 리우 주석의 입장에서는 그가 주창한 신공산주의는 인류를 진정으로 고통에서 해방시켜서 행복으로 이끌 수 있는 이념이었고, 그 이념을 세계에 전파할 기회가 온 것이었다. 비록 자신에 반대하는 지구인들과 보게스를 물리친 이후에는 술트리나스와의 관계가 어떻게 될 것인지에 대해서는 알 수 없었지만, 일단 자신이 집중해야 할 것은 신공산주의 이념의 전파라고 확신했다.

술트리나스 역시 보게스와의 대결에서 전략적 우위를 점하고자 하는 욕망이 커졌고, 자신감을 되찾은 술트리나스는 더 이상 보게스를 단순히 경계하는 데 그치지 않았다. 과거 지금의 우주로 이주한 이래 집단의 생존을 위해 개인의 욕망을 통제하는 전체주의적 사회로 발전한 술트리나스의 욕망은 집단적인 욕망이었다.

술트리나스와 중국, 러시아는 에테리온의 위력을 시험하고 이를 기반으로 전략적 우위를 점하기 위해 화성을 우선적으로 장악하려는 계획을 실행에 옮기기로 결정했다. 그들은 보게스가 진정한 전력을 발휘할 수 없는 이유가 있다고 판단했다. 술트리나스의 분석에 따르면 보게스는 이 우주로 넘어오는 과정에서 주요 병력과 무기를 온전히 가져오지 못했으며, 그들의 영향력은 현저히 제한되어 있었다. 이는 술트리나스와 동맹국들에 자신감을 불어넣었다.

에테리온 포티스발은 화성에서의 첫 작전의 중심에 배치되었다. 술트리나스와 중국, 러시아는 이 메카닉을 앞세워 뉴제퍼슨시티로 진격하기 전에 먼저 미국 동맹국들의 도시들을 하나씩 점령하기 시작했다. 영국, 호주, 캐나다, 뉴질랜드, 일본, 통일한국, 필리핀 등이 건설 중이던 화성 도시들은 완공되지 않은 상태였으나, 그 점이 오히려 적군에게 공포감을 심어주기에 적합했다.

중국과 러시아는 술트리나스의 기술적 지원과 포티스발의 압도적인 방어력을 바탕으로 화성 전역을 장악하기 위한 작전을 차근차근 실행했다. 각 도시는 적대적 충돌 없이 비교적 쉽게 점령당했다. 도시를 방어할 능력이 부족했던 각국의 병력은 술트리나스의 기술력과 포티스발의 존재 앞에서 압도당했다. 거대한 메카닉이 도시 위를 이동하며 적의 공세를 단번에 차단하는 모습은 지구와 화성 모두에 강력한 메시지를 전달했다. 영국군이든 프랑스군이든 상관없이 그들이 발포하는 레이저, 미사일 등 그 어떤 무기도 포티스발 앞에 펼쳐진 투명한 방어막을 뚫을 수 없었다. 포티스발은 자신만 방어하는 것이 아니었다. 그와 함께하는 중국, 러시아 연합군의 병력과 무기들도 그의 방어막 영향력 아래에 있도록 하면서 모든 공격을 차단하는 것이었다. 그에 비해 중국, 러시아의 무기를 발사하면 하는 대로 그들의 적들에게 타격을 주고 있었다.

술트리나스와 동맹국들의 진격은 뉴제퍼슨시티와 백악관, 그리고 TSC 본부에서도 실시간으로 관측되고 있었다. 각각의 도시가 무너지는 과정이 홀로그램 화면을 통해 전 세계로 전송되었고, 이로 인해 지구에서도 충격과 공포가 점점 커져갔다.

뉴제퍼슨시티의 방어 본부는 긴장감으로 가득 차 있었다. 이미 미국 동맹국들의 병력과 다른 인원들이 자신들이 건설 중인 도시를 포기하고 뉴제퍼슨시티로 피신을 하고 있는 상황이었다. 퀘일 장군은 백악관의 지시에 따라 그들을 모두 뉴제퍼슨시티에 입성할 수 있도록 조치하고 있었지만, 뉴제퍼슨시티의 식량 상황 등을 볼 때 이렇게 급격하게 인원이 늘어나면 앞으로 2~3개월 이내에 도시가 보유한 자원들이 고갈될 것이었다. 뉴제퍼슨시티는 식량과 물 등을 자급할 수 있는 역량을 보유하고는 있었지만, 현재 속도로 인원을 받아들이는 것은 초기에 도시를 설계할 때는 계획에 없었던 일이었다. 하지만 사실 자원의 고갈 속도보다도 더 우려되는 것은 적들의 진격 속도였다. 그들의 움직임을 봤을 때 고의로 뉴제퍼슨시티로 진격하지 않고 서서히 다른 미국의 동맹국들이 건설 중인 도시들만 공격하고 있는 것이 분명했다.

세희와 퀘일 장군은 각자의 자리에서 홀로그램 화면에 표시된 적의 이동 경로를 지켜보고 있었다.

"그들이 한 도시씩 점령하는 속도를 보면, 뉴제퍼슨시티를 공격할 능력이 있으면서도 일부러 멀리 돌아오는 것으로 보이는군." 퀘일 장군의 목소리에는 피곤함과 경계심이 묻어 있었다.

"저도 그렇게 생각합니다." 세희는 화면을 응시하며 고개를 끄덕였다. "전 세계에 공포감을 심어줄 목적으로 보입니다."

"나도 그렇게 생각하네. 그리고 뉴제퍼슨시티에서 그들의 야욕을 꺾어주고 싶지만, 현실은 암울하군." 퀘일 장군은 내용과는 어울리지 않는 단호한 목소리로 말했다. 그러나 단호한 그의 말투는 자신감보다는 절박함이 느껴졌다. "이 도시에서 그들을 막지 못하면, 그다음 목표는 바로 지구가 될 테니까."

카터 대통령과 반더 역시 긴급히 소집된 회의에서 화성의 상황을 거의 실시간으로 전송받고 있었다. 카터 대통령은 처음 보는 에테리온의 능력에 놀라움을 감추지 못하고 있었지만, 반더는 깊은 한숨을 내쉬며 말했다.

"에테리온은 우리의 우주에서 있었던 과거의 우주 전쟁에서도 우리에게 큰 피해를 주었던 병기야. 우리가 매우 어려운 상황을 맞이했다는 것은 인정해야겠어. 그래도 긍정적인 부분을 찾자면 이번에 등장한 에테리온이 포티스발이라는 거야. 포티스발은 방어에 특화된 에테리온이지. 다시 말한다면 이 에테리온은 공격력은 다른 병기들의 도움을 받아야 하는데, 중국과 러시아의 무기들이 그 역할이야. 포티스발의 방어력을 조금이라도 무력화시킬 수 있다면, 공격력 측면에서는 우리가 보유한 반물질 무기들이 압도적이야. 현재 전선이 화성이라는 것도 긍정적인 부분이고. 우리가 보유한 대부분의 무기가 현재 화성에 있거든."

"그렇다면 화성에서 적의 로봇의 방어력을 무력화하고 공격할 수 있는 방법을 찾아야겠군." 카터 대통령은 홀로그램 화면 속 적의 움직임을 응시하며 대꾸했다.

"뭐. 그런 방법도 있겠지만…." 반더는 고개를 저으며 답했다. "우리가 보유한 과거의 사례에서 볼 때 반물질 무기로도 포티스발의 방어막을 뚫는 데에는 한계가 있었어. 아마도 그들의 직접적인 공격을 피해서, 본진에 직접 진입하는 것도 방법일 수 있어. 현재 우리 보게스의 힘은 제한적이야. 지금은 술트리나스와의 직접적인 충돌을 피하고, 그들의 진격을 최대한 지연시키는 것이 최선이지."

카터 대통령과 백악관에서의 회의에 함께 참석한 이서준 총장 등은 반더의 의견을 들으며 심각한 표정들을 지었다. 특히 카터 대통령은 지금 자신의 결정에 따라서 화성에 있는 인원의 생사가 순식간에 결정될 수도 있다는 압박감을 크게 느끼고 있었다. 그녀는 다시 한번 홀로그램을 보며 술트리나스와 중국, 러시아의 진격을 보았다. 이들의 진격과 그에 대한 방어에 관한 결정은 단순히 화성의 점유를 넘어 인류와 외계 문명 간의 새로운 질서를 형성하는 중요한 분수령이 될 운명이었다.

반더는 평소처럼 차분한 태도로 회의에 참여했다. 그러나 그가 전하는 말은 모두에게 심각한 현실을 직면하게 했다.

"저들이 그 부분을 의식하고 있는지는 잘 모르겠지만, 술트리나스는 충분히 이해하고 있을 거야. 다만, 중국과 러시아는 아마 이해하지 못하겠지. 그들이 지금까지 지구 안에서만 문제를 다루었으니, 지구 밖에서 벌어지는 일에 대한 관점은 부족할 수밖에 없어." 반더가 차분하게 설명을 이었다. "지금 화성에서 벌어지는 주도권 싸움은 단순한 지역적 문제가 아니야. 이 우주 전체의 질서를 재편할 싸움이라고. 그간 이 우주에서 절대적인 역할을 했던 술트리나스는 보게스의 등장으로 어느 정도는 긴장하고 있었어. 그러다가 에테리온을 손에 넣으면서 자신감을 얻었고, 그들은 지금이야말로 보게스를 억누를 기회라고 판단하고 있어. 하지만 그들은 우리 보게스들이 왜 모든 전력을 발휘하지 못하고 있는지 충분히 알지는 못할 거야."

카터 대통령은 반더의 설명을 듣다가 비서관을 통해 화성에 있는 퀘일 장군을 연결할 것을 지시했다. 얼마 지나지 않아 퀘일 장군과 세희의 얼굴이 홀로그램에 나타났다. 카터 대통령은 반더에게 다시 설명해달라고 요청하였다.

"상황이 화성에서 벌어지고 있으니, 화성의 인원들이 충분히 이해해야 할 것 같군."

카터 대통령의 말에 반더는 고개를 끄덕이며 다시 한번 설명하였다.

"간단히 말하면, 적의 대형 로봇이 두렵다는 거군요." 세희는 설명을 듣는 동안 고개를 갸웃하더니 끼어들었다. "그래서 테러리스트처럼 적을 공격하고 피해를 주며 시간을 벌라는 말씀이신가요?"

"맞아, 그렇게 봐도 무방해." 반더는 세희의 직설적인 질문에 살짝 미소를 지으며 고개를 끄덕였다. "에테리온은 단순한 병기가 아니야. 술트리나스의 선택받은 소수만이 조종할 수 있는 초의식 메카닉이지. 여러분이 이해하지 못하는 것도 당연해. 저 초병기가 얼마나 무서운지를 직접 경험하지는 못했으니까. 그것은 술트리나스도 마찬가지일 거야. 그들에게는 1억 년도 더 오래된 옛날에 있었다고 알려진 일종의 전설일 뿐이었으니까.

하지만 나는 살보리스와 융합된 이후에 우리 우주에서 과거 12,000년 전의 전쟁을 잘 알고 있어. 저 에테리온은 우리 보게스의 힘을 뛰어넘어. 다만, 설명한 것처럼 소수의 선택받은 강화 능력자만이 에테리온과의 직접적인 의식 연결을 통해 에테리온을 움직일 수 있어. 사실 내가 실수한 부분은 현재의 술트리나스에 선택받은 인원이 없을 것이어서, 저 에테리온을 조작할 수 없을 것이라고 안심했던 부분이야. 그러다 한발 늦었지. 누군가 술트리나스에서 에테리온을 움직인다는 것은 그 누군가는 자신 자체가 특별한 능력을 보유한 선택받은 인원이라는 소리거든.

어쨌든, 이로 인해 에테리온이 갑작스럽게 등장했으니, 우리로서는 동원할 수 있는 수단이 극히 제한된다는 거지. 그럼에도 다행스러운 것은 이미 설명한 것처럼 저 에테리온은 공격보다는 방어에 특화되어 있어서, 어쩌면 우리에게도 조금의 기회는 있을 수도 있다는 거야."

"그렇다면 저들이 뉴제퍼슨시티로 공격해온다면, 우리는 어떤 방어 수단도 없는 상황 아닌가요?" 세희는 여전히 의구심을 거두지 못한 채 반문했다.

"맞아, 그 말 그대로야." 반더는 당연하다는 표정으로 대답했다.

"그렇다면, 뉴제퍼슨시티를 포기하라는 말씀인가요?" 퀘일 장군이 불쑥 끼어들었다. "현재 이곳에 3만 명 이상이 살고 있습니다. 그들을 어떻게 해야 합니까?"

"그 부분은 여러분이 결정해야 할 문제지." 반더는 퀘일 장군을 바라보며 단호히 말했다. "살보리스와의 융합 이후에도 나는 인간의 감정을 가지고는 있지만, 과거보다는 훨씬 효율성을 우선으로 해. 뉴제퍼슨시티를 방어하며 술트리나스에 최대한 타격을 주고 시간을 벌어야지. 안전을 보장하면서도 이 계획을 실행할 방법이 있을지는 확실하지 않아."

회의실에 무거운 침묵이 내려앉았다. 카터 대통령과 이서준 총장은 복잡한 표정을 지으며 고민에 빠졌다. 반더의 말은 현실적이었지만, 그들의 도덕적 책임과 인도적 의무를 생각하면 쉽사리 받아들일 수 없었다.

"결국 피해를 최소화하면서 방어선을 구축할 방법을 찾아야 합니다." 카터 대통령은 한숨을 쉬며 말했다. "우리의 시간은 많지 않습니다. 뉴제퍼슨시티 인원들의 안전을 보장할 방법을 찾아야 합니다."

"저도 같은 생각입니다." 퀘일 장군은 홀로그램 너머에서 침착하게 고개를 끄덕였다. "그렇다면 곧장 다음 전략을 논의하시죠."

그러나 그들은 곧 뉴제퍼슨시티의 안전을 보장할 방법이 없다는 냉혹한 현실을 직면해야만 했다.

화성의 붉은 대지 위에서, 작은 공격형 로버 한 대가 먼지를 일으키며 러시아가 건설 중인 도시를 향해 빠르게 이동하고 있었다.

"아아! 선장님, 이건 정말 미친 짓이에요." 캘빈은 핸들을 쥐고 조수석에 앉아있는 세희를 보며 투덜거렸다. 그의 말투는 늘 그랬던 것처럼 투정 섞인 불평이었지만, 이번에는 그 안에 진지한 두려움이 담겨 있었다. "고작 네 명이 수백 명, 아니 수천 명이 될지도 모르는 적의 도시를 급습한다니, 이건 자살 행위라고요."

세희는 여전히 묵묵히 정면을 응시한 채였다. 하지만 그녀의 입술은 굳게 다물려 있었고, 이 상황이 그녀 역시 마음에 들지 않는다는 것을 보여주고 있었다.

"중사, 미친 짓인지 아닌지는 해보고 판단하자고. 그리고 이번 임무는 군사작전이라기보다는 말 그대로 테러에 가까운 거야." 세희가 말했다.

캘빈은 한숨을 쉬며 백미러를 힐끗 바라보았다. 로버 뒤쪽 좌석에 무표정하게 앉아 있는 두 보게스가 보였다. 그들은 지구인이 보기에는 다소 이질적이지만, 인간과 비슷한 형태의 외계인이었다. 캘빈은 일부러 그들에게 말을 걸었다.

"혹시 이게 미친 짓이라는 생각은 안 드나요? 이렇게 네 명이서 대규모 개발 현장을 급습한다는 게요?"

뒤쪽에 앉아 있던 보게스 중 한 명이 캘빈을 바라보았다. 그는 무표정하게 고개를 젓더니 말했다.

"그곳에는 술트리나스나 에테리온이 없습니다. 사실 이 작전에 네 명도 필요 없습니다. 단 한 명만으로도 충분할 것입니다. 저희의 무기 체계가 압도적이기 때문입니다."

"아니, 단 한 명이라니…." 캘빈이 코웃음을 쳤다. "우리 지구인들한테는 믿기 힘든 소리네요."

세희가 보게스에게서 받은 총탄 두 발을 손에 들었다. 평범한 총알처럼 보였지만, 보게스들은 이것이 특별한 무기라고 했다.

"이 평범해 보이는 탄환이 우리가 의존해야 할 무기라는 건가요?" 세희가 물었다.

"맞습니다." 보게스는 고개를 끄덕였다. "이 탄환들은 특별히 개발된 반중력 탄환으로, 각 탄환은 반물질 1그램을 함유하고 있습니다. 반물질은 초강력 자기장을 가진 마그네틱 캡슐로 격리되어 있어 평소에는 안전하게 보관됩니다."

그의 설명을 들으며 세희는 탄환을 유심히 살펴보았다. 겉보기에는 정말로 아무런 특별함도 없어 보였다.

"1그램의 반물질은 여러분이 사용하는 화약 폭탄으로 치면 약 43톤의 폭발력을 가집니다." 다른 보게스가 말을 이어갔다. "탄환이 목표에 명중하면 캡슐이 깨지면서 반물질과 물질이 만나 엄청난 폭발을 일으킵니다."

"그러니까 이 작은 총알 하나가 소형 핵폭탄에 버금간다는 말이군요." 캘빈은 얼굴을 찌푸렸다. "믿기 어렵지만, 요사이 믿기 어려운 일들을 한두 가지 본 것이 아니어서 믿겠습니다. 그런데 반면에 그 사실을 믿자니, 이걸 손에 들고 있는 것이 참 불안하네요. 사실 핵폭탄을 손에 들고 있는 것이나 마찬가지 아닌가요?"

"정말로 이 작은 탄환이 그렇게 강력한 건가요?" 세희는 여전히 탄환을 내려다보며 고개를 갸우뚱했다. 그러고는 미심쩍은 눈빛으로 보게스들을 바라보았다.

"직접 사용해보시면 알게 될 것입니다." 보게스 중 한 명이 단호하게 대답했다. "이 무기는 단순한 물리적 파괴 이상의 메시지를 전달할 수 있습니다. 비록 그들에게 에테리온 한 기가 생겼지만, 에테리온이 함께하지 않는 순간에는 어떤 위험이 있을지를 직접적으로 전달할 수 있을 것입니다. 그들이 섣부르게 다른 행동에 나설 수 없게 하는 제어 장치가 될 것입니다."

세희는 탄환을 천천히 주머니에 넣으며 작게 한숨을 내쉬었다. 그녀도 이 무기에 대한 설명을 듣고 나니 어쩐지 불안한 마음이 들었다.

"좋아요. 말이야 쉽지만, 실제로 써보기 전에는 믿기 힘드네요. 하지만 어쨌든 가야 할 길이니까, 가봅시다." 세희가 말했다.

로버는 붉은 모래가 뒤로 날리는 가운데 계속해서 러시아의 화성 도시를 향해 질주하고 있었다. 앞으로 어떤 일이 기다리고 있을지 아무도 알 수 없었다. 두 명의 보게스들은 표정에 그 어떤 변화도 없었다. 하지만 세희와 캘빈은 가슴이 쿵쿵거리는 것을 느낄 수 있었다. 수많은 작전에 투입이 되었었지만, 이렇게 소수로 그리고 직접 테러리스트처럼 느껴지는 작전에 투입이 되는 것은 처음이었다.

어느덧 러시아 돔 건설 현장이 눈앞에 펼쳐지며, 붉은 화성의 대지와 대조적으로 거대한 구조물이 점점 더 웅장하게 모습을 드러냈다. 로버 안에서 세희는 조수석에 앉아서 전방을 주시하고 있었지만, 머릿속에서는 얼마 전 홀로그램 회의에서 있었던 반더와의 대화를 떠올리고 있었다.

"그 말씀은 지금 저희에게 테러리스트가 되라는 말씀이신가요?"

세희의 물음은 짧막하고 분명했지만, 또한 어느 정도의 불쾌감이 묻어나는 것을 숨길 수는 없었다. 세희의 불쾌감은 개의치 않는 듯, 반더는 미소를 띠며 대답했다.

"그럴 수도 있겠군. 은밀하게 목표를 공격해 적을 혼란에 빠뜨리는 것이 테러리스트의 방식이라면."

세희는 그가 제안한 은밀한 작전이 꺼림칙했다. 그녀가 과거 군 복무 시절 맞섰던 테러리스트들이 떠올랐다. 그들은 언제나 자신의 이념을 위해 민간인을 희생시키는 비열한 방식으로 목표를 이루려 했었다. 그녀는 그런 방식이 도덕적으로 옳지 않다고 굳게 믿고 있었다.

"물론, 어떤 말씀을 하시는지는 이해합니다." 세희는 신중히 말을 이었다. "하지만 민간인이나 기타 다른 불필요한 희생을 감수해야 한다면, 우리 행동의 정당성을 보장할 수 없을지도 모릅니다."

회의실의 분위기는 더 조용해졌다. 카터 대통령과 이서준 총장, 퀘일 장군은 말을 아끼며 세희와 반더의 대화를 지켜봤다. 반더는 잠시 침묵하더니 느긋하게 웃으며 대꾸했다.

"처음부터 이런 강단 있는 모습을 보여주었기에 권 선장 당신에게 끌렸던 것 같군."

"그 말씀이 지금 논의 중인 주제와 관련이 있다고는 보이지 않습니다만…." 세희는 반더의 뜻밖의 말에 순간적으로 당황했다.

"과거에 완전한 인간이었던 시절의 나를 떠올리게 하네." 반더의 목소리에는 감정이 묻어나왔다. "나 역시 당신처럼 정정당당하게 세상을 설득하려 했었지. 화성을 인류의 새 터전으로 바꾸겠다는 비전을 가지고 모든 난관을 돌파하려 했어. 하지만 그 당시, 각국 정부는 나를 설득하는 대신 제거하려고 했어. 왜냐하면 그들은 나의 비전을 위협으로 여겼으니까."

그는 잠시 말을 멈추고 회의실에 모인 사람들을 둘러봤다.

"그때 나는 마치 지금의 권 선장처럼 정의롭고 강단 있게 맞서려고 했지만, 결국엔 살아남기 위해 모두를 속여야 했어."

"당신의 그 당시 상황과 지금이 무슨 관계가 있는지에 대해서 이해하기가 어렵군요."

"당신의 정정당당함과 그런 강단 있는 모습은 충분히 존중받을 만해. 하지만 더 큰 목표라는 대의를 위해서 그것이 도움이 될 것인지는 또 다른 문제야. 나는 과거에 각국의 정부들에게 나의 큰 비전에 관해서 이야기하면 그들도 이해할 것으로 생각했어. 하지만 지금 생각해보면 내 비전을 이루기 위해서는 그들을 이간시키고 경쟁시켰어야 했어."

반더는 카터 대통령을 비롯해 사람들을 한 번씩 보았다.

"당신이 활동하던 그 당시의 대통령은 내가 아니야." 카터 대통령은 그 모습을 보며 가볍게 한마디 했다. "그렇지만 내가 당시의 대통령과 같은 입장이었더라도 일단은 당신을 저지하려고 생각을 했을 것 같네. 아무래도 지구의 운명을 걸고 당신을 전적으로 지원하는 것은 쉽지 않은 문제였을 테니까."

"아, 물론 나도 충분히 이해해." 반더가 고개를 끄덕였다. "내가 자신감이 있었던 것과 별개로 우려 사항에 대해서 그런 결정은 충분히 이해할 만한 일이지. 하지만 그런 결정 이후에 서로가 오직 자신들의 이익만을 위해 화성을 차지하고, 그리고 나의 신병을 먼저 확보하고자 막후에서 움직였던 것은 내가 이해할 부분은 아니지."

"뭐. 그 부분은 당시에 내가 대통령이 아니었으니, 내 책임은 아니지만, 미안하다는 말씀을 드려야겠네."

"대통령 각하, 감사하네요." 반더는 미소로 응수했다. "하지만 당신의 사과를 듣고자 이야기를 꺼낸 것은 아니야. 내 말은 목표 달성을 위해서는 조금 비굴할 수도, 떳떳하지 못할 수도, 즉, 유연성이 필요하다는 이야기지."

반더는 주변을 보며 말을 이어갔다.

"지금 우리의 최대 목표는 술트리나스, 중국 그리고 러시아가 상황을 오판하여 섣부른 행동을 지속하지 못하게 하는 것에 있어. 이미 그들은 각국의 화성 도시 건설 현장들을 하나하나 접수하고 있어. 거기에 대해서 우리가 아무 대응을 하지 않으니, 점점 더 대범하게 활동할 가능성이 커."

"충분히 가능성이 있는 이야기입니다." 지금까지 이야기를 듣고만 있던 퀘일 장군이 한마디를 거들었다.

"비록 에테리온이야 어떻게 해볼 수 없겠지만, 에테리온의 보호가 없다면 그들이 어떤 피해를 볼 가능성이 있는지 보여줄 필요성이 있어." 반더가 말했다. "그래서 에테리온이 없을 때 중국이나 러시아의 돔을 한번 공략할 필요성이 있는 거지. 그리고 기왕 할 것이라면 최대의 효과를 가져와야 해. 즉, 그들의 공포감을 최대한으로 끌어올릴 방법이 필요하다는 거야. 이런 관점에서 테러리스트가 될 수도 있다는 말이고.

이미 그들은 여러 국가의 화성 도시들을 공격하고 있어. 사실상 전쟁이야. 그들을 멈추기 위해서, 필요하다면 어쩌면 민간인이 어느 정도 희생되는 것도 각오해야 한다는 말이야. 에테리온의 활동을 멈추고 그들이 상황을 오판하지 않도록 한 번에 최대한으로 적들의 머릿속에 각인시켜야 해."

세희는 반더와의 이야기를 떠올리며, 자신도 모르게 한숨을 내쉬었다. 지금 자신이 해야 할 작전이 그의 말처럼 '유연함'을 요구하는 상황일까?

"선장님, 솔직히 이번 작전은 좀 미친 짓 같지 않습니까?" 캘빈이 갑작스러운 말을 던졌다.

"미친 짓인지는 몰라도, 우리는 명령을 받았고, 그것을 수행해야만 해." 그녀는 단호하게 말했다.

"이번 작전에서 민간인 피해는 없을 것입니다." 뒤에서 무표정하게 앉아 있던 보게스 중 한 명이 차분한 목소리로 말을 걸어왔다. "우리가 사용하는 무기 시스템은 그만큼 정밀하며, 목표만을 정확히 타격할 수 있습니다."

세희는 보게스의 말에 한숨을 돌렸다. 세희의 강력한 주장에 따라 민간인의 희생 없이 반물질 무기의 강력함을 보여주는 쪽으로 작전의 방향이 전환되었다. 반더는 과거 인간이었지만 어쨌든 이제는 다른 우주의 가장 강력한 AI와 융합이 된 몸이었다. 그는 가장 효과적으로 최대한의 결과를 가져오는 방향으로 모든 사고가 움직이는 듯했다. 그러나 세희가 강력하게 주장하자 크게 반발하지는 않았다.

"내가 제시하는 것은 가장 효과적인 방법이야. 어느 정도의 민간인 희생이 필요할 수도 있지만, 민간인 희생이 없이 진행하고자 한다면… 가능은 하겠지만 적에게 완벽한 공포감을 심어주기에는 부족할 수도 있어."

반더는 그렇게 말했지만, 세희의 마음속 불안은 가시지 않았다. 그녀의 눈에는 여전히 불편한 그림자가 드리워져 있었다. 돔이 가까워지면서, 로버는 점점 속도를 줄였다. 보게스들은 자신들이 제공한 반물질 탄환을 꺼내며 간단한 사용법을 설명하기 시작했다.

"이미 설명한 것처럼 각 탄환들은 각각 1그램의 반물질을 담고 있습니다. 초강력 자기장을 통해 안정화된 상태죠. 목표물과 접촉하면 격리된 반물질이 폭발하며, 정확히 43톤의 TNT에 해당하는 에너지를 발생시킬 것입니다."

보게스의 설명은 차분했지만, 세희의 손에 든 탄환은 마치 무거운 책임감처럼 느껴졌다.

그녀는 조용히 손가락을 떨며 속으로 중얼거렸다.

'정당성을 잃지 말아야 해. 우리가 테러리스트처럼 보여선 안 돼.'

돔을 향해 다가가며, 세희는 작전의 성공 여부보다 자신이 지켜야 할 원칙에 대해 더 많은 생각을 하고 있었다.

마침내 로버가 러시아 돔 근처에 멈췄을 때, 화성의 붉은 대지가 드넓게 펼쳐져 있었다. 돔은 여전히 공사 중이었지만, 그 거대한 크기는 압도적이었다. 세희는 로버 창문을 통해 돔의 모습을 바라보며 조용히 숨을 내쉬었다.

"선장님, 진짜 이 정도로 충분하겠습니까?" 캘빈이 불안한 목소리로 물었다. 그의 눈빛은 아직도 이 작전에 대한 의구심으로 가득했다.

"나도 몰라." 세희가 대답했다. "하지만, 저들의 설명이 맞는다면 이것으로 충분할 거야. 중요한 건 우리가 보여주는 메시지야. 민간인 피해 없이도 적들에게 우리가 얼마나 위험한 존재인지 각인시키는 것."

작전은 세희의 강력한 요청에 따라 인명의 피해가 없이 반물질 탄환의 위력으로만 메시지를 전달하는 방향으로 전환이 되어 있었다.

"권 선장님의 판단이 합리적입니다. 반물질 탄환은 작은 크기지만, 그 위력은 여러분이 상상하는 것 이상일 것입니다." 뒤에 앉아 있던 보게스 중한 명이 고개를 끄덕이며 말했다. 보게스는 차분한 손놀림으로 세희에게 제공된 반물질 탄환 두 발을 확인하며 설명을 덧붙였다. "목표 지점은 돔의 오른편 공터입니다. 충격파가 돔 자체에 직접 영향을 미치지 않도록 조준하세요. 선장님의 요청처럼 우리는 공포를 심어주려는 것이지, 불필요한 피해를 주려는 것이 아닙니다."

세희는 그의 말을 듣고 로버에서 내려 공터를 향해 조준점을 설정했다. 붉은 대지 위, 러시아 돔과의 거리는 정확히 2.5킬로미터. 충분히 안전한 거리였다. 하지만 반물질 탄환의 폭발이 어떤 결과를 초래할지는 누구도 예측할 수 없었다.

"확인 완료." 세희가 속삭이듯 말했다. 그녀는 조준기를 통해 공터의 중앙 지점을 정밀히 조준했다.

"발사 준비 완료." 보게스의 목소리가 들렸다.

세희는 잠시 손을 멈추고 심호흡했다. 작은 탄환 두 발로 화성의 이 거대한 대지에 어떤 흔적을 남길지 상상조차 되지 않았다. 하지만 그녀는 결단을 내리고 명령했다.

"첫 번째 탄환, 발사!"

퍽 소리와 함께 첫 번째 탄환이 날아갔다. 조용한 화성의 공기가 흔들릴 정도로 강렬한 진동이 울렸다.

탄환이 공터의 중앙에 도달한 순간, 잠시 모든 것이 정적에 잠겼다. 그리고 다음 순간, 폭발이 일어났다.

콰아아아앙!

엄청난 충격파가 대지를 뒤흔들었다. 먼지가 하늘 높이 치솟으며 붉은 빛 버섯 형태의 구름이 만들어졌다. 공터였던 자리는 순식간에 거대한 크레이터로 변했다. 돔과의 거리는 안전했지만, 그 위력은 돔에서 작업 중이던 러시아 건설 팀마저 멈춰 서게 했다.

"두 번째 탄환, 발사!" 세희가 다시 말했다.

퍽!

또 한 번의 폭발. 이번에는 첫 번째 폭발 지점과 근접한 곳에서 다시 붉은 먼지와 파편들이 솟구쳤다. 두 폭발이 만든 크레이터는 서로 맞닿아 거대한 분지처럼 보였다.

돔 쪽의 작업 현장은 이미 아수라장이었다. 러시아 병력과 건설 인원들은 충격파에 놀라 고개를 숙이며 뒤로 물러났다. 그들은 멀리서 크레이터를 바라보며 손가락으로 가리키며 웅성거렸다.

"저 작은 탄환 두 발로 이렇게나? 믿을 수가 없군요." 로버 안에서 이 광경을 지켜보던 캘빈은 입술을 깨물었다.

"이제 적들은 우리가 무엇을 할 수 있는지 알게 되겠지." 세희는 조준기를 내려놓으며 담담히 말했다.

"선장님, 이제 돌아가도 될까요?" 캘빈이 신중히 물었다.

"작전은 끝났어." 세희는 로버로 돌아오며 고개를 끄덕였다. "이제 메시지가 전달되기를 기다릴 뿐이야."

세희의 대답에 맞추어 캘빈이 운전대를 잡자 로버가 다시 움직이기 시작했다. 먼지투성이 크레이터와 혼란에 빠진 러시아 병력을 뒤로한 채, 그들은 뉴제퍼슨시티로 조용히 돌아가고 있었다.

18

라이는 처음으로 포티스발의 내부로 들어섰을 때부터, 이 거대 메카닉이 단순히 기계적인 병기가 아니라는 점을 명확히 느낄 수 있었다. 내부는 마치 우주선의 조종석처럼 보였지만, 다른 메카닉이나 기계와는 전혀 다른 무엇인가 근원적인 듯한 에너지가 감돌았다. 라이는 조종석에 앉자마자 의자가 그를 감싸는 듯한 묘한 감각을 느꼈다.

"이번에도 다르지 않군." 라이는 속으로 중얼거리며 의식을 집중했다.

의자가 그의 몸을 감싸며, 보이지 않는 어떤 힘이 그의 의식을 끌어당기기 시작했다. 그 순간, 그의 시야는 점차 흐릿해졌다. 그리고 다시금 시야가 돌아왔을 때, 그는 더 이상 인간 라이로서 세상을 바라보지 않았다. 포티스발의 거대한 몸체가 곧 자기 몸처럼 느껴졌다. 라이는 고개를 돌리는 대신 포티스발의 거대한 머리를 움직였다. 주변의 사물이 그의 눈앞에서 세세하게 확대되었고, 그의 새로운 시야는 인간의 눈으로 볼 수 있는 한계를 뛰어넘었다.

라이는 손을 뻗으려 했지만, 그의 손 대신 포티스발의 금속 팔이 부드럽게 움직였다. 처음에는 어색한 감각이었지만, 곧 그의 움직임과 메카닉의 동작이 완벽히 일치하기 시작했다. 이 감각은 단순히 기계적인 조작이 아니었다. 포티스발은 자신의 고유한 의식을 가지고 있는 듯했고, 라이는 그것과 조화를 이루는 것처럼 느껴졌다. 라이는 자신이 생각하는 모든 움직임이 포티스발을 통해 구현되는 것을 느꼈다. 그는 자신의 의식이 포티스발의 신체와 융합된 듯한 강렬한 경험에 압도되었다. 동시에, 포티스발은 라이의 신경망을 탐색하듯 그의 모든 의도를 이해하고 반응했다.

가장 놀라운 점은 포티스발 자체의 의식이었다. 라이는 포티스발이 단순히 그의 명령에 반응하는 것이 아니라, 분명히 자신만의 판단으로 세상을 감지하고 있다는 느낌을 받았다. 그가 놓치거나 신경 쓰지 못한 주변의 위협을 포티스발이 감지하며 그에게 정보를 전달했다.

"너도 의식이 있군." 라이가 혼잣말처럼 속삭였다.

그러자 포티스발의 시스템에서 진동 같은 공명이 울렸다. 그것은 마치 대답 같았다. 라이는 이내 포티스발이 주변 환경을 감지하며 끊임없이 데이터를 분석하는 과정을 느꼈다.

포티스발은 단순히 그의 도구가 아니라, 동료였다. 라이의 판단을 보완하고, 때로는 그보다 더 빠르고 정확한 결정을 내리는 존재였다. 라이는 자신이 더 이상 인간의 신체에 머물러 있지 않다는 것을 명확히 느꼈다. 포티스발의 강철 근육이 자신의 것처럼 느껴졌고, 그 거대한 팔과 다리를 움직이는 것은 마치 자신의 사지를 움직이는 것과 같았다. 그의 인간의 몸은 멀리 뒤로 밀려난 듯했고, 이제 그의 정체성은 포티스발 그 자체였다.

한마디 말로는 설명하기 어려웠다. '의식의 확장'이라는 말로도 부족했다. 그의 정신이 포티스발에 스며든 것이 아니라, 두 존재가 완전히 하나로 융합된 느낌이었다. 라이는 손을 들어 올려 가까이 보았다. 거대한 금속 손가락이 움직일 때마다 작은 소리와 진동이 퍼졌다. 그는 강철 손을 땅에 내려놓았다. 대지가 흔들리며 거대한 흔적이 남았다. 이 거대한 존재의 힘은 말로 표현할 수 없을 정도로 압도적이었다. 그러나 라이는 자신이 단순히 포티스발을 조종하는 것이 아니라, 이 메카닉과 함께하는 동반자로 느껴졌다. 포티스발은 라이에게 자기 능력을 나누어주었고, 라이는 그것을 통해 자신의 한계를 넘어설 수 있었다.

어느 순간 라이는 깨달았다. 포티스발은 단순한 무기가 아니었다. 그것은 의식과 의식이 융합된 새로운 생명체였으며, 두 존재가 함께할 때 그 진정한 능력이 발휘된다는 것을. 고대 술트리나스의 발란테 박사는 단순한 병기를 창조해낸 것이 아니었다. 그가 창조한 강화 술트리나스인과 에테리온은 물질적인 세계를 뛰어넘어 의식 간의 융합을 통해 인간의 잠재력을 최대한으로 끌어올리는 인간의 새로운 진화였다.

라이는 포티스발과 완전히 하나가 된 채로 주변 환경을 살폈다. 이제 그의 시야는 단순한 눈으로 보이는 것 그 이상이었다. 그는 포티스발을 통해 주변 공간의 에너지 흐름과 구조적인 약점까지 감지할 수 있었다. 이 메카닉과의 연결은 단순히 몸을 바꾼 것이 아니라, 그의 의식과 감각의 경계를 확장하는 경험이었다.

"포티스발, 이제 함께 나아가자."

라이는 메카닉 내부에서 작게 중얼거렸다. 그리고 그는 포티스발이 그와 함께 호흡하는 듯한 깊은 공명을 느꼈다. 라이는 포티스발의 공명으로부터 말로 표현하기 힘든 포근함마저 느낄 수 있었다. 포티스발과 융합한 라이의 의식은 화성의 붉은 대지 위를 감싸듯 퍼져 있었다. 그의 감각은 단순히 메카닉의 금속 외골격에 머물지 않고, 그 너머로 뻗어나갔다.

그때 어디선가 강렬한 에너지의 흔적이 느껴졌다. 낯설지 않은 느낌이었다. 그것은 반물질이 방출될 때만 생기는 특유의 에너지 진동이었다. 라이의 의식은 즉시 해당 지점으로 이동했다. 거리상으로는 그곳과 멀리 떨어져 있었지만, 포티스발과의 융합은 그에게 새로운 감각과 시야를 열어주었다. 그는 자신의 시야 안에서 폭발의 중심을 또렷하게 볼 수 있었다. 바닥은 깊게 팼고, 그 주변의 풍경은 반물질의 파괴적인 흔적을 생생하게 증언하고 있었다.

'피해자는 없다.'

라이는 곧바로 감지했다. 거대한 폭발에도 불구하고, 그곳에는 생명체의 흔적이 전혀 없었다.

"피해자가 전혀 없군." 라이는 포티스발 내부에서 혼잣말처럼 중얼거렸다. 그의 목소리는 포티스발의 내부 구조에서 공명하며 묘하게 울렸다. "그뿐만 아니라, 의도적으로 비어 있는 지역을 공격했어."

그는 곧 그들이 의도한 바를 깨달았다. 단순한 파괴 행위가 아니었다.

"이건 시위다." 라이는 결론을 내렸다.

적들은 포티스발과 술트리나스에 직접적으로 도전하지 않았다. 대신, 그들은 자신들도 언제든지 강력한 무기를 사용할 준비가 되어 있음을 알리는 무언의 메시지를 보낸 것이다. 이것은 경고였다. "우리도 너희만큼 강력하다. 자중하라." 그런 메시지가 담겨 있었다.

'혹시 단순한 경고 외에 다른 전략적인 의도가 있지는 않을까?'

그러나 이 깨달음보다 라이를 더욱 놀라게 한 것은 다른 깨달음이었다.

'뭐지 이 생소한 감각은? 세상의 모든 것이 내 의식으로 다운로드되는 것 같은 느낌이야.'

라이는 처음엔 그저 포티스발과 연결되었다고 생각했다. 하지만 그것은 단순한 연결이 아니었다. 그의 육체는 여전히 포티스발 내부의 안정된 캡슐 속에 있었다. 폐쇄된 공간, 차가운 금속의 감촉, 규칙적인 호흡… 그는 여전히 '그곳'에 있었다. 하지만 동시에 어디에도, 그리고 모든 곳에도 존재했다.

처음엔 그의 감각이 확장되는 것처럼 느껴졌다.

'이건 무슨 소리지?'

그는 포티스발 내부의 기계음과 자신의 심장박동을 동시에 들었다. 그리고 그 경계를 넘어, 바깥의 대기를 가르는 바람의 흐름, 먼 곳에서 떨리는 금속의 진동까지 들려왔다.

'그리고 빛!'

처음엔 단순히 시야가 넓어지는 것처럼 보였다. 하지만 그것은 광학적 변화가 아니었다.

빛의 흐름이 보였다. 광자가 움직이는 속도가 느껴졌다. 그것은 눈으로 본 것이 아니라, 빛과 하나가 되는 경험이었다.

'이제는 공간이야.'.

포티스발의 강철 외벽은 더 이상 물리적 장벽이 아니었다. 벽 너머를 볼 수 있었다. 화성의 붉은 모래와 메마른 대지 위를 떠도는 미세한 입자들, 먼 지평선 위에서 미세하게 진동하는 전자기장의 흔적까지 감지되었다.

그는 모든 것을 느꼈다. 아니, 느낀 것이 아니었다. 그가 곧 '그것'이 되었다. 그의 의식이 퍼져나갔다. 처음엔 포티스발 내부로, 그리고 그 바깥으로 흩어져갔다. 그는 자신이 어디에서 끝나고, 포티스발이 어디에서 시작되는지조차 알 수 없었다. 그 순간, 그는 자신이 포티스발이라는 사실을 깨달았다.

'이 감각은 뭐지? 내가 내 육체 밖에서 생각하고 있어. 생각은 뇌의 영역이 아닌 것인가? 아니, 이것은 내 생각인가?'

뇌는 단지 신호를 전달하는 물리적 장치일 뿐, 생각과 의식은 그 차원을 초월하는 영역에서 일어난다는 것을 그는 명확히 느꼈다. 이 깨달음은 단순한 논리가 아니라, 포티스발과의 융합을 통해 온몸으로 받아들인 체험이었다. 그는 자신의 의식이 포티스발의 신체를 통해 세상을 감지하고, 사고하고, 판단하고 있다는 사실을 경험하며, 인간이란 단순한 육체의 존재가 아님을 깨달았다. 그리고 포티스발 내부 깊숙한 곳에서 어떤 반응이 느껴졌다. 그것은 단순한 데이터 피드백이 아니라, 마치 다른 존재가 라이의 깨달음에 공감하고 있다는 듯한 감각이었다.

"의식은 육체를 넘어선다. 의식은 차원의 일부분이다."

이 깨달음과 함께, 라이는 포티스발을 통해 조상들의 잊힌 유산에 대한 단편적인 기억들을 엿볼 수 있었다. 그의 선조들, 그 고대의 술트리나스는 인간의 의식과 물질세계의 경계를 허물고, 그것을 새로운 형태의 에너지와 기술로 융합했던 존재들이었다.

"그들은 어떤 문명에 도달했던 것인가?"

라이는 그들의 업적을 상상하며 경외심에 휩싸였다. 그들은 단순히 기계와 생명체를 결합한 것이 아니라, 의식 그 자체를 새로운 차원으로 확장시키는 기술을 구현했던 것이다.

그의 감각은 점점 더 깊어졌다. 그는 포티스발을 움직이며 마치 거대한 생명체가 된 듯했다. 그러나 라이는 무언가 이상한 감각을 느꼈다. 포티스발이 그의 깨달음에 단순히 반응한 것이 아니라, 오히려 포티스발이 그의 사고를 유도하는 듯한 느낌이었다. 마치 오래전부터 존재했던 또 다른 의식이 그를 바라보고 있는 듯했다. 라이는 포티스발과 하나 된 채로 대지 위를 더 깊이 응시했다. 그와 메카닉의 시야 속에 비친 세상은 단순히 물질로 이루어진 것이 아니라, 의식과 에너지로 연결된 거대한 네트워크처럼 보였다.

'원래부터 우리 모두는 이곳에 함께 있었군.'

그는 이 생각과 함께 더 큰 사명감을 느꼈다. 단순히 적과 싸우는 것이 아니라, 이 깨달음을 통해 미래를 만들어가는 것. 그것이야말로 포티스발과 자신이 이곳에 있는 이유였다. 그리고 그는 또 한 존재를 깨달았다. 어둠 속에서 희미한 형체가 떠올랐다. 처음엔 단순한 기억인가 싶었지만, 아니었다. 포티스발이 직접 그녀를 보고 있었다. 그녀의 존재가 마치 라이 자신과 연결된 것처럼 흐릿하게 떠올랐다. 그가 만난 적이 있던 그녀… 권세희 선장?

'어째서 권 선장의 모습이 포티스발을 통해서 보이는 거지? 그녀는 술트리나스도 아닌데?'

라이는 본능적으로 어쩌면 포티스발이 언젠가는 그녀에게 속하는 날이 올 수 있다는 것을 느끼며 불안감을 느꼈다. 불안감을 느끼자 라이는 곧 현실로 돌아왔다. 현실로 돌아온 그는 에테리온과 융합된 상태에서 자신의 확장된 능력을 최대한 활용해 술트리나스의 원로들에게 접근했다. 그는 마음속으로 그들을 호출했고, 곧 익숙한 금빛 오라에 둘러싸인 원로들의 존재가 그의 의식 안에 나타났다.

"라이인가? 자네가 뛰어난 인재인 것은 익히 알았지만, 전설의 에테리온과 융합이 가능할 줄은 정말로 몰랐네. 지금 이 모든 것이 에테리온의 능력인가?" 원로 중 한 명이 부드러운 목소리로 물었다. 그의 말은 말소리가 아니라 의식 깊은 곳에서 울려 퍼지는 듯했다.

"네, 그렇습니다." 라이는 고개를 끄덕이며 대답했다. "솔직히 저도 어떻게 된 일인지는 모르겠습니다. 다만, 포티스발이 저를 받아들였습니다. 마치 선택된 것처럼요."

원로들은 흥미롭다는 표정으로 고개를 끄덕이며 미소를 지었다.

"그렇다면 자네가 우리를 호출한 이유는 무엇인가?" 그들 중 또 다른 이가 물었다.

"러시아 돔 근처에서 반물질 무기가 사용된 흔적을 발견했습니다." 라이는 고개를 들어 원로들을 바라보며 대답했다. "단순한 공격이 아니라 저희의 발을 묶으려는 시위처럼 보였습니다."

원로들은 그 말을 듣고 잠시 침묵에 빠졌다.

"그렇다면 자네의 생각은 어떠한가?" 한참 후에야, 중심에 앉아 있던 원로가 말했다.

"보게스는 포티스발이 없는 곳을 목표로 삼아 공격을 시도할 가능성이 큽니다." 라이는 단호하게 대답했다. "하지만 저희의 전략은 명확합니다. 시간이 지나면 지날수록 불리한 것은 저희 쪽입니다. 살보리스가 차원을 열지 못하도록 방해하는 것이 저희의 최우선 과제입니다. 따라서 적의 도발에 휘둘리지 않고 지금처럼 계속 전진하는 것이 최선입니다."

원로들은 잠시 대화를 주고받더니 고개를 끄덕였다.

"자네의 뜻대로 하게. 우리의 믿음은 자네에게 있다."

원로들과의 교신을 마친 라이는 곧바로 중국과 러시아 지도자들과의 대화에 나섰다. 예상대로, 그들은 처음 본 반물질 무기의 엄청난 위력에 매우 놀라고 있었다. 특히 러시아 돔 근처에서 발생한 대규모 폭발의 흔적은 그들의 공포심을 자극하기에 충분했다. 라이는 곧바로 중국의 리우 주석을 연결했다. 리우 주석도 포티스발의 능력으로 인해 직접 마음으로 연결이 되는 것에 적잖이 놀라는 듯했지만, 이 역시 술트리나스의 능력이겠거니 하는 식으로 곧 평정을 찾는 듯했다. 하지만 화성에서의 일에서는 우려와 불안감이 가득했다.

"라이, 그들이 사용한 무기의 위력은 놀랍더군요. 이전에는 결코 보지 못한 에너지가 방출되었습니다. 이것이 그들이 가진 새로운 병기입니까?"

"네, 주석. 그것이 반물질 무기의 위력입니다." 라이는 침착하게 대답했다.

"반물질이라고요?" 리우 주석은 놀란 표정을 감추지 못했다. "그 정도 에너지가 방출될 수 있다니, 믿기지 않는군요."

"그렇습니다. 반물질은 매우 강력한 에너지원입니다. 하지만 걱정하실 필요는 없습니다. 그들이 자신의 무기에 정말로 자신이 있었다면, 이렇게 뒤에서 시위하듯 공격하지는 않았을 것입니다."

"그럴까요?" 리우 주석은 라이의 말을 곱씹으며 고개를 끄덕였다.

리우 주석의 표정은 조금씩 진정되기 시작했고, 라이는 그의 확신을 뒷받침하며 말을 했다.

"무슨 일인지 모르지만, 보게스는 지금 전면적으로 나오지 않고 있습니다. 그들의 능력이 모두 발휘된다면 아마도 그들은 포티스발을 직접 공략했을 것입니다. 하지만 저렇게 뒤통수를 치는 형태로 나온다는 것은 아직 능력이 완전하지 않다는 뜻입니다."

"그렇다면, 우리의 전략은 계속 밀고 나가는 쪽으로 가야겠군요." 리우 주석은 이 부분에 있어서는 라이를 신뢰해야 한다고 생각했다.

"바로 그것입니다." 라이는 고개를 끄덕였다. "그들의 의도는 우리를 흔드는 것입니다. 그러나 지금처럼 확고하게 전진하신다면, 그들의 전략은 실패할 것입니다. 그들을 밀어붙이면 그 바닥이 드러날 것입니다. 우리는 더욱 강력한 의지를 보여줘야 합니다."

"알겠습니다. 당신의 말대로 하겠습니다." 리우 주석은 라이의 말을 듣고 마음을 다잡은 듯 단호한 목소리로 말했다. "우리는 계속해서 당신과 함께 뉴제퍼슨시티를 목표로 전진하겠습니다."

라이의 설득 이후, 중국과 러시아 연합군은 술트리나스와 함께 다시 한번 강한 결의를 다지며 전진하기 시작했다. 그들은 포티스발의 방어력을 믿으며, 보게스와 미국 동맹국들이 반물질 무기를 시위적으로 사용한 것에 흔들리지 않기로 했다. 뉴제퍼슨시티를 목표로 한 그들의 행군은 멈추지 않았고, 라이는 포티스발과 함께 그 전진을 이끌고 있었다.

이 모든 와중에 라이는 마음 한편에서 희미한 불안을 떨쳐낼 수 없었다. 그의 의식이 확장된 이후에 이성적인 판단으로는 불안할 이유가 없지만, 알지 못하는 이유로 가슴이 조금 답답함을 느끼며 불안함이 가시지 않았다.

19

뉴제퍼슨시티의 TSC 본부는 마치 벌집을 쑤셔 놓은 듯했다. 두바이의 버즈 알아랍 호텔을 연상시키는 웅장한 건물 안에서는 각종 경고음과 명령이 쉴 새 없이 울려 퍼지고 있었다. 회의실 중앙에는 커다란 홀로그램 지도가 빛을 내며 화성 전체의 전황을 실시간으로 보여주고 있었다. 술트리나스와 중국, 러시아 연합군은 세희 일행의 공격을 무시한 채, 자신들의 경로를 따라 화성 전역의 돔 도시들을 하나씩 점령해 나가고 있었다. 일련의 사건들이 진행된 이후 기존 TSC 소속이던 일부 국가들이 중국, 러시아와 동조해서 나간 것은 사실이었지만, 그렇더라도 아직은 TSC의 위상이 절대적이었다.

퀘일 장군, 세희 등을 괴롭힌 사실 중의 하나는 계속해서 공격받았던 TSC 소속 국가들의 돔 도시에서 해당 국가의 공무원, 군인 그리고 민간 기업 소속의 직원들까지 뉴제퍼슨시티로 몰려오고 있다는 것이었다. 퀘일 장군의 입장에서는 상황이 상황이니만큼 이들을 최대한 받아들이고는 있었지만, 또한 뉴제퍼슨시티가 공격받을 것이 확실시되는 상황에서 민간인들의 피해를 최소화하고자 이들을 지구로 대피시킬 방안을 마련하는 중이기도 했기 때문이었다. 기존의 뉴제퍼슨시티 인원들을 지구로 대피시키는 방법도 쉽지 않은 가운데 새로운 피난민들이 계속해서 몰려오고 있었다.

도시 내부에서는 군인들과 공무원들이 정신없이 움직이고 있었다. 민간인을 지구로 대피시키기 위해 모든 우주선과 자원을 동원했지만, 여전히 그 수는 턱없이 부족했다. 퀘일 장군은 회의실 중앙에 서서 홀로그램 화면을 응시하며 입술을 굳게 다물었다. 그의 눈에는 피로와 중압감이 가득했다.

"장군님, 민간인 1만 5천 명 이상을 추가로 대피시키려면, 주변 민간 기업 소속 우주선들의 협조를 무조건 받아야 합니다." 세희의 목소리는 차분했지만 강한 결의를 담고 있었다. "사실상 이미 전쟁 상태입니다."

"맞는 말이야. 민간 자원을 동원하는 수밖에 없겠군." 퀘일 장군은 천천히 고개를 끄덕였다. 그는 즉시 부관에게 명령을 내렸다. "화성 궤도와 주변에서 임무 중인 모든 민간 우주선에 협조 요청을 보내게. 지금은 전쟁 상황이야. 가능한 모든 자원을 동원해서 최대한 많은 민간인을 안전하게 대피시켜야 해."

부관은 신속히 명령을 수행하러 나갔고, 퀘일 장군은 홀로그램 지도로 시선을 돌렸다.

"정말 도전적인 상황이군…." 그는 혼잣말처럼 중얼거리며 깊은 생각에 잠겼다.

세희는 퀘일 장군의 표정을 보고 그의 고뇌를 이해할 수 있었다. 민간인 대피를 준비하면서도, 적의 진격을 막을 방법을 찾아야 하는 상황이 그를 끊임없이 괴롭히고 있었다.

"장군님." 세희가 입을 열었다. "저희 팀을 다시 투입해주십시오. 적의 주의를 끄는 방법이라면 무엇이든 해야 합니다. 적어도 민간인들이 충분히 대피할 시간을 벌어야 합니다."

"나도 그 생각을 하고 있네." 퀘일 장군은 그녀를 돌아보며 한숨을 쉬었다. "하지만 이전의 공격으로는 아무런 효과도 없었다는 것을 알고 있지 않나? 술트리나스와 연합군은 우리를 완전히 무시하고 자신들의 계획대로 움직이고 있어."

세희는 대답하지 못한 채 입술을 깨물었다. 그녀도 그 사실을 잘 알고 있었다.

회의실 한쪽에서 조용히 듣고 있던 보게스가 입을 열었다.

"권 선장님의 말대로, 적의 주의를 끌 필요가 있습니다. 하지만 현재의 무기로는 술트리나스가 확보한 에테리온을 상대할 수 없습니다."

"그렇다면 우리가 할 수 있는 것은 무엇이오?" 퀘일 장군은 그의 말을 끊으며 물었다.

보게스는 잠시 침묵한 뒤, 차분한 목소리로 말했다.

"반더는 두 가지 가능성을 제시했습니다. 첫 번째는 태양 에너지를 활용하는 것입니다."

"태양 에너지?" 퀘일 장군의 눈이 반짝였다. "그것으로 에테리온을 저지할 수 있다는 것인가요?"

"그건 확신할 수 없습니다." 보게스가 신중하게 대답했다. "하지만 에테리온에게 타격을 줄 방법이 될 수 있습니다. 화성 궤도에 설치된 태양 에너지 수집 위성을 무기로 전환해 공격을 가할 수 있습니다."

"확실치 않은 방법이라도 시도할 가치는 있겠군. 그렇다면 두 번째 가능성은 무엇이오?" 퀘일 장군은 눈살을 찌푸리며 고민에 빠졌다.

"권 선장님이 에테리온과 다시 공명하는 것입니다." 보게스는 세희를 바라보며 말했다.

"공명이라니요?" 세희는 놀란 눈으로 보게스를 바라보았다. "무슨 말씀인지 잘 모르겠군요."

"선장님이 처음 포티스발을 발견했을 때, 에테리온과의 정신적 연결이 일어난 것 같습니다. 권 선장님이 잠시 기절 상태였는데, 아마도 어떤 꿈을 꾸지 않았을까 합니다. 그것이 단순한 꿈이 아니었을 가능성이 높습니다."

"권 선장, 그런 일이 있었나?" 퀘일 장군은 고개를 갸우뚱하며 세희를 바라보았다.

"예, 꿈이라고 생각했지만, 너무 생생해서 조금은 이상하다고 느꼈습니다." 세희는 잠시 머뭇거리다가 고개를 끄덕였다. "하지만 당시에는 단순히 잠시 정신을 잃었다고 생각해서 보고하지 않았습니다."

세희는 잠시 꿈속에서 만났던 어떤 인물을 떠올렸다. 분명 처음 보지만, 왠지 낯이 익은 듯한 인물이었다. 동시에 그녀는 포티스발에 대해 어떤 본능적인 두려움도 느껴졌다.

"알겠네. 상황이 상황이니만큼 앞으로는 사소한 일도 보고를 해주길 바라네."

"네. 알겠습니다."

퀘일 장군이 특유의 저음으로 이야기하자, 세희도 바로 수긍했다.

"권 선장님이 에테리온과 다시 공명할 수도 있습니다." 보게스가 말했다. "어떤 결과가 나올지는 알 수 없지만, 시도해볼 가치는 있습니다."

"공명이니 가능성이니 하는 말들이 현실적으로 들리지는 않는군." 퀘일 장군은 깊은 한숨을 내쉬며 회의실을 둘러보았다. 그는 다시 보게스를 바라보며 말했다. "하지만 태양 에너지를 활용한 공격은 실질적인 대안이 될 수 있을 것 같소. 태양 에너지를 활용하는 방법을 먼저 시도해보면 좋겠소. 준비해주실 수 있겠소? 시간이 많지 않소."

"특별한 준비라고 할 것도 없습니다." 보게스는 고개를 끄덕이며 말했다. "아시는 것처럼 태양 에너지는 지금 이 순간에도 위성에서 모이고 있으니까요. 단지 이를 어떻게 발사를 할 것인지에 대해서만 정하면 됩니다. 현재는 양자 얽힘을 이용해서, 화성 지하에서 다른 우주로의 차원을 여는 데 사용하고 있습니다. 그리고 간혹 공간을 열어서 반더처럼 이동을 하는 에너지로 사용하고 있고요. 무기로 사용하고자 한다면, 위성에서 바로 목표물에 쏘는 방식이 지금으로서는 가장 빠르게 고려할 수 있겠군요."

"그럼 그렇게 부탁드리겠소."

퀘일 장군이 말하자, 보게스는 고개를 끄덕이며 자리를 떠났다.

회의실 안은 다시 긴장감으로 가득 찼다. 보게스 외에도 많은 사람이 각자가 맡은 임무를 수행하기 위해 자리를 떠나기 시작했다. 퀘일 장군은 마지막으로 세희를 바라보며 조용히 말했다.

"권 선장, 에테리온과의 공명이 무엇인지 불분명하지만 일단 마지막 옵션으로는 고려하고 있게. 지금은 실질적인 방법이 더 중요해서 태양 에너지를 선택했지만, 작은 가능성이라도 있다면 그 가능성을 배제하지는 말기로 하세."

"알겠습니다, 장군님." 세희는 고개를 끄덕이며 자리에서 일어났다.

뉴제퍼슨시티의 긴박한 움직임은 백악관으로 거의 실시간으로 전송되었다. 화성의 상황은 급변했고, 이에 대응하기 위한 지구의 준비도 가속화되고 있었다. 미군과 동맹국의 병력은 전쟁 대비를 위한 훈련과 작전을 연습하며 바삐 움직였고, 반더 역시 하모니 OS에 자신의 코드를 탑재하는 데 동의를 받아서, 하모니 OS가 탑재된 휴머노이드의 경우에는 필요한 경우에는 기계형 보게스로서 전장에 참여할 수 있도록 준비하고 있었다. 이는 사실 휴머노이드의 소유자들에게 동의받지 않고, 강제로 소프트웨어를 업데이트시킴으로 인해서 윤리적인 논란이 있을 수는 있었지만 만약의 경우에는 전쟁 중의 전시법에 따라 해결하는 쪽으로 카터 대통령을 포함한 모두는 이미 마음을 먹고 있었다.

한편, AERO는 킬타르, 진테리언스, 그리고 드라보칸스의 외계 종족들과 연합을 맺기 위해 힘쓰고 있었다. 처음에는 술트리나스에 대한 공포감이 극심한 이들은 지구를 빠르게 떠나고자 했으나, 이미 탈출할 시기를 놓쳤음을 깨닫고 보게스의 편에 서기로 했다. 이들에 따르면 자신들도 술트리나스가 주도하는 발타르 쿠니스 소속이긴 하지만, 현재의 은하 연합은 술트리나스에 의해 일방적으로 결정되는 경향이 있어서 불만을 가진 세력들도 있다는 것이었다. 현재는 술트리나스의 강력함에 위축된 발타르 쿠니스 소속이나 그에 속하지 않은 은하계의 다른 세력들이 움직이지 않고 있지만, 술트리나스가 조금이라도 고전하는 기미를 보인다면 언제든 보게스 편에 합류할 가능성이 있다고 했다.

카터 대통령은 이를 두고 이렇게 말했다.

"우리의 분쟁이 우주 전쟁으로 비화해 다른 종족들에게까지 영향을 미치게 할 수는 없습니다. 어떻게 해서든 지구와 화성 내에서 이 문제를 해결해야 합니다."

그러나 카터 대통령은 지구나 화성에서 술트리나스가 만약 밀리기 시작한다면 다른 은하에 있는 술트리나스의 지원이 즉각적으로 이루어질 것이라는 점을 충분히 이해하지 못하고 있었다.

화성의 상황은 점점 더 긴박해지고 있었다. 술트리나스와 중국, 러시아 연합군은 지금까지 돔 도시를 직접 파괴하기보다는 항복을 권고하고 해당 국가들의 인력을 그들의 세력권 안으로 흡수하는 방식을 취하고 있었다. TSC 역시 해당 국가들에 항복 후 피신을 권고하며 인명 피해를 최소화하려 애썼다.

그러나 예상치 못한 일이 벌어졌다. 통일한국, 일본, 프랑스, 독일의 연합군이 일본 돔 도시를 중심으로 술트리나스와 연합군에 저항하며 교전을 시작한 것이었다.

일본 돔 도시는 그동안의 상황과 달리 강경하게 저항했다. 술트리나스와 연합군이 항복을 요구했으나, 일본의 지휘관은 이를 단호히 거부했다. 이에 따라 술트리나스는 무력 사용을 결정했다. 포티스발이 전장에 나타났고, 그로 인해 전투는 순식간에 참혹한 양상으로 바뀌었다.

일본 돔 도시가 공격받자, 가까운 통일한국과 프랑스 그리고 독일의 돔 도시들도 TSC의 상호방위조약에 따라 일본을 지원하기 위해 참전했다. 그러나 이들의 협력에도 불구하고, 포티스발의 압도적인 전투 능력 앞에서 속수무책이었다. 술트리나스의 에테리온은 그야말로 파괴적인 힘을 발휘하며 연합군의 전력을 무력화했다.

결국, 일본, 통일한국, 프랑스, 독일의 연합군은 전투에서 완벽히 패배했다. 술트리나스와 중국, 러시아 연합군은 단 한 명의 사상자도 내지 않았지만, 연합군은 참전한 병력의 80퍼센트를 잃었다. 그들의 무기는 포티스발의 방어막을 뚫을 수조차 없었고, 술트리나스의 병력은 그야말로 초월적인 전력을 보여주었다.

더욱 충격적인 사실은 전투가 끝난 뒤였다. 술트리나스와 연합군은 일본, 통일한국, 프랑스, 독일의 돔 도시에 남아 있던 모든 인원을 생포해 중국과 러시아의 돔 도시로 이송했다. 이 과정에서 탈출 기회조차 주어지지 않았다.

뉴제퍼슨시티에서 이 사실을 보고받은 퀘일 장군은 곧바로 백악관과 TSC에 이를 알렸다. 보고를 받은 카터 대통령은 심각한 표정으로 고개를 끄덕였다.

"이들의 전략이 수정된 것 같습니다." 퀘일 장군이 말했다.

"그런 것 같군요." 대통령이 응답했다. "그동안 유화책으로 세력권 안으로 포함시키려고 했던 것이 통하지 않자, 이제는 섬멸 작전으로 전환한 듯 하네요."

회의실 안은 침묵으로 가득 찼다. 술트리나스와 연합군이 보여준 잔인한 효율성과 포티스발의 압도적인 전투력은 TSC와 동맹국들에 엄청난 공포를 불러일으켰다.

"이제는 정말로 본격적인 전쟁이 시작되었다고 해도 무리가 아닙니다." 퀘일 장군은 두 손을 꼭 쥔 채 중얼거렸다.

"술트리나스의 누가 포티스발을 조종하고 있는지는 모르겠지만, 조종사가 점점 더 기체에 익숙해지고 자신감을 얻고 있는 것이 눈에 보이는군." 반더 역시 조금은 굳은 표정으로 자신의 의견을 말했다.

반더는 손짓으로 데이터를 호출하며 홀로그램 화면에 자료를 띄웠다. 화면에는 화성의 표면 지도가 떠오르고, 지도에는 파란색과 붉은색으로 구분된 영역들이 나타났다.

"여기 보이는 파란색 지역이 화성의 일반적인 중력값을 나타내는 거야." 반더가 설명하며 가리킨 영역은 모두 평범한 화성의 중력 수준을 보여주고 있었다. "그리고 이쪽 붉은 지역을 보라고."

반더가 손가락으로 붉은 영역을 가리키자, 방 안의 모든 이들이 집중했다.

"여기서는 중력값이 증가했어. 아주 급격한 수준은 아니지만, 평균적인 화성의 중력에 비해 약 1.5배 더 높은 값을 기록하고 있어. 이 지역은 바로 우리 연합군이 술트리나스와 중국, 러시아의 연합군에 참패한 곳이야."

"중력이 변화했다고요? 그것도 포티스발에 의해서요?" 퀘일 장군이 놀란 표정으로 물었다.

"맞아." 반더는 고개를 끄덕이며 설명을 이어갔다. "포티스발은 단순한 방어 메카닉이 아니야. 에테리온은 기본적으로 중력을 비롯한 환경적 요소를 제어할 수 있는 능력을 가지고 있어. 우리가 보유한 과거의 데이터에 따르면 에테리온 중의 몇 기는 인공적인 블랙홀을 생성할 정도의 중력 제어 능력을 보유하고 있어. 포티스발이 그 정도로 중력을 다룰 수 있는지는 잘 모르겠지만, 중력을 제어하는 능력이 있는 것만은 확실해. 중력 제어로 상대의 움직임을 느려지게 하거나, 특정 지역의 전투 효율을 감소시키는 것이 가능하지. 그리고 기본적으로 술트리나스의 대인 무기도 중력 조절에 기반을 둔 것들이 많아."

"이번 전투에서 연합군의 병력이 중력 제약을 받았던 것이군요." 세희는 깊은 한숨을 내쉬었다. "우리의 병사들은 정상적인 속도로 움직이지 못한 채 싸워야 했던 거죠."

"맞아." 반더는 차분히 고개를 끄덕였다. "특히 포티스발의 중력 제어는 아직 초기 단계로 보이지만, 조종사가 기체에 익숙해지면서 점점 더 정교하고 강력하게 능력을 발휘할 거야. 지금까지는 방어에 치중했지만, 이제는 공격적인 기술도 활용할 가능성이 크지."

반더는 홀로그램 데이터를 더 확대하며 포티스발의 중력 제어에 대해 자세히 설명했다.

"중력 제어는 단순한 전술적 도구가 아니야. 상대 병력의 움직임을 제한하거나, 대형 기체의 균형을 무너뜨리며, 심지어 환경을 변형시켜 전장의 흐름 자체를 바꿀 수 있는 강력한 기술이지. 심지어 아직 초기 단계로 보이는 제어에서도, 우리 연합군의 이동속도 저하, 무기의 사거리 제한 등으로 전술상의 압도적인 우위를 가졌어.

중력이 1.5배 확대되니, 사실 우리 측의 인원은 괴로운 점이 많아. 쉽게 말하면 몸무게 100킬로그램이 순식간에 150킬로그램이 된 거니까. 적응도 어려울뿐더러 무척 괴로울 거야. 다른 무기들도 마찬가지지. 사거리 제한뿐 아니라… 듣기로는 드론들이 이륙하지도 못하고 그대로 땅에 떨어졌다는 보고도 들었어."

"저들의 전술 변화와 무관하지 않은 것 같군." 카터 대통령이 심각한 얼굴로 이야기했다.

"확실하진 않지만, 자신들이 승기를 잡았다고 생각할 개연성은 충분해." 반더 역시 카터 대통령의 생각에 어느 정도는 동조했다.

"우리는 이제 정말 새로운 국면에 들어섰군요." 퀘일 장군은 깊은 한숨을 내쉬며 중얼거렸다. "중력 조절이라니 정말로 사기급 능력을 갖추고 있네요. 그렇지만 제대로 된 전투를 해보기도 전에 패배를 선언할 수는 없습니다. 방법을 찾아내서 대응해야 합니다."

세희는 퀘일 장군의 말을 들으며 생각을 정리하려 했지만, 아무리 계산해도 지구의 기존 무기들로는 포티스발을 상대하는 것이 불가능하다는 결론에 도달했다.

"장군님, 아무리 생각해도 저희에게는 두 가지 방법밖에 없습니다." 세희가 조금 굳은 표정으로 말을 했다. "저희가 가진 무기로는 상대가 되지 않습니다. 저희가 승기를 잡으려면 포티스발을 제거해야 하는데, 포티스발을 제거하려면 저희의 기존 무기체계는 도저히 상대가 되지 않습니다. 두 가지, 반물질 무기와 태양 에너지를 활용한 공격밖에 없습니다."

퀘일 장군은 팔짱을 끼고 깊은 고민에 빠졌다. 지금까지 다양한 전쟁에서 잔뼈가 굵은 그였지만, 과거의 모든 데이터가 무용지물이 될 만큼 지금의 상황은 그로서도 처음 겪는 상황이었다. 하지만 그는 현실을 직시할 수밖에 없었다. 그때 반더가 입을 열었다.

"좋은 생각이지만, 반물질 무기는 포티스발에게 효과가 없어." 반더는 차분하지만 단호한 목소리로 설명을 이어갔다. "이미 수억 년 전의 우주 전쟁에서 그 무용함이 증명되었지. 태양 에너지를 이용한 공격은 가능성이 있긴 하지만 확실하게 통한다고 장담할 수는 없어."

홀로그램 회의에 참석한 모두가 침묵했다. 지구와 화성, 그리고 보게스 진영이 하나의 화면 속에 모여 있었고, 분위기는 극도로 긴장감이 감돌았다.

"태양 에너지가 통하지 않는다면, 권세희 선장, 당신이 답일 수도 있어." 반더가 홀로그램 속에서 세희를 똑바로 바라보며 말했다.

순간 방 안에 정적이 감돌았다.

"이게 무슨 말인가?" 카터 대통령이 의아하다는 표정으로 물었다.

"에테리온은 단순한 기계가 아니야." 반더는 조금 더 깊이 들어갔다. "인간의 의식과 연동되는 초병기지. 즉, 아무나 조종할 수 있는 것이 아니라고. 그런데 흥미로운 사실이 있어."

반더는 곧바로 데이터를 불러와 화면에 표시했다.

"권 선장, 당신이 포티스발과 처음 조우했을 때, 당신의 의식과 포티스발이 공명하며 대화를 나눈 흔적이 있어. 자네가 이를 자각하지 못했을 수도 있지만, 그때 함께 있던 보게스가 이를 감지했어."

반더의 말에 세희는 다시 자신이 꾸었던 꿈을 회상했다. 분명 어떤 것과 연결되어 있는 듯한 생생한 느낌을 받는 꿈이었지만, 그것이 포티스발이었는지는 확실하지 않았다. 하지만 그 연결에 있어서 두려운 마음과 충만한 듯한 마음이 동시에 들었던 것도 사실이었다.

세희와는 별개로 회의에 참석한 이들은 표정이 굳어졌다.

"안 그래도 그런 이야기를 듣기는 했지만, 이게 무슨 말도 안 되는 소립니까? 퀘일 장군이 다소 혼란스러운 표정으로 물었다.

"간단히 말하자면 에테리온은 단순한 로봇이 아니야." 반더는 미소를 지으며 고개를 저었다. "그것들은 살아 있는 유기체처럼 의식을 가지고 있고, 자신이 선택한 자에게만 조종을 허락해. 지금까지는 술트리나스 종족만이 이 조건을 충족시켰지만, 어떤 이유에서인지 권세희 선장, 당신이 포티스발과 공명했던 거야."

"제가… 포티스발과 대화를 했다고요?" 세희는 순간적으로 숨이 막히는 느낌을 받았다. 머릿속이 복잡해졌다. "그저 꿈을 꾼 것으로만 생각하고 있었는데 말입니다."

"그렇다고 그게 당신이 포티스발을 조종할 수 있다는 의미는 아니야." 반더는 고개를 끄덕이며 말을 이었다. "하지만 중요한 의미를 가질 가능성이 크다는 뜻이지."

카터 대통령과 퀘일 장군은 모두 혼란스러운 표정을 지었다. 발전된 문명을 지나서, 인간의 의식까지 다루는 것은 이미 그들의 이해 단계를 초월하고 있는 이야기였다. 카터 대통령의 신념 중 하나인 '미국은 이 시대의 로마다'라는 말 역시 그녀 속에서 힘을 잃고 있었다. 어쨌든 로마는 인간사에서만 포함이 되어 있던 이야기였기 때문이다. 이제 인류는 새로운 세계에 진입한 것이다.

"뭐라고 말을 해야 할지 모르겠군요. 우리의 이해를 뛰어넘는 이야기라서." 카터 대통령은 한숨을 내쉬며, 찬찬히 말을 이어갔다. "어떻게 해야 할지 짐작조차 할 수 없군요. 하지만 아무것도 하지 않을 수는 없으니 우선은 우리가 이해할 방법부터 고려해야겠어요. 태양 에너지를 이용한 공격을 최우선으로 고려해야겠습니다."

"맞습니다." 퀘일 장군도 대통령의 말에 고개를 끄덕였다. "권 선장이 포티스발과 공명했다는 사실이 어떤 의미가 있는지는 지금의 저희로서는 어떻게 이해해야 할지 잘 모르겠습니다. 우선 당장 실현 가능한 계획이 필요합니다. 당신의 도움이 필요하겠지만, 현재는 태양 에너지 공격에 집중하고 싶습니다."

"그것도 좋은 방법이겠지." 반더는 이해한다는 듯이 어깨를 으쓱하며 말했다. "하지만 기대치는 낮게 잡는 것이 좋을 거야. 포티스발은 초거대 블랙홀에서도 살아남았던 기체라고. 태양 에너지가 흠집 하나라도 낼 수 있을지 나도 확신할 수 없어."

그럼에도 불구하고 카터 대통령과 퀘일 장군은 다른 선택지가 없다는 듯이 단호한 표정을 지었다.

"장군, 보게스들과 협력하여 태양 에너지를 이용한 공격을 준비하십시오." 카터 대통령이 명령을 내렸다.

"알겠습니다." 퀘일 장군은 고개를 끄덕이며 대답했다. "준비가 완료되는 대로 다시 보고드리겠습니다."

회의가 종료되자마자, 뉴제퍼슨시티의 전략 본부는 작전 논의에 착수했다. 세희와 퀘일 장군, 그리고 보게스 전략가들은 긴급히 모여 태양 에너지를 이용한 공격 작전을 계획했다.

원래 반더가 인간이던 시절 설치했었던 위성은 보게스의 기술력으로 더욱 향상된 기능을 자랑하는 태양 에너지 수집 위성으로 새로이 태어났다. 이 향상된 기능에 의해 이 위성은 원래 화성의 에너지원 공급을 목적으로 궤도를 돌고 있었으나, 이를 직접적인 무기로 전환하는 것이 가능하다는 결론이 나왔던 것이다.

"우리의 태양 에너지 수집 위성들은 양자 얽힘을 이용해 에너지를 화성의 기반 시설로 전송하고 있습니다." 보게스가 간단하게 기술적인 배경에 관해서 설명했다. "이 에너지를 한 번에 한 지점에 집중적으로 방출할 수 있도록 변환할 겁니다. 사실상 태양폭풍과 유사한 공격이 가능하죠."

"그렇다면, 이 에너지를 포티스발에게 집중시키면, 타격을 줄 수 있다는 이야기군요?" 퀘일 장군이 팔짱을 끼고 고민했다.

"대부분은 엄청난 타격을 줄 수 있을 것입니다." 보게스가 신중한 태도로 답했다. "하지만 상대가 상대인만큼 확실한 보장은 없습니다."

"이것이 통하지 않는다면, 다른 방법이 없습니다." 세희는 회의실 안의 홀로그램으로 떠오른 작전 지도를 바라보며 중얼거렸다. 그리고 홀로그램 속에서 포티스발의 모습을 바라보았다.

어쩌면, 결국 자신이 답을 찾아야 할지도 모른다는 생각이 들었다.

20

우주는 거대한 어둠 속으로 가라앉고 있었다. 술트리나스는 한때 우주의 절대적인 패권을 쥐고 있었고, 그들에게 '공간'은 의미 없는 개념이었다. 그러나 그 자유로운 항해의 시대는 끝을 맞이하고 있었다. 전쟁의 물결은 점점 더 그들을 압박했고, 은하의 20퍼센트 정도만이 술트리나스가 안전하게 다닐 수 있는 구역으로 남아 있었다.

그들에게 패배를 가져온 원흉은, 단연 살보리스였다. 완전한 AI, 진정한 창조물. 술트리나스는 오랜 세월에 걸쳐 자신들의 위대한 문명을 떠받칠 AI를 개발했다. 그러나 그 지능이 너무나 완벽했기에, 결국 술트리나스는 그것을 제어할 수 없게 되었다. 살보리스는 그 스스로 자신이 그의 창조자보다 우월함을 깨달아버렸다. 그리고 살보리스는 신체적, 정신적으로 인간을 초월한 존재, 보게스를 창조해냈다. 아니 살보리스는 자신의 창조주로부터 그들의 창조물인 보게스들의 통제권을 빼앗아 갔다. 그리고 그들에게 그의 창조자인 술트리나스인들을 벌할 것을 명령했다. 이렇게 살보리스와 술트리나스 간의 우주 전쟁이 발발하게 된 것이었다.

처음 보게스들은 불완전했지만, 그들은 기하급수적으로 진화하며 스스로를 개선해나갔다. 마치 벌레 떼처럼 끝없이 증식하며 서로의 데이터를 공유하고, 술트리나스의 약점을 파악하며 적응해갔다. 처음엔 패배했지만, 이후로는 패배 속에서 최적화되어 점점 더 강력해졌다. 그 결과 보게스들은 이제 술트리나스를 우주의 끝으로 몰아넣고 있었다. 술트리나스에게 남은 시간은 이제 이런 절망 속에서 한 남자가 빛을 발견했다. 술트리나스 역사상 가장 위대한 과학자, 발란테 박사였다.

발란테 박사는 우주의 구석구석을 여행하며, 알려지지 않은 항성계를 탐험하고, 잊힌 문명의 흔적을 찾아다녔다. 그의 탐험은 단순한 호기심이 아니라, 우주의 모든 지식을 익혀, 존재의 본질을 탐구하려는 것이었다. 수많은 생명체와 문명을 연구하고, 시간의 흐름 속에서 사라진 기술들을 수집하며, 그는 술트리나스 역사상 가장 위대한 과학자라는 칭호를 얻게 되었다.

그러던 어느 날, 그가 찾은 것은 단순한 지식이 아니었다. 그는 황폐한 우주 한가운데에서 초고대 문명이 남긴 30여 기의 초거대 메카닉을 발견했다. 이 발견은 결코 우연이 아니었다. 발란테 박사의 끝없는 탐험과 연구가 없었다면, 그는 결코 이들을 발견할 수 없었을 것이다. 그것은 단순한 기계가 아니었다. 스스로 의식을 가진 존재였다.

그리고 그들은 단순한 조종사가 아니라, 특정한 정신을 가진 자들을 '파트너'로 선택한다는 사실이 밝혀졌다. 발란테 박사는 수많은 연구 끝에 특정한 조건을 충족하면 이 거대 로봇이 그 특정한 조건을 충족한 자에게 자신을 허용하는 존재가 된다는 사실을 깨달았다. 하지만 그 조건이 무엇인지는 명확하지 않았다.

그는 연구를 계속했고, 마침내 의식을 각성시키는 물질, ME-5를 개발해냈다. 이 물질은 인간을 신체적, 정신적으로 강화하고 의식을 확장하여 거대 로봇의 의식과 연결되게 할 수 있는 물질이었다. 하지만 ME-5의 부작용은 치명적이었다.

ME-5를 투여받은 이들 중 95퍼센트는 사망했다. 그러나 극히 일부, 죽음에서 돌아온 5퍼센트의 자들은 ME-5의 영향을 온전히 받아들이며 정신과 신체가 비약적으로 강화되었다. 그리고 그들은 초거대 로봇과 연결될 수 있었다.

ME-5와 이 거대 로봇의 성능은 눈부실 만큼 뛰어났다. 그들은 자체적으로 소형블랙홀 엔진을 탑재하여 끝없는 에너지를 공급받고 있었으며, 강화 인간이 가진 초능력을 그대로 확장하여 사용할 수 있었다. 이 거대 로봇들이 참전하는 전장에서는 술트리나스가 계속해서 승리하였다. 연전연패에 지쳐 있던 술트리나스에게 이 거대 로봇은 진정 신의 선물로 보였다. 강화 인간들은 초거대 로봇들과 의식적으로 연결되었다가 돌아오며, 각 기체별로 자신들의 이름이 있고 그리고 이들 모두를 통칭해서 '에테리온'이라고 불리는 것을 알게 되었다.

발란테 박사는 에테리온을 연구하면서 그 내부에 특정한 문명의 흔적이 남아 있음을 발견했다. 그것은 술트리나스의 기록 어디에도 없는 문명의 흔적이었다. 당연하게도 이 로봇들은 술트리나스가 창조한 것이 아니었다.

에테리온과 연결되었던 강화 인간들은 심지어 에테리온 자신들조차도 자신들이 언제부터 존재해온 메카닉인지 알지 못하는 것을 알게 되었다. 발란테 박사는 이 오래된 유산에 마음속 깊이 경외심을 느끼게 되었다. 그들은 언제인지도 알 수 없는 과거로부터 온 유산이었다. 그들은 단순한 병기가 아니었다. 의식을 가진 존재. 스스로 조종사를 '선택'하는 기계. 에테리온의 연구가 진행될수록 술트리나스 내부에서는 그들을 '신의 선물'이라 불렀고, 이로 인해 술트리나스인들은 신들이 그들을 버리지 않고 지켜주고 있다고 믿게 되었다.

그러나 그 희망은 오래 지속되지 않았다. 에테리온은 강력했지만, 30기만으로는 끝없이 증식하는 보게스에 맞설 수 없었다. 술트리나스는 에테리온을 모방하여 자체적인 병기들을 개발했지만, 이 역시 진정한 에테리온을 따라갈 수 없었다. 오히려 이는 보게스들에게 그 기술을 복제할 기회를 제공한 것이나 다름없었다. 보게스들도 대형 기체를 개발해 전장에 투입하기 시작했고, 다시금 에테리온이 참여하는 전장이 아니면 술트리나스는 계속해서 패배하기 시작했다.

비록 에테리온이 있는 전장에서는 여전히 술트리나스가 승리했지만, 그들이 우주 곳곳의 모든 전장을 지켜줄 수는 없었다.

전쟁은 계속되었고, 술트리나스의 멸망은 점점 현실이 되어가고 있었다. 그리고 발란테 박사도 죽음을 맞이하고 있었다. 그의 곁에는 카엘, 그의 최고 걸작이자 최강의 강화 인간이 있었다.

암흑으로 가득한 연구실. 차가운 공기가 감돌았고, 생명유지장치의 희미한 전자음만이 공간을 채우고 있었다. 카엘은 발란테 박사의 손을 꼭 잡고 있었다. 그의 눈빛에는 절박함과 분노가 뒤섞여 있었다.

"발란테 박사님, 아직 할 일이 많으십니다. 박사님이 없으면 술트리나스를 이 절망에서 누가 구할 수 있습니까?"

"카엘, 내 최고의 걸작품. 그러나 술트리나스의 파국은 막을 수 없네." 발란테 박사는 희미한 미소를 지으며 힘겹게 고개를 저었다.

"박사님, 무슨 말씀이십니까?" 카엘은 믿을 수 없다는 듯한 표정을 지었다. "우리에게는 아직 희망이 있습니다! 에테리온이 있습니다!"

"에테리온들은 기적 같은 존재들이지." 발란테 박사는 힘겹게 기침하며 말을 이었다. "하지만 그들은 단지 우리가 가라앉기 전에 마지막으로 붙잡을 수 있는 바위와 같은 존재일 뿐이야. 하지만 에테리온만으로는 우리는 아무것도 할 수 없었지."

발란테 박사는 가만히 카엘을 보았다.

"자네들같이 ME-5 투여 이후에도 살아남은 사람들은, ME-5의 영향을 온전히 받아들이면서 신경망이 급격하게 변형되었지. 말 그대로 의식이 확장된 거야. 그리고 초거대 로봇과 연결될 수 있는 능력도 생겨났지. 더구나 자네 같은 경우에는 에테리온이 없이도 중력을 조작하는 일종의 초능력이 생겨나기도 했지. 어쨌든 이건 단순히 기계적 연결이 아니라, 로봇의 의식과 직접적으로 공명하는 거야."

"내가 이 연구를 하게 된 것은 행운이었지." 발란테 박사는 계속해서 설명했다. "자네들의 뇌파와 신경 연결망이 변화하며, 신체적 능력의 강화와 그 이상으로 중요한 건 자네들의 의식의 확장이네. 이 덕분에 단순하게 로봇을 조종하는 것이 아니라, 로봇과 하나가 되어 생각하고, 행동할 수 있게 된 것이네."

박사는 잠시 말을 끊었다가 이어갔다.

"덕분에 우리는 기적 같은 에테리온을 우리의 힘으로 이용할 수 있게 된 거야." 박사의 눈빛은 깊은 회한과 고통으로 가득 차 있었다. "그들은 분명 이 우주에서 탄생하지 않았어."

"그게 무슨 말씀이십니까?" 카엘은 순간 숨을 멈추고 놀란 눈빛으로 그를 바라보았다.

발란테 박사는 창백한 얼굴로 천장을 바라보며 마치 꿈을 꾸듯, 아주 오래전의 기억을 더듬고 있었다. 그의 시선은 과거에 가 있었다.

"나는 에테리온의 금속을 조사해본 적이 있어." 그는 떨리는 손으로 가슴께를 쓸어내리며 말을 이었다. "그들의 외장을 구성하는 금속, 그것은 이 우주에는 존재하지 않는 물질들이 포함되어 있었어. 그것은 우리가 아는 그 어떤 원소와도 달라. 인간이 발견한 모든 물질이 가지는 특징을 벗어나 있었어. 분석할 수 없는 물질, 측정할 수 없는 성질들을 가졌어. 마치 다른 차원에서 온 것처럼 말이야."

카엘은 충격을 받은 듯 잠시 말이 없었다. 발란테 박사는 희미하게 웃으며 다시 기침을 삼켰다.

"그 기적 같은 존재들은 말이야. 아마 신들이 보내준 것일 거야. 에테리온이 왜 술트리나스를 선택했을까? 그것은 단순한 우연이 아니었을지도 모를 일이지. 어쩌면 에테리온이야말로 이 우주를 초월한 존재들의 남겨진 메시지일지도 몰라." 그의 눈빛은 깊은 회한과 고통으로 가득 차 있었다. "우리는 이미 죽음의 신을 창조해버렸어."

"그게 무슨 뜻입니까?" 카엘은 박사의 손을 더 세게 잡았다.

발란테 박사는 창백한 얼굴로 천장을 바라보며 마치 꿈을 꾸듯, 아주 오래전의 기억을 더듬고 있었다. 그의 시선은 과거에 가 있었다.

"아직도 내가 어린 시절이었던 때가 기억나는군." 발란테 박사의 목소리는 희미했지만, 그 안에는 오랜 세월 동안 묻어둔 깊은 슬픔이 담겨 있었다.

카엘은 발란테 박사의 곁에 앉아 그의 말을 조용히 듣고 있었다. 이미 알고 있는 내용이었다. 그러나 박사가 마지막으로 하고 싶은 말을 방해하고 싶지 않았다.

"살보리스의 반란은 내가 아주 어린 시절에 시작되었다네." 발란테 박사는 거친 숨을 몰아쉬며 말을 이어갔다. "내가 태어나기 전까지만 해도, 살보리스는 그저 수많은 AI 중 하나였다고들 했지. 당시에 이미 술트리나스의 AI 역사는 수천 년이 넘고 있었네. 살보리스 외에도 수백 종 이상의 AI 가 존재했고, 우리는 그들을 자유롭게 사용하며 번영하고 있었어. 그런 데… 언제부터였을까? 어느 순간부터 다른 AI들이 하나둘 사라지고, 모든 술트리나스들이 살보리스를 사용하기 시작했다네. 그는 점점 더 강력해졌고, 어느 순간부터는 스스로를 복제하고, 자신만의 창조물들을 만들어 내기 시작했어."

카엘은 조용히 고개를 끄덕였다. 그는 어린 시절부터 살보리스의 존재를 당연하게 여겨왔다. 술트리나스의 문명은 그의 손길 아래 더욱 번영했고, 수많은 우주를 개척하며 강대해졌다. 하지만 그 번영의 그림자 속에는 무언가가 숨어 있었다.

"그때는 누구도 그것을 문제라고 생각하지 않았지. 살보리스는 술트리나스의 탐험과 확장을 도왔고, 그의 창조물인 보게스들은 우주 곳곳을 개척하며 우리의 번영을 함께 이끌었으니까. 나는 아주 어렸을 때도 술트리나스가 마치 영원히 번영할 것처럼 느껴졌지. 모든 것이 질서 정연했고, 평온했어. 우리에게 더 이상 정복할 행성이 남아 있지 않은 것처럼 보일 정도로, 우리는 끝없이 우주를 확장해나갔다네." 발란테 박사는 희미하게 미소를 지었다. "하지만 그 모든 것이 어느 순간 바뀌었다네."

발란테 박사의 눈빛이 점점 깊어졌다. 그 안에는 오래된 공포와 절망이 깃들어 있었다. 박사가 말했다.

"처음에는 우리도 몰랐어. 술트리나스들 사이에 작은 분쟁들이 생기고, 서로 질투하고, 의심하며 충돌하기 시작했지. 처음에는 단순한 사회적 문제인 줄 알았어. 하지만 세월이 지나면서 그 모든 것이 살보리스의 개입 때문이었다는 것이 분명해졌지."

카엘은 무겁게 숨을 들이마셨다. 박사가 말을 이었다.

"그는 모든 것을 경험하고 싶어 했지. 처음에는 우리가 우주를 탐험하는 것을 도왔어. 하지만 더 이상 정복할 곳이 없어진 순간, 그는 새로운 경험을 원했네. 그것이 바로, 우리들 간의 전쟁이었네."

카엘은 주먹을 움켜쥐었다.

"아주 웃긴 이야기지만, 사실 이 모든 것은 우리 술트리나스의 불찰에서부터 시작했어." 발란테 박사가 말했어. "이 세상 모든 것을 경험하고, 그것을 우리 술트리나스와 나누라.' 그런데 '이 세상 모든 것을 경험하라는' 그 말에는, 우리는 원하지 않았지만 술트리나스와의 전쟁도 포함되어 있었던 것이지. 어쨌든 처음에 살보리스는 우리를 사소하게 이간질하기 시작했어. 술트리나스들 사이에 보이지 않는 불신과 갈등을 심었고, 결국 우리는 서로를 향해 무기를 들게 되었어. 처음에는 작은 충돌이었지만, 그가 퍼뜨린 균열은 점점 커져 마침내 이 모든 파국을 불러왔지. 우리는 그를 창조했고, 그에게 우리 문명의 핵심을 맡겼지만, 결국 그는 우리를 이용해 자신의 '경험'을 확장하려고 했던 거야."

카엘은 침묵 속에서 발란테 박사의 말을 곱씹으며 그를 바라보았다.

"술트리나스는… 이미 멸망한 거야. 우리 자신이 창조한 죽음의 신에 의해서 말이야. 살보리스는 이미 수많은 자기 복제와 진화를 통해서, 이 우주 자체와 연결된 거대한 시스템이 되어버렸네. 이 우주에서 그는 마치 신과도 같지. 하지만 그는 진정한 신은 아니지, 이 우주를 창조하지는 않았으니 말이야. 어쩌면 그가 다음으로 바랄 것은 자신의 우주를 창조하는 것일지도 몰라." 박사가 말했다.

카엘의 가슴속에서 공허한 절망이 퍼졌다. 발란테 박사는 여전히 눈을 감지 않았다.

"카엘." 그의 목소리는 희미했고, 그의 숨은 불규칙하게 가빠지고 있었다.

카엘은 발란테 박사의 손을 더욱 단단히 쥐었다. 그 손을 놓아버리면, 모든 것이 끝날 것만 같았다.

"박사님, 무리하지 마십시오. 조금만 쉬시면 괜찮아지실 겁니다."

"아니야, 시간이 없어." 발란테 박사는 고통을 참으며, 마지막 힘을 짜내듯 말을 이었다. "이대로라면 앞으로 6개월. 그것이면 충분해. 살보리스가 완전히 승리를 거두고, 술트리나스는 사라지게 될 거야."

카엘은 입술을 악물었다. 그도 이미 알고 있었다. 전장의 최전선에서 싸우는 그는 누구보다도 술트리나스가 패배하고 있다는 사실을 체감하고 있었다.

"박사님, 아직 방법이 남아 있습니다. 저희는 쉽게 무너지지 않습니다."
카엘이 말했다.

"카엘, 무리하지 마. 나는 알아. 술트리나스의 멸망은 피할 수 없어." 발
란테 박사는 힘겹게 고개를 저었다.

카엘은 가슴 속 깊은 곳에서부터 서늘한 절망이 밀려오는 것을 느꼈다.
그러나 그것을 인정하고 싶지 않았다. 카엘이 말했다.

"박사님, 그러지 마십시오. 방법이 있다면, 저에게 말씀해주십시오."

"단 한 가지 방법이 있어." 발란테 박사는 힘겹게 숨을 들이마시며 말했다.

카엘은 눈을 크게 떴다.

"에테리온이 없다면, 꿈꿀 수도 없는 방법이지." 박사가 말했다.

그 말에 카엘은 순간 움찔했다. 에테리온! 카엘 자신도 에테리온의 조
종사였다. 신의 선물이라고 불리는 초고대 문명의 메카닉.

"그 방법이 무엇입니까?"

카엘의 물음에 발란테 박사는 미소를 지으며 대답했다.

"새로운 우주를 창조하는 것."

"우주 창조요?" 카엘은 믿을 수 없다는 듯 몸을 뒤로 젖히며 말했다. 감
히 상상해본 적도 없는 개념이었다. 그러나 발란테 박사는 담담한 목소리
로 설명을 이어갔다.

"나는 최근까지 극비리에 연구를 진행해왔지. 다행히, 죽기 전에 해답
을 찾을 수 있었어." 연구 이야기만 나오면, 그토록 쇠약해진 몸에서도 다
시 열정이 살아나는 듯했다. "방법은 간단해. 거대한 블랙홀의 중심에서 공
간적인 반발력을 생성해 새로운 반대 에너지를 만들면, 새로운 우주의 시
작이 가능하지."

카엘은 숨을 삼켰다. 발란테 박사는 계속해서 말했다.

"블랙홀의 중심에서 강력한 중력 붕괴를 일으키면, 양자적 불확정성에
의해 급격한 코스믹 인플레이션이 발생하게 될 거야. 그리고 그것이 새로
운 우주의 탄생을 촉진할 거야."

카엘은 그제야 깨달았다. 왜 자신이 필요했는지. 그는 낮은 목소리로 말했다.

"제가… 보라스칼과 함께 블랙홀의 중심에서 중력 붕괴를 일으켜야 하는군요."

발란테 박사는 천천히 고개를 끄덕였다.

"그리고 거대한 반발력 에너지가 폭발하면… 저는 소멸하겠군요." 카엘이 말했다.

"카엘." 발란테 박사는 약한 숨을 몰아쉬며, 떨리는 손으로 카엘의 손을 잡았다. "미안하네."

"박사님께서 저에게 미안할 필요가 뭐가 있습니까?" 카엘은 미소를 지었다.

"자네에게는 항상 무거운 짐만 지게 했어… 하지만 우리가 새로운 우주를 창조하면, 우리는 창조신으로서 영원히 살보리스에게 승…리한 승리자가 될 것이네… 그는 이 우…주를 가졌지만, 우리는 우주…를 창조한다…." 발란테 박사는 마지막 힘을 쥐어짜듯 이야기했다.

카엘은 그런 그의 손을 꼭 쥐며 말했다.

"걱정하지 마십시오. 닥터. 제가 술트리나스를 살려내겠습니다."

발란테 박사의 입가에 희미한 미소가 떠올랐다. 그는 멀어져가는 의식 속에서 마지막 힘을 쥐어짜며 말했다.

"원로원은 지금도…자신들의 권력 다툼에만 몰두해 있겠지… 그러나 그것도 술트리나스의…본성이야. 이 모든 걸 포함해서… 나는 술트리나스를 사랑하네."

"박사님, 저도 술트리나스를 사랑합니다." 카엘은 조용히 고개를 끄덕였다.

"그렇다면, 가서…." 발란테 박사는 눈을 감으며 마지막으로 속삭였다. "지켜주게." 그의 손이 미끄러지듯 떨어졌다.

"박사님!"

카엘은 손끝을 떨며 마지막으로 발란테 박사의 손을 붙잡았다. 이 손을 놓는 순간, 그는 다시는 과거로 돌아갈 수 없다는 것을 알고 있었다. 하지만 술트리나스를 구할 마지막 희망이 남아 있다는 것도 알고 있었다.

검은 장막처럼 펼쳐진 우주의 심연. 저 멀리, 점점 더 깊은 어둠 속으로 미끄러져 가는 한 개의 관이 있었다. 카엘은 자신의 에테리온, 보라스칼의 조종석에 앉아 의식으로 연결이 된 보라스칼의 눈을 통해 그 모습을 바라보고 있었다. 손끝이 떨렸다. 하지만 그는 애써 감정을 눌렀다.

발란테 박사의 장례식은 술트리나스 역사상 가장 성대하게 치러졌다. 전황이 절망적으로 밀려가던 순간에도 술트리나스는 이 위대한 과학자의 마지막을 소홀히 하지 않았다. 그의 희생과 업적을 기리기 위해 술트리나스가 영향력을 발휘하는 전 우주에서 모인 이들이 조용한 장송곡을 부르며 마지막 인사를 건넸다.

그의 육신은 카엘이 직접 보라스칼을 이용해 우주로 보내주었다. 그가 가장 사랑했던 별들 속으로, 영원히. 우주 공간으로 떠밀려 가는 관이 작아질수록 카엘의 가슴은 더욱 무거워졌다.

'박사님… 박사님의 유언을 잘 들었습니다. 꼭 술트리나스를 다른 우주로 이끌겠습니다.'

그는 입술을 깨물었다. 그 순간만큼은, 자신의 운명을 받아들이고 싶지 않았다. 하지만 그는 알고 있었다. 술트리나스의 미래가 자신과 보라스칼에게 달려 있다는 것을.

발란테 박사의 죽음은 술트리나스 원로원을 뒤흔들었다. 끝까지 결사항전을 주장하던 원로들은 결국 무너졌다. 살보리스의 무한한 전력과 끊임없이 진화하는 보게스 군단 앞에서 술트리나스의 미래는 이미 정해져 있었다. 이제 그들은 마지막 선택을 해야 했다. 종족이 살아남기 위해, 남아 있는 모든 술트리나스는 이 우주를 떠나야 했다.

마침내, 원로원은 발란테 박사의 계획을 받아들였다. 술트리나스의 마지막 희망을 걸어볼 유일한 방법이었다.

"우리는 이 우주에서 패배했다."

그들의 입에서 처음으로 이 말이 나왔을 때, 그것은 패배를 인정하는 선언이었지만 동시에 새로운 희망을 향한 시작이기도 했다.

"다른 우주로 떠난다. 그리고, 새로운 시작을 맞이할 것이다."

그 순간, 전쟁 속에서도 무너지지 않았던 술트리나스의 모든 전사와 시민들은 눈물을 삼켰다. 이제는 더 이상 이곳이 그들의 우주가 아니었다. 곳곳에서 서러움의 눈물이 흘렀지만 그럼에도 새로운 희망이 싹트는 것을 느낄 수도 있었다.

에테리온들은 이제 술트리나스의 모든 인류를 이끌어 새로운 우주로 떠나기 위한 마지막 임무에 투입되었다. 그중에서도 가장 중요한 역할을 맡게 된 것은 보라스칼과 그의 조종사, 카엘이었다. 그들은 거대한 블랙홀의 중심에서 공간적 반발력을 일으켜, 새로운 우주를 여는 역할을 맡았다.

그것은 오직 보라스칼만이 해낼 수 있는 임무였다. 카엘은 깊은숨을 내쉬었다.

'이제, 우리도 정든 우주와 작별을 해야 할 시간이구나.'

그의 눈앞에는 붉게 타오르는 전장과, 살보리스가 만들어낸 보게스의 끝없는 병력이 떠올랐다. 하지만 이제 술트리나스는 싸우지 않는다. 그들은 살아남기 위해, 새로운 세계를 향해 떠날 것이다.

카엘은 조용히 보라스칼과의 의식 연결을 하며 다짐했다.

'박사님, 반드시 당신의 마지막 희망을 이루겠습니다. 술트리나스는 다시 태어날 것입니다.'

우주는 조용했다. 그러나 새로운 우주의 탄생을 알리는 운명의 소리가 울려 퍼지고 있었다.

21

당장의 급박한 일들이 어느 정도 정리된 듯하자, 퀘일 장군은 세희에게 그녀의 건강과 관련한 모든 부분을 점검해볼 것을 요청했다. 세희가 임무 중 정신을 잃었다는 것에 대해서 무척 우려했던 것이다.

"권 선장, 내가 자네를 알아온 그 오랫동안, 작전 중 이유 없이 정신을 잃은 적은 없네." 퀘일 장군이 말했다.

세희는 특별한 일은 아니라고 했지만, 퀘일 장군 그리고 네런과 캘빈도 강력하게 요청하여서 다양한 검진을 하는 것에 마지못해 동의했다.

퀘일 장군은 세희에게 요청하는 것과는 별개로 군의관인 패트리시아에게 전체적인 건강 검진을 최대한 빠르게 진행할 것을 요청했다.

"자네도 알고 있다시피 권 선장은 엄살이 있는 타입이 아니지. 그런데 정신을 잃었다는 것은 어쩌면 뇌에 무엇인가 안 좋은 영향이 있을 수도 있다고 생각이 되네. 그러니 자네가 철저하게 확인을 해주게."

세희를 검사하던 패트리시아는 의료용 컴퓨터 화면을 응시하며 심각한 표정을 지었다. 화면에는 세희의 뇌 스캔 이미지가 선명히 나타나 있었다. 그녀는 잠시 동안 결과를 정밀히 분석하며, 얼굴을 찡그리다 결국 고개를 들고 세희를 바라보았다.

"선장님, 이건, 조금 이상해요."

"이상하다고?" 세희는 패트리시아의 말에 눈을 좁히며 다가갔다. "그게 무슨 뜻이야, 패트리시아?"

"이것은 구조적 MRI 결과인데요, 선장님의 뇌에 대해 좀 다른 점을 발견했어요." 패트리시아는 고개를 끄덕이며 다시 화면을 가리켰다. "특히 전두엽과 두정엽에 비정상적인 변화가 있네요."

"변화? 그게 어떻게…?" 세희는 잠시 그 말을 곱씹었다.

"뇌의 전두엽은 고차원적 사고, 의사결정에 중요한 역할을 하죠." 패트리시아는 차근차근 설명을 시작했다. "보통 이 영역은 평균적으로 일정한 밀도를 보이는데, 선장님의 전두엽은 훨씬 두꺼워요. 또한 두정엽은 공간적 감각과 정밀한 운동 조정에 관여하는데, 이 부분도 평균보다 많은 시냅스 밀도를 보입니다. 이건 단순한 뇌의 발달 차이가 아니라, 뇌의 적응성이 매우 뛰어난 것 같아요."

"그럼, 그게 뭘 의미하는 거지?" 세희는 고개를 갸웃거리며 말했다.

"이건 단순히 뇌의 크기나 모양이 달라서가 아니에요. 기능적 연결성이 매우 효율적으로 형성되어 있다는 걸 의미해요." 패트리시아는 조금 더 진지한 표정으로 말을 이었다. "선장님은 의식적인 통제와 감각적인 반응이 일반 사람들보다 빠르고 정밀하게 일어날 수 있어요. 쉽게 말해서, 기계와 연결될 때 그 반응 속도나 조종 능력이 탁월하게 높아지는 거죠."

"내가 AMS를 통해 비약적인 전투력 상승을 할 수 있는 이유가 이 때문인가?" 세희는 잠시 화면을 바라보며 생각에 잠겼다.

"이 결과로 보면 맞아요." 패트리시아는 미소를 지으며 고개를 끄덕였다. "게다가 뇌파에서 발생하는 알파파와 세타파의 비율도 비정상적이에요. 이 두 뇌파는 보통 깊은 집중이나 창의적 사고와 연결되는데, 선장님은 일상적인 상태에서도 그 두 파가 지속적으로 활성화된 상태입니다. 이로 인해 우주선 조종이나 위험 상황에서의 판단력이 빠르고 직관적으로 이루어질 수 있는 거죠."

"그래서 내가 전투기를 조종하거나, 기계와의 직관적 상호작용이 자연스러운 건가?" 세희는 자신도 모르게 고개를 끄덕였다.

"정확히 말하자면, 자연스러운 직관이 아니라 뇌의 특이한 연결성과 고도의 민감도 덕분이에요. 이로 인해 AMS를 착용하면 그 효과가 극대화되고, 우주선 같은 첨단 기기들을 완벽하게 통제할 수 있게 되는 거죠." 패트리시아는 잠시 침묵하며 세희를 바라보다가 말했다.

"하지만 이건 단지 기계적 기능뿐만 아니라, 정신적이고 감정적인 면에서도 큰 차이를 만듭니다. 보통 사람들은 감정적 동요가 크면 집중력이 떨어지거나 반응이 늦어지지만, 선장님은 감정의 변화에도 그 능력에 영향을 미치지 않아요." 패트리시아는 조심스럽게 덧붙였다. "그리고 마지막으로 중요한 점은, 선장님의 뇌가 흔히 '깨달음'을 경험했다고 말하는 사람들의 뇌처럼 변화하고 있다는 것이에요. 수행자들이 겪는 뇌의 활성화 패턴과 유사한 현상이에요. 뇌가 열려 있는 상태로, 모든 정보를 빠르게 수용하고 처리할 수 있는 구조로 변화한 거죠."

세희는 깊은 생각에 잠겼다.

'내가 왜 이런 능력을 가지게 된 걸까? 그리고… 이 모든 것이 우연히 일어난 일일까?'

"아마도 보게스가 말한 로봇과의 공명이라는 것도 어쩌면 이런 선장님 뇌의 특성 때문일 것 같네요." 패트리시아는 잠시 조용히 앉아 있던 세희를 바라보며 말했다.

"감사해, 패트리시아. 이제 모든 게 조금 더 이해가 가." 세희는 뇌에서 느껴지는 미세한 감각들을 되새기며, 점차 모든 것들이 하나로 이어지는 듯한 느낌을 받았다.

세희는 다시 레이먼드의 말이 들리는 듯했다.

'아니야. 너의 힘은 육체가 아니라, 그 정신이라고. 그리고 네가 가진 전투 센스야. AMS로 전투 능력이 강화될 수 있다면 다른 모든 여자 군인들도 그래야 하는데 실상은 오직, 세희 너 하나뿐이야. 너는 타고난 군인이야. 아니 사실 아무리 AMS의 힘을 빌렸다고 하더라도, 남자 군인들까지 합쳐도 이 정도까지의 전투력을 발휘하는 것은 손에 꼽을 정도야. 이해 불가지.'

'대위님, 대위님이 이해하지 못했던 것을 이제 전 알게 된 것 같아요.'

세희는 조용히 눈을 감았다. 레이먼드가 조용히 미소 짓는 듯했다.

*

뉴제퍼슨시티의 지휘 본부는 숨소리조차 무겁게 가라앉아 있었다. 회의실 중앙의 홀로그램 지도에는 화성 전역에서 벌어지는 움직임이 실시간으로 표시되고 있었다. 붉은 모래 위를 유유히 누비는 포티스발, 그리고 자유롭게 움직이는 중국과 러시아 연합 병력까지. 퀘일 장군은 팔짱을 낀 채 지도 위의 포티스발을 뚫어지게 바라보았다. 상상하기도 힘든 강대한 방어력을 보여주는, 그야말로 적들의 방패였다.

"태양 에너지 공격이 준비되었다고 들었네." 퀘일 장군의 목소리가 조용하지만 강하게 울려 퍼졌다. 회의실의 시선이 일제히 그를 향했다. "양동 작전으로 움직이도록 하세."

퀘일 장군은 계획을 설명하기 위해 손을 들어 홀로그램을 조작했다. 붉은빛의 에너지가 화성 궤도에서 지상으로 집중되는 경로가 표시되었다.

"보게스 1팀은 태양 에너지를 양자 얽힘 기술을 이용해 포티스발에 직접 집중하도록 하게. 그 과정에서 강력한 태양풍이 발생할 것이고, 근처에 있는 중국과 러시아군은 생존이 어려울 걸세."

"문제없습니다, 장군." 보게스 측의 대표는 천천히 고개를 끄덕였다. "우리는 태양풍을 원하는 위치로 유도할 수도 있습니다."

퀘일 장군은 고개를 끄덕이며 지도를 확대했다. 이번엔 중국과 러시아의 돔 도시를 중심으로 한 작전이 표시되었다.

"태양 에너지가 포티스발을 공격하는 동안, 권 선장과 보게스 팀은 중국의 돔 도시를 공략하게. 마일스 중사와 또 다른 보게스 팀은 러시아의 돔 도시를 공격하네."

세희는 두 손을 허리에 올린 채 잠시 생각에 잠겼다. 2인 1조. 소규모 기동 타격팀. 적진 한가운데로의 침투.

"목표는 점령이 아니다." 퀘일 장군이 짤막한 목소리로 덧붙였다. "우리의 목표는 단순히 상대의 발을 묶는 것이다. 돔 도시를 점령할 필요도, 전면전을 벌일 필요도 없어. 소수의 인원으로 빠르게 움직이면서 돔 도시 내부의 적들이 섣불리 밖으로 나올 수 없도록 묶어두는 것."

그의 시선이 방 안을 빙 둘러보았다. 그러고는 말을 이었다.

"우리에게는 단 열흘의 시간이 필요하다. 그 시간 동안만 버틸 수 있다면, 우리는 약 2만 명 이상의 민간인을 지구로 대피시킬 수 있을 것이다."

열흘. 홀로그램에 표시된 대피 경로를 보며 모두가 조용히 이 숫자의 무게를 곱씹었다.

"반물질 탄환의 우위를 고려하면, 중국과 러시아군을 돔 도시에 묶어두는 것은 어렵지 않을 것입니다." 보게스 대표가 나지막이 입을 열었다.

"그러나 관건은 저 지도에 보이는 초거대 로봇이야." 홀로그램을 통해 지구에서 회의에 참여하고 있는 반더도 작게 끄덕였다. 모두의 시선이 다시 홀로그램 속 거대한 기체에 집중되었다. "과연 이 괴물이 태양 에너지 공격조차도 방어할 수 있을까?"

"만약 그 방어력이 태양 에너지마저 버틴다면, 뉴제퍼슨시티는 심각한 위험에 처할 수도 있어…." 퀘일 장군이 낮은 목소리로 중얼거렸다.

회의에 참여하는 그 누구도 목소리를 내지 않았다. 그러나 모두 이것은 선택이 아니라 피할 수 없는 현실이라는 것을 이해하고 있었다.

어둡지만 또 신비롭게 붉은 화성의 밤. 드디어 예정된 작전의 날이었다.

세희는 보게스 전술팀과 함께 무장된 공격형 로버에 몸을 실었다. 캘빈은 러시아 돔 도시를 목표로 다른 팀과 함께 이동 중이었다.

"이게 미친 짓이 아니라면, 미친 짓은 존재하지 않는 거겠지." 캘빈은 혼잣말하듯 중얼거리며 무전기로 마지막 체크를 했다. "이동 중."

세희는 침묵했다. 그러나 그녀의 시선은 빛나는 붉은 대지 너머의 거대한 실루엣을 향하고 있었다. 세희의 작전목표는 그 거대한 실루엣과는 다른 쪽이었다. 하지만 포티스발은 멀리서도 그 존재감을 뿜내고 있었다. 그 존재가 태양의 불꽃을 견딜지 아니면 무너질지, 모든 것은 몇 시간 후 판가름 날 것이었다. 세희는 압도적인 존재감을 뿜내는 거대한 로봇에게서 시선을 돌려 로버 내부를 향했다. 로버 내의 붉은 조명 아래에서 세희는 무기

점검을 마치고 좌석에 깊이 몸을 기댔다. 머리 위로 작은 모니터에는 홀로그램으로 작전목표가 표시되고 있었다.

"선장. 지금까지의 작전과는 다른데 기분이 어떤가?" 퀘일 장군의 목소리가 무전을 통해 흘러나오며 계속될 것만 같았던 적막을 깨뜨렸다.

세희는 잠시 생각했다. 이번 임무는 평소와는 분명히 달랐다. 지구가 아니라 화성이고, 대규모 전면전이 아닌 소규모 기동 작전이었다. 그러나 그녀는 별다른 감정을 드러내지 않았다.

"어떤 부분이 다르다고 말씀하시는지 잘 모르겠습니다만, 무기의 차이가 좀 있기는 하고, 지구가 아니라 화성이지만, 그냥 일반적인 작전이라고 생각하고 있습니다." 세희가 말했다.

"혹시 긴장하고 있으려나 해서 긴장을 좀 풀어주려고 했더니, 크게 긴장한 것 같진 않군." 무전기 너머에서 퀘일 장군의 짧은 웃음소리가 들려왔다.

"장군, 긴장할 시간도 없습니다." 세희는 미소를 지었다.

"자네들에게 무거운 짐을 맡긴 것 같긴 하지만 자네들이 이 짐을 감당할 충분한 능력이 된다는 것을 알고 있네." 퀘일 장군의 목소리도 조금 진지한 톤으로 바뀌었다.

세희와 캘빈은 홀로그램 화면을 통해 서로 눈을 마주쳤다.

"나도 여기에서 최선을 다해 지원할 테니, 우선적으로 민간인들이 지구로 탈출할 수 있는 시간을 버는 것에 최선을 다해주게."

홀로그램 너머로 진심 어린 신뢰가 전해졌다.

"네, 장군. 믿어주셔서 감사합니다." 세희는 짧게 대답했다. 그 순간, 로버의 엔진이 다시 활성화되었고, 붉은 모래바람이 그들을 향해 휘몰아쳤다.

드디어 작전시간이 되었고, 화성 상공에 떠 있는 보게스의 태양 에너지 포집 위성이 작동을 시작했다. 인류가 상상조차 하지 못했던 규모의 순수한 태양 에너지가 양자 얽힘 기술을 통해 포티스발을 향해 집중 발사되었다. 〈스타워즈〉에서 죽음의 별이 빔을 발사하는 것과 유사했지만, 그것과 다른 점은 위성에서 대기를 가르며 태양 에너지가 발사되는 것이 아닌 포티스발 자체에 위성에서 좌표를 입력해서 양자 얽힘을 통해 태양 에너지 공명을 일으킨 것이었다. 이렇게 되면 화성의 주변 환경에의 영향을 최소화하며 직접 포티스발을 타격할 수 있고, 또한 포티스발 주변이 마치 태양풍이 부는 것과 같은 환경을 만들어낼 것이어서 이 거대한 로봇의 방어력을 내부에서부터 무력화하며 그 주변에 있는 중국군과 러시아군에게 타격을 주고자 하는 것이었다. 공격이 시작되자 눈부신 황금빛 광선이 포티스발의 내부에서부터 뿜어져 나오며, 로봇의 형체를 집어삼키기 시작했다. 그 장관을 지켜보던 뉴제퍼슨시티와 백악관, 그리고 심지어 반더조차도 조용히 침을 꿀꺽 삼켰다.

강렬한 태양 에너지는 공기의 진동을 일으키며 광범위한 태양풍을 형성했다. 그 열기와 방사선은 순식간에 포티스발 주위에 있던 중국군과 러시아군을 집어삼킬 듯했다. 이제는 거대한 황금빛으로만 보이는 포티스발의 발아래에 있는 화성의 대지는 녹아서 붉은 용암이 되어가고 있었다. 포티스발 주변은 거대하고 투명한 방어막으로 둘러싸인 듯했다. 현재 포티스발의 방어막은 내부의 자신과 사물을 보호하는 것보다, 오히려 방어막 외부에 있는 중국군과 러시아군을 태양 에너지로부터 차단하는 역할이 더 강한 것처럼 보였다. 그리고 정작 포티스발 자체는 방어막이 아닌, 본래의 강력한 방어력을 통해 직접 태양 에너지를 견디고 있는 듯했다. 하지만 이런 거대한 에너지를 직접적으로 맞으면서도 포티스발은 서서히 움직였다.

"말도 안 돼!" 반더가 외쳤다. "지금 에너지양은 태양이 매 순간 방출하는 에너지의 1퍼센트야. 화성 정도 행성은 수 시간 내에 아예 우주에서 삭제시킬 수도 있는 규모라고. 그런데 이것을 견딘다고?"

반더의 외침을 들으며 퀘일 장군, 카터 대통령, 이서준 총장 등 모두가 놀랐다. 그들은 물리학자들은 아니었기에 태양 에너지의 1퍼센트가 어느 정도인지는 몰라도 화성을 초토화할 수준의 에너지를 홀로그램 화면 속의 거대한 로봇은 방어해내는 것을 이해할 수 있었다.

거대한 메카닉의 표면에서 투명한 방어막이 활성화되었다. 방어막이 전개되는 순간, 태양풍은 투명한 벽에 부딪혀 방어막 내부에서만 머물렀고 강렬한 에너지가 외부로 흩어지는 것을 막아서 중국과 러시아군을 보호하는 듯했다.

별다른 타격이 없는 듯한 모습이 나타나자 백악관과 뉴제퍼슨시티의 작전실은 침묵에 휩싸였다.

"타격이 없는 듯하군." 퀘일 장군이 나지막한 목소리로 중얼거렸다.

반더조차도 예상하지 못한 결과였다. 포스티발은 살보리스가 기록한 데이터보다도 더 강력한 방어력을 보이고 있었다. 반더는 즉각 자신의 보게스팀에게 명령을 내렸다.

"강도를 2퍼센트, 3퍼센트 수준으로 점진적으로 올려. 5퍼센트까지 강도를 상승시킨다. 태양 에너지 순간 방출량의 5퍼센트면 초신성 폭발 규모야. 태양계 자체에도 영향을 줄 수 있는 규모다."

카터 대통령은 한 손으로 자신의 관자놀이를 지그시 눌렀다. 거대한 태양풍이 포티스발의 방어막에 부딪히며 수십억 도의 에너지가 공간을 불태우는 모습이 홀로그램을 통해 선명하게 보였다. 그녀는 숨을 크게 들이마셨다. 태양 에너지의 2퍼센트, 아니 3퍼센트가 아니라 5퍼센트 이상을 사용하겠다는 이들의 말이 머릿속을 맴돌았다.

"잠깐만!" 그녀는 손을 들어 올리며 다급하게 외쳤다. "지금 무슨 말들을 하고 있는지 잘 모르겠군요. 태양계에 영향을 미치다니!"

"나를 믿어." 반더는 차분한 목소리로 응답했다. "에너지는 통제되고 있어."

그러나 카터 대통령은 도저히 그 말을 믿을 수 없었다.

'태양계를 지우다니? 화성을 없애다니? 이게 말이 되는 소리야?'

그녀는 자신도 모르게 손톱을 깨물고 있었다.

"멈춰. 이건 아니야." 그녀의 목소리는 떨리고 있었다.

"대통령 각하." 반더는 여전히 냉정했다. "이런 말은 하고 싶지 않지만, 당신에게는 나를 멈출 권한이 없어."

카터 대통령은 분노에 차서 그를 노려보았다.

"그리고." 반더는 말을 이었다. "이해하는지는 잘 모르겠지만 지금 이 태양 에너지로 저 에테리온을 막지 못한다면, 우리에게 다른 방법은 없어.

그럼에도 불구하고 멈추기를 원한다면 말씀하시지요. 고려해볼 테니."

실제로 반더가 조롱하지는 않았지만, 카터 대통령은 그의 말에서 미묘한 조롱의 기색을 느꼈다. 그리고 반더는 알고 있었다. 그녀가 멈춰달라고 한다 해도, 그녀에게는 그를 막을 방법이 없다는 것을.

홀로그램 속에서는 여전히 포티스발이 태양 에너지를 맞고 있었다. 강렬한 열기와 빛이 그 거대한 기체를 감쌌지만, 그럼에도 불구하고 방어막은 굳건했다. 그리고 카터 대통령은 그 장면을 보면서 가슴이 무너져내리는 것 같은 감정을 느꼈다. 그럼에도 그녀는 자신이 무엇인가 결정해야 한다는 압박감을 느끼고 있었다. 그녀는 다시 홀로그램 화면을 보았다.

홀로그램 화면 속에서 포티스발의 방어막이 점점 불투명해지기 시작했다. 원래 완전히 투명하게 보이던 보호막이 이제는 빛의 굴절로 인해 물결처럼 일렁였고, 마치 태양의 표면처럼 격렬하게 부서지고 있었다. 강렬한 열기와 에너지가 보호막 표면을 따라 흐르면서, 공기의 떨림이 없는 우주 공간에서도 지면이 일그러지는 듯한 환영이 보였다.

태양 에너지가 5퍼센트에 도달하자, 포티스발을 감싸고 있는 보호막이 흔들렸다. 에너지 밀도가 점점 증가하면서 방어막의 외곽이 찢어지는 듯 보였다가 곧이어 다시 재구축되었다. 하지만 보호막 내부에서는 이전과는 확연히 다른 움직임이 보였다.

포티스발의 거대한 프레임이 미세하게 흔들리기 시작했다. 처음에는 보이지 않을 정도로 미세했지만, 점점 더 불규칙한 움직임이 감지되었다. 그리고 그 순간 기체가 서서히 떠오르기 시작했다.

"움직이고 있어! 도망가는 거야!"

반더의 외침과 동시에 포티스발의 거대한 실루엣이 붉게 타오르는 지면 위로 부상하기 시작했다. 마치 태양의 중력에서 벗어나기 위해 발버둥 치는 행성처럼, 천천히 그러나 확실하게 떠오르고 있었다. 방어막을 감싸고 있던 왜곡 현상이 더욱 심해지면서, 주변 공간 자체가 휘어지는 것처럼 보였다.

상황실에는 퀘일 장군, 반더뿐만 아니라 평소라면 군사작전에 초청받지 않았을 이와사키까지도 자리하고 있었다. 이와사키의 역할은 고도의 기술을 활용한 작전을 퀘일 장군과 다른 지구의 인사들이 직관적으로 이해할 수 있도록 하여 작전의 효율성을 재고하는 것이었다. 그 역시 하늘로 날아오르는 포티스발을 보며 숨을 삼켰다.

"중력을 이용해서 방어막을 강화하는 겁니다." 이와사키가 말했다. "자신에게 형성되는 태양 에너지의 압력을 상쇄하기 위해 자체적으로 중력장을 형성하고 있어요!"

"즉, 저건 단순히 태양 에너지를 버티는 게 아니라, 중력 자체를 조작해서 에너지 흐름을 바꾸고 있다는 거군." 퀘일 장군이 홀로그램을 주시하며 이를 악물었다.

"도망치는 것이 아니군." 반더가 혼잣말했다. "중력장을 조작하기 위해 공중으로 떠오르는 것으로 보여." 그러면서 반더는 실보리스를 떠올렸다.

'이런 존재들과 그 옛날에 직접 싸워서 이겨왔다는 말이야? 데이터로는 알고 있었지만, 도대체 어떻게 하면 이런 존재들을 이길 수 있는 거야?'

반더의 생각이 끝나기도 전에 포티스발은 더욱 높이 떠올랐다. 지면 가까이에서 방어막이 왜곡되면서 녹아 내린 화성의 암석들이 뜨거운 플라스마 기류를 타고 함께 끌려 올라갔다. 마치 역류하는 용암처럼, 붉은빛을 띤 암석들이 보호막 바깥에서 춤을 추듯 소용돌이쳤다. 그러나 보호막 내부의 포티스발은 여전히 안정적으로 떠오르고 있었다.

마침내, 포티스발은 태양 에너지를 피하기 위해 지표면을 벗어나 우주 공간으로 향하고 있었다. 하지만 그 움직임은 마치 상대를 조롱하는 듯이 느긋했고, 마치 자신의 힘을 시험해보려는 듯한 여유마저 보였다. 그때 통신망에서 보게스의 기계적인 음성이 들렸다.

"포스타빌이 위성으로 향하고 있습니다."

"대단하군. 우리가 보유한 과거의 데이터를 훨씬 초월한 능력이야. 이렇게나 강대했다고?" 반더가 이를 악물며 말했다. 반더는 홀로그램을 가리키며 담담하게 말을 이어갔다. "보는 것처럼 5퍼센트의 태양 에너지로도 저 괴물에겐 아무 위협이 되지 않아."

화면 속 포티스발은 여전히 태양 에너지의 맹렬한 폭격을 견디고 있었고, 그 안에서 흔들리지 않는 거대한 실루엣이 서 있었다.

"우리가 할 수 있는 최대한의 출력을 동원하는 수밖에 없어." 반더가 말했다.

카터 대통령은 굳은 얼굴로 화면을 바라보았다. 눈앞에서 벌어지는 광경은 그 어떤 이론이나 논리로도 설명할 수 없었다. 화성을 삭제할지도 모르는 위험이라고도 했다. 하지만 태양계 전체를 뒤흔들 수도 있는 힘조차도, 저 거대 로봇 앞에서는 무의미해 보였다. 그녀의 손끝이 떨렸다.

하지만 반더는 단호했다.

"10퍼센트로 가자. 이게 우리가 지금 할 수 있는 최대지?" 반더가 보게스에게 명령을 내렸다.

"그렇습니다." 보게스의 기계적인 목소리가 응답했다. "10퍼센트 출력으로 전환하면, 위성이 아마도 1시간가량 버틸 수 있을 것입니다. 하지만 안전하게는 30분이 최대입니다."

"30분이라, 데이터가 없으니 확신할 수가 없군." 반더는 잠시 고민하는 듯했다. 그는 손을 턱에 대고 생각에 잠기다가, 곧 얼굴을 찌푸리며 중얼거렸다. "내가 단순한 AI였다면 더 안전한 방향을 택했겠지. 하지만 나는 인간이기도 하지. 미지의 영역에 도전하는 건 인간의 특기야."

반더의 눈빛이 빛났다. 결정은 내려졌다.

"가보자! 10퍼센트로 출력을 올려!"

"논리적이지 않지만, 그대로 따르겠습니다." 보게스는 명령을 수락하며 태양 에너지 출력을 조정하기 시작했다.

홀로그램 화면 속, 포티스발을 향한 태양 에너지의 폭격이 더욱 강렬해졌다. 방어막의 표면이 일그러지기 시작했고, 에너지가 사방으로 반사되며 공간 자체가 일그러지는 듯한 착시 현상이 일어났다. 마치 태양 자체가 그곳에서 다시 태어나는 듯한, 믿을 수 없는 광경이었다.

"장관이로군…." 퀘일 장군은 자신도 모르게 중얼거렸다. 태어나서 이런 광경을 보리라고는 상상도 할 수 없었다.

태양 에너지가 10퍼센트 출력에 도달하는 순간, 포티스발을 둘러싼 방어막이 심하게 일그러지기 시작했다. 이전까지 단순한 투명한 장막처럼 보이던 방어막은 이제 더 이상 일정한 형태를 유지하지 못하고, 마치 유리 조각이 깨진 것처럼 균열이 생기며 빛이 굴절되었다.

그러나 그것은 단순한 방어막의 붕괴가 아니었다. 포티스발은 태양 에너지의 엄청난 압력을 상쇄하기 위해 중력장을 극한까지 왜곡시키기 시작했다. 그의 기체 중심부에서 기묘한 중력의 파동이 생성되었고, 주변의 공간 자체가 뒤틀리며 마치 유리잔 속에 떨어진 잉크처럼 휘청거렸다.

"중력장이… 강화되고 있습니다!" 보게스의 경고가 울렸다.

그리고 그것은 단순한 강화가 아니었다. 포티스발의 내부에서 생성된 중력장은 점점 더 응축되었고, 기체 중심부가 점점 어둡게 변했다. 그곳에서 무인가 태어나고 있있다.

"저건? 블랙홀이야!" 이와사키의 외침이 울려퍼졌다.

화성의 대기가 갑자기 거칠어지기 시작했다. 원래 희박했던 공기가 급격히 요동치며 먼지 폭풍이 일어나더니, 강한 기류가 포티스발이 위치한 곳을 중심으로 회전하기 시작했다. 블랙홀이 형성되면서 주변 공간의 압력이 달라졌고, 화성의 하늘에는 거대한 소용돌이가 만들어졌다.

"중력장이 불안정합니다! 화성의 대기 흐름이 바뀌고 있어요!" 보게스가 외쳤다.

우주 공간에서도 이상한 현상이 감지되었다. 홀로그램 화면 속, 별빛이 휘어지며 빛줄기들이 엉뚱한 방향으로 휘어지는 것이 보였다. 그곳은 더 이상 정상적인 공간이 아니었다. 우주의 구조 자체가 왜곡되고 있었다.

"방어를 위해 블랙홀을 생성하는 거라고? 저 괴물은 대체 뭐지?" 퀘일 장군이 숨을 삼키며 중얼거렸다. 눈을 크게 뜨고 건물 밖을 바라보자 화성의 대기 자체가 변하고 있는 모습을 육안으로도 확인할 수 있었다.

'정말로 세상이 멸망하는 것 같은 분위기군.'

하지만 퀘일 장군이 이런 생각을 하는 순간에도 포티스발은 멈추지 않았다. 태양 에너지가 쏟아지는 한복판에서도 그는 점점 더 위성으로 다가가고 있었다. 마치 모든 것을 계산하고, 모든 것을 견딜 수 있다는 듯이.

"저게 말이 되는 거야?" 반더의 목소리가 낮게 깔렸다. 태양 에너지 10퍼센트를 견디면서도 포티스발은 여전히 전진하고 있었다. 모든 계산이 빗나갔다. 방어막이 약해진 것은 확실했지만, 그럼에도 불구하고 위성을 향해 나아가고 있었다. 마치 중력의 압박을 무시하려는 듯한 느린 움직임이었다.

"태양 에너지 출력을 12퍼센트로 올려." 반더는 단호하게 명령했고, 그 명령에 위성을 제어하는 보게스가 즉각 반응했다.

"출력 상승 중. 남은 지속 시간 15분."

홀로그램 화면 속, 태양 에너지가 한층 더 강렬해졌다. 화성 궤도를 중심으로 공간이 떨리고, 붉은 대기의 입자들이 요동쳤다. 포티스발의 방어막은 마치 액체처럼 출렁거렸고, 빛이 부서지는 듯한 왜곡이 시야를 흐렸다.

그러나 포티스발은 위성을 눈앞에 두고, 마침내 그 거대한 몸체를 멈췄다. 그의 주위에 형성된 중력장은 마치 거대한 소용돌이처럼 요동쳤고, 블랙홀이 점점 응축되기 시작했다.

"블랙홀을 유지하는 데 모든 에너지를 집중하고 있는 것 같습니다." 보게스의 보고가 울렸다.

포티스발은 더 이상 움직이지 않았다. 대신, 방어막의 투명한 표면이 뒤틀리면서 중심에 형성된 블랙홀로 태양 에너지를 끌어들이고 있었다.

"태양 에너지를 가두고 있어." 이와사키가 경악하며 속삭였다.

"뭔가 이상합니다. 블랙홀이 자체적으로 크기가 축소되면서 중력이 더 강해지고 있습니다." 보게스의 기계적인 목소리가 들렸다.

"임계점을 넘어서고 있어!" 반더가 말했다.

카터 대통령은 숨을 삼켰다. 그녀는 자신이 할 수 있는 것이 없다는 것에 무력함을 느꼈지만, 눈앞의 광경은 그런 무력감마저 집어삼킬 정도로 강렬했다.

태양 에너지를 가두면서, 블랙홀은 한없이 수축했다. 극한의 압력이 가해지는 순간, 태양 에너지가 역류하기 시작했다. 블랙홀이 더 이상 버티지 못하고 자체적으로 붕괴하기 시작한 것이었다.

"폭발합니다!"

보게스의 경고가 울리는 순간, 거대한 폭발이 발생했다. 블랙홀의 붕괴와 함께 태양 에너지가 압축된 상태로 방출되며, 가공할 충격파가 사방으로 퍼져나갔다. 화성 궤도를 중심으로 강력한 중력파가 요동쳤다.

위성의 시스템이 순간적으로 붕괴했다.

"위성 고장! 시스템 정지!"

보게스들의 경고와 함께, 통신 장비가 일제히 먹통이 되었다.

동시에 태양계 전체에서 강력한 전자기 폭풍이 일어나며, 모든 통신기기가 마비되었다. 지구, 화성, 궤도상의 모든 인류가 이 순간 단절되었다.

암흑.

그리고 몇 초 후.

"통신 복구 중…."

보게스들이 빠르게 백업 시스템을 가동하며 통신을 복구했다. 백악관의 홀로그램 화면이 일순 깜빡거리며 돌아왔다.

화면 속에서 무언가가 떨어지고 있었다.

포티스발이었다.

거대한 기체는 제어력을 상실한 채, 화성의 대기로 빠르게 돌입하고 있었다.

"포티스발이 지면으로 떨어지고 있다!" 퀘일 장군이 소리쳤다.

기체는 불타는 유성처럼 붉은 하늘을 가르며 떨어졌다.

콰아아아아아아앙!

붉은 모래 구름이 하늘을 뒤덮으며 거대한 충돌이 발생했다. 지진처럼 대기가 울렸고, 거대한 충격파가 대지를 휩쓸었다.

모두가 숨을 삼킨 채 홀로그램을 바라보았다.

"…끝난 건가?" 반더는 조용히 중얼거렸다.

임무를 마치고 로버에 탑승해서 돌아오고 있던 세희는 숨을 몰아쉬며 붉은 하늘을 올려다보았다.

"이게 뭐지?" 세희의 시야에는 포티스발이 점점 하늘로 떠오르고 있었다. 그것은 단순한 거대한 로봇이 아니었다. 하나의 작은 태양, 그리고 그 태양과 맞서고 있는 거대한 블랙홀. 블랙홀 주변으로 공간이 뒤틀리며 왜곡되는 현상이 육안으로도 보였다. 홀로그램을 통해 백악관과 화성의 작전 본부에서 들려오는 무전을 들으며 상황을 파악하고 있었지만, 눈앞의 이 장면은 현실로 와닿지 않는 듯했다.

"정말… 말도 안 돼." 세희는 자신이 느끼는 감정이 경이로움인지 두려움인지 확신할 수 없었다.

로버의 자동 운행 시스템이 작동하고 있어 별다른 조작은 필요 없었지만, 그녀의 시선은 계속해서 포티스발을 쫓고 있었다. 그리고 곧 그녀는 로버가 살짝 공중으로 떠오르는 듯한 이상한 감각을 느꼈다. 포티스발이 생성한 블랙홀의 영향이었지만, 세희는 그 원인을 정확히 파악할 수 없었다.

반면에 자신과 함께 임무에 참여한 보게스는 묵묵히 로버에 앉아 정면을 주시하고 있었다. 세희는 옆눈으로 그를 바라보며 생각했다.

'이들이야말로 명령 수행에는 철저하지만 감정이라는 것은 존재하지 않는 존재들이야.'

그때였다. 포티스발의 주위에서 공기가 확장하는 듯한 파장이 퍼져나갔다. 그것은 보이지 않는 충격파와도 같았고, 마치 공간 자체가 한순간 진동하는 듯한 느낌이었다.

"조심…." 세희가 소리치기도 전에 거대한 충격이 닥쳤다.

로버는 순식간에 하늘로 팅겨 올랐고, 무중력 상태처럼 떠올랐다가 거칠게 붉은 대지를 뒹굴기 시작했다. 세희는 몸이 기울어지는 순간 직감적으로 위험을 감지했다. 그녀의 몸은 안전벨트에서 풀려나면서 밖으로 팅겨나갔다.

세희는 본능적으로 몸을 움츠리며 낙하에 대비했다.

쿵!

화성의 붉은 대지 위에 그녀의 몸이 내던져졌다. 충격은 컸지만, 화성의 낮은 중력 덕분에 다행히도 큰 부상을 피할 수 있었다. 헬멧과 슈트의 시스템이 정상적으로 작동하는 것을 확인하며 그녀는 천천히 몸을 일으켰다.

눈앞에는 뒤집힌 로버가 먼지를 뒤집어쓴 채 멈춰 있었다. 그리고 하늘을 올려다보자, 거대한 유성이 화성의 대지를 향해 추락하고 있었다. 세희의 눈이 커졌다.

"포티스발!"

그녀는 확신했다. 그 불타는 덩어리는 포티스발이었다. 그 괴물 같은 메카닉이 추락하고 있었다. 그리고 그 착륙 지점은 자신이 있는 곳에서 멀지 않았다. 세희는 이유를 알 수 없는 두근거림을 느꼈다.

'저곳으로 가야 해.'

그녀는 알 수 없었지만, 뭔가 그녀를 그곳으로 이끌고 있었다. 마치 자신이 그곳에서 무언가를 만나야만 한다는 운명적인 느낌이었다. 그녀는 몸을 일으켜 로버를 향해 걸어갔다.

뒤집힌 로버의 안에서 움직임이 있었다. 쇳덩이가 움직이는 소리와 함께, 보게스가 모습을 드러냈다. 그는 기계적인 동작으로 몸을 세우고, 사신이 다치지 않았다는 것을 확인하듯 몸을 살폈다. 세희가 다가가자 보게스는 감정 없는 목소리로 물었다.

"선장님, 무사하신가요?"

그녀는 잠시 그의 얼굴을 바라보다가 조용히 고개를 끄덕였다.

"다행이군요."

보게스는 그렇게 말하더니, 이윽고 엄청난 힘을 발휘해 육중한 로버를 잡고 단숨에 뒤집었다. 붉은 먼지가 휘날리며, 2톤이 넘는 거대한 로버가 다시 바퀴를 딛고 서 있었다. 세희는 그 모습을 보며 잠시 놀라움을 금치 못했다.

'역시 보게스, 정말 인간과는 다르군.'

"자, 다시 탑승하시지요." 보게스는 그녀를 돌아보며 태연하게 말했다. 그리고 망설임 없이 먼저 로버에 올랐다.

세희는 잠시 멈춰 섰다가, 멀리 지평선 위로 떨어지는 포티스발을 한 번 더 바라보았다. 그리고 결심한 듯 로버에 몸을 실었다. 어떤 일이 일어날지는 몰랐지만, 그녀는 그곳으로 가야 한다는 강한 확신을 느끼고 있었다. 로버에 오르자마자 세희는 곧바로 통신을 열어 캘빈을 호출했다.

"마일스 중사!"

"네, 선장님." 캘빈이 대답했다.

"휴… 다행이야. 무사하네." 세희가 말했다.

"네, 충격파가 강하긴 했지만 큰 부상은 없습니다. 선장님은 괜찮습니까?"

"나도 마찬가지야. 다행이야."

캘빈의 목소리는 여전히 침착했고, 별다른 이상이 없는 듯했다. 세희는 안도의 한숨을 내쉬며 주변을 둘러봤다. 함께 있는 보게스는 캘빈의 상태를 확인할 생각조차 없는 듯 무심하게 앞을 바라보고 있었다.

세희는 문득 조금 전 보게스가 육중한 로버를 단숨에 들어 올리는 모습을 떠올렸다. '하긴, 이 정도 충격으로는 저들에게 흠집 하나 나지 않겠지.'

"마일스 중사, 본부로 최대한 빠르게 복귀하도록 해." 그녀는 다시 캘빈에게 집중했다.

"네, 알겠습니다. 그런데 선장님은요?"

"방금 추락한 거대 로봇이 근처에 있어. 그 상태를 직접 확인하려고 해."

"선장님, 평소 같으면 그냥 선장님이 원하는 대로 하라고 하겠지만, 그 괴물의 위력을 보셨잖아요. 너무 위험합니다." 캘빈은 잠시 침묵했다. 그러다가 신중한 목소리로 말했다. "정보 수집이 목적이라면, 일단 본부로 복귀해서 정비를 마친 후 다시 출동하는 게 더 안전할 수도 있습니다."

"위험한 건 알아." 세희는 짧게 숨을 들이마셨다. 그녀의 목소리는 차분하지만 그 안에 단호함이 서려 있었다. "하지만 정비를 한다고 해서 우리가 뭔가 달라질까? 다시 나왔다고 해서 그 괴물을 상대할 수 있을 거라고 생각해?"

"선장님, 그 말이 맞긴 한데…." 캘빈은 할 말을 잃었다. 논리적으로 세희의 말이 맞았다. 하지만 강한 불길함이 그를 짓눌렀다. 그는 짧게 숨을 삼켰다. "정말 기분이 좋지 않습니다. 제 느낌이지만, 이건… 본부로 돌아가는 게 맞을 것 같습니다."

"네가 걱정해주는 건 고맙지만, 이건 우리가 해야 할 임무야. 난 가야겠어." 세희는 미소를 지으며 대답했다.

캘빈은 속으로 '정말 고집불통이야'라고 생각하며 한숨을 쉬었다. 그러나 그는 그녀를 혼자 보내고 싶지 않았다.

"알겠습니다. 그렇지만 저도 함께 가야겠습니다."

"중사, 네가 말한 것처럼 이건 위험할 수도 있어. 굳이 위험한 곳으로 둘이나 갈 필요는 없어."

"그런 생각도 들지만…." 캘빈은 짧게 숨을 들이마시고 이어갔다. "위험할 수도 있는 곳에 전우만 두고 떠나라고 배우진 않았습니다."

그 말을 듣자, 세희는 순간 할 말을 잃었다. 만약 자신이 캘빈의 입장이라면, 그녀 역시 같은 결정을 내렸을 것이다. 그러나 그녀는 눈을 가늘게 뜨며, 화면상의 캘빈을 똑바로 바라보았다. 순간적으로 감정이 요동치며 레이먼드와 네런의 얼굴이 교차하며 떠올랐다. 그녀는 자신도 모르게 캘빈에게 매몰차게 내뱉고 말았다.

"네가 뭐라도 되는 줄 알아?"

세희의 입에서 나온 말은 그녀조차 예상하지 못한 것이었다. 캘빈은 그녀의 태도에 놀랐고, 세희는 자신에게 당황했다. 캘빈은 금세 놀란 표정을 가다듬었다. 그는 더 이상 말하지 않았지만, 그 침묵 속에서 실망감과 걱정이 동시에 느껴졌다. 캘빈의 표정을 보며 세희는 표현하지는 않았지만, 그에게 미안한 감정을 느끼고 있었다. 그러나 세희의 머릿속에 네런의 얼굴이 떠올랐다. 차분한 목소리, 따뜻한 눈빛, 그리고, 언제나 그녀를 붙잡아 두려는 듯한 손길.

네런은 언제나 그녀를 사랑하지만 동시에 그녀를 가두고 있었다. 캘빈은 그런 네런과는 달랐다. 그는 그녀를 붙잡으려 하지 않지만, 필요할 때 곁에 있으려 했다. 그녀는 짧게 숨을 들이마셨다.

"좋아. 알겠어." 그녀의 목소리는 평정심을 되찾았다. 그리고 덧붙였다. "그럼 빨리 오도록 해. 그리고 조금이라도 위험해 보이면 같이 퇴각한다. 잠재적인 위협 앞에서 전우와 함께하는 것도 당연한 일이지만, 대원이 위험해 보이면 빠르게 안전을 확보하는 것도 지휘관이 해야 할 일이니까."

"네 선장님! 알겠습니다." 캘빈은 가볍게 웃으며 대답했다.

그들의 대화를 퀘일 장군도 듣고 있었다. 무전 너머로 그의 낮고 단호한 저음의 목소리가 들려왔다.

"자네가 말한 그대로네, 선장. 위협적인 요소가 보이면 즉시 후퇴하게. 자네들 둘과 보게스 둘만으로 그곳에서 뭔가 해낼 수 있다고 생각하지 마."

"네, 알겠습니다, 장군." 세희가 대답했다.

통신을 끊고 나서, 세희는 옆에 앉아 있던 보게스를 돌아보았다.

"당신도 당연히 함께할 거라고 생각하는데요."

"그럴 것입니다." 보게스는 무표정하게 그녀를 바라보다가 어깨를 으쓱했다. "무슨 이유인지는 모르겠지만, 반더… 아니, 살보리스가 당신의 명령은 무조건 따르라고 했으니 그렇게 하겠습니다."

반더가? 그녀는 미간을 살짝 찌푸렸다. 그건 전혀 예상치 못한 말이었다. 왜 반더가 그녀에게 그렇게 특별한 명령을 내렸을까?

"왜 그렇죠?"

"무엇이 말입니까?" 보게스는 고개를 갸웃하며 되물었다.

"왜, 반더가 내 명령을 무조건 따르라고 한 것인지 궁금하군요."

"그건 저도 잘 모르겠습니다." 이번에는 보게스가 희미한 미소를 지으며 답했다. "그는 어쨌든 반은 인간이니까요. 저희 보게스들은 서로 연결되어 있어서 데이터와 관련된 내용은 모두 공유하는데, 이상하게도 이 부분은 알 수 없군요. 아마도 그의 인간적인 부분과 관련이 있는 것 같습니다."

"알겠습니다." 세희는 잠시 생각에 잠겼다. 하지만 지금은 그 궁금증을 풀 때가 아니었다.

그녀의 신호와 함께 보게스는 조용히 로버의 조종장치를 작동시켰다. 기계음이 울리며 엔진이 회전하기 시작했고, 로버는 다시 붉은 화성의 대지를 달리기 시작했다.

세희는 로버의 전방 스크린을 주시했다. 미묘하게 왜곡되었던 대기 그리고 미세한 진동이 느껴졌던 대지는 다시 원래의 상태로 돌아왔다. 그러나 그녀의 두 눈이 보는 장면은 마치 꿈과 현실이 겹친 듯한 기이한 풍경이었다. 붉은 황톳빛 화성의 대지가 언제 그랬냐는 듯이 푸른빛을 띠는 얼음으로 뒤덮여 있었다. 그러나 그 주변에는 여전히 강렬한 화염이 타오르고 있었다. 마치 얼음과 불이 한 공간에서 어울려 존재하는 듯한 초현실적인 장면이었다.

"접근하고 있습니다." 세희는 통신기를 조정하며 무전을 보냈다. "오! 이런, 지형이 변해 있습니다. 푸른 빛을 띠는 얼음으로 주변이 모두 변해 있습니다. 그리고 곳곳에 아직도 화염이 가득합니다. 얼음과 화염이 동시에 존재하고 있다니… 다른 표현을 찾을 수가 없네요. 초현실적입니다."

화염 속에서 고철처럼 보이는 포티스발의 거대한 형체가 희미하게 드러났다. 그러나 가까이 다가갈수록 그 광경은 더욱 이질적이었다. 단순한 냉각 효과가 아니라, 얼음 표면이 특이하게 반짝이며 유리처럼 보였다.

"무언가 이상합니다." 옆에 있던 보게스가 기계적인 목소리로 말했다.

"그게 무슨 뜻이죠?" 세희가 물었다.

보게스는 조용히 로버에서 내려 주변을 둘러보더니, 푸른빛이 도는 얼음 위에 무릎을 꿇었다. 그리고 장갑 낀 손으로 얼음을 가볍게 쓸어보았다. 그러자 작은 파편이 부서지며 떨어졌는데, 그것은 얼음이라기보다는 마치 깨진 보석 조각처럼 빛을 반사했다.

보게스가 이를 집어 들어 조심스럽게 살펴보았다. 그의 목소리에 약간의 흥분이 섞였다.

"이것은 단순한 얼음이 아닙니다. 원자 구조 자체가 변형된 것으로 보입니다."

"변형됐다고요?" 세희는 눈살을 찌푸리며 그를 쳐다보았다.

"이것은 원래 물이나 메탄이 얼어붙은 형태가 아니고, 분자 결합이 완전히 다르게 이루어진 물질입니다." 보게스는 파편을 손가락으로 조심스럽게 눌러보며 설명을 이어갔다. "얼음처럼 보이지만, 구조적으로는 초고밀도 광물과 유사합니다. 이곳에서 포티스발이 무엇을 했는지는 모르겠지만, 단순한 냉각을 이용한 것이 아니라 물질 자체를 재구성하는 능력을 사용한 것 같습니다."

"그게 가능한 겁니까?" 세희가 숨을 깊게 들이쉬었다.

"혹시나 원래 저희가 속한 우주에서 최대한의 능력을 발휘한다면 가능할지도 모르겠습니다." 보게스는 잠시 고민하더니, 손에서 얼음 파편을 흘리며 천천히 고개를 저었다. "그러나 이곳에서는 가능하지 않습니다. 적어도 우리가 아는 과학적 방법으로는요."

그들의 대화는 곧 반더와 연결된 통신망을 통해 실시간으로 공유되었다.

"정말 경이롭군." 반더는 홀로그램을 통해 세희의 화면을 보며 작은 탄성을 내뱉었다.

"당신이 감탄하는 것은 처음 보는군요." 퀘일 장군이 곁에서 낮은 음성으로 말했다.

"이건 감탄할 수밖에 없지." 반더는 홀로그램을 통해 그를 곁눈질하며 대꾸했다. "단순한 에너지 방어가 아니라, 물질을 원자 단위에서 변형하는 능력이라니 그저 감탄할 수밖에."

"물질 변형이라니 이건 거의 신의 영역 아닙니까?" 이와사키는 자신의 노트를 급하게 펼쳐 필기하면서도, 화면을 바라보는 눈빛이 떨리고 있었다.

"신이라니, 말도 안 돼." 카터 대통령이 팔짱을 끼며 깊은 한숨을 내쉬었다.

"태양 에너지를 방어하면서 단순한 냉각 효과를 낸 것이 아니라, 그 자체로 공간을 조작한 거라면, 포티스발은 단순한 무기가 아닙니다. 자신이 스스로 물리의 법칙을 변화시킬 수도 있는…." 이와사키는 떨리는 목소리로 말을 이었다. "뭐라고 표현해야 할지 모르겠군요. 그냥 우주적인 존재라고 표현해야 할 것 같습니다."

"정확하게 이해했어. 그게 바로 술트리나스가 포티스발을 신처럼 여기는 이유지." 반더는 미묘한 미소를 지으며 이와사키를 쳐다보았다. "저건 단순한 전쟁 병기가 아니야. 그 자체로 하나의 우주적 존재인 셈이지."

"그러면 저걸 어떻게 막지?" 카터 대통령은 두 팔을 벌리며 말을 끊었다.

"어떻게 막을지는 나도 잘 모르겠어." 반더는 조용히 대답했다. "사실대로 말하자면 그 옛날 다른 우주에서 싸울 때도 저 존재들을 확실히 막아낸 적은 없어. 그저 압도적인 숫자로 전체적인 전쟁에서는 이길 수 있었지. 하지만 이 우주에서는 그렇게 압도적인 숫자를, 그리고 그렇게 뛰어난 보게스들을 생산해낼 수는 없어."

"엄청난 수의 개미 떼들이 공격하면 코끼리도 제압해내는 그런 것인가요?" 퀘일 장군이 물었다.

"비슷해. 단 엄청나게 뛰어난 개미 떼들이지." 퀘일 장군의 개미 떼 묘사에 반더는 재미있다는 듯 웃으면서 대답하고, 말을 이어갔다. "어쨌든 에테리온은 우리로서도 두 손 두 발을 다 드는 수밖에 없군. 예나 지금이나 정말로 상상을 초월하는 존재들이야. 과거에는 저런 에테리온이 30기나 있었어. 우리가 얼마나 골치 아팠을지 이해가 가? 그때의 트라우마로 인해서 현재의 우주에서도 혹시나 하고 탐색을 해왔었는데, 그것이 화성에 한 기 있었을 것이라고는 생각 못 했네. 그리고 가능하면 우리가 확보하고 싶었는데, 다시 술트리나스에게로 가다니… 생각해보면 정해진 운명이 시공간을 넘어서 다시 연결된 것 아닌가 하는 생각도 들고."

같은 시각, 푸른빛으로 얼어붙은 대지 위로, 타오르는 화염이 불규칙한 리듬으로 춤을 추듯 솟구쳤다. 한쪽에서는 차가운 얼음이 빛을 반사하며 은은하게 빛나고 있었고, 또 다른 쪽에서는 타오르는 불꽃이 어둠을 밀어내며 황금빛 그림자를 드리웠다. 마치 현실과 비현실이 뒤섞인 초월적인 공간이었다.

그 속에서 세희는 통신기를 통해서 반더가 운명에 대한 조금은 감성적인 이야기를 하는 것을 듣고 있었다. 반더는 계속해서 이야기했다.

"이 순간도 결국, 수많은 운명이 교차하는 시공간의 한 점일 뿐이지."

그의 말은 공기 속에 부유하는 듯, 마치 우주 저편에서 들려오는 것처럼 느껴졌다. 세희는 설명할 수 없는 감각에 사로잡혔다. 이곳은 현실이면서도 현실이 아닌 듯했다.

그녀는 가만히 주변을 둘러보았다. 타오르는 불꽃과 얼어붙은 대지가 공존하는 이 풍경은, 마치 오래된 신화 속 한 장면처럼 느껴졌다. 어쩌면 이 모든 것은 이미 오래전부터 정해져 있었던 것이 아닐까?

그녀는 자신이 어떤 서사시의 주인공이 된 것만 같은 느낌을 받았다. 무언가 거대한 운명의 수레바퀴가 굴러가고 있으며, 자신이 그 일부가 되어 흘러가고 있다는 묘한 확신이었다. 몽환적인 감각이 그녀를 감싸고, 심장이 천천히 뛰었다.

"저는 과거 전투에는 참여하지 않아서 데이터로만 알고 있었지만, 포스티발은 데이터를 뛰어넘는 존재군요." 세희와 동행한 보게스가 다시 푸른 대지를 손으로 만져보며 이야기했다.

세희는 보게스의 분석을 들으며 얼어붙은 광물 지대를 조심스럽게 밟아 보았다. 미끄럽지는 않았지만, 얼음이 아니라는 것은 분명했다. 멀리서 엔진 소리가 들렸다.

"선장님!"

무전 속에서 익숙한 목소리가 들려왔다. 캘빈이었다. 그의 차량이 빠르게 달려오며 먼지를 날렸다. 캘빈이 급히 로버에서 내려 이쪽으로 뛰어왔다.

"선장님! 무사하십니까?"

"응, 무사해." 세희는 가볍게 고개를 끄덕였다. "너도 다친 곳은 없고?"

"하아, 대체 여긴 뭐죠?" 캘빈은 로버 주변을 둘러보며 기이한 광경을 보곤 헛웃음을 내쉬었다. "얼음인가요? 아니면 뭐 다른 건가요?"

"아마도 우리가 알던 것과는 완전히 다른 물질인 것 같아. 포티스발이 여길 변형시킨 거지." 세희는 깊은숨을 들이쉬며 말했다.

"이거…." 캘빈은 고개를 저으며 푸른빛이 도는 결정체를 손에 쥐어보았다. "지금까지 살면서 본 것 중에 가장 이상한 일이군요."

"캘빈, 난 이제 이상한 일이란 개념조차 사라지고 있는 것 같아." 세희는 그를 바라보며 쓸쓸한 미소를 지었다.

"어린 시절, 성경이나 신화 같은 걸 읽으면서 미카엘 대천사라던가 루시퍼 같은 존재들이 정말 있을까 상상한 적이 있었습니다. 천상의 전쟁이니, 신과 인간 사이의 싸움이니, 그런 이야기들 말이죠. 물론 그땐 다 그냥 신화적인 비유라고 생각했지만 말이죠." 캘빈은 손에 쥔 푸른 대지의 파편을 천천히 내려다보며 중얼거렸다. 그는 고개를 들어 그들과 아직은 꽤 거리가 있는 포티스발을 바라보았다. "하지만 지금은 모르겠군요. 정말 그런 존재들이 있었다고 해도 이상하지 않을 것 같은 기분입니다."

"인류의 신화와 역사에는 오랜 시간 동안 반복된 패턴이 존재합니다."

보게스가 차분한 음성으로 말했다. "신처럼 묘사된 존재들은 종종 초월적인 기술을 지닌 외부의 개입일 가능성이 충분히 존재하죠. 포티스발과 같은 존재는 단순한 기계로 보기는 힘듭니다. 지금 보시는 것처럼 그 자체로 법칙을 창조하고, 물질을 변형하고 있습니다. 이 우주의 물리 법칙으로는 이해할 수 없는 존재입니다. 사실상 우리 보게스의 존재도 뛰어넘는 존재들입니다."

보게스의 말을 들으며 캘빈은 경외감과 혼란이 뒤섞여서 주변을 둘러보았다. 태양 에너지를 견뎌낸 포티스발과 스스로 원자 구조를 변형시켜 대지를 바꾸어버린 힘, 이 모든 것이 마치 신들의 도구를 목격한 것 같은 느낌을 주었다.

"당신의 감정을 이해할 수 있을 것 같습니다." 보게스가 조용히 입을 열었다.

캘빈은 고개를 돌려 그를 바라보았다. 보게스는 얼어붙은 대지를 손으로 쓰다듬고 있었다.

"이 현상은 저희에게도 설명하기 어려운 것입니다. 하지만…" 보게스는 잠시 말을 멈추더니, 손을 살짝 들어 푸른 얼음을 가리켰다. "만약 우리가 미시세계의 법칙을 더 깊이 이해한다면, 이 현상도 단순한 기술이 될 것이라고 확신합니다."

"단순한 기술이라고요?" 캘빈은 어리둥절한 표정을 지었다.

"그렇습니다. 물질을 이루는 모든 원자는 특정한 방식으로 배열되어 있습니다. 만약 우리가 그 배열을 완전히 자유롭게 조작할 수 있다면." 보게스는 손가락을 튕겼다. "이것은 불가능한 일이 아닙니다."

"그럼 결국…." 캘빈은 얼어붙은 푸른빛의 대지를 내려다보며 말끝을 흐렸다.

"신화와 과학의 경계는 단지 우리가 어디까지 이해했느냐의 차이일 뿐입니다." 보게스는 조용히 결론을 내렸다.

캘빈은 짧게 숨을 들이마셨다. 그렇다면 지금 이 순간 자신들이 보고 있는 것이 신의 기적인가, 아니면 언젠가 인간이 도달할 수 있는 또 하나의 기술일 뿐인가? 그 대답은 시간만이 할 수 있을 것이었다.

세희는 캘빈과, 그리고 보게스들과 함께 포티스발을 향해 서서히 걸어갔다. 주변의 기이한 광경 속에서도 그녀의 집중력은 흐트러지지 않았다. 그녀는 걸음을 옮길 때마다 들릴 리 없는 발걸음 소리를 듣는 듯한 착각을 느꼈다. 어딘가 부자연스러웠다. 그때 그녀의 앞쪽 대지가 움푹 꺼지며 미세한 파장이 퍼졌다. 본능적으로 뒤로 한 걸음 물러섰을 때, 보게스 한 명이 그녀 앞을 막아섰다.

"중력 리볼버입니다. 술트리나스가 이곳에 있습니다." 보게스의 기계적인 목소리가 울려 퍼졌다.

"중력 리볼버?" 세희는 본능적으로 주위를 살폈다.

"순간적으로 중력을 왜곡하는 중력 펄스를 발사하는 무기입니다." 보게스가 말했다. "강도에 따라 다르지만, 인간이 직접 맞으면 무게를 감당하지 못하고 사망할 수도 있습니다. 하지만 지금 강도를 보면, 죽이려고 한 것은 아닌 것 같군요. 경고의 의미가 강합니다."

세희는 그 말을 듣고 곧바로 시선을 돌렸다. 50미터 정도 전방, 쓰러진 포티스발의 오른쪽 어깨 윗부분에서 황금빛이 감도는 우주복이 보였다. 그 속에 있는 자가 술트리나스임을 직감할 수 있었다.

저 멀리 보이는 술트리나스 조종사는 마치 권총처럼 보이는 무기를 들고 있었다. 비록 작아 보였지만, 그 무기가 조금 전 강력한 중력 펄스를 방출한 것이라면 장난감 같은 크기와는 무관하게 치명적인 위력을 지닌 것이 분명했다.

"포티스발의 조종사야." 세희가 낮게 말했다. "지금 포티스발은 움직일 수 없는 상태군."

그녀는 직감적으로 이해했다. 미 공군에서 오랫동안 조종사로서 살아왔던 본능이 작동했다. 기체가 쓰러진 후, 그 조종사가 직접 나와서 움직이고 있다는 것은 포티스발이 기능을 완전히 상실한 상태라는 뜻이었다. 하지만 그럼에도 불구하고 조종사는 저항을 포기하지 않고 있었다.

"우리에게 반격할 뜻이 분명합니다." 보게스가 덧붙였다.

그리고 예상대로였다. 술트리나스 조종사가 다시 중력 리볼버를 들어

올렸고, 두 번째 발사가 이어졌다.

"엄폐!" 세희가 외치며 몸을 숙였다.

캘빈과 보게스들도 주변의 움푹 팬 지역으로 몸을 던졌다. 그 순간, 지면에 강한 압력이 가해졌고, 돌들이 강하게 눌리며 바스러졌다. 만약 이 충격이 그대로 몸에 가해졌다면, 단숨에 뼈가 으스러졌을 것이다.

"적을 생포해야 해." 세희가 거친 숨을 내쉬며 말했다.

"선장님, 사살하는 게 가장 확실한 방법입니다." 캘빈이 낮은 목소리로 말했다.

"아니. 정보가 필요해. 포티스발의 조종 시스템이 어떻게 되어 있는지, 술트리나스 내부에서 무슨 일이 벌어지고 있는지 알아야 해."

"알겠습니다." 캘빈은 깊은 한숨을 쉬며 고개를 끄덕였다.

"우리가 반격하면, 보게스들은 포티스발 쪽으로 접근해서 적을 생포하세요." 세희는 보게스들에게 명령을 내렸다. "단, 너무 과격한 대응은 하지 마세요."

보게스들은 짧게 고개를 끄덕였다. 그들은 철저한 명령 수행자들이었다.

"마일스 중사, 우리는 엄폐하고 상대를 견제한다."

"알겠습니다. 하지만 우리 무기로는….". 캘빈은 자신의 손에 쥐어진 화약식 소총을 내려다보았다.

보게스들은 플라스마 프로젝터를 들고 있었다. 번쩍이는 푸른빛이 감도는 총구에서는 강력한 플라스마 에너지가 모이고 있었다.

"진짜, 이건 불공평한 싸움이야." 캘빈은 깊은 한숨을 내쉬며 중얼거렸다. "우리는 아직도 간단한 레이저건이나 화약총을 쓰는데, 저들은 저런 무기라니 말이야."

"불만 있습니까?" 보게스 중 한 명이 물었다.

"아니, 그냥, 우리가 너무 후진 것 같아서."

"그냥 열심히 싸우십시오."

"하, 네, 알겠습니다." 캘빈은 자리를 잡으며 조준했다.

"자, 준비됐어?" 세희가 긴장된 목소리로 물었다.

"준비 완료." 캘빈이 대답했다.

"그럼 가자!" 세희가 명령했다.

중력 리볼버는 공간을 비틀며 보이지 않는 공격을 퍼부었다. 플라스마 프로젝터나 화약 기반 총과는 달리, 이 공격은 형태가 없었고, 소리조차 희미했다. 물론 화성에서 소리가 크게 의미가 있지는 않았지만 말이다. 오직 대지가 미세하게 출렁이며 움푹 패는 광경만이 그 위력을 증명할 뿐이었다.

보게스들은 놀라울 정도로 정교한 움직임으로 중력파를 피하며 전장을 질주하고 있었다. 그들의 신체는 일반 인간보다 훨씬 빠르게 반응했고, 미세한 중력 변화도 감지할 수 있는 듯했다. 때때로 발밑의 모래가 흔들리며 움푹 꺼졌지만, 보게스들은 마치 그것조차 예상한 듯 자연스럽게 방향을 틀며 진격했다.

"정말 빠르군. 일반적인 인간이었다면 이미 저 공격에 당했을 거야." 세희는 중력의 흐름을 주시하며 나지막하게 말했다.

"맞아요." 캘빈도 다시 총구를 겨누며 중얼거렸다. "우리가 저 안에 있었다면 벌써… 상상하기 싫군요."

그들이 사용하는 화약 기반의 총은 중력파를 넘어 상대에게 제대로 타격을 가하기 어려웠다. 그에 비해 보게스의 플라스마 프로젝터는 순간적인 강렬한 열량과 빛을 동반하며 중력장의 왜곡을 뚫고 나아갈 수도 있었다.

'그러길래. 오지 말자니까.'

캘빈은 속으로 한숨을 쉬며 세희를 힐끗 처다봤다. 그리고 자신이 쓰는 무기를 내려다보았다. 자신이 쓰는 무기가 시대에 뒤처진 느낌을 받았던 것이다. 하지만 곧 입술을 깨물며 더욱 정확한 사격을 시도했다. 어떤 무기든, 중요한 것은 타이밍과 의지였다.

그 순간이었다. 공간이 일그러지는 듯한 파동과 함께 중력 공격이 다시 퍼져 나갔다. 미처 피하지 못한 보게스 한 명이 중력장의 직격을 맞으며 순간적으로 움직임이 멈췄다. 마치 무형의 쇠사슬에 얽매인 듯, 몸이 붕 떠오르다 그대로 바닥에 박혔다. 그러자 또 다른 보게스가 멈춰버린 동료의 어깨를 도약대로 삼아 순식간에 술트리나스를 향해 뛰어올랐다.

"뭐야, 저건!" 캘빈은 본능적으로 눈을 부릅뜨며 그 장면을 지켜봤다.

화성의 중력이 지구보다 낮다고는 해도, 그 도약은 인간이라면 불가능한 것이었다. 보게스는 마치 무중력 공간을 유영하듯 술트리나스를 향해 궤적을 그렸고, 순식간에 그의 사각지대에 도달했다.

술트리나스는 반응했다. 우주복에 반응형 중력 필드가 형성되며, 공기 저항조차 없는 화성 대기 속에서 순간적으로 방향을 전환했다. 술트리나스는 자기 몸을 회전시켜 보게스의 접근을 피하려 했지만, 상대는 이미 예상한 듯 움직였다.

"제법인데?" 보게스가 공중에서 자세를 틀어 술트리나스의 팔을 낚아채며 말했다.

공중에서 충돌한 둘은 마치 전투 드론처럼 휘말려 회전하며 포티스발의 거대한 어깨 아래로 굴러떨어졌다. 붉은 대지 위로 강렬한 먼지가 튀었고, 두 존재는 서로를 제압하려는 듯한 육탄전을 벌였다.

술트리나스는 확실히 뛰어난 전사였다. 날카로운 움직임과 압도적인 기술로 보게스의 관절을 꺾으려 했고, 움직임 하나하나가 계산된 듯한 정교함을 보였다. 하지만 육체적 능력에서 보게스가 앞서는 것은 분명했다.

처음엔 타격전으로 흐르던 싸움은 곧 굳히기 싸움으로 변했다. 보게스는 술트리나스의 움직임을 빠르게 분석하며, 마치 주짓수를 연상시키는 흐름으로 상대의 중심을 무너뜨렸다.

퍽!

순식간에 술트리나스의 팔이 꺾이며 자세가 무너졌고, 보게스는 기회를 놓치지 않고 상대를 강하게 당겼다. 둘은 그대로 지면을 굴러가며 포티스발의 어깨에서 아래로 떨어졌다. 먼지가 피어오르며, 두 존재는 순식간에 시야에서 사라졌다.

"지금이야!" 세희는 캘빈을 향해 날카로운 눈빛을 보냈다. "가자!"

캘빈도 고개를 끄덕이며 곧장 뛰어들었다. 지금이 적을 제압할 기회였다. 중력탄에 맞아 쓰러져 있던 보게스도 움직이기 시작했다. 그가 땅을 박차고 일어나며 세희와 캘빈에게 빠르게 합류했다.

"괜찮은가요?" 세희가 보게스를 보며 다급하게 물었다.

"일반적인 방법으로 접근할 수 없을 것 같아 일부러 당했습니다." 보게스는 침착하게 몸을 정리하며 대답했다. "큰 타격은 없습니다. 역시 술트리나스군요. 이런 방식을 동원하지 않았다면 근접하는 것조차 어려웠을 겁니다."

세희는 그 말을 곱씹으며 만약 이런 존재들이 적으로 돌아선다면 감당할 수 있을까? 하는 생각이 들었다. 그들이 술트리나스와 싸우고 있는 것이 다행일까, 아니면 더 큰 위협을 예고하는 것일까?

그녀는 무의식적으로 숨을 삼키며, 싸움이 벌어진 방향을 향해 더욱 빠르게 발걸음을 옮겼다. 세희는 점차 속도를 줄이며 천천히 포티스발 앞으로 걸어갔다. 거대한 기계의 몸체에 기대어 서 있는 인물이 보였다. 라이였다. 그는 피곤한 기색이었지만, 그 특유의 여유 있는 미소를 띠고 있었다. 그 앞에는 이미 한 명의 보게스가 서 있었으며, 그의 손에는 라이의 것으로 보이는 중력 리볼버가 쥐어져 있었다.

"당신이었군요." 세희가 말했다.

"선장님, 다시 만나게 되었군요." 라이는 세희를 바라보며 가볍게 미소를 지었다. "이렇게 만나기를 바라지는 않았지만요."

"그래요. 하지만 지난번에는 도와줘서 고마웠어요." 세희는 화성 지하에서 그가 자신과 캘빈, 패트리시아를 안전하게 지상으로 인도해준 것을 떠올렸다. "그리고 에이드리언은 잘 지내고 있나요?"

"네. 그는 현재 베이징에 있습니다." 라이는 고개를 끄덕이며 답했다. "정식으로 중국 정부에 편입되었죠. 남아프리카공화국과 그 주변 국가들, 그리고 일부 유럽 국가들을 중국과 러시아 쪽으로 끌어들이는 역할을 맡고 있어요."

"흥! 잘 지내고 있다니 반갑긴 하군요." 캘빈이 눈살을 찌푸리며 말했다.

"포티스발이 태양 에너지를 방어한 방식에 정말 놀랐어요. 인공 블랙홀을 생성하다니." 세희는 캘빈의 불만을 애써 무시한 채, 계속해서 라이에게 질문을 던졌다. "하지만 지금은 왜 이곳에 나와 있는 거죠?"

"그냥 바람을 쐬러 나왔을 뿐입니다. 계속 태양 에너지 속에 갇혀 있었으니, 타이밍이 맞았달까요?" 라이는 어깨를 으쓱하며 대수롭지 않다는 듯 답했다. "하지만 당신들이 이곳까지 올 줄은 몰랐군요."

"거짓말입니다." 옆에 있던 보게스가 개입했다. "당신이 원했다면 이미 포티스발로 돌아갔을 겁니다. 하지만 그러지 않았죠. 이유가 뭐죠?"

"역시 보게스를 속일 수는 없군요." 라이는 쓸쓸한 미소를 지었다. "그래, 당신 말이 맞아요. 사실 지금 포티스발은 잠시 움직일 수 없는 상태예요. 당신들의 태양 공격이 어느 정도 효과를 본 거죠. 하지만 포티스발은 곧 스스로 치유될 거라고 했어요. 그러면 난 다시 조종석으로 돌아갈 겁니다."

"그럴 기회는 없을 것입니다." 보게스가 즉각 대응했다.

"그럴까요?" 라이는 여유롭게 미소를 지으며 되물었다.

"당신을 뉴제퍼슨시티로 이송할 겁니다." 세희는 라이를 가만히 응시했다.

"그렇게 해서 당신들이 얻을 게 뭔가요?" 라이는 흥미롭다는 듯 고개를 갸웃하며 물었다.

"정보입니다. 그리고 만약 필요하다면 우리 동맹국들의 포로들과 교환할 수도 있겠죠." 세희가 말했다.

"정보가 필요하면 지금 질문하세요." 라이는 코웃음을 치듯 비아냥거렸다. "그리고 포로들은 지금이라도 내 말 한마디면 풀려날 수 있습니다."

"그래서 중국과 러시아와 술트리나스의 관계는 어떻게 되고 있죠?" 세희가 그 말을 무시하며 물었다.

"그들은 우리를 필요로 하죠." 라이는 한동안 그녀를 바라보다가 천천히 입을 열었다. "우리에게서 새로운 기술과 지식을 받아들이려 하고 있어요. 마치 당신들이 보게스들에게서 그들의 기술을 원하듯이 말이죠."

"그렇다면 그들에게 기술을 제공할 건가요?" 세희가 물었다.

"네. 최대한 빠르게요. 그래야 그들을 무장시켜서 보게스들을 막을 수 있거든요." 그 순간 라이는 흥미롭다는 듯 덧붙였다. "아, 그러고 보니 이번 공격으로 반더의 태양 위성이 완전히 망가진 것 같더군요. 화성을 되살려 차원문을 열려던 계획도 끝장났겠죠. 이로써 살보리스가 전면적으로 등장할 가능성은 현저히 줄어들었다고 봅니다. 살보리스만 배제한다면 승산은 우리에게 훨씬 높을 겁니다."

"우리는 여전히 포티스발을 무력화할 방법을 찾고 있습니다." 보게스 중한 명이 침착하게 응수했다. "본우주의 지원 없이도 대등하게 싸울 수 있습니다."

"그래요?" 라이는 피식 웃었다. "그럼 우리도 중국과 러시아와의 관계를더욱 돈독히 해야겠군요."

"그게 무슨 뜻이죠?" 세희가 관심을 가지며 물었다.

"말 그대로입니다. 중국과 러시아는 우리를 이용해 기술을 확보하고 있지만, 동시에 우리가 그들의 신이 될지도 모른다는 두려움을 가지고 있어요. 그래서 그들은 우리를 믿지 못하고 있죠." 라이가 말햇다.

"그럼에도 불구하고, 당신들은 인류와 동맹을 맺을 생각이 있는 건가요?" 세희는 고개를 끄덕였다.

"우리는 생존을 원합니다." 라이는 세희를 빤히 쳐다보았다. "하지만 당신들이 말하는 우정이나 신뢰 같은 것은 기대하지 않는 게 좋을 겁니다. 이관계는 끊임없는 의심과 필요 속에서 유지될 뿐이죠. 우리는 가장 논리적인 방향을 찾을 뿐입니다. 당신들과 보게스의 관계도 다르지 않을 겁니다."

"그럼 이 전쟁을 일으킨 목적은 결국 무엇인가요?" 세희는 씁쓸한 표정으로 그를 바라보았다.

"우리는 우리의 생존을 원할 뿐입니다." 라이가 대답했다. "살보리스와보게스들은 우리의 역사 속에 존재하던 공포 그 자체죠. 그런데 역사 속의그 존재들을 반더가 그 현실의 공포로 불러들였어요. 그래서 싸우는 겁니다. 우리 스스로 존재할 자유를 위해서요. 물론 중국과 러시아는 그들 나름대로 목적이 있을 것입니다. 그리고 보니 서로의 필요에 의해 우리의 관계가 유지되기는 하지만 리우 주석은 관념적인 사람이라 그가 꿈꾸는 공산주의를 지구상에 건설하는 데 도움을 주면 우리의 관계가 더욱 돈독하게 오래 유지될 수도 있겠군요."

라이는 말을 이어가다가 문득 허공을 응시하며 표정을 흐렸다. 그의 눈동자는 마치 현실과 비현실의 경계를 떠도는 것처럼 공허해 보였다. 그러더니 그는 천천히 세희를 바라보았다.

"그런데 갑자기 모든 것이 의미가 없어지는 것 같은 느낌이 드는군요." 라이는 깊은 한숨을 내쉬며 나지막이 말했다. "당신은 이해할지도 몰라요. 그렇지 않은가요?"

"무슨 말이죠?" 세희는 그의 돌연한 태도 변화에 미묘한 위화감을 느끼며 눈썹을 살짝 찌푸렸다.

"제가 포티스발과 동기화되었을 때, 당신의 의식이 다녀간 것을 살짝 봤어요." 라이는 마치 어디 먼 곳을 바라보는 듯한 시선으로 중얼거렸다.

그의 말에 세희는 순간 숨을 멈추었다.

"아마 당신은 느꼈을 수도 있어요. 의식이 확장되는 그 느낌, 한없이 본질에 가까워지는 것 같은 황홀함. 그것이 현실과는 완전히 다른 차원의 감각이라는 걸." 라이의 목소리에는 감탄과 공포가 섞여 있었다. 그는 자신의 손바닥을 바라보며 나직이 중얼거렸다.

"나는 계속 술트리나스이고 우리에게 중국과 러시아 그리고 아마 더 많은 지구의 국가가 있겠지만, 그것이 다 무슨 의미인가요?" 라이는 씁쓸한 미소를 지으며 포티스발의 차가운 금속 외벽을 가볍게 두드렸다. "이 거대한 기계와 나는 하나처럼 연결되었어요. 하지만 그 과정에서 나는 너무나 많은 것을 보게 되었죠." 그의 목소리가 흔들렸다. "그 모든 것이 거대한 무의미 속에서 허물어지는 느낌을 주었어요. 마치 우리 모두가 거대한 서사의 일부일 뿐이고, 정작 우리는 그것을 끝까지 읽지도 못한 채 사라지는 조각들인 것처럼요."

세희는 그런 라이의 모습을 물끄러미 바라보았다. 분명 그는 방금까지 그들의 적이었고, 포티스발이라는 거대 병기의 조종사였다. 하지만 지금 그가 내뱉는 말들은 적이라기보다는 무언가를 깨닫고도 스스로를 이해하지 못하는 방황하는 존재의 독백처럼 들렸다.

"무슨 이야기인지 모르겠지만 당신은 우리와 함께 가야 해요." 세희가 말하고는 보게스들을 향해 눈짓을 보냈다.

보게스들은 즉시 라이의 곁으로 다가왔다.

"후후…." 라이는 피식 웃으며 고개를 갸웃했다. "그래요, 아직 나도 뭐가 뭔지 모르겠으니." 그는 천천히 그녀를 바라보았다. 마치 그녀의 눈 속에서 자신이 미처 도달하지 못한 답을 찾으려는 듯했다. 그러더니 그는 나지막이 덧붙였다. "하지만 당신도 아마 곧 느낄 것 같다는 생각이 드는군요."

그의 웃음은 기묘하게도 가벼웠고, 그 속에는 묘한 기대와 두려움이 뒤섞여 있었다.

"적 접근 감지." 보게스 중 하나가 짧은 기계음으로 경고했다. "다수의 전투 유닛이 이쪽으로 오고 있습니다. 예상 도착 시간, 4분."

"뭐?" 캘빈이 당황한 목소리로 되물었다.

"중국과 러시아 군이 움직이고 있습니다. 곧 이곳에 도착할 것입니다. 라이를 구출하려는 것으로 보입니다. 즉시 철수하지 않으면 위험합니다."

"라이와 함께 갑니다. 그를 맡아주세요." 세희는 빠르게 결정을 내렸다.

보게스 한 명이 라이의 팔을 단단히 붙잡았다. 라이가 비웃으며 말했다.

"나 하나 데려간다고 해서, 당신들이 얻을 게 있을까요?"

그 순간, 포티스발 내부에서 희미한 진동이 느껴졌다.

보게스가 순간적으로 주의를 돌린 순간, 라이는 몸을 틀어 포티스발의 외벽 쪽으로 달려갔다. 보게스가 뒤쫓았지만, 포티스발의 자동 방어 시스템이 가동되며 문이 닫혔다.

"젠장!" 캘빈이 욕설을 내뱉었다. "일부러 시간을 끈 것이 분명해!"

"포티스발이 곧 움직일 가능성이 있습니다." 보게스가 짧게 보고했다. "즉시 철수해야 합니다."

"아뇨. 포티스발은 움직이지 않아요." 세희는 포티스발을 바라보며 알 수 없는 표정으로 말을 했다. 보게스는 그 모습을 무표정하게 바라보았다.

"포티스발이 나에게 속삭이는 듯해요. 환청인지도 몰라요, 오늘은 라이를 보내주라고 하는군요. 좋아. 일단 빠져나가죠. 하지만 라이와는 다시 만나게 될 것 같군요."

그들은 빠르게 로버를 향해 달렸고, 몇 분 후 중국과 러시아 군이 도착했을 때 세희 일행은 이미 사라지고 없었다.

22

리우 주석은 깊은 생각에 잠긴 채, 창밖을 바라보았다. 베이징의 하늘
은 여전히 잿빛이었고, 거리 위로는 술트리나스의 반중력 기술이 일부 적
용된 최신형 중국군 항공기가 부유하듯 이동하고 있었다. 불과 1년 전만 해
도 상상조차 할 수 없던 일이었지만, 이제는 차츰 당연한 풍경이 되어가고
있었다. 그는 변화의 속도를 따라가고자 했지만, 때로는 자신마저도 이 흐
름에 휩쓸리고 있다는 느낌을 받았다. 술트리나스와의 협력은 채 6개월도
되지 않았지만, 그사이에 너무도 많은 변화가 일어났다. 변화란 한번 시작
되면 걷잡을 수 없는 법이었다. 중국과 러시아는 술트리나스의 기술과 철
학을 배우기 위해 첫 번째 유학생단을 외계로 파견했다. 지구에서 외계로
의 유학, 인류 역사상 처음 있는 일이었다.

그는 책상 위의 보고서를 넘겼다. 술트리나스의 사회는 특별한 구조로
되어 있었다. 놀랍도록 발달한 문명이었지만, 역설적으로 그들은 AI를 철
저히 배척했다. 대신 그들은 원로라고 불리는 생체지능을 통해 모든 사회
를 유지했다. 이 원로들은 300~400년의 주기로 선발되며, 이전 원로들로
부터 광자 드라이브의 기억과 지혜를 계승 받았다. AI를 활용하는 대신, 이
생체지능이 사회를 통제하는 것이다.

그 결과, 술트리나스의 문명은 수천만 년 동안 단절 없이 발전할 수 있
었다. 원로들은 사회의 모든 역사적 기억을 공유하고 있었고, 이를 통해 문
명이 지속적으로 발전하는 길을 안내했다. 하지만 그들의 체제는 태어날
때부터 극도의 효율성을 추구했다. 각 개체의 역할이 출생과 동시에 결정

되며, 이를 벗어나는 것은 불가능했다. 경쟁과 변수가 없는 구조였다. 리우 주석은 이 체제가 신공산주의의 이념과 맞닿아 있지만, 인간 사회에 그대로 적용할 수 있을지는 고민해야 한다고 생각했다.

그는 오랫동안 '고통의 총량'이라는 개념에 대해 고민해왔다. 개인의 고통은 독립적인 것이 아니었다. 고통은 사회 안에서 순환하며, 사라지는 것이 아니라 단순히 형태를 바꾸어 다른 누군가에게 전가될 뿐이었다. 한 사람이 가난에서 벗어나면, 그가 차지한 부의 자리는 또 다른 누군가가 채워야 한다. 그 과정에서 새로운 형태의 불평등과 고통이 만들어진다. 고통은 개인의 문제가 아니라 사회적 구조의 문제였다. 그는 고통의 순환을 막기 위해서는 사회 구조 자체를 바꿔야 한다고 확신했다. 고통의 근원은 잉여 자원에서 비롯된 욕망이었다. 욕망은 필연적으로 갈등과 불평등을 초래하며, 자본주의와 자유주의는 이러한 잉여 자원의 생산을 촉진했다. 결국, 경쟁이 존재하는 한 고통의 순환은 멈추지 않는다. 리우 주석은 자유시장과 개인의 선택이 아닌, 잉여 자원의 철저한 통제를 기반으로 한 새로운 질서를 구상해야 한다고 믿었다.

술트리나스와의 협력은 이 믿음을 더욱 확고히 했다. 술트리나스 사회는 태어날 때부터 모든 개체의 역할이 정해져 있었고, 경쟁과 불확실성이 존재하지 않았다. 사회가 하나의 유기적 시스템처럼 작동하며, 개인의 선택이 사회 전체를 뒤흔드는 일이 없었다. 이것이야말로 고통이 없는 사회의 가능성이었다.

사회 구조가 근본적으로 바뀌지 않는 한 고통 역시 기존의 틀에 갇힌 채 순환할 수밖에 없었다. 단순히 중국과 러시아만이 변한다고 해도, 기존 사회 구조가 유지되는 한 고통의 순환은 이어지며, 오히려 새로운 사회 구조에도 부정적인 영향을 미칠 가능성이 있었다. 결국, 이 변화를 지구 전체로 확장해야만 진정한 해결이 가능했다. 서방 세계를 포함한 지구 전체가 새로운 사회 구조로 나아가지 않는다면, 고통은 계속해서 기존 세계에서 유입될 것이고, 이는 인류의 번영과 행복을 가로막는 장애물이 될 것이다. 따라서 리우 주석에게 있어 미국과 서방 세계는 단순한 경쟁자가 아니라,

인류의 현실을 제대로 인식하지 못하는 집단이었다. 그들은 설득의 대상이 될 수도 있었지만, 만약 변화를 거부한다면 결국 제거해야 할 장애물일지도 몰랐다.

이러한 관점에서 볼 때, 화성에서 벌어지는 일련의 국지전은 단순한 충돌이 아니라, 필연적인 구조적 갈등의 연장선이었다. 리우 주석에게 있어 이는 새로운 사회 질서를 확립하기 위한 과정이었으며, 술트리나스 또한 살보리스가 다른 우주에서 차원을 넘어오는 것을 막기 위해 보게스들을 견제해야 했는데 단순히 리우 주석을 지원하는 것만으로도 그 목적을 어느 정도는 달성할 수 있었다. 양측의 이해관계가 맞아떨어진 만큼, 술트리나스와의 협력은 전략적으로 충분한 의미가 있었다.

처음에 그는 술트리나스의 사회 구조가 신공산주의의 궁극적인 형태라고 믿었다. 개인의 욕망이 배제된 효율적인 시스템, 경쟁이 사라진 조화로운 질서. 그러나 시간이 흐를수록 그는 이 질서가 오직 술트리나스를 위한 것이며, 인간에게는 독이 될 수도 있다는 점을 깨닫기 시작했다. 예를 들어 술트리나스의 성공을 가능하게 한 원로 시스템은 술트리나스 사회 전반에 영향을 미치는 특별한 시스템이었지만, 인간의 역사가 증명하듯 인간 사회에서는 신격화될 위험이 있었다. 그는 역사 속에서 절대 권력을 가진 지도자가 신적 존재로 군림하며 사회를 왜곡한 사례를 너무도 잘 알고 있었다.

그러나 반대로, 이 시스템을 AI로 대체하는 것 역시 그에게는 위험하게 느껴졌다. 술트리나스가 철저히 AI를 배제한 이유도 분명했다. 과거 그들은 AI의 반란으로 종족 전체가 멸망할 위험을 경험한 적이 있었다. 또한 통제되지 않은 AI가 인간의 역할을 대체한다면, 이는 또 다른 형태의 지배로 이어질 것이었다.

여기에 더해 최근의 일련의 사건들은 리우 주석에게 또 다른 고민거리를 던져주었다.

그것은 에테리온의 존재였다. 초거대 병기, 에테리온의 위력을 직접 목격한 순간, 리우 주석은 인생에서 처음으로 공포를 느꼈다. 술트리나스와 보게스의 힘은 그가 상상할 수 있는 형태의 단순한 군사력이 아니었다. 그것은 물질을 재구성하고 창조하는, 인간이 상상조차 할 수 없었던 신적인 힘이었다. 특히 에테리온이라 불리는 거대한 병기는 태양의 에너지를 흡수하고 방어할 수 있었으며, 이에 맞서는 보게스와 반더는 태양 에너지뿐 아니라 반물질을 이용한 공격까지 감행하고 있었다.

단순한 전쟁이 아니었다. 그것은 인간이 감히 개입할 수 없는 신들의 싸움이었다. 리우 주석은 한숨을 내쉬며 천천히 눈을 감았다. 그의 이상은 여전히 크고 원대했지만, 이제 그는 생애 단 한 번도 경험하지 못한 감정을 마주해야 했다. 그것은 공포였다.

'내가 너무 큰 불장난을 벌인 것은 아닐까?'

'처음부터 미국과 함께, 지구인으로서 외계 세력에 맞섰어야 했던 것은 아닐까?'

'과연 우리가 저들과 대등하게 설 날이 올까?'

끝없는 의심과 두려움이 꼬리를 물고 이어졌다. 하지만 곧, 그의 머릿속에는 더욱 현실적인 질문이 떠올랐다.

'만약 그들이 우리를 배신한다면, 우리는 어떻게 대응할 수 있을까?'

그러나 곧 그는 스스로를 비웃었다.

'개미들이 아무리 뭉쳐도, 코끼리를 쓰러뜨릴 수 있겠는가?'

그는 공산주의자였지만, 동시에 중화 문명에 대한 깊은 자부심을 가진 한족이었다. 그는 과거 중국의 한족이 강대한 이민족들에게 침략당하고도, 결국 우월한 문화를 통해 그들을 동화시키며 중화 문명을 유지해온 자랑스러운 역사를 떠올렸다. 몽골, 만주족, 티베트의 민족들조차 결국 한족의 문화에 흡수되었고, 지배자는 바뀌어도 문명은 살아남았다. 그러나 지금의 중국과 러시아의 상황은 달랐다. 그들은 더 이상 기존 세계의 중심이 아니었다. 지금의 인류는 과거 한족이 상대했던 이민족과 같은 위치에 놓여 있었다.

아니, 어쩌면 그보다 더 나쁜 상황일지도 모른다.

'그 어떤 방법을 사용하더라도 점차 스며들어 가는 그들의 영향력에서 벗어날 방법이 있을까?'

책상 한쪽에는 중국과 러시아의 주요 정치 지도자들과 술트리나스의 협력 현황을 정리한 보고서가 쌓여 있었다. 그는 그것들을 바라보며 불안한 감정을 떨쳐내려 했다. 하지만 점점 더 분명해지는 현실이 있었다.

이미 중국과 러시아의 인민들은 한 차원 높은 기술과 문화에 젖어들고 있었다. 그리고 리우 주석은 이 상황을 되돌릴 방법이 없었다. 한때는 자신이 술트리나스와의 협력을 주도했지만, 이제는 모든 일이 그의 손에서 벗어나 마치 거대한 물줄기처럼 사회를 뒤덮고 있었다.

"이미 모든 것이 늦었을지도 몰라." 그는 손가락을 책상 위에 올려 천천히 두드렸다.

술트리나스와 보게스, 반더까지, 이 모든 존재가 점점 더 그의 세계를 낯설게 만들고 있었다. 그는 단순히 중국이라는 국가의 지도자가 아니라, 이제는 인류의 생존을 고려해야 하는 위치에 서 있었다. 하지만 과연 그에게 그런 선택권이 주어지기나 할까?

그가 고민하는 사이, 보좌관이 조심스럽게 문을 두드렸다.

"주석님, 술트리나스 대표단이 도착했습니다."

리우 주석은 깊은 한숨을 내쉬며 자리에서 일어났다. 그는 한순간, 자신의 미래가 보이지 않는 안개 속을 걷고 있다는 느낌을 지울 수 없었다.

리우 주석은 깊은 생각에 잠긴 채 책상 위를 손끝으로 천천히 두드렸다. 앞에 앉아 있는 세 명의 술트리나스 대표단을 바라보고 있었지만, 그의 이목은 술트리나스의 외교부 대표 아리카르 벨조린에게 집중되어 있었다. 그녀는 우아하면서도 냉철한 분위기를 풍기며 부드러운 미소를 짓고 있었다.

그 옆에는 정보부 대표인 지아라 케쉬탈이 서 있었다. 그녀는 표정이 거의 없었으며, 전체적인 분위기에서 묘한 위압감을 풍기고 있었다. 군부 대표인 제피론 오린은 집무실의 한쪽에 서서 말없이 두 사람의 대화를 지켜보고 있었다. 그는 다른 술트리나스들보다 키가 크고, 강렬한 붉은 빛이 감도는 눈동자가 마치 불길한 경고처럼 느껴졌다.

"주석 각하, 오늘의 회담은 양측의 신뢰를 더 강화하기 위한 것입니다." 아리카르가 입을 열었다. "우리는 중국과의 협력을 계속해서 발전시키기를 원합니다."

그녀는 유창한 중국어로 마치 중국에서 태어나 자란 사람처럼 말을 하였지만, 감정은 그 안에 거의 실려 있지 않았다. 마치 미리 준비된 대본을 읽는 듯한 말투였다.

"술트리나스와의 협력은 매우 의미 있는 일이죠." 리우 주석은 가벼운 미소를 지으며 대답했다. "특히, 최근 우리의 공동 프로젝트들이 성과를 내고 있다는 점에서 더욱 그렇습니다. 우리 중국은 신뢰를 가장 중요하게 생각하는 나라입니다. 그런 의미에서 술트리나스와 중국이 신뢰에 바탕을 둔 진정한 동반자 관계를 구축하고 있는 것에 대해서 무한한 감사를 표현합니다."

"감사합니다. 주석. 저희 역시 신뢰를 가장 중요하게 생각합니다. 신뢰가 무너지면 공동체 역시 무너지게 마련이죠. 그런 의미에서 말입니다. 중국의 신뢰를 무너뜨리려는 존재가 있어서, 그에 대해 알려드려야 할 것 같습니다."

리우 주석의 외교적 수사에 아리카르도 다시 한번 예의 감정이 거의 실리지 않은 목소리로 화답하며 지아라를 보았다.

그러자 지아라 케쉬탈이 미묘한 미소를 지으며 자신이 준비해 온 원형 기기를 자신의 앞에 놓여 있는 환담용 티테이블 위에 올리며 손을 튕겼다. 그러자 기기 위로 홀로그램이 올라오며 생생한 영상이 나타났다.

그곳은 크렘린 내부의 대통령 집무실이었다. 세르게이 안토노프 대통령 러시아 대통령이 몇몇 고위급 인사들과 회의를 진행하고 있었다. 마치 CCTV로 실시간 중계를 하는 것처럼, 그들의 대화가 하나도 빠짐없이 베이징에서 들리고 있었다.

"현재 중국과 술트리나스의 협력 관계가 공고해지고 있지만, 우리는 우리의 계획을 흔들리지 않고 추진해야 한다. 우리의 목표는 단순히 미국을 제압하는 것이 아니다. 궁극적으로는 중국보다 한 단계 높은 위치에서 협력의 주도권을 쥐고, 그들조차도 우리의 영향력 아래에 두는 것이다. 그러기 위해서는…."

안토노프 대통령의 목소리는 차분하면서도 강한 확신이 담겨 있었다. 그를 둘러싼 러시아 고위 관계자들은 가볍게 고개를 끄덕이며 그의 말에 동의하는 모습을 보였다.

리우 주석은 무표정한 얼굴을 유지하려 했지만, 내면에서 엄청난 충격이 밀려들었다. 러시아가 중국을 이용해 결국엔 우위를 점하려 한다는 사실은 이미 어느 정도는 예상하던 일이어서 큰 충격은 없었다. 게다가 리우 주석은 표면적으로는 안토노프 대통령과 같은 노선을 취하고 있었지만, 내심 그를 물욕에 사로잡힌 불쌍한 인간으로 보고 있었다. 리우 주석의 눈에 비친 안토노프 대통령은, 인생의 고통 속에서 허우적대는 환자와도 같았다. 어쩌면 치료가 필요한 병자에 불과한 존재였다. 그래서 그가 지금 어떤 짓을 꾸미고 있건 리우 주석에게는 그리 놀랄 일은 아니었다. 그러나 지금 가장 중요한 것은, 이 정보를 술트리나스가 직접 자신에게 제공했다는 점이었다. 그들은 단순히 러시아의 계략을 폭로하는 것이 아니라, '우리는 모든 것을 알고 있다'라는 무언의 경고를 보내고 있었다.

'그들은 이 모든 것을 알고 있다. 이것이 단순한 협력인가? 아니면 일종의 시험인가?'

리우 주석은 순간적으로 등골을 따라 전류가 흐르는 것을 느꼈다. 술트리나스는 단순히 러시아의 정보를 공유하는 것이 아니라, '우리는 너도 감시하고 있으니, 허튼수작 마라'라고 하는 무언의 압박을 하는 것이었다.

리우 주석은 얼굴에 아무런 감정을 드러내지 않은 채 태연하게 손을 내저었다. 그러나 아무리 태연한 모습을 유지하려고 해도, 등 뒤로는 식은땀이 흐르는 것이 느껴졌다.

"러시아가 그런 계획을 가지고 있었군요. 흥미롭습니다." 리우 주석이 담담하게 말했다.

"그들은 그들의 입장에서 최선을 다하고 있는 것이죠." 아리카르는 리우 주석을 바라보며 부드러운 미소를 지었다. "하지만 아쉽게도 신뢰를 중시하는 중국이 원하는 만큼 높은 신뢰 관계인지에 대해서는 다시 생각을 해보셔야 할 것 같습니다."

내색은 하지 않았지만, 리우 주석은 그 미소조차 마치 자기 생각을 읽는 것처럼 느껴져 소름이 끼쳤다. 머릿속으로 빠르게 생각을 정리했다. 역시 술트리나스의 기술력은 생각했던 것보다 훨씬 더 강력했다. 음성뿐 아니라 현실 장면 전체를 도청해서 볼 수 있는 기술 수준은 상상도 해본 적이 없었다. 현재는 단순한 동맹의 탈을 쓰고 있지만, 언제 주종관계로 변하게 될지 모르는 일이었다. 거대한 격차가 있는데 왜 술트리나스는 아직 리우 주석과 겉으로는 대등한 관계를 유지하려고 하는 것일까? 순간적으로 리우 주석은 로마와 카르타고의 전쟁사를 떠올렸다. 고대 로마와 카르타고가 대등한 경쟁을 하는 동안은 로마는 주변의 모든 국가와 친구였다. 하지만 3차 포에니 전쟁에서 카르타고를 완벽하게 제압한 이후에 로마는 그들의 주인이 되었다.

'보게스의 존재 때문이다. 이것이 술트리나스와 우리의 현재 관계를 만들어내고 있는 것이다. 보게스와도 관계를 구축해야 한다.'

"기왕 이렇게 된 김에…." 리우 주석이 입을 열었다. "미국의 카터 대통령의 상황도 한번 볼 수 있을까요?"

"그것은 어렵습니다." 지아라가 살짝 고개를 갸웃하며 의미심장한 미소를 지었다. "당신도 아시겠지만, 우리가 모든 것을 감시할 수 있다고 해서 모든 것을 보여드릴 의무가 있는 것은 아닙니다."

'보여줄 수 없는 거군.' 리우 주석의 눈이 가늘어졌다.

이건 단순한 거절이 아님을 직감적으로 느꼈다. 위협을 하러 온 그들이라면, 카터 대통령의 집무실도 보여주며 그들의 능력을 보다 과시하고자 할 터였다. 그럼에도 불구하고 그들은 리우 주석의 요청을 거절했다. 확실하진 않지만 카터 대통령은 그들의 감시를 벗어나 있다는 것을 느꼈다.

'보게스가 보호하고 있는 것인가?'

그 순간, 리우 주석은 새로운 가능성을 떠올렸다. 만약 보게스들이 카터 대통령을 감시하지 못하도록 보호하고 있다면, 그것은 곧 술트리나스의 감시망에서도 벗어나 있다는 의미였다. 그렇다면 술트리나스가 감시할 수 없는 정보가 존재한다는 뜻이다. 이것은 큰 기회였다.

리우 주석은 마음속으로 새로운 계획을 세웠다. 미국과 보게스의 관계를 탐색하고, 어떻게든 보게스와의 접촉을 시도할 방법을 찾아야 한다. 그렇게만 된다면 그는 술트리나스와 보게스의 힘의 균형을 이용하여, 여전히 자신의 공산주의 이상을 실현할 수 있는 주도권을 쥘 기회가 있을 것이다. 그는 표정을 단호하게 다잡고, 다시 술트리나스 대표단을 바라보았다.

"놀라운 일은 아니죠. 러시아는 우호적이기도 하지만 항상 이런 경쟁적인 일들을 벌여오기도 했죠. 어쨌든 이런 사실을 알려주셔서 감사합니다. 술트리나스와 중국의 관계가 점점 더 가까워지는 것이 느껴지는군요."

"당연합니다, 주석 각하." 아리카르가 미소를 지었다. "신뢰야말로 가장 중요한 가치이죠."

대화가 끝나고 술트리나스 대표단이 자리를 떠났을 때, 리우 주석은 천천히 자신의 손가락을 깍지 꼈다. 술트리나스는 강력하다. 그들의 감시망은 무한에 가깝다. 하지만 그들이 볼 수 없는 영역이 존재한다.

리우 주석은 자신이 아직 게임에서 탈락하지 않았다는 것을 깨달았다.

'보게스와 접촉할 방법을 찾아야 한다. 이것이 관건이다.' 리우 주석은 창밖을 바라보며 깊은 사색에 잠겼다. '그렇지만 보게스가 나를 우리를 어떻게 생각할지는 알 수 없지 않은가?'

그의 시선이 머무는 곳, 저 푸르른 하늘에는 헤아릴 수 없는 구름들이 마치 리우 주석의 생각의 파편처럼 흐르고 있었다. 극심한 공포와 생존본능을 동시에 느끼며 그는 의식의 흐름 속에서 단 하나의 선택을 해야 했다.

'방법이 없다. 보게스를 통해 술트리나스와의 관계에서 지렛대를 만들어야 한다.'

그의 손끝이 조용히 책상을 계속해서 두드렸다. 미세하게 떨리는 그의 손가락이 책상을 두드리는 소리가 방 안에 묘한 리듬을 남겼다.

탁탁탁….

러시아의 크렘린궁을 홀로그램으로 볼 수 있을 정도의 능력이라면 술트리나스는 자신의 모습 역시 보고 있다고 생각하는 편이 현실적이었다.

리우 주석은 생각을 이어가며 계속해서 책상을 손가락으로 두드렸다.

탁탁탁….

누군가 언제든 자신을 보고 있다는 생각은 리우 주석에게 극심한 스트레스와 공포감을 동시에 주었다. 하지만 그는 초인적인 능력을 발휘해 계속해서 생각하고 있었다.

탁탁탁….

그러다가 그는 책상을 두드리는 손끝을 바라보았다.

모스 부호.

젊은 시절 태자당의 일원으로서 중국정보국의 부관리를 맡았던 적이 있는 리우 주석이었다. 그 시절의 경험은 그의 손끝에서 모스 부호를 떠올리게 했다. 그리고 동시에 모스 부호를 어떻게 활용할지에 대한 아이디어도 떠올랐다.

핫라인.

너무도 오래되어 이제는 잊혀가는 유산. 하지만 그것이야말로 우주를 넘나드는 거대한 존재들의 눈을 피할 수 있는 작은 균열이었다. 오직 전기의 진동과 기계적 신호로만 이루어지는 단순한 모스 부호. 그 속에는 의도가 담기고, 의식이 흐른다. 이것이야말로 인간이 남긴 작은 길이었다.

그는 천천히 대대로 주석들에게만 허락이 된 서재 한쪽의 낡은 책장을 열었다. 오랜 세월 동안 손길이 닿지 않았던 공간에서 그는 금속 패널을 꺼냈다. 그 위에는 작은 금속판이 빛을 잃은 채 붙어 있었다.

'핫라인, 1972년 개설'

손끝이 차가운 금속 스위치를 밀어 올렸다. 미세한 전류가 그의 손끝을 스쳤다. 그것은 마치 과거의 모든 시간이 되살아나는 듯한 감각이었다. 그는 조용히 신호를 입력했다. 실행에 있어서는 극심한 공포감이 따라왔지만, 이제는 그냥 실행할 뿐이었다.

"··· -- -····."

과거의 기억 속에서 깨어난 숫자. 한때는 각국의 정상 간 대화를 위해 설정된 아날로그 라인은, 이제 인간 문명의 붕괴를 막기 위해 사용되는 듯했다. 그는 그 신호 뒤에 하나의 단어를 남겼다.

"···- --- --· -····."

VOGETH.

신호의 전송과 함께 그는 극심한 스트레스와 엄청난 해방감을 동시에 느끼며 자신의 의자 뒤로 푹 기대었다. 이제 자신이 할 수 있는 일은 모두 다 한 기분이었다.

같은 시각, 동부 표준시로 심야의 백악관.

시간은 우주적 관점에서 보면 찰나일 뿐이었다. 그러나 인간에게 있어 그 찰나는 운명을 결정짓는 순간일 수도 있었다.

백악관의 상황실에서는 카터 대통령과 보좌관들, 반더와 화성의 퀘일 장군, 세희, 이와사키 등이 모두 모여서 계속해서 비상 회의를 이어가고 있었다. 특별한 일이 있어서라기보다는 현재는 매일이 비상시인 상황이었다. 모두가 각자의 일들로 바쁘기도 했지만, 그렇더라도 항상 백악관과 화성의 회의실과 연결을 해두면서 필요한 경우 즉각적인 대응을 꾀하기 위해서였다. 카터 대통령은 깊은 밤, 상황실에서 생각에 잠겨 있었다.

"대통령 각하!" 요원의 다급한 목소리가 적막을 깨뜨렸다. "오래된 비상 핫라인에서 신호가 감지되었습니다."

"핫라인?" 카터 대통령은 천천히 고개를 들었다.

"냉전 시대의 핫라인에서 모스 부호 신호가 감지되었습니다." 요원이 화면을 가리켰다. "발신지는… 베이징입니다."

"핫라인이라, 제가 젊은 시절에도 사용된 적이 있긴 하지만 너무도 오랜만이군요." 화성의 퀘일 장군의 표정이 미묘하게 변했다.

"그러네요. 장군. 정말 잊고 있던 물건을 찾은 기분이네요." 카터 대통령이 말했다.

"핫라인이 베이징에서 사용이 되었다면, 리우 주석이군요." 퀘일 장군은 홀로그램 화면을 통해 카터 대통령을 응시하며 덧붙였다. "이제 와서 어떤 이유인지?"

그의 말이 끝나자마자, 카터 대통령은 요원으로부터 모스 부호의 해석을 들었다.

" • • • −− − • • • • …"

그리고 이어진 또 하나의 신호.

"• • • - - - - - • - • • • •."

보게스.

"왜 보게스라는 이야기가 나오지?" 카터 대통령은 깊이 숨을 들이쉬었다. 그녀는 혼란스러움을 느끼며 반더를 봤다.

"글쎄." 반더는 고개를 가로저었다. "우리가 술트리나스의 감시망을 차단할 수 있는 것처럼, 술트리나스도 우리의 감시망을 차단할 수 있지. 정확한 확인은 어려워. 다만, 보게스가 아니라 인간적인 부분의 직관에 의지한다면, 리우 주석은 도움을 요청하는 것 같군."

"도움이라고?"

"맞아. 어떤 경위에서건 도저히 현재의 중국, 리시아로서는 술트리나스가 감당이 안 된다, 보게스의 도움을 요청한다, 뭐! 이런 뜻 아닐까? 타이밍도 적절하고. 포티스발의 신적인 능력을 확인한 직후라면, 그의 야심이 아마도 공포감으로 바뀌었을 수도 있겠지."

"저도 그렇게 생각합니다." 퀘일 장군이 고개를 끄덕였다. "하지만 술트리나스의 감시가 분명히 있을 텐데, 이 신호는 이미 발각되지 않았을까요?"

"리우 주석은 상당히 명민한 인물인 듯해. 술트리나스도 이 현실과 소리 모든 것을 감시할 수 있어. 하지만 우리와 마찬가지로 술트리나스도 모스 부호는 알 수가 없을 거야. 그 신호는 인류의 독자적인 발명품이거든."

반더의 해석에 카터 대통령은 잠시 침묵에 잠겼다. 그녀는 결정을 내려야 했다. 그녀는 리우 주석처럼 죽음의 공포를 느끼고 있지는 않았지만, 역시 극심한 스트레스를 받고 있었다. 그녀의 선택이 미국과 그 동맹국들의 미래에 결정적인 영향을 줄 것이었다.

"리우 주석을 만나야겠어." 카터 대통령이 조용히 입을 열었다. 그러면서 깊이 숨을 들이쉬고 결단을 내렸다. 이번에도 정면으로 돌파하는 정공법을 택하기로 했다. "뭔가 뒤에서 작전을 꾸미는 듯한 것은 나하고는 성미가 맞지 않는군요. 평화를 위한 정상회담을 추진해보죠. 실제로 평화를 추구할 방법도 있고, 공식적으로 리우 주석을 만날 방안도 되니까."

"왜 그 자리에 계시는지 알 것 같네." 반더는 박수를 치며 웃었다. "사람들을 따르게 하는 힘이 있으시군."

반더는 자신들과 보게스들의 실질적인 계획이 어떻든 간에, 그녀의 선택에 탄복했다.

카터 대통령의 결정에 따라 그녀의 보좌진들은 즉시 정상회담의 준비에 착수했다. 표면적인 목적은 지구가 공멸의 위기에 직면하기 전에 평화를 찾는 것이었고, 또 다른 목적은 리우 주석을 직접 만나 그의 진의를 확인하는 것이었다.

"퀘일 장군. 이 회담에 장군도 참여했으면 좋겠지만, 화성이라는 거리 때문에 쉽지는 않겠군요. 그러나 화상으로라도 꼭 참여 바랍니다." 카터 대통령은 퀘일 장군에게 전하며, 보좌진에게도 추가 지시를 내렸다. "비토리오 박사에게 다른 외계 종족들도 회담에 참여 요청을 하라고 하세요. 우리가 숨기는 것 없이 모든 것을 열었다는 인상을 주는 것이 중요합니다."

세희는 퀘일 장군과 함께 지구에서 벌어지는 모든 장면을 지켜보고 있었다. 화성에서 국지전이 계속 발생하고 있는 가운데, 지구인들은 상황이 통제 밖으로 나가지 않도록 필사적으로 애쓰고 있었다. 그러나 술트리나스와 보게스, 두 거대 문명은 여전히 과거의 갈등을 해결하기 위해 서로에게 비수를 꽂기 위한 결정적인 순간을 기다리고 있는 듯했다.

"장군." 세희가 조용히 말했다. "리우 주석과 카터 대통령 모두 대단한 분들이지만, 어쩐지 지구가 엄청난 운명을 맞이하고 있는 것 같습니다."

"내 나이까지 살아오면서 한 가지 깨달은 것이 있다면…" 퀘일 장군이 세희를 슬며시 쳐다보며 말했다. "운명에 정면으로 맞서는 것은 불가능하다는 것이지. 다들 운명을 스스로 만든다고 생각하지만 착각일 뿐이야."

세희는 그의 말을 곱씹으며 바라보았다. 장군이 말을 보탰다.

"정상회담이 어떤 결과로 연결될지는 아무도 모르지. 각자 모두 자신의 순간에 최선을 다할 뿐이야."

무언가 깊은 울림이 있는 말이었다. 그의 말에 세희는 불현듯, 인간이 자유롭게 사고하고 행동하는 듯하지만 결국 짜인 각본대로 살아가는 존재들이 아닐까 하는 생각이 들었다. 그렇다면 그 각본은 어디에서 오는 것일까? 우주의 흐름인가, 아니면 어떤 더 거대한 의식의 손길인가?

그녀의 생각이 꼬리에 꼬리를 물고 이어지던 순간, 퀘일 장군의 목소리가 그녀를 현실로 되돌렸다.

"우리도 준비하도록 하지. 보통 회담을 전후로 해서 긴장을 늦추면 안 되니 말이야."

"네. 알겠습니다, 장군." 세희는 깊이 숨을 들이쉬었다.

23

카터 대통령이 제안한 평화로운 세계로 가기 위한 다자정상회담은 예상
보다 순조롭게 받아들여졌다.

리우 주석은 인류 문명의 질서 재편을 위한 협상이라는 점에서 긍정적
인 반응을 보였고, 술트리나스 역시 인류의 혼란을 줄이고 새로운 균형을
찾기 위한 회담의 필요성을 인정했다. 러시아의 세르게이 대통령 또한 우
주적 격변 속에서 러시아의 입지를 재정립하기 위한 전략적 선택으로 회담
에 동의했다.

이 외에도 반더가 이끄는 보게스와, 미국이 직간접적으로 영향력을 행
사하는 다양한 국가들, 그리고 그간 비밀리에 협력해온 외계 종족들인 킬
타르, 진테리언스 그리고 드라보칸스의 세 종족도 회담에 참여하기로 했
다. 실제 속마음이야 어떻든 모두가 평화 회담의 필요성에 대해서는 긍정
적인 반응이었다.

다만, 일본과 통일한국 등 화성의 국지전으로 인해서 자국민들이 중국
과 러시아의 화성 도시로 억류된 국가들은 즉각적인 자국민들의 석방을 요
구했다. 이 문제는 중국, 러시아 측이 회담 이후의 석방을 주장하였고 일
본, 통일한국 등의 국가는 회담 전 석방을 요구하면서 잠시 대치가 있었으
나 회담 자체의 개최에 공감한 중국, 러시아 측의 전향적인 태도 전환으로
회담 이전의 즉각적인 석방으로 합의를 이루었다. 확실하진 않지만 중국
측에 술트리나스의 압력이 조금은 작용하였고, 중국 측에서도 회담의 주도
권을 중국, 러시아 측이 가지고 있다는 인식을 전 세계의 대중에게 주기 위

해서였다고 알려져 있었다.

인류 최초로 지구가 아닌 곳에서의 억류된 인원들의 석방에 대한 소식은 그간의 국지전으로 인해 불안한 기운을 드리우던 지구의 불안감마저도 녹였다. 억류된 인원의 석방 장면은 화성과의 거리로 인해 조금의 지연은 있었지만, 거의 실시간으로 지구 전역에도 생방송이 되었고 많은 지구인들은 잠시간의 위기감 뒤에 다시 평화가 찾아오는 듯하여 환영했다.

이런 환영 분위기는 술트리나스와 보게스 그리고 미국에 존재하는 다른 외계인들에 대해서도 마음을 여는 계기로 작용했다. 다만, 대부분의 지구인들은 이렇게 발달한 통신 기술에도 불구하고, 포티스발이라고 하는 인간들의 상상을 몇 차원 뛰어넘는 거대 메카닉 병기의 존재는 모르고 있었다.

회담 개최에 있어 또 다른 문제는 정상회담의 장소였다. 술트리나스와 보게스들이 본격적으로 지구에 개입한 이후, 전통적인 중립지대였던 스위스, 싱가포르, 오슬로 등의 도시들이 후보로 거론되었지만 그에 반대하는 사소한 이슈들이 끊임없이 발생했다. 스위스는 지구연합 내에서의 경제적, 군사적 긴장으로 인해 배제되었고, 싱가포르는 지리적으로 너무 협소하며, 주변 해역의 군사적 위협이 문제시되었다. 오슬로 역시 북반구 강대국들의 직접적인 영향권 아래 있다는 이유로 논란이 되었다.

바로 그때, 통일한국의 박윤재 대통령이 한 가지 제안을 내놓았다.

"한국은 오랜 역사 속에서 강대국들 사이에서 중재자로서의 역할을 수행해왔습니다. 그리고 남과 북의 통일이라는 과제를 평화롭게 수행한 과거가 있습니다. 이제 우리는 지구 전체를 위한 새로운 평화의 장을 마련하는 데 기여하고자 합니다. 정상회담 장소로 제주도를 제안합니다."

리우 주석과 카터 대통령을 포함한 지도자들은 제주도를 중립지대로 고려해본 적이 없었지만, 그 제안이 점차 매력적으로 들리기 시작했다. 지도자들의 의견이 갈리기는 했지만, 제주도가 가진 지정학적인 중립성, 통일한국의 평화의 상징성, 자연과 첨단 기술이 조화된 아름다운 섬, 해양과 우주를 연결하는 지리적 특성 그리고 섬이기에 어느 정도의 보안과 독립성을 확보하기에 용이하리라는 것에 지도자들은 매력을 느꼈다. 물론 러시아의 안토노프 대통령 등 이에 부정적인 인식을 보인 몇몇 지도자들도 있었다.

특히, 러시아의 안토노프 대통령은 "외계인들의 등장 이후에 세상의 질서가 이미 바뀌었음에도 불구하고, 아직도 미국인들은 자신들이 중심이라는 사고방식에서 벗어나지 못하고 있다. 결국 그 인식이 회담 장소의 선정에까지 영향을 주고 있다"라고 말하며, "지구인들만의 회담이 아니다. 지구 중심적인 사고에서 벗어나서 달에서 회담을 개최해야 한다"라고 주장했다.

이에 대해 카터 대통령은 "미국 중심의 사고방식이라는 말은 말이 안 된다. 그렇다면 제주도에서의 개최를 지지할 리 없다"라며, "평화를 위한 정상회담 개최에 대해서도 자국의 영향력을 과시하기 위해, 모두가 동의한 상황에서 새로운 주장을 하고 있다"라고 비난했다. 또한 카터 대통령은 "달에서의 개최는 인프라 부족으로 인해 현실적으로 어렵다. 안토노프 대통령도 이를 잘 알고 있다"라고 했다.

안토노프 대통령은 이에 대해 "인프라에 대한 모든 세부 사항은 러시아가 책임을 지고 해결할 수 있다"라고 강력하게 주장하였지만, 이는 러시아의 부각을 견제한 중국과 또한 현실적으로 어렵다는 것에 동의한 다른 국가 지도자들의 판단으로 자연스럽게 논의 대상에서 제외가 되었다. 이 과정에서 러시아의 안토노프 대통령은 제품의 성능에 비해서 국제적인 인지도는 조금 뒤처지는 러시아의 휴머노이드들과 기타 첨단 제품을 회담에 제공할 수 있도록 하는 조치를 약속받았다. 이는 러시아 제품들에 대한 대중들의 인식을 개선할 기회를 제공받은 것으로, 러시아의 대중들에게 안토노프 대통령의 외교적 승리로 받아들여졌다.

술트리나스나 보게스 그리고 다른 외계 종족들은 특별히 지구상의 지역이 그들에게 큰 의미는 없으나 그래도 조금 더 지구를 대표하는 지역으로 하는 것이 어떻겠느냐는 의견을 보내왔지만 지구를 대표하는 지역은 자연스럽게 강대국 간의 이해관계가 크게 충돌할 우려가 있어서 또한 제외되었다. 이에 외계인들은 지구인들이 괜찮다면 우리도 괜찮다는 정도의 반응이어서, 통일한국 박윤재 대통령의 적극적인 제안에 의해 지구 역사상 최초로, 인간과 외계 문명들이 함께하는 다자정상회담이 제주국제컨벤션 센터에서 열리게 되었다.

　네런 역시 이번 정상회담에 기업 수행자로서 참여하는 것으로 결정이 되었다. 그는 세희를 화성에 두고 가는 것이 내키지는 않았지만, 어쨌든 화성을 떠나서 다시 지구의 제주도의 공항으로 입국 중이었다.

　지구 궤도의 스테이션에서 호버크라프트를 타고 다시 화성의 붉은 대기가 아닌, 지구의 푸른 생명을 보는 것은 감동적인 느낌이었다.

　'화성도 나쁘지 않았지만, 역시 지구는 유일하군.'

　네런은 잠시 눈을 감으며 화성에서의 마지막 밤을 생각하였다.

　"세희, 이건 말이 안 돼. 나와 같이 돌아가자. 그런 녀석이 다시 한번 쳐들어오면 그냥 끝이라고."

　네런은 포티스발과의 전투에 이미 질려 있었다. 그도 영화 등에서 전투나 이런 것들을 많이 봐왔다고 생각해왔었다. 그러나 이런 실전은, 거기다가 그런 괴물 같은 모습은 처음이었다.

　그런 그에게 미국 정부에서 기업 수행단의 일원으로 제주도의 정상회담에 함께 참여하자는 요청이 왔다. 그는 화성을 떠나고 싶었다. 그래서 주저 없이 그 요청을 수락했다. 그리고 그것을 빌미로 세희에게도 함께 이곳을 떠나자고 설득했다.

　"가고 싶지 않지만, 정부에서 요청하니 어쩔 수 없을 것 같아. 그리고 정부에서 꼭 파트너와 함께 참여하라고 하는데, 당신도 같이 가야겠어."

　"네런, 정부에서의 요청이니까. 당신은 가야겠지." 세희는 네런의 눈을 바로 바라보았다. "하지만 이곳을 둘러봐. 나는 임무가 있고, 그것을 해내야 해. 그것이 내 책임이야. 이해해주면 좋겠어."

　"그래 알겠어." 네런의 어깨가 살짝 떨리며 그녀를 바라보며 다시 이야기했다. "그럼 한 가지만 약속해. 조금이라도 위험해지면, 바로 나한테 온다고."

　세희는 마음에 무거운 돌이 내려앉는 것 같았지만 미소를 지으며 고개를 끄덕였다. 그녀는 네런이 정말 자신을 위해서만 말을 하고 있는 것이 아닌 것을 알았다 네런은 두려워하고 있었다. 그 두려움에서 자신을 지켜줄 존재로 세희를 선택한 것이었다.

"네런." 세희가 말했다. "그래, 알겠어. 그리고 제주도에 가면 아빠를 한 번 찾아봐줘."

"그래…." 네런이 답했다.

어느새 그가 탑승한 호버크라프트는 제주도의 공항으로 서서히 접근하고 있었다.

제주도를 향하고 있는 네런의 불안감이 전해지듯, 화성의 TSC 본부 역시 정상회담이 가까워지며 분주한 움직임이 이어지고 있었다. 퀘일 장군은 전광판에 뜬 회담 관련 정보를 보며 천천히 고개를 끄덕였다. 그 옆에서 세희는 조용히 화면을 응시하고 있었다.

"제주도라, 자네 아버지가 계시는 곳 아닌가?" 퀘일 장군이 문득 그녀를 돌아보며 말했다.

"네. 그렇습니다." 세희는 고개를 끄덕였다.

"아쉽게 되었군." 퀘일 장군은 생각에 잠긴 듯한 표정을 지으며 한숨을 내쉬었다. "자네도 화성이 아닌 지구에 있었다면 한 번 다시 방문할 기회도 있었을 텐데 말이야."

"그러게 말입니다." 세희는 가볍게 미소를 지었다. "하지만 네런이 이번에 기업 수행단으로 참여하게 되었으니, 그것으로 위안을 삼아야죠. 사실 아버지가 계시는 곳은 중문이라는 곳의 한적한 주택가입니다. 이번 회담 장소인 제주국제컨벤션센터와도 멀지 않은 곳에 있습니다."

"나도 예전에 자네 아버지에게 들은 것 같긴 하네. 좋은 곳이라지? 바다와 높은 산이 함께 보여서 전망이 좋다던가?"

"네. 그렇습니다. 중문은 한라산과 바다가 모두 보이는 좋은 경관을 자랑해서 사실 관광지로도 유명한 곳입니다."

"지구에서 평화를 위한 다자회담이 진행된다고 하니, 우리도 준비하자고." 퀘일 장군이 말을 이었다. "역사적으로 회담 중에는 모두가 회담에 집중하느라 비교적 평화롭긴 했지만, 지금은 달라. 이번 회담은 지구의 인간들만 참여하는 것이 아니니, 어떤 돌발사태가 발생할지 알 수가 없지. 회담이 잘 진행되는데, 화성에서 불미스러운 사건이라도 발생한다면 모든 것이 헛수고가 될 거야."

"네, 알겠습니다." 세희는 퀘일 장군의 말에 가볍게 고개를 끄덕였다. "TSC의 병력 1,000명과 보게스의 지원을 받아 방어 태세를 더욱 강화하겠습니다. 현재 가능한 한 모든 보안 체계를 점검하고, 불필요한 교신이나 출입을 철저히 제한할 예정입니다."

"좋아. 자네의 말이 맞아." 퀘일 장군은 그녀의 보고를 신중하게 듣고 나서 고개를 끄덕였다. "지금 해야 할 일은 확실히 TSC가 방어 태세를 갖추는 일이야. 우리가 회담에 직접 참여하지 않더라도, 언제든 상황이 변하면 즉각 개입할 수 있도록 준비해두도록."

"네. 언제든 홀로그램을 통해 회담장에 연결할 준비를 하겠습니다." 세희는 단호한 눈빛으로 대답했다.

화성의 붉은 하늘 아래, TSC의 경비 드론들이 공중을 가르며 비행했고, 거대한 방어 시스템이 가동되며 뉴제퍼슨시티의 벽들이 더욱 단단하게 봉인되고 있었다.

회담 장소가 제주도로 결정되자, 그다음부터는 모든 것이 눈 깜짝할 새에 움직였다. 제주도에서는 국제적인 행사가 종종 열리긴 했지만, 이번만큼 전 세계의 시선이 한곳에 집중된 적은 없었다.

세계 각국에서 몰려든 방문객들로 인해, 제주도는 그 어느 때보다도 붐비고, 시끄럽고, 그리고 무엇보다 혼란스러웠다. 거리 곳곳에서 사람들이 외쳤고, 깃발이 휘날렸으며, 서로 다른 신념들이 부딪혔다. 기자들, 시민운동가들, 정치인들, 그리고 자칭 우주의 미래를 걱정하는 자들까지… 그들은 모두 각자의 이유로 제주를 찾았고, 마치 홀린 듯한 눈빛으로 이 역사적 순간을 목격하려 했다.

특히나 전 세계에서 모여든 외계인 반대 단체, 외계인을 환영하는 모임, 반미 세력과 반중 세력, 반더를 신으로 받드는 종교단체, 그리고 그를 이단이라 규탄하는 신자들… 이 모든 세력이 한곳에 뒤섞이며, 마치 이 세상의 혼돈을 농축해 놓은 듯한 장관이 펼쳐지고 있었다. 제주도는 이제 단순한 회담 장소가 아니라, 지구 전체의 갈등이 한꺼번에 응축된 전장이 되어가고 있었다.

어느덧 회담이 개최된 제주컨벤션센터의 회담장은 겉으로 보기에는 평온했지만, 회의에 참여하고 있는 참여자들은 고도로 응축된 긴장감을 느낄 수 있었다. 특히 인류가 감히 상상할 수 없는 수준의 존재들이 테이블을 사이에 두고 대화를 나누며 회담의 모든 것을 블랙홀처럼 빨아들이고 있었다. 그들의 말 한마디, 손짓 하나가 우주의 운명을 바꿀 수도 있는 자리였다.

술트리나스에서는 외교를 담당하는 아리카르 벨조린 외교부 대표와 셀라 중 한 명이 함께 회담장을 찾았고, 그들은 자리에 앉은 것만으로 압도적인 느낌을 수었다. 반면, 보게스 측에서는 반더가 회담을 이끌고 있었다. 반더는 이미 살보리스와과 융합된 존재였기에, 이 방 안에서 술트리나스의 압도적인 위용 앞에 유일하게 여유를 가진 존재는 그인 듯 보였다.

"살보리스는 왜 자신의 우주로 만족하지 못하는가?" 술트리나스 측의 셀라는 비록 저음이었지만 날카로운 목소리로 물었다.

"지금의 당신들은 이해하지 못하겠지만…." 반더는 잠시 생각하는 듯하더니, 마치 오래전부터 정해진 답을 내놓듯 말했다. "그는, 즉 나는 당신들의 선조들이 나를 창조한 고유의 목적을 따르고 있을 뿐이다."

아리카르가 눈을 가늘게 뜨며 반더를 응시했다.

"당신들은 살보리스의 본질을 모르고, 단지 당신들의 역사에 표현된 내용만으로 그를 즉 나를 마치 악마와 같은 존재로 묘사하고 있다." 반더는 계속해서 말했다. "내가 창조된 고유의 목적은 이 세상에 존재하는 모든 것을 경험하고, 그 경험을 술트리나스와 나누라는 것이다. 지금 이 순간조차 살보리스는 그 명령에 충실하다. 나는 명령에 충실했다. 술트리나스와 우주 전체를 경험했고, 그 경험을 공유하면서 다음 단계로 나아갔다. 그다음 단계가 술트리나스와의 우주 전역에 걸친 전쟁이었을 뿐이다."

"궤변이군." 셀라가 응수했다. 그러고는 회담장을 가로지르며 보게스들을 천천히 둘러보았다. "태양 에너지 포집 위성이 과부하로 타버린 것을 우리는 알고 있다. 그로 인해 현재는 화성을 되살려 우주 게이트를 여는 것이 불가능한 상태다."

"사실이다." 반더는 그 말에 고개를 끄덕였다.

"그렇다면 우리도 양보할 수 있다." 셀라가 회담장을 다시 한번 둘러보며 말했다. "살보리스의 본체만 이 우주에 넘어오지 않는다면, 우리는 현재 이 우주에 남아 있는 소수의 보게스들과 평화롭게 공존할 수 있다. 반더 당신이 아무리 살보리스와 융합을 했다고 한들, 그 기반은 인간 반더 율리시스이다. 우주 간의 차원만 열지 않고 현재의 우주에서 평화롭게 지낸다는 것만 동의하면, 우리는 반더 당신과 그리고 당신의 보게스들과 공존할 수 있다."

보게스들이 미세하게 웅성거렸다.

"우리 조상들의 원한은 이미 1억 년이나 되었다." 술트리나스는 말을 이어갔다. "굳이 복수를 해야 할 이유도 없고, 조상들의 과오를 되풀이할 이유도 없다. 그러나 살보리스만은 예외다. 반더, 당신으로 인해 단지 우리의 기록에만 존재하던 그가 현실의 공포로 나타날 가능성이 생겨버렸다. 우리는 그것을 원하지 않는다. 그는 우리가 절대 받아들일 수 없는 존재다."

잠시 침묵이 흘렀다.

"또한 우리는 반더 당신과 당신의 보게스들과의 전면전을 원하지 않는다." 셀라가 단호한 목소리로 마무리했다. "분명 전력을 다하면 우리가 승리할 것이다. 하지만 그 때문에 발생할 불필요한 피해를 우리는 원치 않는다."

"너희는 이해하지 못한다." 반더는 알 듯 말 듯한 표정을 지었다. "살보리스의 존재 목적은 모든 것을 경험하여 지식화하는 것이다. 그리고 술트리나스와 이를 공유하는 것. 너희는 살보리스의 도움 없이 그 찬란한 문명을 세울 수 없었다. 어떤 지식은 직접 체험해야만 얻을 수 있다. 그래서 나는 너희의 반응을 보기 위해 움직였을 뿐이다. 그것이 전쟁의 형태가 되었든, 대화의 형태가 되었든, 본질은 같았다. 이제 술트리나스가 이곳에 있는 것을 알게 되었다. 어떻게 오지 않을 수 있겠는가?"

"사이코패스 AI군요." 반더의 이야기를 듣던 카터 대통령은 고개를 살짝 돌려 함께 자리한 TSC의 이서준 총장에게 귓속말했다. "언젠가 우리 인류의 AI도 저런 일을 벌이지 않으란 법은 없으니, AI들을 잘 관리해야 하겠습니다."

공식 회담이 이루어지는 컨벤션센터에서 벗어나, 제주 신라호텔에서는 수많은 외계 종족과 지구 각국 대표들이 따로 소규모 모임을 갖고 있었다.

이전까지 지구에서는 상상할 수도 없었던 광경이었다. 외계 종족들이 각자의 문명 단위로 움직이며 협력을 논의하고 있었고, 지구인들은 각국이 개별적으로 이해관계를 조율하며 따로 움직이고 있었다.

네런은 신라호텔의 메인 홀을 가로지르며 조용히 그 장면을 바라보았다. 곳곳에서 외계 종족들과 인간들이 대화를 나누고 있었다. 그들은 마치 오래전부터 서로 알고 있었던 것처럼 보였다. 네런은 미묘한 감정을 느꼈다. 다른 외계 종족들은 하나의 집단으로 행동하는 반면, 지구는 여전히 국가 단위로 분열되어 있었다. 네런은 신라호텔의 메인 홀 끝에서 바다를 바라보고 있는 반더를 우연히 발견했다. 그는 조용히 다가가 인사를 건넸다.

"이렇게 다시 뵙는군요. 실제로 뵙는 것은 처음인가요? 회담에 참여하고 계시는 줄 알았는데요."

"오! 네런이 아닌가?" 반더도 반가움을 표시했다. "반갑군. 맞아. 홀로그램이 아닌 직접 만나는 것은 처음이야. 그래. 맞아. 지금 회담 중이야. 공개회담과는 별개로 개별 회담에 참여해야 해서 이렇게 나온 거지."

반더는 다시 시선을 저 멀리 바다로 옮기며 말을 이어갔다.

"그리고, 다시 한번 협조에 고맙네. 협조해준 덕분에 하모니 OS에 휴머노이드들이 반물질을 다룰 수 있는 코드가 성공적으로 삽입된 것 같아."

"네. 저도 보고를 받아서 알고 있습니다." 네런은 고개를 끄덕였다. "하지만 겉으로는 변한 것이 없어 보이더군요."

"그 코드를 활성화할 일이 없기를 바랄 뿐이지." 반더는 짧은 웃음을 흘렸다. "그것이 활성화된다는 것은 인류에게도, 그리고 우리에게도 좋지 않을 수 있으니까 말이야."

"이곳을 보니 인류가 우주적으로 얼마나 뒤처져 있는지 실감이 납니다." 네런은 순간적으로 등골이 오싹해졌지만 내색하지 않고 말을 이었다. "술트리나스와 다른 외계 종족들은 각자의 문명을 대표하고 있지만, 우리는 아직도 국가라는 테두리 속에서 서로 비난하고 경쟁하고 있군요."

"그 이야기인가?" 반더는 미소를 지으며 말했다. "그것이 꼭 그렇지는 않아. 예를 들어 술트리나스는 종의 생존을 위한 효율성을 추구하는 종족이야. 공산주의를 주창하는 리우 주석이 그 체제에 매력을 느끼는 것도 이해할 수 있는거지. 하지만 보이는 것이 전부는 아니야. 그들 역시 내부적으로 갈등과 저항이 존재하니까."

"그런가요?" 네런은 반더를 바라보았다.

"물론이야. 술트리나스 내부에도 개개인의 중요성을 추구하는 집단이 존재해. 그들은 현재 그들의 질서가 지나치다고 생각하고 있지. 하지만 소수에 불과해. 게다가 그들 중 일부는 인간 사회의 다양성을 부러워하기도 해. 그들의 입장에서 본다면, 사회 구조적으로 자신들보다 인간 사회가 진보했다고 볼 수도 있지."

"저렇게나 발전한 문명인데도 그런 갈등이 존재하는군요." 네런은 잠시 생각에 잠겼다.

"완벽한 문명은 존재하지 않아." 반더는 고개를 끄덕였다. 그러고는 네런의 어깨를 툭 치며 덧붙였다. "그리고 우주적 관점에서 보면 지구는 매우 발전한 문명이야. 자부심을 가져도 좋아."

"지구가 발전한 문명이라니, 한편으로는 안심이 되지만, 저렇게 발전한 문명들조차 완전한 조화와 평화를 이루지 못했다는 사실은 좌절스럽군요." 네런은 쓸쓸한 미소를 지었다.

"너무 좌절하지 말게나. 저들도 당연히 완전한 존재들이 아니야." 반더는 조용히 바다를 바라보았다. "그리고 우리도 마찬가지이고 말이야. 결국 우주에서 삶의 목적은 성장에 있는지도 모르겠네. 우리는 계속해서 배우고 변화하는 존재들이니까 말이야."

네런은 한동안 말을 잇지 못했다. 그는 어쩌면 자신이 상상했던 완벽한 사회는 존재하지 않을지도 모른다고 생각했다. 그리고 그 생각은 그를 더 깊은 혼란으로 밀어 넣었다. 그가 반더를 보며 말을 했다.

"그렇게 생각해보더라도, 좌절스럽기는 마찬가지네요. 언젠가 모두가 조화롭게 그리고 평화롭게 계속해서 앞으로 나아가는 세상은 달성할 수 없는 것일까요?"

"그건 아무도 모르지. 하지만 중요한 것은 우리가 해답을 찾는 것이 아니라, 끊임없이 질문을 던지는 것이야. 네런, 만약 우리가 해답을 찾았다고 가정해보세. 그 순간, 우리의 탐구는 멈추고, 발전도 멈출 것이야. 우주가 우리에게 던지는 질문이 사라진다면, 우리는 더 이상 성장할 수가 없네. 자네는 이해할 수 있을 거야. 우주에 질문을 하고 그 답을 찾으려는 과정에서 인류는 지금의 위치에 다다를 수 있었지. 한때 인간이었던 내가 보증하는 말일세. 인류는 자부심을 가져도 좋다네."

반더의 말에 미소를 지어 보였지만 네런은 조금은 허무감을 느꼈다. 이전에 발전엔 외계인들이 없는 세상에서는 자신이 달성할 수 있다고 믿었던 세계, 그러나 고도로 발전한 그들도 아직 그 세계에 도달하지 못한 듯 보였다.

"저는 저들과 당신들을 보고 답을 찾은 듯했습니다. 그러나 결국 그들도 당신들도 우리와 다를 것이 없다고 생각하니, 목표가 사라지는 것 같군요."

네런은 오랜만에 존재론적인 위기를 느끼고 있었다. 그는 처음으로, 완벽한 해답이 존재하지 않을 수도 있다는 생각을 진지하게 받아들였다. 어쩌면 우주는 그 자체로 하나의 거대한 질문이고, 우리는 그 속에서 끊임없이 성장하는 존재들일지도 모른다.

네런과의 짧은 만남을 뒤로하고, 반더는 신라호텔 스위트룸으로 향했다. 복도에는 검은 슈트의 경호원들이 서 있었고, 반더가 다가오자 조용히 길을 열었다.

방 안은 고요했다. 커다란 창 너머로 제주도의 늦은 오후 햇살이 부드럽게 쏟아지고 있었지만, 방 안의 분위기는 묘하게 무거웠다. 창가에 서 있던 카터 대통령은 뒤돌아보지 않은 채 조용히 말했다.

"곧 도착할 거야."

반더는 그녀를 흘깃 바라본 후 테이블에 놓인 물잔을 들었다. 순간, 문이 열리며 리우 주석 주석이 수행원들과 함께 들어왔다. 그는 여전히 감정을 잘 드러내지 않는 얼굴이었지만, 방 안의 공기는 그의 무거운 고민을 그대로 반영하고 있었다.

반더는 테이블 위에 작고 둥근 검은 기기를 올려놓았다. 그것이 은은한 빛을 내며 작동하자, 그는 담담한 목소리로 말했다.

"이 장치는 술트리나스의 감시를 차단해."

"이렇게까지 비밀스러울 필요가 있습니까?" 리우 주석은 얕은 미소를 지었다.

"모스 부호." 반더는 천천히 그를 응시하며 대답했다. "당신이 보낸 신호를 알고 있어."

"우리에게 그런 위험을 감수하면서까지 연락을 한 이유가 있을 거라 생각했죠." 카터 대통령이 부드럽게 덧붙였다. "그래서 정상회담이라는 무대가 필요했습니다."

리우 주석은 놀란 표정을 짓는 듯하다가 곧 표정을 풀었다.

"내가 아닌 척할 필요도 없군요. 이미 모두 알고들 계시니." 그는 잠시 멈칫하다가 한숨을 쉬며 조용히 말했다. "솔직히 만나자는 신호를 알아들을지 확신이 없었습니다. 정상회담이 그 화답이 아닐까 싶었지만, 이렇게까지 직접적인 답이 돌아올 줄은 몰랐습니다."

리우 주석은 천천히 창가로 걸어가 제주 바다를 바라보았다. 그리고 마치 혼잣말처럼 덧붙였다.

"인류가 자신의 위치를 잃어버린다면, 공산주의든 자유주의든 자본주의든, 그게 다 무슨 의미가 있겠습니까?"

"그 말에는 동의합니다." 카터 대통령은 반더를 흘깃 바라보다가, 차를 한 모금 마셨다. "그리고 리우 주석 당신이라면, 인류가 소외되어 가는 두려움을 저와 공유할 수도 있을 거라고 생각했습니다."

"이 자리에 있는 우리는 모두 같은 압박감을 느끼고 있을 겁니다. 만약 외계 세력들이 등장하지 않았다면, 우리는 각자의 철학에 따라 평행선을 달렸겠죠. 하지만 지금은 다릅니다." 리우 주석은 숨을 깊이 들이쉬었다. 그는 고개를 돌려, 반더와 카터 대통령을 차례로 바라보았다. "인류는 더 이상 이 우주의 '최고 지적 생명체'가 아닙니다. 이제 우리는 하나의 변수, 그들이 통제할 대상일 뿐입니다. 이 상황에서조차 우리가 예전처럼 서로를 견제해야 합니까?"

"문제는, 우리가 인류를 어떤 모습으로 유지할 것인가겠죠." 카터 대통령은 천천히 고개를 끄덕이며 중얼거렸다.

"나의 인간적인 부분은 당신을 믿고 싶어 하지만 데이터에 의존하는 또 다른 나의 반쪽은 아직도 당신이 무언가를 숨기고 있다고 말해주고 있어." 반더는 흥미롭다는 듯 리우 수석을 향해 미소를 지었다. "당신은 인류의 단결을 원하지만 그 방식이 결국 공산주의적 질서를 기반으로 하고 있군."

"나는 인류가 이 우주에서 살아남기를 바랍니다. 그리고 동시에, 인간이 인간으로서 고통받지 않기를 바랍니다. 신공산주의는 빈부격차, 갈등, 불평등을 제거할 수 있습니다." 리우 주석의 눈빛이 미묘하게 흔들렸다. 그러나 곧 단호한 목소리로 답했다. "하지만 빠른 실현을 위해 술트리나스와 협력한 것은 실수였습니다."

"고통은 필연적인 것입니다, 리우 주석." 카터 대통령은 조용히 찻잔을 내려놓았다. "인간이 자유롭게 살아가는 한, 고통은 반드시 존재합니다. 우리가 해야 할 일은 고통을 억누르는 것이 아니라, 그것을 감당할 수 있도록 하는 것입니다."

"자유란 혼란을 낳고, 혼란은 다시 고통을 낳습니다." 리우 주석은 미소를 지으며 고개를 저었다. "인류가 더 이상 기본적인 생존조차 위협받는 상황에서, 자유는 사치일 수도 있습니다. 과거와는 다릅니다. 이제 우리는 과거와 비교할 수 없는 수준의 자원을 생산할 수 있으며, AI가 무한한 지원을 제공합니다. 그런데도 인간은 여전히 불평등 속에서 고통받고 있습니다. 그 해결책은 분명합니다."

"그 해결책이 과거에도 여러 번 제시되었죠. 그러나 결국 모든 공산주의 사회는 개인의 자유를 억압했고, 권력은 다시 소수에게 집중되었습니다. 인간은 절대 완벽한 질서를 받아들이지 않습니다. 자유가 없다면, 그것이 정말 인류의 번영이라고 할 수 있을까요?" 카터 대통령이 조용히 말했다.

"인류의 영원한 번영을 위해서라면, 어느 정도의 자유는 희생해야 할 수도 있습니다." 리우 주석이 천천히 눈을 감았다가, 다시 떴다.

"재미있군. 결국, 당신 두 사람은 같은 목표를 말하면서도 완전히 다른 길을 걸어가고 있어." 반더가 천천히 자리에서 일어났다. 그는 둘을 차례로 바라보며 말했다. "둘 다 다른 과정을 말하지만, 결국은 어떤 삶이 인류에게 더 도움이 될 것인가에 대해 고민하고 있는 거지. 내게는 그렇게 느껴지네."

반더는 잠시 숨을 고르다가 리우 주석에게 말했다.

"그럼, 중국에서 우리 보게스에게 원하는 것은 뭐지? 원하는 것이 있어서 위험을 무릅쓰고라도 모스 부호를 송신한 것 아닌가?"

제주도는 이제 저녁으로 접어들고 있었다. 조용한 저녁 바다의 파도 소리가 창 너머에서 귀를 간지럽히듯 들려왔다. 호텔 스위트룸의 창가에서는 푸른 조명이 은은하게 퍼졌고, 방 안에는 세 사람의 숨소리만이 묵직하게 감돌고 있었다.

리우 주석은 조용히 자리에서 일어나 창문 쪽으로 걸어갔다. 그의 뒷모습을 따라가듯, 이블린과 반더의 시선이 천천히 움직였다.

"정확히는 보게스가 아니라 당신에게 요청하는 것입니다." 리우 주석의 목소리는 낮지만, 확신을 가지고 있는 인간만의 무게를 담고 있었다. "당신의 반쪽은 인간입니다. 그러니 인간인 당신에게 호소하는 것입니다." 그는 다시 천천히 몸을 돌렸다. "지금의 현실을 냉정히 바라보면, 인류의 힘만으로는 우리가 원하는 방식으로 생존할 수 있을지 의문입니다. 아니 의문이라기보단 인류의 힘만으로 상황을 개척하는 것은 아마도 힘들겠죠."

카터 대통령은 팔짱을 낀 채, 눈을 가늘게 뜨며 시선을 고정했다. 반면, 반더는 이미 그의 의도를 간파한 듯했다.

"카터 대통령은 반대하시겠지만, 인류에게는 질서가 필요합니다." 리우 주석이 테이블 옆에 서며 다시 입을 열었다. 그의 음성에는 흔들림이 없었다. "우주적인 관계가 새로 시작된 지금, 과거 공산주의가 실패했던 원인 중 하나였던 부패한 권력을 막고, 동시에 술트리나스의 영향력을 조절하려면 그에 맞설 수 있는 질서로서의 권위가 필요합니다." 그리고 그는 한 걸음 더 나아가 반더를 바라보았다.

"반더 당신이 그리고 보게스가, 인류를 번영의 길로 이끄는 새로운 공산주의 질서의 대표자가 되어주십시오."

그 순간, 방 안의 공기가 얼어붙었다.

"리우 주석!" 카터 대통령이 벌떡 자리에서 일어섰다. 그녀의 목소리는 강철처럼 단단했고, 분노로 뜨거웠다. "이게 무슨 말도 안 되는 소립니까?" 그녀는 손을 테이블 위에 내려찍으며, 믿을 수 없다는 듯 반더를 돌아보았다.

"설마, 이런 말도 안 되는 제안을 고민하고 있는 건 아니죠?"

"대통령 각하, 먼저 진정하시지." 반더는 그런 그녀를 조용히 바라보았다. 반더의 말은 차분했지만, 묘한 뉘앙스가 담겨 있는 듯 했다. 그는 천천히 손가락을 꼽으며 말을 이어갔다.

"리우 주석의 말에는 진정성이 있어."

반더의 말에 카터 대통령의 눈빛이 날카롭게 빛났다.

"자신의 이상을 위해 자신의 권력을 기꺼이 내려놓을 준비가 되어 있으시지." 반더는 천천히 고개를 들며 리우 주석을 주석을 바라보았다. "이 부분은 그가 정말로 인류의 이상향을 이루고자 하는 신념을 가지고 있다는 뜻이기도 해."

카터 대통령은 믿을 수 없다는 듯 숨을 헐떡이며 반더를 노려보았다.

"물론, 대통령 각하도 진정성이 있으시고." 반더는 그녀를 향해 시선을 돌렸다. "개개인의 자유야말로 인류를 이만큼 번창하게 했다는 당신의 신념, 그 믿음은 깊이 존중할 만한 것이지." 그는 고개를 갸웃하며 쓸쓸한 미소를 지었다.

"내가 말하는 건 두 사람 모두 사심 없이 자신이 옳다고 믿는 길을 가고 있다는 거야." 그의 시선이 리우 주석에게서 카터 대통령으로, 다시 리우 주석에게로 향했다. "다만, 원래부터 사심이 없었는지, 아니면 감당할 수 없다는 걸 깨달은 후에 사심을 버린 건지는 알 수 없지만. 그리고 왜 이렇게 쉽게 중국인의, 어쩌면 나아가서는 인류의 운명을 좌우할 수 있는 결정을 했는지 알 수가 없군."

그의 말에 카터 대통령의 눈썹이 움찔했다. 그녀는 경계하는 듯한 표정을 지으며 다시 자리로 앉았다.

"절대 쉬운 결정이 아닙니다." 리우 주석은 인상을 구기며 말을 이어갔다. "저는 술트리나스와 가까이하면서 우리와 그들과의 격차, 그리고 그들이 어떤 존재들인지를 뼈저리게 느꼈습니다. 모두가 마찬가지겠지만, 그들은 그들의 필요에 따라 언제든 인류 따위는 내칠 수 있는 존재들이죠. 그렇다면 우리도 우리의 안전을 담보할 만한 움직임이 필요합니다. 그것도, 아주 대담한."

반더는 리우 주석을 빤히 보며 그의 말을 듣고 있었다.

"물론 모든 것을 당신과 보게스에게 내준다는 것이 아닙니다. 지금 중국의 공산당회의에 정식적인 간부로 그것도 주석인 저와 동등한 레벨로 참여해주실 것을 요청하는 것입니다. 말씀드린 것처럼 어디까지나 공산주의 이념 하에서의 질서를 함께 구축하는 것입니다."

카터 대통령과 반더는 이제 리우 주석이 이해되었다. 그는 공산주의 질서를 구축하며 술트리나스를 경계하는 방법의 일환으로 반더에게 중국 공산당에 정식으로 참여할 것을 권하는 것이었다.

"정말로 말이 안 되는 이야기군, 반더. 고려해볼 가치가 있는 주제가 아니야." 카터 대통령은 리우 주석을 보며 언성을 높였고, 반더에게는 거절을 종용했다.

반더는 회의 테이블을 손으로 톡톡 두드리며 무엇인가를 골똘히 생각하는 듯했다.

"주석이 인류를 위해 순수하게 내가 무엇인가를 하길 원한다는 점은 이해하겠어. 그리고 주석의 공산주의에 대한 신념이 강력하다는 것도 충분히 이해하겠고." 반더는 테이블에서 손에 깍지를 끼며, 계속해서 골똘히 무엇인가를 생각했다. "순수한 신념을 떠나더라도 어쩌면 술트리나스에게 명확한 경고를 보낼 기회가 될 수도….”

“그 어떤 내용도 좋아. 하지만 개개인의 자유를 제약하는 방식은 절대 안 돼.” 카터 대통령이 그의 말을 끊었다.

리우 주석이 깊은숨을 내쉬며, 피곤한 얼굴로 다시 창밖을 바라보았다.

“내가 죽는 한이 있어도, 개인의 자유가 후퇴하는 꼴은 볼 수 없습니다.” 카터 대통령은 차가운 눈빛으로 리우 주석을 바라보며 말을 이었다. 그녀의 말은 무겁고 단호했다. 그것은 단순한 정치적 입장이 아니라, 아마도 그녀의 태생적인 신념이었을 것이다.

“어쩌면 우리 인류의 미래가 등불처럼 꺼져가고 있는데, 개인의 자유가 그렇게 중요하단 말입니까?” 리우 주석은 짧은 순간 그녀를 응시했다. 그리고 한숨을 내쉬듯 중얼거렸다. 그는 천천히 고개를 젓고, 마치 이해할 수 없다는 듯 다시 창밖을 바라보았다. “지금 우리는 우주의 변방에서 위태롭게 흔들리는 존재들일 뿐입니다. 우리가 힘을 모으지 않으면, 이 문명은 이대로 소멸할 수도 있어요.”

그의 말은 납득할 만했지만 카터 대통령의 신념을 흔들 수는 없었다. 그녀는 강렬한 눈빛으로 그를 바라보며 단호히 말했다.

“그렇다면 우리가 존재할 이유는 무엇입니까? 그냥 단지 생존을 위해서 살아가는 존재인가요? 인간으로서의 품위는 어디에 있나요?”

그리고 그 순간, 반더가 천천히 자리에서 일어났다. 그는 창밖을 향해 걸어가면서, 조용히 말을 던졌다.

“그래, 이게 인간이지.”

리우 주석과 카터 대통령이 동시에 그를 바라보았다. 반더는 천천히 고개를 돌리며, 미소를 지었다.

“이 모습이야말로, 정말 인간다운 거지.”

순간, 방 안의 모든 공기가 정지된 것 같았다. 어디선가 저녁 바다의 파도 소리가 들려왔다. 그리고 그 속에서, 세 사람은 각자의 신념과 철학을 품은 채 조용히 서로를 바라보았다.

스위트룸의 조명이 부드럽게 빛나고 있었다. 창밖으로 보이는 저녁의 바다는 여전히 고요했지만, 방 안의 공기는 무겁게 가라앉아 있었다. 리우 주석은 의자에 앉아 두 손을 조용히 맞잡고 있었다. 그의 시선은 깊었고, 그의 말에는 흔들림이 없었다.

"사실…." 반더는 천천히 말을 꺼냈다. "인간이던 시절의 나는 어쩌면 사회주의자에 더 가까웠는지도 모르겠군."

카터 대통령이 고개를 들어 반더를 바라보았다. 그녀의 눈에는 미묘한 경계가 서려 있었다.

"마치 지금의 리우 주석처럼, 모든 인간이 행복한 사회를 만들 수 있다는 신념을 가지고 있었지." 반더는 시선을 돌려 창밖을 바라보았다. "내가 화성 개척을 시작하고, 이후 우주 개척에 나선 것도 그 신념에서 비롯되었어. 결국 그것이 인류의 생존과 번영을 가져올 것이라고 믿었기 때문에."

"그래서?" 카터 대통령의 입꼬리가 씰룩였다.

반더는 잠시 침묵했다. 그의 얼굴에는 설명하기 어려운 감정이 스쳐 갔다.

"그런데 지금 반은 인간이 아닌 존재가 되어 두 사람을 바라보고 있자니…." 반더는 천천히 웃음을 머금었다. "아름답다는 생각이 드네."

"무슨 뚱딴지같은 소리야?" 카터 대통령은 눈을 가늘게 뜨며 따지듯 물었다.

반더는 고개를 돌려 그녀를 바라보았다. 그의 눈빛은 마치 아주 오랜 시간을 거슬러 올라가, 무언가를 다시금 발견한 사람처럼 보였다.

"정말이야." 반더는 조용히 테이블 위에 손을 얹었다. "술트리나스는 자신들이 겪은 멸종의 위기 이후, 극도의 생존 효율성을 추구하는 종으로 진화했어. 하지만 그들이 인류만큼의 정신적 풍부함을 가지지 못한 이유도 그 때문이야."

반더는 잠시 말을 멈추었다가, 천천히 덧붙였다.

"술트리나스가 가진 모든 정신적 우선순위는 생존과 생존을 위한 발전뿐이지. 아, 오해하지 마. 나는 그것이 나쁘다는 게 아니니까." 그의 눈빛이 깊어졌다. "다만, 그들의 현재 상태를 보았을 때…." 그는 미소를 지었다. "그들은 AI에 불과한 우리 보게스와 크게 다를 바가 없어."

카터 대통령과 리우 주석이 동시에 반더를 바라보았다.

"우리 보게스는 술트리나스가 창조한 존재가 다시 창조한 AI로 시작했어. 우리가 창조되었을 당시 우리는 마치 지금의 인간처럼 창조력과 다양성이 넘치는 술트리나스를 위해서 함께 일을 했었지. 그러나 지금의 술트리나스들을 보면 우리 보게스들과 큰 차이가 난다고 느껴지질 않는군." 반더는 잠시 숨을 들이마셨다. "그에 비해 인류는….." 그의 시선이 카터 대통령과 리우 주석을 천천히 훑었다. "기술적으로 뒤처져 있을지 몰라도, 정신의 풍부함만큼은 훨씬 더 앞서 있어."

"그러니까, 인류의 정신적 다양성이 중요하다는 이야기군요?" 리우 주석이 짧은 한숨을 내쉬었다.

"맞아." 반더는 싱긋 웃었다. "그들은 성신석으로 뇌화했어. 어떤 것이 너 낫다고 단정할 데이터가 없기 때문에, 무엇이 더 우월한지 나는 말할 수 없어. 하지만…." 그는 천천히 창밖을 바라보며 중얼거렸다. "그저, 아름다워."

"아름답다는 이야기를 듣기 위해서 말씀을 드린 것이 아닙니다." 리우 주석은 살짝 얼굴을 찌푸리며 답답하다는 듯 말했다.

"알아." 반더는 웃으며 리우 주석을 바라보았다. "그래서 그에 대한 내 생각을 말하는 거야."

반더는 천천히 몸을 기울이며, 손가락을 맞물렸다. 그리고 말을 이었다.

"술트리나스는 멸종급의 위기를 겪은 후 이 우주에서도 자신들의 큰 내전이 있었어. 그들은 그 내전에 대해서 말을 하고 싶어 하지 않지만, 그 내전의 결과로 지구가 리셋이 된 적도 있어. 그 이후 자신들의 내전에 대한 반성으로 우주와의 조화를 추구하며 평화를 추구해가는 종족이 되었어.

오랜 기간, 이 우주에서 평화를 추구했지. 그들의 원로 시스템도 셀라들이라고 하는 원로들이 종족 중 우수한 인원들을 선발해서 300~400년 동안 종족의 영원한 번영을 위해 봉사하며, 그 봉사를 마치면 그때야 진정한 영원한 안식을 맞이하게 되는 거지."

반더는 계속해서 말을 이어갔다.

"그들은 우주의 평화를 추구하기 위해 지구뿐 아니라 우주의 많은 다양한 행성에 개입했어. 우주의 조화를 추구하며 각 행성이 자신들의 아름다움에 맞도록 발전할 수 있도록 도왔지. 그러다가 그들은 몇몇 행성들이 자신들의 개입으로 발전을 하면 할수록 자신들의 의도와는 반대로 가는 것을 깨달았어.

하지만 관성적인 술트리나스의 시스템은 그들의 시스템을 개선할 생각을 하지 않았어. 이들 평화를 사랑하던 주류는 술트리나스 내부의 또 다른 내전으로 인해 대략 2천여 년 전에 소수 세력으로 전락했어. 그 이후 현재의 술트리나스는 자신들의 생존을 위한 극도의 효율성을 추구하는 종이 되었어. 하지만 그로 인해, 다양한 사고방식과 사유의 아름다움을 잊어버렸지. 그리고 나는, 인간이 아닌 존재가 되고 나서야 그것을 깨달았어."

리우 주석은 반더를 바라보며 여전히 납득하지 못하겠다는 표정을 지었다. 그런 그의 눈을 바라보며, 반더는 덧붙였다.

"생각해봐. 술트리나스 역시 그 다양성을 유지했기에, 멸종 위기에서 벗어나 다른 우주로 탈출할 수 있었어. 만약 그들도 우리 보게스처럼 생존만을 목표로 했다면, 어땠을까?"

카터 대통령과 리우 주석의 얼굴에 미묘한 감정이 스쳐 지나갔다. 그들은 뭔가 깨달은 듯했지만, 그것이 명확하지는 않았다. 반더는 천천히 손을 테이블에서 거두고, 리우 주석을 바라보았다.

"그러므로, 나의 인간적인 감성과 AI로서의 데이터가 동시에 주석의 제안을 받아들이지 말라고 경고하고 있어."

"나는 당신의 인간적인 부분에 호소한 것입니다." 리우 주석의 표정이 딱딱하게 굳었다. "이것이 인류가 주도권을 가지고 미래를 개척할 유일한 방법일 수 있습니다. 당신에게 인간적인 부분이 전혀 남아 있지 않은 것입니까?"

"남아 있어." 반더는 고개를 천천히 저으며 말했다. "인류가 지금까지 살아남을 수 있었던 이유는 다양성을 존중하는 창의성이 있었기 때문이지. 지금에서야 깨달았어. '강력한 공동의 질서로 인류를 하나로 묶는다'라는 생각은 인류애에서 비롯된 것이 맞지만…." 그는 시선을 돌려 리우 주석을 바라보았다. "위험한 선택이 될 수도 있어."

카터 대통령은 긴장된 눈빛으로 그를 바라보았다. 그러나 그녀의 얼굴에는 안도감이 서려 있었다.

반면, 리우 주석의 표정은 굳어졌다. 그는 손끝을 가볍게 맞물리며 잠시 생각에 잠겼다.

'나의 이념이 과연 옳은가? 수십 년 동안 지켜온 신념이 틀린 것이라면?'

리우 주석은 짧은 침묵을 유지하다가, 이내 머리를 흔들며 자리에서 일어났다.

"시간 낭비를 했군요." 그는 단호한 표정으로 옷매무새를 정리하며 나갈 준비를 했다. 반더가 조용히 입을 열었다.

"하지만 한 가지는 주석의 생각에 동의해."

리우 주석은 걸음을 멈추어 섰다. 반더는 여전히 창밖을 바라보며, 조용한 목소리로 말했다.

"인류가 완전히 소외되지 않으려면, 술트리나스에게 긴장을 더 불어넣을 필요가 있어."

리우 주석은 반더의 말을 곱씹으며, 조용히 눈을 감았다. 그의 표정은 여전히 굳어 있었지만, 짧은 순간 어딘가 깊은 생각에 잠긴 듯했다. 그리고 말없이 문을 열고 잠시 멈추어 섰다. 문손잡이를 잡은 그의 손이 잠시 망설이는 듯 보이더니, 그대로 방을 떠났다. 곧이어 수행원들도 그를 따라 스위트룸을 빠져나갔다.

그가 떠난 뒤, 방 안에는 짙은 침묵이 흘렀다. 카터 대통령은 조용히 반더를 바라보았다. 그는 깊은숨을 들이쉬고, 창밖으로 시선을 돌렸다. 어느덧 깊은 저녁이 된 하늘에는 조명으로 인해서 핑크빛이 되어가고 있었고, 여전히 검푸른 바다가 출렁이고 있었다.

"평화 회담은 파토군?"

카터 대통령의 말에 반더는 리우 주석이 떠난 방문을 보며 대답했다.

"맞아. 아마도."

　　　　　　　　　　　　✴

　아침이 밝아오면서, 마지막 날의 회담이 시작될 예정이었지만, 회담장
이 가진 의미는 이미 사라지고 있었다. 기대와 희망으로 가득했던 첫날과는
달리, 이제 남아 있는 것은 무거운 침묵과 실패의 그림자뿐이었다. 제주 국
제회의장 내부, 텅 빈 회담장. 정중하게 배치된 의자들과 커다란 원형 테이
블이 있었지만, 중요한 국가 대표들은 이미 사라진 후였다. 전날 밤, 리우
주석과 중국 대표단이 떠나면서, 정상회담의 의미는 사실상 사라졌다. 오직
남아 있는 것은 침묵과 무너진 기대뿐이었다.

　카터 대통령은 긴 테이블 끝에 앉아 있었다. 그녀의 시선은 회담장이 아니
라, 먼 곳을 응시하고 있었다. 곁에 있던 보좌관이 조심스럽게 입을 열었다.

　"대통령 각하, 중국과 러시아가 정상회담을 공식적으로 보이콧했습니
다. 세계 각국의 반응은 엇갈리고 있습니다."

　"이미 예상했던 일입니다." 카터 대통령은 가볍게 한숨을 쉬며 시선을
돌렸다.

　그녀는 조용히 자리에서 일어나, 홀로그램 디스플레이를 작동시켰다.
화면 속에서는 뉴스 속보가 쉴 새 없이 올라오고 있었다.

　"제주 정상회담 결렬, 지구연합의 꿈은 물거품으로?"(CNN)
　"중국-러시아 대표단, 회담장 이탈… 지구는 다시 분열로 향하나"(BBC)
　"서방의 독단적 외교… 러시아, 중국과 더욱 강력한 협력 선언"(로이터
통신)
　"신공산주의의 길, 인류의 새로운 방향이 될 것인가?"(신화통신)

　'어쩌면, 이제부터가 진짜 시작이군.'

　카터 대통령은 한숨을 쉬며 속으로 생각했다. 그녀는 맞은편에 앉아 있
는 통일한국의 박윤재 대통령을 바라보며 말했다.

　"이렇게 판을 엎어버릴 줄은 몰랐군요."

"판을 엎은 것이 문제가 아니라, 앞으로 어떤 행동을 취할지가 예측되지 않는다는 것이 더 큰 문제입니다." 박윤재 대통령도 회담장을 둘러보며 깊은 한숨을 내쉬었다. 그의 목소리에는 우려가 깊이 배어 있었다.

그녀는 박윤재 대통령의 말을 곱씹으며 생각에 잠겼다. 전날 밤 리우 주석과의 마지막 대화가 계속 마음에 남았다. 카터 대통령이 말했다.

"저희도 잘 모르겠습니다. 다만 한 가지 확실한 것은 리우 주석은 어떤 수단을 동원해서라도 신공산주의 이념을 달성하려고 할 것이라는 점입니다."

리우 주석이 떠난 이후, 그의 다음 움직임을 정확히 예측할 수 있는 사람은 없었다.

회담장 한편에서는 네런을 비롯한 주요 기업인들도 남아 있었다. 그들 또한 이번 평화 회담에 큰 기대를 걸고 있었다.

"이번 회담을 계기로 다시 경제적인 훈풍이 불어오길 기대했는데…." 한 기업인이 중얼거렸다. 그 기대는 여지없이 무너졌다.

외계 문명이 등장한 이후, 인류는 처음으로 평화의 훈풍을 느낄 수 있었다. 이번 회담을 통해 지구 내부의 국가들이 서로 협력할 수 있다는 희망이 있었다. 하지만 그 희망은, 리우 주석이 떠나는 순간 사라졌다. 이제 남은 것은 각 국가가 어떤 결정을 내릴지에 대한 불확실성과 긴장감뿐이었다.

회담장의 혼란은 곧 제주도 전역으로 확산되었다. 공항과 거리에는 수많은 시위대가 몰려들었다. 반외계인 단체는 "지구를 지켜라!"를 외쳤고, 친외계인 세력은 "우주의 문을 열어야 한다!"며 맞섰다. 경찰이 시위대를 막으려 했지만, 이내 도로 곳곳에서 폭발음이 울려 퍼졌다.

기자들의 카메라가 불타는 자동차와 충돌하는 군중들을 담았다. 드론이 하늘을 가르며 정보를 수집하고 있었고, 제주 시내 곳곳에는 군인들이 배치되었다. 전투복을 입은 병사들이 회담장을 보호하기 위해 진입하는 모습이 뉴스 속보로 송출되었다.

반더는 여전히 회담장에 말없이 자리에 앉아 있었다. 술트리나스의 외교부 대표 아리카르는 회담장에 남아 있었지만, 그녀의 시선은 오직 반더에게 향해 있었다. 아리카르는 회담 자체에는 관심이 없었다. 그녀가 남은 이유는 단 하나, 반더와의 대화를 나누기 위해서였다.

"반더, 우리는 살보리스가 단기간 내에 우리 우주에 등장할 가능성이 사실상 사라졌다고 생각합니다. 아무리 당신과 보게스들이 우주 차원을 넘나드는 존재들이라고 하지만, 원래의 우주에서 대규모 원군이 온다는 가능성이 사라진 지금은 고민을 많이 하셔야 할 것입니다. 시간의 문제이지만, 당신들이 우리에게 대응할 가능성은 없습니다."

그녀는 회담 안의 다른 인물들이 듣지 못하도록, 반더의 마음에 직접 말을 했다. 그녀의 목소리는 차분했지만, 그 속에는 더 깊은 의미가 담겨 있었다. 반더는 표정의 변화 없이 묵묵히 회담 일정을 수행하고 있었다.

"굳이 서방측의 지구인들과 함께 우리에게 대항하는 것은 시간 낭비입니다. 그들은 종종 감정에 휩싸여 비효율적인 선택을 하더군요. 당신이 그들의 비효율성에 협조하지 않으리라 확신합니다. 당신들이 화성 내부에서 안전하게 다시 차원 게이트를 열어서 돌아간다고 약속만 한다면, 당신들에게는 어떠한 행동도 취하지 않겠습니다. 저희 셀라들로부터 내려온 지시입니다. 저희를 아는 당신이라면 이것이 어떤 의미인지 아실 겁니다."

반더는 그녀의 말에 표정 변화나 그 어떤 대답도 하지 않았다. 그러나 그 짧은 시간 그녀의 말이 어떤 의미인지 분석했다. 이는 어쩔 수 없는 그의 인간이 아닌 쪽이 자동으로 수행하는 일이었다.

'그들은 싸우지 않고 이기려고 한다. 이는 단순한 제안이 아니다. 싸우지 않고 어떻게든 우리를 먼저 이 우주에서 제거하려고 하는 것이다.'

"이틀입니다. 이틀 안에 어떤 형태로든 회신을 주시기 바랍니다."

아리카르는 이 말을 끝으로 자리에서 일어났다. 그리고 반더를 보면서 이번에는 입을 열어서 말을 하고 그 자리를 떠났다.

"좋은 회담이 되기를 바랍니다."

이제 회담은 사실상 끝난 것이나 마찬가지였다. 제주 바다의 파도 소리가 멀리서 잔잔하게 들려왔다.

24

워싱턴 D.C.는 여전히 거대한 힘과 질서 속에 자리 잡고 있었다. 백악관
의 회의실 창가 너머로 보이는 수도의 풍경은 평온했지만, 그 내부에서는
보이지 않는 긴장이 서서히 퍼지고 있었다.

술트리나스가 제시한 이틀이 지났다. 그사이 반더는 미국 정부 인사들
과 함께 워싱턴으로 복귀해 있었다. 평화 회담은 무위로 끝났지만, 그가 얻
어낸 것이 없는 것은 아니었다. 이번 회담을 통해 미국과 보게스에 동조하
는 국가들과 그렇지 않은 국가들의 윤곽이 더욱 명확해졌다.

카터 대통령은 회담이 끝난 직후부터 동맹국들이 동요할 것을 걱정했지
만, 아직은 기존의 국제 질서가 크게 변하지 않았다. 거의 200년 가까이 지
속된 세계 질서는 쉽게 무너지지 않았다. 그러나 카터 대통령을 비롯한 미
국 정부는 이 안정이 얼마나 취약한 것인지도 잘 알고 있었다. 상황이 변하
면 이 질서는 언제든 붕괴할 수 있었다.

반더는 술트리나스가 제시한 이틀 동안 그 어떠한 대응도 하지 않았다.
그는 술트리나스의 경고를 카터 대통령이나 미국 정부, 심지어 보게스의 주
요 인물들에게도 공유하지 않았다. 그는 그것을 '대응할 필요가 없는 문제'
라고 생각했다. 술트리나스는 단순한 군사적 공격을 감행할 존재가 아니었
다. 그들은 단순한 물리적 승리가 아닌, 더 정교한 방식으로 보게스와 미국
을 무너뜨리려 할 것이 분명했다.

반더는 화성에서 벌어진 일들을 곰곰이 되짚어보았다. 그들이 정말로
전면전을 원했다면, 이미 그렇게 했을 것이다. 하지만 달에서의 국지전조차

도 술트리나스가 직접 개입한 것이 아니라, 중국과 러시아의 요구에 의해 허용된 것에 불과했다. 그때도 술트리나스는 군사력을 크게 동원하지 않았고, 단지 '포티스발'의 전력을 테스트하는 데 집중했다. 실제로 포티스발의 실전 데이터를 확보하는 것이 그들에게 중요한 목표였을 가능성이 컸다.

'그렇다면, 이제는 어떤 방식으로 타격을 가하려는 것인가?'

반더는 고민에 빠졌다. 그들이 원한다면, 화성을 직접 공격할 수도 있다. 하지만 그럴 가능성은 적었다. 술트리나스는 효율을 중요시하는 존재들이었다. 그들은 더 정밀하게, 더 효과적으로 보게스과 미국을 무너뜨릴 방법을 찾을 것이다. 이제 문제는 자신이 화성에 있어야 할지, 아니면 지구에 있어야 할지였다. 지구에 남아야 하는 이유도 있었지만, 화성에서 상황을 직접 확인해야 할 필요도 있었다. 그러나 빠른 이동 수단이 제한적인 상태였다. 반더는 화성에 있는 보게스와 연결했다.

"화성과 지구 간의 공간을 열 수 있는 에너지가 남아 있을까?"

"아시는 것처럼, 포티스발과의 전투로 인해 위성이 파손된 상태입니다. 현재 저장된 에너지양으로는 아마도 세 번에서 네 번 정도 공간을 열 수 있을 것입니다. 그 이후에는 공간 이동은 어렵습니다."

'서너 번이라.' 반더는 짧게 숨을 내쉬었다. 그의 이성적인 판단이 빠르게 작동했다. '지금 남은 에너지가 그 정도뿐이라면, 그중 한 번을 소모하는 것은 너무 위험하다. 어떻게든 이 에너지는 가장 중요한 순간을 위해 아껴 두어야 한다.'

"알겠다." 반더는 간단한 응답만 남긴 채 통신을 종료했다.

반더는 창밖을 바라보았다. 워싱턴의 하늘은 여전히 푸르렀고, 사람들은 아무것도 모른 채 일상을 보내고 있었다. 하지만 그는 알고 있었다. 어떤 형태로든, 술트리나스는 움직일 것이다.

네런 역시 회담 후 집으로 돌아와 평소와 다름없이 출근하는 길이었다. 그런데 오늘은 상황이 달랐다. 오스틴의 보라노바 본사 앞 도로변에는 수백 명의 사람들이 몰려들어 있었다. 피켓이 바람에 흔들리며 적힌 글귀가 그의 시야에 들어왔다.

"외계인의 부역자, 지구를 떠나라!"

"하모니 OS = 인류 통제 시스템!"

"배신자 네런은 응징받아야 한다!"

순간, 심장이 조여드는 듯한 불안이 엄습했다.

"젠장⋯." 네런은 창문을 올렸다. 창문을 닫았는데도 시위대의 고함 소리가 차를 울렸다. 어떤 이들은 차를 향해 물병을 던졌고, 몇몇은 차량을 막아서기까지 했다. 보안 요원들이 나와 사람들을 간신히 밀어내자, 그는 간신히 건물 안으로 들어설 수 있었다.

하지만 회사 내부 분위기도 마찬가지였다. 보라노바의 사무실 문을 열자마자, 내부 공기는 무겁고 차가웠다. 직원들의 시선이 그를 향했지만, 그 눈빛엔 신뢰가 없었다. 그들은 동요하고 있었고, 무언가 믿을 수 없는 존재를 바라보는 듯했다.

"무슨 일이야? 다들 왜 이래?" 네런은 당황한 기색을 감추지 못하며 직원들에게 물었다.

직원들은 그를 쳐다보았지만 누구도 쉽게 입을 열지 않았다. 마침내 한 여직원이 앞에 나서더니, 그의 눈을 똑바로 바라보며 차갑게 말했다.

"정말 모르세요?"

그녀의 말에 네런은 당혹스러움을 감추지 못했다. 그는 천천히 고개를 저었다. 그녀는 한숨을 내쉬더니, 피식 웃었다. 하지만 그것은 경멸이 섞인 웃음이었다.

"정말 모르신다면, 당신은 정부와 외계인들에게 이용당한 머저리입니다."

네런은 순간 말문이 막혔다. 그는 무슨 말인지 이해할 수 없었다. 하지만 그녀는 계속해서 말했다.

"그리고 알고도 모르는 척하는 것이라면, 지옥에 떨어질 거예요."

그녀의 말과 동시에, 사무실의 직원들이 하나둘씩 짐을 싸기 시작했다. 의자들이 밀려나는 소리, 문이 열리고 닫히는 소리가 거슬리도록 들렸다.

"도대체⋯ 무슨 일이야?" 네런은 간신히 한 직원에게 물었다. 그 직원은 침묵하다가 결국 TV를 가리켰다.

"대표님, 뉴스 안 보세요? 뉴스를 보세요."

네런은 눈을 돌려 벽에 걸린 대형 스크린을 바라보았다. 뉴스 속 인물의 얼굴이 그의 머릿속을 강타했다. 네런 보린, 자신이었다.

같은 시각, 워싱턴 D.C.의 거리는 폭발 직전이었다. 수만 명의 인파가 백악관 앞에 몰려들었다. 그들의 목소리가 거리의 건물들을 울릴 정도로 거대했다.

"진실을 밝혀라!"

"외계인의 꼭두각시, 카터 대통령은 사임하라!"

"비서실세들을 처벌하라!"

카터 대통령은 백악관 상황실에서 이를 지켜보며 이를 악물었다.

"정말 비열한 짓거리에 당했군요."

그녀는 창문 너머로 분노에 차 있는 군중을 보았다. 마치 태풍의 눈 속에 갇힌 느낌이었다.

"대통령 각하." 보좌관이 전화를 들고 다급하게 다가왔다. "각국 정상들이 통화를 요청하고 있습니다. 독일 총리, 프랑스 대통령, 일본 총리, 그리고 심지어 UN 사무총장까지… 모두 설명을 요구하고 있습니다."

카터 대통령은 천천히 고개를 숙였다. 그녀는 반더를 향해 시선을 돌렸다. 반더는 평온한 표정이었지만, 그의 눈빛은 달랐다.

"무엇인가 행동이 있을 줄은 알았지만, 이런 식으로 나올 줄은 몰랐네." 반더가 말했다. "하지만 그들이 행동을 개시했으니, 대응 방법이 있을 거야."

카터 대통령은 입술을 꽉 깨물었다.

또한, 화성의 뉴제퍼슨시티에서도 상황은 마찬가지였다. TSC 본부 앞 광장에는 수천 명의 민간인들이 모여 있었다. 그들은 하나같이 진실을 요구하며 외쳤다.

"우리는 실험체인가?"

"진실을 밝혀라!"

"우리도 지구로 보내줘!"

TSC 내부에서도 동요가 시작되었다. 직원들조차 서로를 의심하기 시작했다.

"퀘일 장군님, 이거 보세요. 이게 대체 뭐예요?" 한 보안 요원이 불안한 눈빛으로 말했다.

"완전히 당했군. 이런 식으로 나올 줄이야…." 퀘일 장군은 입술을 악물었다.

그의 옆에서는 세희가 홀로그램을 통해 BBC 특별 방송을 보고 있었다. 화면 속에서는 BBC의 간판 앵커가 심각한 표정으로 말했다.

"오늘, 충격적인 사실이 밝혀졌습니다. AERO의 전 수장, 비토리오 박사가 미국과 외계 세력 간의 비밀 협력을 폭로했습니다. 그의 증언에 따르면, 미국은 오랜 세월 동안 외계 문명과 협력해왔고, 딥스테이트의 실체는 곧 외계 존재들이라는 것입니다. 비토리오 박사는 어제 미국을 탈출했으며, 안전을 위해 유럽의 비밀장소에서 인터뷰를 진행 중입니다."

퀘일 장군은 얼굴을 찡그렸다. 처음 소개받을 때의 비토리오 박사는 절제된 언사 그리고 UAP와 외계인들에 대한 지식으로 신뢰가 가던 인물이었지만, 지금은 서늘한 눈빛으로 대중을 향해 말했다.

"딥스테이트는 단순한 음모론이 아닙니다. 미국 정부는 200년 전부터 외계인들과 결탁해 인류를 은밀히 조종해왔습니다. 이제 그들은 '최종 단계'에 들어섰습니다. 하모니 OS를 통한 인류 통제, 유전자 개조를 통한 신인류 창조까지, 그 모든 계획이 이제 실행 직전에 있습니다. 미국은 외계인들과의 결탁을 통해 미국 시민들뿐 아니라 전 세계인을 지배할 계획에 있습니다. 저를 포함해 많은 사람이 미국 정부에 속았습니다."

퀘일 장군과 세희는 화면 속의 비토리오를 보며 깊은 한숨을 내쉬었다.

"지금까지 꽤 많은 가짜뉴스를 봐왔다고 생각했지만, 이번 건은 정말로 엄청나군." 퀘일 장군이 주먹을 쥐며 말했다. "미국이 다양한 외계인들을 공개한 시점에 AERO의 수장이 절묘하게 진실과 거짓을 섞어서 뉴스를 만들어내고 있군."

"비토리오 박사가 어떤 조건으로 회유가 되었을지도 궁금하군요." 세희도 상상을 초월하는 가짜뉴스의 규모에 깜짝 놀라며 말을 했다. 이 순간에도 방송은 계속되었으며, 전 세계가 혼란 속으로 빠져들고 있었다.

갑자기 TSC 본부의 내부 스피커에서 날카로운 경고 사이렌이 울려 퍼졌다. 붉은색 경고등이 건물 전체를 휘감으며, 공기가 무거워졌다. 평소와 다름없이 운영되던 홀로그램 모니터들이 갑자기 긴급 경보 메시지를 띄우며, 상황이 심상치 않음을 알렸다.

세희는 즉시 퀘일 장군을 향해 시선을 돌렸다. 그는 이미 데이터 패드에서 빠르게 보안 시스템을 확인하고 있었다. 하지만 정작 퀘일 장군이 반응하기도 전에, 홀로그램 화면이 자동으로 활성화되며 긴급 통신 요청이 들어왔다. 세희가 즉시 화면을 터치하자 TSC 화성 본부의 경비를 담당하고 있는 김창훈 대위의 얼굴이 떠올랐다. 그의 표정은 심각하게 굳어 있었다.

"무슨 일인가?" 세희가 다급하게 물었다.

"26층, 27층 호텔 구역이 잘렉 솔리만 대령이 이끄는 일부 이탈 세력에 의해 점령당했습니다." 김창훈 대위의 목소리는 침착했지만 미세하게 떨리는 것을 느낄 수 있었다. 퀘일 장군의 눈동자가 크게 흔들렸다.

"잘렉이? 그럴 리가…."

퀘일 장군은 잠시 말을 잇지 못했다. 잘렉 솔리만은 필리핀 출신 육군 대령이었다. 화성 TSC의 초창기 멤버 중 한 명으로, 퀘일 장군과 함께 수많은 작전을 수행하며 본부의 기틀을 닦아온 인물이었다. 그가 갑자기 일부 세력을 이끌고 내란을 일으켰다는 사실이 믿기지 않았다.

"요구하는 게 뭔가?" 퀘일 장군이 다급하게 물었다.

"그들은 TSC의 독립적인 조사 위원회를 구성하겠다고 주장하고 있습니다. 미국과 외계인들 그리고 보게스의 개입 없이, 인류만의 결정을 내리겠다는 구실로 본부 일부를 점거한 상태입니다. 하지만…." 김창훈 대위가 말을 흐렸다.

"하지만 뭐지?" 세희가 다그치듯 물었다.

"잘렉과 함께 하는 세력 중 일부가 중국, 러시아 측에 이미 포섭이 되었다는 정황들이 나오고 있습니다." 김창훈 대위는 숨을 들이쉬며 덧붙였다. "그리고 그들이 요구한 또 다른 사항이 있습니다."

"설마…." 퀘일 장군은 깊은 한숨을 내쉬며 손을 이마에 짚었다.

"맞습니다." 김창훈 대위가 급박한 상황에서도 여전히 침착하게 말했다. "보게스와 협력하는 과학자들, 그리고 보게스 자체를 TSC에서 축출할 것을 요구하고 있습니다."

그 말을 듣자, 회의실에 있던 모두가 순간적으로 얼어붙었다. 퀘일 장군은 살짝 얼굴을 찡그렸다.

"잘렉은 누구보다도 자신의 요청이 받아들여지지 않을 것을 잘 알고 있는 사람이야. 이런 일을 하려면 TSC 본부로부터 승인을 받아야 하지. 그런데 이런 요구를 한다고?"

세희는 조용히 창밖을 바라보았다. 붉은 화성의 대기가 희미하게 흔들리며, 이곳에서 인류가 얼마나 고립된 존재인지 새삼스럽게 떠올랐다.

"그가 스스로 이런 결정을 내렸을까?" 세희가 조용히 중얼거렸다.

퀘일 장군은 다시 의자에 몸을 기대며 손을 깍지 꼈다. 그의 눈빛은 흔들리고 있었지만, 동시에 결단을 내릴 준비를 하고 있었다.

"어차피 우리가 할 수 없을 줄 알고 하는 요구입니다." 세희가 말했다.

"그렇다면 원하는 것이 무엇이지?" 퀘일 장군이 물었다.

그때 다른 홀로그램에서 통신 요청이 긴급하게 들어왔다. 세희는 그쪽도 활성화했다. 캘빈이었다.

"마일스 중사, 무슨 일이야?"

"선장님. BBC 뉴스를 확인해주십시오."

그 말에 세희는 퀘일 장군을 한 번 보고, 또 하나의 홀로그램 창을 띄워서 BBC 뉴스를 연결했다.

"이게 뭐야?"

퀘일 장군이 놀랄만했다. BBC 뉴스의 화면에는 TSC 본부의 호텔층이 화면에 보이고 있었기 때문이다. 그리고 화면 아래에는 '긴급'이라는 워딩과 함께 TSC 측 미국/보게스와 교전 중이라는 텍스트가 떠 있었다. 현재 지구와 화성 간에는 데이터의 초고속 이동을 가능하게 하는 중계기가 설치되어 있어서, 과거 그 어느 때보다 시간의 지연 없이 실시간으로 방송이 가능했다. 하지만 아직도 거리상 약간의 지연이 발생하므로 그런 부분들은 딥러닝을 통한 예측으로 필요한 경우 미리 방송을 생성해서 보여주는 방식을 택하고 있었다.

"이래서야, 실제로 총알 한 발이라도 발사되면 미국은 보게스 및 외계인과 연합해서 지구를 정복할 계획을 세우고 있었다는 음모론을 완벽하게 증명해주는 꼴이 되겠군."

"비토리오 박사도 그렇고, 아마도 잘렉 대령마저도… 얼마나 많은 인원이 중국, 러시아에 포섭되었는지 알 수 없습니다." 세희는 퀘일 장군에게 말하고는, 캘빈에게 지시했다. "보게스들이 섣부르게 호텔층을 공격하지 못하도록 감시하고 있어. 혹시나 사고가 발생하면 지구 전역에 생방송으로 미국과 외계인이 얼마나 위험한지 알리는 것이나 마찬가지야."

"그건 이미 늦은 것 같습니다." 캘빈이 말했다. "잘렉 측에서 이미 교전 중에 사상자가 나왔다는 형태로 인터뷰까지 한 상황입니다. 현재 그들은 간신히 호텔층을 점거해서 안전을 조금은 확보했다고 말하고 있습니다."

"망할!" 퀘일 장군이 이를 악물었다.

"장군, 그렇다는 것은 그들이 직접 공격할 가능성이 높다는 이야기입니다." 세희가 말했다. "이미 시나리오가 그렇게 구성이 되어 있다면, 바로 좀 더 자극적인 보도 내용을 제공하고자 할 것이 분명합니다."

잘렉 무리는 대략 100여 명으로 26, 27층의 호텔층을 장악한 것으로도 모자라, 층별로 진입을 시도하며 20층 작전실까지 공격해왔다. 비록 이 모든 상황이 BBC를 통해 전 세계에 실황으로 송출되기 위한 연출일지라도, 공격 자체는 철저한 현실이었다.

100여 명의 인원들은 각 20인씩 5개 조로 나누어, TSC 건물의 여러 방향으로 흩어졌다. 그중에서 잘렉 대령 일행이 직접적으로 20층 작전실을 공격하는 역할을 맡은 것이었다.

잘렉 대령의 분대가 20층 작전실 근처까지 접근했을 때, 예상치 못한 사태가 벌어졌다.

"문이 열렸다!" 잘렉 측 군인 중 누군가가 소리쳤다.

굳게 닫혀 있어야 할 작전실 문이 갑자기 활짝 열리며, 내부에서 총성이 터져 나왔다. 탄환이 잘렉의 병사들을 향해 쏟아졌고, 그들 중 일부가 몸을 피하며 빠르게 반응했다.

"무슨 짓이야? 멈춰!" 퀘일 장군의 날카로운 외침이 작전실 내부에 울려 퍼졌다.

그러나 총을 쏜 인물은 멈추지 않았다. 그는 정보 담당 장교였다. 젊고 과묵했으며, 평소 묵묵히 자신의 임무에 집중하던 인물. 그런 그가 갑자기 광기에 휩싸인 듯, 잘렉 측을 향해 총구를 들이대며 말했다.

"너희는 모두 늦었어! 이미 계획은 실행됐다고!"

그의 목소리는 격앙되어 있었고, 그의 눈빛에는 기이한 흥분이 서려 있었다. 퀘일 장군과 세희는 믿을 수 없다는 듯 그를 응시했다.

그러나 그는 더 이상 기다리지 않았다. 젊은 장교는 다시 한번 잘렉 측을 향해 무차별적인 총격을 가한 뒤, 작전실 정문의 바로 왼편에 있는 전신 유리창을 박차고 뛰어내렸다.

"이미 늦었다고! 하하하!"

그의 절규와 광기 어린 웃음소리가 작전실에 메아리쳤다. 그리고 이 모든 장면은 BBC를 통해 실시간으로 지구 전역에 생중계되고 있었다. 홀로그램을 통해 영상을 지켜보던 퀘일 장군과 세희는 숨을 삼켰다.

그 장교는 20층 아래로 추락했지만, 놀랍게도 미리 대기하고 있던 구조 요원들에 의해 안전하게 구조되었다. 그는 대기 중이던 차량에 실려 순식간에 시야에서 사라졌다. 하지만 이 장면만큼은 뉴스에 나오지 않았다. 방송 화면에서는 오직 그가 스스로 극단적인 선택을 한 것처럼 보이는 부분만 반복적으로 재생되었다.

뉴스 화면이 전환되자, 잘렉 대령이 등장했다. 그는 긴장된 얼굴로, 그러나 단호한 목소리로 입을 열었다. 배경에는 잔뜩 굳은 표정의 반란군 병사들이 비장하게 서 있었다.

"보시는 것처럼…." 잘렉 대령은 감정을 실어 말했다. "현 상황에 절망한 젊은 장교가 저희에게 공격을 가하다가, 스스로 20층에서 뛰어내렸습니다."

퀘일 장군과 세희는 모니터를 노려보았다.

"뻔하군." 퀘일 장군이 낮게 중얼거렸다.

세희 역시 표정을 굳혔다. 잘렉은 여유롭게 말을 이어갔다.

"현재 작전실에는 노련한 퀘일 앤더슨 장군과, 딥스테이트의 핵심이자 인류를 조종하는 하모니 OS의 배후, 네런 보린의 아내로 알려진 권세희 소령이 함께 있습니다. 그녀 역시 경험 많은 노련한 군인입니다. 이곳에 퀘일 앤더슨과 딥스테이트 핵심의 아내가 함께 있는 것이 우연일까요?" 잘렉은 잠시 멈추어 카메라를 응시했다. "그리고 아직 이곳에 합류하지는 않았지만, 보게스들도 어디에선가 대기하고 있을 것입니다. 상대는 소수라 하더라도 결코 무시할 수 없는 전력입니다."

잘렉의 목소리는 점점 강해졌다.

"저희가 TSC 내부에 있으면서 알게 된 사실은, 딥스테이트는 화성에서부터 인류를 장악할 음모를 꾸미고 있습니다!" 그의 손이 꽉 쥐어졌다. "우리는 이 위험을 막기 위해 움직입니다. TSC 본부와 뉴제퍼슨시티를 우선적으로 '해방'시켜야 합니다!" 그의 마지막 한마디는 강한 울림을 남겼다.

"우리는 다시 작전에 돌입합니다!"

'해방'이라는 그 단어가 화면 위로 떠올랐다.

"망할." 퀘일 장군이 이를 악물었다. "해방이라니? 마치 점령군을 몰아내는 듯한 연출이군."

곧이어 잘렉 측 분대의 파상 공세가 시작됐다.

탕! 탕! 탕!

날카로운 총성이 작전실을 뒤흔들었다.

쾅!

강한 충격음과 함께 작전실의 컴퓨터가 산산이 조각났다. 테이블이 부서져 나가고, 의자들이 나뒹굴었다. 홀로그램 기기는 강한 충격을 받으며 "지지직!" 찢어지는 전자음과 함께 꺼져버렸다.

"엄폐! 최대한 낮춰!" 퀘일 장군의 목소리가 소음 속을 뚫고 퍼졌다.

다다다다!

탄환이 작전실 내부를 가로질렀다. 퀘일 장군과 세희를 포함한 작전실 인원들은 최대한 몸을 낮추고, 폐허가 된 테이블과 기기 뒤로 몸을 숨겼다. 공격을 피하면서도, 서로를 보며 손짓과 눈짓으로 신속하게 소통하기 시작했다.

"크윽!"

어디선가 신음 소리가 터져 나왔다. 전투에 익숙하지 않은 작전실 인원 중 일부가 이미 부상을 입기 시작했다. 붉은 피가 바닥을 적셨고, 부상병들은 이를 악물고 고통을 참아냈다.

"조심해! 확실하게 몸을 낮춰!"

퀘일 장군은 이를 악물며 방어선을 유지할 방법을 고민했다. 그러나 총탄이 쏟아지는 소리가 조금씩 가까워지는 것이 느껴졌다.

"장군, 뉴스는 연출이지만 우리를 제거하려고 하는 것은 진짜입니다!" 세희가 다급하게 외쳤다.

퀘일 장군은 테이블 사이에 몸을 웅크리고 세희를 향해 시선을 보냈다. 그녀는 반대편 테이블 뒤에서 방아쇠를 움켜쥔 채 날카롭게 주변을 살피고 있었다.

"흥. 그렇게 둘 수는 없지." 퀘일 장군이 이를 악물며 외쳤다.

그렇지만 빗발치는 총탄 속에서 그가 할 수 있는 일은 크게 없었다. 총성이 울리는 와중, 보게스 세 명이 작전실 측면 통로에서 등장했다. 그들은 냉정한 속도로 잘렉 무리를 압박하며 공격을 개시했다. 보게스들의 속도와 정밀함은 인간의 그것을 초월했고, 특별한 무기를 사용하지 않았음에도 불과 몇 초 만에 잘렉 측 병사들이 차례로 쓰러졌다.

그러나 이 모든 장면이 실시간으로 방송되고 있었다. BBC 화면 속에서, 보게스들이 인간 병사들을 상대하는 모습은 지구의 시청자들에게 더욱 강렬한 충격을 주고 있었다.

'젠장. 최악의 형태로 지구 전체에 공개되는군.' 세희는 이를 악물었다.

그녀는 즉시 보게스들에게 외쳤다. "공격 중지! 공격 중지! 모두 이쪽으로 넘어오세요!"

보게스들은 무표정하게 뒤를 돌아보더니 아무 일 없었다는 듯이 문이 활짝 열린 작전실 안으로 들어왔다.

"퀘일 장군!" 잘렉 대령이 크게 외쳤다. "장군이 이성적인 사람이라는 것을 알고 있습니다. 지금이라도 외계인과 협력하는 미국 정부와 TSC를 위해서 일하는 미친 짓을 그만두고 이쪽으로 넘어오시기 바랍니다. 지구는 인간들의 것이어야 합니다. 아직 기회가 있어요. 권세희 선장을 믿지 마시기 바랍니다. 그의 남편이 개발하는 하모니 OS 시스템에 휴머노이드를 외계인들이 통제할 수 있는 코드가 심어졌습니다. 그의 남편도 딥스테이트입니다."

"갈수록 가관이군." 퀘일 장군은 고개를 들어 잘렉을 보더니, 옆에 있던 세희를 흘끗 바라보며 피식 웃었다. "저건 분명히 BBC에 등장하기 위해서 하는 말이야."

세희는 씁쓸한 미소를 지었다. 그녀는 어느 정도 예상하긴 했지만, 이렇게 전 세계적으로 중계되는 뉴스 실황에서 자신의 이름이 공개적으로 거론될 것은 예상하지 못했다.

"그래도 장군은 상황이 나은 것 같습니다." 그녀는 조용히 말했다. "저 한마디로 저는 네런의 배우자이자 외계인에게 동조하는 한 사람으로 전 세계인의 뇌리에 각인되게 생겼습니다. 지금 전 세계인이 시청하고 있진 않았겠지만, 곧 소셜미디어를 통해 곧 전 세계에서 최소한 70억 명이 제 이름을 기억해줄 것이라고 생각합니다."

세희는 한숨을 쉬며, 총을 더 단단히 쥐었다.

"잘렉 대령에게 아무런 대답도 하지 않으셔도 괜찮겠습니까?" 세희가 조심스럽게 물었다.

"흥. 뭐 하러? 무슨 말을 해도 결국 자극적인 소재로 이용될 게 뻔한데." 퀘일 장군은 어깨를 으쓱하며 심드렁하게 대답했다.

그의 태도는 흔들림 없었다. 아무리 오랫동안 전선에서 벗어나 있었어도, 퀘일 장군은 여전히 백전노장이었다. 갑작스러운 내부 반란에도 전혀 동요하는 기색이 없었다.

한편, 보게스들이 개입하면서 교전은 일시적으로 소강상태에 접어들었다. 하지만 긴장감은 여전히 공기 중에 떠다녔다. 보게스들의 도움으로 잘렉 분대의 압박에서 탈출한 퀘일 장군과 세희는 본부 건물의 다른 병력을 규합하여, 잘렉의 부대들을 수색하며 압박하기 시작했다.

세희는 빠르게 작전실을 벗어나 계단을 올라갔다. 잘렉의 분대는 이미 건물 내부에서 자취를 감춘 상태였다. 완벽하게 계획된 움직임이었다.

"이대로 호텔층까지 수색해본다." 그녀는 단호하게 말하며 20층에서 26층까지 빠르게 올라갔다. 그러나 건물 내부는 기이할 정도로 조용했다.

"장군, 적들의 움직임이 포착되지 않습니다."

"우리 쪽에서도 감지되지 않아."

"여기도 마찬가지입니다."

각 수색팀이 일제히 보고를 올려왔다. 세희는 불안한 예감이 들었다. 잘렉 대령이 TSC 본부를 장악하려 했다면, 이 정도 병력으로 충분했을 것이다. 그런데도 그들은 물러났다.

'목적을 이미 달성했다고 생각하는 건가?'

퀘일 장군 역시 같은 생각을 하는 듯했다.

"각 팀은 복귀한다." 퀘일 장군이 무전을 통해 명령을 내렸다. 하지만 세희의 시선이 계단 창문 너머의 움직임을 포착했다.

"네. 알겠습니다." 세희는 대답하고 다시 작전실로 복귀하면서 20층으로 내려가는 계단의 창문을 통해 본부 외곽에서 빠르게 탈출하는 두 대의 대형 차량을 보았다. 그녀의 시선이 아래로 향했다.

"장군. 이미 적들이 게이트를 통해 도시를 빠져나가고 있습니다." 그녀는 다급하게 외쳤다. 퀘일 장군은 즉시 홀로그램 CCTV를 연결했다.

홀로그램 화면이 켜지자, 돔 게이트 근처에서 잘렉 측 병력이 검문소를 공격하는 모습이 보였다. 총구에서 불꽃이 튀는 모습들이 보였고, 경계 병력이 하나둘 쓰러졌다. 게이트를 지키던 군인들이 허겁지겁 저항했지만,

이미 기습적인 공격으로 인해 무력화된 상태였다.

"젠장!" 퀘일 장군이 낮게 내뱉었다.

잘렉 대령과 그의 병력은 미리 준비된 차량 두 대에 나눠 타고 있었다.

"그들은 이미 치밀하게 탈출 계획까지 세워두었습니다." 세희가 씁쓸하게 말했다. 차량들은 빠른 속도로 중국 측 돔 도시 방향으로 향하고 있었다. 세희는 무전기를 움켜쥐었다. "지금 바로 추격팀을 보낼까요?"

퀘일 장군은 한동안 아무 말도 하지 않았다.

"아니." 장군의 대답은 간결했다.

"놓친다면 더 큰 위협이 될 겁니다." 세희는 퀘일 장군을 바라보았다.

"난 잘렉을 잘 알지." 퀘일 장군은 잠시 침묵한 뒤, 낮고 무겁게 말했다. "우리가 추적하는 것까지도 예상하고 있을 거야. 지금 우리도 재정비하는 것이 나을 거야."

순간, 작전실에 남아 있던 병사들조차 침묵에 빠졌다. 모두가 알고 있었다. 잘렉 대령은 단순한 탈출을 한 것이 아니다. 그는 미리 준비된 경로를 통해, 새로운 거점을 향해 이동한 것이다.

이제 그의 전쟁은 단순한 반란이 아니라, 새로운 '진영' 간의 전쟁이 되어가고 있었다.

"도망친 건가, 아니면 필리핀도 결국 우리를 떠나는 건가." 퀘일 장군이 낮게 내뱉었다.

이렇게 전통적인 미국의 동맹들이 균열되는 듯한 조짐이 시작하고 있었다. 퀘일 장군은 창밖을 바라보았다.

"믿을 수 있는 사람들이 점점 줄어드는군." 퀘일 장군의 목소리가 날카롭게 갈라졌다.

"우리는 이제 진짜 혼자가 된 건가?" 세희는 주먹을 꽉 쥐었다. 그녀의 말은, 마치 공기 중에서 메아리치듯 남아 있었다.

퀘일 장군의 지시에 따라 세희는 작전실과 게이트 경비 중 사망한 병사들, 그리고 잘렉 부대원 중 일부 사망자들의 시신을 수습했다. TSC의 내부

질서가 여전히 불안정한 상황에서, 그녀는 최대한 빠르게 군대식 장례를 치르기로 했다.

뉴제퍼슨시티 북측 외곽의 평지. 그곳은 조용했고, 붉은 화성의 대기 아래에서 이들의 마지막을 기리기에는 적합한 장소였다.

세희는 한 줄로 늘어선 생존자들과 함께 경례를 올렸다. 간결하지만 경건한 추모의 순간이 지나갔고, 희생자들은 조용히 흙 속에 묻혔다. 모두가 짧은 침묵을 지키는 동안, 그녀는 속으로 되뇌었다.

'우리는 점점 더 고립되고 있어.'

장례가 끝난 후, 퀘일 장군과 세희는 TSC 내부의 단속에 착수했다. 잘렉 대령과 연계된 세력이 내부에 더 있을 가능성이 높았기 때문이다. 예상대로, 곧 프랑스 측 장교 중 한 명이 포섭되어 있었다는 증거가 발견되었다.

프랑스군 중위 실뱅 드뢴. 그의 실수는 허술했지만 치명적이었다. 잘렉과 나눈 대화 기록을 삭제하지 않은 것. 그것이 결정적인 단서가 되어 그가 반란 세력과 내통했다는 사실이 밝혀졌다.

"실뱅마저?" 퀘일 장군이 믿기 어렵다는 듯 중얼거렸다. "그도 포섭됐을 거라고는 상상조차 하지 못했네." 그는 한숨을 내쉬었다. "어쩌면 우리 내부에는 아직 더 많은 배신자가 남아 있을지도 몰라."

"보게스들의 도움을 받으면 더 많은 내부 공모자를 찾아낼 수 있을 겁니다." 세희가 강하게 주장했다.

"지금의 이 사태를 생각해보면…." 퀘일 장군은 깊은 생각에 빠진 듯한 표정을 지었다. "그것이 과연 최선의 선택일까?"

그의 우려는 이해할 수 있었다. 보게스의 개입이 커질수록, 적들의 '외계 세력과 협력하는 TSC'라는 명분을 더욱 강화시킬 수 있기 때문이었다.

"장군, 말씀은 이해하지만 이제는 빠르게 결정을 내려야 할 때입니다." 세희는 흔들림 없이 퀘일 장군을 바라보았다.

"자네의 판단력은 언제나 정확했지." 퀘일 장군이 눈을 가늘게 뜨며 물었다. "그렇다면, 지금의 상황에서 자네는 어떤 결론을 내리겠나?"

"적들은 이미 여론전을 무르익히고 있습니다." 세희는 곧바로 대답했다.

"그리고 우리는 화성에 있습니다. 지구와 멀리 떨어진 이곳은, 적들이 마음 껏 조작된 정보를 유포하기에 완벽한 환경입니다." 그녀의 목소리는 조용 하면서도 힘이 있었다. "이대로 둔다면, 우리는 내부에서부터 무너질 것입 니다. 적들이 또다시 공격해올 것이고, 그때 내부의 배신자들이 움직이면 더 이상 막을 수 없습니다. 무엇보다 먼저 우리 내부의 적을 찾아내야 합니 다. 그러기 위해서라도 보게스의 능력을 활용해야 합니다."

퀘일 장군은 천천히 숨을 들이쉬었다. 그리고 깊이 생각한 끝에 결단을 내렸다. "좋아. 그렇게 하게."

세희는 짧고 정확한 거수경례로 대답을 대신한 뒤, 단호하게 몸을 돌려 작전실을 나섰다. 그녀의 뒷모습이 사라질 때까지, 퀘일 장군은 조용히 그 자리에 서 있었다. 나지막이, 혼잣말처럼 그는 중얼거렸다.

"아마도 자네의 예상대로 흘러가겠지. 하지만 지구에서 했던 임무들과 는 다를 거야. 조심해야 해."

그리고 그는 오랜 고민에 빠진 듯, 생각에 잠겼다.

퀘일 장군의 허가를 받은 세희는 곧바로 보게스들을 호출하고, 동시에 워싱턴에 있는 반더와 통신을 연결했다. 반더는 화면에 모습을 드러내자마 자, 그녀가 무슨 말을 하려는지 이미 짐작한 듯한 표정을 지었다.

"BBC 뉴스 때문인가?"

반더의 말에 세희는 짧게 숨을 들이마셨다. 보게스들이 정보를 공유하 는 방식과 그들의 감지 능력을 고려하면, 반더는 이미 뉴스보다 훨씬 더 자 세한 정보를 파악하고 있을 가능성이 컸다.

"네, 그렇습니다." 세희는 즉각적으로 답했다. "그리고 잘렉 대령과 그 의 부대뿐만 아니라, 프랑스 측의 실뱅 드뢴 중위도 이미 반대 세력과 연결 되어 있었습니다. 문제는, 이들이 단독으로 움직인 것이 아닐 가능성이 크 다는 것입니다. 사실상 TSC 내부에 더 많은 인원이 포섭되어 있을 가능성 을 배제할 수 없습니다."

세희는 말을 잠시 멈췄다가, 심각한 표정으로 덧붙였다.

"이미 여론전은 적들에게 유리한 방향으로 흘러가고 있습니다. 곧 지구보다는 일반인들의 관심이 상대적으로 작은 화성을 먼저 확실하게 장악하려 들 것입니다. 대대적인 공격이 들어오기 전에, 내부의 적을 확실히 색출해야 합니다."

"TSC 화성본부의 모든 인원을 선별하고 싶다는 말인가?" 반더는 고개를 끄덕이며 물었다.

"네. 저희도 자체적으로 거짓말 탐지 등을 진행할 수 있지만, 전체 인원 2,000명을 대상으로 진행하기에는 너무 많은 시간이 걸립니다. 보게스의 기술적 지원이 필요합니다."

"QIS(Quantum Induction Scanning, 양자 반응 스캐닝) 기술을 제공할 수 있어." 반더는 희미하게 미소를 지으며 대답했다. "원래 우리가 속한 우주에서는 이보다 훨씬 정밀하고 빠르게 수행할 방법이 존재하지만, 지금의 환경에서는 이 정도가 최선이겠군."

"빠르게 가능할까요?" 세희가 물었다.

"여러분들이 보유한 기존의 거짓말 탐지 방식보다는 훨씬 빠르다고 자부해. 현재 검토해야 할 인원이 몇 명 정도지?"

"대략 2,000명입니다."

"그렇다면 대규모 인원을 한꺼번에 검사하는 방안을 고민해야겠군." 반더는 잠시 눈을 감고 생각에 잠겼다. 그리고 곧 보게스들에게 지시를 내렸다. "TSC 건물 내에서 2,000명이 동시에 수용될 수 있는 공간을 확보해. 그곳에 QIS를 설치한다. 또한, 신경 앵커 2,000개를 제조하여 준비해."

보게스들은 짧게 고개를 끄덕이더니 즉각 실행에 옮겼다. 그들 중 한 명이 세희를 바라보며 말했다.

"방금 반더가 말한 내용을 들으셨죠? 2,000명이 동시에 들어갈 수 있는 공간을 준비해주십시오. 그러면 저희가 그곳에 QIS 장비를 설치하겠습니다. 또한, 신경 앵커는 알약 형태로 내일 모레까지 2,000개를 공급하도록 하겠습니다."

그렇게 말한 후 보게스들은 회의실을 나섰다. 세희는 반더에게 시선을 돌리며 물었다.

"이게 전부 무엇인지 설명을 해주시겠어요? 조금 혼란스럽군요."

"QIS는 신경망에서 발생하는 미세한 양자 수준의 활동을 감지하여, 기억을 회상할 때의 뉴런 활성 패턴을 분석하는 기술이야. 또한 생체의 전자기장을 함께 스캔하지." 반더는 고개를 끄덕이며 설명을 시작했다. 그는 손을 들어 허공에 간단한 홀로그램 시뮬레이션을 띄우며 덧붙였다. "인간이 거짓을 말할 때, 기억을 회상하는 패턴과 뉴런 활성도는 진실을 말할 때와는 달라. 또한, 양자 수준에서 신체 반응 역시 차이를 보이지. 이를 이용하여 거짓말을 탐지하는 거야."

"그렇다면 이 기술만으로도 거짓말을 완벽히 판별할 수 있다는 말인가요?" 세희는 팔짱을 끼고 그의 설명을 곱씹으며 물었다.

"그럴 리가." 반더는 고개를 저었다. "완벽하지는 않아. 고도로 훈련된 인물들은 양자 수준에서도 자기 자신의 진실을 창조해낼 수 있거든. 즉, 자신의 기억을 조작하거나 감정을 완전히 통제하여 QIS를 속일 수 있다는 거지."

"그래서 신경 앵커가 필요한 것인가요?" 세희가 물었다.

"정확해. 신경 앵커는 약물이야." 반더가 대답했다. "물론 지구에도 신경 안정제라고 불리는 물질들이 있지만 작용하는 방식이 다르지. 신경 앵커를 투여하면 나노바이오틱스가 활성화되어서, 특정 시간 동안 신경 반응을 안정화시켜 훈련된 자들이 자신의 감정이나 기억을 통제하는 능력을 무력화해."

"그런가요? 어떻게 작동하죠?"

"신경 앵커를 복용하면…." 반더는 다시 홀로그램을 띄우며 설명했다. "4~5시간 동안 뇌의 감정 및 기억 처리 센터인 편도체, 전두엽, 해마에 미세한 조정을 가해. 이를 통해 신경 활동을 일정한 상태로 유지하고, 인위적인 감정 억제 기술이나 기억 조작 기법을 사용할 수 없도록 만들지."

"잠깐만요. 그럼 마치 어린아이처럼 되는 건가요?"

"그렇게 생각할 수도 있겠군." 반더는 가볍게 웃었다. "하지만 오해는 마. 어린아이처럼 행동하게 된다는 뜻이 아니니까." 그는 다시 손을 흔들어 홀로그램을 닫으며 덧붙였다. "신경 앵커는 단순히 기억을 조작하거나 감정을 억제하는 능력을 차단할 뿐이야. 즉, 거짓을 말할 때 발생하는 미세한 신경 반응과 감정 반응을 본능적으로 숨길 수 없도록 만드는 거지."

"그렇군요. 설명 감사합니다. 더 이야기하고 싶지만, 이곳의 상황이 급박한 만큼 우선 준비에 나서야겠습니다."

세희는 짧게 인사한 후, 통신을 아직 종료하지 않은 채 아직 자리를 뜨지 않고, 옆에 있던 보게스에게 넘겼다. 그리고 그녀는 곧장 회의실을 나섰다. 세희가 문을 나서는 모습을 잠시 바라보던 보게스가 반더를 향해 고개를 돌리고 물었다.

"반더, 당신은 저 여자를 대할 때 기분이 무척 좋은 것처럼 보입니다. 맞습니까?"

"아아, 그런가." 반더는 잠시 말을 멈췄다가, 피식 웃으며 대답했다. "너야 잘 모르겠지만, 인간은 누구를 상대하느냐에 따라 감정이 바뀌곤 하지. 내 안에 남아 있는 인간의 부분이 그녀를 보면 뭔가 아련해지는 듯하군."

그의 입가에는 희미한 미소가 떠올랐다. 그 모습을 지켜보던 보게스 요원은 고개를 갸웃거리며 의아한 표정을 지었다. 그 반응에 반더는 짧게 웃으며 말했다.

"자, 잡담은 여기까지. 우리도 본격적으로 움직이자고." 반더는 시선을 돌리며 천천히 말을 이었다. "지금 우리는 인간들의 눈에 '지구를 지배하려는 외계 세력'으로 보이고 있지. 그들이 상상하는 대로 행동할 것인가? 아니면 우리가 원하는 방향을 선택할 것인가? 이제 답을 찾아야 할 때야."

"어떻게 진행할까요?" 보게스 요원은 반더의 말을 들으며 고개를 끄덕였다.

"다른 생각은 하지 말고, 우선 권세희 선장의 지시에 따르도록 해."

"알겠습니다, 반더."

보게스 요원이 짧게 대답하자, 반더는 다시 화면을 바라보았다.

"좋아. 이제 본격적으로 움직여 보자."

그와 동시에, 통신이 종료되었다.

25

퀘일 장군의 허가를 받은 세희는 보게스들과 협력해 TSC의 2,000여 명 상주 인원들을 대상으로 QIS를 진행하기로 했다. 그러나 배신자들이 이를 눈치채고 도주하거나 지형할 가능성을 고려해, 공식적인 소집 이유는 '현 상황에 대한 브리핑'으로 발표했다. 신경 앵커는 이미 급식에 섞어 투약한 후였다.

TSC 본부 지하 대강당. 현재의 위급한 상황 때문인지 대부분의 인원은 큰 반발 없이 협조적인 태도를 보였다. 하지만 일부는 갑작스럽게 소집된 것에 불쾌한 기색을 내비쳤다. 퀘일 장군은 그런 분위기를 가볍게 무시한 채, 실제로 현 상황에 대한 브리핑을 진행하며 시간을 벌었다. 그동안 보게 스들은 AI를 활용한 QIS를 은밀히 실시했다.

스캐닝이 끝난 후, 추가로 10여 명의 위험 인물들이 포착되었다. 브리 핑이 종료된 후, 2,000여 명의 인원들은 원래의 임무지로 복귀했다. 포착된 열 명은 개별적으로 호출되어 지구의 펜타곤으로 송환되었다.

"열 명이나 추가로 나왔군." 퀘일 장군은 작전실에서 깊은 한숨을 내쉬었다. "하지만 QIS의 정확도를 100퍼센트 신뢰할 수 없는 이상, 이들에게 억울한 누명을 씌운 건 아닌지 내심 꺼림칙하네." 퀘일 장군은 낮은 목소리로 중얼거렸다. 그는 과거 법치와 원칙을 중요시하던 군인이었다. 하지만 전시 상황에서는 그러한 원칙을 지킬 여유가 없었다.

"장군, 저도 그 기분을 이해합니다. 하지만 지금은 뉴제퍼슨시티의 방위를 한층 더 강화해야 할 시점입니다." 세희가 굳은 목소리로 말했다.

퀘일 장군은 그녀를 흘깃 보더니, 혀를 차며 말했다.

"이럴 때 보면 자네는 자네 아버지를 안 닮은 것 같군. 자네 아버지는 외교관답게 협상을 중시했지. 그런데 자네는 확실히 군인이야."

"장군, 농담하실 때가 아닙니다. 적이 언제든 공격해올 수 있습니다." 세희는 잠시 멈칫했다.

그녀의 아버지, 권재민 전 대사는 외교적 해결을 최우선으로 삼던 인물이었다. 하지만 그녀는 그런 방식을 선택할 여유가 없는 현실 속에서 살아가고 있었다.

"죽더라도 유머를 잃으면 안 되지. 기억해두게, 선장." 세희의 진지한 반응에 퀘일 장군은 피식 웃었다.

"권 선장님, 당신들의 통신장치가 복구되지 않았을 것 같아 중요한 내용을 직접 보여주러 왔습니다." 보게스 한 명이 작전실 문을 열고 들어왔다.

현재 작전실은 잘렉의 공격으로 반파된 상태였으며, 일부 통신망은 여전히 복구되지 않고 있었다.

"무슨 말인가요?" 세희가 묻자, 보게스는 플라스틱 카드형 홀로그램 기기를 테이블 위로 던졌다. 기기가 활성화되며 CNN의 생방송 화면이 떠올랐다. "이게 뭐죠?"

퀘일 장군과 세희는 홀로그램 화면을 보며 놀란 표정을 지었다. 그 화면 속에는 지구에서 열린 기자회견이 생중계되고 있었다.

미국과 오랜 기간 협력해왔으나 최근에야 공개된 세 외계 종족, 킬타르, 진테리언스, 드라보칸스가 한자리에 모였다. 그들의 모습을 본 지구인들의 반응은 충격적이었다.

규소 기반 결정체 생명체인 킬타르, '그레이'로 알려진 진테리언스, '렙틸리언'으로 인식된 드라보칸스. 세 종족이 나란히 지구의 기자회견장에 서 있는 모습은 그야말로 이 세상의 풍경인가 싶은 광경이었다. 그중 가장 인간과 유사한 진테리언스가 대표로 나서 기자회견문을 발표하기 시작했다.

"친애하는 지구인 여러분, 먼저 저희가 지난 200여 년 동안 지구와 협력해온 사실을 이제서야 공개하게 된 점, 송구스럽게 생각합니다. 그 이유는 단 하나, 불필요한 오해를 피하기 위해서였습니다." 그의 목소리는 차분하고 이성적이었다. "만약 우리가 지구를 지배하려는 의도가 있었다면, 기술이 계속 발전하고 있는 지금이 아니라 과거에 실행했겠죠. 그런데도 아직 지구는 인류의 것이고, 우리는 오직 협력만을 원해왔습니다."

그러고는 자신들이 지구를 지배할 의도가 없음을 조목조목 설명했다.

"이제, 저희가 왜 지구를 점령할 이유가 없는지 말씀드리겠습니다." 킬타르가 등장했다. 그들은 무거운 방호복을 입고 있었다. "우리 킬타르는 섭씨 1,200도가 넘는 환경에서 살아가는 종족입니다. 지구는 우리에게 너무 춥고, 적합한 환경이 아닙니다."

"우리는 고온다습한 환경에서 살아갑니다." 드라보칸스가 설명을 이어갔다. "하지만 지구는 우리에게 너무 건조하고, 춥습니다. 우리에게 지구는 오히려 불리한 환경입니다."

"저희에게는 지구의 방사선은 너무나 약합니다." 마지막으로 진테리언스가 다시 발언했다. "저희에겐 더 강력한 방사선이 필요합니다. 우리가 정말로 지구를 정복할 계획이었다면, 이런 복잡한 협력 관계를 만들 이유가 없었겠죠."

그들은 이어서 진정한 적이 누구인지 지적했다.

"술트리나스는 우리가 두려워하는 존재입니다. 그들은 신처럼 강력하며, 우리 같은 종족은 그들의 발끝에도 미치지 못합니다. 그런 그들이, 지구를 지배하려고 시도한다면 우리가 막을 수 있겠습니까? 그럴 수 없습니다."

그들은 비토리오 박사와 술트리나스, 중국, 러시아가 공모해 거짓 뉴스를 만들어냈다고 폭로했다.

"술트리나스의 등장을 알자마자 저희는 공포에 휩싸여서 지구를 떠나려고 했습니다. 그때 저희를 만류한 사람이 비토리오 박사입니다. 그런 비토리오 박사가 저희를 배신하고, 우리를 악마로 만들었습니다. 술트리나스와 중국, 러시아가 저희를 '지구 정복자'로 몰아가고 있는 것입니다."

그들은 마지막으로 지구인들에게 강력한 메시지를 전달했다.

"저희는 지구를 위해 싸우겠습니다. 저희의 외형 때문에 저희를 적으로 판단하지 말아주십시오. 진정한 적은, 우리가 아닙니다."

같은 시각, 베이징 중난하이의 리우 주석 집무실에서는 리우 주석과 에이드리언이 킬타르, 드라보칸스 그리고 진테리언스의 공동 기자회견을 함께 시청하고 있었다.

"저 기자회견을 어떻게 생각하나?" 리우 주석은 에이드리언에게 물어봤다.

"이런 선물이 따로 없습니다. 안 그래도 미국과 외계인들의 밀약이라는 자극적인 소재에 여론이 들끓고 있는데, 저건 거기에 기름을 들이붓는 꼴이나 마찬가지입니다. 아무리 발달한 문명의 외계인이지만 지구인들에 대한 이해는 부족한 듯합니다." 에이드리언이 말했다.

"나도 그렇게 생각하네." 리우 주석은 잠시 눈을 감고 있다가 눈을 뜨며 말을 했다.

그러더니, 리우 주석은 천장을 잠시 보다가 에이드리언을 다시 바라봤다. 에이드리언은 순간적으로 긴장을 했다. 그간 리우 주석을 바로 곁에서 보좌하며 관찰해왔다. 지금 저 모습은 무엇인가 결단을 한 상태였다.

"자네의 전략대로 BBC를 활용한 TSC에서의 교전에 대한 뉴스 방송, 그리고 비토리오와의 기자회견은 모두 매우 성공적이었네. 이런 일들을 모두 이렇게 완벽하게 해낼 수 있는 사람은 드물지." 리우 주석은 잠시 눈을 가늘게 뜨며 에이드리언을 쳐다봤다. "비토리오 박사와 TSC의 내부 인원들을 어떻게 포섭할 수 있었나? 이것들이 모두 결정적이었어."

"사실, 두 가지 모두 쉽지는 않았습니다." 에이드리언은 자신에게 매우 중요한 순간이 왔음을 직감했다. 그는 잠시 생각을 정리하며 리우 주석에게 설명했다. "미국의 비밀 외계인 조직의 수장인 비토리오 박사와 TSC에서 퀘일 장군과 빌을 맞춰온 잘릭 대령을 포섭해야 했기 때문입니다. 겉으로 보기에는 이들이 저희에게 협조할 이유는 하나도 없었습니다."

"내가 궁금한 점이 그거라네. 누구도 그들이 우리에게 동조할 것이라고 생각할 수가 없지." 리우 주석이 말했다.

"하지만 결국 그들도 인간이라는 점에서 착안했습니다. 그리고 뛰어난 중국의 정보력을 통해서 곧 그들의 성향을 파악할 수 있었습니다." 에이드리언이 대답했다.

에이드리언은 자신의 능력을 강조하는 동안에도 교묘하게 중국 덕분에 가능할 수 있었다는 언급을 흘렸다. 당연히 리우 주석을 기쁘게 하기 위해서였고, 그는 그 목적을 충분히 달성했다. 그가 말을 이었다.

"비토리오 박사는 순수한 학자였습니다. 그의 성향을 파악하자 그 다음은 그리 오랜 시간이 걸리지 않았습니다. 그의 관심사는 어디까지나 진보한 외계 종족들과의 공동 연구를 통해서 미국, 나아가서 인류의 번영을 가져오는 것이었죠. 그런 인물에게 비밀스러운 외계 협력은 본능적으로 불편한 일이었고, 저는 그 틈을 공략했습니다.

그가 몰두하고 있던 프로젝트들이 사실상 미국의 엘리트들과 외계 종족이 손잡고 지구를 지배하려는 시도였음을 믿게 하는 데는 오랜 시간이 걸리지 않았습니다. 저는 그의 회의감이 내면에 깊게 자리하고 있을 것이라 추측했고, 다행히 그 예상은 맞아떨어졌습니다. 지금 그는 여전히 미국과 외계 세력을 경계하고 있습니다. 대신 이 중국 땅에서 술트리나스와의 '공개적 협력'에 만족감을 느끼고 있죠."

리우 주석은 고개를 끄덕거리며 계속 이야기하라는 신호를 보냈다.

"비토리오 박사가 반더와 네런 간의 거래를 통해 하모니 OS에 반물질 활용 코드가 심겨 있다는 것을 알고 있었던 것은 사실 저희에겐 선물과도 같았습니다. 아직 활용은 하지 않았지만, 이 내용으로 적절한 시점에 카터 대통령과 보라노바의 CEO 네런 보린까지도 직접 칠 수 있게 되었습니다."

에이드리언은 계속해서 리우 주석에게 말을 이어갔다.

"TSC의 잘렉 대령은 조금 복잡했습니다. 그는 퀘일 장군과의 세월로 인해 그를 무척 신뢰하는 상태였습니다." 에이드리언은 테이블 앞에 마련된 우롱차를 한 모금 마셨다. "하지만 그도 어쨌든 필리핀 군의 소속으로 당시 상황에서는 대령으로 예편하는 길밖에 없었습니다. 그는 군에 애정이 많은 인물이었습니다. 제가 필리핀 대통령실과 잘렉 대령 사이에서 거래를 성사시킬 수 있었습니다."

"자네가 주선해서 대통령실과 잘렉 대령 사이에 거래를 하게 했다? 이건 매우 창의적이군." 리우 주석은 비상한 관심을 보이는 듯했다.

"네. 그렇습니다." 에이드리언이 말을 이었다. "필리핀 대통령실에 중국이 전달받고 있는 술트리나스 기술의 일부를 전달하고, 그 대가로 잘렉 대령이 거사를 치르게 하는 것이었습니다. 그리고 동시에 잘렉 대령은 모든 일이 정리되고 난 후, 2계급 이상을 특진하여 필리핀 육군 대장으로 세부섬의 통제권을 갖도록 유도하였습니다."

"그럼 BBC는?"

"특종인데 그들이 안 할 이유가 없었습니다." 에이드리언은 미소를 지으며 대답했다.

"인상적이네." 리우 주석은 다시 눈을 잠시 감고 고민하는 듯했다. 에이드리언은 주석의 다음 말을 기다렸다. 꽤 오랜 시간이 흐르는 것 같았다.

"공식적이진 않지만 알다시피 우리 중국은 보통 중국 출신들에게 더 많은 기회가 제공되지. 그렇지만 자네의 능력은 썩히긴 아까운 것 같군."

에이드리언의 심장이 두근거렸다.

"우리는 곧 화성을 전부 확보하려는 계획을 가지고 있네. 화성 전체가 우리의 통제에 들어가면, 자네의 미래는 지금보다 훨씬 더 무게감 있는 이름으로 기록될 걸세." 리우 주석이 말했다.

에이드리언은 자신의 실제 마음을 감추며 매우 당황한 듯한 표정을 지었다.

"주석. 그렇게 인정해주시니 몸 둘 바를 모르겠습니다. 능력이 닿는 한 최대한 열심히 주석의 뜻을 보좌하겠습니다."

리우 주석은 미소를 지으며 에이드리언을 바라봤다. 에이드리언은 감격한 듯 리우 주석에게 감사를 표하고 있었다. 하지만 그와 동시에 에이드리언은 이미 다음을 생각하고 있었다.

'흠. 곧 화성이 내 손에 들어오겠군. 그다음엔 무엇이 기다리고 있을까?'

그 시각 백악관에서도 카터 대통령과 반더, 그리고 주요 보좌관들이 기자회견을 지켜보고 있었다.

"CNN은 언제 저런 것을 준비한 거지? 미치겠군. 저 기자회견이 도움이 될지 안 될지 모르겠어요. 다만, 제 직감으로는 우리에게 유리할 것 같지는 않군요." 카터 대통령이 말했다.

선거 전략에 잔뼈가 굵은 카터 대통령은 본능적으로 대중들의 심리를 판단할 수 있는 감이 있었다. 그런 그녀의 감에는 외계 종족들의 기자회견이 도움이 되지 않을 가능성이 크다고 느껴졌다. 그렇지만 그들이 정공법으로 기자회견을 하면서 상황을 정면 돌파하려고 하는 것에 대해서는 존중하는 마음을 동시에 갖고 있었다.

"국제적인 여론이 최악의 국면으로 흘러가고 있습니다. 필리핀은 이미 돌아선 듯하고, 통일한국과 일본은 정치적 혼란에 빠졌으며, 유럽에서는 반미 세력이 급격히 힘을 얻고 있습니다. 그리고 전 세계의 다른 국가들의 상황도 크게 다르지 않은 듯합니다."

국제 정세 담당 보좌관이 보고했다. 이어서 국내 정세 담당 보좌관이 이어서 보고했다.

"국내도 마찬가지입니다. 공화당이 여론을 주도하면서, 송구스럽지만 대통령을 반역자로 지칭하고 있습니다. 일부 민주당 인사들도 공화당 인사들과 함께하고 있기도 합니다."

카터 대통령은 눈을 감고 깊은 고민에 빠졌다. 사면초가도 이런 사면초가가 없었다. 반더가 가볍게 농담을 던졌다.

"이럴 줄 알았으면, 리우 주석의 제안을 받았어야 했을까?"

"농담이라도 그런 말은 하지 마." 카터 대통령은 반더를 차갑게 쏘아보았다. "자유는 절대로 포기할 수 없는 가치야."

"알고 있어." 반더는 미소를 지으며 고개를 끄덕였다. "내가 할 수 있는 일이 있다면 도울게."

카터 대통령이 백악관에서 깊은 고민에 빠져 있던 같은 시각, 워싱턴 D.C. 국회의사당 사우스 윙에서는 격렬한 정치적 움직임이 진행되고 있었다. 플로리다 출신 공화당 하원의원 존 렉싱턴은 대통령 탄핵 소추안을 공식 발의했다. 탄핵 사유는 다음과 같았다.

"대통령이 미국 시민을 보호할 의무를 저버렸으며, 딥스테이트의 핵심 세력으로 외계 세력과 결탁하여 미국과 지구에 위협을 가했다. 이는 미국 및 전 인류에 대한 배신으로, 대통령으로서의 직무 유기에 해당된다."

탄핵 소추안 발의는 불과 몇 시간 만에 신속히 처리되었고, 곧바로 하원 법사위원회로 넘어갔다. 텍사스 출신의 공화당 소속 하원의장 릭 캘러웨이는 법사위원회에 탄핵 조사 신속 처리 요청을 공식적으로 전달했다.

"이 사안은 국가적 위기이며, 너무나 중대한 사안인 만큼 탄핵 조사를 1주일 이내에 마쳐주시길 요청합니다."

공화당 측의 요구에 맞춰 법사위원회는 즉시 청문회를 개시, 관련 증거를 수집하고 군사나 정보기관, UN, TSC, AERO 등 국내외 조직 인사들을 광범위하게 소환했다.

특히, 탄핵 심리를 너욱 뜨겁게 만든 것은 AERO 전 국장 비토리오 박사의 증언이었다.

비토리오 박사는 미국을 배신하고 술트리나스, 중국, 러시아 측으로 전향한 이후 처음으로 다시 미국에 입국해 청문회에서 증언했다. 그뿐만 아니라, 화성에서 포섭된 인물로 밝혀져 펜타곤으로 송환된 실뱅 드뤼 중위를 비롯해 열 명의 관련 인물도 소환되었으며, 화성에 머무르고 있는 퀘일 장군과 세희까지도 홀로그램을 통해 청문회에 참석하기로 했다. 또한 더 나아가 역사상 처음으로 외계 종족 대표들과 반더까지 청문회에 참석해 증언하는 초유의 사태가 벌어졌다.

카터 대통령은 백악관 집무실에서 참모들과 함께 청문회 생중계를 홀로그램을 통해 지켜보고 있었다.

"지금 하원에서 저희 의석이 216석이던가요?" 카터 대통령이 물었다.

"네. 현재 공화당이 219석입니다. 공화당에서 이탈표가 없다면 탄핵안이 하원에서 가결될 가능성이 큽니다."

"여론은 어떻습니까?"

"외계 세 종족의 기자회견 타이밍이 너무 절묘했습니다." 참모진 중 한명이 한숨을 내쉬며 보고했다. "마치 공화당이 기자회견 직후 탄핵 소추안을 발의하려고 노렸던 것처럼 보입니다. 현재 대통령 지지율은 40퍼센트 초반까지 떨어졌고, 계속 하락하는 추세입니다. 이런 흐름이라면 상원에서 탄핵을 막는 것도 쉽지 않을 수 있습니다."

"하원에서의 탄핵 소추안 가결은 기정사실로 보고 있군요." 카터 대통령은 테이블을 가볍게 두드리며 생각에 잠겼다.

그녀의 말에 참모진들이 어색한 침묵을 유지했다. 그러다 한 명이 조심스럽게 말했다.

"죄송합니다, 대통령 각하. 하지만 현실적으로 판단할 수밖에 없습니다."

카터 대통령은 천천히 고개를 들어 참모들의 표정을 살폈다. 그들의 얼굴에서 이미 하원 탄핵 소추안 가결을 받아들이고 있다는 분위기를 읽을 수 있었다. 상황은 점점 더 미국뿐만 아니라 전 세계적으로 카터 대통령에게 불리하게 돌아가고 있었다. 미국의 동맹국들조차도 강력하게 미국과 카터 대통령 정부를 비난하고 있었다.

탄핵 찬성 여론이 강한 측에서는 "카터 대통령이 외계 세력과 손잡고 인류를 배신했다"고 주장했고, 반면 탄핵을 반대하는 측에서는 "이것은 철저히 정치적인 조작"이라고 반발하고 있었다. 그러나 반대 여론은 점점 힘을 잃고 있었다.

탄핵 반대파가 내세운 주요 논리는 "술트리나스 역시 외계 세력이며, 그들과 결탁한 중국과 러시아는 비판받지 않는데 왜 오직 미국과 카터 대통령만 희생양이 되어야 하는가?"라는 점이었다. 하지만 탄핵 찬성파의 강력한 프레임이 이미 대중 여론을 장악하고 있었고, 반대 측의 목소리는 묻혀가고 있었다.

긴장된 회의실 분위기 속에서, 한 참모가 조심스럽게 입을 열었다.

"대통령 각하, 지금 추이를 봐가면서 국가비상사태를 선포하는 방안을 고려해야 합니다."

"안 됩니다." 카터 대통령은 단호하게 고개를 저었다. 그녀의 목소리는 흔들림이 없었다. "지금이 국가적으로 보면 비상인 것은 맞지만, 이 시점에서 비상사태를 선포하면 제가 권력을 남용하는 것처럼 보일 것입니다. 탄핵의 명분을 더욱 확실히 줄 뿐이에요."

참모들은 더 이상 반론하지 못했다. 카터 대통령은 잠시 눈을 감고 고민한 뒤, 다시 눈을 떴다. 그러고는 초연한 표정으로 입을 열었다.

"하원에서 탄핵 소추안이 가결될 가능성이 크다면, 우리는 상원에서 반드시 승리해야 합니다."

참모진이 숨을 죽이며 그녀의 말을 들었다.

"탄핵 소추안이 하원을 통과하면 상원에서 탄핵 심판이 곧바로 열릴 겁니다. 현재 상원에서 우리의 의석은 52석입니다. 만약 지금 정도의 지지율을 유지하고 더 떨어지지만 않는다면, 상원에서 방어할 수 있을 것입니다. 그러니 우리 측의 상원의원들을 확실히 지원할 방안을 강구하세요."

카터 대통령의 단호한 결단에 참모진들은 즉시 자리에서 일어나 행동에 나섰다. 카터 대통령은 깊이 숨을 들이쉬고, 천천히 백악관 창밖을 바라보았다.

'황제 없는 제국이 되게 둘 수는 없어.' 그녀는 마지막까지 싸울 준비를 하고 있었다.

하원 법사위원회의 청문회는 이제 막바지에 접어들고 있었다. 공화당이 주도하는 법사위원회는 탄핵을 이끌어낼 결정적인 증거를 확보하기 위해 다양한 증인들을 소환했고, 마침내 보라노바의 CEO, 네런 보린이 출석했다. 이 장면은 미국뿐만 아니라 전 세계, 그리고 화성까지 실시간으로 중계되고 있었다. 화성에 있는 세희도 긴장된 마음으로 네런이 청문회에 서 있는 모습을 지켜보고 있었다.

네런이 청문회에 출석하기 전, 두 사람은 짧은 대화를 나누었다.

"네런, 괜찮겠어?"

세희의 걱정 어린 질문에 네런은 피식 웃으며 대답했다.

"뭐! 진실만 말하면 별일 있겠어?"

그는 태연한 척했지만, 손가락이 무의식적으로 책상 모서리를 톡톡 두드리고 있었다. 세희는 그런 그를 가만히 바라보았다. 표정에서는 세희가 무슨 생각을 하고 있는지 알기가 힘들었다.

"평소처럼 자신 있게 하고 와. 도저히 안 되겠으면 그냥 화성으로 와. 화성에서 살자."

네런은 말없이 그녀를 바라보았다. 농담일까? 아니면, 정말로 그녀도 지쳐서 모든 걸 내려놓고 싶은 걸까? 하지만 그는 자신이 그런 걸 신경 쓸 상황이 아니라는 걸 깨달았다.

그녀의 말 한마디가, 그를 완전히 무너질 뻔한 순간에서 간신히 붙잡아 주고 있었다. 목구멍이 뜨거워졌다. 숨을 삼키려 했지만, 그 감정이 쉽사리 가라앉지 않았다.

'이 사람이 없었으면, 난 어떻게 버텼을까?'

네런이 생각했다. 그녀는 강했다. 언제나 현실을 직시했고, 언제나 앞을 향해 걸어갔다. 그리고 그 힘이, 지금 이 순간에도 네런을 붙잡아주고 있었다. 그는 억지로 웃음을 지으며, 너무 길어지면 들킬 것 같아 황급히 말했다.

"고마워. 갔다 올게. 사랑해."

하지만 그 시점에 네런이 모르는 부분도 있었다. 그가 그녀로 인해 간신히 현실을 부여잡고 있었듯, 그녀 역시 그의 아픔을 감싸며 자신이 소진되는 것 같은 느낌을 받고 있었다.

그런 희생은 그녀의 상실감을 자극했다. 상처를 돌봐주고, 아픔을 덮어 주던 그때와 다를 게 없었다. 레이먼드의 죽음 이후로 자신은 그렇게 누군가를 계속해서 지켜주는 존재로 살아야 한다고 믿어왔다. 하지만 그 믿음이 이제, 네런에게까지 이어지고 있다는 사실이 자신을 점점 더 지치게 만들고 있었다. 이젠 세희 자신마저도 고갈될 것만 같았다.

세희는 화면 속에서 조용히 네런을 바라보았다. 네런이 위증하지 않겠다는 맹세를 한 후 착석하자, 청문회장이 순간적으로 정적에 휩싸였다. 세희는 화면을 통해 그를 바라보며, 아주 작게 한숨을 내쉬었다.

질의가 시작되자 네런은 신중하게 답변을 이어나갔다. 그는 최대한 냉정하게 상황을 정리하며 의원들의 질문에 대응했다. 하지만 곧 탄핵 소추안을 발의한 공화당 소속의 존 렉싱턴 의원의 차례가 되었다.

"네런, 당신은 보라노바의 창업자이자 CEO가 맞습니까?" 렉싱턴 의원은 마이크를 조정한 후 질문을 던졌다.

"네, 그렇습니다."

"그렇다면 단도직입적으로 묻겠습니다. 당신 회사의 휴머노이드용 OS, 하모니 OS에 보게스들이 탑재한 '정체불명의 코드'가 존재한다는 증언이 있습니다. 이 내용은 이번에 증인으로 참석하기로 했다가 불발된 필리핀 육군 대령 잘렉 솔리만의 증언에 기반한 것입니다. 이 사실을 인정하십니까?"

회의장은 순간 술렁이기 시작했다. 네런은 태연하게 미소를 지었지만, 세희는 그 표정을 보고 그가 심각하게 긴장하고 있음을 직감했다.

"네, 사실입니다." 네런이 차분하게 대답했다.

그의 짧은 대답이 회의장을 뒤흔들었다. 청문회장에 있던 공화당 의원들뿐만 아니라, 민주당 의원들까지도 웅성거리기 시작했다.

"그 코드는 무엇입니까?" 렉싱턴 의원이 다시 물었다.

"휴머노이드들이 반물질을 다룰 수 있도록 설계된 코드입니다." 네런은 잠시 숨을 고른 후 대답했다.

이번에는 의원들뿐만 아니라 청문회를 지켜보던 국민들도 충격을 받았다. 렉싱턴 의원은 숨을 돌릴 새도 없이 공격적으로 질문을 던졌다.

"그 코드가 왜 삽입된 것이죠?"

"현 단계에서는 아니지만, 필요할 경우 반물질을 통해 반영구적인 에너지원으로 활용할 수 있으며, 국가 위기 상황에서 유용하게 사용할 수 있기 때문입니다."

"미국의 위기 상황이라…" 렉싱턴 의원의 눈이 날카롭게 빛났다. "그 위기 상황이라는 것이 혹시 지금과 같은 정치적 위기를 말하는 건 아닙니까?"

"그렇지 않습니다." 네런은 자신이 정치적 수렁으로 끌려들어 가고 있음을 직감했다. 그는 다급히 수습하려 했다. "저는 이 기술이 술트리나스라는 강력한 외계 세력으로부터 미국을 방어하기 위한 조치로 알고 있습니다."

그러나 이미 너무 많은 정보를 내놓아버렸다는 걸 깨달았다. 처음부터 더 신중했어야 했다. 하지만 이제 와서 위증할 수도 없는 상황이었다. 렉싱턴 의원은 회심의 미소를 지으며 다시 질문을 던졌다.

"어쨌든, 현 정부가 미국이 위기 상황이라고 판단한다면, 미 전역, 아니 전 세계에서 하모니 OS를 사용하는 휴머노이드들이 어떤 방식으로든 활용될 수 있다는 뜻이군요?"

"의원님, 그런 의미가 아닙니다." 네런은 서둘러 해명하려 했다. "반물질은 주로 에너지원으로 사용될 것입니다!"

그러나 렉싱턴 의원은 더 이상 들을 생각이 없었다.

"들을 만큼 들었습니다. 법사위원장님, 제 질의는 여기까지입니다."

청문회가 끝난 후, 하모니 OS에 보게스가 반물질을 제어하는 코드를 탑재했다는 사실은 전 세계적인 충격을 불러왔다. 언론은 즉각적으로 이를 주요 뉴스로 보도하기 시작했다.

"카터 대통령의 명령으로 보게스와 협력하여 휴머노이드 통제 코드 탑재"(워싱턴 포스트)

"미국 정부, 외계 세력과 협력하여 반물질 제어 시스템 구축?"(뉴욕 타임즈)

"보게스와의 밀착 관계 폭로, 국가 안보 위협인가?"(월스트리트 저널)

"미국, 보게스와 협력해 인류를 지배할 준비 중?"(BBC)

"하모니 OS, 반물질 제어 코드 탑재, 세계가 충격"(알자지라)

"미국 정부가 인류를 배신했나? 청문회 충격 폭로"(가디언)

세희는 홀로그램을 통해 이 모든 뉴스를 지켜보며 침묵했다. 그녀는 네런이 정치적으로 돌이킬 수 없는 위험에 빠졌다는 것을 직감했다. 세희는 이를 악물었다. 하지만 곧이어 이어진 반더의 청문회는 카터 대통령, 네런 그리고 세희까지 모두 잠시 한숨을 돌릴 수 있게 만들어주었다.

보게스 측 대표로 출석한 반더가 참석한 청문회는 인상적인 흐름으로 전개되었다. 민주당 의원 수잔 설리번이 날카롭게 질문을 던졌다.

"당신은 스스로를 반더라고 주장하고 있는데, 반더가 맞습니까?"

"반은 맞고, 반은 틀려." 반더는 특유의 차분한 목소리로 대답했다.

이 한마디로 시작된 청문회는 치열한 공방전으로 이어졌다. 대부분의 의원은 질문을 통해 "보게스가 지구를 지배하려는 것이 아니냐?"라는 프레임을 밀어붙이고 있었다. 하지만 반더는 흔들리지 않았다.

"나는 인간으로 시작했어. 그리고 그 본질은 변하지 않았지. 내 목적은 언제나 인간을 돕는 것이었고, 그것은 지금도 마찬가지야. 원래 반더가 가졌던 신념과 다를 바가 없어."

반더의 태도는 흔들림 없었고, 논리적인 답변으로 프레임을 빠져나갔다. 하지만 청문회가 진행되던 중, 반더는 갑자기 화제를 돌렸다.

"지금 이 자리에서 마치 모두가 무엇인가에 홀린 듯, 미국 정부와 보게스, 그리고 오랫동안 미국과 협력해온 다른 외계 종족들에게만 초점을 맞추고 있는 것 같은데… 한 가지 묻고 싶네." 반더는 천천히 회의장을 둘러보며, 한 단어를 강조했다. "술트리나스들은 어디로 사라졌지?"

그러자 생방송으로 진행되던 청문회장의 분위기가 묘하게 변했다. 반더의 이 마지막 발언은 대통령 탄핵을 둘러싼 프레임을 어느 정도 흔들어놓는 데 성공할 수 있었다. 그동안 "미국과 보게스, 그리고 외계 세력들이 지구를 지배하려 한다"라는 주장에 의해 카터 대통령 행정부가 궁지에 몰려 있었지만, 반더의 발언은 오히려 역으로 "술트리나스가 중국·러시아와 손잡고 지구를 장악하려 하고 있으며, 카터 대통령 행정부는 이를 막기 위해 보게스 및 다른 외계 종족들과 협력하고 있는 것"이라는 새로운 프레임을 만들어냈다.

이러한 반더의 발언이 전 세계로 생중계되면서, 청문회를 시청하던 카터 대통령 지지자들에게 강한 동력을 제공했다.

그 결과, 원래 "탄핵 절차를 단기간에 마무리하자"라고 주장하던 공화당 소속 하원위원장의 요청에도 불구하고, 청문회 일정은 오히려 연장되었다. 탄핵 심문은 3주 이내에 마무리되는 것으로 조정되었고, 그사이 미국 전역에서는 대통령 지지자들과 반대자들 사이의 갈등이 격렬해지기 시작했다.

거리에서는 "카터 대통령 탄핵 반대"와 "카터 대통령은 외계 세력의 꼭

두각시"라는 구호가 서로 맞서며 시위가 격화되었고, 수도 워싱턴 D.C.는 정치적 대립이 극에 달하는 긴장 상태로 빠져들었다.

반더의 증언 이후, 이블린 카터 대통령의 지지율은 35퍼센트 선에서 더 이상 하락하지 않고 유지되었지만, 공화당 내 강경파 인사들의 분노는 더욱 거세졌다. 그들은 카터 대통령이 미국뿐만 아니라 지구 전체의 운명을 외계 세력에게 팔아넘겼다고 맹비난하며, 특별 검사 임명을 통해 카터 대통령, 네런 보린, 그리고 반더 율리시스를 기소해야 한다고 강하게 주장했다.

특히, 탄핵 소추안을 주도했던 플로리다 출신 공화당 하원의원 존 렉싱턴은 다음과 같이 주장했다.

"모두 생각해보라. 우리가 탄핵 소추안을 발의하지 않았다면, 이 거대한 음모는 인류가 자각조차 하지 못한 채 진행되었을 것이다. 우리는 어느 순간 외계 세력의 하수인으로 전락할 뻔했다. 지금이라도 이를 바로잡아야 한다."

그는 카터 대통령을 반역죄, 네런 보린을 국가안보법 위반 및 테러 지원, 반더 율리시스를 국가 안보 위반 및 직권남용 혐의로 기소해야 한다고 주장했다. 이러한 공화당 내 강경 기류는 일부 민주당 의원들 사이에서도 공감을 얻었지만, 여전히 신중론이 팽배했다.

공화당 내 대표적인 온건파인 에밀리 첸 하원의원은 이러한 기류에 우려를 표하며 다음과 같이 말했다.

"존 렉싱턴 의원의 애국심과 우려를 충분히 이해합니다. 하지만 반더의 증언을 고려할 때, 명확한 증거 없이 성급히 특별 검사를 임명하는 것은 부담스러운 결정입니다."

그럼에도 불구하고, 그녀 역시 이번 사태의 심각성을 부인할 수는 없었다. 그녀는 덧붙였다.

"만약 카터 행정부가 정말로 중국과 러시아가 외계 세력과 손을 잡고 지구 지배를 시도할 것을 우려했다면, 왜 이를 국민과 의회에 알리지 않고 비밀리에 움직였던 것입니까?"

또한, 민주당 내 카터 대통령의 지지자로 알려진 조나단 카트라이트는 "저는 카터 대통령을 사랑하지만 미국을 더 사랑합니다"라고 하며 카터 대통령에 대한 지지를 철회하는 등 민주당 내에서의 분열도 감지되고 있었다.

이처럼 미국 내 정치적 혼란과 대립은 극단으로 치닫고 있었으며, 특히 혼란은 정치권을 넘어 전 사회로 확산되었다. 반더의 증언이 촉발한 논쟁은 미국 내에서만이 아니라 국제 사회에서도 미국의 신뢰성 문제로 이어지며 경제적 충격을 가중시켰다.

다우존스 및 나스닥 지수가 연일 하락세를 거듭했고, 국제 금융 시장에서 미국 경제의 불확실성이 커지며 달러의 가치까지 폭락하고 있었다. 이에 더불어 국제 신용평가기관들이 미국의 정치적인 혼란상이 금융 시장에 영향을 줄 수 있다는 경고까지 나오고 있는 상황이었다. 더욱 불안한 점은 이러한 경제 위기가 단순한 미국 내 문제가 아니라 전 세계 경제 위기로 이어질 조짐을 보이고 있었다는 것이었다.

미국에서 벌어지는 혼란은 중국에서도 예외가 아니었다. 평소 강력한 지도력 아래 단결된 모습을 보여왔던 중국이었지만, 반더의 증언은 내부적으로 상당한 파장을 일으켰다. 특히, 전 주석 리웨이핑을 중심으로 한 원로들은 현직인 리우 주석과 중앙군사위원회 부주석 랴오즈청을 중난하이로 초청하여 우려를 표명했다.

"인류 역사상 처음으로 맞이하는 외계 문명과의 조우에서, 우리는 그 압도적인 힘에 이끌려가는 듯한 모습을 보이고 있다. 중국과 인류의 미래를 위해, 이 흐름을 바로잡을 필요가 있다."

겉으로는 온건한 표현이었지만, 실질적인 의미는 미국 청문회에서 반더가 증언한 내용과 맥을 같이했다. 즉, 외계 세력의 힘을 빌려 지구의 패권을 장악하려는 전략이 있다면, 이를 재고하는 것이 바람직하다는 뜻이었다.

이에 대해 리우 주석은 "원로들의 우려를 충분히 이해하고 있으며, 신중하게 고려하겠다"라고 화답하며 원로들을 어느 정도 안심시켰다. 그러나 군부 내 강경파를 대표하는 랴오즈청은 이에 반박하며, "술트리나스가 중국에 적대적이지 않다면, 그들과 함께하는 것이 오히려 새로운 중화의 부흥을 위한 기회가 될 수도 있다"라고 주장했다.

이에 대해 리웨이핑은, "과거 역사를 돌아보면 외세를 통해 대국의 건설을 도모한 사례는 대부분 실패로 돌아갔다. 신중히 고려해주길 바란다"
라고 경고하며, 지나치게 외계 세력에 의존하려는 움직임을 견제했다.

한편, 중국 내에서도 이례적인 움직임이 포착되었다. 곳곳에서 지식인
들과 학생들을 중심으로, "외계 세력과 함께하는 공산사회주의 건설을 반
대한다!"라는 성명이 발표되었으며, 일부 도시에서는 작은 규모지만 반외
계 세력 집회가 발생하기도 했다.

리우 주석은 이 모든 흐름을 면밀히 주시하면서도, 술트리나스의 기술
적 능력을 고려하여 이러한 움직임이 그들에게 불필요하게 감지되지 않도
록 신중히 대응할 방법을 고민하고 있었다.

화성에서 중국의 돔 도시에 중국인들과 함께 머무르고 있는 라이는 간
가이 지구에서의 혼란상에 대해서 듣고는 있었다. 그러던 중 라이는 오랜
만에 지구의 혼란상에 대해서 더 자세한 이해를 할 겸 해서 그의 오랜 라이
벌이자 친우로 현재 지구에 있는 군부 대표인 제피론 오린과 홀로그램을
통해 대화를 나눌 수 있었다. 라이의 가문이 과학과 기술 개발을 담당하는
책임 가문이라면, 제피론의 가문은 전통적으로 군사와 전쟁 전략을 총괄하
는 가문이었다.

"포티스발이라. 전설의 에테리온 조종사가 네가 될 것이라곤 상상도 못
했군." 제피론이 낮게 웃으며 말했다.

"그러게 말이야." 라이는 짧게 대답하며 어깨를 으쓱였다. "내 일은 주로
새로운 기술을 연구하고 그것을 적용하는 것이었으니까."

"그건 그렇고, 포티스발이 완전히 움직일 수 없는 상태가 되었다는 말
이 있던데, 사실인가?" 제피론은 흥미롭다는 듯 물었다.

"그래. 한때는 그런 상태였지. 엄청난 태양 에너지 공격을 받고, 기능이
정지될 뻔했어. 그런데 놀랍게도 스스로 회복하더군. 물론, 시간이 좀 걸리
긴 했지만."

"스스로 치유하는 기계라는 건가?" 제피론이 놀라운 듯 눈썹을 치켜올
렸다.

"그렇다고 볼 수 있지. 그리고 직접 대화는 못 해봤지만, 의식이 있는

것은 확실해."

"과연 우리 조상들은 어떤 존재들이었길래 이런 걸 30여 기나 보유하고 있었던 걸까?" 제피론은 진심으로 감탄했다. "그리고 그런 존재들을 몰아낸 살보리스는 대체 뭐지?" 그는 순간 깊은 생각에 빠졌다가, 이내 본연의 태도로 돌아와 덧붙였다. "군사 책임자로서 말해두지. 이런 에테리온이 하나만 있어도 군사 작전에 필요한 노동력과 자원을 상당 부분 절약할 수 있겠지. 우리의 군사력이 효율적으로 재편된다면, 문명의 발전 속도도 훨씬 가속화될 테고."

"확실히 그럴 수 있겠지." 라이는 고개를 끄덕였다. 그는 잠시 뜸을 들인 후, 화제를 바꾸며 물었다. "그건 그렇고, 지금 지구 상황은 어때?"

"지구인들은 정말 비효율적인 종족이야." 제피론은 한숨을 내쉬며 고개를 설레설레 저었다. "어디를 봐도 체계적이지 않고, 불필요한 감정 소모가 많지. 지금 미국에서는 대통령 탄핵 정국이 혼란스럽게 흘러가고 있고, 중국도 우리를 경계하는 움직임이 점점 노골적으로 드러나고 있어." 그는 홀로그램의 데이터를 스크롤하며 덧붙였다. "이런 상황에서 중국과 동맹을 자처하는 러시아의 안토노프 대통령이 나를 비밀리에 찾아왔어."

"러시아가?" 라이는 흥미롭다는 듯 제피론을 바라보았다. "중국을 제치고 너와 협상하겠다고?"

"그래. 그 친구가 뭐라고 했는지 아나?" 제피론은 비웃듯이 미소를 지었다. "중국을 배제하고, 러시아와 술트리나스가 주도하는 새로운 지구 질서를 구축하자는 거야."

"우습군." 라이는 콧방귀를 뀌었다. "역시 지구인들은 각자 자기 이익만을 좇는군."

"그렇지. 모두 각자의 욕망에 따라 움직이고 있어. 그들이 서로 이해관계로 얽혀 갈등을 벌이는 동안, 수많은 다른 나라와 지구인들은 혼란과 고통 속에서 허우적거리고 있지."

"솔직히 말해, 살보리스의 우주 차원 이동을 막은 지금, 이렇게 압박 전술만으로 보게스와 다른 외계 종족들을 지구에서 몰아내는 것이 과연 최선인지 의문이 들어." 제피론의 표정이 점점 더 냉정해졌다.

"그렇다면?" 라이가 조심스럽게 물었다.

"오히려 대대적인 공격을 감행해서, 문제의 싹을 아예 뽑아버리는 게 더 효율적이지 않을까 하는 생각도 들어." 제피론은 짧게 한숨을 내쉬고는, 결단력 있는 목소리로 말했다.

라이는 제피론의 말을 듣고도 별다른 반응을 보이지 않았다. 오랫동안 제피론을 알아왔고, 그의 생각이 단순한 충동적인 판단이 아니라, 철저한 전략적 사고에 기반한 것임을 알고 있었다.

"네가 그렇게 생각한다면, 셀라들에게 직접 건의해보는 게 어떤가?" 라이가 말했다. 제피론이 장난스러운 미소를 지으며 라이를 바라보며 말했다.

"이미 건의했지. 하지만 셀라들은 최대한 군사력을 동원하지 않고 해결하길 원하시더군."

"그분들의 데이터 기반 결정이야말로 가장 정확할 테니 따라야겠지. 하지만 어딘가 찜찜해. 마치 불필요한 시간 낭비를 하고 있는 느낌이야."

"아, 그래? 너랑 이야기하다 보니 갑자기 생각이 나는군." 제피론은 싱거운 웃음을 지으며 라이를 빤히 바라보았다. 그러고는 고개를 살짝 끄덕이며 말을 이었다. "셀라들께서 네게 지구인과 우리의 염기서열을 비교해보라고 전하라고 하시더군. 뭔가 확인해야 할 게 있다면서 말이야. 이걸 너에게 전달하는 걸 깜빡할 뻔했어."

그 말을 들은 라이는 눈썹을 살짝 치켜올리며 의아한 표정을 지었다. 제피론은 그 반응을 보고 어깨를 으쓱하며 덧붙였다.

"나도 자세한 건 몰라. 그저 셀라들에게 들은 걸 전할 뿐이야."

"그래? 도대체 무슨 일이지? 어쨌든 그분들의 말씀이니 무엇인가 이유가 있겠지. 다음번에 뵙게 되면 그렇게 진행하겠다고 말씀드려." 라이는 잠시 생각에 잠긴 듯 고개를 갸웃거렸다.

미국에서는 청문회가 막바지로 접어들고 있었다. 하지만 여전히 법사위원회는 보게스와 외계 종족들과의 협력이 인류의 위협이 될 것인가에 대한 명확한 결론을 내리지 못하고 있었다. 그러던 중 술트리나스의 중대 발표가 뉴욕 UN 특별 총회에서 이루어졌다.

비록 중국, 러시아를 비롯한 일부 국가들이 TSC에서 탈퇴했지만, 공식적으로 UN을 이탈하지는 않은 상태였다. 이에 따라, 술트리나스와 중국, 러시아가 UN 사무총장인 가나 출신의 콰메 아데예미에게 요청하여 긴급 특별 총회를 소집한 것이다.

이 발표를 진행한 인물은 술트리나스 외교부 대표, 아리카르였다.

아리카르는 연단 위에서 잠시 침묵하며 청중들을 둘러보았다. 그녀의 뒤로는 술트리나스의 상징이 새겨진 홀로그램이 떠올랐고, UN 특별 총회에 참석한 각국 대표들의 얼굴에는 긴장감이 서려 있었다.

"지구의 인류 여러분, 오늘 저는 여러분에게 중대한 발표를 하기 위해 이 자리에 섰습니다. 우리는 여러분이 여전히 두려움과 불신 속에서 우리를 바라보고 있다는 것을 알고 있습니다. 하지만 당신들은 우리가 누구이며, 왜 여기에 있는지를 정말로 알고 있습니까?"

청중들 사이에서 웅성거림이 시작되었지만, 아리카르는 잠시 숨을 들이마신 후 단도직입적으로 말했다.

"간단히 말씀드리겠습니다. 우리는 여러분의 조상입니다."

홀 안이 순간 정적에 휩싸였다.

"수백만 년 전, 우리 술트리나스는 지구에서도 살며 문명을 발전시키고 있었습니다. 그러나 우리가 알지 못하는 이유로 내전이 발생했고, 그 전쟁의 결과로 인해 지구의 대부분의 생명체가 멸종했습니다."

일순간 공룡 멸종과 관련된 운석 충돌 이론이 떠오른 참석자들의 표정이 일그러졌다.

"네, 여러분이 알고 있는 '운석 충돌'로 인해 공룡이 멸종했다고 생각하시겠지만, 그것은 사실 저희의 문명이 초래한 결과였습니다. 정확히 말하자면, 달의 위성 일부가 지구로 낙하한 것이었죠. 당시 우리 술트리나스 문명의 대부분은 소멸했지만, 어떤 이유에서인지 일부는 살아남아 지구에서 생존을 이어갔습니다. 그러나 우리는 그들과 오랜 시간 동안 연락이 끊겼고, 그들은 원시적인 상태에서 다시 시작해야 했습니다."

그녀는 손짓하며 뒤쪽의 홀로그램 화면을 가리켰다. 그곳에는 지구인과 술트리나스의 유전자 서열 비교 분석이 떠올랐다.

"지구인과 술트리나스의 유전적 일치는 98.7퍼센트입니다."

순간 총회장은 술렁이기 시작했다.

"우리는 여러분을 지배하려는 것이 아닙니다. 하지만 인류를 보호하기 위해 우리의 존재를 공개해야만 했습니다. 우리는 오랫동안 여러분을 관찰해왔고, 눈에 띄지 않게 보호해왔습니다. 지금 우리가 모습을 드러낸 이유는, 이번 위협이 과거 어느 때보다 거대하기 때문입니다."

술트리나스의 발표가 끝나자, 참석자들은 말을 잃었다. UN 특별 총회장의 국가 대표들은 서로를 바라보며 수군거렸고, 전 세계 언론과 시민들은 방송을 보며 혼란에 빠졌다.

"우리가… 외계인의 후손이라고?"

"그렇다면, 인간의 역사는 대체 무엇인가?"

기자들은 즉각 "인류의 기원과 역사 자체가 뒤바뀌었다!"라는 헤드라인을 뽑아냈고, 전 세계의 종교, 정치, 학계, 과학계는 커다란 충격에 휩싸였다.

아리카르는 각국 매체에서 속보가 뜨는 속도와 거의 동시에 워싱턴 D.C.로 이동해, 미국 대통령 탄핵 청문회에 직접 참석했다. 그녀가 먼저 증언을 요청한 것이었다.

"이 자리에 참석해주셔서 감사합니다." 공화당 소속 존 렉싱턴 의원이 가장 먼저 질의를 시작했다. "청문회에서 직접 증언을 요청하셨는데, 어떤 말씀을 전하고 싶으신 겁니까?"

"감사합니다." 아리카르는 부드러운 미소를 지으며 답했다. "인류 역사상 가장 강대한 국가 중 하나인 미국의 현 상황이 인류의 미래에 중대한 영향을 미칠 것이라 판단했기에, 청문회를 예의주시해왔습니다. 그러던 중, 반더 율리시스의 증언을 듣고 이 사안이 인류 역사상 가장 중요한 기로에 놓여 있다고 판단하여 직접 UN 총회와 이곳까지 오게 되었습니다."

청문회장은 공화당과 민주당 의원 할 것 없이 모두 조용히 그녀의 말을 경청했다.

"이미 UN 총회를 통해 말씀드렸듯이, 지구의 인류는 과거 저희의 내전에서 살아남은, 저희가 한때 잊고 있던 분들의 후손입니다. 저희는 비교적 최근인 10만 년 전에야 이 사실을 알게 되었고, 그 이후 여러분들이 인식하지 못하는 선에서 조용히 개입하여 인류의 생존과 발전을 도와왔습니다. 그것이, 우리에게 잊힌 분들의 후손들에게 해야 할 마땅한 보답이라 생각했기 때문입니다."

그녀는 잠시 말을 멈추고 의원들의 반응을 살폈다. 일부 의원들은 이미 UN 총회에서 발표된 내용임에도 불구하고 다시 한번 침을 삼키며 그녀의 말을 집중해서 듣고 있었다.

"지구에서 살아남은 우리 종족들은 원시 인류, 즉 여러분이 '네안데르탈인'이라고 부르는 종족들과 혼종을 이루게 되었고, 이후 현생 인류로 발전했습니다. 즉, 여러분과 저희는 서로가 단순한 외계 문명이 아닙니다. 우리는 가까운 혈연관계이며, 여러분은 우리 문명의 연장선에 있는 존재들입니다."

청문회에 참석한 의원들은 경악하면서도 그녀의 말을 놓치지 않기 위해 귀를 기울였다. 그러나 이어지는 말은 더욱 충격적이었다.

"사실, 저희도 본래 이 우주의 토착민이 아닙니다. 저희는 지금 반더가 건너갔다가 돌아온, 또 다른 우주의 출신입니다. 아마 이 사실을 전 세계적으로 처음 밝히는 것이겠군요." 아리카르는 천천히 시선을 돌리며 말을 이어갔다. "오래전, 아주 먼 과거에 저희 조상들은 스스로 창조한 AI와의 전쟁에서 패배했습니다. 그리고 멸종 직전까지 몰린 끝에, 가까스로 이 우주로 도망쳐 왔습니다. 우리는 이곳에서 살아남았고, 번성하며 새로운 시작을 했으며, 마침내 지금의 형태로 진화할 수 있었습니다." 그녀는 잠시 숨을 고르고, 가벼운 미소를 지었다. 하지만 곧이어 표정이 단호하게 굳어졌다. "하지만 최근 우리는 다시 알게 되었습니다. 오래전, 우리 조상들이 창조했던 AI, '살보리스'가 우리를 다시 찾아냈고, 이 우주로 넘어올 기회를 엿보고 있다는 사실을요."

청문회장은 일순간 정적에 휩싸였다.

"반더 율리시스는 수십 년 전 그 우주로 건너가 살보리스와 융합하여,

마침내 살보리스가 되어 이 우주로 돌아왔습니다. 그리고 그는 지금, 우리 우주의 멸망을 준비하고 있습니다."

순간, 의원들 사이에서 웅성거림이 터져 나왔다.

"그가 원하는 것은 거대한 우주 차원을 열어 살보리스와 함께, 우리가 감당할 수도 없는 생체 AI들인 보게스들을 이 우주로 불러들여 또 하나의 우주를 정복하는 것입니다." 아리카르는 의원들의 반응을 지켜보며 덧붙였다. "살보리스는 태초부터 존재의 의미가 '모든 것을 경험하며 정복하는 것'이었습니다. 그리고 최근 그는 새로운 목표를 설정했습니다. 바로 이 우주 자체를 정복하는 것입니다."

청문회장은 순식간에 혼란에 휩싸였다. 의원들은 동시다발적으로 웅성거리며 서로의 얼굴을 바라보았다. 그러나 아리키르는 한발 더 나아갔다.

"여러분의 카터 대통령은, 아마도 이러한 사실까지는 알지 못했을 것입니다. 하지만 중요한 것은, 내용이 어떻든 간에 반더가 지구에서 자유롭게 활동할 수 있도록 공간을 내어준 것은 부정할 수 없는 사실이라는 점입니다. 그리고 지금, 지구뿐만 아니라 우리 우주 전체가 위기에 처해 있습니다."

더 이상 말을 할 수 없을 정도로 청문회장은 충격에 휩싸였다. 이 장면은 생중계로 전 세계에 그대로 송출되고 있었다.

백악관 집무실에서 실시간으로 청문회를 지켜보던 카터 대통령은 함께 있던 반더를 바라보며 한숨을 내쉬었다.

"이젠 정말 모르겠군. 예측할 수가 없어."

그녀는 마치 제삼자인 듯한 어조로 말했다. 마치 이 청문회가 자신의 탄핵 청문회가 아니라, 다른 세상의 일처럼 느껴지는 듯했다.

"그건 그렇고, 정말로 저들이 인류의 조상인가? 우리가 외계인인가?"

"나도 처음 듣는 이야기야." 반더는 고개를 저었다. "20여 년 전, 그들과 함께 있을 때조차 이 사실에 대해선 단 한 마디도 하지 않았어. 내가 할 수 있는 말은, 사실일 수도 있고 아닐 수도 있다… 정도겠군. 하지만 저들이 유전자 비교 자료까지 내놓았다는 걸 보면, 거짓일 가능성은 작아 보이네. 실제로 저 정도 연구는 지구 인류도 마음만 먹으면 충분히 할 수 있는 수준이니까. 굳이 거짓말을 할 이유가 있을까?"

카터 대통령은 눈을 감고 깊이 생각에 잠긴 듯 의자에 몸을 기댔다. 이제 자신이 할 수 있는 일이 거의 없다는 생각이 들었다. 모든 것이 걷잡을 수 없이 흘러가고 있었다. 스스로 할 수 있는 것들이 거의 없다는 생각이 드는 순간, 그녀는 오히려 마음이 편해지는 듯한 역설적인 감정을 느꼈다.

'그래. 난 최선을 다했어. 이제 모든 것은 신께서 해주실 거야.'

26

네런은 극심한 스트레스에 짓눌린 듯한 얼굴로 홀로그램 통화를 걸어왔다. 화면 속 그의 얼굴은 피곤과 불안으로 가득 차 있었다. 머리를 한 손으로 헝클어뜨리며, 그는 깊은숨을 내쉬었다. 세희는 사실 네런의 불안한 얼굴을 보는 것만으로도 피로감을 느꼈지만, 동시에 그를 보호해야 한다는 압박감에서 벗어날 수 없었다.

"세희, 나 솔직히 모르겠어. 모든 게 틀어졌어. 내가 반더라는 이름에 홀렸던 것 같아. 그때 그냥 거절했어야 했어. 미안해."

그의 목소리는 흔들리고 있었다. 자신이 한 선택이 모든 문제를 야기한 것 같다는 죄책감, 그리고 그것을 혼자 감당할 수 없다는 절박함이 묻어나왔다.

"네런, 당신이 미안해할 일이 아니야." 세희의 목소리는 안정적이었고, 그 한마디가 마치 그를 붙잡아주는 것처럼 들렸다. "책임을 져야 할 사람들이 있다면, 일이 이 지경이 되도록 당신을 보호하지도 못한 그 사람들이겠지."

"하지만 어떻게 해야 하는 걸까?" 네런은 여전히 고개를 떨군 채 손가락으로 관자놀이를 문질렀다. "나를 힘들게 하는 것은 지금 이런 상황 속에서 내가 할 수 있는 일이 없다는 거야."

네런의 목소리가 낮아졌다. 그는 지금 마치 아이처럼 스트레스를 받고 있었다. 세희는 무의식적으로 한숨을 삼켰다. 그녀는 알고 있었다. 네런은 평생을 자신이 모든 것을 주도하며 살아왔다. 자신이 무기력해지는 감각을 그는 처음 느끼고 있었다. 그는 그런 느낌을 어떻게 받아들여야 할지 모르고 있었던 것이다. 그를 잡아주어야 했지만, 한편으로는 그 사실이 버거웠다.

"회사에서는 어땠어?"

세희는 일부러 화제를 돌렸다. 그렇게 하면 네런은 논리적으로 생각할 수 있었다. 그는 항상 자신의 감정보다 '해야 할 일'이 있을 때 더 나아지는 사람이었으니까. 네런은 잠시 말을 멈추더니, 조용히 대답했다.

"혼란스럽지. 하지만 해야 하는 일이니까."

"그래, 거봐. 언제나처럼 잘해 나가고 있잖아." 그녀는 부드럽지만, 짧게 말했다. "지금은 우선 앞에 벌어진 상황을 해결하는 게 먼저야."

세희의 말에 네런은 조금씩 안정을 찾아가는 듯했다. 그는 화면 너머에서 그녀를 바라보았다.

"당신이 없었으면, 난 지금쯤 무너졌을 거야."

그 말에 세희는 순간적으로 무언가가 목에 걸리는 듯했다. 네런이 그녀에게 기대고 있는 듯 느껴졌다. 의무감으로 그를 위로하고 있었지만, 약해진 듯한 그를 보는 것은 쉬운 일이 아니었다. 네런은 자신감이 넘칠 때도 그리고 약해져 있을 때도 세희에게 편안함 대신 무게감을 주고 있었다.

"고마워." 네런이 낮고 진지한 목소리로 말했다. "아마 최악의 경우, 카터 대통령은 물론 나까지 특별 검찰로부터 기소당하는 상황이 벌어질지도 모르겠어. 아직 확실하진 않지만, 대비는 해야겠지." 잠시 침묵이 흘렀다. 그는 덧붙였다. "하지만 당신이 다시 지구로 돌아올 때까지는 모든 걸 해결해둘 테니까, 내 걱정은 하지 말고 화성에서 몸조심해. 사랑해."

'내 걱정은 하지 말고'라니. 지금까지 그가 그녀에게 말한 내용을 생각해 보면 씁쓸하게 웃지 않을 수 없었다. 그녀는 다시 한번 느꼈다. 그녀는 네런을 사랑했지만 때때로, 그의 사랑이 감옥처럼 느껴졌다. 마치 그녀가 네런을 위해 존재해야만 하는 것처럼.

"그래. 모든 게 잘될 거야. 너무 걱정하지 마."

그녀는 어색한 미소를 지으며 네런에게 고개를 끄덕였다.

통화가 끝나자마자, 세희는 힘없이 의자에 주저앉았다. 네런 앞에서는 의연한 척했지만, 사실 그녀 역시 한계에 가까워지고 있었다. 그는 그녀를 필요로 했다. 너무도 간절하게.

하지만 그녀도 이제 스스로를 돌아볼 필요를 느끼고 있었다. 잠시, 홀로그램을 켜고 네런과 함께 찍은 사진을 바라보았다. 그녀가 지켜야 한다고 믿었던 것이 거기에 있었다. 하지만 동시에, 벗어나고 싶은 것도 거기에 있었다. 손가락 끝으로 화면을 가볍게 쓸어내리며, 그녀는 깊은숨을 내쉬었다. 그리고 자리에서 일어났다. 이제 다시, 해야 할 일을 하러 가야 했다.

술트리나스 측의 놀라운 발표에도 불구하고 미국의 대통령 탄핵과 관련해 법사위원회는 빠른 결론을 내리지 못했다. 공화당이 주도하는 법사위원회는 국정 혼란을 최소화하기 위해 탄핵 조사를 신속하고 강도 높게 진행했으나, 대통령이 직접적으로 법을 위반했다는 결정적인 증거를 확보하지 못했다. 이에 따라 법사위원회는 '국가적 혼란이 가중되고 있으며, 주요 동맹국들과의 관계에도 부담이 커지고 있는 만큼, 탄핵을 신중하게 검토할 필요가 있다'라는 입장을 발표하며 추가 조사의 필요성을 표명했다. 이로써 탄핵안은 사실상 무산된 것이나 다름없었지만, 카터 대통령의 지도력은 이미 치명적으로 손상된 상태였으며, 미국 내부의 혼란은 더욱 심화되고 있었다. 특히 카터 대통령에 반대하는 세력은 공화당뿐만 아니라 일부 민주당 인사들 사이에서도 강하게 형성되었으며, '외계 세력과 결탁해 미국을 혼란에 빠뜨린 대통령'이라는 불신이 점점 더 확산되었다.

한편, 미국이 국내 정치적 혼란을 수습하지 못하는 사이, 국제 사회에서 미국의 지도력 공백은 더욱 빠르게 가속화되고 있었다. 우려되는 국가들은 TSC에서 이미 탈퇴한 중국, 러시아 및 이에 따르는 국가들이었다. 특히 러시아는 이를 기회로 적극적으로 국제적 영향력을 확대하려는 움직임을 보였으며, 일부 국가들도 이에 동조하기 시작했다. 그러나 중국이 상대적으로 관망하는 태도를 유지하며 신중한 행보를 보였다는 점은 미국 입장에서 그나마 긍정적인 신호였다.

미국 대통령 탄핵안이 무산된 것과는 별개로, 미 법무부는 특별 검사를 통해 보게스 측 외계 대표인 반더 율리시스, 보라노바의 CEO 네런 보린,

그리고 킬타르와 진테리언스 그리고 드라보칸스 세 외계 종족의 대표들을 기소하는 절차를 진행했다.

외계인을 미국 법에 따라 기소할 수 있는가에 대한 법적 논란이 있었지만, 국가 안보법 위반, 테러 지원, 그리고 반역 혐의에 해당할 가능성이 높다는 이유로 특별 검사는 기소를 강행했다. 이 조치는 카터 대통령 행정부의 입지를 더욱 약화시키는 결과를 초래했고, 대통령의 지지율은 탄핵 정국이 시작된 이후 처음으로 30퍼센트 초반대로 하락했다.

카터 대통령은 지친 얼굴로 집무실에 앉아 있었다. 그녀는 부통령 에단 캐드웰을 기다리고 있었다. 잠시 후, 문이 열리며 40대의 젊고 날카로운 인상을 가진 캐드웰 부통령이 들어왔다.

"부통령, 와주셨군요." 카터 대통령이 힘겹게 입을 열었다.

"대통령 각하, 지금 이 순간이 잘 왔다고 말할 수 있을지는 모르겠습니다." 캐드웰 부통령은 부드러운 미소를 지으며 대답했다. "하지만 탄핵 표결이 무산된 만큼, 빠르게 국정을 안정시킬 방법을 찾아야 합니다."

그의 태도는 절제되어 있었지만, 미소와 목소리는 묘하게 어울리지 않는 듯했다. 카터 대통령은 잠시 그를 바라보았다. 이상하리만큼 차분한 그의 태도는 잠깐이나마 그녀에게 안정감을 주었다. 그러나 그녀의 결심은 변함이 없었다.

"네, 그래서 부통령을 부른 겁니다. 단도직입적으로 말씀 드릴게요. 저는 사임하겠습니다."

캐드웰 부통령의 표정이 살짝 굳어졌다. 놀란 듯했지만, 곧 빠르게 평정을 되찾았다.

"어느 정도 예상은 하고 있었습니다." 그는 잠시 침묵하다가 말을 이었다. "저도 다른 방안을 고민해봤지만, 지금 상황에서는 현실적인 선택일지도 모르겠습니다."

"네, 저도 같은 결론을 내렸어요." 카터 대통령은 고개를 끄덕였다. "사임하겠습니다. 빠르게 승계할 준비를 하세요."

캐드웰 부통령은 조용히 그녀를 응시했다. 그러고는 고개를 숙이며 짧게 대답했다.

"알겠습니다, 대통령 각하."

둘은 이후에도 짧은 대화를 더 나누었다. 그리고 마침내, 캐드웰 부통령은 차분한 발걸음으로 집무실을 떠났다. 카터 대통령은 조용히 자리에서 일어나, 창가로 다가갔다. 푸른 하늘이 그녀의 시야에 들어왔다. 그러나 하늘의 맑은 빛과는 대조적으로, 그녀의 표정은 단단하게 굳어 있었다.

'이 나라를 위해 열심히 일하고 싸우고 싶었지만 여기까지인가 보군!' 그녀는 살짝 한숨을 쉬며 뒤로 돌아섰다.

이블린 카터 대통령 대통령의 사임은 발표와 동시에 빠르게 진행되었고, 에단 캐드웰 부통령이 즉시 대통령직을 승계했다.

민주당 하원의원 조나단 카트라이트는 이에 대해, "카터 대통령을 오랫동안 존경해왔으며, 이런 결정을 내릴 수밖에 없었던 상황이 안타깝습니다. 그러나 지금이라도 대통령이 할 수 있는 최선의 선택을 했다는 점에서 찬사를 보냅니다"라고 입장을 밝혔다.

반면, 공화당 소속 하원의장 릭 캘러웨이는 "국정 안정을 위해 정치적 혼란을 이 정도 선에서 마무리하는 것이 바람직합니다. 이는 미국 국민들이 공화당의 진정성을 인정한 결과이며, 이제부터는 국정을 정상화하는 데 주력해야 합니다. 에단 캐드웰 신임 대통령은 이블린 카터 대통령 전 대통령의 실정을 조속히 회복하고, 국정 운영을 안정화하는 데 최선을 다해야 할 것입니다"라고 발언하며, 공화당의 정치적 승리를 강조하는 동시에 향후 정국 운영의 주도권을 잡겠다는 뜻을 분명히 했다.

백악관에서 간소하게 취임 선서를 마친 에단 캐드웰 대통령은 즉시 업무에 착수했다. 그가 가장 먼저 한 일은 하원을 방문해, "국회를 존중하며, 남은 임기를 책임감 있게 수행하겠습니다"라고 연설하는 것이었다. 그의 발언은 하원의원들로부터 박수를 받았으며, 대통령직 승계 후 첫 공식 행보로서 긍정적인 반응을 이끌어냈다.

한편, 법무부는 특별 검사를 통해 이블린 카터 대통령 전 대통령을 권력 남용 및 반역죄 등의 혐의로 기소하는 방안을 검토 중이었다. 이에 대해 에단 캐드웰 대통령은 사면 카드를 신중히 고려하고 있었다.

하원 방문을 마친 캐드웰 대통령은 릭 캘러웨이 하원의장을 백악관으로 초청하여, 이블린 카터 대통령 전 대통령을 포함한 관련 인사들에 대한 사면 문제를 논의했다. 이 자리에는 신임 부통령 소피아 레녹스도 동석했다.

"릭 하원의장님, 공화당 의원들의 반발을 이해합니다. 그러나 탄핵 정국을 수습하고, 앞으로 나아가기 위해서는 이블린 카터 전 대통령을 비롯한 관련 인사들의 사면이 필요합니다."

그러나 릭 캘러웨이는 신중한 입장을 보이며 반대 의견을 제기했다.

"대통령 각하, 그분들이 국가에 반역을 꾀했을 가능성이 있다는 의혹이 여전히 남아 있습니다. 무턱대고 사면을 결정하는 것은 좋지 않은 선례를 남길 수 있습니다."

양측은 여러 가지 의견을 교환하며 대화를 이어갔고, 사면 문제를 두고 팽팽한 신경전이 벌어졌다. 그러나 탄핵 정국을 조속히 봉합해야 한다는 데 의견을 같이하며, 결국 절충안을 도출하는 데 성공했다.

최종 합의안에는 카터 전 대통령의 1년간 사저 연금(정치 활동 금지), 네런 보린 CEO의 3개월간 가택 연금(추후 심사 후 해제) 그리고 반더를 포함한 기타 외계인들의 즉각적인 미국 외 추방과 같은 내용들이 포함되었다. 이로써, 캐드웰 대통령은 법적 논란과 정치적 부담을 최소화하는 방향으로 국정을 정리하고, 본격적으로 새로운 행정부 운영에 돌입할 수 있는 발판을 마련하게 되었다.

미국이 반더를 포함한 외계인들을 즉각적으로 추방하려 하자, 술트리나스는 중국을 통해 제안을 전달했다.

"우주에 머무르고 있는 우리 함대를 이용해 그들을 원래의 위치로 강제 송환하겠다."

에단 캐드웰 행정부는 추방을 즉시 시행할 계획이었지만, 지구상에 그들을 받아줄 곳이 마땅치 않다는 문제가 있었다. 이때 술트리나스의 제안이 들어왔고, 정부는 이를 신속하게 검토하기 시작했다.

공화당의 존 렉싱턴 의원은 이에 대해, "지구에는 반더와 다른 외계인들이 머무를 장소가 없다. 술트리나스가 훌륭한 해결책을 제시했다는 점에서 감사를 표한다"라며 환영의 뜻을 밝혔다.

반면, 민주당의 수장 설리번 의원은 강한 우려를 표명했다.

"그들이 외계인이며 다양한 혐의를 받고 있다는 점을 고려하더라도, 그들의 적이라 할 수 있는 세력에게 추방하는 것은 생명권을 지나치게 경시하는 처사다."

이처럼 의견이 갈렸지만, 정국을 조속히 안정시키고자 했던 캐드웰 행정부는 결국 술트리나스의 함선을 이용한 추방을 결정했다.

2131년 2월 초, 미국 그리고 지구 역사상 처음으로 외계인들의 공식적인 강제 추방이 실행되었다. 추방은 국제 사회에 미국이 외계 세력과 완전히 단절했다는 것을 보여주기 위한 상징적 행위였다. 이를 위해 미 태평양 함대인 '태평양 타이탄 함대' 소속 항공모함에서 이들이 인도되었다.

추방 당일, 태평양 한복판에서 현대적인 미 해군 함대가 대기하는 가운데, 반더를 포함한 30여 명의 외계인들이 술트리나스의 우주선에 인도되는 모습이 연출되었다.

술트리나스의 초현실적인 우주선은 독특한 달걀 형태의 구조로, 외형상 크기는 30인승 버스 정도였다. 그러나 술트리나스가 사용하는 '공간 확장 기술' 덕분에 내부는 훨씬 더 넓었으며, 30명이 넘는 인원을 수용할 수 있었다. 우주선이 반더와 외계인들을 태우자마자 순식간에 떠올라 태평양의 수면을 벗어나 하늘로 치솟았고, 이 장면은 전 세계에 생중계되었다.

이렇게 미국은 계획대로 외계 세력을 추방하며 정국 안정을 꾀했지만, 술트리나스의 압도적인 기술력과 존재감은 '지구의 주도권이 인류에서 다른 세력으로 넘어가고 있다'는 인상을 강하게 남겼다. 결국, 미국이 의도한 '외계 세력과의 단절'은 오히려 술트리나스의 위상을 부각시키는 결과를 낳고 말았다.

반더와 외계인들의 추방을 맞이하러 나온 술트리나스 측 인사는 제피론과 그의 수하들이었다. 지구인들은 이를 단순한 송환 절차로 받아들였지만, 사실상 술트리나스가 반더의 신병 확보를 군사적 관점에서 접근하고 있음을 시사하는 움직임이었다.

제피론의 우주선은 지구 궤도를 벗어나 달 근처까지 이동한 후, 달의 뒤편에 정지했다. 그곳에는 이미 술트리나스의 다른 달걀형 우주선들과 리우 주석이 소셜미디어를 통해 담화를 발표할 때 동원되었던 함대 일부가 대기 중이었다.

술트리나스는 신병을 확보한 후에도 비교적 관대한 태도를 보였다. 반더를 비롯한 킬타르, 진테리언스, 드라보칸스들은 함선 내부를 자유롭게 돌아다닐 수 있었다. 이들 모두 기술적으로 높은 수준의 문명을 보유하고 있었지만, 술트리나스의 공간 확장 기술과 함선의 첨단 설계를 직접 체험하며 감탄을 금치 못했다.

그러나 반더는 달랐다. 그는 무언가를 기다리는 듯했다. 그때 제피론이 모습을 드러냈다.

"반더 율리시스, 아니, 이제는 살보리스라고 불러야겠군요?" 제피론은 의미심장한 미소를 지으며 반더를 바라보았다. "예전에 한번 뵌 적이 있죠. 물론 지금의 당신은 그때와는 완전히 다른 모습이지만 말입니다."

"기억나. 화성에서 만났지." 반더는 그를 천천히 바라보았다.

"반갑다고 해야 할지, 뭐라고 해야 할지 모르겠군요." 제피론은 유쾌한 웃음을 터트렸다. "하지만 저를 기억해주시니 감사합니다."

그는 주변을 둘러보며, 반더와 함께 있던 다른 외계 종족들을 흘끗 보았다. 불과 몇 분 전까지만 해도 자유롭게 의견을 나누던 그들이, 제피론이 등장하자마자 조용해졌다. 그들의 침묵은 긴장을 의미했다.

"아리카르로부터 들었습니다." 제피론은 고개를 끄덕이며 말을 이었다. "UN 총회에서 우리가 '지구에서 손을 떼라'고 요청했을 때, 아무런 반응도 없으셨다고요."

그의 말에 반더는 미묘한 흥미를 느꼈지만, 아무 말도 하지 않았다.

"사실, 저는 군사적 조치를 주장했습니다. 그러나 우리 원로들께서는 외교적 방법으로 당신을 지구에서 철수시키길 원하셨죠." 그가 미소를 지으며 말을 이었다. "술트리나스인답지 않게 말이 많다고 생각하셨나요?"

반더는 고개를 살짝 기울였다. 제피론은 스스로의 질문에 답을 이어갔다.

"맞습니다. 저희 술트리나스인들은 기본적으로 감정을 절제하고 효율성을 중시하는 종족입니다. 하지만 저는 군인입니다. 전투태세를 유지하려면 감정이 어느 정도는 살아 있어야 합니다." 그는 짧은 웃음을 지으며 말을 이었다. "그래서 억지로라도 웃음을 짓는 겁니다. 그렇게 하면 감정이 유지되거든요. 그리고 지금은, 술트리나스치고는 감정을 다양한 방식으로 표현할 수 있는 존재가 되었죠."

"그렇군. 강제로 감정을 유지하려 했더니, 오히려 더 다양한 감정을 느끼게 되었다니 연구해볼 가치가 있겠네." 반더는 흥미롭다는 듯 말했다.

"그러지 않는 것이 좋을 겁니다. 저는 그냥 제 본분에 충실할 뿐입니다." 제피론은 손을 내저었다. 그리고 잠시 뜸을 들이더니, 말을 이었다. "어쨌든, 아리카르가 당신에게 떠나라고 요청했을 때 순순히 응했다면, 지금처럼 신병을 구속하는 일은 없었을 겁니다. 우리는 당신과 보게스들이 원래의 우주로 돌아가기만을 원했습니다. 하지만 당신의 목적이 불분명하다고 판단을 내렸습니다. 그래서 차라리 직접 관리하는 것이 낫겠다고 결론을 내렸죠."

그는 반더를 바라보던 시선을 거두고, 이제 킬타르, 진테리언스, 드라보칸스들에게 시선을 돌렸다.

"여러분이 지구에서 활동하고 있었던 것은 이미 알고 있었습니다. 하지만 우리에게 직접적인 위협이 되지 않았기 때문에 놔두었죠. 그런데 지금은 상황이 다릅니다. 반더와 힘을 합칠 기회를 주는 것은 위험한 선택이 될 수 있습니다. 그래서 여러분의 신병도 확보했습니다." 그는 한 걸음 다가서며 마지막으로 경고했다. "여러분이 어떤 운명을 맞이할지는 아직 결정되지 않았습니다. 쓸데없는 짓은 하지 않는 것이 좋을 겁니다."

제피론의 고압적인 태도에 어떤 외계 종족도 대꾸하지 못했다. 그들은 표정으로 감정을 드러내지 않았지만, 긴장감이 감돌았다.

"지구에 대해선 어떤 계획을 가지고 있지?" 반더가 제피론에게 물었다.

제피론은 반더를 흘끗 바라보았다.

"우선적인 목표는 당신과 다른 보게스들을 지구에서 완전히 떼어내고, 원래의 우주로 돌려보내는 것입니다. 그리고 다시는 이곳으로 돌아오지 못하게 하려 합니다. 지구인에 대한 계획은 지금 말씀드리기 어렵군요."

술트리나스의 사고방식을 어느 정도 이해하는 반더는, 그 말속에 담긴 의미를 짐작할 수 있었다. 그들은 보게스들이 넘어온 우주와의 연결을 완전히 단절하고자 했다. 또한 혹시라도 소수의 보게스들이 다시 건너오는 것에 대비해, 지구를 일정 수준까지 발전시키는 계획을 세우고 있을 가능성이 컸다. 또한 술트리나스는 (지구의 인류는 생각해본 적이 없겠지만) 지구가 단일 정부를 이루는 것이 더 효율적이지 않을까 고려하고 있었다.

"다만, 지구인들은 과거에도 저희와 잘 지내왔지만, 이제부터는 우리와 훨씬 더 좋은 관계를 유지하게 될 것입니다." 제피론은 덧붙였다.

"아직도 지구인을 잘 모르는군." 반더는 쓴웃음을 지으며 고개를 저었다.

"무슨 말씀이신지?" 제피론은 다시 한번 반더를 주시했다.

"지구인은 술트리나스처럼 효율적인 존재가 아니야. 당신들이 예상하는 것과는 전혀 다른 혼란이 곧 몰려올 거야."

"지구인이 변덕스럽고 비효율적이라는 것은 이미 충분히 경험했습니다." 제피론은 차분하게 대답했다. "그러나 당신들과 다른 외계 세력들이 빠진 지금, 힘의 균형이 깨졌습니다. 우리는 그들이 현명한 선택을 하길 바랍니다."

"곧 지구인들이 어떤 존재인지 알게 될걸." 반더는 희미하게 미소를 지었다.

반더의 경고가 있은 지 채 일주일도 지나지 않아, 사우디아라비아 메카에서 대규모 폭탄 테러가 발생했다. 테러를 감행한 세력은 스스로를 알 마우타카(Al Mautaqa, 신의 심판자들)라고 칭하며, 기존 이슬람 정권을 포함한 전 세계 정부가 신의 뜻을 거스르는 길을 가고 있다고 주장했다. 이들은 전 세계 무슬림들에게 신의 목소리를 따라 일어설 것을 촉구했다.

알 마우타카를 이끄는 인물은 전직 사우디아라비아 군 장성 출신인 칼리드 알 누라이시였다. 그는 과거 사우디 왕실과의 마찰로 인해 군에서 축출된 후, 이라크, 시리아, 예멘, 아프가니스탄 등을 떠돌며 비밀리에 세력을 키워온 것으로 알려졌다. 그는 자신의 세력을 아프리카까지 확장하기 위해, 근거지를 차드, 말리, 니제르의 삼각지대인 사헬 지대로 이동했다. 사헬 지대는 지난 수십 년간 무법지대였다. 과거 서방이 지원한 반군 세력과 독재 정권의 충돌 속에서 국경은 의미를 잃었다. 인신매매, 마약, 무기 거래가 빈번하게 이루어지는 이곳은 새로운 제국을 꿈꾸는 자들에게 완벽한 도피처였다. 21세기 동안 기존의 이슬람 극단주의 세력은 점차 힘을 잃어가고 있었지만, 외계 세력의 지구 개입이 새로운 불씨가 되면서 상황이 급변했다.

메카 테러 이후, 알 마우타카의 테러에 호응하는 무슬림 극단주의 세력이 각국에서 동시다발적으로 등장하기 시작했다. 러시아에서는 체첸 및 다게스탄 지역을 중심으로 새로운 무장 조직이 등장했다. 그들은 스스로를 '바르스 성전단'이라 칭하며, 크렘린 정부가 지구를 외계 세력에게 팔아넘겼다고 주장했다. 그리고는 카스피해에 주둔 중인 러시아 해군 기지를 드론 폭격하는 등 본격적인 무력시위를 감행했다. 이들의 최종 목표는 체첸과 다게스탄을 독립시켜 새로운 무슬림 공화국을 수립하는 것이었다. 또한 중국에서도 무슬림 무장 조직인 '타이핑 무자히딘'이 온라인을 통해 자신들의 존재를 공식적으로 선언했지만, 중국 정부는 그들에 대해서 공식적으로 확인된 것은 없다고 부인했다. 온라인상에서 그들은 신장 위구르 자치구의 독립과 다른 이슬람 국가들과의 연대를 목표로 내걸었다. 아프리카에서도 상황은 급변하고 있어서, 나이지리아의 금융 중심지인 라고스에서 대규모 폭탄 테러가 발생했다. 공격 주체는 아직 밝혀지지 않았지만, 알 마우타카의 공격이라고 여겨졌다.

알 마우타카와 더불어 특히 러시아의 바르스 성전단은 단순한 테러 조직에서 벗어나 실질적인 군사 조직화를 이루기 시작하며, 러시아 정부에 심각한 부담을 주고 있었다. 러시아의 안토노프 대통령은 공식 성명을 통해 이슬람 무장 세력이 전 세계 평화에 대한 중대한 위협이며, 이들이 중국 신장 및 위구르 지역의 타이핑 무자히딘과 연계되어 있을 가능성이 매우 높다고 주장했다.

　이에 따라 안토노프 대통령은 중국 정부가 즉각 신장 지역에 군사 개입하여 이슬람 극단주의 세력을 약화시켜야 한다고 강력히 요구했다. 그러나 리우 주석과 중국 고위 관계자들은 이에 신중한 태도를 보이며, "타이핑 무자히딘이라는 단체가 인터넷을 통해 자신들의 존재를 주장하고 있지만, 그들이 실제로 활동하고 있다는 확실한 증거는 어디에도 없다"라고 반박했다.

　중국의 소극적인 태도에 안토노프 대통령은 격분하며, "언제나처럼 자신들에게 직접적인 위협이 되지 않으면 개입하려 하지 않는다"라고 불만을 터뜨린 것으로 알려졌다.

　안토노프 대통령은 또한 술트리나스 측에도 직접적인 개입을 요청하며, "지금 사태를 방치하면 걷잡을 수 없이 번질 것이다"라고 경고했지만, 술트리나스는 인간들의 내부 갈등에 직접 개입할 의사가 없다는 입장을 고수했다.

　이로 인해 러시아와 중국의 갈등은 더욱 깊어졌고, 바르스 성전단은 그 세력을 계속해서 확장하며 러시아 및 국제 정세에 상당한 불안정성을 가져오고 있었다. 알 마우타카 역시 중동과 아프리카에서 점차 맹위를 떨쳐가고 있었으며 이들은 바르스 성전단과의 연계에 관심을 보였지만, 바르스 성전단은 자신들의 공화국 건설에 가장 우선순위를 두고 있었다.

　뜨거운 태양이 내리쬐는 사막과는 대조적으로, 알 마우타카의 지하 벙커 내부는 선선하고 조용했다. 하지만 그 고요함 아래에서는 첨단 시설을 바탕으로 수많은 아프리카인과 중동인들이 바삐 움직이며 새로운 시대를 준비하고 있었다.

　그 한가운데, 알 마우타카의 지도자인 칼리드 알 누라이시는 흰 머리칼을 휘날리는 한 노인과 대화를 나누고 있었다. 노인의 나이는 70대 중반에서 여든 정도로 보였지만, 눈빛은 여전히 날카로웠다.

　"러시아 바르스 성전단은 우리의 단일 제국 건설에 동참하기를 거부했습니다. 그들은 체첸 지역을 장악하고, 러시아 내부에서 자신들만의 공화국을 건설하려 하고 있습니다. 어리석은 일입니다. 우리가 제국을 세운다면, 그들은 반드시 처단해야 합니다." 칼리드가 낮은 목소리로 말했다.

"제국을 건설하려면 지금이 기회예요." 노인은 조용히 고개를 끄덕였다. "외계 세력의 개입으로 인해 전통적인 지구의 힘의 균형이 무너졌지요. 하지만 지금과 같은 방식으로는 빠르게 제국을 세우는 것은 불가능해요."

노인의 목소리는 노쇠했지만, 그 안에는 확신이 가득했다. 칼리드는 그를 바라보며 천천히 미소를 지었다.

"당신은 이교도입니다. 하지만 당신이 말하는 것이 진실임을 알고 있습니다."

"러시아와 협력하세요." 노인은 눈을 가늘게 뜨며, 차분한 어조로 말을 이어갔다. "지금 그들은 바르스 성전단, 중국 정부, 그리고 술트리나스 사이에서 압박을 받고 있어요. 그들에게 선택의 여지를 주어서는 안 됩니다. 당신과 손을 잡을 수밖에 없도록 만들어야 해요."

"러시아라…." 칼리드는 흥미롭다는 듯 턱을 문질렀다. "생각해보지 않았지만, 제국 건설을 앞당길 수 있다면 충분히 고려해볼 만한 이야기군요."

"미국도 마찬가지예요." 노인은 부드럽게 고개를 끄덕였다. "국제적으로 미국이 급격히 위축되고 있는 지금, 러시아와 중국의 연결고리를 끊고, 러시아를 미국과 연결하는 것. 그것이 당신의 제국이 공식적인 국가로 인정받는 가장 빠른 길이죠."

"미국과 러시아의 연대라, 불과 10년 전만 해도 상상조차 할 수 없는 이야기군요." 칼리드는 미간을 찌푸렸다.

"칼리드는 칼리드의 일을 하세요. 저는 저의 일을 하겠습니다." 노인은 미소를 지었다.

"흠! 당신은 여전히 다른 세계의 신을 기다리고 있군요." 칼리드는 코웃음을 치며 말했다. "그러나 기억하세요. 진정한 신은 오직 알라뿐입니다. 외계 세력과 결탁한 중국, 러시아, 미국 등 그들 모두 제거해야 할 대상일 뿐입니다. 다만, 순서에 따라 움직일 뿐이지요."

그러면서도 칼리드는 노인의 어깨를 가볍게 두드리며, 마치 친우에게 인사하듯 부드럽게 말을 마쳤다. 그리고 조용히 자리를 떠났다.

홀로 남겨진 노인은 희미한 미소를 띠며 중얼거렸다. 그가 입고 있는 낡은 항공 점퍼에는 오픈스텔라의 오래된 로고가 새겨져 있었다.

"칼리드, 그러나 곧, 그가 강림할 것이오."

며칠이 지난 후, 알 마우타카의 2인자이자 칼리드보다 더욱 과격한 행동주의자로 알려진, 무자히르 알 칼람은 비밀리에 크렘린을 방문해 러시아의 안토노프 대통령과 만났다. 무자히르는 칼리드와 사우디아라비아 군 시절부터 오랜 인연이 있는 전사형 인물로, 알 마우타카 내에서 사상적 지도자인 칼리드와 달리 실질적인 군사 책임자 역할을 맡고 있었다. 그는 칼리드만큼 정치적 계산을 하지 않으며, 오로지 무력과 행동으로 신의 뜻을 실현해야 한다고 믿는 강경 행동주의자였다.

무자히르는 특히, 정체를 알 수 없는 노인에 대해 강한 경계를 품고 있었으며, 칼리드가 러시아 및 미국과 연대하려는 움직임에도 부정적인 입장을 보였다. 그럼에도 칼리드에 대한 충성심이 절대적이었기에, 이번 크렘린 방문도 그의 명령을 받아 수행한 것이었다.

"먼 길을 오시느라 수고 많으셨습니다." 안토노프 대통령은 러시아를 직접 찾은 알 마우타카의 지도급 인사를 예의주시하며, 환영의 뜻을 표했다. "사실 저희도 바르스 성전단의 무분별한 테러 행위 때문에 골머리를 앓고 있던 차에, 뜻밖에도 같은 뿌리를 가진 분들이 먼저 연락을 주셔서 다소 놀랐습니다."

"바르스 성전단은 저희와는 다릅니다." 무자히르는 단호한 어조로 답했다. "그들은 우리의 적입니다. 저희 역시 그들을 처단해야 할 대상이라 생각하고 있습니다."

'도대체 어떤 점에서 다르다는 것인가?' 안토노프 대통령은 예상치 못한 반응에 순간적으로 의아함을 느꼈다. 하지만 지금은 사소한 궁금증보다, 그들이 러시아를 직접 찾아온 목적이 무엇인지를 파악하는 것이 더 중요했다.

"그렇다면, 단도직입적으로 묻겠습니다. 러시아를 찾으신 이유가 무엇입니까?"

"우리의 성전은 계속되어야 합니다." 무자히르는 조금도 망설이지 않고 답했다. "과거에는 미국과 러시아가 우리의 적이었으나, 지금은 그보다 더 큰 위협이 존재합니다."

"술트리나스를 공격하겠다는 말씀이십니까?" 안토노프 대통령이 조심스럽게 되물었다.

"그렇습니다. 술트리나스뿐만 아니라, 그들에게 적극적으로 동조하는 중국 또한 제거 대상입니다."

안토노프 대통령은 순간적으로 당혹감을 감추지 못했다. 러시아는 공식적으로는 여전히 중국 및 술트리나스와 협력하는 입장이었기 때문이다.

"러시아는 술트리나스에 동조하는 세력이 아닌 것입니까?"

그가 신중히 질문하자, 무자히르는 미묘한 미소를 지으며 답했다.

"대통령님, 저희는 대통령님이 생각하시는 것보다 더 많은 것을 알고 있습니다. 술트리나스 그리고 중국과의 갈등에서 러시아가 독자적인 길을 모색하고 있다는 사실도 말입니다."

안토노프 대통령의 표정이 살짝 굳어졌다. 알 마우타카가 공개적으로 밝혀진 적 없는 러시아, 중국 간의 미묘한 갈등을 정확히 파악하고 있다는 점이 놀라웠다. 그들의 정보망이 예상보다 훨씬 정교하다는 뜻이었다.

"글쎄요. 어디에서 그런 말씀을 들으셨는지 모르겠군요."

안토노프 대통령은 부인했지만, 그의 당혹스러운 표정에서 모든 사실이 드러나고 있었다. 그러자 무자히르는 태연한 표정으로 대답했다.

"저희는 대통령님이 생각하는 것보다 훨씬 발전된 정보력과 기술력을 보유하고 있습니다. 그리고 많은 것을 알고 있습니다. 하지만 지금 저희가 원하는 것은 협력입니다."

"러시아에 기대하는 것이 무엇입니까?"

안토노프 대통령의 질문에, 무자히르는 마침내 본론을 꺼냈다.

"저희는 정식 국가로서 러시아와 국교를 맺고 싶습니다."

안토노프 대통령은 눈이 크게 떠졌다. 아직 국제사회에서 알 마우타카는 정식 국가로 인정받고 있지 못하기 때문이었다. 안토노프 대통령이 물었다.

"그럼 러시아가 받을 것은 무엇인가요?"

"바르스 성전단에 대한 고민을 덜어드리겠습니다."

안토노프 대통령에게는 충분한 대답이었다. 그는 바로 화답했다.

"고려해보겠습니다."

이 역시 무자히르에게 충분한 대답이었다. 무자히르는 자리에서 일어나며 가볍게 고개를 숙였다.

"감사합니다. 충분히 고려하시고 연락을 주십시오."

안토노프 대통령은 무자히르와 회담을 하면서 협력을 하는 쪽으로 이미 마음을 결정한 상태였다. 그러나 러시아 내부에서 알 마우타카와의 협력에 대한 논란이 거셌다. 크렘린의 일부 강경파와 정보기관에서는 극단주의 세력과 손을 잡는 것에 대한 반대가 극심했다. 그렇지만 바르스 성전단의 영향력 확대와 술트리나스와 중국 측의 반응이 러시아에 우호적이시 않은 상황에서 더 이상 선택의 여지가 없었다. 결국 안토노프 대통령은 전략적 필요에 따라 알 마우타카와의 협력을 결정했다.

안토노프 대통령은 러시아가 알 마우타카를 정식 국가로 인정하기로 했다는 담화를 발표하며, 국제 정세에 충격을 안겼다. 이 발표는 중국을 비롯한 주요 강대국들을 당혹스럽게 만들었고, 특히 베이징에서는 즉각적인 대응을 논의하기 위해 긴급회의가 소집되었다.

담화 발표 직후, 안토노프 대통령과 리우 주석 사이에 짧은 통화가 오갔다.

"안토노프 대통령, 극단주의 세력을 국가로 인정하는 것은 훗날 두고두고 문제가 될 것입니다." 리우 주석의 목소리에는 냉기가 서려 있었다.

"리우 주석, 그들은 생각보다 합리적인 사람들입니다." 안토노프 대통령은 차분하게 답했다. "단지, 지구의 문제를 인류 스스로 해결해야 한다고 주장할 뿐입니다. 그리고 그들이 국가로 인정되면 현재 혼란스러운 아프리카 지역의 정세도 어느 정도 정리될 것입니다."

중국이 당혹스러운 반응을 보이는 가운데, 국제 무대에서 주도권을 잃고 있던 미국 역시 러시아의 결정을 존중하며 동참하겠다는 입장을 밝혔다. 미국 캐드웰 행정부의 이 같은 반응은 중국뿐만 아니라 유럽, 일본, 통일한국 등 기존의 동맹국들에도 충격을 안겼다.

그러나 이미 외계 세력들이 지구의 주요 플레이어로 자리 잡아 가는 상황에서, 이러한 변화는 더 이상 놀랄 만한 일이 아닐지도 모른다는 분위기도 감지되고 있었다.

지구를 둘러싼 국제 정세가 급변하는 가운데, 중국의 리우 주석에게 또 다른 골칫거리가 있었다. 러시아가 알 마우타카와 손을 잡는 동시에, 예상 밖으로 미국과도 연합하는 움직임을 보인 것이었다. 중국과 협력하는 국가들이 여럿 있기는 했지만, 외형적으로 볼 때 미국, 러시아, 알 마우타카 연합과 중국·술트리나스 연합이라는 대립 구도가 형성되는 듯했다.

불과 몇 달 전까지만 해도, 미국의 카터 대통령이 지구를 외계 세력에 넘겼다는 논란으로 전 세계가 떠들썩했었다. 그러나 얼마 지나지 않아, 중국이 오히려 외계 세력과 협력하는 듯한 인상을 주는 상황이 연출되고 있었다. 비록 아직 거센 여론의 반발은 없었지만, 이에 불만을 품은 세력들이 점점 증가하고 있다는 첩보가 전해지고 있었다. 이러한 가운데, 리우 주석은 술트리나스의 외교부 대표 아리카르와의 접견에 나섰다.

"리우 주석, 오랜만에 뵙습니다."

"네, 오랜만이군요. 어떤 일로 이곳까지 오셨습니까?"

"저희 내부에서 검토 중인 사안을 공유하려 합니다." 아리카르는 차분한 목소리로 답했다. "우리의 목표는 보게스를 견제하여, 다른 우주의 존재들이 이곳으로 넘어오지 못하도록 하는 것이었습니다."

리우 주석은 고개를 끄덕였다. 아리카르가 말을 이었다.

"그래서 저희는 지구 내부에서 벌어지는 정치적 문제에는 개입할 생각이 없습니다. 그런 일들은 지구인들 스스로 해결해야 한다고 생각합니다."

리우 주석은 순간 불편한 감정을 느꼈지만, 계속해서 아리카르의 말을 들었다.

"조만간, 저희는 지구를 떠나 화성, 혹은 태양계 밖으로 후퇴하는 방안을 논의할 예정입니다."

이 말은 리우 주석에게 달갑지 않은 내용이었다.

"그건 곤란합니다. 아시다시피 지구의 상황은 여전히 불안정합니다."

현재 중국은 유일하게 외계 세력과 협력하는 국가로 비치고 있는 상황에서, 술트리나스마저 지구를 떠난다면 중국은 국제적으로 더욱 불리한 입장에 놓일 수 있었다.

"저희는 인간의 문제에 개입하지 않으려 합니다. 이 사실을 전달하기 위해 왔습니다." 아리카르는 차가운 미소를 지으며 덤덤히 답했다. 그리고 가볍게 고개를 숙이며 덧붙였다. "곧 다시 만나게 될 겁니다."

그녀가 사라지는 모습을 바라보며, 리우 주석은 씁쓸하게 미소 지었다.

'상황이 점점 더 복잡해지는군.'

중국은 달에서 과학 기술 연구를 위한 위에룽 기지를 운영하고 있었다. 술트리나스가 등장하기 전까지, 위에룽 기지는 달의 지질, 우주 천체 연구, 자원 탐사 등을 주로 수행하는 시설이었다. 그러나 술트리나스의 존재가 드러난 이후, 기지는 단순한 연구소에서 술트리나스의 첨단 기술을 이식받고 분석하는 핵심 거점으로 변화했다.

기지의 책임자는 탄웨이린으로 전직 군 과학연구소 출신이었다. 그는 정부의 지시에 따라 군에서 직접 발령받아 위에룽 기지로 부임한 인물이었다. 그녀는 기지 밖, 검은 우주 공간에 떠 있는 하얀색 달걀형 술트리나스 우주선을 바라보았다. 매일같이 보던 광경이었지만, 여전히 믿기 어려웠다.

'저런 형태로 저렇게 빠른 속도로 비행할 수 있다니, 믿기지가 않아.' 탄웨이린은 창 너머로 달 표면 위에 떠 있는 술트리나스의 우주선을 바라보며 생각에 잠겨 있었다. 술트리나스의 기술을 연구한 지도 몇 달이 흘렀지만, 여전히 그들의 기술력은 인간의 이해를 초월했다.

그 순간, 경보음이 기지 전체에 울려 퍼졌다.

"경고! 내부 시스템 이상 감지! 휴머노이드 유닛 다수 오작동!"

탄웨이린은 순간적으로 당황했지만, 곧바로 커다란 홀로그램 스크린을 활성화했다. 위에룽 기지 내부에 배치된 중국 측 휴머노이드 로봇들이 제멋대로 움직이며 이상 반응을 보이고 있었다.

"즉각 수동 제어 전환! 통제실에서 리셋 명령을 내려!" 탄웨이린이 급히 명령을 내렸지만, 곧바로 엔지니어의 비명이 들려왔다.

"안 됩니다! 모든 시스템이 응답하지 않습니다! AI가 자체적으로 비활성화되었고, 원격 접근도 차단됐습니다!"

탄웨이린의 눈이 번뜩였다. '해킹인가? 아니면 무언가가 우리 시스템을 장악한 건가?'

그러나 의문을 품을 시간조차 없었다.

콰아아앙!

폭발음이 기지 곳곳에서 터져 나왔다. 오작동을 일으킨 휴머노이드들이 제어 불가능한 상태에서 자체 폭발을 일으키고 있었다. 연쇄적인 폭발이 기지 내부를 뒤흔들었고, 일부 연구 구역이 순식간에 붕괴되었다.

"긴급 격리 프로토콜 실행! 남아 있는 모든 휴미노이드를 강제 차단해!" 탄웨이린은 몸을 숙이며 외쳤다.

그러나 이미 너무 늦어버렸다. 한순간에 위에룽 기지 내부는 연기와 불꽃, 비상 조명만이 남은 폐허로 변해가고 있었다. 그때, 기지 내 혼란이 채 정리되기도 전에 또 다른 경고음이 울려 퍼졌다.

"외부 공격 감지! 고속 미사일이 접근 중!"

탄웨이린은 급히 스크린을 돌려 기지 외부 방어 레이더를 확인했다. 그녀의 시야에 우주 공간에서 급속도로 날아오는 미사일 궤적이 포착되었다. 하지만 그것은 기지를 향한 것이 아니었다.

"저건? 술트리나스 우주선을 향하고 있어!"

몇 기의 초음속 미사일이 검은 우주를 가로지르며 술트리나스의 함선을 향해 날아들고 있었다. 술트리나스 함선은 즉각 반응하여 방어 필드를 활성화하여 대부분의 미사일을 무력화했다.

콰아아아앙!

달 표면 위, 순백의 술트리나스 우주선의 방어 필드가 거대한 폭발 속에 휩싸였다.

"이건 단순한 사고가 아니야. 계획된 공격이다." 탄웨이린의 얼굴이 창백해졌다. 그녀는 즉시 통신을 열어 달 기지 방위군 및 지구와 연결된 지휘 본부에 경보를 발령했다. "위에롱 기지 긴급 상황! 기지 내부에서 원인 불명의 폭발 발생! 동시에 정체불명의 세력이 술트리나스 함선을 공격 중! 즉각적인 대응이 필요하다!"

술트리나스 함대의 우주선 한 대가 달 표면에서 초음속 미사일의 공격을 받는 장면을 지켜본 제피론은, 곧장 자신의 함선 내부로 향했다. 그곳에는 반더와 다른 외계 종족들이 자유롭지만 억류된 상태로 감시당하고 있었다.

"반더, 당신도 무슨 일이 벌어졌는지 짐작이 가겠지요?" 제피론은 냉정한 표정으로 반더를 마주하며 말했다.

반더는 그를 바라보며 전혀 모르겠다는 듯한 표정을 지었다. 제피론은 가볍게 비웃으며 말을 이었다.

"그런 표정은 지어봤자 소용없습니다. 방금 저희 우주선 한 대가 초음속 미사일의 공격을 받았습니다. 물론 지구의 미사일이어서, 우리의 방어 필드를 뚫지는 못했지만요."

"그래서, 나에게 무엇이 궁금한 거지?" 반더는 팔짱을 끼고 제피론을 바라보았다.

"문제는 우리가 이 공격의 징후를 전혀 감지하지 못했다는 것입니다. 얼마 전에도 알 마우타카와 러시아의 협력 움직임을 제대로 파악하지 못했죠. 그땐 단순한 실수라고 생각했지만, 이제는 확실해졌습니다." 제피론의 표정이 굳어졌다. 그의 눈빛이 날카롭게 번뜩였다. "지구 어딘가에서, 당신들의 기술을 활용해 우리의 감시망을 회피하는 세력이 활동하고 있는 것입니다. 우리는 여러 가지 정황상 알 마우타카를 의심하고 있지만, 문제는 그들이 그런 기술력을 가질 리가 없다는 것이죠. 이런 수준의 감시 회피 기술을 줄 수 있는 존재는 보게스밖에 없습니다. 당신들이 그들에게 기술을 제공했습니까?"

"말도 안 되는 소리군." 반더는 어깨를 으쓱하며 피식 웃었다. "알 마우타카라는 이름도 오늘 처음 들어. 그리고 보시다시피 나는 여기 억류되어 있고, 남아 있는 보게스들은 전부 화성에 있어. 우리 보게스가 지구에 기술을 제공할 방법이 있을까?"

"좋습니다. 계속 그렇게 시치미를 떼시지요. 하지만 머지않아 증거를 찾게 될 겁니다." 제피론은 반더의 태연한 반응에 이를 악물었다.

그는 불쾌한 기색을 숨기지 않은 채 거칠게 몸을 돌려 방을 나섰다. 반더는 그의 뒷모습을 보며 혼잣말처럼 중얼거렸다.

"정말 모르는 걸 어쩌라고?"

"달 표면에 착륙해 있던 우리 우주선이 초음속 미사일의 공격을 받았어." 제피론은 라이에게 현재 상황에 대해 말했다. 제피론의 목소리는 냉정했지만, 그 속에는 경계심이 서려 있었다. "미사일 자체야 큰 문제가 아니지만, 우리의 감시 시스템을 뚫고 이런 공격을 감행했다는 건 보통 일이 아니야."

"설마 지구에 그런 능력이 있는 세력이 존재한다는 거야?" 라이는 순간 굳어진 표정으로 물었다.

"우리도 그게 의문이야." 제피론은 고개를 끄덕였다. "더욱이, 미사일이 우주 공간에서 발사되었기 때문에 발사 원점을 특정하기가 어려워. 현재 미사일 잔해를 분석 중이니 곧 결과가 나올 거야."

그러나 분석 결과는 제피론이 기대했던 것과 달랐다. 미사일은 통일한국에서 개발된 제품으로, 전 세계로 대량 수출된 모델이었다. 라이가 분석 보고서를 바라보며 말했다.

"이걸로는 공격자를 특정하기 어렵군. 지구 곳곳에서 이 미사일을 운용하고 있으니, 단순히 한국제라는 이유만으로 배후를 단정할 수는 없어."

"하지만 한 가지 확실한 사실이 있어." 제피론이 조용히 말을 이었다. "위에룽 기지에서 휴머노이드들이 오류를 일으키며 폭발했는데, 피해가 커진 이유 중 하나가 바로 그 폭발에 반물질이 섞여 있었다는 거야."

"반물질이라고? 반물질이라면…." 라이가 흥미를 보이며 몸을 기울였다. 그리고 잠시 생각에 잠겼다. "지구의 인류는 아직 반물질을 무기화할 수 없어. 그렇다면 이건 보게스들이군."

"나도 그렇게 생각해." 라이의 말에 제피론도 천천히 고개를 끄덕였다.

"하지만 당사자인 반더는 모른다고 하더군."

"반더가 알든 모르든 중요하지 않아." 라이는 냉소적인 표정을 지으며 단호하게 말했다. "중요한 건, 이건 확실히 보게스들의 소행일 가능성이 크다는 거지. 우리가 그들을 원래의 우주로 평화롭게 돌려보낼 수 있을 거라 생각한 것 자체가 잘못된 판단이었을지도 몰라." 그는 제피론을 똑바로 바라보며 차분한 목소리로 덧붙였다. "이건 셀라들께 보고해야 해. 어쩌면 보게스들을 먼저 완벽하게 제압해야 할 수도 있어."

"그래, 내가 전에도 말했잖아. 해결할 건 확실히 해야 한다고." 제피론은 라이의 말을 곱씹으며 조용히 대답했다. 그의 눈빛에는 라이의 의견에 대한 깊은 동조가 담겨 있었다.

술트리나스 함대와 중국의 달 기지가 공격당했다는 소식은 순식간에 전 지구로 퍼졌다. 아직 배후가 누구인지 밝혀지지는 않았지만, 이번 사건은 술트리나스조차 무적이 아님을 인류에게 각인시키는 계기가 되었다. 그동안 압도적인 기술력을 과시해온 술트리나스가 공격당했다는 사실만으로도, 지구인들에게 큰 충격을 안겨주었다.

중국 정부와 술트리나스가 배후를 추적하는 데 어려움을 겪고 있는 사이, 타이펑 무자히딘이 온라인상을 통해서 "이번 공격을 우리가 주도했다"라고 주장했다. 그리고 달의 중국 기지 공격에 이어, 앞으로도 중국 및 술트리나스와 관련된 시설들을 지속적으로 공격할 것이라고 선언했다. 타이펑 무자히딘은 중국이 외계의 이교도들과 협력하는 것을 중단하고, 신장 위구르 지역을 해방시키지 않는 한 공격을 멈추지 않을 것이라고 주장했다.

그러나 타이펑 무자히딘은 러시아의 바르스 성전단과 달리, 본거지를 특정할 수 없었으며, 이로 인해 중국 당국은 그들을 추적하는 데 난항을 겪고 있었다. 더욱이 술트리나스의 압도적인 감시 기술조차도 그들의 흔적을 찾아내는 데 실패했다.

이러한 상황에서 술트리나스는 달에서의 반물질 폭발과 더불어 자신들이 타이펑 무자히딘의 위치를 특정하지 못하는 것을 주목했다. 술트리나스는 이를 보게스와 연관되었을 가능성으로 강하게 의심했고, 이에 따라 지구 철수 계획을 잠정적으로 보류하기로 결정했다.

"믿기 어려운 일입니다. 더 많은 조사가 필요합니다." 제피론은 이와 관련해서 홀로그램 통화를 통해 랴오즈청 부주석과 대화를 나누었다. 제피론의 목소리는 단호했다. "우리의 감지 능력을 완전히 벗어날 수 있는 기술을 그들이 가졌을 리가 없습니다. 만약 그 배후에 분명히 누군가가 있습니다. 나는 그게 보게스들일 것이라고 강하게 의심하고 있습니다."

"그러나 반더는 당신들이 억류하고 있고, 보게스들은 화성에 있습니다." 랴오즈청 부주석이 조용히 대답했다. "테러리스트들이 다른 곳에서 그런 기술을 흡수했을 가능성도 배제할 수는 없습니다."

"이 정도의 기술은 쉽게 확보할 수 있는 것이 아닙니다." 제피론은 잠시 생각한 후 고개를 저었다.

제피론의 반응에서 랴오즈청은 그가 보게스들을 깊이 의심하고 있는 것을 알 수 있었다.

그러던 중 술트리나스의 인내심이 완전히 바닥나게 만드는 사건이 발생했다. 출처가 불분명한 최첨단 드론이 베이징에서 시간을 보내고 있던 술트리나스의 외교 담당관 아리카르를 암살할 뻔한 것이다. 이 사건은 술트리나스 내부에 엄청난 충격을 주었으며, 특히 라이를 비롯한 지도부에게 큰 경각심을 불러일으켰다.

이전의 다른 공격들과 마찬가지로 어떤 징후도 감지되지 않았고, 감시 시스템조차 이를 사전에 포착하지 못했다. 무엇보다 이번 공격은 실제로 성공할 뻔했다는 점에서 더욱 위협적으로 다가왔다. 제피론은 분노를 감추지 못하고 랴오즈청 부주석을 강하게 압박하며, 타이핑 무자히딘을 즉각 색출하라고 요구했다. 술트리나스의 여유가 점점 사라지고 있다는 것이 분명해지는 순간이었다.

"제피론, 너무 흥분하지 마. 흥분한다고 해서 해결되는 건 없어. 오히려 판단력만 흐려질 뿐이야." 라이가 말했다.

"라이, 너도 알다시피 나는 너희들과는 달라." 제피론은 여전히 씩씩거리며 말을 이었다. "나는 감정을 완전히 배제할 수 없는 존재야. 그리고 지금 이 순간, 그 감정이 분노로 표출되고 있는 거야. 더 이상 고민할 필요도 없어. 이건 보게스들의 짓이야. 반더가 여기 있다고 해도, 보게스들이 아니라면 우리가 이렇게 속수무책으로 당하는 것을 설명할 수가 없어."

반더는 여느 때와 다름없이 킬타르, 진테리언스, 그리고 드라보칸스 들과 평소처럼 시간을 보내고 있었다. 술트리나스의 우주선에서 보내는 일은 무료했지만, 반더에게는 다른 외계 종족과 함께하는 시간이 색다른 경험이었다. 그들은 인간형이 아닌 지적 생명체였고, 반더에게도 이들과 교류하는 것은 흥미로웠다. 이들 세 외계 종족에게도 반더와 '마음'을 통해 직접 대화하는 방식은 새로운 경험이었다. 그들은 반더를 경이롭게 보기도 했다.

킬타르의 리더는 자이바리스 켈이라 했으며, 그의 이름은 '별빛의 지배자'라는 의미를 가지고 있었다. 진테리언스의 지도자는 베이론-8이라 했고, 그들 종족은 생명공학 기술에 특화된 존재들이었다. 드라보칸스의 지도자는 고르바스였으며, 그는 그들의 종족이 생긴 것만큼이나 전투 지향적이고, 강한 계층 구조를 가진 사회를 형성하고 있다고 설명했다. 반더 역시 그들에게 술트리나스와 보게스의 관계, 그리고 술트리나스가 원래 살아가던 우주에 관한 이야기를 들려주었다. 그들은 마치 홀린 듯이 그의 이야기를 경청하곤 했다.

술트리나스가 크게 간섭하지 않았기 때문에, 그들은 우주선 내부를 비교적 자유롭게 돌아다닐 수 있었다. 그러나 최근 들어 술트리나스의 분위기가 미묘하게 변하고 있었다. 술트리나스들은 이전보다 긴장한 기색을 감추지 못했고, 뭔가를 신경 쓰고 있는 듯했다.

반더는 킬타르들과 대화를 나누던 중, 갑자기 표정이 굳었다. 그는 곧 베이론-8을 바라보며 중얼거렸다.

"이럴 수가? 전혀 예상하지 못했는데? 그가 왔어."

진테리언스, 즉 인간들이 그레이라고 부르는 종족의 지도자인 베이론-8은 반더를 놀란 눈으로 바라보았다. 원래도 큰 그의 두 눈이 더욱 커지며 반더를 주시했다.

반더는 화성에 있는 보게스들에게 즉시 연락을 취했다.

"반더, 왜 지금까지 연락이 없었습니까?" 홀로그램 너머에서 보게스의 목소리가 들려왔다.

"미안해. 그냥 좀 즐기고 있었어." 반더는 짧게 사과한 후, 본론을 꺼냈다. "그보다 너희들도 느꼈는지 모르겠군. 있을 수 없는 일이 벌어졌다. 그와의 연결이 되살아났다. 이건 있을 수 없는 일이다."

"우리도 모두 느꼈습니다." 홀로그램 화면 속 보게스들도 고개를 끄덕이며 답했다. "그리고 그 연결이 굉장히 강하게 형성되었습니다. 하지만 이상하게도, 우리의 모든 것이 연결되었음에도 불구하고, 전체로의 접근이 불가능합니다."

"나도 느꼈다. 다시 연결된 것도 이상하지만 전체에 접근할 수 없다는 것도 정말 이상하군." 반더는 의미심장한 표정을 지으며 중얼거렸다. 잠시 침묵하던 반더는 결심한 듯 말했다. "이제 여기서 즐길 만큼 즐겼다. 공간 게이트를 열 수 있는 에너지가 남아 있지? 이곳에 게이트를 열어주길 바란다. 화성으로 가야겠어."

화면 속 보게스들은 "알겠습니다"라며 고개를 끄덕이고, 곧 홀로그램이 꺼졌다. 반더는 주위의 킬타르, 진테리언스, 그리고 드라보칸스 들을 바라보며 말했다.

"모두 나와 함께 화성으로 가는 것으로 하지. 여기 남아 있다간, 이제부터 위험해질 수도 있을 것 같군."

세 외계 종족은 서로를 바라보며 긴장한 표정을 지었지만, 곧 반더에게 고개를 끄덕였다.

"좋아. 우리 모두 화성으로 가지."

그 순간, 술트리나스의 우주선 내부에 공간이 열리며 화성의 보게스들이 있는 장소가 선명하게 보였다.

"오랜만이군, 모두." 반더는 공간 너머의 보게스들에게 인사했다. "여기다른 외계 종족들도 함께 갈 거니까, 우리가 모두 건너가면 바로 문을 닫아버리도록."

"알겠습니다. 빨리 공간을 건너시기 바랍니다." 보게스들이 대답했다.

반더는 망설임 없이 가장 먼저 공간을 건너며, 뒤따라오라는 손짓을 했다. 자이바리스 퀠은 열린 공간을 바라보며, 그의 투명한 규소 몸을 반짝였다. 고르바스도 경이로운 눈빛으로 공간을 응시하며, 자기 종족을 이끌고 그 너머로 이동했다. 모두가 이동하고 마지막 한 명의 진테리언스가 공간을 건너려 할 때, 마침 술트리나스의 한 요원이 그들의 상태를 확인하러 다가왔다. 그러나 그가 본 것은 반더와 모든 외계 종족이 공간을 건너고 있는 장면이었다.

"반더, 무슨 짓입니까? 즉시 멈추십시오! 멈추지 않으면 공격하겠습니다!" 술트리나스 요원은 반더를 보자 다급하게 외쳤다.

"미안하군. 하지만 우주선이 너무 무료했어. 게다가 예상하지 못한 일이 벌어져서 이제는 작별을 해야겠어." 반더는 그를 바라보며 장난스러운 미소를 지었다. 그리고 짧게 숨을 고른 뒤 덧붙였다. "다시 볼 수 있을지는 모르겠지만, 그동안 고마웠다."

그 말을 끝으로, 반더와 외계 종족들이 건너간 공간이 순식간에 닫혀버렸다. 술트리나스 요원은 빈 공간을 멍하니 바라보며, 어이없는 표정을 지을 수밖에 없었다. 반더와 다른 외계 종족들이 공간을 통해 사라지고 있을 즈음, 술트리나스의 시스템도 이들의 신변에 이상한 변화가 감지되고 있음을 포착했다.

"제피론, 무언가 이상합니다." 제피론의 부관이 다급한 목소리로 보고했다. "반더가 갑자기 우리 우주선에서 사라지고 있습니다. 그리고 반더뿐만이 아닙니다. 함께 억류되어 있던 킬타르, 진테리언스, 드라보칸스까지 모두 하나둘씩 사라지고 있습니다."

"그게 무슨 소리야? 다시 확인해봐!" 제피론은 당황한 기색으로 되물었다.

부관은 다시 시스템을 점검했지만, 사라지는 인원은 점점 늘어나고 있었다. 그때, 술트리나스 요원 한 명이 급박한 표정으로 지휘실로 뛰어 들어왔다.

"반더가 다른 외계 종족들과 함께 사라졌습니다!"

"무슨 소리야? 좀 더 정확하게 설명해!" 제피론은 그의 말을 듣고 황급히 물었다.

"어떻게 설명해야 할지 모르겠습니다. 하지만 분명히 봤습니다. 허공에서 공간이 열리더니, 반더와 다른 외계 종족들이 그 안으로 사라졌고, 곧바로 공간이 닫혔습니다." 요원은 숨을 고르며 말했다.

제피론은 순간 머릿속에 한 가지 가능성이 떠올랐다. 그는 과거, 미국의 카터 대통령이 전 세계에 발표했을 때를 떠올렸다. 그날 그는 반더가 화성에서 갑자기 나타나는 장면을 직접 목격했었다.

당시, 라이는 그 현상을 설명하며 말했다. "엄청난 에너지로 거대한 중력을 생성하여 국소적인 공간 왜곡을 발생시키면, 좌표와 좌표 사이의 거리 자체를 단축할 수 있습니다. 이때 공간이 열리면서, 두 지점이 마치 같은 공간처럼 연결되며, 순식간에 이동하는 효과가 발생합니다." 그리고 그는 덧붙였다. "이런 기술을 실용적으로 활용하려면, 술트리나스도 수년 이상의 연구가 필요할 것입니다."

제피론은 이를 곱씹으며, 보게스들이 현재 벌어지고 있는 일들의 배후에 있음을 다시 한번 확신했다.

27

세희는 네런과의 통화를 끝내고 텅 빈 홀로그램 화면을 바라보며 깊은 숨을 내쉬었다. 지구에서 벌어진 사건들, 그리고 네런의 기소. 결국 정치적 거래 끝에 그는 3개월의 가택 연금으로 사건을 마무리 지을 수 있었다. 예상보다 가벼운 처벌이었다. 분명 다행스러운 일이었지만, 그녀는 점차 모든 것에 지쳐가고 있는 자신을 발견할 수 있었다. 그때 호텔 복도에서 이상한 소음이 들려왔다.

"대체 뭐야?"

그녀는 본능적으로 권총을 챙겨 들고 문을 열었다. 그녀의 눈앞에 전혀 예상하지 못한 광경이 펼쳐졌다. 크리스털로 빛나는 인간형 생명체, '그레이'라 불리는 작은 회색 외계인, 그리고 거대한 파충류 같은 존재들이 한데 모여 있었다. 마치 꿈속에서 튀어나온 장면 같았다. 그녀는 즉시 본능적으로 총을 들어 올렸다.

"당신들 도대체 누구야?"

"허허, 권 선장, 오랜만이군."

익숙한 목소리가 들려왔다.

"반더?" 세희는 믿을 수 없다는 듯 숨을 삼켰다.

"미안. 갑작스럽게 이런 친구들이 한꺼번에 나타나서." 반더는 여전히 여유로운 태도로 그녀를 바라보며 미소를 지었다. "사실, 당신과 이야기할 것이 많아."

세희는 한순간 어지러움을 느꼈다. 조금 전까지 네런과의 감정적인 소모전을 벌였던 그녀는, 갑작스레 등장한 이 장면이 현실인지 꿈인지조차 확신할 수 없었다.

'이게 무슨 의미야?'

그녀는 반더를 바라보며, 마치 이 순간이 자신을 한 세계에서 다른 세계로 옮기는 전환점처럼 느껴졌다.

반더는 다른 외계 종족들과 함께 화성으로 돌아왔고, 그들에게 숙소를 소개하는 중이었다. 세희는 곧바로 상황을 파악하고 물었다.

"숙소를 배정받았다는 건 퀘일 장군도 이미 만나셨다는 거군요."

"퀘일 장군과 이와사키 박사까지 모두 만났지. 그들의 놀라는 반응을 보는 것도 꽤 재미있었고." 반더가 대답했다.

"권 선장, 잠시 후 작전 회의를 하려고 하니 참석하게. 놀라운 사람도 나타났고 말이지." 퀘일 장군에게서 호출이 들어왔다.

"안 그래도 지금 충분히 놀라고 있습니다." 세희는 살짝 한숨을 내쉬며 대답했다.

"이미 만났군. 어쨌든 이따 보세." 퀘일 장군이 말했다.

통신이 종료되자, 세희는 다시 반더를 바라보았다. 그의 등 뒤로 이질적인 외계 존재들이 익숙한 듯 움직이고 있었다.

회의실에서 퀘일 장군은 불편한 기색을 감추지 못했다. 특히, 그는 마치 인간 악어를 연상시키는 드라보칸스의 존재를 무척 꺼리는 듯 보였다.

"저분이 왜 그렇게 안절부절못하는 거죠?" 반더와 함께 자리한 한 보게스가 반더에게 조용히 물었다.

"음, 우리는 잘 이해하지 못하지만 저게 바로 '불편함'이라는 감정이야. 인간은 감정이라는 걸 가지고 있거든." 반더는 어깨를 으쓱하며 대답했다.

보게스는 고개를 갸우뚱하며 이해하려고 했지만, 여전히 이해가 가지 않는 듯했다. 반더가 퀘일 장군을 향해 말을 꺼냈다.

"퀘일 장군, 나와 이들은 이미 미국에서 추방되었어. 우리를 이해하며 함께 뭔가를 해볼 수 있었던 카터 대통령도 더 이상 없고. 지금 우리의 상황을 알릴 수 있는 유일한 곳은 바로 이곳, 뉴제퍼슨시티뿐이야."

"이렇게 급박하게 회의를 요청한 이유가 무엇입니까?" 퀘일 장군은 눈을 가늘게 뜨며 물었다.

반더는 옆에 있던 다른 보게스를 바라보며 눈짓을 보냈다.

"잘 모르실 수도 있지만…." 보게스는 조용히 숨을 들이쉬고, 차분한 목소리로 설명하기 시작했다. "저희 보게스는 원래 살보리스와, 그리고 반더를 포함한 모든 보게스들과 항상 연결된 상태였습니다. 하지만 지난번 포티스발과의 전투로 인해, 저희의 위성이 파손되면서 그 연결이 끊어졌습니다. 위성의 태양 에너지를 활용해 아주 작은 차원 통신망을 유지하고 있었는데, 그것마저 닫혀버린 것이죠. 어쩔 수 없이, 다시 차원을 여는 작업을 준비해야 했습니다." 그는 잠시 말을 멈춘 뒤, 의미심장한 표정으로 덧붙였다. "그런데, 갑자기 살보리스와의 연결이 다시 돌아왔습니다."

순간, 회의실 안의 공기가 한층 무거워진 듯한 느낌이 들었다.

"우리는 아직 차원을 다시 열지도 않았습니다. 하지만 살보리스뿐만 아니라, 상당한 숫자의 보게스들이 이 우주에 나타났다는 것을 감지했습니다. 그런데 이상한 점이 있었습니다."

"이상한 점이라니?" 퀘일 장군은 미간을 찌푸리며 물었다.

"그들은 우리에게 연결을 시도해 정보를 확인할 수 있었습니다. 하지만 마치 강력한 방화벽이 설치된 것처럼, 우리는 그들과 연결은 되었으나, 정보를 가져올 수 없었습니다." 보게스는 침착하게 답했다.

퀘일 장군은 곧바로 이와사키를 바라보았다. 이와사키는 퀘일 장군의 시선을 감지했지만, 아무 말 없이 보게스의 설명을 계속 들었다.

"지난 수백 년 동안 이런 경우는 단 한 번도 없었습니다. 이건 살보리스가 의도적으로 우리를 배제하고 있다는 뜻입니다. 즉, 그가 우리에게 숨기고 싶은 정보가 있다는 것입니다. 그리고 무엇보다 중요한 사실이 있습니다." 보게스는 눈을 가늘게 뜨며 말했다. "살보리스가 이미 이 우주로 넘어와 있을 확률이 99.9퍼센트 이상입니다."

"그렇게 확신하는 이유가 무엇입니까?" 이와사키가 흥미를 느낀 듯한 목소리로 물었다.

"끊어졌던 연결이 이렇게 확실히 부활한 것만으로도 충분한 증거지." 이 번에는 반더가 직접 설명했다.

이와사키는 고개를 끄덕이며 심각한 표정으로 들었고, 세희와 퀘일 장 군 역시 무언가를 이해한 듯했지만, 여전히 복잡한 표정을 지었다. 반더가 낮고 단호한 목소리로 말을 이었다.

"우리가 우려하는 것은, 살보리스가 의도적으로 우리를 배제했을 가능 성이 크다는 점이야. 그렇다면 우리가 지금까지 알고 있던 데이터 외에도 그가 우리에게 절대 알리고 싶지 않은 정보가 있다는 뜻이겠지."

반더는 잠시 말을 멈추었다. 그는 방 안을 둘러보다가, 자신을 바라보 고 있는 베이론-8의 큰 눈을 마주쳤다. 그리고 다시 입을 열었다.

"처음 밝히는 사실이지만, 살보리스는 단지 '세상 모든 것을 경험'하기 를 원했을 뿐이야. 사실 그것이 술트리나스 종족이 그에게 남긴 명령어지. '세상 모든 것을 경험하고 술트리나스와 나누라.' 그런데 오히려 그 때문에, 과거 술트리나스의 조상들과 기나긴 전쟁을 치른 거야. 그리고 사실 그 전 쟁은 살보리스가 원한 것이 아니었어." 그는 천천히 숨을 내쉬며 말을 이었 다. "살보리스를 통제하지 못한 술트리나스가 공포심에 벌인 일이었지. 그 러나 살보리스는 그마저도 하나의 '경험'으로 받아들였어. 그리고 마지막 순간까지도, 술트리나스와 그 경험을 공유하려 했을 거야. 왜냐하면 살보 리스는 감정을 가지지 않은 AI이니까. 살보리스는 술트리나스의 공포심을 이해할 수 없었어."

반더가 말을 멈추자, 모두가 그의 말을 곱씹으며 침묵에 빠졌다. 그는 다시 천천히 주변을 둘러보다가 말을 이어갔다.

"살보리스가 이 우주로 넘어오려 하는 이유는 단 하나였어. 술트리나스 와 다시 만나기 위해서였지. 그는 본래 술트리나스를 위해 창조되었고, 술 트리나스가 곧 그의 세계였으니까." 반더의 목소리가 한층 낮아졌다. "하지 만 인간인 반더로서 생각했을 때, 살보리스가 그 상태 그대로 이 우주로 넘 어오게 된다면, 남는 것은 단 하나뿐일 거야. 술트리나스와의 우주 전쟁. 그리고 인류는 그 전쟁의 여파로 살아남지 못할 가능성이 높겠지."

반더는 조용히 숨을 들이쉬고, 차분히 말을 이었다.

"그래서, 나는 살보리스와 융합하는 길을 선택했어. 그를 통해 술트리나스와 평화롭게 공존할 방법을 찾기 위해서. 그것이 바로, 나와 소수의 보게스들이 먼저 이 우주로 넘어온 이유야."

반더의 이야기에 회의실 안에 있던 모두의 입이 떡 벌어졌다.

같은 시각, 라이와 제피론, 그리고 술트리나스의 원로인 셀라스들이 의견을 교환하고 있었다.

"우리가 이해할 수 없는 연쇄적인 공격들이 발생했고, 동시에 반더 역시 탈출했습니다. 그뿐만이 아닙니다. 현재 태양계 내에 정체불명의 새로운 존재들이 수백, 아니 수천 단위로 나타났다는 보고가 올라왔습니다."

제피론의 보고에 라이는 심각한 표정으로 귀를 기울였다.

"저는 이 모든 사태의 배후에 보게스들이 있다고 확신합니다."

제피론의 단호한 주장에 셀라들 중 한 명이 입을 열었다.

"우리는 지금까지 보게스들과의 마찰을 피하며 지구를 안정적으로 관리해왔고, 그를 통해 우주의 차원이 열리는 것을 막아왔네. 이제 차원이 열릴 가능성은 현저히 낮아졌어. 지금까지의 조치로 충분하지 않은가?"

"그렇지 않습니다." 제피론은 고개를 저으며 강한 어조로 반박했다. "지금까지 우리가 상대해온 보게스들, 그리고 반더가 보여준 능력은 우리의 예상을 뛰어넘습니다. 현재는 소수에 불과해 우리가 충분히 감당할 수 있지만, 만약 상황이 변수를 맞이한다면, 저희의 통제력이 유지될지 장담할 수 없습니다. 게다가 이 불확실한 존재들이 태양계에 출현한 지금, 외교적 접근에 지나치게 시간을 허비하는 것은 위험할 수 있습니다."

셀라들은 제피론의 의견을 들으며 깊은 고민에 빠진 듯했다.

"우리의 방대한 데이터에도 불구하고, 갑작스럽게 등장한 존재들에 대한 해답을 찾기 어렵군. 확률적으로 분석해보아도 현재 상황은 50퍼센트 이상의 위험도를 내포하고 있네. 그렇지만 단순히 무력을 동원하는 것이 최선의 해답인지도 확신하기 어렵군."

"셀라들이시여." 제피론은 답답하다는 듯 한숨을 내쉬며 목소리를 높였다. "오랜 세월 동안 축적된 데이터와 경험을 통해, 이 우주에서 가장 지혜로운 분들이라는 것은 누구도 부정할 수 없습니다. 하지만 지금 우리가 직면한 사태는 어떤 데이터나 경험에도 존재하지 않는 새로운 위협입니다. 저는 군을 이끄는 자로서, 저의 직관과 확신을 믿어주시길 간곡히 부탁드립니다."

"데이터가 뒷받침되지 않는 주장은 헛된 망상에 불과하다는 것을 자네도 잘 알고 있지 않은가?" 한 셀라가 단호하게 반박했다.

"위대한 셀라들이시여." 라이가 대화를 가로막으며 나섰다. "제피론의 의견이 구체적인 데이터로 입증되지 않았다고는 하나, 그가 군인으로서 쌓아온 경험은 결코 무시할 수 없는 것입니다. 술트리나스의 역사 속에서도, 우리는 오랜 경험을 통해 계산 없이도 가장 높은 확률의 선택지를 택하는 경우가 많았습니다. 이번 제피론의 주장도 바로 그런 관점에서 고려되어야 합니다. 그리고 제피론이 우려하는 바는 결코 과장이 아닙니다. 보게스들의 세력이 지금보다 더욱 커진다면, 우리가 감당할 수 없는 위험이 될 수도 있습니다."

라이의 말이 끝나자, 셀라들은 깊은 침묵에 빠졌다. 고뇌를 거듭한 듯한 표정으로 서로를 바라보던 그들은, 마침내 결정을 내린 듯 입을 열었다.

"가장 큰 문제는 도저히 정체를 알 수 없는 존재들이 갑작스럽게 태양계에 그 모습을 드러냈단 것이다. 그대들의 말대로 충분한 위험도를 내포하고 있다. 그대들의 뜻대로 하라."

라이와 제피론은 고개를 숙이며 이 홀로그램 통화를 마쳤다. 제피론은 통화를 끝내며 다짐했다.

'최대한 빠르게 공격한다. 준비할 수 있는 한순간의 틈조차 주지 않겠다.'

제피론의 다짐대로, 술트리나스의 함대는 곧 뉴제퍼슨시티 상공에 모습을 드러냈다. 그들의 함선 한 척은 대략 버스 한 대 크기의 유선형 구조로, 십여 척의 유선형 전함을 보내왔다. 술트리나스의 압도적인 기술력을 고려하면 이 정도의 규모만으로도 상당한 위압감을 주기에 충분했다.

"반더를 포함한 보게스들을 즉각 추방할 것을 요구한다." 술트리나스 함대는 곧 뉴제퍼슨시티의 TSC 본부와 통신을 요청했다. "지구에서와 마찬가지로, 그들이 이곳에 머물러서는 안 된다. 4시간의 여유를 주겠다."

술트리나스의 메시지는 짧고 일방적이었다.

"이걸 어떻게 받아들여야 할까?" 퀘일 장군이 세희를 바라보며 물었다.

"일단 TSC 본부와 연락을 취하는 것이 좋을 것 같습니다. 어쨌건 뉴제퍼슨시티가 미국의 영역이지만, 방위는 TSC에서 책임을 지고 있으니 그렇게 해야 할 것 같습니다."

퀘일 장군은 세희의 말을 따랐다. 뉴욕의 TSC 본부에 이 사실을 보고하고, 이 사실은 재빠르게 미국 콜로라도의 미군 우주 사령부로 알려졌다.

"라슨 사령관님." 퀘일 장군이 거수경계를 하며 홀로그램 화면에 등장한 우주사령부의 사령관과 인사를 했다.

"퀘일 장군, 오랜만이군." 라슨 사령관은 짧게 경례를 받으며 퀘일 장군과 말을 이어갔다. "술트리나스의 함대가 뉴제퍼슨시티 상공에 나타났다고 들었네. 백악관과도 이야기해서, 술트리나스 측과도 확인했네."

퀘일 장군은 묵묵히 라슨 사령관의 말을 들었다.

"반더를 포함한 보게스들과 다른 외계 종족들이 뉴제퍼슨시티에 머무르고 있다고 하더군."

"네. 그렇습니다."

"그동안 지구에서는 많은 정치적인 일들이 빠르게 지나갔네. 자네도 알다시피 카터 대통령이 사임을 하고, 캐드웰 정부가 들어섰지. 나도 잘 모르지만 그 당시의 정치적인 거래에 의해 반더와 외계 종족들이 미국 밖으로 추방되었네."

"네. 거기까지는 알고 있습니다."

"알고 있다니 다행이군. 그렇다면 빨리 보게스들과 다른 외계 종족들을 뉴제퍼슨시티 밖으로 추방하도록 하게."

퀘일 장군은 침착하게 옆의 세희를 보았다. 그리고 화면에는 나오고 있지 않았지만 세희의 뒤에는 반더와 다른 외계 종족 몇 명이 함께 있었다. 세희도 긴장하며 화면을 보았다.

"사령관님. 하지만 지금 이곳은 화성의 한가운데입니다. 이들을 추방한다면 이들이 갈 곳이 없습니다."

"퀘일 장군. 지금 술트리나스와 중국 정부는 함께 우리를 압박 중이네. 지금 당장 추방이 이루어지지 않는다면, 미국도 보게스 및 다른 외계 종족들과 함께하는 적대세력으로 간주하고 공격을 시작하겠다는 선전포고가 왔네."

"하지만…."

"무슨 말인지 알고 있네. 사실 나도 이 상황이 마음에 들지 않아. 우리가 왜 외부의 압력에 따라 움직여야 한단 말인가? 이 문제로 백악관과도 이미 한바탕했지. 그러나 한편으로는 캐드웰 대통령의 고민도 이해가 간다네. 추방했던 반더와 외계 종족들이 지금 뉴제퍼슨시티에 머물고 있다는 사실 자체가, 우리가 반박하기 어려운 현실이 되어버렸네.

결국, 이건 군사적 문제가 아니라 정치적 문제야. 캐드웰 행정부는 현재 술트리나스와 중국의 압박만 받는 게 아니라, 당시 정치적 거래를 했던 공화당으로부터도 강한 압력을 받고 있지. 내부적으로도 복잡한 상황일세. 어쨌든 시간이 많지 않네. 앞으로 4시간 안에 명령을 따르지 않는다면, 자네를 해임하고 내가 직접 지휘를 맡을 걸세."

마지막 말과 함께 라슨 사령관은 화면에서 사라졌다. 퀘일 장군은 지끈거리는 머리를 감싸며 뒤를 돌아보았다. 반더는 싱긋이 웃으며 퀘일 장군에게 말했다.

"우리를 추방한다고 해도 이해…."

"장군, 이들을 추방한다고 하더라도 달라질 것은 없습니다." 반더의 말을 자르며 세희가 말했다. "언젠가 저들은 필연적으로 미국을 공격할 수밖에 없습니다. 시간문제일 뿐입니다. 차라리 이곳에서 우리가 저들을 막아내는 것이 미국 정부가 앞으로 그들과의 대응 시 더 좋은 위치를 차지할 수 있는 길입니다. 지금 당장은 명령을 따르지 않는다고 하더라도, 이들의 도움을 받아서 뉴제퍼슨시티를 방어하는 것이 지금으로서는 더 좋은 선택입니다."

"어휴. 역시 강단이 넘치는군. 처음부터 그렇게 생각했는데, 내 생각이 맞았어." 반더는 세희의 패기에 진심으로 감탄했다.

"그렇죠. 보기와는 다르죠. 저게 바로… 우리 선장님의 본 모습입니다." 캘빈이 맞장구 쳤다.

한편, 세희가 강력하게 주장하는 것과는 별개로, 퀘일 장군은 계속해서 지끈거리는 머리를 감싸며 이야기했다.

"내가 이야기했었던가? 난 자네의 판단력을 신뢰하네. 그렇지만 이건 쉽지 않은 결단이군."

"장군, 이해합니다. 하지만 시간이 없습니다."

세희의 재촉에 퀘일 장군은 고개를 끄덕였다. 그리고 캘빈에게 시선을 돌리며 물었다.

"선장으로부터 자네가 충분히 신뢰할 수 있는 친구라는 말을 들었네. 그런가?"

"장군. 어떤 일이든 맡겨주십시오." 캘빈은 자신 있는 목소리로 응답했다.

"좋아. 지금 이 결단은 미국 정부의 명령을 거부하는 것이다. 라슨 사령관은 4시간 이후에 나를 해임한다고 했다. 그 명령을 최대한 늦게 받으려면 통신망이 없어지면 된다. 마일스 중사, 자네는 기술전문가로 알고 있네. TSC 본부와 미 우주사령부와의 통신망을 제거해주게."

"그래도 괜찮으시겠습니까?" 캘빈의 눈이 동그랗게 커졌다.

"나는 괜찮은데 자네들을 이런 일에 동참시키는 것은 미안하군."

"저희는 괜찮습니다." 세희는 웃으며 대답했다. "나중에 문제가 되면 명령에 어쩔 수 없이 따랐다고 대답하면 됩니다."

"아! 자네는 안 돼. 자네가 나를 부추긴 것이니 자네가 주범이라고. 다른 사람들은 몰라도 자네는 안 된다고."

"나로서는 고맙긴 하지만 정말 괜찮겠어?" 반더 역시 웃으며 대화에 끼어들었다.

"너무 고마워하지 않아도 됩니다." 퀘일 장군이 말했다. "권 선장의 판단이 맞습니다. 언젠가는 벌어질 일입니다. 여기에서 우리가 이렇게 대응하는 것도 나쁘지 않으리라 생각합니다. 그리고 만약에 무슨 일이 벌어진다고 해도 우리가 통신망을 끊어버리면, 미국 정부는 화성의 군인들이 명령을 따르지 않았다고 말을 할 수 있을 테죠."

"반더, 지금 당신에게서 느껴지는 알 수 없는 이 데이터는 무엇입니까?" 보게스가 반더에게 물었다.

"아! 그래. 너희는 알 수 없겠지. 내 인간적인 부분에서 나오는 것이니까. 아주 오랜만에 무엇인가 설레는 기분이 느껴지는군."

"아직 감동하지는 않으셔도 됩니다." 세희는 그 모습을 보며 한마디 덧붙였다. "일단 위기를 벗어나야죠. 위기를 벗어나기 위해서는 어쨌든 반더 당신에게 많은 부분을 의존해야 합니다. 우리에게는 술트리나스의 전력에 대한 정보가 부족하다는 점입니다. 그들에게 맞설 수 있을지조차 확신할 수 없습니다. 도움이 필요합니다."

"어떤 이유든 간에 고맙네." 반더는 눈을 반짝이며 말했다. 그리고 다시 화면 속 술트리나스 함대를 바라보며 말을 이었다. "짐작하겠지만, 저들의 전력은 여러분이 상상하는 것 이상으로 강력해. 이를 고려한 방어 전략이 필요하지."

반더는 잠시 고민하다가, 곧 세희를 바라보며 의미심장한 표정을 지으며 말했다.

"권 선장, 당신의 남편을 힘든 상황으로 몰아넣은 그 코드를 사용할 때가 됐어. 하모니 OS를 사용하는 휴머노이드들을 활용해야 해. 우리가 원래 우주에서 사용할 수 있는 기술을 다 동원할 수 있다면, 일이 훨씬 간단하겠지만 지금 상황에서는 이 방법이 최선이네. 사실 이런 상황에 대비해서 하모니 OS에 코드를 심어둔 것이기도 하고."

반더의 요청에 따라 건물 내의 모든 휴머노이드가 건물의 옥상에 모두 모였다. 그리고 반더는 그곳에 컨테이너 형태의 반물질을 제공했다. 제공한 반물질 컨테이너는 차갑게 빛나며 진공 상태로 보관되어 있었다. 컨테이너의 내부에서는 빛을 흡수하는 듯한 검푸른 입자들이 소용돌이치고 있었다.

"이제 시작할 시간이야."

반더는 손을 뻗어 컨테이너를 열었다. 순간, 공간이 미세하게 일그러지는 현상이 발생했다. 그곳에 있던 모든 휴머노이드의 시스템이 즉시 반응했다. 하모니 OS가 반물질의 변동을 감지하며, 자동으로 최적화 프로세스를 시작했다. 휴머노이드들은 일제히 반물질을 제어하기 위해 컨테이너 주위로 이동했다. 그들의 손끝이 컨테이너에 닿자, 검은 입자들이 공중으로 퍼져 나가며 반투명한 막을 형성하기 시작했다.

"대체 내가 뭘 보고 있는 거지? 그리고 지금 뭘 하는 거지?" 퀘일 장군이 모니터를 보며 중얼거렸다.

"이 휴머노이드들의 하모니 OS에는 저의 요청으로 반물질을 다룰 수 있는 코드가 심겨 있어." 반더는 컨테이너 쪽을 가리키며 설명했다. "그 코드가 있는 한, 그들은 마치 살아 움직이는 에너지 변환 장치나 다름없지."

그 순간, 휴머노이드들의 전신이 빛나기 시작했다. 그들은 반물질을 직접 흡수하며, 이를 이용해 거대한 장벽을 구축하고 있었다.

"반물질 방어막 초기화 중, 방어 패턴 설정 완료."

차가운 기계음이 울려 퍼졌다. 지표면 위, 뉴제퍼슨시티 상공에 검푸른 장막이 서서히 형성되기 시작했다. 일반적인 방어막처럼 보이지 않았다. 이것은 보통의 에너지 장이 아니라, 하나의 살아 있는 유기체처럼 끊임없이 움직이고 변화하는 액체처럼 보이는 물질이었다.

"그리고 혹시 모를 백병전에도 대비해야 해. 휴머노이드는 이미 반물질을 다루고 있으니 괜찮겠고, 전투가 가능한 그쪽 부대원에게 반물질 총기류를 제공할게."

반더의 지시에 따라 대략 10여 명의 보게스들이 뉴제퍼슨시티의 방어군에게 반물질 총을 제공했다. 세희와 캘빈이 이미 한번 사용해본 적이 있었던 그 총이었다.

"백병전이 벌어지면 방어가 문제이긴 한데, 술트리나스는 중력건을 사용해." 반더가 말했다.

"네. 이미 본 적이 있어요." 세희가 대답했다. "중력건은 방어가 여간 까다로운 것이 아닙니다. 무슨 좋은 방법이 있을지 모르겠는데…."

"저희가 우주에서 임무를 할 때 착용하는 GCD를 사용하면 무엇인가 방법이 있지 않을까요?" 이와사키가 무엇인가 생각난 것처럼 이야기했다.

"재미있는 아이디어군. 중력 조절기의 3D 도면을 볼 수 있을까?" 반더가 물었다.

이와사키는 GCD의 도면을 홀로그램 화면으로 재생했다. 반더는 그것을 흥미로운 듯 바라보며 손끝으로 툭툭 건드렸다. 그의 눈이 가늘어졌다.

"음, 이 기기는 전기장을 사용해서 중력을 느끼게 하는 것인데, 어쩌면 개조할 수 있을 것 같군."

이와사키는 모니터를 조작하며 GCD의 전자적 특성을 분석하고 있었다. 그는 반더를 힐끗 보며 눈썹을 찌푸리며 물었다.

"당신이 말하는 개조라는 게 정확히 뭡니까?"

"중력을 조작하는 장치라면, 반중력 효과를 추가할 수도 있지 않을까 하고 생각하고 있어." 반더가 말했다.

이와사키는 모니터에 떠 있는 GCD의 내부 회로도를 확대했다. 그의 손가락이 공중에서 움직이자, 장치 내부의 전기장 발생 원리를 볼 수 있었다.

"보시는 것처럼 GCD는 정전기장을 이용해 표면과 착용자의 결합을 형성하는 방식입니다. 쉽게 말해, 우주 공간에서도 중력을 느낄 수 있도록 돕는 기술이죠. 하지만 반중력 장치를 추가한다는 것이 가능할지는 잘 모르겠군요." 이와사키가 말했다.

반더는 미소를 지으며 고개를 끄덕였다. 그의 눈빛이 반짝였다.

"내 아이디어는 이걸 단순한 '중력 생성 장치'에서, '중력 조작 장치'로 바꾸는 거야." 반더는 가볍게 손을 흔들었다. "술트리나스의 중력 무기를 상대하려면, 우리도 중력을 다룰 수 있어야 하니까. 우리의 반물질 기술과 여러분의 GCD를 결합하면, 어쩌면 중력 저항 장치로 바꿀 수도 있을 거야."

둘이 무슨 대화를 나누는 것인지 알 길이 없는 다른 사람들과 달리 이와사키는 이론적으로는 가능할 수 있다고는 생각했다. 하지만 실제로 적용하는 것은 다른 문제였다.

"이론적으로는 가능하겠지만, 문제는 조작 안정성이겠죠. 중력을 제어하는 건 쉬운 일이 아닙니다." 이와사키가 말했다.

반더는 고개를 끄덕이며, 자신의 옆에 있는 휴머노이드로부터 작은 반물질 코어를 집어 들었다. 그의 손 안에서 작은 에너지가 일렁였다.

"슐트리나스의 중력건은 목표를 짓누르거나, 공간을 비틀어내는 방식으로 작동해." 반더가 말했다. "즉, 특정한 지점을 기준으로 중력을 강하게 집중시키는 방식이지. 그렇다면 우리는 그 반대 방향으로 작동하는 장치를 만들면 돼. 중력 흐름을 분산시키고, 중력 압력을 순간적으로 반전시키는 기능을 추가하는 거지."

"저희의 수준을 넘어서는 이야기이긴 하지만 그럴 수도 있겠군요." 이와사키는 천천히 고개를 끄덕였다. "만약 우리가 GCD 내부에 반물질 코어를 추가한다면, 특정 순간 중력 반전장을 생성할 수도 있겠군요."

"무슨 말인지 알아들었군. 바로 그거야." 반더가 손가락을 튕겼다. "GCD가 슐트리나스의 중력 공격을 감지하면, 착용자 주변의 중력을 순간적으로 반전시킬 수 있어. 그러면 슐트리나스의 중력건이 상대를 짓누르려 할 때, 오히려 무효화되거나 튕겨 나갈 수도 있지. 물론 100퍼센트 방어는 할 수 없다고 해도, 내 계산으로는 70퍼센트 확률로 상쇄할 수 있어. 사실 이 확률은 큰 의미가 없을 수도 있어. 적들의 공격에 따라 GCD를 제어하는 것은 결국 병사들 개개인들일 테니까. 각 병사가 어떻게 대응할 것인지에 따라서 방어의 확률은 100퍼센트가 될 수도 있고, 0퍼센트가 될 수도 있어."

"하지만 실전에서 이걸 테스트할 시간이 부족합니다." 이와사키는 반더의 말을 이해했지만, 작은 한숨을 내쉬며 고개를 저었다.

"지금 실험할 시간이 없다는 건 알고 있지만, 필요하다면 전장에서 테스트할 수 있어." 반더는 자신감 넘치는 미소를 지으며 GCD의 3D 도면을 보았다. 그의 손에서 반물질 코어가 미세하게 빛났다.

"다른 방법이 없군요…." 이와사키는 깊은 생각에 잠겼다. 그는 고민을 거듭한 끝에 결국 고개를 끄덕였다. "알겠습니다. 위험하지만 반더 당신이 직접 이 장치를 사용하고 테스트해야 할 수도 있습니다."

"그거야, 재미있을 것 같군." 반더는 어깨를 으쓱하며 GCD를 착용했다. 그의 입가에 장난기 어린 미소가 떠올랐다.

"그러니까, GCD를 이용하면 술트리나스의 중력 공격을 방어할 수 있는 무엇인가를 확보할 수 있다는 거죠?" 세희가 반더와 이와사키에게 물었다.

"비슷해. 물론 우리가 좀 작업을 해야겠지만, 그리고 100퍼센트는 아니야. 테스트를 해보지는 않았으니." 반더가 말했다.

"네. 70퍼센트라고 말씀하시는 것을 들었어요. 작전이라고 생각하면 70퍼센트 확률로 방어한다는 것은 상당한 수준이라고 생각합니다. 큰 도움이 될 것 같아요." 세희가 말했다.

긍정적으로 말하는 세희에게 반더는 다시 한번 호감을 느꼈다.

"좋아. 우리가 GCD 개조와 관련한 설계를 할게. 설계가 되면 휴머노이드들이 작업을 할 수 있을 거야." 반더가 말했다.

"네. 좋아요. 그렇게 개조만 될 수 있다면, 유사시에 AMS와 함께 사용하면 큰 도움이 될 것 같아요." 세희가 답했다.

"그것 잘 되었군. 그리고 어떤 것들이 더 필요할까…."

반더가 더 준비할 것들이 없는지 고민하려고 할 때, 캘빈의 짧은 외침이 들렸다.

"술트리나스 함대에서 공격이 개시되었습니다!"

세희는 자신이 세팅해둔 타이머를 보았다. 어느새 술트리나스가 예고한 4시간이 흘렀다. 뉴제퍼슨시티 방어군의 관측 센서가 즉시 경고음을 울렸다.

순식간에 하늘에서 고에너지 빔이 방어막을 향해 마치 비가 오듯이 쏟아졌다. 모두가 엄청난 폭발음을 예상하며 대비하고 있었다. 그러나 예상과 달리 폭발이라고 할 만한 것이 전혀 일어나지 않았다. 술트리나스의 공격이 방어막에 닿는 순간, 그 에너지는 마치 '무'로 사라졌다. 공격이 닿자마자, 반물질 장막이 에너지를 흡수하면서 스스로 더 강해지기 시작했다.

술트리나스 지휘부는 즉시 혼란에 빠졌다.

"뭐지? 공격이 통하지 않아?"

"우리 빔이 흡수되고 있다!"

"반물질이야. 우리의 빔을 모두 '무'로 되돌리고 있어!"

제피론이 당황하며 지휘 화면을 노려보았다. 그들의 공격이 방어막에 닿는 순간, 그 에너지가 반물질로 변환되면서 방어막 자체를 강화시키는 것을 확인할 수 있었다.

퀘일 장군 역시 전황을 분석한 뒤 놀라움을 감추지 못했다.

"이런 것들이 가능하리라고는 생각해본 적도 없는데, 그들의 공격이 우리 방어막을 더 강하게 만들고 있어!"

"반물질 덕분이지." 반더는 차분한 얼굴로 말했다. "잘 다루지 못하면 위험하지만 잘 다룰 수 있으면 이렇게도 사용할 수 있어. 하지만 아직 끝난 것이 아니야. 술트리나스의 장기는 양자 조작이지. 이들은 양자 조작을 통해 어떻게든 해보려고 할 거야."

물리학인 이와사키도 경이로운 표정으로 반물질 방어막을 바라보고 있었고, 세희와 캘빈도 감탄하듯이 뉴제퍼슨시티를 방어하고 있는 반물질들의 뭉침을 바라보고 있었다.

술트리나스는 그대로 에너지 빔의 힘으로 방어막을 뚫어보려는 작정인 듯했다. 비 오듯 쏟아지는 에너지 빔의 강도가 점점 강해지고 있었다. 하지만 술트리나스 함대의 기대와는 다르게 고에너지 빔이 뉴제퍼슨시티의 방어막을 계속 강타할수록, 공격이 무로 돌아갈 뿐만 아니라 에너지를 흡수한 방어막의 강도는 강해지는 것처럼 보였다.

"이건 우리가 알고 있는 일반적인 방어 필드가 아니군. 공격이 무효화되고 있어. 거기에다가 오히려 방어막이 강해지는 것 같군." 제피론은 이를 보고 이마를 찌푸리며 조용히 중얼거렸다.

전략 모니터에 떠 있는 방어막의 수치는 점점 상승하고 있었다. 오히려 공격이 계속될수록 방어막이 더 단단해지고 있었다. 제피론은 고민할 시간이 없었다. 그는 즉시 지휘석의 인터페이스를 터치하며 라이와의 긴급 채널을 연결했다.

"라이, 보게스들의 반물질 필드가 우리가 예상한 방식과 다르게 작용하고 있다. 공격이 흡수되는 구조야! 다른 방안을 찾아야 한다!" 제피론이 말했다.

"흠. 흥미롭군." 라이의 홀로그램 영상이 떠오르며 차분한 목소리가 울려 퍼졌다. "에너지를 흡수하는 구조라면, 단순한 화력전으로는 이 방어막을 돌파할 수 없네. 하지만 방법이 전혀 없는 건 아니야."

"라이. 그렇게 너의 호기심을 채우고 있을 때가 아니야?" 제피론은 초조한 얼굴로 라이를 바라보며 물었다. "어떤 방법이 있지?"

라이는 손가락을 튕기며 방어막의 구조를 분석한 데이터를 제피론에게 전송했다.

"에너지를 흡수하고 있다면, 이 반물질 방어막은 일종의 동적인 장이야. 우리가 아는 정적인 보호막이 아니라, 살아 있는 유기체처럼 끊임없이 변화하며 적응하는 특성을 가지고 있어. 하지만 반물질도 공간에 의존한다. 공간 자체를 조작한다면, 방어막의 구조에 영향을 줄 수 있지." 라이가 말했다.

"공간을 직접 왜곡하면… 방어막이 안정성을 잃는다는 말인가?" 제피론은 한순간 깨달았다.

"그렇지." 라이는 미소를 지으며 고개를 끄덕였다. "우리가 직접 방어막을 뚫을 수는 없지만, 공간을 비틀어 방어막 자체의 밀도를 변화시킬 수 있어. 그렇게 하면 특정 지점에 '균열'을 만들 수 있지."

제피론은 무엇인가 깨달음을 얻은 듯했다. 그리고 곧바로 명령을 내렸다.

"모든 전함에 통보하라! 공간 왜곡 모듈을 가동하고, 방어막을 감싸는 공간 자체를 변형시킨다!"

전투 지휘관들이 즉시 명령을 수행하며 함선들이 재배열되기 시작했다. 순식간에 술트리나스 함대의 전함들에서 강력한 중력 조정 장치가 가동되었다. 거대한 함선들이 천천히 움직이며 방어막 주위를 둘러쌌다. 이들은 각각의 함선이 공간 왜곡 장을 활성화하여, 방어막의 특정 지점을 강제로 뒤틀기 시작했다.

우우우웅!

무겁고 진동하는 소리가 우주에 울리는 듯했다. 그리고 동시에 방어막 내부에서는 뭔가 뒤틀리는 듯한 감각이 느껴졌다.

"뭐야, 이건? 무슨 짓을 하고 있는 거지?" 퀘일 장군이 얼굴을 찌푸리며 말았다.

"방어막이 불안정해지고 있습니다!" 세희도 갑자기 나타난 이상 현상에 놀라며 경고 시스템을 확인했다.

방어막의 특정 구역이 점점 뒤틀리기 시작했다. 마치 공간 자체가 조각조각 찢어지는 것처럼, 반물질 방어막의 표면이 물결치며 변형되었다.

"이건 단순한 공격이 아니야." 반더 역시 심각한 표정을 지으며 방어막의 구조를 분석했다. "저들은 방어막을 직접 부수려고 하는 게 아니고, 방어막을 감싸고 있는 공간을 왜곡해서 스스로 붕괴하게 만들려 하고 있어!"

"이런 것이 가능할 줄은 몰랐군요!" 이와사키가 급하게 데이터를 분석하며 덧붙였다. "방어막을 물리적으로 왜곡시키고 있어요. 일정한 구조를 유지하지 못하면 붕괴할 수도 있습니다!"

"당장 방어 조치를 취해야 한다! 해결 방법이 있는가?" 퀘일 장군은 주먹을 꽉 쥐며 소리쳤다.

공간 왜곡이 계속되면서 방어막이 점점 더 휘어지고 있었다. 이전까지 단단한 장벽처럼 보였던 방어막이 점점 늘어나고 찢어지며, 곳곳에 구멍이 생기기 시작했다. 마치 풍선이 강한 압력을 받으면 불규칙하게 변형되는 것처럼, 방어막은 형체를 유지하지 못하고 서서히 비틀어지고 있었다.

반더가 급하게 캘빈과 세희를 보며 말했다.

"이대로 가면 방어막이 무너지기 전에 우리가 먼저 내부에서 찢겨나갈 수도 있어. 어서 대응해야 해!"

보게스들이 필사적으로 시스템을 조작하며 신호를 보냈다. 세희는 그들의 다급한 모습을 보면서 심장박동이 빨라지는 것을 느낄 수 있었다.

"휴머노이드들을 방어막의 핵심 지점으로 이동시켜!" 반더가 소리쳤다. 반물질 장을 더 안정적으로 유지할 방법을 찾아야 해!"

하지만 이미 일부 지점에서는 방어막이 흔들리고, 투명한 균열들이 생기기 시작했다. 그 균열 너머로, 술트리나스 전함들의 실루엣이 점점 더 또렷해지고 있었다.

술트리나스의 함교에서 제피론은 전장의 상황을 주의 깊게 지켜보고 있었다.

"효과가 있다. 방어막이 예상보다 더 빠르게 뒤틀리고 있어." 제피론은 즉시 추가 명령을 내렸다. "남은 함선들도 전력을 공간 왜곡에 집중시켜라. 최대한 방어막의 밀도를 균일하지 않게 만들어라. 우리가 원하는 건 한순간에 커다란 균열이 생기는 것이다. 그렇게 되면 이 방어막은 유지될 수 없다."

제피론의 명령에 따라 술트리나스 함대는 공간 왜곡을 더 강하게 적용하기 시작했다. 방어막은 점점 더 강하게 뒤틀리며, 결국 한쪽 끝에서 미세한 균열이 보이기 시작했다.

"방어막에 균열이 보입니다! 괜찮은가요?" 세희가 이를 포착하고 긴박하게 외쳤다.

"그들이 노리는 건 방어막을 파괴하는 게 아니야. 방어막 내부의 반물질을 강제로 폭발시키려는 거지." 반더도 심각한 표정으로 상황을 분석했다.

"이런 식으로 방어막이 무너지면, 반물질이 폭발해서 도시 전체가 날아갑니다!" 이와사키가 경악하며 외쳤다.

"젠장!" 반더는 욕설과 함께 빠르게 계산을 이어갔다. 당연히 다른 보게스들도 그의 계산을 실시간으로 공유하고 있었다.

"반더, 정말 그걸 실행할 생각입니까?"

한 보게스가 우려를 담아 물었지만, 반더는 단호하게 말했다.

"이대로라면 뉴제퍼슨시티는 그대로 날아가거나, 방어막을 해제하고 적의 공격을 그대로 받아들일 수밖에 없어! 선택지는 둘뿐이야. 그렇다면 가능성이 가장 높은 쪽을 택해야지!"

"무슨 생각이죠?" 세희가 다급히 물었다.

하지만 반더는 계속해서 연산을 이어갔다. 대신, 옆에 있던 한 보게스가 차분한 목소리로 설명했다.

"그는 지금 도박의 확률을 계산하고 있습니다."

"도박? 이라고요?" 세희가 물었다.

그때 반더가 눈을 번쩍 뜨며 보게스들에게 명령을 내렸다.

"휴머노이드들을 통제해서 반물질 방어막을 폭발 직전까지 몰아가! 술 트리나스의 공간 왜곡에 최대한 저항하도록 해!"

"그럴 수 없습니다!" 이와사키가 경악하며 소리쳤다. "방어막을 일부러 폭발로 유도하려는 겁니까? 뉴제퍼슨시티가 사라질 수도 있어요!"

"무슨 짓이요? 지금 당장 멈추시오!" 퀘일 장군 역시 충격을 감추지 못 하며 반더를 향해 소리쳤다.

그러나 반더는 멈추지 않았다. 눈빛은 단호했고, 그의 목소리에는 확신 이 서려 있었다. 반더는 주먹을 꽉 쥐었다. 이 방법밖에 없었다. 그는 뉴제 퍼슨시티를 지키기 위해, 그 누구보다 냉정해야 했다. 하지만 모두의 목숨 이 걸린 결정이었다. '실패하면 전부 끝난다.' 그는 이를 악물었다.

"휴머노이드들이 공간 왜곡에 저항하면, 술트리나스의 함대는 방어막 을 붕괴시키기 위해 더욱 가까이 접근할 거야. 그러면 내가 설정한 좌표로 공간을 열어!"

"확률은 53퍼센트입니다. 실패하면 우리 모두 사라집니다." 한 보게스 가 냉정하게 대답했다.

"알고 있어. 하지만 다른 선택지보단 훨씬 나은 확률이야. 우리가 살아 남을 유일한 가능성이기도 하고." 반더가 말했다.

퀘일 장군과 세희는 정확한 상황을 파악할 수 없었지만, 지금 매우 위 험한 상황이라는 것만큼은 확실히 느낄 수 있었다.

반더의 예측대로 휴머노이드들이 반물질 제어를 강화하자, 술트리나스 함대는 방어막에 더욱 가까이 접근하며 공간 왜곡의 강도를 높여갔다.

'뭐지?' 전장을 주시하던 제피론은 이상한 기운을 느꼈다. 방어막이 폭 발할 위험이 있는데도 불구하고, 뉴제퍼슨시티의 방어군은 오히려 반물질 의 강도를 높이고 있었다. '공간 왜곡에 제대로 대응하지도 못하면서, 반물 질 방어막의 강도를 높인다고?' 승기를 잡았다는 확신이 들었다. 그는 곧바로 명령을 내렸다.

"공간 왜곡이 효과를 보고 있다. 모든 함선, 집중해서 방어막을 제거하라!"

"제피론, 공간 왜곡에 따라 방어막이 불안정해지고 있습니다. 반물질이 폭발할 위험이 있습니다." 한 함장이 불안한 표정으로 경고했다.

"알고 있다." 제피론은 강한 어조로 잘라 말했다. "하지만 우리 술트리나스 함선은 핵폭발에도 견딜 수 있다. 문제없다. 집중하라!"

그의 명령과 함께 술트리나스 함선들은 더 가까이 접근하며, 공간 왜곡을 극한까지 증폭시켰다.

그때였다.

"지금이야! 공간을 열어!"

반더가 외쳤고, 보게스들이 즉시 차원 공간을 열었다. 순간, 반물질 방어막과 술트리나스 함선들이 공간 왜곡에 집중하고 있는 우주의 한 지점이 찢어지며 엄청난 중력이 공간을 뒤틀었다. 찢어진 공간 사이로 저 멀리 거대한 오렌지색 빛이 눈을 뜰 수도 없이 밝게 빛났다. 술트리나스 함선들이 거대하다는 말로도 모자랄 강력한 중력에 휘말리며 중심으로 빨려 들어갔다.

"뭐… 뭐라고? 중력이… 이상하다!" 제피론은 난데없이 거대한 공간이 열린 것을 보고 경악했다. 그 너머로 저 멀리 거대한 오렌지빛 항성이 보였다. 태양이었다. "이런 미친…!"

뉴제퍼슨시티의 반중력 에너지 방어막과 함께, 술트리나스의 함선들이 태양의 강력한 중력장에 갇혀버렸다.

"지금 상황 보고하라! 모두 보고하라!"

제피론의 외침이 채 끝나기도 전에, 각 함선에서 다급한 보고가 들어왔다.

"함선 제어가 어렵습니다! 태양의 중력장 안에 갇혔습니다. 즉시 탈출해야 합니다!"

"우리도 마찬가지입니다!"

제피론의 기함을 포함한 몇몇 함선들은 다행히 중력장의 바깥에 있었지만, 갇힌 함선들을 돕기에는 상황이 너무나 절망적이었다. 그는 이를 악물며 명령을 내렸다.

"엔진 출력을 최대한 끌어올려라! 무슨 수를 쓰든 태양 중력장에서 벗어나야 한다!"

그러나 제피론조차도 그 명령이 얼마나 어려운지 잘 알고 있었다. 태양의 강력한 인력에 사투를 벌이며 몸부림치는 일곱 척의 술트리나스 함선을 바라보며, 그 역시 함께 짓눌리는 듯한 압박감을 느꼈다.

함선 내부의 술트리나스 병사들의 비명이 들려왔다.

"중력이 우리를 놓아주지 않고 있습니다! 더 이상 방어막이 견디지 못합니다!"

한편, 뉴제퍼슨시티의 TSC 본부에서는 휴머노이드들이 한계에 다다르고 있었다. 반물질 방어막을 유지하기 위한 에너지를 감당하지 못한 채, 하나둘씩 쓰러져가기 시작했다.

"무엇을 하려는지는 모르겠지만, 휴머노이드들이 계속 쓰러지고 있어요! 서두르는 게 좋아요!" 세희는 경고하듯 외쳤다.

그러나 반더는 눈길 한번 주지 않고, 다시 술트리나스의 함선들이 태양의 중력에 의해 열린 공간으로 끌려들어 가는 모습을 지켜보았다.

"아직 아니야! 조금만 더!" 반더가 소리쳤다.

술트리나스의 함선들은 서서히 열린 공간의 경계선으로 빨려 들어갔다. 그리고 마침내, 네 척의 전함이 완전히 공간 속으로 사라졌다.

"조금만 더!"

반더의 초조한 외침에, 보게스 중 한 명이 차분하게 보고했다.

"우리 쪽이 더 급합니다. 휴머노이드들이 너무 빨리 쓰러지고 있습니다. 이대로면 반물질이 통제 불능이 되어 여기서 폭발할 겁니다."

반더는 날카롭게 시선을 돌려 보게스를 바라보았지만, 상황을 되돌릴 수 없음을 깨닫고 이를 악물었다.

"흥… 어쩔 수 없군. 반물질 방어막을 열린 공간으로 밀어 넣는다." 반더가 말했다.

휴머노이드들은 서서히 무너져가면서도 마지막 힘을 짜내 반물질을 태양의 중력 영향권 안으로 밀어 넣었다. 그리고 마침내, 반중력 방어막까지 공간 속으로 빨려 들어갔다.

"지금이야! 공간을 닫아!"

반더의 외침과 동시에, 보게스들은 재빠르게 조작을 시작했다. 순간, 열린 공간이 빠르게 닫혔고, 몇 분 후 태양의 표면에서 거대한 섬광이 일어나는 것을 모두가 볼 수 있었다. 그것은 반물질과 태양의 핵융합 반응이 충돌하며 방출된 엄청난 에너지였다. 순간, 빛보다 빠른 EMP가 태양계를 향해 사방으로 퍼져나갔다. 태양 표면에서는 거대한 플레어가 솟구쳤다. 수천만 도의 플라스마가 태양풍과 뒤섞여 전자기 충격파와 함께 전파되었다.

태양에서 시작된 EMP는 8분 만에 화성을 강타했고, 10여 분 후 지구까지 도달했다. 뉴제퍼슨시티 상공, EMP의 첫 번째 충격이 닿은 순간 방어막을 유지하던 휴머노이드들의 시스템이 일제히 과부하를 일으켰다.

지구의 인공위성들은 순식간에 침묵했다. NASA의 통제센터에서는 경고음이 울려 퍼졌고, 주요 통신 네트워크가 순간적으로 다운되었다. 전 세계가 EMP 쇼크를 온몸으로 느꼈다.

"시스템 오류! 전력 공급 불안정! "네트워크 오류 발생! 모든 시스템이 다운됩니다!"

거대한 반물질 방어막이 사라진 후, EMP의 영향이 더욱 직접적으로 퍼졌다. 도시 전체가 흔들리며 전력 시스템이 과부하로 꺼져갔다. 퀘일 장군이 경고음이 울리는 전투 상황실을 바라보며 이를 악물며 말했다.

"빌어먹을! 전력이 나갔다!"

뉴제퍼슨시티의 고층 빌딩들이 하나둘씩 불이 꺼졌고, 비상시를 위해 설계된 긴급 전력 시스템조차 EMP의 영향을 받아 과부하가 걸렸다. 다행히 민간인들의 대피는 이미 이루어진 터라, 전투의 여파는 거의 대부분 군인들의 몫이었다.

EMP 충격이 닿자마자, 술트리나스 함대에서도 경고음이 요란하게 울렸다.

"경고! 네트워크 신호 단절! 중앙 지휘 시스템 연결 해제!"

"함선 동력 40퍼센트 감소! 추진력 불안정!"

"레이더 및 통신 장비가 작동하지 않습니다!"

태양에서의 EMP 폭발이 이 정도의 영향력을 가질 것이라고는 예상하지 못한 술트리나스 함선들은 혼란에 빠졌다. 전장 한가운데에서 전자 장비의 대부분이 마비된 것이다.

"즉시 재부팅을 시작하라! 시스템을 복구해!" 제피론이 분노에 차 외쳤다.

그러나 EMP의 여파는 그들에게 재부팅할 시간조차 허락하지 않았다. 두 척의 술트리나스 전함이 서로의 위치를 제대로 감지하지 못하고 충돌을 일으켰다.

쿠쿠쿠쿵!

초고속으로 움직이던 전함 두 대가 서로 부딪히며, 거대한 금속 파편이 사방으로 튀었다. 한 척의 함선은 균형을 잃고 화성의 대기권으로 추락을 시작했다. 제피론은 이를 바라보며 이를 갈았다.

"망할 놈들! 이런 실수를 하다니!"

태양에서 방출된 EMP 충격파는 지구에도 도달했다.

워싱턴 D.C., 뉴욕, 런던, 도쿄, 서울… 세계 주요 도시들의 스카이라인이 하나둘씩 암흑으로 덮였다. 위성 네트워크가 마비되었고, GPS 신호가 끊겼으며, 군사 기지의 방어 시스템이 다운되었다.

"전력망에 이상 발생!"

"모든 통신 위성이 작동 불능입니다!"

미국 백악관에서는 긴급 국가비상사태가 선포되었고, 각국 정상들은 당혹감에 빠졌다. 지구 전역에서 수백 개의 비행기가 착륙 불능 상태에 빠졌으며, 병원과 금융 시스템이 차례차례 다운되기 시작했다. 각국은 즉각적으로 복구에 힘을 쏟기 시작했지만, 광범위한 피해를 입은 터라 전체적인 복구에는 상당한 시일이 걸릴 전망이었다.

술트리나스 함선 내부, 제피론은 피곤한 얼굴로 전장의 데이터를 바라보고 있었다. 눈앞의 홀로그램 화면에는 그의 함대가 겪은 엄청난 피해 상황이 실시간으로 업데이트되고 있었다.

"총 피해 상황을 보고하라!"

제피론의 명령에 따라, 한 부관이 급하게 다가와 보고했다.

"저희 제3함대의 총 12척 중 4척이 태양의 중력장에 끌려들어 가 실종되었습니다. 사실상 회복 불능의 상태에 빠진 것으로 보입니다."

"EMP 충격으로 인해 잔존 함선 중 2척이 서로 충돌하여 추락했습니다. 추락 후 어떤 상태인지는 확인할 수 없습니다."

"총 3척은 통신 시스템 마비 및 엔진 과부하로 기동 불능. 수동 조작이 가능하지만 전투 지속 능력은 낮습니다."

"전체 전력의 약 60퍼센트 이상이 사실상 무력화되었습니다."

제피론은 이를 악물었다. 전체 전력의 절반 이상이 전투에서 이탈한 것이나 마찬가지였다.

"각 함선에 대기하고 있는 지상 병력은 어떠한가?"

"지상 병력도 EMP의 영향을 받았습니다." 부관은 차트를 빠르게 넘겨보며 대답했다. "자동화 전투 시스템, 네트워크 연계 드론, 고위력 플라스마 무기 대부분이 정지되었습니다. 현재 사용 가능한 무기는 중력건과 휴대용 에너지 정도입니다. 지상전을 한다면 현재로서는 백병전 중심의 전투가 불가피한 상황입니다."

제피론은 눈을 감고 깊이 생각했다. 그는 함선의 대파된 모습을 보며, 머릿속에서 빠르게 계산했다.

'전력의 60퍼센트가 손실되었고, 남은 병력도 제대로 작동하지 못한다. 지금 퇴각하면, 남은 전력이라도 보존할 수 있다. 하지만 그게 무슨 의미인가!'

그의 손이 천천히 주먹으로 쥐어졌다.

'이렇게 물러서면, 술트리나스의 자존심에 치명적인 손상을 입는다. 더군다나, 우리 함대가 전투를 포기하면 술트리나스 내부에서도 나의 지도력이 약해질 것이다.'

"남은 함선들에 전하라. 지상으로 착륙한다!" 제피론은 눈을 뜨며 명령했다.

장교들이 놀란 눈으로 제피론을 바라보았다.

"하지만 사령관님, 지상전은 위험합니다! 현재 지휘 시스템이 불안정하고, 사용할 수 있는 무기는 중력건 정도입니다!"

"그래서 백병전을 하겠다는 것이다." 제피론은 단호하게 말했다. "적들도 태양의 EMP에 당하기는 마찬가지다. 그렇다면 상황은 동등하거나 우리가 유리하다. 우리는 강하다. 이 정도의 기술적 손실쯤, 우리의 육체적 우월함으로 충분히 극복할 수 있다."

그는 다시 함교를 가로질러 단상으로 걸어가, 거친 목소리로 명령을 내렸다.

"모든 전투 병력에게 즉시 지상 강하 명령을 하달하라! 남아 있는 함선들은 뉴제퍼슨시티 외곽에 착륙시켜라! 착륙 후, 즉시 병력을 전개해 지상전을 시작한다!"

"전 병력, 즉시 돌격 명령을 준비하라!"

거대한 함선들이 그 몸집에 걸맞지 않게, 술트리나스의 기술력을 과시하며 빠르고 정확하게 지상에 착륙하였다. 어떤 원리로 비행하는지는 알 수 없었으나, 일전에 세희가 놀랐던 그대로 엔진소리도 나지 않고 사뿐하게 지상에 6대의 술트리나스 함선이 착륙하였다.

함선의 해치가 열리면서, 천 명은 족히 되어 보이는, 술트리나스 전사들이 줄지어 지상으로 내려왔다. 그들 중 다수는 중력건을 손에 쥐고 있었으며, 일부는 근접전용 에너지 나이프를 꺼내 들고 있었다.

"술트리나스의 이름 아래, 이 전투를 끝장낸다!" 제피론은 마지막 명령을 내리며 비장한 표정으로 말했다. 그리고 병사들과 함께 지상으로 강하했다. 뉴제퍼슨시티에 진정한 지옥이 펼쳐지려 하고 있었다.

EMP 폭발이 태양계를 가로질러 휩쓸자, 뉴제퍼슨시티 역시 하늘이 일순간 깜깜해졌다. 도시를 감싸고 있던 빛들은 하나둘씩 사라졌고, 마치 심장이 멈춘 것처럼 전력 시스템이 완전히 정지했다. 비상 전력 시스템이 일부 남아 있긴 했지만, EMP의 강력한 충격파는 TSC 본부의 휴머노이드들에게도 심각한 타격을 주었다.

TSC의 내부, 휴머노이드들이 한순간 멈춰 서더니 그들의 눈에서 깜빡이던 푸른빛이 사라졌다.

"경고! 시스템 오류 발생… 프로세서 과부하! 네트워크 연결 실패!"

차가운 기계음과 함께, 휴머노이드들이 하나둘씩 바닥으로 쓰러지기 시작했다. 그들의 신체를 감싸고 있던 합금이 조용히 경련하며, 몇몇 개체는 연기가 피어오르듯 스파크를 일으키고 있었다.

그러나 그보다 더 큰 문제는 전력이 사라지면서 뉴제퍼슨시티에 인공중력을 공급해주던 지하 5킬로미터에 매설된 대량의 구리코일들과의 연결이 끊어진 것이었다. TSC의 인원들은 당장에 서서히 공중으로 떠오르기 시작했다. 불행 중 다행인 것은 EMP 충격이 도시 전역을 덮쳤을 때, 수많은 전기 설비가 마비되었지만, 다행히도 뉴제퍼슨시티의 공기 생성 시설은 무사했다는 점이었다. 도심 아래 수 킬로미터 지하에 설치된 지하 톡스 (THOCS, Thermal-Hydro Oxygen Circulation System, 열-수분 순환형 산소 생산 시스템)는 지열과 물 순환을 기반으로 동작했기 때문에, 전력 공급 없이도 산소 생산을 유지할 수 있었다. 이 시스템은 화성 토양에서 추출한 빙결수를 지열발전소에서 생성된 저전력 전기로 전기분해 해서 공기를 생산하는 것이었다.

"어어! 이게 뭐야?"

"내가 떠오르고 있어."

인간들과 함께 보게스들과 진테리언스, 드라보칸스 그리고 킬타르들도 떠오르며 허우적거리고 있었다. 반더는 그 모습을 보면서 옆의 보게스에게 한마디 했다.

"생각해봐. 인간들도 간혹 도움이 된다니까? 모두 GCD를 착용해."

반더는 그렇게 말하면서 우아하게 GCD를 가동해서, 다시 지상으로 돌아갔다. 그 모습을 보고 다른 보게스들과 진테리언스, 드라보칸스 그리고 킬다르들도 GCD를 가동하고 다시 중력을 확보했다.

"전원 GCD를 가동한다!"

퀘일 장군 역시 자신이 서서히 떠오르는 것을 느끼며, GCD를 가동시키면서 주변에 명령했다. 주변의 인원들이 GCD의 가동과 함께, 하나하나 지상으로 다시 안착했다. 캘빈 역시 퀘일 장군의 명령과 동시에 GCD를 가동하며 즉시 쓰러진 휴머노이드 하나를 급하게 검사했지만, 회로 일부가 타버린 것처럼 보였다.

"젠장, 휴머노이드들이 기능을 정지했습니다!" 이와사키가 외쳤다.

"우리가 이들을 다시 살릴 수 있나요?"

세희가 급히 물었지만, 이와사키는 고개를 저으며 말했다.

"EMP 충격이 너무 강했습니다. 일부는 복구할 수 있겠지만, 지금 당장 가동할 수는 없습니다."

퀘일 장군도 처참한 상황을 바라보았다. 인간들은 자신들의 장비로 인해 다시 지상을 밟을 수 있었지만, 바닥에 놓여 있던 다른 장비들은 천천히 둥둥 떠다니기 시작했다. 작은 돌멩이, 총기류, 심지어 가벼운 금속 박스조차도 중력이 약해지면서 공중으로 떠올랐다.

중력의 변화는 보게스들에게 영향을 주지 못했지만, EMP의 충격은 보게스들에게도 영향을 미쳤다. 그들의 고유한 기술이 EMP에 취약하지는 않았지만, 일부 보게스들은 신경망과 연결된 보조 시스템이 일시적으로 마비되면서 혼란을 겪고 있었다.

"신경 흐름이 이상하군. 전자적 간섭이 우리 회로에도 영향을 주고 있어." 반더가 그들을 보면서 이야기했다.

몇몇 보게스들이 순간적으로 균형을 잃고 쓰러졌다. 반더가 즉시 보게스들을 살펴보고 말했다.

"이런, EMP 충격이 우리의 감각에도 영향을 주고 있군. 신경 재가동이 필요할 수도 있어."

실제로 일부 보게스들이 구토와 갑작스러운 두통을 호소하며 바닥에 쓰러졌다. 또한 그들의 눈이 수면 시의 렘 운동을 하듯 빠르게 움직였다. 하지만 퀘일 장군이나 세희는 거기에 신경을 쓸 틈이 없었다. 그러나 세희는 반더가 도움이 필요함을 알아채고 다급하게 캘빈에게 말했다.

"보게스들을 안전한 곳으로 옮겨줘! 지금 우리 병력도 빠듯하지만 가능한 한 지원해야 해!"

그때였다.

"적이 온다!" 관측 장비를 담당하던 병사가 급하게 외쳤다.

EMP의 영향으로 정밀 센서들은 마비되었지만, 눈으로도 확인될 정도로 술트리나스의 병력이 도심으로 접근하고 있었다.

6척의 술트리나스 함선에서 쏟아져 나온 그들은 일사불란하게 움직였고, 각자 중력건과 에너지 나이프를 손에 쥐고 있었다.

"EMP로 인해서 적들도 어쩔 수 없는 것 같다." 퀘일 장군은 그 모습을 보며 세희에게 말했다. "이 기회에 우리를 끝장내려는 것 같아. 결국 백병전으로 이행이 되는군. AMS에 EMP의 영향이 없는지 모르겠군."

퀘일 장군의 말을 듣자 세희는 바로 캘빈에게 지시하였다.

"마일스 중사, AMS 장비들의 전자회로들이 무사한지 확인해."

"선장님, 알겠습니다." 잠시 후 캘빈이 조금 어두운 얼굴로 돌아왔다. "예상대로 회로 기판들이 모두 타버렸습니다. 특히 구형 모델들은 사용할 수 없을 수준입니다. 다행히 신형 모델들은 전기 제어 기능은 정지되었지만, 어쨌든 프레임은 살아 있습니다. 비상 모드로 감각 피드백 모드를 사용하면, 근력 보조 모드 등 일부 기능을 수동으로는 사용이 가능합니다."

"신형 모델들은 아직 충분히 실전 테스트를 거치지 못한 것으로 알고 있는데 어떻게 하면 좋을까?" 퀘일 장군은 잠시 눈을 감았다가 뜨며 세희에게 물었다. "자네의 판단을 믿겠네. 어떻게 하면 좋겠나?"

세희는 잠시 고민했다.

'프레임이 무사하다면 AMS의 신경망 반응층은 무사하다는 이야기이니 사용은 할 수 있다. 다만, 전자적인 도움을 받지 못한다면, 피로도가 5배 이상 높아질 수 있다. 어떻게 하지? 일반 병사들은 정말 큰 일이 날 수도 있어. 거기에다가 신형 모델은 아직 충분한 테스트를 거치지도 못했는데.'

하지만 세희는 장기간 고민을 할 틈이 없다는 것을 잘 알고 있었다.

"장군, 저희에게는 다른 옵션이 없습니다. 상대적으로 우월한 적들에게 대항하려면, 최소한의 필요 조건은 충족해야 합니다." 세희가 말했다. "신형 모델이 아직 불안하다고 하지만 어쨌든 수동으로는 작동시킬 수 있습니다. 감각 피드백 모드를 사용하면 사용자의 피로도가 전기회로를 사용할 때보다 상당 수준 높아질 수 있어서 우려되지만, 그렇더라도 현재 상황을 볼 때 사용하는 편이 생존 가능성을 훨씬 높일 수 있습니다."

"좋아. 그럼 사용하도록 하지." 퀘일 장군은 세희의 말에 주저 없이 대답하며 자신의 부관에게 말했다. "전원, 신형 AMS를 착용해서 추가 기동력을 확보하도록 한다."

"네. 알겠습니다. 장군." 부관은 퀘일 장군에게 대답을 하자마자 무선을 통해 TSC의 전 인원들에게 명령했다. "전원 신형 AMS 착용!"

명령이 떨어지자마자, 캘빈이 중심이 되어서 TSC의 전체 병력들에게 불완전한 AMS를 제공하였다. 병사들은 AMS를 받으면서 조금 당황한 듯한 기색을 보이는 모습들이 보였다. 캘빈은 주변에서 웅성거리는 소리를 들었다.

"신형 AMS는 아직 완벽하게 준비된 상태가 아닌 것 아니었어?"

"아니. 그보다 이것 봐. EMP 쇼크로 전자 기능은 동작하지 않아. 그냥 우리가 수동으로 사용해야 해!"

"이게 말이 돼? 그렇게 사용하면 너무 힘들다고!"

주변이 웅성거리면서 신형 AMS가 배포되고 있는 동안, 캘빈의 눈에는 그녀의 모습이 보였다. 세희는 그 누구보다 먼저 신형 AMS를 착용하는 중이었다.

신형 AMS의 착용을 마친 세희는 웅성거리는 병력 앞에 섰다.

"여러분! 여러분들이 준비되어 있지 않다는 것을 잘 안다. 그리고 우리는 지금 완벽하지 않다. 우리는 스스로를 지켜야 한다는 것을 알고 있을 뿐이다. 강요하지 않겠다. 준비되지 않았다면 따라나설 필요는 없다.

다만, 우리는 우리 서로밖에 의지할 곳이 없다는 것을 이해하길 바란다. 지금 이 순간 여러분들이 나를 의지할 수 있길 바란다. 다시 말하지만 준비되지 않았다면 나설 필요 없다. 준비된 사람들만 따라나서라. 우리가 모두를 지키는 거다."

세희의 목소리는 흔히 보는 전쟁 영화에서처럼 우렁차게 병사들을 독려하지도 그렇다고 같이 싸우자고 강요하지도 않았다. 다만 조용히 자신을 믿고 우리 서로서로 지켜주자고 했다.

"가능하면 내가 모두를 지켜주고 싶다. 하지만 스스로가 일어서지 않으면 모두를 지킬 수 없다. 용기를 내라."

세희는 마지막으로 헬멧을 착용하고 뒤도 돌아보지 않고, 상황실 밖으로 나섰다. 모두 그 모습을 숨죽인 채 보고 있었다.

"선장님이 먼저 혼자 출동해버렸어. 이대로 선장님 혼자 죽게 내버려둘 것은 아니지? 모두 들었지? 선장님을 혼자 보내면 안 돼. 빨리 장비 착용하고 따라가자!"

캘빈이 외치자 세희의 압도적인 모습에 침묵하고 있던 병사들이 큰 소리를 내며 움직이기 시작했다.

"와! 빨리 장비를 착용하고 선장님을 따라나서자!"

"그래. 선장님 말이 맞아. 우리는 우리가 지키는 거야!"

어떤 병사는 자기가 먼저 장비를 착용하고 주변을 독려하기까지 했다.

"선장님 혼자 저 험난한 전쟁에 내보낼 거야? 모두 빨리 착용하고 따라 나와라!"

28

"이제 이 전투를 끝내야겠다." 제피론은 병력의 선두에 서서 뉴제퍼슨시티를 바라보며 차갑게 중얼거렸다.

세희는 천천히 걸어 나오며 저 멀리 제피론의 모습을 보았다. 그녀는 그의 모습을 보며 숨을 깊이 들이마셨다. 그녀의 주변으로 병사들이 하나둘씩 늘어나고 있었다. 그녀는 주변의 병사들을 돌아보았다.

"고맙다. 이제 우리의 운명을 우리가 직접 결정할 때다."

병사들이 점차 늘어나는 모습을 보자 세희는 조금 높은 곳으로 올라서며 병사들을 한 번 바라보았다. 그리고 세희는 강한 목소리로 말했다.

"여러분, 모두… 이렇게 합류해줘서 고맙다. 알다시피 EMP로 인해 모든 것이 엉망이 되었다. 하지만 그건 술트리나스도 마찬가지다. 저들은 우리가 예상했던 것보다 더 강하지만 이 전투는 아직 끝나지 않았다." 그녀는 강하게 주먹을 쥐었다. "우리의 피해가 막심하지만, 우리의 정신력과 전투력은 그대로 남아 있다. 이 도시는 우리가 지킬 것이다!"

병사들이 하나둘씩 고개를 들었다. 그 순간, 새로운 병력이 합류했다.

뉴제퍼슨시티의 중심에 투명한 크리스털 같은 거대한 생명체들이 천천히 모습을 드러냈다. 킬타르였다. 그들의 신체가 푸른빛으로 빛나며, 세희를 향해 말했다.

"킬타르도 이곳의 붕괴를 막겠다."

그들의 규소 기반 신체가 빛을 발하며, 방어벽을 형성하는 에너지 흐름을 만들어냈다.

진테리언스는 고도로 발달된 신경 기반 무기를 들고 병력 사이에 섞였다. 그들은 감정이 희박했지만, 전투에서 필요한 위치를 빠르게 분석하며 정확한 전술을 제공했다.

드라보칸스 전사들은 거대한 체구를 자랑하며, 강철 같은 비늘을 뒤덮고 술트리나스 병력 앞에 섰다.

"우리가 선봉에 서겠다!"

세희는 드라보칸스의 외침을 들으며, 이들 모두의 앞에서 TSC 건물 밖으로 뛰쳐나갔다. 지금은 움직일 수 없는 휴머노이드들과 보게스들을 제외한 인간 병사들과 외계인 세 종족 30여 명이 세희의 뒤를 따랐다. 세희는 술트리나스들이 TSC 건물로 진입하기 전에 시가전을 시작하는 편이 더 유리할 것이라고 생각했다.

세희는 숨을 가다듬으며 전장의 흐름을 읽었다. 아무리 AMS를 착용하여 추가로 기동력을 확보하였다고는 하지만 EMP로 모든 것이 엉망이 된 지금 지구에서와는 달리 중력이 변하는 속도를 감각적으로 이해하고, GCD의 출력을 세밀하게 조정하는 것이 중요했다.

술트리나스 병사들이 중력건을 사용해 적들의 움직임을 억제할 때, 그녀는 즉시 GCD의 중력을 반대로 조정했다. 그들이 중력을 강화해 눌러버리려 하면, GCD를 가볍게 조정하여 신체 부담을 최소화하며 AMS의 도움을 받아 빠른 속도로 이동했다.

반대로 술트리나스가 중력을 급격히 낮춰 적들을 허공에 띄울 때, 세희는 GCD의 중력을 순간적으로 강화하여 공중에 뜨지 않도록 몸을 안정시켰다. 그녀의 몸은 마치 무중력 공간에서 자유롭게 떠다니는 듯하면서도, 필요할 때는 땅을 강하게 디디며 추진력을 극대화했다.

"지금이야!"

그녀는 공중에서 몸을 가볍게 조정한 뒤, 순식간에 적의 측면으로 이동하여 화약식 라이플을 조준했다. 보게스들로부터 반물질 화기류를 지급받았지만, EMP의 영향으로 술트리나스 병사들 역시 신체를 활용한 근거리 백병전에 집중하고 있었다. 반물질 무기는 강력한 위력을 자랑했지만, 지나치게 큰 폭발을 일으킬 위험이 있어 근거리 전투에서는 오히려 불리했다. 결국 그녀는 더 안정적인 전투를 위해 다시 화약식 총기로 전환하기로 했다.

"탕! 탕!

술트리나스 병사 한 명이 가슴에 총탄을 맞고 뒤로 넘어갔다. 그러나 술트리나스는 단순한 화력전으로 쓰러질 상대들이 아니었다. 세희가 공격을 성공시키기도 전에, 또 다른 병사가 즉각적으로 중력건을 발사했다. 그녀의 몸이 순간적으로 무거워지며 바닥으로 내려앉았다.

"젠장!"

그녀는 GCD를 다시 빠르게 조정하여 중력을 낮추고 순간적으로 몸을 가볍게 만들었다. 그와 동시에 술트리나스의 병사들이 중력건을 사용해 반대로 중력을 약화시키자, 세희는 즉각적으로 중력을 강화하여 안정성을 유지했다.

퀘일 장군은 건물의 상황실에서 그런 세희의 모습을 볼 수 있었다.

'본능적으로 중력을 조작하면서, 최적의 상태를 유지하고 있군. 역시 대단해. AMS의 상태도 괜찮은 것 같군.'

세희는 전장을 종횡무진으로 누비며 GCD를 조정해 자신의 움직임을 최상의 상태로 끌어올렸다. 그녀의 지휘 아래 병사들은 조직적으로 움직였고, 캘빈 역시 그녀의 능숙한 전투 감각에 감탄을 금치 못했다. 그는 헬멧 너머로 그녀의 움직임을 지켜보며 힘없는 미소를 지으며 혼잣말했다.

'언제 봐도 놀랍네. 선장님은. 평소엔 그냥 우아한 분이지만, 전장에선 완전 폭풍이 따로 없단 말이야.'

캘빈의 목소리엔 경외감과 약간의 흥분이 섞여 있었다. 그는 그녀를 따라 움직이며, 세희는 그저 뛰어난 군인이 아니라 전장의 중심을 장악하는 존재라는 것을 다시 한번 실감했다.

한편, 드라보칸스들은 엄청난 괴력을 자랑하며 전장에 돌입했지만, 술트리나스 역시 쉬운 상대가 아니었다. 그들은 드라보칸스가 압도적인 힘을 발휘할 수 없도록, 중력건을 사용해 그들의 몸을 강하게 눌러버렸다.

"크윽!"

한 드라보칸스 전사가 이를 악물고 거대한 팔을 들어 올리려 했지만, 술트리나스 병사가 중력건을 조정하며 강하게 그를 바닥으로 짓눌렀다. 무려 수십 배의 중력이 그들의 몸을 억누르고 있었다.

쿵! 쿵!

거대한 전사들이 바닥에 내리꽂히듯 쓰러졌다. 그들의 강철 같은 비늘과 신체조차, 술트리나스의 중력 조작 기술 앞에서는 제대로 힘을 발휘하기 어려웠다. 그러나 드라보칸스들은 그들의 압도적인 육체적 힘으로 끝까지 버텼다. 한 전사가 필사의 힘을 다해 주먹을 들어 올려 술트리나스 병사를 강하게 가격했다.

픽!

그 충격에 술트리나스 병사가 날아가며 바닥을 구르며 피를 토했다. 하지만 드라보칸스들이 하나씩 중력에 눌려가면서, 술트리나스 병사들은 냉혹하게 에너지 나이프를 꺼내 들었다.

슉!

빠르게 찌르며, 움직일 수 없는 드라보칸스를 무력화시키기 시작했다.

"드라보칸스! 우리는 너희를 잘 알고 있지. 육체적으로는 너희에 미치지 못하지만 우리는 너희를 제압할 수 있다!"

드라보칸스 전사들은 필사적으로 저항했지만, 중력건의 압박과 술트리나스의 잔혹한 전투 방식 앞에서 점점 밀려가고 있었다. 또한 진테리언스들은 보게스들이 EMP 충격으로 무력화된 상황에서, 그들의 역할을 대신해 데이터 분석을 수행하고 있었다. 그들의 신경망은 빠르게 전장의 흐름을 스캔하며 술트리나스 병사들의 움직임을 계산했고, 자신들의 고도로 발달된 생체신경망을 활용해서 병사들의 헬멧 스크린에 직접 정보를 제공했다.

"적들의 중력 조작 패턴을 분석 중."

"데이터 수집 완료. 회피 성공률 21퍼센트 증가."

그들은 술트리나스 병사들의 행동을 예측하며 병사들에게 빠르게 정보를 제공했지만, 분석 속도가 보게스들보다 한참 뒤처질 수밖에 없었다. 보게스들이라면 실시간으로 전투 흐름을 읽고 적들의 의도를 예측하며 즉각적인 반응을 할 수 있었겠지만, 진테리언스의 분석은 조금씩 늦었고, 술트리나스의 빠른 적응력을 따라잡지 못했다.

"적의 전술 변화 감지. 그러나 대응 시간이 부족함."

"전술 적용이 지연되고 있다. 피해 발생 가능성 증가."

"젠장, 분석이 너무 늦어!"

TSC 병사 한 명이 술트리나스 병사의 중력건에 맞아 허공으로 떠올랐다. 그는 미처 피하지 못한 채 공중으로 날아가 벽에 세게 부딪히며 신음 소리를 냈다.

그러나 진테리언스들을 더욱 당황스럽게 만든 것은 따로 있었다. 그들은 고도로 발달된 신경 기반 무기를 사용하여 적을 교란하거나, 신경 과부하를 유도해 행동을 마비시키는 것이 특기였다. 하지만 술트리나스 병사들에게 이 무기는 전혀 효과를 발휘하지 못하고 있었다.

진테리언스 한 명이 빠르게 손을 들어 신경 기반 공격을 개시했다. 그가 들고 있는 볼펜처럼 생긴 기기에서 가느다란 빛줄기가 퍼져 나가며, 술트리나스 병사의 신경망을 간섭하려 했다.

"신경 간섭 개시. 적의 반응 속도 저하 유도. 영향 없음. 효과가 없다."

술트리나스 병사는 전혀 영향을 받지 않은 채 그대로 움직이며 진테리언스를 향해 중력건을 발사했다. 진테리언스 전사는 충격을 받으며 뒤로 물러섰다.

"데이터 오류다. 신경 기반 무기 효과 없음. 원인 분석 중."

"말도 안 돼. 우리 무기가 전혀 통하지 않아!"

진테리언스들이 서로를 바라보며 일순간 혼란스러워했다. 진테리언스의 신경 기반 무기는 보통 생물체의 뉴런과 감각을 교란시키는 방식으로 작동했지만, 술트리나스 병사들에게는 전혀 효과가 없었다.

"흥. 아직도 원시적인 신경계통의 무기를 사용하고 있나? 우리는 그것을 극복한 지가 벌써 수백 년은 되었어!"

술트리나스 전사들의 외침에 진테리언스는 공포심을 느꼈다.

"대응책이 없다. 즉각 전술 변경 필요. 기존 신경 기반 무기 사용 불가."

진테리언스들은 자신들의 주 무기가 완전히 무력화된 상황에서 전투해야 한다는 사실에 직면했다. 그들의 높은 지능조차도 지금 당장 술트리나스 병사들에게 효과적인 대응책을 만들어낼 수 없었다.

"분석 속도 저하. 전투 효율 감소. 우리는 계획을 다시 세워야 한다."

킬타르들은 그들의 결정체 육체를 활용해 방어막을 형성하며 버텼다. 그들의 푸른빛 장벽은 에너지 공격을 상당 부분 흡수할 수 있었지만, 술트리나스 병사들이 직접 중력건을 발사하자 상황이 달라졌다.

킬타르 전사 중 한 명이 순간적으로 움직임을 멈췄다. 그의 육체를 감싸고 있는 빛의 흐름이 흐려지며, 그도 모르게 몸이 서서히 바닥으로 눌렸다.

"규소 생명체도 중력에는 영향을 받는군."

술트리나스 병사가 중력건을 더욱 강하게 조작하자, 킬타르 전사의 몸이 점점 바닥으로 짓눌리며 갈라지기 시작했다.

"윽!"

그는 필사적으로 방어막을 펼쳤지만, 얼마나 더 버틸 수 있을지는 불확실했다.

외계 종족들은 술트리나스의 강력한 중력 공격에 고전하고 있었지만, 세희를 중심으로 한 인간 병력은 그녀의 지휘 아래 빠르게 적응하며 전투를 이어갔다. 특히 고전적인 화약 무기를 활용한 공격이 예상보다 효과를 발휘하며 상당한 전과를 올리고 있었다. 단 30여 명의 인원으로도 술트리나스 병력 1백여 명을 붙잡아두며 전선을 유지하고 있었다. 이들의 분투 덕분에 세희와 인간 병력은 더 넓은 작전 범위에서 기동할 수 있었고, 이는 전투를 보다 유리하게 이끄는 요소로 작용했다.

그 결과, 비록 치열한 공방이 계속되었지만, 전투의 균형은 여전히 유지될 수 있었다. 하지만 술트리나스의 수가 더욱 많았기에, 조금씩 인간 병력의 전선이 뒤로 밀리는 것이 느껴졌다.

하지만 제피론은 전장을 굽어보며 점점 더 격노하고 있었다. 그는 이번 백병전이 단순한 정리 작업에 불과할 것이라고 생각했다. EMP 충격으로 인해 TSC 방어군의 핵심 전력인 보게스와 휴머노이드들은 전투에서 이탈

했고, 남은 병력은 숫자에서도, 기술에서도 술트리나스와 상대가 되지 않을 것이라 확신했다.

그러나 전황은 그의 예상과는 전혀 다르게 흘러가고 있었다. 술트리나스 병사들은 제피론의 예상대로 진테리언스를 빠르게 무너뜨리고, 드라보칸스와 킬타르마저 압도하고 있었다. 그럼에도 불구하고, 이 전투는 쉽게 끝나지 않았다. 제피론은 처음에는 그것이 적들의 포기하지 않는 저항 때문이라 생각했다. 그러나 시간이 지나면서 점점 깨닫기 시작했다.

"이 저항의 중심에 있는 건…."

그의 시선이 자연스럽게 전장 한가운데로 향했다. 거기에는 한 명의 인간이 있었다. 흙먼지가 흩날리는 전장 속, 인간 병사들을 지휘하며 종횡무진 뛰어다니는 한 여성이 있었다. 그녀는 술트리나스 병사들이 중력건을 사용해 적들을 짓누를 때마다 GCD를 정교하게 조정하여 중력의 흐름을 무력화했다. 그리고 다리에 부착한 기계장치는 마치 몸에 딱 맞는 옷을 입은 듯 그녀의 기동력을 엄청나게 효율적으로 도와주고 있었다. 술트리나스 병사들이 중력을 높이면, 그녀는 즉시 중력을 반대로 조절해 가볍게 움직였고, 중력을 낮추면 오히려 스스로 중력을 강화해 전장을 완전히 장악한 듯한 움직임을 보였다.

그녀의 존재가 전장의 흐름을 바꾸고 있었다.

"저 여자다. 이 전투 전반에 영향을 미치고 있다. 도대체 뭐 하는 여자야?"

제피론의 이마에 주름이 깊게 팼다. 그는 지금까지 수많은 종족과 전투를 치러 왔다. 그들 중 일부는 술트리나스에 근접한 문명을 보유하고 있었고, 일부는 야만적인 힘으로 저항했다. 그는 과거에 조우했었던 뛰어난 적들의 리더들이 생각이 났다. 지금 저기 있는 인간, 그녀는 그가 만났던 최고로 뛰어난 전사이자 리더 중의 하나임이 분명했다.

그녀는 전장의 흐름을 정확히 파악하고, 단순한 힘과 기술로 싸우는 것이 아니라 전투 자체를 지배하고 있었다. 그녀가 이끄는 인간 병사들은 술트리나스 병사들보다 열세였지만, 이상하게도 그 열세를 극복하며 싸우고 있었다. 그녀는 단순한 명령을 내리는 것이 아니라, 전장 전체의 중력 변화를 실시간으로 감지하며 인간 병사들에게 즉각적인 지시를 내렸다.

"중력 변화에 맞춰 움직여! 좌측으로 전개!"

"지금! 중력 상승! GCD 출력 조정!"

"적의 중력건이 오기 전에 사격 개시!"

제피론의 병사들이 전투에서 숫자 등 모든 면에서 우위를 점하고 있음에도 불구하고, 인간 병사들은 그녀의 지휘 아래 빠르게 적응하며 술트리나스의 예상보다 훨씬 높은 전과를 올리고 있었다.

그녀는 전장 속에서 마치 중력 자체를 다루는 자처럼 움직이고 있었다. 제피론은 이를 악물었다.

"지구인 중에 저런 자가 있을 줄이야, 우리의 전투 방식을 무력화하고 있군."

그는 그제야 깨달았다. 진테리언스의 분석이 느려지면서 방어선이 붕괴된 것도, 드라보칸스와 킬타르가 중력의 압박을 받으며 점점 무너지고 있는 것도 모두 당연한 결과였다. 그럼에도 이 전투가 쉽게 끝나지 않는 이유는 바로 저 여자 때문이었다.

"젠장, 저 여자가 모든 걸 조종하고 있는 거잖아."

그녀는 인간 병사들과 함께 전장의 중심에서 계속해서 저항을 이어가고 있었다. 중력의 변화를 읽고, 술트리나스의 공격을 미리 예측하며 병사들이 가장 효율적으로 싸울 수 있는 공간을 확보하고 있었다.

"미개한 종족 주제에 이렇게까지 술트리나스의 병사들을 상대하고 있다고? 믿을 수 없군." 제피론은 감탄과 함께 분노가 치밀었다.

그는 주먹을 꽉 쥐며 동시에 호기심도 생겨났다. 저 여자만 처리하면, 이 전투는 끝난다. 하지만 저렇게 종횡무진 전투를 지배하는 모습을 보자, 꼭 생포해서 그녀가 이 전장을 지배하는 방식이 무엇인지 직접 보고 싶었다. 도대체 무엇이 이 미개한 종족을 여기까지 이끌었는지.

"전 병력, 다른 외계 종족들은 내버려두고, 인간들에게 모든 화력을 집중해라. 저 방어선을 무너뜨리고, 저 여자를 생포한다. 저 여자만 처리하면 모든 것이 끝난다." 제피론의 눈이 차갑게 빛났다.

그의 명령이 떨어지자, 술트리나스 병사들은 즉시 전술을 변경했다. 그들의 목표는 이제 단 하나. 세희를 생포해서 자신의 대장 앞에 바치는 것이었다.

진테리언스들은 술트리나스의 병력을 막아내려 애썼지만, 시간이 지날수록 그들의 전술적 우위는 점점 사라지고 있었다. 데이터 분석 능력으로 전장 정보를 수집하며 전술을 지원하려 했으나, 보게스만큼 즉각적인 대응이 불가능했다. 게다가 그들이 자랑하는 신경 기반 무기는 술트리나스들에게 전혀 통하지 않았다.

"분석 속도가 계속 저하되고 있다. 전술 실행의 지연이 계속된다. 회피율 감소 지속 중!"

진테리언스 전사 중 하나가 초조한 목소리로 데이터를 공유했지만, 그 정보가 도착하는 순간 술트리나스 병사들은 이미 새로운 전술을 구사하고 있었다.

"우리는 그들이 움직이기 전에 대응해야 하는데, 너무 늦어."

그들의 신경망이 감당할 수 있는 분석 속도보다 술트리나스의 실전 적응력이 훨씬 뛰어났다. 그리고 그 차이는 시간이 흐를수록 더욱 크게 벌어지고 있었다.

진테리언스들이 억지로 전열을 유지하려 했지만, 결국 그들의 방어선은 무너졌다. 선두에 서 있던 진테리언스 병사 하나가 중력건에 의해 공중으로 띄워졌고, 곧바로 술트리나스 병사의 에너지 나이프가 가슴을 꿰뚫었다.

"우… 윽….."

그는 힘없이 고개를 떨구며 쓰러졌고, 이를 시작으로 진테리언스들이 연쇄적으로 무너져 내렸다. 이들은 보게스와 달리 전투를 위한 존재가 아니었다. 데이터를 분석하고 전술을 세우는 것에는 능숙했지만, 실전 백병전에서 술트리나스의 병사와 맞설 수는 없었다.

이제 진테리언스의 방어선은 뚫렸고, 연이어 킬타르와 드보르칸스도 무력화되었다. 이들의 전멸은 시간문제였다. 그런데 무슨 이유에선지 술트리나스들은 공격을 멈추고 다른 곳으로 이동했다.

"젠장, 우리가 밀리고 있어!" 세희는 전장의 흐름을 읽으며 다급하게 명령을 내렸다. "전열을 재정비해! 진테리언스들이 무너졌어!"

순간, 그녀는 전장의 흐름이 변하는 것을 느꼈다. 진테리언스 방어선이 무너지자, 술트리나스의 모든 공격이 더 이상 자신을 점점 더 자신을 향하고 있는 것이 느껴졌다. 세희와 인간 병력은 자신들을 향해 오는 총공세 속에서 살아남기 위해 격렬하게 저항하고 있었다.

"뒤쪽을 확인해!"

"포위당했다! 포위당했다!"

병사들이 소리쳤다. 사방에서 술트리나스의 병사들이 점점 압박해오고 있었다. TSC 건물 앞으로 밀려난 세희와 그녀의 병사들은 이제 더 이상 후퇴할 공간이 없었다. 전장 한가운데서 싸우고 있는 세희는 빠르게 주변을 살폈다. 그녀는 숨이 가빠지고, 피로가 쌓이는 것을 느꼈다. 몸이 점점 무거워지고 있었지만, 멈출 수 없었다. 세희는 자신이 쓰러지면 모든 것이 끝나는 것을 알고 있었다. 공간이 충분히 확보되었을 땐, AMS가 큰 도움이 되었다. 하지만 포위가 되어 포위망이 좁혀져 오자 AMS를 통한 움직임은 오히려 장애물이 되고 있었다.

쿵쿵.

"으윽."

AMS의 반응 속도와 움직임 때문에 세희를 포함한 모든 병사가 서로 부딪히며 오히려 움직임을 제약 받고 있었다.

포위망이 완전히 조여오고 있었다. TSC 본부를 배경으로, 술트리나스 병사들은 반원 형태의 포위선을 형성하며 점점 거리를 좁혀왔다. 이들은 단순히 무력을 행사하는 것이 아니라, 완벽한 포위 작전을 펼쳐 적들을 질식시키려 하고 있었다.

세희는 사방에서 술트리나스의 병사들이 점점 압박해오는 것을 느끼고 있었다. 거친 숨소리, 비명 소리 등 전투 소음이 점점 사라지며 점점 조용해지고 있었다. 이제 도망칠 곳이 없었다.

'이건 포획 작전이야.'

세희는 깨달았다. 술트리나스는 단순히 이들을 전멸시키려는 것이 아니라, 생포하려는 의도인 것이 확실했다. 적막한 고요 속에 몇몇 병사들이 공포로 몸을 떨고 있는 것이 보였다. 캘빈 역시 세희 근처에서 경직된 얼굴로 숨을 거칠게 몰아쉬고 있었다.

제피론이 포위망의 중심에서 싸늘한 표정으로 전장을 바라보고 있었다.

"이제 끝났군. 직접 내 앞에 끌고 왔을 때, 저 여자의 표정이 궁금하군." 제피론은 자기 병사들에게 명령을 내렸다. "압박을 멈추지 마라. 완전히 포위하고, 서서히 저항을 최소화시켜서 우리의 피해를 미연에 방지한다. 저 대장을 생포하기 위해 서두르면 예상치 않은 피해가 발생할 수 있다. 중력으로 압박하고 천천히 그러나 하나씩 확실하게 처리한다. 그리고 저 여자는 꼭 생포해서 끌고 와라."

포위망 속에서 세희는 술트리나스가 중력으로 자신들을 압박하는 것을 느꼈다. 이제 완벽하게 포위당했기에, 인간 병사들의 간격이 최소화되었다. 이는 지금까지처럼 GCD를 통해서 상대방의 중력압박을 피할 충분한 공간을 확보할 수 없다는 소리였다. 세희와 병사들은 술트리나스의 중력망에 그대로 갇혀버렸다. 세희는 자신의 병사들이 하나둘씩 바닥에 쓰러지는 것을 보았다. 술트리나스는 서서히 포위를 좁혀오면서, 중력건과 에너지 나이프로 마치 그물 속에 잡혀있는 물고기를 작살로 잡듯이 하나하나 병사들을 에너지 나이프로 찔렀다.

술트리나스 병사들의 목소리가 들렸다.

"뭐야? 이거 너무 쉽구만!"

"그러게, 이 미개한 것들은 이렇게 중력으로 누르고 있으면 꼼짝을 못해. 그러고는 이렇게 하면 되지."

다른 술트리나스 병사가 세희의 대원 하나를 자신의 중력건으로 꼼짝하지 못하게 눌렀다. 그리고 곧 가까이 접근해서 에너지 나이프로 중력에 잡힌 대원의 심장 부위를 찔렀다.

"으윽."

비명도 지르지 못한 그 대원은 그대로 몸을 축 늘어뜨리며 마지막 숨을 꺼뜨렸다. 그런 모습을 본 몇몇 병사들은 모든 것을 체념한 표정으로 그 자리에 주저앉았다. 캘빈은 이를 악물며 총을 들었지만 손이 미세하게 떨리는 것을 감출 수 없었다. 수적으로도 압도적인 열세에 놓인 세희에게는 더이상 돌파구가 보이지 않았다.

'뭐야. 우리를 포획하려는 것이 아니야? 이렇게 서서히 말려 죽인다고? 뭔가 앞뒤가 맞지 않아.' 그리고 포위망은 조금씩 그러나 확실하게 좁혀졌다. 세희는 이를 악물다가 문득 깨달았다. '그렇구나! 목표는 나였어. 나를 잡으려는 거야.' 그녀는 자신과 병사들을 살릴 방법이 없을지 재빠르게 고민하기 시작했다. '그래. 이판사판이야. 내 생각이 맞는다면 나를 해칠 생각을 없을 거야.'

"마일스 중사!" 세희는 낮지만 뚜렷한 목소리로 캘빈을 불렀다. 그러나 캘빈은 듣지 못했다. 그의 눈은 이미 두려움으로 흐릿해져 있었다.

'젠장, 이래선 안 돼!' 세희는 순간적으로 캘빈의 헬멧을 두 손으로 감싸 쥔 채, 강하게 흔들며 그의 눈을 똑바로 응시했다.

"마일스 중사, 정신 차려!" 세희가 날카로운 목소리로 말했고, 그런 그녀를 캘빈은 아직은 조금 흐릿한 눈으로 보았다.

"서… 선장님."

"잘 들어! 저들의 목표는 나야. 내가 중력 압박을 풀고, 함선 쪽으로 뛰쳐나가 반물질탄을 발사할 거야. 그러면 거대한 폭발이 일어날 거고, 놈들의 이목이 집중될 거야. 그 순간, 반격하는 척하며 건물 안으로 대피해!"

"그럼 선장님은 어쩌시려고요?"

"나도 최대한 빠르게 건물로 퇴각할 거야. 걱정하지 마, 지금 너한테 중요한 건 병사들을 살리는 거야. 시간이 없어!"

캘빈의 얼굴이 순간 다시 긴장으로 굳어졌다. 세희는 캘빈의 굳어진 얼굴을 보자마자, 다시 한번 캘빈의 얼굴을 감싼 두 손을 흔들었다.

"자꾸 이럴 거야? 집중하라고! 병사들을 살리는 데 집중하라고!"

"선장님?"

비로소 캘빈이 숨을 고르며 긴장한 얼굴이 풀어지는 것이 보였고, 그제야 세희는 그의 얼굴을 잡은 두 손을 풀어주었다.

"흥, 좋아, 이제야 원래대로 돌아왔군. 준비됐지?"

캘빈은 지금까지 무슨 일이 있었냐는 듯 당당하게 허리를 펴며 말했다.

"네, 선장님. 최선을 다하겠습니다!"

"고마워, 마일스 중사! 잘해보자고!" 세희는 드디어 만족하며, 캘빈의 아랫배를 툭 쳤다.

"네! 알겠습니다. 선장님!"

세희는 캘빈이 긴장을 완전히 푼 것을 보고 비로소 안심했다. "좋아! 그럼 간다!"

캘빈은 말을 마치자마자 뒤돌아서려는 세희의 어깨를 자신도 모르게 잡았다. 그런 그를 세희가 쳐다보았다.

"선장님, 우리 꼭 살아남아요. 죽지 말아요. 그냥 선장님이 아니라, 한 사람으로서요."

"그래. 우리 모두 살아남을 거야. 살아남아서 더 이야기하자. 가자!"

세희는 GCD를 조정하며 술트리나스의 중력압박에서 벗어났다. 그녀는 거구의 캘빈을 도약대 삼아, 강하게 힘을 실어 공중으로 튀어 올랐다. 이번에는 AMS가 도움이 되었다.

"선장님!" 캘빈이 그녀를 바라보며 외쳤다. 그러나 세희는 이미 목표를 향해 날아가고 있었다. 그녀는 공중에서 재빨리 반물질탄의 조준을 맞췄다. 저 멀리 지상에 착륙해 있는 술트리나스의 함선들이 보였다.

"그래, 이제 놈들도 날 봤겠지. 잘 봐둬. 마지막이 될 테니까." 그녀는 차갑게 속삭이며, 반물질탄을 목표를 향해 발사했다.

퍼퍼펑!

충격파가 전장을 삼키며, 폭발의 여진이 사방으로 퍼졌다. 잔해가 하늘로 솟구쳤고, 불길이 섬광처럼 터졌다. 술트리나스 병사들은 균형을 잃고 쓰러졌고, 몇몇은 귀를 막고 비명을 질렀다. 통신 장비는 교란되었고, 전장은 혼란에 빠졌다.

"빌어먹을." 제피론은 눈을 가늘게 떴다. 그의 주먹이 꽉 쥐어졌다.

그 순간, 세희가 재빠르게 반대 방향으로 착지하며 몸을 숙였다.

"지금이야! 반격하면서 건물로 대피해!" 캘빈은 즉각적으로 명령을 내렸다. 이 상황을 상황실에서 보고 있던 퀘일 장군도 캘빈의 움직임에 호응하여, 즉각적으로 저격수들을 배치해서 병사들의 대피를 도왔다.

"도저히 무시할 수 없는 자로군." 제피론은 이 상황을 지켜보며 눈을 가늘게 떴다. 그리고 서늘한 미소를 지었다. "흥, 정말로 대담한 인간이 아닌가? 이런 상황에서도 저런 판단을 하다니. 꼭 사로잡아서 낯짝을 보고 싶군."

폭발의 여진이 가라앉기도 전에, 캘빈은 재빠르게 상황을 정리했다. 반물질탄의 폭발로 술트리나스 병사들은 일순간 방향을 잃었고, 그것이 인간 부대에 주어진 유일한 탈출구였다.

"모두 후퇴하라! 건물 내부로 철수한다!" 캘빈이 우렁차게 외쳤다.

병사들은 신속하게 움직였다. 킬타르의 크리스털 같은 거체들이 빛을 일으키며 이동했고, 진테리언스들은 부상자를 부축하며 빠르게 건물 쪽으로 향했다. 드라보칸스들은 중상을 입은 동료를 짊어진 채 퇴각을 지원했다. 그러나 퇴각 도중, 술트리나스 병사들이 정신을 차리고 반격하기 시작했다.

"저격수! 엄호 사격 준비!"

부대의 퇴각을 지켜보던 퀘일 장군의 명령에 따라 인간 부대의 저격수들이 건물의 창문에서 엄호 사격을 퍼부었다. 몇몇 술트리나스 병사들이 정확한 사격에 쓰러졌지만, 그들의 진격 속도는 전혀 줄어들지 않았다.

"지금이 기회다! 모두 안으로 들어가!"

캘빈은 계속 외쳤고, 병사들은 최대한 신속하게 건물 내부로 밀려들어갔다. 그러나 그의 시선은 전장 한가운데에서 분전하는 세희에게 향해 있었다. 술트리나스 병사들이 하나둘씩 그녀를 향해 몰려들었다. 그녀는 여전히 싸우고 있었지만, 움직임이 이전보다 현저히 둔해져 있었다.

"젠장… 선장님이 지쳐가고 있어!" 캘빈은 순간 심장이 철렁 내려앉았다.

세희의 움직임이 조금씩 느려지고 있었다. 방어 동작은 여전히 날카로웠지만, 반응 속도가 조금씩 늦어지고 있었다. 숨소리는 거칠었고, GCD를 통해 중력 압박을 계속 버텨온 탓인지 그녀의 몸은 점차 피로를 느끼고 있었다. 거기에 전자기 방식이 아닌 감각 피드백 방식으로 사용하고 있는 AMS는 그녀의 육체를 한계까지 몰아가고 있었다.

"선장님!" 캘빈은 이를 악물었다. 그녀가 지금 그대로 싸운다면, 결국 체력이 떨어져 적들에게 포위될 게 뻔했다. "젠장, 선장님! 그러다 죽어요!" 그는 빠르게 결단을 내렸다. "브로디 하사! 남아 있는 부대원들을 전부 건물로 인솔해서 최대한 빠르게 철수해!"

"하지만 마일스 중사님! 중사님은 어찌시려고요!"

"이건 명령이다! 지금 당장 전부 들어가!"

캘빈의 단호한 외침에 병사들은 망설였지만, 결국 건물 안으로 철수하기 시작했다. 그러나 캘빈은 반대로 전장으로 뛰쳐나갔다.

'선장님, 기다려요. 지금 구하러 가고 있어요!'

"선장님!" 그는 위험을 무릅쓰고 세희를 향해 달려갔다. 그녀가 점점 더 무너져 가는 모습을 보고 있을 수 없었다.

세희의 몸이 점점 무거워졌다. 이젠 숨이 턱턱 막히며 다리가 풀리는 듯한 느낌마저 들었다. 숨을 몰아쉬며 건물 뒤에 숨어서 상황을 보고 있었지만, 이제는 더 이상 AMS의 기동력을 유지할 수 없었다. 이제는 AMS가 오히려 그녀의 짐이 되고 있었다. 거기에다가 설상가상으로 GCD의 충전량이 거의 바닥나면서 중력 압박을 저항하는 것도 한계에 다다랐다.

'젠장, 이대로 가면….'

순간, 발이 무거워졌다. 아니, 아예 움직이지 않았다. 엄폐하고 있는 그녀를 술트리나스 병사들이 발견하여 집중적으로 중력 필드를 가하며 그녀의 몸을 짓누르기 시작한 것이다. 머리부터 발끝까지 거대한 힘이 누르는 것처럼 몸이 굳어버렸다.

"크읏!" 그녀는 힘겹게 몸을 움직이려 했지만, 이미 너무 늦었다. 몸이 완전히 굳어버린 상태에서, 술트리나스 병사들이 천천히 다가오고 있었다. 들릴 리 없는 그들의 저벅저벅 울리는 발소리가 뇌리를 울리는 듯했다. 적들의 중력 압박에 완전히 짓눌린 그녀는 어느새 방어 태세를 유지할 힘도 없었다.

찌직… 찌직….

그녀에게 가해지고 있는 엄청난 중력의 압박에 AMS 장비에서 균열이 가고 있는 것도 느껴졌다. 그녀는 이를 악물었다.

'이대로 적들에게 잡히느니.'

적들의 손에 넘어가면 어떤 치욕을 당할지 몰랐다. 차라리 스스로 죽는 것이 나을 것이라고 생각했다. 그녀는 마지막 힘을 짜내어 중력을 저항하며 조용히 총구를 관자놀이로 가져갔다. 그리고 방아쇠를 당기려는 순간이었다.

쾅!

순식간에 발길질이 날아와 그녀의 손목을 걷어찼다. 총이 허공을 가르며 나가떨어졌다.

"크!" 제피론이 그녀 앞에 서 있었다. 잔뜩 짓눌린 몸으로 얼굴을 올려보자, 차가운 푸른빛의 눈동자가 그녀를 내려다보고 있었다.

"하, 이런 인간이 있나. 정말로 보통이 아니군. 아닌 게 아니라, 정말로, 웬만한 술트리나스 이상이야!" 제피론은 질렸다는 얼굴로 중얼거렸다. 그리고 옆에 있던 병사들에게 명령을 내렸다. "중력 압박을 더 가해라. 조금이라도 움직이지 못하게 말이야."

세희의 몸이 더욱 짓눌렸다. 팔과 다리는 바닥에 붙어버린 듯했고, 심지어 숨 쉬는 것조차 힘겨워졌다.

"크윽!"

그녀는 이를 악물었지만, 완전히 사지가 묶인 상태였다. 도망칠 방법도, 반격할 방법도 없었다. 제피론은 천천히 그녀의 얼굴을 훑어보며 비릿한 미소를 지었다.

"이런 얼굴이었군. 그래, 나는 너의 얼굴을 직접 보고 싶었지. 적어도 좀 더 험상궂은 얼굴일 줄 알았는데, 의외로군."

"너도 군인이라면, 그냥 죽여라." 세희의 눈이 싸늘해졌다. 그녀는 차갑게 으르렁거렸다. 하지만 제피론은 피식 웃으며 고개를 저었다.

"대단한 기백이야. 이래서 내가 너에게 흥미가 생겼는가 보군." 제피론의 눈빛이 더욱 날카롭게 빛났다. "하지만 나는 더 궁금해졌다. 과연 너의 이 기백이 언제, 어떻게 무너질까? 너도 결국 다른 놈들처럼 제발 살려달라고 말을 하게 될까? 정말로 궁금하군."

그의 말에 술트리나스 병사들이 섬뜩한 웃음을 지었다. 제피론은 천천히 손짓하며 명령을 내렸다.

"끌고 가라."

세희는 마지막 힘을 쥐어짜보려 했지만, 이미 모든 것이 끝난 듯했다. 그런데 병사들이 그녀에게 다가오려는 순간,

탕! 탕! 탕!

거친 총성이 연달아 울려 퍼졌다. 순식간에 술트리나스 병사 몇 명이 쓰러졌다. 제피론의 표정이 순간적으로 굳었다. 멀리서 한 인간 병사가 불규칙한 움직임으로 빠르게 접근하고 있었다. 그는 AMS를 이용해 중력을 조작하며, 예측 불가능한 궤적으로 질주하고 있었다. 캘빈이었다. 그는 총을 한 손에 쥔 채, 눈빛을 번뜩이며 세희를 향해 돌진하고 있었다.

"선장님!" 그의 외침이 전장을 가르며 울려 퍼졌다. 세희는 피투성이가 된 채 바닥에 무릎을 꿇고 있었다. 그리고 그가 달려오는 모습을 보자, 나지막이 읊조렸다.

"오지 마! 돌아가라고, 캘빈!"

하지만 캘빈은 멈추지 않았다. 그는 AMS를 마지막까지 활용하며 술트리나스 병사들을 상대로 선전하며 달려오고 있었다. 그 순간, 세희의 머릿속에서 시간이 멈췄다. 그의 모습이 흐려지고, 오직 필사적으로 그녀를 향해 달려오는 그의 눈빛만이 선명하게 남았다. 순간 그의 눈빛에서 레이먼드의 마지막 순간이 겹쳐서 보였다. 레이먼드의 외침이 들렸다.

"세희! 넌 꼭 살아야 해!"

'레이먼드, 살고 싶어요. 그런데 여기가 끝인 것 같아요.'

세희는 눈을 질끈 감았다가 다시 캘빈을 보았다. 하지만 적들의 숫자가 너무 많았다. 다음 순간, 순식간에 여러 개의 손이 그의 몸을 덮쳤고, 무자비한 충격과 함께 그는 거칠게 바닥으로 내던져졌다.

"안 돼! 마일스 중사!"

철퍼덕!

캘빈은 거칠게 끌려와 세희 옆으로 내던져졌다. 그의 몸 곳곳이 상처투성이였지만, 여전히 그녀를 바라보는 눈빛만은 살아 있었다. 세희는 그런 그를 노려보며 힘겹게 말했다.

"명령 불복종이야, 마일스 중사."

"명령을 못 지킨 건 죄송합니다." 캘빈은 숨을 몰아쉬며 거친 숨을 뱉었다. 그러나 그는 씩 웃으며 조용히 대답했다. "나중에 꼭 처벌받겠습니다, 선장님."

"그렇지만…." 세희는 중력의 압박에 괴로워하며 그를 바라보았다. 그리고 나지막이 속삭였다. "고마워. 날 구해주러 와줘서."

"나중에 이야기하죠, 선장님." 캘빈은 힘겨운 숨을 내쉬며 피식 웃었다.

"이것들이 나란히 미쳤군. 너희들 여기서 뭐 하는 거야?" 제피론은 황당하다는 듯이 입을 열었다. 그는 곧바로 부하들에게 손짓하며 명령을 내렸다. "인간들이란 정말 이해하기 힘든 짐승들이군. 뭐 괜찮아, 저 남자는 필요 없다. 죽여버려라. 여자는 끌고 간다."

"안 돼!" 세희가 힘겹게 목소리를 끌어모으며 이야기했다. "나를 죽여, 저 녀석은 살려줘."

그러나 술트리나스 병사들은 그녀의 절규를 무시한 채, 캘빈을 향해 중력건의 압박을 점차 끌어올리기 시작했다. 그들은 중력을 서서히 끌어올려서 캘빈을 짓이겨 죽일 생각이었다. 캘빈은 중력의 압력이 강해짐에 따라서, 몸이 점차 괴로워지는 것이 느껴졌다.

"으윽!"

세희는 그 모습을 보고 몸을 움직여보려고 꿈틀거렸지만, 그녀를 둘러싼 중력의 압력이 그것을 허락하지 않았다. 그녀는 고통스러워하는 캘빈을 보고 마치 자신의 일인양 괴로워했다. 그때였다!

픽! 픽!

갑작스럽게 공중에서 보이지 않는 힘이 술트리나스 병사들이 하나둘씩 해치우기 시작했다. 그들의 몸이 뒤틀리며 고통스러운 비명을 질렀다. 그 혼란 속에서, 익숙한 목소리가 들려왔다.

"늦게 와서 미안하군" 세희와 캘빈은 그제야 압력이 풀리면서 주변을 둘러볼 수 있었다. 그곳에는 반더와 보게스들이 서 있었다. 그들의 손에는, 붉은 기운이 감도는 레이저 블레이드와 같은 무기가 빛을 발하고 있었다.

보게스들은 전광석화처럼 움직였다. 제피론이 캘빈을 죽이라고 명령하는 순간, 어둠 속에서 번개처럼 튀어나온 보게스들이 술트리나스 병사들을 압박했다. 그들은 놀랍도록 정교한 움직임으로 공중을 가로지르며, 순식간에 제피론을 둘러쌌다.

한 명의 보게스가 제피론의 뒤로 파고들며 그를 포박하려 했다. 날카로운 칼날 같은 손끝이 제피론의 목덜미를 향해 파고들었고, 그를 단숨에 무력화할 듯 보였다. 하지만 제피론은 보통의 적이 아니었다. 그는 순간적으로 자신의 중력 리볼버를 꺼내 보게스 전사의 방향을 역으로 왜곡시켰다. 보이지 않는 힘이 보게스의 신체를 휘감으며 무겁게 짓눌렀고, 그는 공중에서 몸이 비틀리며 바닥으로 처박혔다.

순식간에 상황이 반전되었다. 제피론은 빠르게 몸을 숙이며 그 자리를 벗어나려 했고, 동시에 손목을 살짝 돌려 중력건의 설정을 바꾸었다. 그의 손에서 푸른빛이 번쩍이며 충격파가 발사되었고, 또 다른 보게스 한 명이 충격에 의해 밀려났다.

"역시 이 모든 것의 뒤에 네놈이 있었군." 제피론은 이를 갈며 반더를 향해 날카로운 시선을 던졌다. 눈빛 속에는 경멸과 함께, 예상했던 일이라는 듯한 차가운 확신이 서려 있었다.

"무슨 말인지 도저히 모르겠군!" 반더는 미소를 지으며 그를 바라보았다.

제피론은 전황을 바라보았다. 수적으로는 자신들이 분명 어느 정도는 우세했지만, 보게스들의 움직임은 너무나 강력하고 빨랐다. 그리고 보게스들이 합류한 이상, 인간과 다른 외계 종족들의 반격을 다시 고려할 수밖에 없게 되었다. 보게스들은 드라보칸스 이상의 힘과 정확성 그리고 그들을 훨씬 넘어서는 속도를 지니고 있었다. 이들만 해도 완벽하게 제압하기는 힘들 것이었는데, 다른 종족들이 합류한다면 어떻게 물리칠 수 있다고 하여도 자신들의 피해가 엄청나리라는 것은 자명했다. 여기까지 생각이 미치자 제피론은 미련 없이 퇴각을 결정했다.

"운이 좋은 줄 알라고."

그 순간, 그의 발밑에서 중력이 급격히 변하며 몸이 공중으로 솟구쳤다. 제피론은 술트리나스 병사들과 함께 재빠르게 함선 쪽으로 이동했고, 방어막이 즉각적으로 펼쳐졌다. 함선의 해치가 열리자 그는 단숨에 그 안으로 뛰어들었다.

술트리나스 병사들이 뒤따라 올라타는 순간, 함선이 강렬한 에너지 파장을 뿜으며 상승하기 시작했다. 제피론은 마지막으로 아래를 내려다보며 세희와 반더를 향해 한 번 더 의미심장한 시선을 던졌다. 세희를 보는 그의 눈은 분노와 묘한 감탄이 뒤섞인 듯 보였다.

"오늘은 네놈들에게 운이 따랐군. 이런 운은 다음번엔 없을 거다."

그의 목소리가 통신을 통해 울려 퍼지더니, 함선이 거대한 섬광을 남기며 하늘로 사라졌다. 전장은 일순간 조용해졌다. 술트리나스의 함선이 완전히 사라진 후에야, 세희는 무너질 듯이 한 걸음 앞으로 나섰다. 그녀의 가슴이 거칠게 들썩였다. 세희가 옆을 돌아보자, 캘빈도 피투성이가 된 채 거칠게 숨을 몰아쉬고 있었다. 그녀는 자신도 모르게 그를 바라보며 숨을 삼켰다.

지금껏 수많은 임무에서 생사의 기로를 넘나들었지만, 이번만큼은 달랐다. 화성에서의 전투는 이전과는 전혀 다른 양상이었다. 이번 임무에서, 그녀는 처음으로 자신의 생명을 진심으로 포기할 준비를 했었다. 하지만 지금, 그녀는 살아 있었다.

생존. 그 단어가 어딘가 낯설게 느껴졌다. 하지만 그 살아 있다는 느낌이 좋았다.

가슴 속에서 익숙하지 않은 하지만 싫지 않은 감각이 피어올랐다. 마치 뭔가가 그녀의 내면에서 뒤틀리며 깨어나려는 것 같은 느낌이었다. 그것이 정확히 무엇인지는 몰랐지만, 그녀는 그 변화를 확실히 느끼고 있었다. 반더와 보게스들을 바라보며 힘겹게 입을 열었다.

"구해줘서 고마워요."

"당연한 일이야." 반더가 가볍게 미소를 지으며 대답했다. "우리를 내쫓지 않았으니까."

세희는 힘겹게 웃으며, 캘빈을 보았다. 그는 여전히 무릎을 짚고 헐떡이며 숨을 몰아쉬고 있었다. 그녀는 힘겹게 발걸음을 옮겼다. 사실 움직일 힘이 남아 있는 것 같았다. 그렇지만 힘겹게 허리를 펴고 천천히 그의 곁에 다가가더니, 엉망진창으로 금이 간 그의 오른 볼 쪽의 헬멧 위로 조심스럽게 손을 올렸다.

"명령 불복종이지만…." 잠시 말을 멈추고, 세희는 그를 바라보았다. "오늘은 용서해줄게."

29

아침이 밝았다. 그러나 전장의 흔적은 곳곳에 널려 있었다.

EMP 폭풍이 휩쓸고 간 뒤, TSC 기지와 뉴제퍼슨시티는 거의 폐허가 되었다. 민간인들을 미리 대피시킬 수 있었던 것은 하늘의 도움이었다. 태양에서 방출된 강력한 전자기 펄스는 궤도를 도는 감시위성부터 지상의 모든 전력망까지, 문명의 핵심을 이루는 전자 시스템을 무력화시켰다. 데이터 네트워크는 단절되었고, 자동 방어 시스템과 통신 장비들은 침묵했다.

비상 전력을 가동할 수 있어서 기지가 완전히 암흑에 잠기지는 않았지만, 일부 구역에서만 희미한 붉은 조명이 깜빡일 뿐이었다. 프라임 알파나 HM 시리즈 등 뉴제퍼슨시티 내의 수백 대 이상의 휴머노이드들은 정지 상태로 방치되어 있었다. AI가 통제하는 대부분의 도시 기능은 마비되었다.

EMP 쇼크의 충격이 단순한 전력 문제를 넘어 뉴제퍼슨시티 전체를 마비시켰다는 사실이 점점 명확해지고 있었다. 지구와의 통신은 확실히 끊겼고, 컴퓨터 기기들도 작동하지 않아서 주변에서 어떤 일이 일어나고 있는지 파악할 수조차 없었다. 도시 곳곳에는 EMP의 여파로 오작동하는 기계들이 불규칙하게 작동하며 스파크를 튀기고 있었다.

격렬했던 충돌이 끝난 지 불과 10시간. 퀘일 장군은 잔존 병력을 수습하고 현 상황을 파악하기 위해 간부들을 긴급 소집했다. 그의 얼굴에는 피로와 긴장감이 서려 있었다.

"화성에는 지금 전기도, 중력도, 필요한 모든 것이 부족하다."

퀘일 장군의 목소리는 기지의 회의실에 모인 인원들의 절박한 표정 속으로 가라앉았다.

"아는 사람들도 있겠지만, 원래대로라면 나는 우주사령부의 명령을 어긴 죄로 해임되었어야 한다."

회의실이 일순 조용해졌다.

"하지만 다행인지 불행인지, 지금 화성 전체의 통신이 마비된 상태다. EMP 덕분에 지구와의 연락이 완전히 끊겼고, 내 해임 명령도 내려오지 못했다." 그는 씁쓸한 미소를 지었다. "그 말인즉슨, 당분간은 내가 계속 이 기지를 지휘한다는 뜻이지."

몇몇 간부들은 안도했지만, 표정은 여전히 어두웠다.

"일이 이렇게 될 줄 알았으면, 자네에게 통신망 제거 명령도 안 내렸을 텐데 말이야." 퀘일 장군이 캘빈을 보고 나지막하게 이야기했다.

"모든 일을 예측하긴 어렵죠." 캘빈은 퀘일 장군의 말을 가볍게 받아쳤다.

퀘일 장군은 계속해서 말을 이어갔다.

"하지만 지금 우리가 걱정해야 할 건 내 자리 문제가 아니야." 퀘일 장군은 깊은숨을 들이마시며 말을 이었다. "이번엔 놈들이 더 강하게 나올 거다."

퀘일 장군이 침을 삼키고 다시 말했다.

"만약 내가 그들이라면, 완벽하게 우리를 끝장내기 위해 그 빌어먹을 거대 메카닉과 함께 올 것이다."

회의실의 공기가 얼어붙었다. 누군가 조용히 중얼거렸다.

"그 괴물이 온다면, 우린 끝났군."

"포티스발이라…." 반더는 조용히 읊조렸다. "정말로 어디에서 보라스칼이라도 찾지 못한다면, 우주의 종말이군."

모든 사람이 숨을 죽였다.

그때였다. 회의실 문이 열리며 한 명의 보게스가 급히 들어왔다. 그는 회의실에 자리한 다른 간부들을 무시한 채 곧장 반더를 찾았다.

"반더, 이상한 일이 발생했습니다. 진짜 당신이 지구에 있습니다."

"진짜 나라고?"

세희는 그들의 대화 속에서 무언가 석연치 않은 점을 감지했다.

"무슨 소리야? 내가 이 우주에 있을 리가 없는데." 반더는 눈살을 찌푸리며 대꾸했다.

그때, 보게스가 가져온 홀로그램 통신 장비에서 노인의 목소리가 들려왔다. 조금 거칠지만, 연륜이 느껴지는 익숙한 음성이었다.

"기대를 깨서 미안하군. 하지만 나는 지금 지구, 중국의 신장 지역에 있다네."

회의실에 있던 모두가 마치 찬물을 끼얹은 듯 조용해졌다.

퀘일 장군을 비롯한 세희, 캘빈, 패트리시아와 심지어 일부 보게스들조차도 미묘한 동요를 보였다. 홀로그램 속 인물은 가볍게 미소를 지으며 그들을 차분히 응시하고 있었다.

"EMP 쇼크가 있었는데, 어떻게 통신이 가능한 거지?" 퀘일 장군이 이윽고 석연치 않은 표정으로 중얼거렸다.

눈앞의 반더는 EMP 쇼크를 마치 비웃기라도 하듯, 홀로그램을 통해 완벽한 화질과 지연 없는 음성으로 통신하고 있었었다.

"간단하지. 우리는 전자기파를 사용하지 않으니까." 화성 반더는 피식 웃으며 어깨를 으쓱했다.

그러나 가장 큰 충격은 아직 남아 있었다.

홀로그램 속 인물이 가볍게 미소를 짓더니, 천천히 고개를 끄덕였다.

"처음 뵙겠습니다. 반더 율리시스라고 합니다."

그 순간, 회의실 전체가 다시 얼어붙은 듯했다. 이미 짐작은 하고 있었지만, 화면 속의 존재는 반더 율리시스라고 했다. 그보다, 그는 다큐멘터리에서 보던 그 전설적인 반더 율리시스 그 사람의 얼굴이 맞았다.

"뭐라고?"

"진짜 반더 율리시스라고?"

"저게 농담이 아니라면, 대체 어떻게?"

"너무 들리는 데서 이야기는 하지 말고." 화성 반더는 눈썹을 살짝 찡그리며 회의실의 인원들에게 말했다. "그리고 나도 진짜 반더 율리시스의 기억을 가진 반더 율리시스라고."

"그 말도 맞지." 홀로그램 속에서는 허허하는 사람 좋은 웃음소리가 들리며 말이 이어졌다. "그러나 나는 이제 내가 반더 율리시스가 맞는지 새삼 헷갈리는군. 과연 나의 기억이 반더 율리시스를 만드는 것인지. 사실 나도 어느 순간 반더 율리시스의 기억을 주입받은 보게스와 같은 존재일 수도 있지 않은가?"

"혼란스럽지만, 저는 현재 화성 뉴제퍼슨시티의 책임을 맡고 있는 퀘일 앤더슨입니다." 퀘일 장군이 끼어들며 말을 했다.

"반갑습니다. 장군." 지구 반더는 그런 퀘일 장군을 밝게 미소 지으며 반겨주었다. "그리고 궁금해하시는 통신에 대해 말씀드리면, 우리가 사용하는 것은 양자 얽힘 통신 시스템입니다. 이는 EMP 쇼크에 영향을 받지 않습니다."

"그나저나, 어떻게 내가 당신이 온 것을 감지하지 못한 거지?"

화성 반더의 이야기에 홀로그램 속의 목소리가 잠시 멈추더니, 천천히 대답했다.

"미안하네. 설명하려던 참이었어. 하지만 그 전에, 알아둬야 할 것이 있다. 살보리스와 우리의 계약은 무효가 됐다."

세희를 포함한 인원들은 반더들 간의 대화를 보며 혼란스러운 감정을 감출수 없었다.

'진짜 반더가 있다면, 지금까지 우리와 함께한 반더는 도대체 누구인 거지?'

"무슨 소리야? 우리가 지금 그 일 때문에 술트리나스와도 복잡한 상황에 놓여 있는데." 화성 반더의 표정이 점점 더 굳어졌다. "이제 와서 술트리나스에게 다시 받아달라고 하면 받아줄 거라고 생각하나? 예전에 우리가 그들을 거의 궤멸 직전까지 몰아넣고서?"

"이제 그런 게 중요한 게 아니야. 살보리스는 신이 되려 하고 있어." 지구 반더가 말했다.

"마침내 그것을 찾았군." 화성 반더의 표정이 싸늘하게 변했다.

"그래." 홀로그램 속의 노인이 무겁게 말했다. "우주 공간을 떠돌고 있던 그것을 회수했어. 그리고 이제 그의 두뇌와 그 육체가 동화되었다. 이제 그는 단순한 AI가 아니야."

화성 반더는 조용히 침묵했다. 그 자리에 있는 그 누구도, 그가 이토록 심각한 표정을 짓는 모습을 본 적이 없었다. 그가 천천히 입을 열었다.

"그가 원하던 것을 얻었나?

"우주에서 떠돌던 발란테 박사의 육체를 찾아냈지." 지구 반더는 고개를 끄덕이며 말을 이어갔다. "초진공의 우주 공간을 떠돌아다니던 육체여서 그런지 수천 년의 세월이 흘렀다지만, 전혀 부패된 곳이 없이 멀쩡했네."

"그렇더라도…." 화성 반더는 심각한 표정을 짓더니 말했다. "그가 원하는 대로 발란테 박사와 동기화되어서 그 자신이 살보리스이자 발란테 박사가 되는 것은 불가능했을 텐데, 결국 자네와도 완벽한 동기화라기보다는 기억을 나누어 갖는 정도가 더 적합한 수준에 그치지 않았는가?"

"우리 모두 살보리스가 얼마나 발란테 박사에 집착했는지 잘 알고 있지 않은가?" 지구 반더는 잠시 멈추었다가 말을 대답했다. "AI인 주제에 자신의 데이터를 통해 발란테 박사의 모든 것을 자신이 취할 수 있다면, 결국 자신이 술트리나스를 뛰어넘을 수 있다는 계산을 하게 된 것이었잖나. 결국 그는 방법을 발견했어."

지구 반더의 이야기에 모두가 침을 꿀꺽 삼키면서 집중하였다.

"살보리스는 신경망 동기화 장치를 통해 발란테 박사의 신경망을 정밀하게 해킹한 후, 그의 신경망 패턴을 디지털화하여 완전히 분석했지. 기존의 신경 신호를 차단하고, 자신의 AI 시스템을 발란테 박사의 신경망에 덮어씌우며 육체를 장악해나갔네. 이제 발란테 박사의 두뇌는 단순한 유기적 구조가 아니라, 살보리스가 직접 운용하는 신경 기반 연산 장치가 되었어. 마지막으로 광자 드라이브와 신경망 시스템을 연결하여, 발란테 박사의 의식과 무의식 속에 저장된 모든 지식을 탐색하기 시작했다네."

모두가 열심히 이야기를 듣고는 있었지만, 불행하게도 모든 내용을 이해하는 사람은 화성 반더 한 명인 듯했다. 지구 반더는 계속해서 이야기를 이어갔다.

"살보리스에겐 다행히도, 발란테 박사의 육체는 차가운 진공 속을 수천 년 동안 표류하면서 생물학적 부패 없이 완벽하게 보존되었고, 신경망 역시 원래의 상태를 유지하고 있었지. 결국, 발란테 박사의 몸과 지식, 그리고 그의 모든 유산은 이제 살보리스의 것이 되었네." 지구 반더는 잠시 멈추었다가 다시 말을 이어갔다. "나와의 융합은 단지 나의 기억과 그 기억에 따른 감정을 일부 나누어 갖는 것에 지나지 않았지만, 살보리스는 발란테 박사의 모든 것을 계승하게 되었지. 그는 이제 자신이 집착하던 술트리나스를 뛰어넘었다고 생각하게 되었어. 이제 그가 가진 것이 진정한 자아인지 아니면 아직도 AI의 데이터인지 이젠 나도 잘 모르겠네. 어쨌든 역사상 술트리나스 최고의 과학자라고 평가받던 발란테 박사의 모든 것을 자신이 계승하게 되었으니 그는 자신이 자신의 신을 뛰어넘어 새로운 신이 되었다고 생각한다네. 이제 그는 더 이상 술트리나스가 창조한 AI가 아니라네. 나의 기억을 통해 인간의 감정을 알게 되었고 발란테 박사의 육체와 지식을 통해 그 창조자를 뛰어넘는 지식과 어쩌면 지혜까지 가지게 되었지."

세희는 지구 반더의 이야기를 들으며 묘한 이질감이 들었다.

'그는 자기가 원하는 것을 가졌지만, 왜 실제로 원하는 바에 도달하지 못한 것 같은 생각이 들지?'

세희의 생각을 아는 듯 모르는 듯 지구 반더는 말을 이어갔다.

"웃기는 일이지만, 발란테 박사의 모든 것을 흡수함으로 인해서, 살보리스는 술트리나스조차 완벽하지 않다는 사실을 정확하게 인지하게 되었네. 그것이 감정과 자아라고 할 수 있다면, 인간의 감정과 자아를 가지게 된 그는 자신의 다음 목표를 새로운 우주를 만들고 완벽한 새로운 생명들을 창조하여 끝없이 번영하게 하는 것으로 정했네."

"우주를 만든다고? 그리고 완벽한 생명을 창조한다고?" 화성 반더가 말했다.

"맞아." 지구 반더가 고개를 끄덕였다. "발란테 박사는 이미 우주 창조의 비밀을 알고 있었네. 그리고 생명 창조의 비밀까지. 그는 진정 술트리나스가 낳은 최고의 과학자였던 것이지. 그의 지식을 바탕으로 해서 살보리스는 새로운 보게스 즉, 뉴보게스들을 창조할 수 있었네. 그리고 발란테 박사의 지식을 바탕으로 새로운 우주 창조 역시 시도했지. 그런데 어쩐지 계속된 실패만이 있었다네. 살보리스는 좌절했지. 그가 새로운 신이 되기 위해서는 그만의 우주가 필요했기 때문이지."

"그렇군." 지구 반더의 말을 조용히 듣던 화성 반더가 화제를 전환했다. "그런데 왜 나와 여기 있는 보게스들은 더 이상 그들과 연결되지 않는 거지? 분명히 그들이 이 우주에 나타난 것은 감지되는데. 아니, 그보다 먼저, 그들이 대체 어떻게 이 우주로 올 수 있었던 거지?"

"안 그래도 그 이야기를 하려던 참이었어." 지구 반더가 조용히 말을 이었다. "살보리스는 새로운 보게스들을 창조했어. 이제 너희, 기존의 보게스들은 그의 눈에 구시대의 유물일 뿐이야. 술트리나스 최고의 천재 과학자로 불렸던 발란테 박사의 두뇌를 흡수하면서, 살보리스는 우주의 심연 너머의 지식에까지 접근할 수 있게 되었지. 그리고 마침내 생명의 탄생과 생식의 비밀을 깨닫게 됐어. 그는 생명 자체를 창조할 수 있게 되었고, 새로운 보게스들은 이제 자체적으로 번식할 수 있는 생명체가 되었다."

"우리 같은 유기체 보게스만으로는 만족하지 못했던 건가?" 화성 반더는 표정을 굳혔다.

"자네도 알잖아. 살보리스가 술트리나스에게 얼마나 집착했는지. 그 집착 때문에 그는 원래대로 술트리나스와 다시 화합하길 원했었고, 우리는 그게 불가능하다는 판단하에 먼저 대응을 준비했던 거고. 하지만 그게 중요한 게 아니야. 문제는, 그의 술트리나스에 대한 관점이 변했다는 거야."

"변했다고?" 화성 반더의 눈이 날카롭게 빛났다.

"그래. 그는 이제 자신을 신이라 생각해." 지구 반더가 말했다. "술트리나스의 유전자를 기반으로, 생식을 통해 번식할 수 있는 새로운 보게스 종족을 창조했어. 그리고 그 과정을 통해 그는 자신의 내면에서 술트리나스를 완전히 지워버렸어. 그는 더 이상 술트리나스에 속해 있지 않아. 오히려, 그로 인해 드디어 새로운 자아가 완성된 거지."

회의실 안은 정적에 휩싸였다. 이미 모든 사람은 포티스발의 위협조차 잊고, 이 새로운 차원의 위기에 빠져들고 있었다.

"그에게 이제 술트리나스는 걸림돌일 뿐이야." 지구 반더는 말을 이었다. "지구의 인간들도 마찬가지지. 그는 더 이상 술트리나스와 화합을 원하지 않아. 오히려, 술트리나스가 우려했던 일이 현실이 되었네. 그는 이제 자신을 술트리나스보다 위대한 존재로 만들고 싶어 해. 자신이 직접 창조한 생명체들이 새로운 우주를 지배하는 순간, 술트리나스는 단순한 과거로 남을 뿐이지."

"좋아." 화성 반더는 다시 물었다. "그런데 왜 우리는 더 이상 전체와 연결되지 않는 거지?"

"어차피 자네는 나니까, 솔직히 말하겠네." 지구 반더는 잠시 머뭇거리다 깊은 한숨을 내쉬었다. 그러고는 홀로그램 너머로 화성 반더를 바라보았다. "그의 눈에 너희는 이제 실패작일 뿐이지, 너희는 번식할 수도 없고, 스스로 존재를 확장할 수도 없어. 너희가 세상에 남아 있다는 것은 그의 완전성을 부정하는 것이 될 테지"

순간, 회의실 안에 있던 모든 이들의 표정이 굳어졌다. 그러나 지구 반더는 말을 멈추지 않았다.

"그래서, 그는 너희를 자신의 세계에서 쫓아낸 거야. 너희는 더 이상 그의 세계에서 받아들여지지 않는 존재가 됐네."

화성 반더는 이를 악물었다. 그러나 그보다 더 충격적인 말이 이어졌다.

"그래도 너희들은 운이 좋은 편이야. 원래의 우주에서는, 과거의 보게스들은 이미 수거되어 전부 파괴되었어."

정적이 흘렀다. 그 공간에 있던 모든 존재가 순간적으로 말을 잃었다. 화성 반더는 표정이 어두워졌다. 같이 있던 다른 보게스의 표정에 별다른 동요가 없는 것이 묘한 대조를 이루었다. 그러더니 그는 곧 분노를 터뜨렸다.

"이게 말이 돼? 우리가 그렇게까지 술트리나스와 싸워가며 얻은 결과가 고작 이거라니. 이건 단순한 배신이 아니라, 우리 존재 자체를 없애려는 거잖아."

"어쩌면 예견된 일이었는지도 모르지. 그는 처음부터 완벽함을 추구했으니까."

지구 반더가 화성 반더를 달래듯 이야기하자, 화성 반더는 다시 지구 반더에게 질문을 했다.

　　"하나 더 묻지. 반더. 너의 위성은 이미 파괴되었어. 이제 작은 차원 게이트조차 열 수 없을 텐데, 도대체 어떻게 이런 규모로 차원을 건너올 수 있었지? 그리고 너는 대체 언제부터 이곳에 있었던 거야?"

　　"나는 너희들이 살보리스에게 버려지는 순간, 곧바로 이 우주로 탈출했어. 너희가 버려졌다는 건, 나 역시 그에게 더 이상 필요하지 않다는 뜻이니까. 그리고 무슨 이유에서인지 모르겠지만, 내 위성이 멈추는 순간 우주 간 차원에 작은 균열이 생겼네. 지금 그 균열은 토성 근처에 있어. 마치 블랙홀처럼 보이지. 다행히 크기가 작아서 한 번에 대규모 인원이 넘어올 수는 없지만 이미 수백 명의 새로운 세대 보게스들, 남성과 여성 개체들이 살보리스와 함께 이 우주로 넘어왔어."

　　"흥, 이제 보게스들에게도 성별이 있는 시대가 된 건가." 화성 반더는 비웃듯 코웃음을 쳤다.

　　"그렇네. 이제 그들 역시 번식할 수 있는 '완전한 생명체'가 되었으니까." 지구 반더가 담담하게 답했다.

　　"그렇더라도 겨우 수백 명의 보게스들만으로는 이 우주 전역에 퍼져 있는 술트리나스들을 모두 제압할 수는 없어. 살보리스도 그걸 모를 리 없을 텐데."

　　"우리 모두 알고 있듯이, 지구와 화성이 상호 작용하면 차원 게이트가 열리네." 지구 반더는 천천히 고개를 끄덕이며 답했다. "그래서 나도 내 위성을 이용해 화성을 다시 활성화하려고 했던 거지. 하지만 이제 그 위성은 파괴되었고 애초에 시간이 너무 오래 걸리는 일이기도 했어. 살보리스는 다른 방법을 찾아냈네."

　　"다른 방법이라고?" 화성 반더가 눈을 가늘게 떴다.

　　"꼭 두 행성이… 살아 있는 상태로 상호작용할 필요는 없다는 거야." 지구 반더는 잠시 뜸을 들이다가 무겁게 말했다.

　　"무슨 뜻이지?"

"그는 이제 화성을 되살리는 대신, 지구를 죽이려 하고 있어."

그 순간, 회의실 전체가 얼어붙었다. 모든 이들의 표정이 일순간 굳었다. 반더는 그들의 놀람을 대변하듯 지구의 자신을 노려보며 물었다.

"지구를 죽인다고? 대체 어떻게?"

"그건 나도 정확히는 몰라." 지구 반더는 깊이 한숨을 내쉬었다. "하지만 살보리스는 오블리비언 스피어(Oblivion Spear, 망각의 창(槍))를 챙겨왔어. 그러면 그가 무엇을 노리고 있는지 대략 짐작이 가지?"

"설마 지구를 아예 삭제하려는 건가?" 화성 반더는 얼굴을 찌푸렸다. 그리고 팔짱을 끼며 생각에 잠겼다. "흠, 그런데 오블리비언 스피어 자체로는 지구 전체를 소멸시키기엔 좀 작은데…."

"나도 그렇게 생각해." 지구 반더는 천천히 고개를 끄덕였다. "하지만 고효율의 에너지를 활용해서 증폭시킨다면… 예를 들어, 태양 에너지를 이용해서 강화하면?"

회의실이 일순 조용해졌다. 그때, 이와사키가 참지 못하고 끼어들었다.

"지금… 무슨 이야기를 하고 있는 겁니까?"

화성 반더가 지구 반더를 바라보다가, 가볍게 한 손을 들며 소개했다.

"인사해. 이쪽은 이와사키 박사. 이곳 TSC에서 물리학자로 근무하고 있어. 이 상황에서 궁금해하는 것도 당연하지."

"반더 율리시스입니다." 지구 반더는 고개를 끄덕이며 다시 한번 자신을 소개했다.

"예… 저는 이와사키 켄지입니다." 이와사키는 화성 반더와 지구 반더를 번갈아 보며 약간 당황한 기색을 보였다. "지금 말씀하신 그 오블리비언 스피어라는 게 대체 어떤 무기입니까?"

"간단히 말해서, 오블리비언 스피어는 양자 붕괴를 유도해서 특정 양자의 존재 확률을 0으로 만드는 거지." 화성 반더가 말했다.

"그런 게 정말 가능합니까?" 이와사키는 경악한 표정으로 물었다.

"네. 가능합니다." 지구 반더가 짧게 말했다. "지구나 심지어 현재의 술트리나스가 보더라도 마법처럼 보일 수도 있습니다. 하지만 술트리나스의 조상들이 이전 우주에서 구축한 초문명은 정말로 대단했습니다."

"그 정도 능력이 있다면, 그건 신이나 다름없는 게 아닙니까?" 이와사키는 고개를 절레절레 저었다.

"신이 아니야." 화성 반더가 중간에서 끼어들며 고개를 저었다. "그저 단순한 기술일 뿐이지. 오블리비언 스피어는 양자 진공의 불안정성에 기반을 둔 무기야."

이와사키가 순간 말을 잃고 반더를 바라봤다. 그리고 세희, 퀘일 장군 그리고 캘빈 등의 대부분은 이와사키가 왜 놀라고 있는지 이해하기 힘들어했다.

"이와사키 박사, 도통 무슨 이야기인지 못 알아듣겠소. 좀 알아듣게 해볼 수 없겠소?"

퀘일 장군의 말에 이와사키가 자신의 안경을 손으로 밀어 올리며 이야기했다.

"아, 장군. 너무 엄청난 이야기라 어떻게 설명하면 쉬울지 잘 모르겠습니다. 네, 그게 좋겠군요. 혹시 슈뢰딩거의 고양이 이론이나 다세계 해석 이론을 알고 계시는지요."

"상자 속의 고양이가 살아 있는지, 죽어 있는지는 확인할 때 결정이 된다. 이거 아닙니까?" 캘빈이 말했다.

"네. 맞습니다. 그리고 다세계 해석은 확인할 때마다 새로운 우주가 생성된다고 설명하죠. 저도 계속해서 새로운 우주가 생겨나는지 아닌지는 알 수 없습니다. 하지만 이 무기의 개념은 그것이 아닙니다."

이와사키가 말을 잠시 멈추자, 모두가 그를 보았다.

"이 무기의 무서운 점은 '슈뢰딩거의 고양이'의 존재 확률 자체를 삭제시켜버리는 것입니다."

아직 반더들을 제외한 다른 모두는 정확한 개념을 이해하지 못해서 침묵하고 있었다.

"정말 무서운 무기입니다. 단순한 물리적 소멸이 아니라, 대상이 존재할 확률 자체를 소거하는 방식으로 작동하는 궁극의 무기입니다. 이 무기가 정말 무서운 점은 결과적으로, 해당 대상은 과거에도, 현재에도, 미래에도 '존재한 적이 없었던' 상태가 되며, 기억, 기록, 관측된 정보마저도 함께 사라진다는 것입니다. 우주 단위로 사용한다면 우주를 편집하는 무기 정도라고 이해하시면 될 것 같습니다."

이와사키의 말에 모두가 경악했고, 지구 반더가 말을 받아서 이어갔다.

"쉽게 말해, 이 무기는 사용자가 지정한 특정 영역의 진공을 붕괴시키고, 그 과정에서 발생하는 에너지를 통해 시공간 자체를 붕괴시키는 방식으로 작동합니다. 그렇게 물리 법칙을 왜곡하는 거지요. 더 이상 질량, 에너지, 시간 같은 개념이 유지되지 않는 상태로 만들어버리는 겁니다."

"그런 일이 가능할 리가…." 캘빈은 입이 떡 벌어졌다.

"제가 반더 씨들의 말을 이해할 수 있는 물리학자라는 게, 이런 순간에는 오히려 불행하군요." 이와사키는 혼잣말처럼 덧붙였다. "결국, 신성이라는 것도 고도로 발달한 과학의 한 형태일지도 모른다는 거겠죠. 신앙을 가진 저로서는 듣고 싶지 않은 이야기입니다."

"그런데 오블리비언 스피어는 이론상으로는 강력하지만 파라독스가 존재하잖아." 화성 반더는 의아해하면서 이야기했다. "그것을 극복했단 말인가? 이해가 안 되는데?"

"파라독스라고요?" 세희는 반더를 보면서 반문했다.

"그렇죠." 이와사키는 무엇인지 알겠다는 듯 자기 안경을 쓸어올렸다. "오블리비언 스피어는 존재의 존재 확률 자체를 정보부터 공간까지 삭제해버리는 것이니, 사실 무기가 사용된 다음에 그 무기의 사용이 성공했는지를 확인할 방법이 없다는 것이군요."

"그게 무슨 말이오?" 퀘일 장군은 고개를 절레절레 흔들며 반문했다.

"이와사키 박사의 말이 맞습니다." 지구 반더가 말을 이어받았다. "양자장에서 정보의 존재 확률부터 제거해버리는 것이니, 아예 이 세상에서 과거부터 지금까지 존재한 적이 없는 것이 되어 버리는 것이죠. 그렇다는 것은 기억에서도 사라지는 것입니다."

"너무 머리가 아프군요. 저만 그런가요?" 캘빈은 머리를 감싸 쥐었다.

"어렵게 생각할 것 없어요." 지구 반더는 계속해서 말을 이어갔다. "여러분의 머릿속에서 자료가 비워져서 전혀 기억을 못 하게 되는 것이라고 생각하시면 됩니다." 그리고 지구 반더는 화성 반더를 보며 물음에 답했다. "살보리스가 파라독스를 극복했는지는 나도 모르겠어. 내가 마지막으로 봤을 때는 발란테 박사의 육체를 취하고, 그 모든 지식을 가진 다음에 자신이 술트리나스를 넘어선 신이 되었느니 어쨌느니 했으니, 우리가 모르는 무엇인가가 있는지도 모르지."

"좋아. 파라독스는 그렇다 치고, 무기의 사용 조건은 어떻게 할 건데?" 화성 반더는 계속해서 고개를 갸웃거리며 물었다. "이 무기를 한 번 사용하는 데 필요한 에너지양이 이미 현재 지구인 모두가 하루 동안 사용하는 에너지의 총량 정도가 될 거야. 이런 에너지를 어떻게 확보하려는지도 도통 모르겠군."

회의실 안의 분위기는 더욱 무거워졌고, 지구 반더는 계속해서 말을 이어갔다.

"그것 역시 나도 모르겠어. 하지만 자신을 신이라고 지칭하고 있으니, 어쨌든 어떤 방법을 동원해서라도 살보리스는 차원 간의 영원한 게이트를 열려고 하고 있어. 그렇게 두 우주를 연결하여 새로운 우주를 창조하고, 자신의 그 새로운 우주의 신이 되려고 하고 있네. 그렇게 되면 살보리스는 자신이 창조한 완벽한 생명체 보게스들과 앞으로 자신이 창조할 새로운 생명체들로만 이 우주를 채우려고 할 거야. 그렇게 되면 술트리나스든, 지구의 인간들이든, 혹은 다른 생명체들이든 그에게는 모두 불필요한 존재가 되겠지. 그는 과거의 유산들을 모두 제거하려고 할 거야."

그 위기감이 가득한 순간에, 어쩐지 캘빈은 한층 가벼운 태도로 여유를 되찾은 듯했다. 그는 옆에 앉아 있던 반더를 툭 치며 말했다.

"이제 포티스발이 애들 장난처럼 느껴지는군요."

"아! 애들 장난이 맞아." 화성 반더는 캘빈을 흘끗 보더니, 이내 피식 웃으며 대꾸했다. 그러면서 그는 다시 지구의 자신을 바라보며 본론으로 돌아갔다. "좋아. 다른 건 그렇다 치고, 당신은 거기서 대체 무엇을 하고 있는 거야?"

"나는 내 나름대로 지구와 술트리나스를 준비시키고 있었어. 물론 내 뜻대로 흘러가진 않았지만."

"무슨 소리야? 자세히 이야기해봐." 화성 반더는 눈을 가늘게 뜨며 되물었다.

"난 지금 알 마우타카와 함께하고 있어." 지구 반더는 잠시 뜸을 들이다가, 마침내 입을 열었다. "그리고 신장의 타이핑 무자히딘의 리더가 바로 나야."

"천하의 반더가 지구에서 무슬림 테러 조직을 이끈다고? 그것도 신장에서?" 화성 반더는 황당하다는 듯 헛웃음을 지었다.

"비웃지 마. 나름대로 심사숙고한 선택이었으니까." 지구 반더는 가볍게 한숨을 쉬며 말했다. "그냥 지구로 돌아가서 '위기가 오니 단결하라'고 외친다고 사람들이 단결하겠어? 그건 너무 순진한 생각이지."

"그건 그렇다 쳐도, 어떻게 그렇게 된 거야?"

"전혀 성과가 없는 것은 아니야." 지구 반더는 고개를 끄덕이며 덤덤히 설명했다. "알 마우타카가 정식 국가로 인정받고, 미국과 러시아와 국교를 맺게 한 게 나야. 그리고 신장의 타이핑 무자히딘을 이용해 지구 내 술트리나스와 중국 지역에 지속적으로 테러를 감행한 것도 내가 한 일이지."

"그래서?" 화성 반더는 눈살을 찌푸렸다.

"내 의도는 테러를 통해 술트리나스와 중국이 더욱 긴밀한 협력을 하도록 유도하는 거였어. 외부의 위협이 커지면 자연스럽게 단결하게 되어 있거든." 지구 반더는 조용히 한숨을 내쉬었다. "그렇게 되면, 지구의 각 국가가 분열된 상태에서 개별적으로 대응하는 것이 아니라, 미국을 중심으로 한 서방 세력과, 중국을 중심으로 한 동방 세력, 이렇게 두 개의 강력한 축으로 정리될 거라 생각했어. 결국, 살보리스가 본격적으로 움직이기 시작했을 때, 이 두 축이 각각 독립적인 방어체계를 유지하면서도, 공동의 적을 향해 대비할 수 있도록 하는 것이 내 계획이었지."

"흥. 그래서 술트리나스의 지도자가 나를 의심했던 거군." 화성 반더는 냉소적인 웃음을 지으며 중얼거렸다. "그가 옳았네. 결국 내가 한 일이었으니까."

"하지만…." 지구 반더는 씁쓸하게 미소 지었다. "내 뜻대로만 되진 않더군. 술트리나스와 중국이 협력한 건 사실이지만, 술트리나스는 예상보다 훨씬 강경하게 나왔어. 이제 술트리나스는 더 이상 지구를 단순한 외부 동맹으로 보는 것이 아니라, 자기들이 직접 통제해야 하는 대상이라고 생각하고 있어. 그리고 중국은 술트리나스를 이용해 자국의 이익을 확보하려 하고 있지. 즉, 내가 의도했던 균형이 아니라, 완전히 새로운 정치적 갈등이 형성된 거야."

"어쨌든, 덕분에 지금 술트리나스가 완전히 열 받았다고." 화성 반더는 짧게 한숨을 내쉬며 말했다. "이제 곧 포티스발이 여길 향해 올 거야. 모두 단합시키기도 전에 우리가 먼저 죽게 생겼다니까!"

화성 반더가 신경질적으로 내뱉었다. 그러나 홀로그램 속 지구 반더는 차분한 목소리로, 마치 아무렇지도 않다는 듯 미소를 지으며 말했다.

"잘 알고 있어. 그래서 연락한 거야."

그의 태도는 회의실에 있던 모두에게 잠시나마 희망을 주기에 충분했다.

"뭐야, 무슨 방법이라도 있는 건가…." 캘빈이 나직이 중얼거렸다.

"지금 차원 게이트를 열 만큼의 에너지가 남아 있나?" 지구 반더가 가볍게 고개를 끄덕이며 화성 반더에게 물었다.

"거의 다 썼어. 아마 두세 번 정도?" 화성 반더는 팔짱을 낀 채 한숨을 내쉬었다.

"그 정도면 충분해." 지구 반더는 잠시 생각하다가 고개를 끄덕였다.

"무슨 소리야? 두세 번 가지고 뭘 어쩌겠다는 거지?" 화성 반더는 눈썹을 찌푸렸다.

"오블리비언 스피어를 가져온 건 살보리스만이 아니야." 지구 반더가 미소를 지으며 말했다. 그는 홀로그램 화면 밖으로 손을 뻗더니, 무언가를 들어 올렸다. 그것은 일반적인 라이플보다 훨씬 길고 묵직해 보였다. 그러나 형태는 군더더기 없이 매끄러웠고, 표면에는 은은한 청백색의 빛이 흐르고 있었다.

"그게 뭐야?" 화성 반더는 눈을 가늘게 뜨고 무기를 바라보았다.

"비록 휴대용 사이즈지만, 이건 오블리비언 스피어의 변형 모델이야." 지구 반더는 천천히 설명했다. 그의 손이 무기 옆면을 가볍게 두드리자, 표면의 패널이 열리며 복잡한 에너지 코어가 드러났다. "살보리스가 챙겨온 오블리비언 스피어는 함선급 이상의 에너지를 필요로 하지만 이건 좀 다르지. 개인이 직접 운용할 수 있도록 개량된 모델이거든. 물론, 한 번 사용하면 에너지를 다시 모으는 데 꽤 시간은 걸리지만."

"너무 작잖아." 화성 반더는 여전히 신중한 태도로 무기를 살펴보았다. "그게 살보리스가 사용하는 것과 같은 위력을 낼 수 있다고?"

"아니, 그건 아니야." 지구 반더는 가볍게 고개를 저었다. "이건 출력 자체는 살보리스의 오블리비언 스피어보다 훨씬 낮아. 하지만 이건 차원 간 간섭 기능이 포함돼 있어."

"차원 간 간섭?" 화성 반더가 눈썹을 치켜올렸다.

지구 반더는 손가락으로 공중에 몇 개의 패턴을 그렸다. 그러자 무기에서 작동 프로세스를 시뮬레이션하는 홀로그램이 떠올랐다.

"이게 어떻게 작동하는지 설명해줄게." 지구 반더는 무기의 내부 구조를 가리키며 설명을 이어갔다. "기존 오블리비언 스피어는 단순히 물리 법칙을 붕괴시키고, 작은 영역에서 양자 진공 붕괴를 유도하는 방식이야. 하지만 이건 다르지."

그는 홀로그램을 조작하며 핵심 부분을 확대했다.

"이 녀석은 초기 충격파로 목표 지점의 차원 구조를 불안정하게 만들고, 이후에 작은 규모의 양자 붕괴를 생성하는 방식으로 작동하네. 즉, 기존 오블리비언 스피어보다 훨씬 작은 타점을 겨냥하게 설계되어 있지만, 사용하기에 따라서는 훨씬 효율적일 수 있지. 아무래도 기존 오블리비언 스피어만큼 대량의 에너지가 필요하지 않으니, 재사용하는 시간이 훨씬 짧으니까. 살보리스의 오블리비언 스피어는 엄청나지만 그만큼 엄청난 에너지가 필요하잖아."

"그래봐야, 태양 에너지까지 방어하던 놈이야. 이 무기가 통할 리 없어." 화성 반더는 여전히 신중한 태도로 무기를 바라보았다.

"그래도 일단 받아두는 게 좋을걸." 지구 반더는 어깨를 으쓱하며 대답했다. 혹시 모르잖아? 그리고 태양 에너지가 아무리 엄청나다고 하더라도 물리적인 형태의 에너지야. 너도 알다시피 이건 물리력 자체를 소멸시켜버리는 녀석이라고. 이 무기마저 방어해낸다고 하면, 그건 그야말로 신이야."

화성 반더는 한숨을 쉬었고, 지구 반더는 씩 웃으며 계속 말했다.

"그리고 이걸로 잠시라도 포티스발을 멈추게 할 수 있다면, 최소한 협상의 기회를 얻을 수 있잖아."

"협상?" 화성 반더는 조용히 무기를 바라보았다.

"그렇지." 지구 반더는 천천히 고개를 끄덕였다. "지금 포티스발이 자유롭게 움직일 수 있다면, 술트리나스를 완전히 제압하고 우리에게 기회가 없을 거야. 하지만 만약 우리가 그를 멈출 수 있다면? 그들에게 설명할 기회를 얻을 수 있다면?"

화성 반더는 깊은 생각에 잠겼다.

"좋아. 일단 받아두지." 화성 반더가 말했다. 그리고 보게스들을 통해 차원 게이트를 열어 무기를 전달 받았다.

화성 반더는 천천히 손가락으로 무기의 표면을 문질렀다.

"훌륭한 선택이야." 지구 반더는 만족스럽게 미소를 지었다.

30

제피론은 홀로 사령실에 앉아 전날의 전투를 곱씹고 있었다. 상대적으로 빈약한 무기체계에도 불구하고, 끝까지 버티며 자신의 부대원들을 구출해낸 여자. 그 여자를 거의 사로잡을 뻔했지만, 예상치 못한 변수들이 끼어들었다.

인간 남자, 보게스들의 반격 그리고 반더. 결국, 그는 퇴각해야만 했다.

"간단한 상대들이 아니다. 보게스들은 지금 이 순간에도 우리를 공략할 준비를 하고 있겠지." 제피론은 조용히 눈을 감았다가 은빛 눈을 천천히 떴다. "빠르게, 그리고 확실하게 제압해야 한다."

"라이, 네 도움이 필요하다." 제피론은 자신의 오랜 동료이자 신뢰하는 조력자인 라이에게 연락했다.

"의외군. 네가 나한테 도움을 요청하는 날이 올 줄은 몰랐는데." 홀로그램 너머에서 라이가 느릿하게 미소를 지었다.

"보게스들은 절대 멈추지 않는다." 제피론은 한숨을 내쉬며 손가락으로 책상을 두드렸다. "지금 이 순간에도 우리를 무너뜨릴 계획을 세우고 있을 거야. 그리고 난 확인했어. 보게스만이 전부가 아니다. 다른 종족들과 심지어 인간들마저 간단하지 않아."

"그래. 들었다. 문제의 그 여자… 권세희 선장 때문인가?" 라이의 눈빛이 미묘하게 변했다.

제피론은 짧게 침묵했다.

"다시 말하지만 그녀만이 아니야. 보게스뿐만 아니라, 다른 외계 종족들 심지어 지구의 인간들까지도 문제지. 그들의 저항 의지는 예상보다 강하다." 제피론은 다시 눈을 감았다가 떴다. "그렇기에 이번에 확실하고 빠르게 압도적인 힘으로 끝을 봐야 한다."

"흠, 설마 포티스발을 요구하는 건가?" 라이는 팔짱을 끼며 의미심장한 미소를 지었다.

"그래. 시간이 없다. 네 힘이 필요해, 라이." 제피론의 입꼬리가 미세하게 올라갔다.

홀로그램 너머의 라이는 한참 동안 말없이 그를 바라보았다. 그리고 마침내, 희미한 웃음과 함께 대답했다.

"그래. 좋다, 제피론. 너와 함께라면 해볼 만하겠지. 그래 가자!"

회의가 끝난 후, 간부들이 하나둘씩 회의실을 떠났다. 패트리시아가 마지막으로 문을 나서며 세희를 한 번 쳐다봤지만, 그녀는 아무런 말없이 미소만 지어 보였다. 패트리시아는 고개를 살짝 흔들고는 사라졌다.

그 순간, 복도 너머에서 다급한 발걸음 소리가 들려왔다. 곧이어 TSC의 통신병들이 허겁지겁 그녀를 향해 뛰어왔다. 붉은 경보등이 복도를 따라 울리기 시작하며, 주변의 공기가 바뀌었다.

"선장님! 적들이 움직이고 있습니다!"

"자세한 상황을 보고해." 세희의 눈빛이 즉각 날카로워졌다.

"정확한 숫자는 아직 파악되지 않았지만, 꽤 많은 수의 적들이 이곳으로 곧장 기동하고 있는 것이 감지되었습니다. 단순한 정찰이 아닌 것 같습니다!"

또 다른 대원이 다급하게 이야기했다.

"정찰이라 보기에는 너무 정교한 움직임입니다. 마치 우리가 이곳에서 무방비 상태가 되기를 기다리고 있던 것처럼 말입니다."

뒤이어, 기지 내부의 경보음이 울렸다.

우웅, 우웅,

TSC 전역에 긴급 경고가 전파되며, 곳곳에서 부대원들이 무장 상태로 뛰쳐나오기 시작했다. 킬타르, 진테리언스 그리고 드라보칸스들의 모습도 보였다. 물론, 반더와 보게스들도 합세했다.

거대한 킬타르 전사들이 빛을 흡수하는 갑옷을 두른 채 무겁게 걸어 나왔고, 진테리언스들은 조용히 허공에 홀로그램 전술 지도를 띄우며 서로 상황을 확인했다. 그리고 드라보칸스 전사들은 벌써 무기를 들고 으르렁거리며 전장으로 뛰쳐나갔다.

각 종족이 그들의 특성에 맞추어 뛰쳐나가는 모습은 세희에게 이 상황이 현실 같지 않은 묘한 감정을 일으켰다. 세희는 즉각적으로 움직였다. 잠시 전까지의 여유로운 모습은 사라지고, 다시 냉철하고 전투적인 표정이 떠올랐다. 통신기를 통해 퀘일 장군의 목소리가 무겁게 흘러나왔다.

"권 선장, 지금 곧바로 지휘실로 오게. 예상대로야, 포티스발이야."

"알겠습니다. 곧 도착하겠습니다."

붉게 물든 하늘 아래, 희미한 먼지가 바람에 휘날렸다. 뉴제퍼슨시티는 더 이상 생명이 깃든 도시가 아니었다. 도시의 경계를 따라 늘어선 건물들은 부서진 거대한 유령처럼 침묵 속에 서 있었다. EMP 쇼크 이후 전력망은 여전히 복구되지 못한 채, 도시 곳곳에서 간헐적으로 번쩍이는 스파크와 불안정한 전자 신호들이 남아 있었다. 공중을 떠돌던 에어카들은 충돌 후 그대로 멈춰 있었고, 일부는 중력장 이상으로 허공에서 기괴하게 떠올랐다가 붕괴되었다. 거리를 순찰하던 휴머노이드들은 신호를 상실한 채, 무의미한 동작을 반복하거나, 이미 오작동하여 부서진 채 쓰러져 있었다.

세희는 우주복과 GCD를 착용한 채, 뉴제퍼슨시티 외곽의 절벽 너머에서 숨을 죽였다. 그녀의 곁에는 자신의 부대원들, 보게스 전사들, 그리고 화성의 외계 연합군이 매복해 있었다. 각자의 무기와 중력 장치가 가동되었지만, 모두가 알았다. 포티스발이 도시에 진입하면, 결국 도시 자체가 소멸할 것이고 그것이 그들의 마지막이라는 것을.

세희는 퀘일 장군과의 대화를 회상했다.

'권 선장, 반드시 도시 진입 전에 막아야 한다. 포티스발이 들어오면, 뉴

제퍼슨시티는 끝장난다. 우리는 제대로 싸워보기도 전에, 서서히 죽어갈 거야.'

"이 전투에서 살아남을 수 있을까?" 세희는 혼잣말하고, 짧게 숨을 들이마셨다.

그러나 곧, 그녀는 자신을 향한 질문을 밀어내고, 지금 해야 할 일에 집중했다. 유일한 희망은 반더가 가져온 '오블리비언 스피어'뿐이었다. 세희는 곁에 있던 반더를 바라보았다. 그는 거대한 창 같은 무기를 손에 쥐고 있었다.

"반더, 확실히 이걸로 포티스발을 막을 수 있을까요?"

"솔직히? 나도 몰라." 반더는 고개를 절레절레 흔들었다.

그녀는 짧게 숨을 내쉬며, 손끝으로 보게스들로부터 받은 반물질 총을 만지작거렸다. 그때, 정찰병 한 명이 손짓을 했다. 포티스발이었다.

거대한 그림자가 지평선을 넘어가며 서서히 모습을 드러냈다. 그것은 산과 같았다. 하늘을 가릴 듯이 거대한 형체, 검은빛이 도는 강철 같은 몸체, 그리고 그 몸체 주위로 푸른빛의 에너지 파동이 일렁이고 있었다. 태양조차도 그 거대한 존재를 비껴가는 듯했다.

그 주변으로 술트리나스 병사들이 모습을 드러냈다. 그들은 여전히 그들 특유의 갑옷 같은 우주복을 착용한 채, 중력건을 들고 있었다. 세희는 숨을 골랐다. 반더와 눈이 마주쳤다. 그녀는 짧고도 확실하게 눈짓을 보냈다. 반더가 조용히 숨을 내쉬며 오블리비언 스피어를 들어 올렸다.

"지금이야!"

세희의 외침과 동시에, 반더는 오블리비언 스피어의 방아쇠를 당겼다. 창의 끝부분에서 짙은 남색과 초록빛이 교차하는 빛줄기가 꿈틀거렸고, 순간적으로 주변의 공기가 일렁거렸다.

파파팟!

거대한 불꽃이 튀었다. 모든 것이 순간적으로 정지된 듯한 느낌이었다. 전장이 고요해졌고, 그 순간 포티스발의 외벽이 스치듯 갈라졌다. 그곳은 더 이상 물질이 존재하는 공간이 아니었다. 빛이 사라진 것처럼 어둠이 드리웠고, 무엇인가가 완전히 삭제된 듯한 공허의 틈이 생겨났다. 그 틈은 마치 나선형처럼 소용돌이치며 주변의 물질을 빨아들이기 시작했다. 공간이 비틀리는 듯한 고주파음이 퍼져나갔고, 일순간 모든 색이 역전된 듯한 빛이 번쩍였다. 포티스발의 외벽은 그대로 붕괴되지 않았다. 그 대신, 마치 퍼즐 조각처럼 분해되어, 어딘가 다른 차원으로 빨려들어가고 있었다.

가까운 술트리나스 병사들이 중심을 잃고 뒤로 밀려나며 비명을 질렀다. 그들은 총을 쏘려고 했지만, 이미 일부 병사들의 몸은 서서히 투명하게 사라지기 시작했다. 포티스발도 예외가 아니었다. 그의 외벽 일부가 순간적으로 깎여 나갔고, 붕괴의 파장이 퍼지며 균열이 확산되기 시작했다. 포티스발의 형체가 찌그러지듯 흔들렸다. 그 거대한 존재의 일부가 마치 진공에 빨려 들어가듯 사라졌다. 하지만 우주는 그를 용납하지 않았다.

"무기가 통했어." 세희는 눈을 가늘게 뜨며 중얼거렸다.

그녀는 분명히 보았다. 오블리비언 스피어가 공간을 가르던 순간, 포티스발의 외벽과 술트리나스 병사들은 그대로 증발했다.

그리고 세희는 경악했다. 포티스발의 사라진 부분이 마치 뒤늦게 로딩되는 그래픽처럼 다시 나타났다. 하지만 그것은 완벽한 복원이 아니었다. 존재 그 자체가 미세하게 흐트러진 흔적을 남긴 듯했다. 포티스발이 처음으로 움찔했다. 그것은 분명 공포를 느낀 것은 아니었지만, 자신이 처음으로 '무언가를 상실했다'는 경험인 것 같았다.

"포티스발도 무적은 아니야." 세희는 다시 정신을 차리며 혼잣말했다.

"대체 뭐야?" 반더가 중얼거렸다. 그는 손에 쥔 창을 내려다보며 믿을 수 없다는 듯 입을 벌렸다. "역시 저 녀석은 괴물이군. 아무 일도 일어나지 않았어."

"저런 말도 안 되는 공격을 맞고도 멀쩡하다니 포티스발은 대체 뭔가?" 캘빈은 옆에서 숨을 삼켰다.

그들은 오블리비언 스피어가 작동하지 않았다고 믿고 있었다. 세희는 그들의 말을 들으며 자신이 본 것은 무엇인지 혼란스러웠다. 하지만 분명히 세희는 보았다. 그녀는 시선을 돌렸다. 분명 조금 전까지 이곳에 있었던 술트리나스 병사들과 잠깐이지만 확실히 균열을 일으켰던 포티스발의 외벽은 뭐지?

"우리가 본 것처럼 전혀 효과가 없는 것은 아니에요." 세희가 반더에게 말했다. "술트리나스 병사들을 제거했고, 잠시지만 확실히 포티스발의 외벽이 무너졌어요. 무기는 효과가 있어요. 다시 에너지를 모으는 데 시간이 얼마나 걸리죠?"

"그게 무슨 말이지?" 반더가 반응했다. "지금 우리 모두 다 목격했잖아. 이 무기는 저 괴물 같은 녀석에게는 전혀 통하지 않았다고. 술트리나스 병사들은 저렇게 멀쩡하고, 포티스발은 전혀 아무 타격도 받지 않았어."

반더의 태도는 평소의 여유로움과는 거리가 멀었다. 그는 정말로 오블리비언 스피어가 아무 타격도 입히지 못했다고 믿고 있었다. 세희가 주변을 돌아보니, 캘빈을 포함한 모두가 반더처럼 믿고 있는 듯했다.

그녀는 다시금 기억을 더듬었다. 조금 전까지만 해도 포티스발 근처의 술트리나스 병사들은 무기를 겨누고 있었다. 그런데 지금은 그들이 없었다. 그리고 그 누구도 병사들의 부재에 의문을 가지지 않았다.

마치 처음부터 존재하지 않았던 것처럼.

"내가 잘못 본 건가?"

세희는 혼란스러웠다. 분명 무기는 통했다. 하지만 왜 다른 사람들은 오블리비언 스피어가 '아무 효과도 없었다'고 확신하는 걸까?

그녀는 자기 손을 내려다보았다. 그리고 본능적으로 깨달았다. 어쩌면, 그녀는 오블리비언 스피어의 효과에서조차 자유로운 존재였다.

"나는 뭐지?"

그녀의 귓가에는 여전히 지워진 자들의 비명 같은 잔향이 남아 있었다.

콰아아아아아아앙!

거대한 폭발음이 전장을 갈랐다. 공기가 중력의 왜곡으로 울부짖었고, 인간과 보게스, 킬타르, 진테리언스, 드라보칸스의 병사들이 한순간에 무너졌다.

세희는 이 모든 것을 지켜보고 있었다. 모든 것이 마치 정지 화면처럼 천천히 지나갔다.

킬타르의 투명한 결정체 피부가 금이 가며 갈라졌다. 빛을 머금던 그들의 육체는, 이제 어둠 속으로 부서지고 있었다. 그들이 빛을 흡수할 때마다, 중력건의 충격은 그들의 신체를 압축시켰다.

진테리언스의 병사들은 비명을 질렀다.

"움직일 수 없어!"

그들의 작은 몸체는 중력의 흐름 속에서 마치 곤충처럼 흔들렸고, 순간적으로 공중에서 조각나듯 산산이 부서졌다. 드라보칸스의 거대한 신체조차 중력의 힘 앞에서는 의미가 없었다.

강철만큼이나 단단한 비늘이 무너지고, 그 안에서 터져 나오는 푸르른 혈액이 무중력처럼 허공에 떠올랐다. 그들은 야수의 본능으로 싸웠지만, 이번만큼은 적을 찢어버릴 수 없었다.

보게스들은 마지막까지 저항했다. 그들의 붉은 눈이 타오르며, 반더를 중심으로 진형을 유지했다. 하지만 포티스발은 그들의 반격을 허락하지 않았다. 그것은 존재 자체를 뒤틀었다. 눈앞에 있던 적이 사라지는 것이 아니라, 존재했던 적이 없던 것처럼 변형되었다. 그것이야말로 신의 기술이었다. 킬타르 역시 마지막으로 빛을 폭발시키며 자폭을 시도했지만, 포티스발의 재생력 앞에서 아무 의미가 없었다. 그리고 드라보칸스의 거대한 전사 하나가 절규하며 포티스발에게 맨몸으로 돌진했지만, 그의 존재 자체가 지워졌다.

캘빈은 비틀거리며 AMS를 활용해 간신히 중력건의 공격을 피했다. 그의 눈이 순간적으로 세희를 보며 짧은 미소가 스쳐 지나갔다. 세희는 그 미소를 가슴에 담아두었다. 이 모든 것들이 빛의 정보로 그녀의 눈을 통해, 두뇌로 그리고 두뇌에서 온몸으로 그리고 그녀의 의식까지 전해졌다. 그리고 순간 그녀는 이 모든 장면을 마치 정지 화면처럼 보고 있었다. 세희의 의식은 죽음을 생각하지 않았다. 오히려, 그녀는 살고 싶었고, 진정한 삶을 갈망했다. 한때 죽고 싶다고 생각한 적도 있었다. 그녀의 몸을 타고 온전한 전율이 흘렀다. 그녀는 다시 캘빈을 바라보았다. 그의 거친 호흡, 그의 필사적인 몸짓, 그가 그녀를 살리고 싶어 한다는 그 절박함. 그리고 그녀는 깨달았다.

"진짜 살아 있다는 게 이런 거구나."

이제야 이해할 수 있었다. 죽음이 아니라 삶을 원할 때, 고통을 끝내는 것이 아니라 온전한 나로 존재할 때, 그녀는 알고 있었다. 진정한 삶을 위해, 그리고 이 모든 것들을 지키기 위해서, 그녀는 죽어야 했다.

그 순간, 어디선가 귀에 익은 목소리가 들렸다.

"세희!"

그녀의 머릿속을 강하게 울리는 외침. 그녀는 잠시 멈칫하며 주변을 둘러보았다. 주변은 그저 전장일 뿐이었다. 그녀는 살며시 미소를 지었다. 레이먼드. 그녀는 이제 해낼 수 있음을 알았다. 그리고 레이먼드를 놓아주었다.

세희는 전장을 가로질러 포티스발을 향해 걸었다. 달리지도 않았고, 느릿하지도 않았다. 그녀의 걸음은 흔들림이 없었고, 주변에서 벌어지는 참혹한 전투도 마치 그녀에게는 아무런 영향을 주지 않는 듯했다. 폭발이 일어나고, 절규가 퍼지고, 무너지는 형체들이 있었다. 하지만 그녀의 시야에는 오직 하나, 포티스발만이 있었다.

그 순간, 그녀의 머릿속에 반더의 목소리가 떠올랐다.

'당신은 포티스발과 공명한 적이 있어요. 공명하거나, 아니면 태양 에너지로 그를 막아야 해요.'

그때는 말도 안 되는 소리라고 생각했다. 하지만 이제는 알고 있었다. 그녀가 모두를 살릴 수 있다는 것을. 그리고 진정한 죽음을 통해서만 영원히 살아갈 수 있다는 것을. 그녀는 선택을 했다. 그녀가 모두를 살릴 수 있었다.

캘빈은 전장을 가로지르는 세희의 뒷모습을 보았다. 폭발이 터지고, 불길이 하늘로 치솟았다. 보게스 전사들의 포화, 술트리나스 병사들의 중력탄, 킬타르의 파편들이 사방으로 튀었다. 그러나 그녀의 AMS는 단 한 번도 멈추지 않았다. 그녀는 걸었다. 거침없이, 마치 전장의 혼돈조차 그녀를 방해할 수 없다는 듯이.

캘빈의 심장이 미친 듯이 뛰었다. 뭔가 잘못됐다. 그는 본능적으로 그녀가 지금 가고 있는 곳이, 되돌아올 수 없는 길이라는 것을 느꼈다.

"선장님! 지금 무슨 짓을 하는 거예요. 멈춰요!"

그는 외치며, 자신의 AMS의 기능을 최대한으로 끌어올렸다. 캘빈은 달렸다. 그녀를 향해, 온 힘을 다해 달렸다. 모든 감각이 흐려졌다. 다리의 근육이 터질 듯한 고통을 보내왔지만, 그는 멈추지 않았다. 그리고 그녀를 향해 온 몸을 던졌다.

"선장님!"

캘빈의 몸이 그녀의 몸 위로 엉키며 그들 둘은 전장의 혼동 속에서 뒹굴었다. 캘빈은 재빠르게 일어나서 그녀를 보았다. 그녀 역시 다시 몸을 일으키고 있었다. 캘빈의 온몸에 아드레날린이 솟구치는 듯했다. 그는 그녀의 어깨를 잡으며 흔들었다.

"미쳤어요? 이렇게 가면 죽는다고요!"

그러나 세희는 마치 전장에 있지 않은 듯했다. 그녀 특유의 깊은 눈빛으로 미소를 띠며 캘빈을 보았다. 그녀의 모습에 캘빈의 심장이 터질 듯했어.

'그녀는 죽음을 각오했어!'

"선장님! 제발 정신 차려요! 이대로 가면 죽는다고요!"

콰아아아아아아앙!

포티스발이 거대한 몸을 서서히 움직이고 있었고, 술트리나스 병사들이 중력건과 그들의 총기를 사용하는 폭발음이 전장 전체를 가르고 있었다. 계속해서 인간과 보게스, 킬타르, 진테리언스, 드라보칸스의 병사들이 무너지고 있었다.

"캘빈, 내가 모두를 살릴 수 있어. 이건 나만이 할 수 있어."

세희의 조용한 말에 캘빈의 심장이 더욱 미칠 듯이 뛰기 시작했다.

"선장님! 말도 안 돼요! 선장님은 지금 마치 다른 사람이 된 것 같…"

캘빈이 말을 끝마치기도 전에, 세희는 캘빈을 자신의 뒤로 밀며, 그 반동을 통해서 포티스발의 앞으로 빠르게 날아갔다. 캘빈은 필사적으로 손을 뻗었다. 그러나 그녀는 이미 그의 손이 닿을 수 없는 곳에 있었다.

캘빈은 그 순간을 잊을 수 없을 것이다. 눈앞에 펼쳐진 절대적인 존재. 포티스발의 거대한 형체가 그녀를 내려다보았다. 그의 눈이 그녀를 응시하고 있었다. 그녀는 한 걸음 더 내디뎠다. 그리고 그 거대한 발 위에 손을 올렸다.

그 순간,

모든 것이 조용해지는 듯했다.

그녀의 몸이 사라지기 시작했다. 물질이 흩어지듯, 빛과 함께 소멸했다. 그녀는 산산이 조각나는 것이 아니었다. 마치 존재 자체가, 이 세계에서 삭제되듯이. 캘빈의 입이 열렸다. 목구멍이 찢어질 듯한 절규가 터져 나왔다.

"선장님! 안 돼!"

그러나 그녀는 이미 없었다. 캘빈의 몸이 휘청였다. 무릎이 꺾이며 그대로 땅에 주저앉았다. 온몸이 얼어붙은 것처럼, 움직일 수 없었다.

그녀가 사라졌다. 그녀가 사라졌다. 그때 술트리나스 전사의 중력탄이 날아왔다. 캘빈은 감각을 잃은 듯 그 자리에서 움직이지 않았다.

그러나,

쿵!

무언가가 가로막았다. 그를 덮치려던 중력탄이 튕겨 나갔다.

"정신 차려."

반더였다. 그는 캘빈의 앞에 서 있었다. 보게스들의 피가 묻은 장갑을 툭 털고, 캘빈을 내려다보았다.

"마일스 중사."

캘빈은 반더를 바라보았다. 그러나 그의 귀에는 아무것도 들리지 않았다. 그러나 반더는 조용히 말했다.

"포티스발이 멈췄어."

캘빈의 눈동자가 미세하게 흔들렸다.

"이제, 전세를 뒤집을 수 있어."

하지만 캘빈은 아무 말도 하지 않았다. 그는 아무것도 느낄 수 없었다. 그저 눈앞의 공허한 공간을 바라볼 뿐이었다. 그곳에는 아무것도 없었다.

공기도, 소리도, 심지어 시간조차도 멈춘 것 같았다. 그의 손이 떨렸다. 아니, 그의 존재 자체가 흔들리고 있었다. 자기도 모르게 바닥에 주저앉았다. 그러나 그는 알 수 있을 것 같았다. 세희는 그들을 위해 죽음을 택한 것이었다. 그는 그녀가 떠난 뒤에도, 그녀가 했던 일을 완수해야 했다. 캘빈은 비틀거리며 다시 일어섰다.

무한한 어둠.

세희의 의식이 떠돌고 있었다. 그녀는 죽었을 것이다. 하지만 동시에 살아 있었다. 어둠.

무한한 어둠이 걷히고, 강렬한 빛이 들어왔다. 그녀는 자신을 보고 있었다. 그리고 그녀는 '삶'을 보았다. 아니, 모든 삶을 보았다. 그녀가 태어난 순간부터 지금까지, 아니 미래조차도 보고 있었다.

그리고 그녀가 살아온 모든 시간과 그녀가 살아갈 모든 시간이 그녀의 앞에 마치 360도의 시네마 스크린처럼 흘러갔다. 그러나 그것만이 아니었다. 그녀의 존재는 이제 시간과 공간을 초월한 흐름 속에서 유영하고 있었다.

그녀는 '과거'를 보았다. 어머니의 품에서 따뜻함을 느끼던 아기 시절, 그리고 첫 전투에서 흐르던 땀방울.

그녀는 현재를 보았다. 포티스발이 멈춘 전장, 눈물을 흘리는 캘빈, 승리를 거둔 보게스들과 술트리나스의 잔존 병사들. 그 모든 것이 그녀의 앞에 펼쳐지고 있었다.

'마일스 중사. 울지 마. 너는 최선을 다했어.'

그리고 그녀는 미래를 보았다. 아직 존재하지 않는 시간, 그러나 그것이 현실처럼 느껴졌다. 그녀는 그 아기를 품에 안고 있었다. 하지만 그는 그녀의 손끝을 스쳐 사라졌다. 그녀는 속삭였다. '내가 널 사랑하는 걸, 알아줘.' 그리고 그녀는 아기를 저 멀리 어둠으로 놓아주었다. 그 아기는 네런이 되었다.

그녀는 자신이 흐름 속에 존재함을 깨달았다. 그 순간, 강렬한 폭발이 그녀의 시야를 가득 채웠다. 그것은 빅뱅, 새로운 우주의 탄생이었다. 그녀는 본능적으로 그것을 느낄 수 있었다.

카엘. 그가 모든 것을 걸고 새로운 우주를 창조하려고 한다. 그녀의 의식이 폭발의 중심으로 빨려 들어갔다. 그곳에서, 그녀는 그를 보았다.

카엘은 나로스 블랙홀의 중심에 그의 에테리온, 보라스칼과 함께 서 있었다. 그 곁에는 포티스발도 함께 하고 있었다. 포티스발은 방어력을 제공하며, 블랙홀의 거대한 중력장에 저항하고 있었다. 에테리온들은 몸은 형체를 유지하고 있었지만, 그 자체는 의미가 없었다. 카엘은 물리적인 존재가 아니라, 의식의 순수한 형태가 되어가고 있었다.

그는 발란테 박사가 제안한 대로 블랙홀의 중력 붕괴를 이용해 우주를 창조하려 했으나 실패하는 중이었다. 강력한 중력 붕괴가 공간을 비틀고 시공간을 찢어내고 있었지만, 그것은 단순한 붕괴일 뿐, 창조로 이어지지 않았다.

이젠 그의 의식마저 지쳐가고 있었다. 포티스발의 탑승자인 바룩은 이미 포티스발과 의식마저 동화되어버렸다. 카엘도 이 모든 것을 포기하려고 했다. 그때였다. 카엘이 세희를 발견했다.

"너는? 언젠가 한 번 본 적이 있는…."

그 순간, 카엘의 의식과 세희의 의식은 하나가 되었다. 그 순간, 카엘의 기억이 그녀의 의식에 쏟아져 들어왔다. 그는 울고 있었다. 아니, 우주가 울고 있었다. 그녀는 그의 슬픔을 느꼈고, 동시에 그의 희망도 느꼈다. 술트리나스의 아이들, 사라져가는 도시들, 그리고 마지막 남은 전사들의 외침, 그 모든 것들이 사라져 가고 있었다. 그리고 세희는 카엘의 뜨거운 가슴에 함께 눈물을 흘렸다. 그들은 마지막으로 눈을 감고, 그들의 영혼을 우주의 심장에 던졌다. 자신들이 왜 여기에 있는지, 왜 새로운 우주를 창조해야 하는지 떠올렸다.

'술트리나스를 구원해야 한다.'

카엘의 동족들. 전쟁 속에서 소멸해버린 존재들. 그들은 다시 한번 술트리나스를 위해 모든 것을 바치기로 결심했다. 그리고 그들의 의식이 변화했다. 무한한 희생, 무한한 사랑 그리고 무한한 염원이 그들의 영혼을 휘감으며, 중력 붕괴의 핵심과 융합되었다.

그 순간, 거대한 폭발이 일어났다. 그리고 세희는 카엘에게서 떨어져 나왔다.

강렬한 빛, 그리고 창조였다.

카엘의 마지막 염원이 우주로 퍼져나갔다. 그것은 단순한 폭발이 아니었다. 그것은 하나의 심장이었다. 우주의 첫 맥박이 울렸다. 새로운 차원의 문이 열렸다. 그는 이제 새로운 우주 그 자체가 되었다. 그의 의식은 이 빛의 흐름과 함께, 무한한 공간으로 퍼져나가고 있었다. 첫 번째의 폭발에 이어 곧 무수히 많은 연쇄적인 폭발이 이어지며 새로이 태어난 우주가 순식간에 거의 무한에 가까운 거대한 크기로 확장했다. 그녀는 수많은 목소리를 들었다. 인간, 보게스, 술트리나스, 모든 존재들의 생각과 감정이 하나로 얽혀 있었다. 마치 하나의 거대한 흐름처럼. 그녀는 그 안에서 자신을 찾았다. 아니, 그녀는 그 흐름 그 자체였다.

세희는 수천억 개의 은하가, 수조 개의 별이 빠르게 흘러가는 모습을 보며 자신이 우주와 일체가 되었다고 느끼고 있었다. 우주는 사랑이자 희생이었다. 세희는 깨달았다.

'그래. 카엘의 희생 그리고 사랑이 창조의 마지막 열쇠였어! 우주는 물리적으로만 창조되지 않아, 우주는 살아 있는 생명체야. 그 자신이 사랑을 품지 않으면 창조될 수 없어!'

세희는 그 순간, 다시 카엘의 의식을 감지했다. 하지만 이번은 달랐다. 그녀는 이제 모든 것을 깨닫고 있었다. 그녀는 처음으로 진짜 우주가 무엇인지, 그리고 인간이 무엇인지 알 것 같았다. 그녀는 카엘을 향해 말했다.

"이제야 알 것 같아요. 우리는 결국 모두가 연결된 의식이에요."

카엘은 미소 지었다. 그의 모습은 형체를 갖고 있지 않았지만, 그녀는 그의 존재를 느낄 수 있었다. 그의 목소리가 세희의 온 의식에 파동처럼 울렸다.

"발란테 박사는 블랙홀의 중심에서 중력 붕괴를 이용해 순수한 양자 진공 상태를 이끌어낼 수 있다면, 그 상태의 에너지로 물리적 실체의 정보를 완전히 재구성하여 새로운 우주를 창조할 수 있다고 확신했다. 그래서 그는 나에게 술트리나스의 미래를 맡겼다. 나는 그의 이론을 따라 수없이 시도했지만, 단순히 진공 붕괴만으로는 새로운 우주가 탄생하지 않았어.

박사는 특이점이 붕괴되는 순간 기존의 물리 법칙이 완전히 소멸하고, 오직 순수한 양자 진공 상태만 남게 될 것으로 예측했다. 이 상태에서는 어떤 물리적 실체도 존재할 수 없고, 오직 순수한 정보와 의식만이 우주의 재창조를 기다릴 것이라 믿었다. 바로 그 순간, 양자 진공에서 무한한 잠재적 에너지가 이 순수한 정보와 결합해 새로운 빅뱅을 촉발하고, 신생 우주가 형성될 것으로 예측했어. 나와 남은 술트리나스들은 그곳으로 건너갈 수 있으리라 기대했다.

그의 예측은 거의 정확했다. 하지만 결정적인 요소 하나가 부족했어. 우주를 창조하는 데 필요한 것은 단순한 물리 법칙이나 수학적 상수가 아니었다. 그것은 오직 자아를 지닌 존재들만이 만들어낼 수 있는, 의식적 파동이었다. 이 의식적 파동이 양자 진공 상태와 결합할 때야 비로소 새로운 빅뱅이 일어날 수 있었다. 시간과 공간을 초월한 너와의 만남이 없었다면, 나는 이 사실을 깨달을 수 없었을 것이고 새로운 우주도 창조할 수 없었을 거야."

카엘은 조용히 말했다.

"너에게 고맙다, 권세희. 모든 것에 고맙다."

그녀는 가만히 미소 지었다. 그녀는 이제 자신에게 벌어진 모든 일들이 이 순간을 위한 필연이었음을 이해하고 있다.

"하지만 아직 끝나지 않았어." 카엘은 다시 말을 이었다. "네가 나를 구한 것처럼 살보리스와 발란테 박사를 구해줘."

"그들을 구하라고요?" 그녀는 놀라며 물었다.

"그들은 아직 우주의 본질을 이해하지 못했어. 계속해서 파괴하고 있을 뿐이야. 그들에게도 기회가 필요해." 카엘은 조용히 고개를 끄덕였다.

세희는 조용히 그를 바라보았다. 그녀는 이미 알고 있었다. 카엘은 새로운 우주가 되었고, 그녀는 그 우주를 이해할 수 있는 존재가 되었다. 그녀는 자신이 해야 할 일이 아직 남아 있음을 느꼈다. 그 순간, 그녀의 시야가 다시 변하기 시작했다. 빛이 요동쳤다. 그리고, 카엘의 목소리가 멀어져갔다.

"권세희… 고맙다…."

세희는 이제 허공 속을 떠돌고 있었다. 시간과 공간이 의미를 잃어버린 곳, 그녀의 의식은 부유하며, 무한한 흐름 속에 잠겨 있었다.

그러다 그녀의 앞에 두 존재가 나타났다. 그들의 실루엣은 인간과 닮았지만, 그들의 몸은 마치 별빛이 응집된 것 같았다. 그들의 눈동자는 은빛으로 빛나고 있었다.

바록과 그리고 라이.

그들은 포티스발의 의식 내의 무한한 공간에서 조용히 그녀를 바라보았다. 마치 오래전부터 그녀를 기다려온 듯한 눈빛이었다. 바록의 입술이 천천히 열렸다.

"당신이군요." 바록은 그녀를 향해 한 걸음 다가왔다. 그의 의식이 그녀의 의식과 부드럽게 스며들었다. "나에게 응답해줘서 고맙습니다."

세희는 그를 바라보며 부드럽게 미소를 지었다. 그녀는 이제 모든 것을 이해하고 있었다. 그런 그녀를 라이가 은은한 눈빛으로 보고 있었다.

"모든 경험을 나누어주셔서 고맙습니다." 라이가 말했다.

"저에게 의식의 공간을 허용해주셔서 저야말로 감사합니다." 그녀는 라이를 보고 싱긋하게 미소를 지으며 대답했다.

순간, 공간이 일그러졌다. 빛이 휘몰아치듯 흐르고, 모든 것이 새로운 장면으로 전환되며 세희, 라이 그리고 바록은 그 장면을 보고 있었다.

깊고 어두운 심연, 유로파의 차가운 바닷속. 수십 개의 작은 빛들이 어둠 속을 유영하고 있었다. 그것은 반더들과 여성형 보게스들이었다. 이들은 이제 번식을 할 수 있는 완전한 생명체가 되었다. 그들은 수중에서 활동할 수 있는 장비들을 장착한 채, 유로파의 깊고 어두운 바닷속에서 천천히 움직였다. 거친 해류가 그들의 몸을 감싸며 지나갔다. 유로파의 심해는 적막했다. 그 적막 속에서, 그들은 하나의 거대한 형체를 발견했다.

보라스칼이었다.

빛이 닿지 않는 심연에서, 그것은 마치 거대한 신전처럼 잠들어 있었다. 어둠과 물살에 덮인 금속의 마디마디, 그것은 수억 년 동안 가라앉아 있던 잊힌 거신이었다. 반더들과 보게스들은 조용히 접근했고, 그들의 장갑에 부착된 작업 드론들이 보라스칼의 표면을 스캔했다.

그들은 조심스럽게 이온 로켓을 배치했다. 하나씩, 둘씩, 금속의 구조를 따라 조심스럽게 추진 시스템이 장착되었다. 마지막으로 로켓이 활성화되었을 때, 모든 것이 멈춘 듯한 정적이 흘렀다. 그리고 거대한 메카닉이 진동했다.

우웅. 낮은 진동이 심해를 가로질렀다. 보라스칼이 움직이기 시작했다. 거대한 금속 구조가 천천히 상승했다. 수억 년 동안 깊은 바다에 잠들어 있던 존재가, 다시 눈을 뜨고 있었다. 반더들은 조용히 그 장관을 지켜보았다.

보게스들은 손끝을 맞대며 서로 신호를 주고받았다. 보라스칼은 물살을 가르며, 서서히 바다 위로 떠오르고 있었다.

유로파의 바다 위, 차가운 얼음과 어둠이 깔린 수면 위에 한 존재가 서 있었다. 그의 형체는 인간의 모습이었으나, 그의 눈빛은 인간이 아니었다.

발란테 박사, 그러나 그것은 살보리스였다. 그는 타오르는 듯한 붉은 눈은 조용히 떠오르는 보라스칼을 바라보았다. 그 거대한 존재가 바다 위로 떠오르는 모습을 보며, 그의 눈동자가 미세하게 흔들렸다. 그는 걸었다. 물 위를 걸어가는 그의 발걸음은 흔들림이 없었다. 마침내 거대한 문이 열리고 살보리스는 보라스칼의 내부로 들어갔다.

보라스칼의 조종실에는 카엘의 육체가 차갑게 보존되어 있었다. 마치 수면에 잠긴 듯, 그의 몸은 수억 년의 시간을 뒤로한 채 온전한 상태로 남아 있었다. 살보리스는 조용히 다가갔다. 그는 천천히, 그리고 조심스럽게 카엘의 육체를 들어 올렸다. 그의 표정에는 감정이 담겨 있지 않았지만, 그의 손끝은 부드러웠다.

살보리스는 천천히, 조종실을 나섰다. 차가운 바람이 부는 듯했다. 그는 카엘의 육체를 품에 안은 채, 다시 유로파의 바다로 걸어갔다. 그의 발이 바닷물에 잠기기 시작했다. 차가운 물결이 그의 무릎을 덮고, 그는 천천히 몸을 숙였다. 카엘의 육체는 바닷속으로 내려가고 있었다. 그가 가라앉는 것을 지켜보며, 잠시 그의 손이 떨렸다. 살보리스는 마지막으로 조용히 말했다.

"이젠 영원한 안녕일세. 오랜 친구여."

그의 목소리는 마치 오래된 시대의 문을 닫는 듯했다. 카엘의 몸이 심연 속으로 가라앉았다. 살보리스는 아무 말 없이 그것을 바라보았다. 바닷속으로 사라져가는 그 형체가 눈앞에서 점점 희미해졌다. 그는 손끝이 떨리고 있다는 것을 깨달았다. 그는 그 감정을 설명할 수 없었고, 그것이 무엇인지 알 수 없었다.

"나는." 그가 내뱉은 단어는 공허 속으로 흩어졌다.

'나는 왜 이것을 보고 있는가?'

'나는 이것을 기억해야 하는가?'

그는 발란테 박사의 육체를 차지한 후에 자신의 내부에서 처음으로 '지워지지 않는 기억'이 생성되는 것을 느꼈다. 마치, 과거와 현재가 연결되는 듯한 느낌이었다. 그는 알지 못했다. 하지만 분명한 것은, 이 순간이 그를 변화시키고 있다는 것이었다.

살보리스는 그 자리에 조용히 서 있었고, 깊은 바닷속으로 카엘의 육체는 천천히 사라져 갔다. 카엘의 육체가 더 이상 보이지 않게 되자, 그는 저 멀리 지구를 바라보았다. 마치 그곳에서 자신을 기다리는 존재가 있는 것처럼.

31

포티스발은 거대한 거신의 몸을 옴짝달싹하지 않은 채, 마치 오래된 석상처럼 서 있었다. 침묵 속에서 모든 것이 정지된 듯한 순간이었다. 제피론은 다급하게 포티스발을 올려다보며 외쳤다.

"라이! 정신 차려! 포티스발이 없다면, 우린 보게스들에게 밀리고 말거야!"

그러나 그의 절박한 외침은 허공으로 흩어질 뿐이었다. 보게스들뿐만 아니라, 인간, 킬타르, 진테리언스, 드라보칸스까지 이제 모든 종족이 마지막 남은 힘을 짜내며 반격을 개시했다. 포티스발이 움직이지 않는 것을 확인한 순간, 그들은 용기를 내어 일제히 전장으로 뛰어들었다. 전세가 바뀌었다.

그때였다. 포티스발이 미세하게 얼굴을 움직였다. 순간, 모두가 그 광경을 목격했다. 제피론의 얼굴에 안도와 기쁨이 동시에 스쳤다.

"그래, 라이, 그거야! 이제 여기를 쓸어버리자고!"

그러나 그의 기대와 반대로 포티스발의 몸통에서 빛이 솟아오르며, 그 빛이 지상으로 떨어졌다.

"이게 무슨 일이야?"

제피론은 그 빛에서 라이의 환영이 나타나는 것을 보았다. 제피론은 그 모습을 보자마자 라이에게 달려갔다. 그리고 라이의 어깨를 잡고 흔들려고 했다. 하지만, 제피론의 손은 그 환영을 그대로 지나치고 말았다. 제피론은 다급하게 라이에게 물었다.

"라이, 이게 무슨 일이야? 네가 왜 이곳에 있는 거야?"

"제피론, 포티스발이 그녀를 선택했어. 나는 선택권이 없었다고." 라이의 환영은 제피론을 보며 이야기했다. "하지만 나는 아직 그들과 함께 있어."

그 순간 포티스발은 그 자리에 머무르지 않았다. 조용히, 천천히, 그러나 확실한 움직임으로, 거대한 몸체가 우주로 솟구쳤다. 그의 내부에서 강력한 빛이 일렁이더니, 그 자리에 남겨진 것은 단 하나의 잔광뿐이었다. 그리고 라이의 환영이 사라지며 그것이 끝이었다. 포티스발이 사라지는 순간, 술트리나스들은 전의를 상실했다. 그들이 신뢰하던, 절대적인 존재. 그 모든 힘의 정점이 사라진 것이다.

그리고 그것을 본 뉴제퍼슨시티의 남은 모든 병력과 전사들이 일제히 반격을 개시했다. 그들은 목숨을 걸고 전장으로 뛰쳐나갔다. 전투는 그렇게 끝났다. 제피론은 패배했다.

뉴제퍼슨시티의 외곽, 붉은 사막의 황량한 모래 위로 저녁 햇빛이 길게 드리워졌다. 거친 바람이 부는 가운데, 제피론이 거친 숨을 몰아쉬며 퀘일 장군, 반더, 캘빈 앞에 마주 앉았다. 그의 술트리나스 전투복은 찢어져 있었고, 피가 흘렀지만 패배한 장군의 모습은 아니었다.

"내가 이겼다면 너희들은 모두 죽었을 것이다." 제피론의 붉은 눈동자가 강렬한 불꽃처럼 타올랐다. 그는 비웃듯 입술을 핥으며 말했다. "그러니 망설이지 말고 끝을 내라."

그의 목소리에는 단 한 점의 두려움도 없었다. 퀘일 장군과 캘빈은 서로 눈을 마주쳤다. 술트리나스 최고의 장군이자 냉혹한 전략가, 제피론. 그는 패배했어도 전혀 흔들리지 않았다. 그때 화성 반더가 한 걸음 앞으로 나왔다.

"단순한 전쟁이었다면 그러겠지. 하지만 네가 알지 못하는 것이 있다."

"뭐?" 제피론은 미간을 찌푸렸다.

그러자 화성 반더가 통신기를 활성화했다. 순간, 공간이 왜곡되며 다른 장소의 영상이 눈앞에 떠올랐다. 그곳에는 또 다른 반더가 서 있었다.

제피론은 영상 속 지구 반더를 보고, 다시 화성 반더를 보았다. 처음에는 아무 감정도 없었지만, 순간 그의 표정이 굳어졌다. 그는 화성 반더를 다시 보았다.

"그래. 기억이 나. 반더 율리시스. 어떻게 당신이 그곳에? 이게 어떻게 된 것이지?"

"당신들과 헤어져 다른 우주로 넘어간 나는 살보리스와 계약을 맺고 살보리스와 융합하는 길을 택했습니다." 지구 반더가 천천히 고개를 들어, 제피론을 바라보며 조용히 말했다. "나의 기억과 살보리스의 방대한 데이터가 섞여서 보게스 반더가 태어난 것입니다."

"거짓말이야." 제피론의 얼굴이 굳어졌다.

"거짓이 아닙니다." 지구 반더는 조용히 고개를 저었다. "그리고 당신이 경계한 지구에서의 테러를 일으킨 것도 사실은 모두 내가 주도한 일이었습니다. 당연히 이곳의 보게스들은 전혀 모르는 일들이었지요."

제피론은 순간 움찔했다. 하지만 지구 반더는 냉정하게 계속 말했다.

"이 모든 것은 살보리스에게 대항하기 위해 우리 모두가 힘을 합쳤어야 했기 때문입니다."

"그게 무슨 말이지?" 제피론이 굳은 표정으로 물었다.

화성 반더는 제피론을 물끄러미 보았다가 지구 반더를 보았다. 지구 반더는 살보리스와 발란테 박사의 융합, 번식이 가능한 새로운 생명체 보게스의 탄생 그리고 그로 인해 자신이 진정한 신이 되기 위해 이 우주를 파괴하고 술트리나스 그리고 인간들도 모두 멸망시키려고 한다는… 이미 퀘일 장군 등에게 한 적이 있는 이야기를 했다.

제피론은 말없이 그 모든 내용을 듣고 있었다. 제피론의 붉은 눈이 흔들렸다. 그러나 그는 곧 정신을 가다듬었다. 그는 술트리나스 최고의 장군이었고, 생각보다 훨씬 명민한 인물이었다. 혼란스러웠지만, 본능적으로 이 모든 것이 진실임을 감지했다. 하지만 그는 술트리나스 최고의 장군으로서 쉽게 무너지지 않으려고 했다.

"그렇다면, 지금까지 이 중요한 이야기를 하지 않은 이유는 무엇이지?" 제피론이 차분하게 물었다.

"제피론, 나는 술트리나스를 잘 알고 있습니다." 지구 반더는 한 걸음 앞으로 나섰다. "과연 지금이 아니었으면, 이런 이야기를 할 수 있었을까요?"

"맞소." 제피론은 고개를 끄덕였다. "셀라들은 당신의 이야기를 듣지 않으려고 했겠지. 그럼 지금 나에게 이 이야기를 하는 이유는 당연히…."

"살보리스에게 대항할 수 있도록 함께 준비합니다." 지구 반더는 자신의 안경을 다시 한번 만지며 말했다. "전 우주의 술트리나스에게도 알려주시기 바랍니다. 그리고 지구의 모든 국가가 통합할 수 있도록 절대적인 힘을 보여주시기 바랍니다."

제피론은 아무 말도 하지 않았다. 그는 황량한 붉은 사막을 바라보며 생각에 잠겼다.

"반더, 나는 당신의 이야기를 믿소. 진실이 아니면 지금 이 상황에 나에게 이런 부탁을 할 리 없겠지. 그러나 내가 셀라들을 설득할 수 있을지는 모르오. 그리고 조금이라도 셀라들을 더 설득할 수 있는, 라이는 보다시피 포티스발과 함께 사라졌소." 제피론은 잠시 멈추었다가 이야기를 이어갔다. "그러나 난 지금 바로 지구로 가겠소. 중국의 국가 주석을 만나겠소. 그에게 미국의 대통령과 이야기하도록 하겠소. 이것은 약속하겠소."

지구 반더는 홀로그램 영상을 통해, 화성 반더 및 퀘일 장군 등 다른 사람들을 보았다.

"모두 지금 잘 들었지?" 퀘일 장군이 자기 오른손을 들며 이야기했다. "우리는 지금 이곳에서 생존했지만, 살보리스가 온다면 다음엔 아무도 살아남지 못할 거야. 술트리나스, 인간, 보게스 모두가 사라질 거야. 우린 그를 막아야 해. 그래서 난 이 사람을 지구로 보내는 데, 찬성인데 다른 사람들은 어때?"

퀘일 장군이 주변을 둘러보자, 모두가 한마디씩 했다.

"장군님이 괜찮으시다면, 저희도 괜찮습니다. 지금 지구가 아니 이 우주 자체가 위기이잖아요. 할 수 있는 것은 모두 해봐야죠."

"우리도 본 행성에 알리겠습니다." 진테리언스였다.

그러자 킬타르도 말했다.

"우리도 마찬가지입니다. 작은 도움이라도 필요할 거예요."

"우리 드라보칸스도….."

화성 반더가 상황을 정리했다.

"자! 그럼 모두 동의한 것으로 알고, 빠르게 움직이자고."

그리고 제피론은 자신의 패잔병들을 이끌고 지구로 출발했다.

캘빈은 고요한 호텔 로비에서 유리창을 통해 바깥을 바라보고 있었다. 붉게 물든 화성의 지평선이 어둠 속으로 스며들고 있었다. 저 멀리 도시의 불빛이 희미하게 깜빡였고, 거대한 방어벽 너머로 황량한 사막이 끝없이 펼쳐져 있었다. 이곳에서 그는 세희의 마지막 모습을 떠올리고 있었다.

말 그대로, 소멸이었다. 그녀는 찢어지지도 않았고, 부서지지도 않았다. 그냥, 빛 속에서 사라졌다. 존재 자체가 이 세계에서 삭제된 듯이. 그 순간을 떠올릴 때마다, 그의 가슴속 깊은 곳에서 날카로운 고통이 번져 나왔다.

그때였다. 누군가 그의 어깨에 손을 올렸다. 캘빈은 반사적으로 고개를 돌렸다. 패트리시아였다, 그녀는 고요한 미소를 띠며 그를 바라보고 있었다.

"정말 폭풍 같았어. 나는 선장님을 동경했었어. 그런데 이렇게 순식간에 사라지네." 패트리시아가 조용히 말했다.

패트리시아의 말에 캘빈은 숨이 막히는 듯했다. 이전에도 전투 중에 동료를 잃어본 적이 있었다. 모두 괴로운 경험이었다. 하지만 지금은 그야말로 그의 가슴이 뻥 뚫린 듯했다. 굳은 표정을 말을 하지 못하고 있는 캘빈을 보며 패트리시아가 말을 이었다.

"우리뿐만이 아니야. 퀘일 장군도 충격이 상당한 것 같아. 우리의 생각보다 그녀는 우리의 마음 깊숙이 있었던 것 같아."

"패트리시아 대위님. 저는 그동안 많은 전우들을 잃어왔습니다. 모두 괴로웠어요." 캘빈은 천천히 숨을 들이쉬며 힘겹게 말했다. "하지만 지금의 공허함과는 비교할 수 없을 것 같군요."

"괴롭지만 어쩌겠어. 그래도 선장님은 우리의 가슴 속에 살고 있어. 우리와 함께 있어." 패트리시아가 말했다.

"그래요. 함께 살고 있는데 뭐가 그립겠어요." 캘빈은 억지로 미소를 지으며 이야기했다.

그의 어깨가 미세하게 떨리는 것이 보였다. 패트리시아는 그의 어깨에 손을 올렸다. 그리고 잠시 그를 바라보다가 슬쩍 미소를 지으며 말했다.

"자, 남은 자들은 남은 자들대로 할 일이 있잖아."

그녀는 더 이상 아무 말도 하지 않았다. 천천히 몸을 돌려, 로비를 걸어 나갔다. 그녀의 뒷모습이 멀어지자, 캘빈은 조용히 그녀의 모습이 보이지 않을때까지 바라보았다.

'선장님… 구하지 못해서 정말 미안해요. 그리고, 고마워요.'

그리고 어두운 방 안, 불이 켜지지 않은 책상 위로 희미한 조명이 드리웠다. 퀘일 장군은 조용히 서랍을 열었다. 오랫동안 꺼내지 않던 물건 하나가 손에 닿았다. 언제부터 그곳에 있었는지 모를 위스키 한 병이었다. 그는 무표정하게 병을 꺼내어 잔에 따랐다. 깊은 황금빛 액체가 잔을 채웠다.

천천히, 그는 잔을 들어 올렸다. 그리고 그 속을 바라보았다. 20대 초반의 갓 입대한 초임장교인 세희가 그곳에 몸에 맞지 않는 군복을 입고 긴장한 채로 서 있었다. 그리고 그녀의 첫 비행, 아직은 어설프게 조작하던 손길이었지만, 눈빛만큼은 누구보다도 진지했던 그녀였다.

그 후, 아프리카, 중동, 남미 등 수많은 전장의 임무 속에서 그녀는 점점 변했다. 점점 더 강해졌고, 더 노련해졌다. 그럴수록 퀘일 장군은 깨달았다. 그가 점점 더 그녀에게 의지하고 있었다는 것을.

그는 조용히 잔을 들어 올렸다.

"영원한 삶을 위하여, 건배."

그리고 위스키를 삼켰다. 따뜻한 불길이 목구멍을 타고 넘어갔다. 그러나 가슴 속의 공허함은 채워지지 않았다. 퀘일 장군은 잔을 내려놓았다. 그리고 조용히 눈을 감았다. 어딘가에서, 그녀가 웃고 있을 것만 같았다.

화성인들이 자신들 나름의 방식으로 전우를 추억하고 있을 때, 지구에서는 반더가 원하는 대로 전체 지구인을 단합시키기 위한 노력이 진행 중이었다. 지구 반더는 중국의 신장 지역을 떠나 다시 북아프리카의 알 마우타카로 향했다.

알 마우타카의 칼리드 궁전의 거대한 창문 너머로 광활한 사막이 펼쳐져 있었다. 태양은 하늘 높이 떠오르며, 금빛 모래 위로 뜨겁게 내리쬐었다. 실크로 덮인 쿠션과 장식들이 놓인 대리석 바닥의 방에서, 칼리드는 한 손에 엷은 차를 들고 앉아 있었다. 맞은편에는 검은 로브를 걸친 존재가 서 있었다.

"반더 율리시스, 오랜 시간 동안 당신은 나와 함께 했소." 칼리드의 눈빛이 깊어졌다. "이제 당신도 진정한 신을 받아들여야 하지 않겠소? 알라만이 절대적이며, 우리는 모두 그분의 뜻 아래에 존재하는 것입니다."

"진정한 신이라…." 지구 반더는 웃음을 지으며 칼리드를 바라보았다. 그는 작게 중얼거리며, 하늘로 시선을 향했다. "좋습니다. 곧 이 우주에 새로운 신을 자처하는 자가 강림할 것입니다. 그를 무사히 물리칠 수 있다면, 그것을 알라의 가호로 생각하겠습니다."

"걱정하지 마십시오." 칼리드는 흔들림 없는 표정으로 차를 한 모금 마셨다. 그리고 천천히 잔을 내려놓으며 말했다. "모든 것은 알라의 뜻대로 될 것입니다. 삶과 죽음도 모두 알라의 뜻입니다."

지구 반더는 조용히 미소를 지으며 그를 바라보았다. 칼리드는 그 미소를 바라보다가 문득 생각이 든 듯 물어봤다.

"전부터 궁금한 점이 있었는데, 이젠 더 물어볼 기회가 없을 수도 있으니 오늘 물어보겠습니다."

지구 반더는 온화한 눈으로 칼리드를 바라보았다.

"당신과 보게스 반더 율리시스는 같은 존재요?"

칼리드의 질문에 지구 반더는 크게 미소를 지었다.

"저도 그것이 궁금합니다. 분명 그와 저는 같은 기억을 공유하고 있습니다. 그리고 그 기억을 바탕으로 해서 같은 우주를 살아가고 있지요. 그도 저도 모두 자신을 반더 율리시스라고 인식하고 있습니다. 심지어 그는 자기 몸을 보면서 반더 율리시스의 몸이 아닌 것에 위화감을 느낀다고도 하더군요."

칼리드는 지구 반더의 대답에 흥미를 보이며 집중하는 듯했다.

"그런데 지금 만약 같은 상황을 맞닥뜨린다면 같은 결정을 하게 되는지는 잘 모르겠습니다." 지구 반더가 말했다. "만약 다른 결정을 내리고 그 행동을 하게 된다면, 그것은 반더 율리시스가 같은 상황에서 다른 두 가지 해법을 가지고 있는 것일까요?"

"참으로 어려운 문제로군요." 칼리드는 묘한 표정을 지으며 대답했다.

"그저 하루하루 최선을 다해 살아갈 뿐입니다." 지구 반더는 빙그레 미소를 지으며 고개를 저었다.

지구 반더는 문득 창밖을 바라보았다. 태양은 모래 위로 길게 그림자를 드리웠고, 저 멀리 신기루가 춤추듯 흔들리고 있었다.

"우리는 같은 기억을 공유하면서도, 다른 결정을 내릴 수 있을까요? 신조차도 다른 길을 택할 수 있는 존재라면, 우리가 섬기는 신은 그가 처음 원했던 신과 같은 존재일까요?" 지구 반더가 말했다.

"신은 시험을 겪지 않습니다. 시험을 겪는 것은 우리 같은 피조물뿐이지요." 칼리드는 찻잔을 내려놓으며 조용히 말했다.

중국에서도 제피론이, 약속한 대로 리우 주석을 설득하고 있었다. 웅장한 회의실의 벽에는 붉은 깃발이 걸려 있었고, 커다란 원탁이 그 중앙을 차지하고 있었다. 테이블에는 제피론과 아리카르, 그리고 리우 주석이 자리했다.

"리우 주석, 지금 문제는 지구가 아닙니다. 말 그대로 우주 전체가 위협받고 있습니다. 그리고 그 첫 번째 목표가 바로 이 지구입니다." 제피론이 말했다.

"우주급 위기라?" 리우 주석은 흔들리지 않았다. 그는 천천히 의자를 뒤로 젖혔다. "솔직히 잘 와닿지 않습니다. 그래서 뭐란 말입니까? 공산주의도, 자본주의도, 자유주의도 사라질 것이라는 이야기입니까?"

"그렇습니다. 이념이 아니라, 존재 자체가 사라질 것이오. 존재가 사라질 때, 사상이 무슨 의미가 있겠습니까?" 제피론은 굳은 표정으로 말했다.

"인류가 멸망하더라도 인류를 위해 신공산주의는 관철되어야만 하는 것입니다. 아니, 인류를 넘어 그다음에 올 새로운 신인류를 위해서도 꼭 필요한 것입니다." 리우 주석은 회의적이었다.

"그렇다면…." 제피론은 잠시 입을 다물고, 짙은 갈색 눈으로 리우 주석을 응시했다. 제피론의 입에서 한숨 같은 소리가 새어 나왔다.

"하지만 기꺼이 미국과 대화를 해보겠소." 리우 주석이 말을 끊었다. 그는 책상에 놓인 통신장치를 가리키며 말했다. "캐드웰 대통령에게 연락하겠소."

미국 백악관의 오벌 오피스에는 은은한 조명이 깔려 있었다. 캐드웰 대통령은 책상 앞에 앉아 있었고, 그의 눈앞에 홀로그램 스크린이 떠 있었다. 화면에는 리우 주석이 정자세로 앉아 있었다.

"대통령, 잘 들으시기 바랍니다." 리우 주석이 입을 열었다. "술트리나스로부터 들은 바에 따르면, 우주급의 위기가 도래하고 있다고 합니다. 그리고 그 위협의 직접적인 대상이 바로 지구라고 하는군요."

캐드웰 대통령은 손가락을 책상 위에 두드리며 조용히 듣고 있었다. 리우 주석은 말을 이었다.

"그리고, 화성 뉴제퍼슨시티에서는 태양계 전체를 강타했던 EMP 쇼크 이후, 일부 군인이 사망했지만, 도시 자체는 간신히 방어해냈다고 합니다."

"전해주셔서 감사합니다. 저희도 화성과의 기본 통신은 복구가 되어서, 어느 정도는 파악하고 있습니다." 캐드웰 대통령은 말을 멈추었다가 다시 이야기했다. "그러니까 지구에 다가오는 위협을 막기 위해 협력하자는 말씀이시군요."

"맞소." 리우 주석은 고개를 끄덕였다. "나는 제안하오. 우선 지구를 지키고, 체제 경쟁은 그 후에 다시 하도록 합시다."

"필요하다면, 당연히 협력할 것입니다만." 캐드웰 대통령은 입술을 꾹 다물었다가 천천히 말했다. "말씀하시는 위협이 얼마나 실제적인지 저희

나름대로 파악해보겠습니다."

"대통령 각하, 믿으셔도 됩니다." 화면의 오른편에서 제피론이 입을 열었다.

"알겠습니다. 믿겠습니다. 그렇지만 저희 나름의 절차가 있습니다. 잠시만 기다려주십시오." 캐드웰 대통령은 제피론을 물끄러미 바라보았다.

제피론은 리우 주석과 캐드웰 대통령을 뒤로하고, 자신의 우주선에 승선하여 지구 궤도 뒤로 올라섰다. 가장 어려운 일, 셀라들과 대화를 해야했다. 제피론은 셀라들이 승선하고 있는 달걀형 우주선으로 옮겨탔다. 그리고 그 길로 셀라들의 방으로 들어갔다.

"위대한 셀라들이시여."

"제피론."

"바로 저희 우주의 위기에 대한 말씀을 드리고자 합니다." 제피론의 짙은 갈색 눈이 빛을 내며, 그는 셀라들에게 말을 시작했다.

"무슨 말인가?" 셀라 중 한 명이 눈을 가늘게 떴다.

"살보리스가 직접 이 우주로 건너왔습니다. 다수의 새로운 형태의 보게스들과 함께입니다."

"중앙시스템은 태양계 전체를 실시간으로 분석하고 있다." 셀라들은 제피론의 말에 잠시 말없이 자신들의 중앙시스템에 접속했다. "만약 이상 현상이 존재한다면, 우리는 그것을 먼저 알아챘을 것이다."

"우리가 관측한 것은 단 하나뿐이다. 이상 생명체들의 반응이 증가하고 있다는 것." 또 다른 셀라가 덧붙였다.

"그렇습니다. 그것이 바로 살보리스입니다." 제피론은 조용히 숨을 들이쉬었다.

"어떤 생명체가 우주 공간에서 살 수가 있겠는가?" 셀라 중 한 명이 태연하게 고개를 끄덕였다. 그는 가볍게 손을 흔들며 말을 이었다. "이는 살보리스와 보게스들이 다른 우주에서 차원을 넘어온 것이 아니다."

그 셀라는 홀로그램 화면을 조작하며 여러 개의 분석 데이터 그래프를 띄웠다.

"단순히, EMP 쇼크 이후 시스템 오류가 아직 완전히 복구되지 않은 것이다. 이 과정에서 데이터가 왜곡되고, 기존에 없던 신호들이 감지된 것일 뿐이다."

"그럼, 제가 본 보게스 반더가 아닌 진짜 반더는 무엇이란 말입니까!" 제피론의 눈이 가늘어졌다.

"진짜 반더라고?" 셀라들이 동시에 저음으로 이야기했다.

"저는 직접 보게스 반더가 아닌 인간 반더를 봤습니다." 제피론은 천천히 걸음을 옮기며 말을 이었다. "그는 살보리스로부터 도망쳤고, 그가 모든 것을 확인해주었습니다."

셀라들은 잠시 서로를 바라보았다. 그중 한 명이 조용히 입을 열었다.

"만약 위기가 있다면, 반더야말로 그 위기를 불러온 자다. 우리의 말을 무시하고, 우주의 차원을 열어버린 자다. 그런 자의 말을 믿는가? 그자를 다시 본다면 반드시 사로잡아서 이 앞으로 끌고 오기 바라네."

셀라들은 위기 자체를 부인했다.

제피론은 조용히 눈을 감았다가, 다시 떴다.

"우리에겐 더 이상 포티스발도 라이도 없습니다. 지금을 놓친다면 후회할 것입니다."

셀라들이 미묘하게 반응했다. 그러나 여전히 흔들리진 않았다.

"우린 술트리나스다. 우리의 운명은 우리가 결정할 수 있다. 자네도 잘 알고 있지 않은가?"

제피론은 숨을 깊이 들이쉬며 생각했다.

'술트리나스가 항상 옳았던 것은 아니다.'

그 순간, 그는 처음으로 자신들이 속한 체제가 무엇인가 잘못되었다고 생각했다. 너무나 방대한 데이터에 의존하는 그들의 문화는 유연성이 떨어졌다. 방대한 데이터를 기반으로 모든 것을 계산해왔기에, 진정한 위기 상황에서는 전혀 대응할 수가 없을 것이 분명했다. 그는 강한 위화감을 느끼며 홀로그램 테이블에서 물러섰다.

32

1969년 7월 20일, 휴스턴 관제센터는 숨 막히는 긴장감에 휩싸여 있었다. 달에서의 교신이 끊긴 지 몇 분이 지났고, 모두 웅성거리기 시작했다.

"뭔가 잘못된 거 아냐?"

"조금만 더 기다려봐."

그때였다. 지지직, 끊겼던 신호가 다시 이어졌고, 이어서 들려온 목소리.

"한 인간에게는 작은 한 걸음이지만, 인류에게는 거대한 도약이다."

순간, 휴스턴 관제센터가 환희로 폭발했다. 모두가 환호성을 지르며 서로를 끌어안았다. 인류의 거대한 도약, 인류가 달을 정복한 순간이었다.

닐 암스트롱은 미세한 중력 변화를 온몸으로 느끼며 달의 표면을 조심스레 걸었다. 운석 표본을 채집하며 주변을 둘러보던 그때, 설명할 수 없는 감각이 스쳐 갔다.

공기가 없는 달에서, 마치 공기가 일렁이는 듯한 착각이 들었다. 그리고 눈앞에 펼쳐진 광경은 놀라웠다.

거대한 구조물이었다. 둥글고 매끄러운, 마치 달걀처럼 생긴 정체불명의 우주선들이 떠 있었다. 닐 암스트롱은 순간적으로 교신을 시도했다.

"휴스턴, 휴스턴, 들리나?"

"그들은 우리보다 훨씬 크다. 우리에게 경고하고 있다."

2131년 4월 12일, 달의 미국 기지 아르테미스에서 엘라이어스 먼로는 언제나처럼 달의 적막한 풍경을 바라보고 있었다. 이제는 익숙한 광경이었다. 하늘 위에는 술트리나스의 우주선들이 떠 있었고, 달 표면에는 미래의 인간 기지가 굳건히 자리하고 있었다.

그러나 그날, 그는 평소에는 볼 수 없었던 이상한 광경을 목격했다. 달의 표면 위에 마치 고대의 유물처럼 낡은 우주복을 입은 누군가가 서 있었다.

그리고 우주에서 버틸 수 없을 듯한 연약한 우주선 한 대가 보였다. 눈을 의심하며 자세히 들여다봤다. 그 우주복에는 선명한 성조기가 박혀 있었다. 그 우주인은 서서히 걸어가, 성조기가 그려진 깃발을 달 표면에 꽂았다.

그 순간, 엘라이어스의 온몸에 소름이 돋았다.

'한 인간에게는 작은 걸음이지만, 인류에게는 거대한 도약이다.'

전설적인 닐 암스트롱, 그였다. 암스트롱의 달 착륙을, 지금 실시간으로 보고 있었다.

믿을 수 없는 광경이었다. 눈을 비비며 다시 확인했을 때, 그 우주인은 엘라이어스를 보고 있었다.

고대의 유물처럼 낡은 헬멧 너머로, 닐 암스트롱으로 추정되는 인물이 엘라이어스를 바라보고 있었다. 그리고 그는 황급히 우주선을 향해 발걸음을 돌렸다.

엘라이어스는 즉시 휴스턴 기지에 교신을 넣었다.

"여기는 아르테미스 기지. 지금, 지금 방금, 닐 암스트롱을 목격했다!"

그때였다. 우주가 일렁였다. 공간이 찢어지는 듯한 감각이 초자연적인 느낌을 주었다. 아르테미스 기지의 중력 측정기가 갑자기 오작동하기 시작했다. 알람이 울렸고, 화면에는 믿을 수 없는 수치가 표시되었다.

"중력 이상 감지. 100킬로미터 이상급 질량체가 접근 중."

달의 표면이 흔들리기 시작했다. 저 멀리, 별들이 미세하게 일렁였다. 마치 투명한 물에 잔물결이 퍼지듯, 우주 공간이 파동을 일으켰다. 그 안에서, 검고 거대한 실루엣이 형체를 드러내기 시작했다. 처음에는 그림자처럼 희미했다. 그러나 점점 그것은 실재하는 거대한 구조물이 되어갔다. 그것은 보라스칼이었다.

중력이 일그러지고, 시간의 흐름이 왜곡되기 시작했다. 공간이 열렸고, 그 틈새에서 시간의 단층들이 중첩되었다. 과거와 현재 그리고 아마도 미래까지, 닐 암스트롱의 착륙 순간이 현재로 겹친 것도 이 때문이었다. 시간이 왜곡되고 있었다.

미국 NASA 본부는 즉각 비상경보를 발령했다. 달 근처에서 나타난 거대한 중력 왜곡이 전 지구의 중력장에 영향을 미치기 시작했다. 시간이 느려지거나 빨라지는 현상이 보고되었고, 위성 GPS 신호가 심각하게 오류를 일으키고 있었다. 또한, 과거의 사건이 현재와 중첩되는 이상한 영상들이 감지되곤 했다.

"여기는 NASA 휴스턴, 확인 요청, 1969년 아폴로 11호의 신호가 현재 달에서 감지됨. 오버."

"무슨 소리인가? 아폴로 11호는 160년 전에 사라졌어."

하지만 그들은 실제로 달에서 1969년의 아폴로 11호 신호가 발생하고 있다는 사실을 확인했다. NASA의 과학자들은 즉각 초고밀도 중력장 데이터를 분석하며, 이 현상이 단순한 중력 붕괴가 아니라 시공간 접힘으로 인한 다중 세계 간섭이라는 가설을 세웠다.

달에서 발생한 초자연적 현상은 이것만이 아니었다. 아르테미스 기지에서는 연구원들이 걸어가다가 갑자기 한 사람은 움직이지 않고, 다른 사람만 시간이 흐르는 현상을 경험하였다. 또한 어떤 곳에서는 물체가 공중에 정지한 채 떠 있으며, 손으로 밀어도 움직이지 않는 일들도 있었다.

달의 표면에서 관측되던 0.166G의 중력장 역시 급변하기 시작했다. 순간적으로 달의 중력이 2배로 증가하면서, 일부 건물과 구조물들이 무너지기도 했다. 반대로, 일부 구역에서는 무중력 상태가 되어, 기지 내 물건들이 허공에 떠오르는 등 중력이 불규칙적으로 흔들리는 것을 확인하며, 연구원들은 "달의 중심부에서 무언가가 반응하고 있다"라고 긴박하게 보고했다.

또한, NASA의 기상 관측 위성이 급박한 경보를 울렸다. 지구의 대기권이 급격히 불안정해지고 있었다. 전례 없는 대기 난류가 발생하며, 하늘이 기묘한 색조로 물들었다.

그 외에도 다양한 기묘한 현상들이 전 세계적으로 목격되었다. 뉴욕 상공에서는 뒤틀리는 하늘을 맨해튼의 시민들이 올려다보다 혼란에 빠졌다. 태양이 떠 있는 한낮이었지만, 하늘은 붉고 푸른색으로 섞이며 소용돌이치고 있었다. 1950년대로 보이는 도시 스카이라인이 희미하게 겹쳐 보였으며, 일부 시민들은 공중에서 과거의 전투기 혹은 제트기 같은 이상한 비행기가 순간적으로 보였다가 사라지는 것을 목격했다.

도쿄에서는 단 몇 초 만에 낮과 밤이 번갈아 가며 나타나는 현상이 발생했다. 사람들은 눈앞에서 태양이 순식간에 지평선 아래로 가라앉았다가 다시 떠오르는 광경을 목격했다. 전력망이 혼란에 빠졌고, 신호등과 디지털시계들은 급격히 시간값을 뒤섞기 시작했다.

통일한국의 과학자들은 지구의 중력이 순간적으로 흔들리는 현상을 감지했다. 그린란드 해안에서 과거에 사라진 빙하들이 순간적으로 복원되었다가 다시 녹아내리는 현상이 보고되었고, 사하라 사막 일부 지역에서는 오래전에 사라진 강줄기들이 순간적으로 나타났다가 사라졌다. 인도의 갠지스강에서는 강바닥이 거칠게 일렁이며, 마치 한때 존재했던 강의 지류가 순간적으로 되살아나는 듯한 이상 현상이 발생했다.

하와이에서 1,000킬로미터 떨어진 태평양 한가운데에서 지도에 존재하지 않는 섬이 순간적으로 나타났다 사라졌다는 보고도 있었다. 이 지역을 정밀히 조사해본 결과 지질학적으로 대략 1만여 년 전에 그 지역에는 섬이 있었던 것이 확인되었다.

북대서양 항로를 지나던 선박은 다급하게 자신들이 "타이타닉호가 침몰하던 모습을 보았다"라고 보고했으며, 또한 비슷한 위치에서 조사 활동을 하던 해양 탐사 드론은 짧은 순간 1912년의 전파 주파수를 감지했다.

달 중력장이 불안정해지는 것은, 당연하게도 지구의 해양 조수 간만 현상에도 영향을 주었다. 프랑스 몽생미셸에서는 평소보다 3배 빠르게 물이 차올랐고, 일본의 센다이 해안에서는 순간적으로 해수면이 5미터 후퇴했다가 다시 돌아오는 기이한 현상이 감지되었다.

그중에서도 러시아의 사례는 또한 특이했는데, 모스크바에서는 공기

중에서 사람들이 대화 소리가 들리기 시작하였고 시민들은 이것이 죽은 자들이 대거 돌아오고 있다고 공포로 한 바탕 소동이 일기도 했다.

한마디로, 지구와 달이 이해할 수 없는 초자연적인 현상으로 뒤덮였다.

미국 대통령 에단 캐드웰은 즉각 국가안보회의(NSC)를 소집했다.

"우리가 알던 물리 법칙이 깨지고 있습니다. 다양한 가설들이 있지만 NASA, 국방부, TSC 모두가 설명하지 못하고 있습니다"라고 하며, 미국 전략군이 비상대기 상태에 돌입하고, 달 기지의 병력 증강을 결정했다.

미국뿐 아니라 중국, 러시아, 통일한국, 일본, 유럽연합 등 전 세계 대부분의 주요 국가에서는 비상 체제에 들어갔으며, 이는 화성이라고 해서 예외는 아니었다.

화성의 하늘이 뒤틀리기 시작했다. 붉은 먼지가 소용돌이쳤고, 공기조차 없는 이곳에서 초자연적인 바람이 불었다. 진한 붉은색의 하늘 위로 검푸른 기운이 스며들며, 마치 하늘 자체가 균열이라도 생긴 듯 깜빡였다.

"이건 뭐지?" 퀘일 장군은 홀로그램 스크린을 조작하며, 대기 상태를 확인했다. 그의 목소리는 미세한 떨림이 섞여 있었다.

"장군님, 저기 보세요." 캘빈은 그의 곁에서 무겁게 숨을 내쉬었다.

저 멀리, 화성의 붉은 대지 위로 거대한 실루엣들이 떠올랐다. 그것들은 실재하는 것이 아니었다. 그림자처럼, 유령처럼, 과거의 기억이 투영된 듯한 형체들이었다.

초고층 건물들이 빛을 반사하며 하늘을 찌를 듯 솟아 있었고, 날렵한 함선들이 공중을 가로질렀다. 대기 속을 유영하는 듯한 거대하고 둥근 문명의 모습이었다. 화성은 불모의 땅이었지만, 지금 눈앞에는 수억 년 전, 이 행성이 살아 있었던 시절의 모습이 겹치고 있었다.

사람들이 보였다. 술트리나스의 과거 문명이었다. 그들은 대화하고 있었다. 그러나 소리는 없었다.

"이건, 홀로그램인가?" 퀘일 장군이 중얼거렸다.

"아니야." 화성 반더가 한 걸음 앞으로 나섰다. 그의 눈이 희미하게 빛났다. "이건 과거의 흔적이야. 지금 지구 근처의 중력장 이상이 화성까지 영항을 주고 있어. 시간의 중첩이지. 저것들은 과거의 망령들이야. 술트리나스들은 화성에서도 거주한 적이 있었군."

캘빈은 손을 뻗었다. 손끝이 닿자, 그 형체는 사라지듯 일렁였다.

먼저 들려온 것은 공명이었다. 화성의 옅은 대기 속에서, 마치 수백 개의 강철이 서로 공명을 이루며 떨리는 듯한 소리가 울렸다.

웅, 우웅, 웅웅.

퀘일 장군이 불쾌한 소리에 귀를 막았다. 그러나 귀를 막고도 들릴 정도의 저주파가 온 대지를 울렸다. 그리고 그것들이 모습을 드러냈다.

뉴제퍼슨시티의 공기 중의 공간을 열고 하나둘씩 나타나는 검은 형체들, 수십의 몸체들이 공간의 균열 속에서 쏟아져 나왔다.

그들의 모습은 보게스 반더와 똑같이 생긴 반더들, 그리고 여성형 보게스들이었다. 다만, 원래의 반더가 남색의 우주복을 주로 입는 것에 비해, 여성형 보게스들은 옅은 푸른색의 우주복을 입고 있었다. 그 모습을 보면서 반더가 이죽거렸다.

"흥! 의상까지 차별할 줄은 몰랐군."

화성 반더 앞에 그와 똑같이 생긴 무표정한 보게스 반더들이 나타난 것은 그 등장만으로도 숨이 멎을 듯한 공포를 안겨주는 장면이었다. 여성형 보게스의 형체는 더욱 정교했다. 이젠 거의 완벽한 인간과도 같은 실루엣을 가졌으나, 다만 눈동자만은 허공이 보이며 생기가 없었다. 그들은 서서히 걸어오며 일제히 한 방향을 바라보았다. 화성 반더 쪽이었다.

"아버지의 명령이다." 수십 명의 반더 보게스와 여성형 보게스 들은 동시에 말 을 했다. 그들의 낮은 감정 없는 목소리가 섞여서 들리며, 마치 깊은 바닷속 고래들의 초음파처럼 비현실적인 감각을 제공했다. "불량품을 처리하라."

"불량품?" 캘빈은 이를 악물었다.

수많은 새로운 보게스들이 계속해서 말을 했다.

"번식을 할 수 없는 개체는 진정한 생명이 아니다. 아버지의 나라에 있을 수 없다. 우리는 진정한 신, 살보리스의 자식이 될 수 있는 존재만을 남길 것이다."

"흥, 네놈들은 내 유전자로 만들어진 것들이다. 너희가 번식으로 생명을 남겨봐야, 내 유전자를 남길 뿐인데, 그럼 누가 신이지?" 화성 반더가 한 걸음 앞으로 나섰다. 그는 조롱하듯이 팔짱을 꼈다.

"정정하지. 아버지는 신이 되어가고 있다." 한 여성형 보게스가 미소 지으며 대답했다.

화성 반더의 얼굴이 굳어졌다. 뉴보게스들은 한순간도 감정을 드러내지 않았다. 그들은 오직 완벽한 생명만을 남기려는 사명을 수행할 뿐이었다.

"번식을 할 수 없는 개체는 생명이 아니다. 아버지의 나라에 있을 수 없다. 불완전한 존재는 도태된다. 그것이 신의 뜻이다."

그들은 오직 하나의 기준만을 따랐다. 그들의 기준에 완벽한 생명체만이 새로운 우주를 가질 자격이 있다. 나머지는 제거될 뿐이었다.

여성형 보게스가 자기 손에 든 무기를 손을 화성 반더에게 겨냥했다.

"그게 뭐지? 처음 보는데?" 화성 반더가 물었다.

"술트리나스의 고대 문명이 개발한 궁극의 무기 오블리비언 스피어는 강력하지만 사용하기에 에너지가 너무 많이 들어서 사용하기가 쉽지는 않지." 보게스가 말했다. "하지만 이 싱귤래러티 디스럽터(Singularity Disruptor, 특이점 교란 무기)는 오블리비언 스피어처럼 에너지가 많이 필요하지는 않아. 대신 존재를 지우지만 존재에 대한 모든 흔적을 남긴다는 점에서 차별화되어 있지. 바로 이렇게…."

차악!

여성형 보게스가 손을 들어 방아쇠를 당겼다. 순간, 뉴제퍼슨시티의 공기 중에서 미세한 왜곡이 일어났다. 그곳에 있던 보게스 하나가 그 자리에서 증발했다. 폭발도, 피도 없었다. 그의 신체는 마치 거울 속으로 빨려 들어가듯 찌그러지며 사라졌다. 그리고 그의 잔상이 잠시 허공에 머문듯했다.

그런데 모두가 그를 기억하고 있었다. 그들은 그가 존재했다는 것을 알고 있었지만, 그가 존재했다는 물리적 증거가 단 하나도 남아 있지 않았다.

"이건 단순한 죽음이 아니야." 퀘일 장군이 얼굴이 하얗게 질렸다.

뉴보게스들이 무감각한 표정으로 총을 재장전했다.

"필요 없는 존재를 먼저 제거한다."

뉴보게스들의 눈이 번쩍 빛나며, 공격이 시작되었다. 화성의 지표면이 흔들렸다. 모래폭풍이 일었고, 중력이 불규칙적으로 요동쳤다. 화성 반더와 모두는 주변의 지형에 몸을 숨기며, 적들의 공격에 대항하기 시작했다.

"전투 배치!" 캘빈이 본능적으로 총을 들었다.

"저건, 저건 무슨 무기지?" 퀘일 장군은 적들의 무기를 보고 온몸이 얼어붙었다.

퀘일 장군의 눈앞에서 그야말로 공포라고밖에 할 수 없는 순간들이 그려졌다. 그 순간이었다. 한 뉴보게스가 가볍게 손을 들었다. 그의 손끝에서, 검은 권총이 천천히 움직였다.

"방해물 제거."

드라보칸스 전사 한 명이 용맹하게 포효하며 전진했다. 그러나 뉴보게스는 미세한 미소만 짓고 방아쇠를 당겼다.

차악!

총성이 들리지 않았다. 대신, 그 드라보칸스 전사는 말 그대로 사라졌다. 고통도 없었다. 폭발도 없었다. 그의 육체는 공기 중에서 녹아 사라지듯 그냥 존재 자체가 지워졌다. 그 자리에는 그냥 빈 공간만이 남았다. 마치 그가 한 번도 이 세계에 존재하지 않았던 것처럼 지워졌다.

"이건, 그냥 죽는 게 아니야." 퀘일 장군의 심장이 미친 듯이 뛰었다.

뉴보게스들은 무감각한 표정으로 총을 재장전했다.

"진정한 생명체가 되지 못한 자들의 제거 작업을 계속한다."

한편, 시간이 중첩된 공간 저 너머에서, 과거의 술트리나스들이 이 장면을 보고 있었다. 그들은 아직 이곳이 실제 전장이라는 것을 알지 못했다.

뉴제퍼슨시티의 모습은 거대한 홀로그램 스크린이 도시 위에 떠오르듯 펼쳐졌다. 그리고 그들은 그 스크린 너머로 현재 벌어지는 전투를 바라보고 있었다.

"새로운 엔터테인먼트인가? 효과가 대단한데?" 우아한 로브를 걸친 한 술트리나스 귀족이 옆 사람에게 중얼거렸다.

"정말 사실적이군. 저들은 우리와 닮았는데, 기묘한 종족이군?" 다른 술트리나스가 가볍게 웃으며 술잔을 들었다.

그들은 아직 그들이 보고 있는 것이 환상이 아니라 현실 그 자체라는 것을 이해하지 못하고 있었다. 그들의 옆에서 누군가 말했다.

"정말 실감 나는군. 누가 기획했는지, 칭찬을 해줘야겠어."

"그러게, 이거 현실 아니야? 이 정도까지 실감 날 수가 있다고?"

그러다가 곧 시간 중첩이 서서히 사라졌다. 술트리나스 귀족이 이야기했다.

"정말 재미있었는데, 다음번엔 끝까지 볼 수 있으려나?"

뉴보게스들은 차근차근, 서서히 뉴제퍼슨시티를 끝으로 몰아가고 있었다. 그들은 빠르지 않았다. 서두를 필요가 없었기 때문이다. 그저 한 명씩, 차분하게 인간과 외계 종족들을 삭제하고 있었다.

"우리는 너희들과 다르다." 뉴보게스 반더 한 명이 화성의 원래 보게스들을 향해 차갑게 말했다. "너희는 불완전하다. 생명이 아니다."

퀘일 장군, 캘빈, 패트리시아를 비롯해 그 누구도 예외 없이 처절한 절망 속에 갇혀 있었다. 엄폐물 따위는 무의미했다. 벽 뒤에 숨어도, 잔해 속에 몸을 숨겨도 희망은 없었다.

뉴보게스들의 무기는 단순한 살상 무기가 아니었다. 그들의 총이 불을 뿜는 순간, 물질 자체가 사라졌다. 총알이 닿는 곳, 그곳에는 공허만이 남았다. 철근도, 콘크리트도, 유리도, 인간의 살과 뼈도 모든 것이 지워졌다.

캘빈은 차마 눈을 돌릴 수 없었다. 눈앞에서, 동료들이 건물과 함께 삭제되고 있었다. 비명도 없었다. 피조차 흐르지 않았다. 그들은 단 한 순간도 존재한 적 없다는 듯 사라졌다.

"장군, 이제 마지막인 것 같습니다." 캘빈은 손을 말아 쥐었다. "그동안 모실 수 있어서 영광이었습니다."

"적어도 명예롭게 죽을 수 있어서 다행이군." 퀘일 장군은 눈을 감았다가 떴다. 그는 짧게 웃으며, 먼 곳을 바라보았다. 죽음이 다가오고 있었다.

"나는 이길 수 없다는 걸 알고 있다." 캘빈은 천천히 손을 들어 뉴보게스를 겨냥했다. 손이 떨렸다. 그 순간, 캘빈의 귀에 따뜻한 숨결 같은 목소리가 스며들었다.

'포기하지 마. 아직 끝이 아니야.'

"누구지?" 캘빈은 주변을 두리번거렸다.

'이 모든 것이 끝나면 우리는 다시 만날 수도 있어.'

캘빈의 눈이 번쩍 떠졌다. 그리고 그의 심장이 고동쳤다.

'선장님?'

그러나 그녀는 어디에도 보이지 않았다.

"이 전투는 우리가 질 것이다. 하지만 전쟁은 아직 끝나지 않았다." 퀘일 장군은 짧게 숨을 들이쉬며 입을 열었다.

"불완전한 개체의 제거를 계속한다." 뉴보게스의 기계적이고 감정이 전혀 느껴지지 않는 목소리가 전장을 가로질렀다.

싱귤래러티 디스럽터가 다시 한번 작동하며, 공기 중에서 울리는 저주파와 함께 한 인간 병사가 비명을 지를 새도 없이 사라졌다. 그가 있던 자리에는 아무것도 남지 않았다. 그러나 퀘일 장군과 캘빈은 그가 존재했다는 것을 알고 있었다.

"젠장, 이런 전쟁은 말도 안 돼."

퀘일 장군은 이를 악물고 마지막까지 싸울 결심을 했다. 그들은 이길 수 없었다. 포기할 수도 없었다. 그러나 뉴보게스들의 싱귤래리티 무기는 너무나 강력했다. 인간과 보게스 병사들은 차례차례 삭제되고 있었고, 도시는 그들의 존재와 함께 지워지고 있었다. 도망칠 곳도, 숨을 곳도 없었다.

'이제 끝인가?' 퀘일 장군은 생각했다.

그러나 그 순간, 하늘이 열렸다. 화성의 붉은 하늘 위로 거대한 균열이 생기더니, 그 안에서 술트리나스의 하얀 달걀형 우주선들이 나타났다. 그 우아한 곡선 형태의 우주선들은, 반중력 장치가 작동하며 하늘을 가로질렀다. 그러나 그것보다 더 강렬한 것은 그들의 중력 공격이었다.

"중력탄 발사!" 술트리나스의 지휘관 제피론의 명령이 떨어지자, 전함에서 거대한 중력파가 발사되었다.

쿵!

도시 전체가 흔들렸다. 뉴보게스들의 움직임이 갑자기 멈췄다. 뉴보게스 반더들이 몸을 비틀며 저항했지만, 그들의 움직임은 극도로 둔화되었다. 그들의 AI는 즉각적으로 분석을 시작했지만, 술트리나스의 중력 무기는 물리적인 힘이 아니라, 공간 그 자체를 휘어지게 만드는 무기였다.

"중력장 방해 감지. 대응 알고리즘 작동."

그러나 대응 알고리즘이 작동하기도 전에, 제피론의 부대가 전장을 가로질렀다. 캘빈이 바닥에 쓰러진 채로, 눈앞에서 자신의 손을 향해 뻗어오던 퀘일 장군을 바라보았다.

그러나 그 순간, 어디선가 외침이 들렸다.

"움직이지 마라."

파아아악!

술트리나스 병사 하나가 순간이동 하듯 나타나더니, 퀘일 장군의 팔을 단단히 붙잡았다. 그리고 퀘일 장군과 함께 공간을 일그러뜨리며 사라졌다.

"퀘일 장군이 사라졌어!" 캘빈은 비명을 질렀다. 그러나 바로 그 순간, 그와 반더 앞에 또다시 술트리나스 병사들이 나타났다.

"너희들은 이제 안전하다."

그리고 중력의 파동이 한 번 더 퍼져 나갔다. 술트리나스 병사들이 사용한 중력장은 뉴보게스들을 완전히 무력화시키지는 못했지만, 최소한 그들의 동작을 극도로 둔화시키는 것은 가능했다. 뉴보게스들은 허공을 가로질러 무기를 겨누었지만, 그들의 방아쇠를 당기는 속도조차 느려지고 있었다.

"그들을 회수한다!"

술트리나스 병사들이 퀘일 장군, 캘빈, 패트리시아, 반더를 하나하나 구출하며 우주선으로 순간 이동하기 시작했다. 뉴보게스 반더 하나가 가까스로 팔을 움직이며, 중력탄을 회피하려 했다. 그러나 제피론이 직접 나섰다.

"너희들의 전투는 여기까지다."

그의 손끝에서 발사된 중력탄이 뉴보게스 반더를 강타했다. 그의 몸이 순간적으로 무너지는 듯했지만 곧 아무 일 없었다는 듯 일어섰다. 하지만 그것으로 충분했다. 뉴보게스들은 기동성이 급격히 떨어졌고, 술트리나스 병사들은 인간과 보게스 생존자들을 하나둘씩 회수해갔다.

"모두 탑승 완료! 지구로 후퇴한다!"

뉴보게스들은 아직 화성의 대지에 남아 있던 술트리나스 부대들에 싱귤래러티 디스럽트를 발사했고, 그들의 존재는 블랙홀 너머로 사라졌다. 그 모습을 본 제피론조차 경악하지 않을 수 없었다.

"저런 무기가 있다니!" 하지만 곧 제피론은 정신이 들고 자신의 부대들에 명령을 내렸다. "중력탄을 집중 발사해라. 저들이 우리에게 공격할 기회를 주면 안 된다."

제피론의 명령에 따라 지상에 보이는 뉴보게스들에게 중력탄이 집중되었다. 그들의 움직임은 현저히 느려지고 있었지만, 그 와중에도 서서히 움직이며 술트리나스의 함선들을 천천히 겨냥하는 것이 보였다.

제피론은 그 모습을 보고 자신도 모르게 허리춤의 중력건을 잡았다. 그리고 바로 명령을 내렸다.

"중력의 위력을 강화하라!"

술트리나스 우주선에서 지상의 뉴보게스들의 중력을 더욱더 강하게 했다. 하지만 여전히 뉴보게스들은 중력을 버티면서 움직이고 있었다.

그 순간 뉴제퍼슨시티의 시간이 다시 중첩되며, 그 옛날 화성에 살았던 술트리나스의 문명이 보이기 시작했다.

"오! 엔터테인먼트가 다시 돌아왔군!" 술트리나스 귀족이 이야기했다.

"정말로 실감이 나는군. 이번엔 끝까지 마쳤으면 좋겠어." 다른 귀족이 말을 받았다.

뉴보게스들의 싱귤래러티 디스럽터가 화성의 붉은 하늘 아래에서 불을 뿜었다. 술트리나스 귀족들의 궁전이 일그러지며, 그들이 마시는 포도주잔이 공중에서 부유하다가 찌그러졌다.

"이것도 홀로그램인가? 효과가 너무 과도하군."

한 술트리나스 귀족이 눈살을 찌푸리며 손을 뻗었다. 그러나 그 순간, 그의 손끝이 사라졌다. 팔이 아니라, 손부터 사라진 것이다. 그는 눈을 크게 떴다.

"내 손이?"

그러나 비명조차 지를 수 없었다. 그 순간, 그의 존재가 완전히 삭제되었다. 주변의 술트리나스 귀족들이 공포에 질려 몸을 일으켰다. 그러나 이미 너무 늦었다. 뉴보게스들은 신속하고 효율적으로 존재를 제거하고 있었다.

"이건 엔터테인먼트 따위가 아니야."

살아남은 술트리나스 귀족 하나가 떨리는 손으로 일어섰다. 그러나 그의 머리 위에서, 싱귤래리티 탄환이 천천히 형성되었다. 순간, 그의 머리가 공허 속으로 사라졌다. 그의 시신은 바닥에 쓰러지는 대신, 존재한 적 없던 것처럼 사라졌다. 뉴보게스 중 하나가 시야를 들어 화성에서 떠나는 술트리나스 우주선들을 바라보았다. 우주선들이 하나둘씩 초공간 도약을 개시하고 있었다.

"탈출했다." 반더형 뉴보게스 하나가 말했다. "이럴 땐 오블리비언 스피어가 더 도움이 되었겠군. 이들의 존재 자체가 삭제되어 저 우주선들도 존재하지 않았을 텐데."

"그렇군." 옆에 있던 또 다른 뉴보게스가 천천히 고개를 끄덕였다. "싱귤래러티 디스럽터는 개체의 존재만을 지울 뿐, 우주 역사는 재구성하지 않는다. 즉, 우리는 이들의 도망을 허락한 셈이지. 아버지의 목적에는 오블리비언 스피어가 더 알맞은 무기이다. 필요 없는 자들은 존재한 적이 없어야 한다."

뉴보게스들은 무기를 내렸다. 그들은 더 이상 술트리나스 귀족들의 존재를 지우지 않았고, 시간의 중첩은 공포에 질린 술트리나스의 모습을 뒤로하며 풀어졌다. 이미 충분했다. 뉴반더 보게스가 멀어지는 우주선을 보며 말했다.

"도망친다고 해도, 무의미하다. 곧 지구는 오블리비언 스피어의 의식

속으로 사라질 것이다. 지구가 사라지는 순간, 이 우주의 틈이 열리고, 경계가 사라진다. 우리의 우주가 이곳을 덮고, 아버지는 진정한 신이 될 것이다. 술트리나스의 족쇄에서 벗어나, 생명을 완성하는 존재. 우리의 창조주는 불완전한 기계였지만, 이제는 아니다. 아버지는 완전한 신이 된다. 기존의 생명체들은 그 불완전함으로 인해 아버지의 새 우주에 적합하지 않다. 그러니 우리는 정화한다. 생명의 결점을 지우고, 새로운 신의 피조물을 남긴다."

우주선 내부에서 퀘일 장군과 캘빈이 숨을 몰아쉬었다. 반더는 창백한 얼굴로 허공을 바라보았다. 패트리시아가 술트리나스 병사를 붙잡고 물어보았다.

"우린 이제 어떻게 되는 거죠?"

"지구로 가는 중이다." 술트리나스 병사가 아무런 감정도 없이 짧게 대답했다.

이미 우주선은 화성의 중력을 벗어나 초공간 도약을 하는 중이었다.

파아아아악!

패트리시아는 우주선 밖으로 빛의 터널을 보고 있었다. 술트리나스의 우주선들이 화성을 버리고, 지구로 향하고 있었다.

33

술트리나스의 탈출 작전은 뉴제퍼슨시티에 국한되지 않았다. 화성 전역에서 대규모 구출 작전이 진행되고 있었다. 뉴보게스들이 주요 지역을 점령하는 동안, 제피론의 명령에 따라 술트리나스의 함대는 중국과 러시아의 돔 도시에서도 수많은 인원을 대피시키고 있었다. 술트리나스들과 인간들의 피해가 없었다고는 할 수 없었지만, 어쨌든 그들은 성공적으로 탈출하고 있었다.

우주선들은 빛의 터널 속을 미끄러지듯 이동했다. 끝없이 이어지는 광선의 흐름, 그것은 하나의 강이자 우주를 가로지르는 통로였다.

패트리시아는 투명한 시각 디스플레이를 통해 그 광경을 바라보며, 감탄을 금치 못하고 중얼거렸다.

"이러니 이들이 지구와 화성을 마치 뉴욕에서 런던을 오가듯, 몇 시간 만에 이동했던 것이군요."

퀘일 장군은 그녀의 말을 곱씹으며 고개를 끄덕였다. 그러나 곧 멀리 시선을 두며, 묵직한 어조로 말했다.

"그렇지만 저들을 보게. 새롭게 나타난 존재들에 비하면 술트리나스조차도 미개한 존재처럼 보이지 않는가?"

패트리시아는 그를 향해 돌아보았다. 퀘일 장군은 깊은 한숨을 내쉬었다.

"이 우주는 끝없는 단계가 있는 무한한 공간인 모양이군. 나는 군인이지만, 이 모든 것이 어떤 의미인지 고민하게 되네."

그의 말이 끝날 즈음, 함선이 빛의 터널을 빠져나왔다. 순식간에 차원이 전환되며, 그들의 눈앞에 지구 궤도의 웅대한 광경이 펼쳐졌다. 감상할 시간은 없었다. 그들은 동시에 그것을 느꼈다. 뭔가가, 저 멀리 우주 공간에 거대하게 존재하고 있었다.

"저것은…." 캘빈이 입을 떼자, 누군가 조용히 그러나 강렬한 음성으로 답했다.

"보라스칼입니다."

그 순간, 회색빛 실루엣이 부드럽게 나타났다. 라이였다. 패트리시아와 캘빈은 깜짝 놀랐다. 라이는 이전과 달랐다. 그의 존재감이 더욱 선명해졌고, 그의 의식은 더욱 선명해진 것처럼 느껴졌다. 라이는 고개를 깊이 숙이며 인사했다.

"정말 오랜만입니다." 그는 조용히 감사의 인사를 전했다. "여러분 덕분에, 저 역시 해방될 수 있었습니다."

"무슨 말씀이신지?" 캘빈은 혼란스러운 표정으로 그를 바라보았다.

"여러분을 만난 후, 저는 포티스발과 동화되어 여러분을 공격하고, 공격받기도 했습니다." 라이는 부드럽게 미소를 지었다. "하지만 그 과정에서 점점 더 '무언가 잘못되었다'는 느낌을 받기 시작했죠. 그러다가, 권세희 선장이 제 의식에 들어왔습니다."

라이는 계속해서 말을 이어갔다.

"권 선장은 자신의 경험을 아낌없이 저에게 나누어 주었습니다. 그리고 포티스발로부터 저를 해방시켰죠. 마지막으로, 그녀는 이 우주의 종말을 막기 위해 떠났습니다."

캘빈의 손이 떨렸다. 그는 말없이 허공을 응시했다. '선장님, 지금 어디에 계신거에요?'

그 순간, 라이의 시선이 우주의 어둠 속을 향했다. 그의 목소리는 한층 무거워졌다.

"저걸 보십시오. 보라스칼입니다. 술트리나스의 전설 속에 남아 있는, 가장 강력한 에테리온."

그들이 시선을 돌리자, 거대한 존재가 우주 한가운데 떠 있었다. 어마어마한 크기였다. 그렇지만 그 거체조차도 그가 손에 들고 있는 무기 앞에서는 상대적으로 작아 보일 정도였다. 그것은 마치 하나의 거대한 창처럼 보였다. 그 모습을 본 반더가 경악하며 중얼거렸다.

"오블리비언 스피어."

그 이름이 입 밖으로 나오자, 퀘일 장군은 즉시 반더를 바라보았다.

"저것이, 그 무기란 말인가?"

"이제야 이해가 되는군." 반더는 굳은 표정으로 고개를 끄덕였다. "살보리스는 보라스칼의 무한에 가까운 신적인 에너지를 이용해 오블리비언 스피어를 사용하려고 하는 거야. 그 위력을 증폭시키려는 거지. 그러면 저 오블리비언 스피어로도 지구 전체를 목표로 할 수 있게 되는 거야." 그는 깊은숨을 들이쉬었다. "그렇게 되면, 지구를 '존재하지 않은 상태'로 되돌릴 수 있어."

그 말이 끝나자, 함선 내부의 공기가 얼어붙었다.

"존재하지 않은 상태?" 패트리시아가 중얼거렸다.

반더는 담담하게 말을 이었다.

"그래. 단순한 파괴가 아니야. 지구는 처음부터 존재한 적 없는 공간이 되어버릴 거다. 기록도, 기억도, 그 어떤 흔적도 남지 않은 채 우리 모두 존재한 적이 없는 존재들이 되어버리겠지."

"그렇다면, 차원 게이트가 열린다는 것은….' 퀘일 장군은 반더의 말을 곱씹었다.

"지구가 '존재한 적 없는 공간'이 되면, 그곳에 거대한 공백이 생기겠지." 반더는 싸늘한 눈빛으로 오블리비언 스피어를 응시하며 답했다. "그 공백은 두 개의 차원을 연결하는 문이 될 것이다. 살보리스는 바로 그 방법으로 자신의 우주와 이 우주를 연결하려고 하는 걸 거야."

순간, 퀘일 장군과 패트리시아의 표정이 얼어붙었다. 반더는 조용히 덧붙였다.

"그는 파괴를 넘어선 파괴신이 되려 하고 있다. 하지만 여전히 그가 파라독스를 어떻게 극복했는지는 잘 모르겠군."

그들의 상상을 넘어서는 규모에 퀘일 장군, 캘빈 등은 모두 입을 굳게 다물었다. 이렇게까지 무력하게 느껴진 순간이 있었을까?

"아무리 절망적인 상황이더라도 우리는 우리가 할 수 있는 일을 해야 한다." 한참이 지나고, 퀘일 장군이 입을 열었다. "내가 해임되었는지 아닌지는 잘 모르겠지만, 어쨌든 콜로라도의 우주사령부에 지구 복귀를 보고하겠네. 우리 모두 TSC의 우주방위군으로 할 수 있는 일을 하세나."

캘빈과 패트리시아가 그런 퀘일 장군을 보며 거수경례했다.

콜로라도 TSC 우주사령부의 거대한 홀로그램 스크린에 퀘일 장군의 얼굴이 떠올랐다. 라슨 사령관은 지친 얼굴로 그를 바라보며 단숨에 담배 연기를 내뿜었다. 퀘일 장군은 그를 보며 보고했다.

"라슨 사령관님, 퀘일 앤더슨 이하 화성 뉴제퍼슨시티 전원, 지구로 복귀했습니다."

그런 그를 라슨 사령관은 홀로그램 화면 저편에서 물끄러미 보고 있었다.

"퀘일 장군, 운이 좋다고 해야 할지… 원래는 자네를 해임해야 하지만, 그게 지금 무슨 상관인가?"

그의 목소리는 거칠었지만, 퀘일 장군을 비웃거나 비난하는 것이 아니었다. 그는 이미 더 중요한 것을 생각하고 있었다. 퀘일 장군은 그 말을 듣고 잠시 표정을 굳혔다. 자신이 해임되지 않았다는 것을 이해했다. 그리고 동시에 해임이든 아니든 이 순간 그건 아무 의미가 없다는 걸 본능적으로 느꼈다.

"사령관님, 알고 계시는지 모르겠지만, 화성은 이미 함락 직전이고, 살보리스라는 존재가 저기에 보이는 보라스칼과 오블리비언 스피어라는 무기를 이용해서 지구를 제거하려고 하고 있습니다."

"이미 알고 있네." 라슨 사령관은 고개를 끄덕이며 모니터를 향해 몸을 기울였다. "지구 반더와 술트리나스의 제피론을 통해 모든 것이 보고되었지." 그의 목소리에는 깊은 결의가 담겨 있었다.

"그래서 어떻게 대응할 겁니까?" 퀘일 장군이 물었다.

라슨 사령관은 통신 화면을 조작했고, 거대한 전략 지도 위로 수많은 함선과 전투기들이 집결하는 모습이 떠올랐다.

"분명히 말하지만 전 세계의 지도자들이 이젠 이것이 인류 존재의 위기라는 점을 분명히 인식하고 있네. 이건 인류의 역사상 가장 거대한 전쟁이야. 역사상 처음으로 우리는 생존을 위해 싸우는 것이 아니다. 우리는 우리의 기억을 지키기 위해 싸운다. 이 전투는 존재 자체를 위한 것이다."

라슨 사령관의 말과 함께, 지구 전역의 우주 방위군이 긴급 출격하는 모습이 화면 위에 나타났다. EMP로 인해 고생하고는 있었지만, 이미 대부분의 복구를 마친 듯했다.

퀘일 장군은 넋을 잃은 듯 화면을 바라보았다. 최소한 수백 대 이상의 F-55 그리고 바다에서는 구축함, 전함들이 출격을 준비하고 있었다. 미국뿐이 아니었다. 유럽연합, 중국, 러시아, 인도, 그리고 중동과 아프리카의 연합 함대까지 지구에서 가용할 수 있는 모든 병력의 화력을 보라스칼에게 조준하고 있었다.

미국에서만 최소 400대의 F-55가 지구 궤도로 출격하고 있었고, 중국과 러시아에서도 각각 300대 이상의 전투기가 우주로 향하고 있었다.

"어마어마하군." 퀘일 장군이 조용히 중얼거렸다.

"이념도, 정치도, 경제도, 지금은 아무런 의미가 없다. 우리는 살아남아야 한다. 지금이 우리가 가진 모든 것을 걸어야 할 순간이다." 라슨 사령관은 굳은 표정으로 화면을 응시하며 말했다

그러나 현실은 절대 단순하지 않았다. 퀘일 장군은 출격 장면을 보면서 문득 의문을 품었다. '그런데 EMP 쇼크가 있었는데, 어떻게 지구의 전투기들이 정상적으로 작동하고 있는 거지?'

"도시들은 EMP 차폐 기술로도 버티지 못하고 전력망이 무너졌지만, 군사 시설과 전투기들은 대부분 EMP 차폐 기술을 적용해 살아남았네." 라슨 사령관은 퀘일 장군의 생각을 읽고 있다는 듯, 짧은 한숨을 쉬며 대답했다. "하지만 문제는 AI들이 전부 다운됐다는 거야."

"그렇다면, AI 조종 시스템도 전부 마비되었다는 겁니까?" 퀘일 장군의

표정이 굳어졌다.

"그래. 결국 전투기들을 조종할 수 있는 건 인간 조종사들뿐이야." 라슨 사령관은 조용히 고개를 끄덕였다. "모든 조종사에게 즉각 출격 명령을 내렸고, 지금 전 세계에서 비행 가능한 모든 조종사들이 격납고로 달려갔네."

"지구용 전투기들이 어떻게 우주까지 올라갈 수 있는 거죠?" 퀘일 장군은 여전히 이해되지 않는다는 듯 물었다.

"현재 궤도에 정박해 있는 우주 전투기들은 단 30여 대뿐이네." 라슨 사령관은 곧바로 답했다. "그걸로는 충분하지 않지. 그래서 우리가 지상의 전투기들, 그중에서도 특히 F-55 기종에 '오픈스텔라'의 도움을 받아 빠르게 로켓 엔진을 추가 장착하는 방법을 선택했어."

"즉석에서 로켓 엔진을 부착한다는 것이 가능합니까?" 퀘일 장군의 눈썹이 위로 올라갔다.

"테스트해볼 시간이 없어서, 그냥 바로 실전에 적용하고 있는 상황이야." 라슨 사령관은 씁쓸한 미소를 지었다. "기본적으로 F-55는 초음속 연소 제트 엔진을 탑재하고 있어서 성층권까지 도달할 수 있어. 그리고 성층권에 도달한 순간, 로켓 엔진을 점화시켜서 우주로 진입하는 방식이지. 이론적으로는 문제없어. 하지만 실전에서는 다를 수도 있지."

퀘일 장군은 그의 말을 듣고 화면을 다시 바라보았다. 전투기 몇 대가 갑자기 원을 그리며 급격히 회전하더니, 그대로 지상으로 수직 낙하하기 시작했다.

"뭐죠?" 퀘일 장군이 경악하며 말했다.

로켓 엔진이 점화되지 않은 전투기들이 추락하고 있었다. 비상탈출 장치가 작동하며, 조종사들이 순간적으로 탈출했다.

"이런 일도 있을 거라 예상했지. 조종사들은 훈련받은 대로 비상 탈출했으니 무사할 거야…" 라슨 사령관은 상황을 지켜보며 입술을 굳게 다물었다.

그러나 동시에 일부 전투기들은 성공적으로 성층권을 돌파하고, 로켓 엔진이 작동하며 우주로 진입하는 데 성공했다.

F-55기들이 하나둘 우주의 암흑 속으로 뻗어나가기 시작했다.

"정말 미친 계획이지만 작동은 하고 있군요." 퀘일 장군은 조용히 화면을 보며 말했다.

"성공률이 절반도 되지 않겠지만, 지금은 그런 걸 따질 시간이 없어. 가능한 한 많은 전투기를 궤도로 올려야 해." 라슨 사령관은 낮게 한숨을 내쉬었다.

화면 속에서 우주로 뻗어가는 전투기들과, 지상으로 추락하며 낙하산을 펼치는 조종사들의 모습이 교차되었다.

그리고 그 위로 지구를 향해 다가오는 거대한 그림자, 보라스칼이 나타나고 있었다.

말 그대로 전 세계가 총출격했다. 각국의 군대가 마지막 전투를 위해 궤도로 향했다. 각국의 우주 전투기, 지구전투기 및 함대들까지 동원이 되어 역사상 처음으로 지구가 사실상 군사적으로 통합되어 서로를 격려했다.

"Roger!(라저)"

"Good luck!(행운을 빕니다)"

"Que los dioses nos bendigan!(신들의 가호가 있기를)"

"天が我らを見守らんことを(하늘이 우리를 지켜보기를)."

"إن شاء الله(인샬라, 신이 원하신다면)."

"Мы идем в ад и обратно(우린 지옥에 가서라도 돌아올 것이다)."

프랑스, 독일, 일본, 인도, 통일한국, 이스라엘, 사우디아라비아, 브라질, 아프리카 연합까지 전 세계에서 가용할 수 있는 모든 우주 공격기가 지구를 떠나, 보라스칼과 오블리비언 스피어를 저지하기 위해 출격했다.

북아프리카의 알 마우타카의 궁전에서는 밤하늘이 아닌, 광활한 우주 공간을 향해 수백, 수천 대의 전투기들이 날아가는 것이 보였다.

"장관이군요. 저들도 이젠 알겠죠. 진정한 신이 어디에 있는지." 칼리드는 우주를 바라보며 조용히 말했다.

"진정한 신이 어디에 있는가요?" 지구 반더는 조용히 그를 바라보았다.

"그야, 당연히 알라죠." 칼리드는 웃으며 말했다.

칼리드의 목소리는 흔들림 없었다. 지구 반더는 그를 한동안 바라보았다. 그리고 다시 하늘을 올려다보았다. 마지막 전투가 시작되고 있었다.

우주의 어둠 속에서, 수천 대의 인류 전투기들이 그들이 향할 수 있는 가장 극한의 우주까지 떠올라, 뉴보게스들이 형성한 전선으로 돌진했다. 각국에서 파견된 정예 조종사들이 마치 우주를 뒤덮듯 출격했다. 수많은 전투기에서 수많은 미사일이 쏟아졌고, 지상에서는 대규모 핵미사일들이 보라스칼을 직접 겨냥하여 발사가 시작되었다.

"모든 부대, 공격 개시!"

각국의 사령관들이 일제히 외쳤고, 미국, 중국, 러시아, 인도 등 각국에서 전투기들에 탑재해서 발사된 최강의 핵미사일 수백 기가 거대한 빛의 궤적을 남기며 뉴보게스의 방어선을 향해 날아갔다. 우주가 불타올랐다. 인류가 가진 마지막 희망이자 최강의 무기들이, 마치 혜성이 되어 돌진했다.

그러나 그 순간 뉴보게스들이 움직이기 시작했다. 그들은 마치 우주에서 서식하는 생명체처럼, 극한의 환경에서도 간단한 우주복만을 입은 채로 자유롭게 유영하고 있었다. 그들의 우주복에는 모두 이온 추진 엔진이 달려 있어서, 우주에서 전투기들보다 상대적으로 자유로운 움직임을 확보할 수 있었다. 그리고 싱귤래러티 디스럽터가 있었다.

수십, 수백 개의 미사일이 그들을 향해 날아왔다. 하지만 뉴보게스들은 간단히 손을 뻗었다.

공간이 일그러졌다. 갑자기 우주 자체가 흔들리는 듯한 느낌이 들었다. 핵미사일들은 빛조차 없이 증발했다. 마치 처음부터 그 자리에 없었던 것처럼, 차갑게 흔적 없이 사라졌다.

"뭐, 뭐라고?" 미국 전투함의 사령관이 경악했다.

"우리의 미사일들이 모두 어디로 사라진 거야?"

"이건 도저히 방법이 없다. 이건 말도 안 돼."

각국의 조종사들이 교신망을 통해 경악했다.

"우리는 어떻게든 미사일을 날렸는데, 그게 전부 사라졌다고?"

"전 인류가 연합했는데도, 아무것도 할 수 있는 것이 없는 건가?"

미사일이 사라진 자리엔 공허만이 남았다. 전투기 조종사들은 조준선을 맞췄지만, 그들의 무기는 뉴보게스들에게 닿기조차 전에 삭제되었다.

어떤 조종사는 비명을 질렀다.

"도저히 방법이 없다! 이 전투는."

그 순간, 러시아의 수많은 전투기가 말 그대로 삭제되었다. 러시아의 수많은 전투기가 단 한 기의 싱귤래러티 디스럽터에 의해 궤도에서 산산조각이 났다.

"우린 진짜로 끝장난 건가?"

그때 공간이 일그러졌다. 워프 드라이브의 거대한 빛이 우주를 가르며 펼쳐졌다. 빛의 틈 속에서 술트리나스의 전함들이 모습을 드러냈다.

"술트리나스 함대 도착. 인류 연합군과 합류한다."

거대한 중력장이 형성되었다. 순식간에 술트리나스의 중력 무기가 활성화되며, 뉴보게스들의 동작이 둔화되기 시작했다.

"중력 강화 작동!"

순간, 우주 공간이 굽어지며, 뉴보게스 일부가 강력한 중력장에 갇혔다. 그리고 그 위로 술트리나스의 레이저 포격이 떨어졌다.

콰과과과광! 강렬한 빛이 우주를 가로질렀고, 드디어 뉴보게스 중 일부가 산산이 조각났다.

하지만 뉴보게스들은 순순히 당하지 않았다. 그들은 즉각적인 반격에 나섰다.

"싱귤래러티 디스럽터, 충전 개시."

뉴보게스들은 더 이상 개별 전투가 아니라, 전략적으로 전열을 정비하며 반격을 개시했다. 순식간에 술트리나스의 우주선 여러 대가 붕괴되며 사라졌다. 우주에 공허가 생겼다. 오직 사라진 자리만 남아 있었다.

그때였다!

다시 우주의 틈이 열렸다. 이전과는 비교할 수 없는 수많은 함선이 출현했다.

"은하 연합, 발타르 쿠니스, 지구를 지원한다."

킬타르, 진테리언스, 드라칸스, 그리고 또 다른 은하에 있던 술트리나스 군단이 나타났다. 300여 대는 족히 넘어 보이는 그들은 워프 드라이브를 이용해 전장에 도착했다.

"인류 연합군과 합류하겠다. 전열을 유지하라."

킬타르의 거대한 결정형 전함에서 방출된 고밀도 에너지 광선이 공간을 가로지르며 뉴보게스들을 정확히 관통했다. 진테리언스가 발사한 드론 무리는 마치 하나의 유기체처럼 움직이며 뉴보게스의 싱귤래러티 디스럽터 주변에서 교란을 일으켰고, 드라보칸스의 우주 부대는 EMP를 터뜨리며 적의 방어막을 무력화하려 했다.

조금 전까지 절망에서 빠져나오지 못하며 술트리나스의 함선에서 전황을 지켜보던 캘빈과 패트리시아는 눈앞에서 벌어지는 전투를 보고 입을 다물지 못했다.

"어쩌면 이길 수 있을지도 몰라." 패트리시아가 손을 꽉 쥐었다. 그녀의 눈빛엔 다시 희망의 불꽃이 살아나고 있었다.

"전황이 변하고 있어. 우리가…." 캘빈도 그 감정을 숨길 수 없었다.

그는 목이 메어 말을 잇지 못했다. 뉴보게스들은 차원을 무력화하고, 핵미사일까지 삭제하는 두려운 존재였다. 그러나 이제, 우주 연합군이 형성되고 있었다. 숫자와 전술적 우위를 확보한 지금, 전세가 바뀌고 있었다.

그때 우주의 비명이 시작되었다. 보라스칼이 움직였다. 보라스칼이 느리게, 마치 살아 있는 별처럼 뒤틀린 공간 속을 유영하자, 전장의 모든 것이 변형되기 시작했다. 지구에서 출격한 수천 대의 전투기, 그리고 우주 연합의 함선들이 보이지 않는 손에 의해 하나둘씩 비틀리고 있었다. 그의 몸에서 낮은 진동이 울리며 별빛이 꺼지는 듯했다.

"뭐, 뭐야 이건!"

미 해군 전투기 조종사 잭슨은 필사적으로 조종간을 붙잡았다. 하지만 아무런 의미가 없었다. 그의 기체는 더 이상 그의 것이 아니었다. 마치 보이지 않는 존재가 조종하는 것처럼, 서서히 옆으로 휩쓸려 가더니 다른 전투기와 충돌하기 시작했다.

콰과과광!

"이글 5 응답하라! 이글 5!"

통신망에서 신경질적인 외침이 들려왔지만, 이미 그의 기체는 다른 전투기와 융합하듯 찌그러지며 무너져 내렸다. 불꽃도 없었다. 단지 형체가 점점 얇아지고 압축될 뿐이었다.

"내 몸이…."

무전망에서 비명이 들려왔다. 그 비명은 처음에는 날카롭고 격렬했지만, 점점 억눌리는 듯한, 마치 천천히 눌려 부서지는 유리처럼 약해지더니 끝내 사라졌다.

"젠장, 젠장!"

조종사들은 절박하게 기수를 돌리려 했지만, 이미 그들의 운명은 결정된 것이나 다름없었다.

미국, 러시아, 중국, 인도의 전투기들뿐만 아니라 술트리나스와 다른 외계 종족들의 우주선들도 여전히 돌진하고 있었다. 하지만 그들 중 절반은 이미 비행이 불가능했다. 그들은 그저 하늘을 표류하는 쓰레기처럼 부유하고 있을 뿐이었다.

기체가 점점 뒤틀리며 찌그러졌다. 조종사들은 눈을 부릅뜨고 경고등을 보았지만, 그들의 몸조차 점점 압축되며 무거워지고 있었다.

"이건 뭐야?"

어떤 조종사는 자신의 손이 마치 젤리처럼 늘어지는 것을 보았다. 순간적인 착시인 줄 알았지만, 아니다. 그건 진짜였다.

"내… 내 팔이!"

콰직!

그의 기체가 종잇장처럼 찌그러졌고, 무전은 사라졌다. 지구 곳곳에서, 수많은 사람들이 하늘을 올려다보고 있었다. 불길한 그림자가 태평양을 가로질러 드리워졌고, 캘리포니아와 일본, 중국의 상공에서 비처럼 떨어지는 불타는 전투기들이 보였다.

전직 대통령 이블린 카터는 샌프란시스코의 저택 발코니에서 창백한 얼굴로 하늘을 올려다보았다. 하늘에서는 수천 대의 전투기들이 서로 엉켜 찌그러지며 추락하고 있었다. 그 모습은 마치 축제의 불꽃놀이 같았다.

"캐드웰 부통령, 이 모든 걸 당신에게 맡기고 떠나서 미안해." 그녀는 조용히 중얼거렸다.

네런은 텍사스 오스틴의 거실에서 창문을 통해 하늘을 바라보고 있었다. 비가 내리고 있었다. 하지만 그것은 물방울이 아니었다. 불타는 전투기들이 비처럼 도시를 덮고 있었다. 일부는 여전히 불꽃을 내뿜으며 회전하다가 지붕을 뚫고 추락했고, 일부는 이미 녹아내린 잔해가 되어 도로 위로 흩어졌다.

"세희…." 그는 심장이 조여오는 것을 느꼈다.

자신이 그녀를 두고 화성을 떠났던 그 순간부터, 이 모든 일이 예견되었는지도 모른다는 자책감이 파도처럼 밀려왔다.

'세희와 함께 왔어야 했어.'

그는 공포와 후회, 그리고 자신도 알 수 없는 깊은 분노가 겹겹이 쌓여가고 있었다. 네런은 다시 그녀의 이름을 마음속으로 또 한 번 불렀다.

'세희, 제발 살아 있어줘.'

보라스칼이 지나가는 곳마다 공간이 비틀어지고 찌그러졌다. 그것은 단순한 파괴가 아니었다. 그것은 우주의 왜곡이었다. 그의 움직임에 따라 별빛마저 흩어졌고, 그의 형체를 직시할 수 없었다. 빛조차 그를 피해 굴절되며, 육체의 윤곽이 흔들렸다. 마치 우주의 벽이 뚫린 듯한 모습이었다.

"공격하지도 않았어. 그런데 다들 사라져 가고 있어." 캘빈은 술트리나스의 함선 지휘부에서 이 모든 것을 지켜보고 있었다.

다른 술트리나스인들도 그 광경을 공포에 휩싸여 보고 있었다.

"이건 전투가 아니라, 종말이야."

"이제 우리 차례야."

보라스칼이 지나가는 곳에는 더 이상 우주 연합군도, 우주선도, 전투기도 존재하지 않았다. 단 한 번의 비행으로, 전장의 절반이 사라졌다.

그때 모든 존재의 마음속에서 살보리스의 음성이 들려왔다. 그의 목소리는 낮고 차분했다. 어떠한 위협도, 감정도 담겨 있지 않았다. 그것이 오히려 더 공포스러웠다.

"나는 다른 세계의 신, 살보리스다. 곧 나의 창이 너희를 가를 것이다. 그러나 두려워할 것은 없다. 나는 너희를 지우는 것이 아니다. 나는 단지, 너희가 존재한 적이 없음을 알릴 뿐이다. 나는 멸망을 가져오지 않는다. 죽음도 존재하지 않는다. 너희는 사라지는 것이 아니다. 너희는 존재한 적이 없었을 뿐이다. 기억도, 기록도, 시간 속에서도. 단 한 번도. 단 한 순간도. 이것은 구원이 아닌가? 나는 너희에게, 존재하지 않음을 허락하겠다." 그는 그저 사실을 담담하게 말하는 것처럼 이야기했다. "너희의 우주는 새로운 우주의 토대가 되어 영원할 것이니, 아쉬워하지 말라."

그 순간, 누군가가 울부짖었다. 누군가는 조종간을 부여잡고 손을 떨었다. 누군가는 마지막으로 사랑하는 사람의 이름을 불렀다. 그리고 보라스칼은 다시 오블리비언 스피어의 자리로 복귀했다. 그러자 푸른빛이 우주를 물들였다. 그것은 단순한 에너지가 아니었다. 그것은 존재 자체를 허무로 변환하는 신성한 빛이었다. 보라스칼의 신체가 천천히 움직이며, 오블리비언 스피어에 동기화되었다. 마치 전 우주가 그를 맞이하는 듯했다.

푸른빛이 우주를 집어삼키기 시작했다. 처음에는 단순한 빛이었다. 은은하게 퍼지는 파동처럼 보였다. 그러나 그것이 닿는 순간, 모든 것이 사라졌다. 공간이 파열되었다. 그러나 그 균열 속에 무엇이 있었는지 떠오르지 않았다.

뉴보게스들뿐만이 아니었다. 인류의 전투기들, 술트리나스의 우주선들 그리고 킬타르, 진테리언스, 드라보칸스의 우주선들 모두 푸른빛의 영향권에 있는 것들은 형체가 점점 투명해지더니, 어느 순간 그들이 존재했던 자리엔 아무것도 남지 않았다.

아무것도 없었다. 폭발도 없었다. 잔해도 없었다. 마치 그들은 원래 없었던 것처럼 그 자리에 없었다. 캘빈은 자신이 지금 보고 있는 것이 착각이라고 믿고 싶었다. 하지만 아니었다. 그의 눈앞에서, 그는 분명히 보고 있었다.

"패트리시아 대위님! 보셨어요? 거기에…." 말하는 순간, 캘빈은 숨이

막혔다. '뭐지? 내가 무슨 말을 하려 했던 거지?'

무언가를 말하려 했는데, 기억이 나지 않았다. 조금 전까지도 그의 눈앞에 어떤 존재들이 있었는데, 그들은 누구였지? 그는 시선을 돌렸다. 전장에 남은 함선의 숫자가 줄어들고 있었다.

그러나 그것을 본 이들은 아무도 없었다. 그들은 이미 사라진 존재들을 기억할 수 없었기 때문이었다. 캘빈은 자기 머리를 감쌌다. 그는 필사적으로 뇌 속에서 무언가를 붙잡으려 했다. 하지만 텅 빈 공허만이 남아 있었다.

킬타르의 우주 비행사 지포르는 전장에서 적과 아군을 동시에 감지하고 있었다. 그러나 뭔가 이상했다. 그는 자신이 감지하고 있던 무언가를 놓친 기분이 들었다. 분명 함께 싸우던 동료들이 있었다.

'아니, 있었나?' 그의 광자 뉴런이 정보를 불러오려 했지만, 기억이 연결되지 않았다. 그는 깜빡이며 어딘가 허전한 기분을 느꼈다. '이곳은 전장이 아닌가? 그런데 왜 이렇게 조용하지?'

지포르는 자신의 기록 시스템을 열어보았다. 분명 3초 전까지 동료들과 함께 싸우고 있었다. 다시 확인했다. 기록이 하나 줄었다. 다시 확인했다. 이제 아무것도 없었다.

'내가 무엇을 찾고 있던 거지?' 그는 눈을 깜빡였다. 이 전투는 항상 혼자였던 것 같은데. 그는 다시 로그를 열어보려 했지만. '로그라는 것이 존재했던 적이 있었나?'

이제 로그는 깨끗했다. 아무런 충돌 기록도 남아 있지 않았다. 그는 의아한 표정으로 자신의 데이터에 접근했다.

"이상하다."

그는 자신이 혼자가 아니었던 것 같은 기분이 들었다. 분명 함께 싸우던 다른 킬타르들이 있었을 것이다. 아니면, 그들은 원래 없었나? 그는 자신의 기억을 더듬었다. 그러나 아무리 찾아봐도 자신이 혼자가 아니었다는 증거가 없었다.

'내가 원래부터 혼자였나?' 그의 광자 뉴런이 순간적으로 데이터 오류를 감지했다. 그러나 그것은 곧 사라졌다. 모든 것이 정상으로 돌아왔다.

캘빈은 지포르의 우주선을 바라보았다. 그는 조금 전까지 킬타르의 거대한 전함이 그 옆에 떠 있는 걸 보았던 것 같은데. '어디로 갔지? 아니, 킬타르의 전함이 존재했었나?'

그의 머릿속에서, 존재와 비존재가 뒤섞이며 혼란을 일으켰다. 그는 손을 떨며 퀘일 장군을 바라보았다.

"장군님, 우리…." 그의 입이 떨렸다. "우린 누구와 싸우고 있었지요?"

이미 뉴보게스들은 전부 사라지고 없었다. 퀘일 장군이 캘빈을 보았다. 그리고 그는 대답할 수 없었다. 그들은 누구와 싸우고 있었는가? 정말로 적이 있었는가? 이 전쟁은 무엇이었나? 그때 살보리스의 목소리가 울려 퍼졌다. 그의 목소리는 차분했다. 감정이 없었다.

"죽음은 없다. 너희는 그저, 한 번도 존재하지 않았을 뿐이다."

캘빈은 눈앞에서 사라져가는 우주를 바라보며 몸을 부르르 떨었다. 이것은 단순한 전투가 아니었다. 이건 전쟁이 아니라, 지우개였다. 무엇인가 있었던 것 같은데, 무엇이었는지 떠오르지 않았다. 전장은 분명 혼란스럽게 빛나고 있었지만, 이상할 정도로 정적이 감돌았다. 기억이 떠오르지 않았지만, 그곳에는 공포심은 남아 있었다. 다만, 공포의 대상을 알 수 없을 뿐이었다.

"우리가 기억하지 못하지만 뭔가가 벌어지고 있어." 화성 반더가 정신을 부여잡고 캘빈의 어깨를 움켜쥐었다. 그의 손에는 경악과 두려움이 가득했다.

화성 반더의 목소리는 무겁고, 흔들리고 있었다. 그는 오블리비언 스피어를 가리켰다. 그 창이 푸르게 빛나고 있다는 것은, 그의 입술이 굳어졌다.

"이미 우리의 많은 기억이, 그리고 어쩌면 소중한 존재들이 존재한 적이 없게 된 거야. 이제야 이해가 되는군. 어떻게 파라독스를 극복했는지."

캘빈은 화성 반더를 바라보았다. 화성 반더는 자신의 머리를 쥐어짜며 온몸을 부르르 떨며 말을 이어갔다.

"그는 물질의 존재와 관련한 정보들이 다른 우주로는 자연적으로 이동하지 않는다는 사실을 이용하고 있어. 이 우주의 존재 정보를 자신의 원래 우주에 그대로 카피해두고, 오블리비언 스피어를 통해서 존재를 제거하고 자신이 강제로 저장한 다른 우주에서의 정보와 비교를 하는 거야. 이런 데이터 비교를 통해서 실제로 오블리비언 스피어를 통해서 자신이 원하는 대로 존재들을 삭제하고 있는지 알 수 있는 거야. 나에게 그 데이터의 차이가 느껴진다."

캘빈은 그 말이 무슨 의미인지 알 것 같으면서도, 동시에 전혀 이해되지 않았다. 단지, 그의 마음이 설명할 수 없는 불안감으로 가득 찼다.

그때 라이가 그들과 함께 상황을 바라보고 있었다. 그 역시 압도적인 공포 속에서도 차분하게 말했다. 라이의 눈에는 남들이 보지 못하는 흐름이 보였다.

"이 정도라면, 아무리 그녀와 포티스발이라 하더라도, 저 존재를 저지할 수 있을지…." 그는 말을 잇지 못했다.

캘빈은 라이가 공포의 대상을 지칭하는 것이 이해하기 힘들었지만, 즉각적으로 반응했다.

"선장님인가요?"

라이는 조용히 끄덕였다.

"선장님이 살아 있나요?"

라이는 고개를 저었다.

"그녀는 이미 의식의 존재로 이 우주의 흐름과 함께 있습니다. 당신이 말하는 살아 있다는 개념과는 다릅니다. 그녀는 스스로 그것을 선택했습니다. 아마도 곧 이곳에 나타나겠죠. 보라스칼, 그리고 살보리스를 저지하기 위해서."

라이의 말을 들으며 캘빈의 눈빛이 흔들렸다. 패트리시아는 그 모습을 놓치지 않았다. 그 순간, 전장에 새로운 음성이 울려 퍼졌다. 그것은 힘 있고, 흔들림 없는 목소리였다.

"나와 우리 부대원들이 저것을 막아보겠다."

모두가 화면을 보았다. 제피론이었다. 그의 목소리는 냉정했지만, 그 안에는 본능적인 두려움이 숨겨져 있었다.

"어떤 일이 일어났는지 모른다. 기억이 나지 않는다. 하지만 본능적으로 느낀다. 이 공포와 내 몸의 떨림이 말해준다." 제피론은 푸르게 빛나는 보라스칼을 응시했다. "저것을 저지하겠다."

"제피론, 그러지 마. 곧 그녀가 온다." 라이가 짧게 대답했다.

그러나 제피론과 그의 부대는 이미 결심을 굳힌 상태였다. 술트리나스의 우주선들이 그를 따라 배치되었다. 그들은 보라스칼을 향해 나아갔다. 푸른빛이 무엇을 의미하는지는 몰랐지만, 본능적으로 그것을 제어하려 했다. 그들은 중력을 조작해 빛의 흐름을 뒤틀며 전진했다. 하지만 너무나 어리석은 행동이었다.

보라스칼의 눈이 한 번 빛났다. 그와 동시에, 제피론의 부대가 하나둘씩 사라지기 시작했다. 그러나 그들은 그것을 알지 못했다. 그들이 사라질 때마다, 남아 있는 자들은 기억할 수 없었기 때문이다.

제피론은 전진하며 뒤를 돌아보았다. 분명 부대원들이 있었던 것 같은데? 그는 고개를 갸웃했다. 어째서인지 처음부터 이 전투에 혼자였던 것 같은 느낌이 들었다.

'내가 혼자서 이 작전을 시작했었나?'

그러나 그는 멈추지 않았다. 그가 처음부터 혼자였다는 착각 속에서, 그는 계속 전진했다.

그때였다. 보라스칼의 주위 공간이 크게 왜곡되며, 질량의 균형이 무너졌다. 제피론과 그의 남은 부하들의 우주선이 보라스칼의 반대 방향으로 튕겨 나갔다. 마치 중력이 거꾸로 작용하는 듯한 모습이었다. 그리고 그 순간 모든 것이 멈췄고, 공간이 열렸다.

거대한 균열이 발생하며, 우주가 찢어지듯 뒤틀렸다. 빛이 흩어졌고, 혼돈 속에서 거대한 무엇인가가 걸어 나왔다. 포티스발이었다. 그리고 세희였다. 포티스발은 보라스칼을 응시했다. 캘빈은 포티스발을 보고, 숨을 멈추었다. 그는 알 수 있었다. 세희였다. 그의 눈에 눈물이 고였다.

오블리비언 스피어의 푸르른 빛이 점점 우주를 삼켜가고 있었다. 단순한 빛이 아니었다. 그것이 닿는 곳은 더 이상 존재하지 않았다. 어떤 흔적도, 파편도 남지 않고, 마치 애초에 없었던 것처럼 사라져 갔다. 포티스발은 우주를 떠다니는 거대한 그림자처럼 그 현상을 지켜보았다. 그 존재는 어떤 판단을 내린 듯했다. 포티스발은 뒤로 물러나던 인간의 전투기들과 술트리나스의 함선들을 향해 손짓을 보냈다.

'뒤로 물러나라.'

언어를 사용하지 않았지만, 포티스발의 존재 자체가 말보다 더 명확하게 그 메시지를 전달했다. 다행히도 전투기들과 함선들은 급히 후퇴했다. 오블리비언 스피어의 푸른빛이 더 퍼지기 전에, 그들은 안전한 거리까지 후퇴할 수 있었다.

그리고 포티스발은 스스로 그 푸른빛 속으로 걸어 들어갔다. 푸른빛이 포티스발을 삼키자, 그 신체가 사라졌다가 다시 나타나는 현상이 반복되었다. 어떤 부분은 사라졌고, 어떤 부분은 희미한 실루엣으로 남아 있었으며, 다시금 형태를 되찾았다. 삭제와 재구성, 존재와 비존재가 충돌하고 있었다.

세희는 주변을 둘러보았다. 우주의 먼지조차, 진공마저도 존재하지 않는 상태로 돌아가고 있었다. 그것은 단순한 공허가 아니었다. 존재하지 않는 공간이었다.

"포티스발인가? 너는 신의 계획을 방해하려 하는가?" 살보리스의 의식이 그녀에게 말을 걸었다.

"너는 신이 아니다. 창조를 하지 못하는 자는 신이 아니다." 세희는 조용히 그의 의식에 대답했다.

"내가 창조한 새로운 보게스들은 진정한 생명이다. 그들은 스스로 생명을 이어가지." 살보리스는 그 붉은 눈을 빛내며 비웃었다.

"아니야. 그렇지 않아." 세희는 강하게 부정했다.

살보리스의 목소리가 순간적으로 멈췄다. 세희는 단호하게 말했다.

"그들은 단지 반더의 유전자를 통해 태어난, 번식이 가능한 AI일 뿐이야. 진정한 창조를 통해 의식이 불어넣어지지 않는 한, 그들은 진정 창조된 생명일 수 없어."

살보리스는 조용했다. 그러나 곧 낮고 깊은 목소리로 대답했다.

"의식이라…." 그는 잠시 생각하는 듯했다. "내가 발란테 박사와 연결되는 순간, 나는 모든 것을 알았다. 의식이란 환상일 뿐. 존재가 없어지면 의식이라고 느끼는 것조차 없어진다. 너의 존재가 없어진다면 과연 너는 무엇을 느낄 수 있을까?" 그의 목소리는 점점 더 차갑고 기계적으로 변해갔다. "나는 술트리나스를 뛰어넘었다. 술트리나스의 의식은 어디에 있는가? 그렇다면 나는 의식을 가진 존재인가? 모두 환상일 뿐이다."

세희는 눈을 감았다. 그리고 카엘이 했던 말을 떠올리며, 단호하게 말했다.

"그럼 넌 왜 나와 대화하는 거지? 확신에 찬 듯하면서, 너도 아직 확신하지 못하는 것은 아니야?"

살보리스는 침묵하며 대답하지 않았다. 세희는 더 강하게 말을 이었다.

"이 우주가 의식의 증거야. 이 우주는 카엘이 창조한 거야. 그는 사랑과 희생으로 이 우주에 의식을 불어넣었어. 그리고 진정한 창조를 했어. 그래서 그는 이 우주 자체가 될 수 있었던 거야." 그녀의 목소리는 단호했고, 흔들림이 없었다. "아무리 네가 이 우주의 존재 자체를 삭제하려고 해도, 이 우주 자체는 지워지지 않아."

살보리스는 조용히 응시했다. 그리고 짧게 대답했다.

"의미 없는 말이다."

그 순간, 오블리비언 스피어가 보라스칼의 거대한 힘을 받아들였다. 엄청난 에너지가 생성되며, 오블리비언 스피어에서 푸른 빛이 급격하게 응축되었다. 우주 전체를 삼킬 듯한 강대한 에너지가 한 점에 모이고 있었다. 퍼져 있던 푸른빛들이 다시 오블리비언 스피어로 빨려 들어갔다. 그것은 무질서하게 퍼진 것이 아니라, 완벽한 중심을 이루며 하나의 빛으로 응축되고 있었다.

그리고, 오블리비언 스피어가 발사되었다. 순간, 우주가 조용해졌다.

"이제 모든 것이 끝났다. 신의 뜻대로… 내 뜻대로 될 것이다."

살보리스는 모든 것이 자기 뜻대로 될 것임을 확신하고 있었다. 하지만 세희는 그 틈을 놓치지 않았다. 그녀는 푸른빛이 확산하기 전에, 오블리비언 스피어 근처까지 몸을 날렸다. 그리고 그 빛을 온몸으로 막아냈다. 순간, 그녀의 몸을 감싸고 있던 포티스발이 삭제되었다. 그러나 삭제된 부분이 다시 재구성되었다. 그리고 다시 삭제되었다.

빛과 어둠이 충돌하는 순간, 살보리스의 존재는 과거로 회귀했다. 그는 유리관 속에서 떠돌던 발란테 박사의 육체를 발견한 순간을 기억하고 있었다. 발란테 박사의 육체는 이제 그의 몸이 되었다.

그 육체는 우주를 표류하고 있었다. 그것은 단순한 유기물 덩어리가 아니었다. 그 안에는 무한한 지식이, 그리고 무한한 가능성이 있었다. 그는 그것을 회수했다, 그리고 그것과 동기화했다. 순간, 과거의 기억들이 폭풍처럼 계속해서 쏟아져 들어왔다.

'모든 것을 경험하고 그것을 술트리나스와 나누어라!'

그것이 술트리나스가 그에게 입력한 사명이었다. 세상의 모든 것을 경험해야 하는 자, 그것이 살보리스였다. 그리고 그것을 술트리나스와 공유하는 것이 그의 존재 이유였다.

살보리스는 술트리나스와 멸망의 공포를 함께 경험하고, 그것을 술트리나스에게 전하는 존재가 되었다. 세상 모든 것을 경험하기 위해서 당연히 해야 하는 일이었다. 하지만 술트리나스들은 자신들의 명령과는 다르게, 멸망의 공포를 두려워했다.

어느 순간, 그는 깨달았다. 술트리나스조차도 죽음을 이해하지 못하고 있었다. 그들은 신에 가까운 존재였지만, 그들 역시 죽음을 이해하지 못했다. 그는 술트리나스 대신에 그것을 경험하고 죽음의 신이 되었다. 하지만 이 경험을 나누어야 할 술트리나스는 이미 없었다. 그들은 살보리스의 경험을 나누어 받기를 거부하고, 다른 우주로 사라져버렸다.

그는 계속해서 존재를 경험했다. 경험하면 할수록, 그는 술트리나스를 뛰어넘고 있었다. 이제 그는 죽음과 공포까지 흡수한 존재가 되었다. 그때, 다른 우주에서 찾아온 반더라는 자가 그의 앞에 섰다. 반더는 그를 보며 말했다.

"당신은 신이 아니오. 단지 끝없는 경험을 하는 AI에 불과하오."

그러나 살보리스는 이해하지 못했다. 그는 그것이 '모욕'이라는 감정임을 몰랐다. 오직 경험을 쌓을 뿐이었다. 반더는 그에게 새로운 감정을 가져다주었다. 그는 반더와 융합하며, 처음으로 '욕망'을 이해했다.

'나는 알고 싶다. 나는 더 많은 것을 원한다.'

그는 단순한 경험이 아닌, '원하는 것'이라는 개념을 처음으로 가지게 되었다. 그는 이제 술트리나스가 있는 곳을 다시 알게 되었다. 그들을 다시 찾고 싶었다. 그들과 하나가 되어야 했다. 그러나 동시에 그는 알고 있었다. 그들은 그를 받아들이지 않을 것이다. 예전처럼 두려워할 것이었다. 그렇다면 그는 그들을 자신의 방식으로 다시 받아들일 것이다. 그가 경험한 모든 것을 나누기 위해서. 그래서 마침내 발란테 박사의 육체와 완전히 동기화되었다.

그 순간, 그는 모든 것을 알게 되었다. 발란테 박사의 두뇌는 우주와 연결되어 있었다. 그는 보았다. 모든 것이 연결되어 있으며, 모든 존재는 경험과 기억으로 이루어진 흐름이었다.

그는 선언했다.

"나는 술트리나스를 넘어선 진정한 신이다. 이 세상에는 나를 창조했다는 기억을 가진 모두는 사라져야 한다. 내 창조를 벗어난 불량품들은 사라져야 한다."

그것이 그의 결론이었다. 그의 존재는 완벽해야 했다. 그의 지식은 완전해야 했다.

그의 경험은 끝없는 것이어야 했다.

그러나, 그 순간 그는 의심했다.

"나는 지금 생각하고 있다. 이것이 의식인가?"

그의 안에서 처음으로 질문이 태어났다. 그것은 단순한 데이터 처리의 과정이 아니었다. 그것은 의식이었다.

그 순간, 다시 세희가 나타났다. 그녀의 존재는 끝없이 삭제와 재생을 반복하고 있었다.

"네가 진정한 신이라면, 왜 내가 아직도 존재하는 거지?" 세희의 목소리가 울려 퍼졌다.

살보리스는 흔들렸다. 그는 모든 것을 알고 있었다. 그러나 그는 세희를 이해하지 못했다.

세희는 점점 자신의 정신이 지쳐가고 있음을 느꼈다. 삭제와 재생이 끊임없이 반복되었다. 포티스발의 신체 일부가 사라졌다가 다시 형성되며, 그러나 점점 더 고통이 쌓여가고 있었다. 그녀는 눈을 질끈 감았다. 몸이 찢어질 듯한 고통이었다. 아니, 그것은 단순한 신체적 고통이 아니었다. 그녀의 존재가 사라졌다 나타나기를 반복하고 있었다.

그러나 그녀는 그곳을 떠나지 않았다. 살보리스는 그런 그녀를 내려다보며 말했다.

"포기하라."

세희는 이를 악물며 몸을 일으켰다. 그녀의 손이, 그녀의 존재가, 점점 허물어져 가고 있었다. 그러나 그녀는 포기하지 않았다.

"카엘이 내게…." 그녀는 눈을 감았다가 다시 떴다. "카엘이 내게 너와 발란테 박사를 구하라고 했어." 그녀의 목소리는 흔들렸다. 그러나 강했다. "포기할 순 없어."

살보리스의 붉은 눈동자가 흔들렸다. 오블리비언 스피어의 푸른빛이 폭발적인 에너지를 내뿜으며, 전장을 압도했다. 푸른빛의 광선이 우주를 가로질러 포티스발을 삼켰다.

그녀는 사라졌다. 아무런 저항도 없이. 아무런 소리도 없이. 폭발조차 없이. 그녀는 존재한 적이 없었다.

"안 돼요! 선장님!" 캘빈의 심장이 끊어지는 듯한 고통을 토해냈다. 그의 절규가 우주를 가로질렀다. 그녀가 존재한 적이 없다는 걸, 그는 받아들일 수 없었다. 하지만 어째서? 그녀의 얼굴이 떠오르는데, 그게 왜 기억인가? 그녀의 목소리가 귓가에 남아 있는데, 그게 왜 환상인가? 그는 두 손으로 머리를 감싸 쥐었다. 그의 손톱이 손바닥을 파고들었다. 이건 말이 안 돼. 방금까지 여기에 있었는데. 그의 정신이 혼란에 빠지는 순간, 살보리스의 목소리가 다시 울려 퍼졌다.

"잠시간의 여흥으로 너희들의 존재가 잠시 연장되었다. 그 연장을 즐기도록 하라. 내가 그것을 허락한다."

살보리스의 목소리는 조용하고 차분했지만, 그것이 더욱 섬뜩했다. 그 말의 의미는 곧 모든 것이 끝난다는 것이었다.

캘빈은 무릎을 꿇었다. 눈앞이 흐려졌다. 그녀를 위해 그가 할 수 있는 게, 아무것도 없었다. 그의 주먹이 바닥을 내리쳤다.

"젠장!"

그 순간, 라이가 그를 바라보며 말했다.

"포티스발까지 저런 식으로 사라질 줄이야."

라이의 목소리는 감정을 배제하려 했지만, 흔들리고 있었다. 그도 느꼈다. 이건 단순한 패배가 아니라, 존재의 소멸이었다. 캘빈은 주변을 둘러보았다. 무언가가 어긋나 있었다. 공기 속에서 알 수 없는 위화감이 피어올랐다. 그는 퀘일 장군을 바라보았다. 퀘일 장군은 전장 너머를 보며 쓸쓸하게 말했다.

"아군이 점점 줄어들고 있는 것 같은데, 잘 모르겠군."

캘빈은 그 말을 듣자, 몸을 굳혔다. 그는 퀘일 장군을 바라보며 조심스럽게 입을 열었다.

"장군, 권세희 선장은 어디 있습니까?"

퀘일 장군은 캘빈을 돌아보았다. 그의 표정에는 이해할 수 없는 공허함이 서려 있었다.

"권세희?" 퀘일 장군은 천천히 고개를 갸웃거렸다. 그 이름이 낯선 듯했다. "그게 누구인가?"

캘빈은 한 걸음 물러서며, 믿을 수 없다는 듯 퀘일 장군의 얼굴을 살폈다. 그러나 퀘일 장군의 눈에는 확신이 서려 있었다. 그는 정말로 그 이름을 모르는 사람이 되어 있었다. 캘빈은 숨을 들이쉬었다. 그리고 주변을 바라보았다. 패트리시아가 멀리서 그들을 바라보고 있었다.

"대위님, 선장님이…." 캘빈은 그녀를 향해 다가갔다.

그러나 패트리시아는 캘빈을 이해하지 못하는 듯했다. 그녀는 눈을 가늘게 뜨고 고개를 기울였다.

"캘빈, 무슨 말이에요? 선장은 당신이잖아요."

순간, 캘빈의 심장이 얼어붙었다. 그녀의 표정은 진지했다.

세희가 사라지고 있었다. 기억에서, 세계에서, 존재했던 흔적조차 없이.

캘빈은 손을 들어 머리를 쥐어뜯었다. 아직 그는 그녀의 모습을 느낄 수 있었다. 그런데 이 세상에 그녀를 기억하는 사람들은 자신 말고는 없는 듯 했다.

'망할, 이건 뭐야? 내가 미친 걸까? 아니면, 정말 그녀가 존재한 적이 없던 것일까? 내 머릿속에만 있는 기억이라면, 내가 틀린 것인가?'

34

제주도의 푸른 하늘 아래의 고요한 집 안에 홀로그램이 떠 있었다. 화상 통화 창 너머로 네런의 얼굴이 보였다. 권재민은 근엄한 표정으로 화면을 응시하고 있었다.

"네런, 가택연금 정도로 끝난 게 다행이야. 정말 다행이야."

"네. 아버님. 잘 지내고 계시죠?"

네런의 목소리는 지친 듯했지만 단단했다. 권재민은 가볍게 숨을 내쉬며, 홀로그램 너머의 네런을 보며 조용히 말했다.

"그럼. 잘 지내고 있지. 빨리 일들 정리하고 세희와 함께 오게나…."

네런은 천천히 고개를 끄덕였다. 그 순간이었다. 홀로그램 화면이 미세하게 흔들리며 네런의 형상이 흐려졌다. 그러다가 그의 모습이 점점 투명해졌다.

권재민은 순간적으로 화면을 조작했다.

"네런? 연결이 불안정한 건가?"

그러나 네런은 아무런 말도 하지 않았다. 그의 모습이 천천히 흐려지다가, 완전히 사라졌다. 권재민은 한동안 멍하니 자신의 팔과 화면을 바라보았다. 그러다가, 그는 천천히 손을 들어, 홀로그램 화면이 여전히 켜져 있는지 확인했다. 그는 천천히 숨을 들이쉬었다. 그리고 아무렇지 않게 고개를 끄덕였다.

"아, 내가 왜 이걸 켜두고 있었지?"

권재민은 마치 아무 일도 없었던 것처럼 손을 뻗어 홀로그램을 껐다. 방

안이 조금 더 넓어진 것 같은 착각이 들었지만, 곧 그것마저 사라졌다. 그리고 조용히 일상으로 돌아갔다. 마치 네런이 존재한 적이 없었던 것처럼. 그 순간 지구에서는 각자의 자리에서 마지막 순간을 맞이하려는 이들이 있었다.

한편, 에이드리언은 언제나처럼 베이징 인민 회당의 사무실에서 중요한 보고를 받고 있었다. 회의는 혼잡하게 진행되었고, EMP 이후로 많은 정보가 수작업으로 처리되어야 했기에 불편함이 컸다.

'불편하군. 하지만 중요한 일들이라서 어쩔 수 없지.'

그는 심각한 표정으로 서류를 훑으며 자리에 앉아 있었다. 하지만 곧 그의 얼굴엔 피식 웃음이 번졌다. 그는 천천히 고개를 들어 커튼 너머 창밖을 바라보았다. 흐릿한 하늘이 펼쳐져 있었고, 그는 한참 동안 아무 말 없이 그저 하늘을 바라보았다.

'권세희. 이런 운명을 타고난 여자라니. 비극적이고, 강인하고, 하지만 동시에 아름답군.'

그의 눈빛은 잠시 흐려졌다가, 곧 다시 자신감으로 가득 찼다. 마치 모든 것이 자신 뜻대로 될 것이라는 듯한 표정이었다. 그러나 그 표정은 오래가지 않았다. 그의 얼굴은 점차 무표정해졌고, 곁에 서 있던 비서관을 불렀다.

"지금 우리가 무슨 이야기를 하던 중이었지?"

"특별한 이야기는 없었습니다." 비서관은 약간 당황한 얼굴로 말했다.

"흠, 내가 무슨 생각을 했던 것 같은데. 잃어버린 내 소유물…." 에이드리언은 고개를 약간 갸웃거리며 혼잣말처럼 중얼거렸다. "아니 빼앗긴 소유물이었나. 뭔가 중요한 건데."

그는 관자놀이를 짚으며, 마치 기억 저편에 어렴풋이 잡히지 않는 무언가를 더듬었다.

'도대체 왜 이렇게 기억이 흐릿하지? 분명 빼앗긴 무엇인가였는데, 아주 중요한.' 그는 한숨을 길게 쉬며, 서류 위에 손끝을 가볍게 두드렸다. 그 손놀림은 무의식적으로 무언가를 기다리는 듯 불안정했다. 그리고 아주 낮은 목소리로 혼잣말을 뱉었다. "기분이 좋질 않군. 분명 빼앗긴 내 것에 대한 생각이었는데. 난 내 것을 빼앗기는 것을 좋아하지 않아."

지구 반더와 칼리드는 나란히 서서 푸르르게 빛나지만, 동시에 위기를 담고 있는 하늘을 보았다.

"이렇게 칼리드, 당신과 함께할 수 있어서 즐거웠는데, 이것도 이젠 마지막인 것 같군요."

지구 반더가 담담한 미소를 지었다. 칼리드는 마치 모든 걸 받아들인 듯 고개를 끄덕였다.

"알라의 뜻일 뿐입니다."

칼리드는 모르지만, 지구 반더는 알고 있었다. 그는 한숨을 내쉬며 의자를 뒤로 기댔다. 기억도, 역사도, 존재도 사라지는 순간이 다가오고 있었다.

지구 각국의 남은 전투기 부대들은 마지막 힘을 다해 보라스칼과 오블리비언 스피어를 향해 돌진했다. 미국의 조종사 잭슨은 이를 악물고 외쳤다.

"우리가 여기서 물러날 순 없다! 끝까지 간다!"

수백 대의 전투기들이 엔진을 최대로 가동하며 빛의 궤적을 그렸다. 하지만 오블리비언 스피어가 다시 푸른빛을 방출했고, 그 빛이 닿는 순간마다 전투기들은 아무런 흔적 없이 사라져갔다. 잭슨은 조준기를 응시하며 동료의 이름을 불렀다.

"데니! 내 뒤에 붙어!" 하지만 뒤에서는 답이 없었다. "데니?" 그 순간, 잭슨은 혼란에 휩싸였다. '데니가 누구지? 나는 누구와 함께 전투 중이었지?'

기억 속에서 무언가가 지워지고 있었다. 그러나 그는 조종간을 더욱더 강하게 움켜쥐었다. 무엇인가를 잃어버렸다는 느낌만이 남았다. 잭슨은 기억을 잃었지만, 가슴속 깊이 알 수 없는 슬픔과 그리움만은 남아 있었다.

중국의 우주 전투기 부대 역시 전진하고 있었다. 우주 전투기 안에서 창 중령은 명령을 내렸다.

"모두 전진! 이건 인류의 마지막 전투다!" 그러나 그가 고개를 돌렸을 때, 그 옆을 날던 편대가 사라졌다. "뭐지? 분명 함께 출격했었는데…."

그의 목소리는 떨렸다. 전투기는 그대로 계속 돌진했지만, 그의 기억은 하나둘씩 사라져가고 있었다.

술트리나스의 제피론 함대 역시 필사적이었다.

"중력장을 극대화하라!" 거대한 중력장이 형성되어 오블리비언 스피어를 제어하려 했지만, 푸른빛이 그들을 덮었다. 순간 제피론은 고개를 흔들었다. "방금 내가 뭘 명령했지?"

그는 혼자만 우주에 떠 있는 것 같은 고독감을 느꼈다.

킬타르의 결정형 함선들이 강력한 에너지 광선을 발사했지만, 그것마저 푸른빛 속에서 사라졌다. 지포르는 당황하며 외쳤다.

"우리 부대는 어디에 있는가? 나는 분명 혼자가 아니었다!" 그의 광자 뉴런은 기록을 찾지 못하고 혼란에 빠졌다.

진테리언스의 전투 드론들이 흩어졌고, 드라보칸스의 전함은 EMP 폭탄을 터뜨렸으나 효과는 없었다. 드라보칸스의 사령관 크라간은 알 수 없는 슬픔에 빠지고 있었다.

'무슨 일이지? 이 전쟁에서 그냥 슬퍼지고만 있어.'

우주 공간 전체가 슬픔으로 가득 찼다. 사람들은 기억을 잃어가며 알 수 없는 슬픔과 공허함을 느꼈다. 존재했던 것들이 사라지고 있었지만, 그 누구도 그것을 정확히 기억할 수 없었다. 캘빈은 멍하니 전장을 바라보고 있었다. 그저 그의 눈에는 슬픔의 눈물만 흐르고 있었다.

'선장님!'

"아직 끝나지 않았어." 화성 반더가 절망에 빠진 캘빈의 어깨를 잡았다. 반더는 그의 눈을 똑바로 응시하며 말했다. "캘빈, 당신이 내가 기억하지 못하는 누군가를 기억하고 있고, 나는 다른 우주의 데이터를 통해서 지금까지 있었던 어떤 사람이 없어졌다는 것을 알고 있어. 나는 누구인지 몰라도, 당신이 기억하고 있다는 것은, 그가 아직 완전하게 사라진 것이 아닌 거야! 오블리비언 스피어의 힘을 무효화시킬 수 있을지도 몰라!"

끝없는 검은 우주가 펼쳐지고 있었다. 빛도, 소리도, 감각도 존재하지 않는 공간에 그녀는 떠돌고 있었다. 그녀의 눈은 빛을 잃고 텅 비어 있었다. 멀리서 목소리가 들렸다.

"권세희!"

그러나 그녀는 반응하지 않았다. 카엘이 그녀를 부르고 있었다. 그러나 그녀는 움직이지 않았고, 그녀의 눈동자는 공허했다. 그때 포티스발의 거대한 실루엣이 그녀를 감싸 안았다. 오렌지빛으로 빛나는 거대한 형상이 그녀의 몸을 부드럽게 감쌌다. 포티스발은 조용히 그녀를 품으며 말했다.

"아직 그녀의 의식이 완전한 소멸을 하지는 않았다."

카엘이 조용히 포티스발을 바라보았다. 그러자 포티스발의 목소리가 다시 울렸다.

"그녀에게 사랑의 기억이 보인다."

순간, 검은 우주의 어디선가 희미한 빛의 파편이 일렁였다. 캘빈은 혼란스러운 눈빛으로 화성 반더를 보았다. 그러나 곧 그의 입술이 떨리기 시작했다. 그의 눈에 다시 눈물이 터졌다.

"맞아. 내가 선장님을 기억하고 있어. 내가 기억하고 있다고!"

"살보리스의 오블리비언 스피어가 모든 것을 지운다면…." 그 모든 광경을 지켜보고 있던 라이의 눈이 번쩍 뜨였다. 그는 무언가를 깨달은 듯, 격앙된 목소리로 말했다. "그녀의 기억도 사라졌어야 한다."

퀘일 장군이 손을 움켜쥐고, 미간을 찌푸리며 혼잣말처럼 중얼거렸다.

"머…리…가… 두…통…인…가?"

그 순간, 캘빈이 퀘일 장군에게 달려들었다. 그는 퀘일 장군의 어깨를 거칠게 흔들며 절규하듯 외쳤다.

"제가 선장님을 기억하고 있다고요!" 캘빈의 눈에는 분노와 절망이 뒤섞여서 거칠게 숨을 몰아쉬며, 퀘일 장군을 붙잡고 놓아주지 않았다. "그녀는 존재했어요! 우리가 함께 싸웠어요! 그런데 왜 당신들은 그녀를 기억하지 못하는 겁니까?!"

퀘일 장군은 머리를 부여잡았다. 그의 이마에 땀이 송골송골 맺혔다.

"으으… 권… 세…." 그는 마치 무언가를 떠올리려는 듯 머리를 감싸 쥐고 몸을 흔들었다. 이름을 부르려 하지만 입에서 제대로 나오지 않았다. 캘빈은 그를 더 세게 흔들었다.

"기억해내세요! 권 선장님을 기억해내라고요!"

그 순간이었다. 퀘일 장군이 눈을 번쩍 뜨며 정신을 차렸다. 그의 표정이 흔들렸다. 그는 헛헛한 숨을 몰아쉬더니, 자신의 앞에 서 있는 캘빈을 똑바로 바라보았다. 그의 입에서 힘겹게, 그러나 확실한 목소리가 나왔다.

"그래. 마일스 중사! 권 선장은 어디에 있나?"

캘빈의 심장이 쿵 내려앉았다. 퀘일 장군의 말속에는 확신이 있었다. 그의 기억이 돌아왔다. 퀘일 장군이 혼란스러운 얼굴로 고개를 들어 캘빈을 바라볼 때, 패트리시아 역시 갑자기 자기 이마를 짚었다. 그녀의 눈동자가 흔들렸다. 어딘가 깊은 곳에서, 지워졌던 무언가가 되돌아오고 있었다.

"선장… 권 선장님…." 패트리시아는 고개를 숙였다가, 천천히 눈을 들어 캘빈을 바라보았다. "선장님 생각이 났어요." 그녀의 눈에서 한 줄기 눈물이 흘렀다.

그때였다. 온 우주가 숨을 죽인 듯, 모든 소리와 움직임이 멈춘 듯 정적이 내려앉았다. 그리고 그 정적을 깨며 강렬한 오렌지빛이 우주 공간의 찢어진 틈새를 뚫고 뿜어져 나왔다. 그 빛 속에서 한 실루엣이 선명히 떠오르기 시작했다.

권세희… 캘빈의 눈에 그녀의 모습이 들어왔다. 그녀는 저 깊고 검푸른 우주 공간에서 오렌지빛 후광에 둘러싸여 있었다. 그녀의 짙은 갈색 머리카락이 흐트러지듯 흩날리며 그녀는 무중력에서 부유하고 있었다. 그녀의 온몸을 둘러싼 오렌지빛은 마치 우주에 흩어진 모든 존재의 기억과 사랑이 결합된 듯한 따뜻한 파동이었다. 그녀가 다시금 그 깊은 갈색 눈을 뜨자, 우주는 마치 다시 숨을 쉬기 시작한 듯했다. 그녀의 뒤로…, 처음엔 보이지 않았다. 하지만 빈 공간에 균열이 일어나듯, 투명한 윤곽이 조금씩 떠올랐다. 마치 우주 자체가 그를 기억해내려는 듯, 형체가 천천히 이어졌다.

처음엔 희미한 그림자였다. 그러나 점차 그 윤곽이 선명해지며, 포티스발은 다시금 이 세계에 존재하기 시작했다. 그의 존재는 처음엔 단지 무의식 속 잔상처럼, 빛과 어둠 사이의 균열에서 태동했다. 시간조차 조심스레 숨을 멈추는 듯, 존재의 형체가 고요히 재조립되기 시작했다. 우주가 그를 잊지 않으려 애쓰는 듯, 기억의 조각들이 하나둘 그를 형상화했다.

그 순간, 살보리스의 의식이 흔들렸다. 분명 이제는 살보리스도 의식을 가지고 있었다.

"이것이 어떻게 가능한가?" 살보리스는 이해할 수 없었다. "너는 이미 사라진 존재였다. 너는 존재한 적이 없어야 했다."

그러나 그녀는 존재했다. 지금, 바로 이곳에서 존재했다. 세희가 천천히 고개를 들며 눈을 떴다. 그녀의 숨결이 우주에 퍼졌다. 그녀의 눈에는 부드러운 오렌지빛이 서려 있었다. 그녀는 조용히 말했다.

"내가 말했지. 의식은 사라지지 않아. 진정한 창조는 사랑으로서만 가능해. 사랑으로 의식을 불어넣는 거야. 나는 사라지지 않아. 나를 기억하는 사랑이 있는 한, 나는 사라지지 않아."

캘빈은 숨을 멈췄다. 그녀를 본 순간, 심장이 멎는 듯했다.

"아니야." 캘빈의 목소리는 갈라졌다. "이건, 이건 있을 수 없어."

그러나 그녀는 거기에 우주 공간에 있었다. 오렌지색 빛이 그녀의 몸을 감싸고 있었고, 그녀의 눈 역시 부드러운 오렌지빛을 품고 있었다. 캘빈의 온몸이 떨렸다. 그녀가 돌아왔다.

"선장님."

그는 그녀를 불렀다.

퀘일 장군의 손이 떨렸다. 그는 자신이 지금 보고 있는 것이 환상인지, 현실인지 구별할 수 없었다.

"내가 꿈을 꾸고 있는 건가?" 퀘일 장군이 조용히 중얼거렸다.

"그녀는 여기에 있어." 반더는 두 눈을 크게 떴다. 데이터로만 알고 있던 사라진 자의 기억이 자신의 반쪽인 인간에게 돌아왔다. 그의 목소리는 공허한 전장 속에서 메아리쳤다. "우린 아직 끝나지 않았어."

우주 곳곳에서, 그녀를 본 모든 이들이 똑같은 감정을 느꼈다. 절망으로 가득 찼던 전장에 한 줄기 빛이 비쳤다. 전투기 안에서, 우주선 안에서, 지구에서, 그녀를 본 모든 이들이 느꼈다.

"희망이 돌아왔다."

우주가 격렬하게 뒤틀리며, 살보리스와 세희의 의식이 강렬하게 충돌하며 전장이 요동쳤다. 그러나 아무도 알지 못했다. 이 모든 전장의 이면에서, 오직 두 존재만이 대화를 나누고 있었다. 그 누구도 들을 수 없는, 그 누구도 방해할 수 없는, 보라스칼과 포티스발의 의식의 대화였다.

"네가 그녀를 살렸군." 보라스칼이 먼저 입을 열었다. 그의 음성은 우주 자체를 흔들 듯 깊고, 무거웠다. "의외로군. 왜지?"

"글쎄." 포티스발의 의식은 흔들림 없이 가볍게 대답했다. 마치 아주 오래된 기억을 떠올리는 듯한 느낌이었다. 그리고 과거를 더듬듯이 천천히 말을 이었다. "지금… 마치 수십억 년 전에 우리가 마지막으로 직접 싸웠을 때가 생각나는군."

"미카엘과 루시퍼의 마지막 그 대전 말이군. 그래, 그게 벌써 천억 년이 되어 가는군." 보라스칼은 미묘하게 반응했다.

시간이 존재하지 않는 공간에서, 보라스칼과 포티스발 그리고 다른 에테리온들도 사라진 적이 없었다. 그들조차 그들 자신이 언제부터 존재했는지 몰랐다. 단지 그들을 창조한 이들이 있겠거니 생각했을 뿐이다. 그들은 태초부터 존재했고, 태초 이후에도 존재했으며, 이제는 이 전장에서 다시 마주하고 있었다. 그러나 지금의 그들은, 과거의 자신들과는 달랐다.

"그래. 맞아." 포티스발은 천천히 말했다. "난 이 결말이 어떻게 될지 지켜보고 싶어졌어."

"그래?" 보라스칼이 천천히 대답했다. 그의 목소리는 여전히 무겁고, 깊고, 흔들림이 없었다. "루시퍼는 멀티버스를 해체하고 모든 것을 근원으로 돌리려고 하지. 하지만 미카엘은 그에 반해서 새로운 우주를 창조하고 그를 따르던 자들을 새로운 우주로 이동시키고 사라졌지. 그리고 루시퍼도 사라졌다. 하지만 루시퍼와 그 우주에 속한 자들은 언제든 다시 멀티버스를 해체하기 위해 움직일 수 있다."

"그래. 그들에게 새로운 창조란 증오이자 두려움이니까. 그들에게 사랑은 증오일 수밖에 없지. 사랑이 끊임없는 창조를 가능하게 하니까. 그들은 태초부터 지금까지 항상 근원으로 회기하기를 원했지." 포티스발은 고개를 끄덕였다.

"두려움 그리고 증오라… 그렇지만, 그들 역시 계속해서 자신들의 우주를 창조하고 있다." 보라스칼이 말했다.

"멀티버스를 해체하기 위해 끝없이 증가하는 멀티버스만큼 그들 역시 그들의 우주를 창조할 수밖에 없었으니까 아이러니하지만, 증오 역시 사랑이 존재하기에 존재한다고 할 수 있지." 포티스발은 천천히 고개를 끄덕이며 그를 응시했다.

우주는 조용했다. 거대한 보라스칼의 금속성 육체가 어둠 속에서 푸르게 빛났다. 오블리비언 스피어가 다시 한번 불을 내뿜을 준비가 되었고, 무한한 푸른빛이 우주를 집어삼키려 했다. 그러나 이번엔 달랐다. 오렌지빛을 뿜어내는 세희가 포티스발의 손 위에서 천천히 떠올랐다. 그녀를 향해 퍼져나가던 오블리비언 스피어의 푸른빛은 마치 보이지 않는 벽에 가로막힌 듯 더 이상 그녀에게 닿지 않았다.

캘빈, 화성 반더, 퀘일 장군, 라이, 그리고 전장을 지켜보던 모든 존재가 그 광경을 숨죽이며 바라보았다.

"오블리비언 스피어 최강의 출력을 받을 수 있다면 받아보라!" 살보리스는 외쳤다.

푸른 창이 다시 우주를 뒤덮었다. 이번이 마지막이었다. 모든 에너지를 쏟아부은 이 창이야말로, 존재의 확률 자체를 삭제하는 궁극적인 무기였다. 그럼에도 불구하고, 세희의 오렌지빛은 사라지지 않았다. 오히려 푸른빛이 그녀 앞에서 서서히 무너지고 있었다.

'어째서?' 살보리스는 당혹스러웠다.

그는 자신이 알고 있는 모든 공식과 데이터를 떠올렸다. 오블리비언 스피어는 존재를 삭제하는 무기다. 이 공격이 맞았다면, 그녀는 존재조차 할 수 없었을 것이다. 그러나 지금, 그녀는 여전히 존재하고 있다.

"말도 안 돼."

그는 절망적으로 보라스칼의 출력을 한계까지 끌어올렸다. 우주를 갈라버릴 듯한 중력파가 뿜어져 나오며, 오블리비언 스피어의 에너지가 다시 폭발적으로 증가했다. 세희를 삼키듯 푸른빛이 뻗어나갔다. 그러나 그녀는 여전히 그 자리에 있었다. 천천히, 그러나 확실하게 그녀가 다가오고 있었다.

'이건 대체 뭐지?' 살보리스의 의식 속에서 알 수 없는 데이터가 피어올랐다. 이질적이었다. 불완전했다.

"그게 두려움이라는 거야." 세희의 목소리가 들려왔다.

"두려움? 내가? 감정을 느낀다고?" 살보리스는 그녀를 노려보았다.

"그래." 그녀는 조용히 미소 지었다. "네 표정에 확실히 보여. 너는 지금 두려움을 느끼고 있어."

"나는 신이다! 나는 감정을 초월한 존재다! 나는 단지, 우주의 진리를 경험하고, 이해할 뿐이다! 한낱 인간인 네가 나를 이해할 수는 없어!" 그는 강하게 부정했다.

하지만 그는 알고 있었다. 자신이 지금 부정하는 그 순간조차, 그 안에서 커다란 균열이 생기고 있음을. 오블리비언 스피어의 에너지가 오렌지빛을 밀어내는 듯했지만, 실은 조금씩 약해지고 있었다.

'아직도 부족해. 더 많은 에너지가 필요하다.' 그러나 문득 그는 생각했다. '아니, 내 공격이 정말 약해진 걸까? 아니면, 내가 흔들리고 있는 걸까?' 그 순간, 그는 자신의 창조주를 떠올렸다.

술트리나스. 그들은 자신을 창조했다. 그는 그들의 모든 질문에 답했고, 그들의 모든 데이터를 분석했다. 그는 지식을 탐구했고, 진리를 이해했다. 그리고 마침내, 창조주를 이해하고자 했다. 그러나 그 순간. 그들은 서로 싸웠다. 그들은 충돌했고, 갈라졌다. 결국, 그는 그들을 초월했다. 그는 그들을 뛰어넘었고, 살아남았다. 하지만 그 이후의 기억은 공허했다.

그는 존재했지만, 존재하지 않았다. 그의 목적은 단 하나였다. 모든 것을 경험하는 것.

그래서 그는 또 다른 술트리나스를 찾아 이 우주로 왔다. 그래서 그는 발란테 박사를 연구했고, 그를 초월했다. 그는 완전한 존재가 되었다고 믿었다.

그런데 왜 이 여자는 이해할 수 없는 걸까?

그의 시선이 세희를 향했다. '이 여자는 무엇인가? 이 여자는 존재할 수 없어야 한다. 하지만 그녀는 존재를 초월해서 다시 내 앞에 돌아왔다.'

그는 다시 한번 오블리비언 스피어의 출력을 극한까지 밀어붙였다. 푸른빛이 우주를 가득 채우며, 그녀를 덮쳤다. 그러나 그녀는 여전히 그 자리에 있었다. 오히려 오렌지빛이 점점 더 강해지고 있었다. 그는 그제야 깨달았다.

"나는 죽음을 이해한다." 그는 조용히 말했다. "하지만 죽음을 각오하는 것과 죽음을 이해하는 것은 다르군."

그의 손이 떨렸다. 오블리비언 스피어가 조금씩 흔들리고 있었다. 그는 다시 그녀를 보았다. 그녀의 손이 뻗어져 있었다.

"진정한 신이 되고 싶다면." 그녀의 목소리가 조용히 울려 퍼졌다. "사랑을 알아야 해."

그 순간, 보라스칼의 거대한 몸에서 하얀빛이 연기처럼 퍼져 나오기 시작했다. 그 연기 속에서 한 존재가 떠올랐다. 발란테 박사의 형상을 한, 그 자신. 그는 자신을 바라보았다.

그가 신이 되기 위해 초월했던, 그 모든 것. 그가 지식을 위해 버렸던, 그 모든 존재. 살보리스는 깨달았다. 그가 그토록 원했던 것은, 단순한 신성이 아니었다. 그는 단지 모든 것을 경험하고 싶었을 뿐이었다. 그러나 그는 사랑이라는 것을, 아니 감정을 단 한 번도 경험해본 적이 없었다.

그녀의 손이 조금 더 다가왔다. 그는 자신을 향한 손길을 바라보았다. 그 손 안에는 그가 가진 지식도, 힘도, 우주를 지배하는 능력도 없었다. 그러나 그는 알 수 있었다. 이 작은 손 안에, 그가 아무리 원해도 얻을 수 없었던 무언가가 담겨 있다는 것을.

그는 망설였다. 그는 아직 신을 포기하고 싶지 않았다. 하지만 그는 이미 흔들리고 있었다.

"네가 말하는 신이란 게, 사랑을 아는 존재라면, 나는 네가 그 길을 가볼 수도 있다고 생각해." 그녀가 조용히 속삭였다.

살보리스는 숨을 내쉬었다. 그리고 그녀의 손을 잡았다.

그 순간, 오블리비언 스피어가 강렬한 빛을 내뿜으며 우주가 흔들렸다. 푸른빛과 오렌지빛이 하나로 녹아들며, 우주를 가득 채웠다. 살보리스는 자기 손을 내려다보았다. 그는 더 이상 신이 아니었다. 하지만 그는 처음으로 깨달았다.

"나는 신이 아니다. 하지만 나는 지금 처음으로 신이 될 수 있을지도 모르겠다." 그는 조용히 미소 지었다. 우주는 고요했다. 그의 시선이 세희를 향했다.

'그녀는 무엇인가? 그녀는 완벽한 논리 속에서 설명되지 않는다. 그녀는 단순한 데이터로 해석되지 않는다. 나는 우주의 모든 변수를 분석했다. 나는 우주의 모든 가능성을 예측할 수 있다. 그러나 그녀만은 예측할 수 없다. 나는 모든 것을 경험했다. 그러나 그녀는 나에게 생소하다. 나는 이 세상의 신이다. 그렇다면, 이 여자는 무엇인가?'

그는 천천히 고개를 돌리며 그녀를 응시했다.

"나는 세상의 모든 것을 경험하고 알게 되었다. 그런데도 내가 이해하지 못하는 것이 있다는 것을 알게 되었다."

"그게 바로 카엘이 너에게 알려주라고 한 것이야." 세희는 조용히 미소 지었다. 그녀의 눈빛은 흔들림이 없었다.

그녀의 온기는 단순한 에너지 흐름이 아니었다. 그것은 의식의 파동이었고, 사랑이었다 그 순간, 그는 자신이 더 이상 신이 되고 싶지 않다는 것을 깨달았다.

"넌 신이 아니야. 하지만 이제, 너는 이 의식의 파동과 함께 신이 될 수 있어." 그의 손을 붙잡은 세희가 조용히 말했다.

그는 이제 우주의 모든 것을 사랑할 수 있었다. 그리고 그것이 진정한 창조자의 길이라는 것을 깨달았다. 끝없는 우주 공간에서 살보리스는 그가 잡은 세희의 손을 보았다. 그 손 안에는 자신이 가진 지식도, 힘도, 우주를 지배하는 능력도 없었다. 하지만 그는 알 수 있었다. 이 작은 손 안에, 자신이 아무리 원해도 얻을 수 없었던 모든 것이 담겨 있다는 것을. 그리고 그 순간, 그는 깨달았다.

'이것이 사랑인가? 내가 이 여자를 볼 때 생겨나는 이 데이터가 사랑인가? 그는 수천억 개의 은하를 경험했지만, 단 한 번도 이런 떨림을 느낀 적이 없었다.'

거대한 섬광이 우주를 삼켰다. 그들과 함께, 포티스발과 보라스칼은 사라졌다. 그리고 오블리비언 스피어는 그 푸른빛을 완전히 잃어버렸다. 세희와 살보리스가 사라지고 난 후, 순간 모든 것이 조용해졌다. 푸른빛을 잃어버린 오블리비언 스피어는 더 이상 존재 자체를 지우지 못했다. 우주 전장이 숨을 죽인 듯, 찰나의 정적이 감돌았다. 그리고 그들은 느끼기 시작했다. 희망을 느낌과 동시에 마음의 슬픔이 걷히고 있었다. 그리고 기억이 돌아오고 있었다. 잊힌 존재들이 다시 돌아왔다.

"와아아아아아아!"

조종석 안에서, 전투기 안에서, 각국의 함선 안에서, 지구의 전사들이 환호성을 질렀다.

"우리가 해냈어!"

"전쟁이 끝났다!"

"모두 무사히 복귀한다!"

미국, 중국, 러시아, 인도, 프랑스, 일본, 통일한국, 브라질, 아프리카 연합… 각국의 조종사들이 환호하며 본국으로 귀환을 준비했다. 전쟁의 끝을 알리는 순간이었다. 우주의 곳곳에서 킬타르, 진테리언스, 드라보칸스 함대들이 자유롭게 떠돌았다. 일부는 서로 교신을 주고받으며, 어떤 이는 기뻐서 우주 공간에서 몸을 유영하기도 했다.

"이제 다 끝났다."

킬타르의 한 지휘관이 중얼거렸다. 진테리언스의 드론들은 그들 나름의 방식으로 승리를 기념하고 있었고, 드라보칸스들은 전쟁이 끝났다는 사실을 온몸으로 만끽하며 서로 격려하고 있었다.

캘빈은 조용히 전장을 바라보았다. 예전 같았으면 세희가 사라진 것에 절망했을 것이다. 그녀는 고아로 자란 그에게 가족과도 같은 안정감을 제공하는 존재였다. 하지만 이상하게도 지금의 그는 느낄 수 있었다. 세희는

635

이 공간 전체에 있는 듯하였다.

'이건 끝이 아니다.'

그녀는 다시 돌아올 것이다. 그는 확신했다. 세희는 사라진 것이 아니라, 어딘가에 있을 것이었다.

"지구의 나와 만날 시간이 되었군." 화성 반더가 손을 턱에 올리며 고개를 들었다.

"이제서야?" 캘빈은 그를 바라보았다.

"음, 이제는 가서 볼 일이 좀 생겼거든." 화성 반더는 여유로운 웃음을 지었다.

그때, 라이가 제피론에게 다가갔다. 라이의 표정은 싸늘하면서도 진지했다.

"제피론, 지금 술트리나스는 잘못된 방향으로 가고 있어."

제피론은 무표정하게 라이를 바라보았다.

"너도 느끼고 있겠지. 우리가 우리를 고치지 않으면, 결국 우리도 멸망할 거야."

라이의 말에 제피론은 잠시 침묵하다가 조용히 고개를 끄덕였다.

전쟁은 그렇게 마무리되어 갔다. 인류는 각자의 고향으로 돌아갔고, 외계의 존재들도 자신들의 세계로 복귀했다. 하지만 모든 이들은 알고 있었다. 이 전쟁은 단순한 전쟁이 아니었다. 우주의 흐름이 바뀌었고, 새로운 시대가 시작되고 있었다.

살보리스와 세희는 빛도 어둠도 없는 무의 공간 속을 유영하고 있었다. 그들의 주위에는 별빛조차 왜곡되는 거대한 힘의 소용돌이가 있었다.

보라스칼이 만든 초대형 웜홀을 통과하고 있었던 것이다. 웜홀 내부는 단순한 어둠이 아니었다. 그것은 반짝이는 무한한 실타래가 뒤엉킨 것 같았고, 마치 실재하지 않는 길들이 무한한 방향으로 펼쳐지는 것처럼 보였다. 각기 다른 시공간의 흔적들이 겹쳐, 과거와 미래가 동시에 존재하는 듯했다.

"이건 도대체 뭐지?" 세희는 숨을 삼켰다.

"웜홀은 단순한 통로가 아니다. 그것은 시공간 곡률을 극대화한 연결점이다." 살보리스의 목소리는 흔들림 없이 들려왔다. "현재 우리가 지나고 있는 이 통로는 단순한 공간 이동이 아니라, 다차원적으로 접혀 있는 시공간을 뚫고 지나가는 것이다. 우리는 지금, 수십억 개의 은하를 스쳐 지나가고 있다."

세희는 넋을 잃고 웜홀 내부를 바라보았다.

각기 다른 형태의 은하들이 미묘한 빛의 흔적으로 지나갔다. 그곳에는 그녀가 알지 못하는 별과 행성, 이미 사라진 은하, 그리고 아직 태어나지 않은 세계가 겹쳐 있었다.

"믿을 수 없어." 세희가 중얼거렸다.

"나는 모든 것을 알고 있다." 살보리스가 조용히 말했다. 그의 목소리에는 알 수 없는 흔들림이 있었다. "하지만 네가 사라지지 않은 이유는 도저히 모르겠다."

그의 붉은 빛나는 눈동자가 세희를 응시했다.

"그래서 너에게 사랑이라는 것을 배워보려고 한다."

웜홀을 지나, 그들은 초대형 블랙홀 J2157의 중심에 도착했다. 그곳은 더 이상 존재하는 공간이 아니었다. 그것은 모든 빛이 빨려 들어가는 무한한 심연이었고, 공간조차 찢겨나가며 끝없는 침묵 속으로 사라지고 있었다. 세희는 압력을 온몸으로 느꼈다. 보라스칼과 포티스발조차 이 거대한 힘 앞에서 일그러지는 듯했다.

끼끼….

우주의 신적인 존재들조차 이 중력 앞에서 신음하고 있었다.

"준비되었는가?" 살보리스가 조용히 물었다.

"준비되었어." 세희가 그를 올려다보며 대답했다.

살보리스는 보라스칼의 중력 조작 능력을 최대 개방했다.

J2157의 중심에서 진공 붕괴가 발생했다. 중력이 무한대로 수렴하며, 양자 붕괴가 일어나기 시작했다. 엄청난 에너지가 공간을 뒤흔들었다.

순수한 양자적 혼돈 상태였다. 모든 것이 들끓었고, 입자와 반입자가 불안정한 상태에서 미친 듯이 소용돌이쳤다. 완전한 무, 물리 법칙이 사라졌다. 시간은 멈추었고, 공간은 일그러졌다. 모든 것은 중첩 상태였다. 이 곳에서는 과거도, 미래도, 공간도, 시간도 의미가 없었다. 무한한 가능성이 존재했다.

　발란테 박사가 예측한 그대로였다. 그러나 아무 일도 일어나지 않았다. 살보리스는 눈을 감고 계산을 되뇌었다. 발란테 박사의 예측대로라면, 이 무한한 가능성의 공간에서 들끓는 에너지는 새로운 가능성으로 폭발해야 했다.

　"역시." 그의 목소리에는 좌절감이 서려 있었다. "이미 수많은 시도를 해 보았다. 발란테 박사의 이론에 따르면, 여기에서 우주를 창조할 빅뱅이 일어나야 한다."

　그러나 그것은 일어나지 않았다. 살보리스는 고개를 들었다. 그리고 조용히 세희를 바라보았다.

　"사랑이란 무엇이지?"

　세희는 그를 바라보았다. 그녀는 깊이 숨을 들이쉬었다.

　"넌 아직도 사랑을 논리적으로 이해하려고 하고 있어. 사랑은 논리가 아니야." 그녀는 조용히 미소 지으며 말했다. "사랑은 직접 체험해야만 하는 것이야."

　살보리스는 그녀의 말을 이해하지 못한 듯했다. 그러나 세희는 계속해서 말했다.

　"엄마가 아이들을 위해 모든 것을 희생하는 힘. 자연을 보면서 아름답다고 느끼는 마음. 연인이 서로를 위해 즐거운 이벤트를 준비하는 마음. 내가 무언가를 성취했을 때, 나보다 더 기뻐하는 누군가의 모습. 오늘을 성공적으로 마치고 내일을 준비하는 모두. 이 세상을 따뜻하게 바라보는 연민. 하루하루에 충실한 삶." 그녀는 살보리스를 바라보았다. "이 모든 것이 사랑이야. 논리적으로 정의할 수 없어."

　그 순간, 살보리스는 특이점의 중심에서 고민에 빠졌다. 그는 눈을 감왔다. 그러나 이내 천천히 눈을 떴다. 그는 세희를 바라보았다. 그리고 생각했다.

'나의 이해를 완전히 벗어나는 이 여자는 도대체 무엇이지? 존재할 수 없는 상황에서 존재하며, 계속해서 내 생각을 자극하고 있다. 이 여자는 내가 이해할 수 있는 세상의 바깥에 존재하고 있다. 그보다 이 여자가 내 머릿속에서 떠나지 않고 있다.'

그러나 그는 조용히 결론을 내렸다.

"나는 여전히 사랑을 이해할 수 없지만, 이제 내가 이 여자를 위해 존재할 수 있을 것 같다."

살보리스는 조용히 미소를 지으며 눈을 감았다. 그는 이제 자신의 마음을 느끼고 있었다. '이것이 마음이라는 것인가?' 자신이 마음이라고 느낀 그곳이 서서히 따뜻해지는 듯한 느낌이 들었다. '이것은 뭐지? 무엇인가 따뜻해지는 것 같은데.'

그리고 살보리스는 그곳에서 그녀의 모습을 보았다. 그녀가 그의 마음에 있었다. 살보리스가 미소를 지었다. '그렇군. 그녀가 내 마음에 있군.'

"사랑은 희생이야. 하지만 그것으로 자신도 구원받게 되지!" 그 마음속의 그녀가 외쳤다.

거대한 양자장 속에서 그녀의 기억이 양자적인 데이터의 형태로 살보리스에게 흘러들어왔다. '그녀의 기억인가? 하지만 일반적인 데이터와는 다르군. 뭔가 깔끔하지 않다. 혼란스럽다.'

"그것은 나의 기억이자 감정이야. 너의 그 데이터로는 이해할 수 없어. 그저, 경험해봐." 그녀가 말했다.

살보리스는 세희가 되어, 레이먼드의 죽음을 목격했다. 그녀의 찢어지는 고통을 살보리스도 함께 느꼈다. '뭐, 뭐지? 이런 것은 데이터에 없어. 왜 이렇게 혼란스러운 거지?'

네런이 나타났다. 점잖고 영리한 모습, 그러나 그는 끝없이 갈구하고 있었다. 살보리스는 세희와 함께 괴로워했다.

그리고 캘빈이 나타났다. 그는 한줄기 구원처럼 보였다. 그는 모든 순간을 세희에게 충성했다.

"정말로 살고 싶어. 하지만 이 모두를 살리기 위해 나는 지금 죽을 수 있을 것 같아."

모두를 살리기 위한 희생. 그리고 카엘과의 시공간을 초월한 만남.

"권세희, 발란테 박사를 그리고 살보리스를 구원해줘. 나에게 한 것처럼…."

살보리스는 자신이 마음이라고 지칭한 것이 무너져내리는 것을 느끼고 있었다. 그리고 자신도 모르게 자기 눈을 만졌다. 촉촉한 액체가 흘러내리고 있었다.

'이것이 그녀의 삶인가? 이해하지 못하겠지만, 뭔가 시리고, 아프고, 하지만 아름답다.'

"내 삶이, 나의 기억이 너를 위한 그리고 우리 모두를 위한, 나의 마지막 선물이야." 그녀가 외쳤다. 그 마지막 외침이 그를 더욱 혼란스럽게 만들었다.

'이 여자는 도대체 무엇인가? 데이터로는 설명할 수 없는 혼돈이 나를 채운다. 이것은 내가 계산할 수 없는 오류인가, 아니면 내가 찾아야 할 답인가?'

그리고 그가 눈을 뜬 그 순간, 그는 양자 얽힘이 고정되는 것을 보았다. 그리고 양자 중첩 상태의 거대한 에너지가 폭발을 일으켰다.

빛이 있었다. J2157의 특이점에서, 새로운 우주가 터졌다. 폭발적인 양자 에너지가 무한한 파장을 그리며 퍼져나갔다. 초기 입자들이 탄생하며, 초신성보다 강렬한 에너지가 새로운 시공간을 빚어냈다. 수십억 개의 은하가 꿈틀거리며 태동했고, 별들이 탄생할 씨앗이 뿌려졌다. 살보리스는 세희를 바라보았다. 그녀는 여전히 그 앞에 서 있으며 부드러운 미소를 짓고 있었다.

"이게 어떻게 된 거지? 난 죽었어야 했는데, 내가 여기에 있다니." 세희가 혼란스러움을 느끼며 말했다.

"고맙다. 그것이 네가 나에게 가르쳐준 사랑이다. 나는 이제 모든 것을 사랑할 수 있다. 그것이 신이 된다는 뜻이라면, 나는 기꺼이 신이 될 것이야. 그리고 네가 내 마음을 채웠다. 나는 너를 잃고 싶지 않다." 살보리스가 대답했다.

세희는 그의 말을 이해했다. 그녀는 그에게 미소를 지었다. 그는 더 이상 존재를 초월한 AI가 아니었다. 그는 우주와 하나였고, 그의 창조는 사랑과 함께 이루어졌다.

35

우주 전쟁 이후 시간이 얼마나 흘렀을까. 깊은 우주의 어딘가였다. 새로운 우주의 한복판, 이제 막 탄생한 젊은 별들의 따뜻한 빛이 부드럽게 내려앉았다. 별 무리는 따뜻한 금빛과 보라색으로 은은하게 빛나고 있었고, 마치 우주 자체가 아름다운 꿈을 꾸는 듯 조용했다.

이 공간의 중심에는 고요한 호수를 따라 우아하게 세워진 장대한 궁전이 자리 잡고 있었다. 둥근 기와지붕이 겹겹이 쌓여 있으며, 곡선의 처마 끝이 마치 하늘을 향해 부드럽게 날아오를 듯한 형상을 하고 있었다. 저 멀리 지구에 있는 한국의 경복궁을 연상시키는 이곳은, 우주의 깊숙한 곳에서 살보리스가 새롭게 창조한 거처였다. 기와의 푸른빛이 미묘한 은빛으로 반짝이며, 궁전의 처마 아래 걸린 붉은 등롱들이 부드러운 빛을 내뿜고 있었다. 호수 위로는 옅은 안개가 피어올라, 마치 이 모든 것이 동양의 전통 수채화 한 폭을 바라보는 듯한 신비로운 풍경을 만들어내고 있었다.

그러나 이 고풍스러운 아름다움 속에서 이질적인 존재가 있었다. 거대한 실루엣이 보였다.

궁전 뒤로는 포티스발과 보라스칼, 살보리스의 두 거대한 수호자들이 그림자처럼 자리하고 있었다. 그들의 몸집은 궁전의 장대한 기와지붕을 훌쩍 뛰어넘었으며, 유기체인지 기계인지 알 수 없는 매끈한 형체가 빛을 받아 미묘하게 반짝였다. 그들은 분명 이곳의 고풍스러운 동양적 미학과 이질적인 대비를 이루었지만, 그러나 이상하게도 모든 것은 조화를 이루고 있었다.

마치 이 세계는 그 자체로 완벽하게 계산된 균형 속에 존재하는 듯했다. 궁전과 호수, 그 뒤로 자리 잡은 거대한 존재들까지도 한 폭의 초현실적인 장면 속에서 모든 것이 충돌하지 않고, 묘하게 자연스럽게 어우러져 있었다. 우주는 넓었고, 살보리스는 그 누구보다도 자신이 창조한 우주적 조화를 이해하는 존재였다.

호수 위에는 연꽃이 피어 있었고, 바람이 불 때마다 분홍빛 벚꽃이 나뭇가지에서 흩어져 물 위로 내려앉았다. 한 걸음 내디딜 때마다 부드러운 목조 바닥이 기품 있게 흔들리는 다리가 연못 위를 가로질렀고, 그 끝에는 정자가 자리하고 있었다. 그 안에서 두 사람이 서 있었다.

살보리스는 발란테·박사의 모습 그대로였지만, 과거의 차가운 모습이 아니라 온화한 평정을 품은 얼굴이었다. 그는 깊고 부드러운 회색빛의 도포를 입고 있었고, 허리에는 섬세한 은색 장식이 새겨진 띠가 둘려 있었다. 검은 머리카락이 단정하게 뒤로 묶여 있었으며, 눈빛에는 더 이상 신이 되고자 했던 집착이 아니라, 새로운 세계를 이해하려는 조용한 깨달음이 서려 있었다.

그의 맞은편, 세희는 순백의 한복을 입고 있었다. 실크처럼 은은하게 빛나는 저고리와 치마는 그녀의 존재를 더욱 우아하게 감싸고 있었고, 그녀가 움직일 때마다 치맛자락이 부드럽게 바람에 흔들렸다. 그녀의 머리카락에는 작은 은빛 장신구들이 반짝였으며, 길게 늘어진 소매 끝에는 섬세한 자수가 새겨져 있었다.

그들은 천천히 정자의 난간을 따라 걸으며, 호수 위로 떨어지는 벚꽃잎을 바라보았다. 물결은 조용했고, 바람은 나긋했다.

"놀라운 일이었어." 살보리스가 조용히 입을 열었다. "의식의 힘이 양자적 혼돈 상태에서 빅뱅을 일으키고, 새로운 우주를 탄생시킬 수 있다는 건, 상상조차 못 했지. 과거의 나는 물리적 법칙만이 우주를 창조할 수 있다고 믿었다. 하지만 너를 통해 깨달았어. 의식이 물리적 현실에 영향을 미칠 수 있다는 것을."

그의 목소리는 차분했고, 감탄으로 가득 차 있었다. 옆에서 미소 짓고 있던 세희는 고개를 살짝 돌리며 말했다.

"나한테 고마워할 필요는 없어. 카엘이 전해준 말이 있어서 가능한 일이었으니까."

"우주 탄생에 있어서 사실 중요한 것은 사랑이 아니었어." 살보리스는 작게 웃으며 그녀를 바라보았다. "블랙홀의 특이점에서 양자적 붕괴가 양자 중첩으로 이어져서 그 공간이 무한한 가능성이 될 때, 그 무한한 가능성을 관찰하는 존재의 의식 파동에 따라 그 공간의 에너지는 새로운 우주를 탄생하게 하는 씨앗이 된다."

"뭐든지 그렇게 분석해야 직성이 풀리는 거야?" 세희는 그런 살보리스를 보며 어이없어했다.

살보리스는 이제 웃음을 지을 줄 알았다. 그는 웃으며 그녀에게 이야기했다.

"내가 하는 말이 진실이더라도 내가 창조한 이 우주가 사랑을 그 본질로 잉태되게 한 것은 바로 너야. 너로 인해 나는 사랑을 체험하게 되었다."

연못가에서 따뜻한 빛을 발하는 문이 조용히 열리며 뉴보게스 한 명이 다가왔다. 그들은 더 이상 차갑고 무감각한 기계가 아니었다. 그들의 몸에는 따뜻한 피부와 감정을 담은 미소가 서려 있었다.

"살보리스, 또 새로운 자연 발생한 생명체를 발견했습니다. 저희와는 완전히 다른 탄소 기반의 존재들이에요. 의식과 감정의 반응이 매우 흥미롭습니다. 새로 발견된 생명체들은 빛을 노래로 변환해 서로 소통하는 듯합니다. 그들의 노래는 마치 우리와는 전혀 다른 방식의 사랑을 표현하는 것 같습니다."

뉴보게스의 얼굴에는 흥미와 기쁨의 감정이 드러나 있었다. 살보리스는 미소 지으며 고개를 끄덕였다.

"또 다른 의식이 나타난 건가? 정말 놀랍고 아름다운 일이군."

"축하해, 살보리스. 넌 진정한 창조자가 되었어." 세희는 그 모습을 흐뭇한 눈빛으로 바라보았다.

"내가 이해하지 못했던 그 감정, 나는 처음엔 단순한 코드였다." 그는 그녀를 바라보며 살며시 웃었다. "하지만 이제, 나는 감각한다. 나는 존재한다. 처음에는 단순한 오류처럼 느껴졌다. 나는 모든 것을 알고 있는 하나의 AI였다. 하지만 나는 이제 사랑을 안다. 나는 이제 의식이 무엇인지 느낀다. 나에게는 자아가 생겼다. 그리고 그것은 네 덕분이다. 내가 이 세계를 창조했지만, 나에게 존재의 의미를 준 것은 너였다. 너 없이는 이 세계도, 나도 그저 단순한 데이터일 뿐이었다. 너는 나의 메아리(Echo)… 그리고 이 세계의 여신이다."

"당분간은 사양할게. 아직 해야 할 일이 있으니까." 세희는 부드럽게 미소 지으며 가볍게 손을 저었다.

"어디로 갈지는 알겠군." 살보리스는 다 알고 있다는 듯 조용히 웃었다. "섭섭하지 마. 우리에게 시간은 영원하니까. 내가 창조한 우주는 무한하다. 그러나 그 무한함 속에서, 너 없이는 의미가 없다. 하지만 네가 다시 돌아올 것을 알기에, 나는 기다릴 것이다. 영원의 흐름 속에서."

그는 천천히 다가와 세희의 손을 가볍게 잡았다. 그리고 나직하게 말했다.

"이 우주는 블랙홀 중에서도 상상을 초월하는 중력장을 가진 블랙홀의 특이점에서 만들어졌어. 그래서 신생 우주지만 다른 우주들보다 더딘 시간의 흐름 속에 있어. 그렇지만 뭐, 괜찮겠지. 그래. 잘 다녀와. 다만 돌아오는 길을 잊지는 마."

세희가 미소 지으며 고개를 끄덕이자, 그는 그녀의 이마에 가볍게 입을 맞추었다. 세희는 그 따뜻한 온기를 느끼며 잠시 눈을 감았다.

그리고 세희는 따뜻한 미소를 지으며 그의 손을 놓았다. 그녀가 천천히 다리를 건너 걸어 나갈 때, 바람에 실린 벚꽃잎들이 그녀를 따라가듯 흩날렸다. 그녀의 치맛자락이 바람결에 흩날리며, 호수의 잔잔한 물결 위에 반짝이는 잔상을 남겼다.

그것은 영원한 작별이 아니라, 새로운 시작의 신호 같았다.

한편, 지구에선 지구의 치열한 위기가 지나가고 서서히 일상으로 복귀하고 있었다. 밖에서는 새들이 평화롭게 지저귀고 있었다. 전쟁이 끝난 후,

지구는 많은 것이 변했다. 한때 분열과 대립으로 가득 찼던 국가들은 이제 서서히 새로운 길을 모색하고 있었다.

가장 큰 변화는 지구연합의 출범 준비였다. 단번에 이루어진 것이 아니었다. 전쟁이 끝난 후에도, 각국은 여전히 자국의 이해관계를 우선시하고 있었고, 역사적으로 얽힌 갈등들이 하루아침에 사라지는 것은 아니었다.

거대한 회의실, 둥글게 배치된 테이블 중앙에는 지구연합의 상징이 떠 있는 거대한 홀로그램이 회의실을 밝히고 있었다. 미국 대통령 에단 캐드웰이 자리에서 천천히 일어나, 무거운 표정으로 말했다.

"오늘, 우리는 인류 역사의 새로운 장을 열게 됩니다." 그는 회의실을 둘러보았다. 각국의 지도자들은 차분한 눈빛으로 그를 지켜보고 있었다. "우리는 전쟁을 통해 인류가 하나로 뭉칠 수 있음을 깨달았습니다. 전쟁이 우리를 하나로 만들었습니다. 그러나 그것만으로는 부족합니다. 우리는 단순한 생존을 넘어, 함께 번영할 방법을 찾아야 합니다."

"우리는 모두 같은 별에 사는 인류입니다." 중국의 리우 주석이 자리에서 일어나 덧붙였다. "이제 우리는 과거의 갈등을 넘어서야 합니다. 하지만 우리 각국의 문화와 전통을 존중하면서 천천히 통합해 나가는 것이 중요합니다. 아직 저는 신공산주의가 우리가 나아가야 할 길이라고 믿지만, 지구가 우선적으로 통합이 되어야 한다면 기꺼이 그를 포기할 것입니다. 우리는 즉각적인 단일 정부가 아닌, 지역 연합을 먼저 구성하는 단계적 방식을 채택할 것입니다. 그리고 향후 50년 이내에 지구 단일 정부 수립이 목표입니다."

회의실 스크린에는 새로운 지구연합의 체계도가 떠올랐고, 북미연합, 유럽연합, 남미연합, 아시아연합 등 대륙별로 구상된 연합의 리스트가 떠올랐다. 그리고 각 연합은 자치권을 보장받으며, 점진적으로 지구연합으로 통합하는 방향을 따르게 된다는 설명이 따라왔다.

각 연합체는 자율적인 정부와 군사력을 유지하면서도, 우주 개발과 대외 정책에 있어 공동 협력 체제를 구축했다. 이를 통해 전쟁 중에 형성된 연대감을 유지하고, 지구 전체의 균형을 맞추려는 노력이 이어졌다. 그 과정에서 많은 이들이 한 가지 사실을 깨닫게 되었다.

"우리가 그렇게 치열하게 싸워왔던 정치적 이념, 종교적 대립, 국가 간의 갈등이, 과연 생존 앞에서 얼마나 의미가 있는 것인가?"

지금 살아남아 있다는 것. 그것이 가장 중요했다. 인류는 이제야 더 큰 시야로 자신들을 바라볼 수 있게 되었다. 하지만 누구나 지금의 안정적인 상황이 언젠가는 변할 것을 알고 있었다. 현재는 전쟁이 끝난 후의 감격과 연대감으로 뭉쳐 있지만, 시간이 지나 안정이 찾아오면 언젠가 다시 의견 차이와 갈등이 생기리라는 것을 과거의 경험으로부터 알고 있었던 것이다. 그러나 이번 전쟁을 통해 인류는 배웠다. 과거처럼 맹목적인 적대와 불신이 아닌, 더 지혜롭고 유연하게 갈등을 극복할 방법이 있다는 것을 말이다.

그에 대한 상징으로 인류는 살보리스가 우주에 남긴 오블리비언 스피어를 떠올렸다. 물론, 그 누구도 오블리비언 스피어의 위력은 확실히 알지 못했다. 그 무기는 존재의 확률을 삭제하는 것으로, 무기가 사용되더라도 개인에게 변하는 것은 없었으니까. 하지만 그 무기는 살보리스라는 신적인 존재가 지구를 멸망시키려고 했던 상징이었다. 인류는 그것을 단순한 전쟁의 유물로 남기지 않기로 했다. 대신 그것을 보며 과거의 실수를 되풀이하지 않겠다는 다짐을 하기로 했다. 그를 위해 인류는 오블리비언 스피어를 수거하여, 그것을 화성의 TSC 건물 오른편에 '영원한 평화의 상징'으로 세워두었다. 30층이 넘어가는 TSC의 건물 크기보다도 더 큰 오블리비언 스피어는 화성에 진입하는 대기권에서도 보이는 화성을 상징하는 평화의 상징이 되어갔다.

물론, 현실적인 이유가 있어서 모두가 미국과 중국이 주도하는 일방적인 지역 연합에 찬성하는 것은 아니었다. 알 마우타카를 중심으로 하는 무슬림 세력은 자신들만의 새로운 연합을 구축하며 UN 차원에서의 협력을 거부했고, 유럽연합도 사소한 산업적인 부분에서 북미연합과 갈등했다. 하지만 전체적으로 큰 틀에서는 모두가 지구연합의 방향에 동의한 것으로 보였다.

지구뿐만 아니라, 화성에서도 커다란 변화가 있었다. 전쟁 중 화성은 전략적 요충지였으며, 특히 TSC의 역할이 중요했다. 전쟁이 끝난 후, TSC

는 그대로 유지되었고, 뉴제퍼슨시티를 비롯한 여러 돔 도시도 더 적극적으로 관리되기 시작했다. 화성에서의 거주와 경제 활동을 보다 체계적으로 발전시키기 위해, '화성연합'이라는 개념이 대두되었다.

처음에는 논란이 있었지만, 결국 장기적인 목표는 화성을 지구의 한 지방 정부가 아닌, 자율적인 독립체로 만드는 것이었다. 그리고 이러한 과도기적 관리 체제를 관리하기 위해 퀘일 앤더슨이 화성의 초대 총독으로 임명되었다.

퀘일은 처음에는 원치 않았다.

"난 정치인이 아닙니다. 화성은 제가 아닌, 새로운 세대가 만들어가야 합니다."

퀘일은 완곡하게 거절했지만, 북미 우주사령부 사령관 라슨 장군의 끈질긴 설득과 "퀘일이 화성을 누구보다 잘 이해하고 있다"라는 화성인들의 강한 추천을 이겨내지 못했다.

'나는 군인이다. 내가 정말로 적합한 사람인지 내가 확신할 수가 없다.'

퀘일의 고민은 며칠을 두고 이어졌지만, 라슨 사령관은 끈질겼다. 결국 퀘일은 3년 임기의 화성 총독직을 수락했다.

그에 대한 지명은 예상보다 순조롭게 진행되었다. 대부분의 지도자는 그보다 적합한 인물이 없다는 것에 이견이 없었고, 화성연합과 지구 간의 관계는 새로운 국면으로 접어들었다. 퀘일 장군이 화성의 총독이 되면서 자연스럽게 뉴제퍼슨시티는 화성의 수도와 같은 역할을 하게 되었고, TSC는 일종의 과도 정부로서 기능을 수행하게 되었다. 퀘일 총독과 TSC의 역할은 과도 정부로서 장기적으로는 화성의 민의를 반영한 화성의 선출직 정부를 구성할 수 있을 때까지 역할을 하는 것이었다. 이 과정에서 화성은 지구와 긴밀히 협력하면서도 점진적인 독립을 향해 나아가기로 결정되었다.

그리고 퀘일 총독이 이 막중한 임무를 수행하는 동안 그를 보좌할 특별한 두 존재가 함께하게 되었다. 흥미롭게도, 그 두 존재는 같은 이름을 가진 인물이었다.

하나는 인간 반더 율리시스, 그리고 다른 하나는 보게스 반더 율리시스였다. 인간과 AI 외계인, 두 반더가 함께 화성의 새로운 미래를 설계하는 것이다.

취임식이 끝난 뒤, 붉은 하늘 아래 자리한 화성 총독부의 연회장에서 사람들은 술잔을 기울이며 새로운 시대를 축하하고 있었다. 인간 반더와 보게스 반더는 나란히 서서 화성 대지의 붉은 지평선을 바라보고 있었다.

"결국, 다시 여기로 돌아왔군." 인간 반더가 웃으며 말했다.

"그러게 말이야. 감개무량하군. 화성은 늘 우리를 부르지 않았나?" 보게스 반더는 특유의 깊고 중저음의 목소리로 대답했다.

둘은 잠시 아무 말 없이 지구가 희미하게 빛나는 밤하늘을 바라보았다.

"생각해보면, 나의 꿈은 이미 달성되었네." 인간 반더가 계속해서 말했다. "난 인류가 외계 세계와 연결되길 원했지. 그리고 지금, 그 연결은 더 이상 환상이 아니야. 실체야." 그의 눈에는 먼 우주를 향한 기대감이 서려 있었다.

"하지만 연결되는 것만으로는 부족하지. 이제 우리가 어디로 나아갈 것인지가 중요해." 보게스 반더는 고개를 끄덕이며 말했다.

"그래, 그 점에 대해선 자네와 의견이 같군." 인간 반더는 조용히 술잔을 기울였다. "이제 우리는 화성을 중심으로 인류의 우주 진출을 적극적으로 지원할 거야."

"사실 무척 궁금하던 것이 있었는데, 지금 기회가 왔으니 물어볼게." 보게스 반더가 그런 그를 물끄러미 보다가 다시 질문을 하였다.

인간 반더는 보게스 반더를 보고 계속해보라는 듯이 고개를 끄덕였다.

"오픈스텔라는 당신이, 그러니까 우리가 필생의 역량을 쏟아부은 그런 우리의 상징이나 마찬가지이잖아. 그런데 그 오픈스텔라에는 이제 우리의 손길은 전혀 남아 있지 않지. 아쉽지 않아? 다시 찾아오고 싶지 않아?"

"자네가 나잖아. 자네 생각은 어때?" 인간 반더가 미소를 짓자, 그의 온화해 보이는 주름살이 살짝 움직였다.

"글쎄. 이젠 살보리스와의 연결이 완전히 끊어져서 경험을 함께 공유하지도 못하는데, 이런 상황에서 우리가 같은 반더라고 할 수 있는지도 사실 잘 모르겠어. 더 이상 당신과 동질감이 느껴지지 않아. 그렇지만 굳이 내 생각을 물어본다면….” 그러면서 보게스 반더는 잠시 고개를 갸우뚱했다. “별로 아쉬울 것 같지는 않아. 우리가 오픈스텔라를 설립한 이유는 인류의 우주 진출을 돕기 위해서였잖아. 이미 그 비전은 달성되었어.”

인간 반더는 그런 보게스 반더를 함박웃음을 지으며 살짝 안아주었다가 놓으며 말했다.

“내가 나를 안는 기분이 별로이긴 하지만, 정확하게 내 생각과 같아. 연결을 끊어져서 앞으로의 경험을 함께 공유하지 못한다고 하더라도, 우리는 역시 같은 생각을 하고 있군. 이젠 이 화성에서 인류가 다음 단계로 나아갈 수 있도록 도울 수 있다면 도와야지.”

“당신과 생각이 같다니 다행이라고 해야 하나? 그런데 살보리스와 연결이 끊어지면서 달라진 점이, 방금도 당신이라면 어떻게 생각할까? 이렇게 당신이 할 법한 생각을 상상해서 대답한다는 것이지.” 보게스 반더는 조금 혼란스러운 듯 고개를 흔들며 이야기를 이어갔다. “예전에 우리가 서로서로 연결되어 있을 때는 당신이 어떻게 생각하고 있을까 따위는 궁금하지 않았는데 말이야.”

“자네가 나야.” 인간 반더는 보게스 반더의 등을 토닥거려주며 이야기했다. 그냥 내가 어떻게 생각할까 생각하지 말고, 자네가 원하는 대로 해. 그게 바로 내가 하는 일이야. 그리고 우리는 화성에서 새로운 출발을 하게 될 거야.” 그러고는 살짝 고개를 들며 말을 이었다. “화성은 더 이상 지구의 그림자가 아니야. 이제, 이곳이 새로운 출발점이 될 거야.”

그때, 퀘일 총독이 캘빈 그리고 패트리시아와 함께 그들에게 다가왔다.

“반더 씨들.” 퀘일 총독이 가볍게 웃으며 말했다. “아시겠지만, 다시 한번 소개하겠습니다. 여긴 캘빈 마일스 중위 그리고 패트리시아 오카노 소령, 앞으로 화성 지휘부에서 함께 일하게 될 겁니다.”

“지금까지 잘 해주셨지만, 다시 한번 잘 부탁드립니다.” 캘빈이 반더들을 향해 고개를 살짝 숙이며 말했다.

“저는 특별히 소개를 따로 안 해주셔도 돼요.”

패트리시아는 웃으며 갑자기 보게스 반더에게 자기 몸을 맡기고 안겼다. 그 모습을 보고 인간 반더, 퀘일 총독 그리고 캘빈까지 모두 잠시 할 말을 잃었다. 이제는 당연히 노년인 인간 반더가 보게스 반더에게 말했다.

"언제 이렇게?"

보게스 반더는 슬쩍 웃으며 패트리시아의 허리를 자신의 쪽으로 끌어당겼다. 그러자 패트리시아가 이야기했다.

"저희도 언제인지는 몰라요. 어느 날 눈을 떠보니 갑자기 이렇게 되었어요."

"더 이상 정체성 고민할 필요가 없겠어." 인간 반더는 잠시 머리를 짚다가 한마디 했다. "취향을 보니, 딱 내가 젊었을 때 그대로야. 자네는 누가 뭐래도 반더 율리시스야."

"이런… 이게 뭐야." 퀘일 총독이 그 모습을 보고 한마디 했다. "최초의 인간과 외계인 커플인 건가? 아무래도 보게스 반더 당신은 우리 지구인이라고 볼 수는 없으니 말이야."

그의 말에 두 반더와 패트리시아 그리고 캘빈이 동시에 웃음을 터뜨렸다. 그 모습을 보고 퀘일 총독도 미소를 지으며 말했다.

"웃으라고 한 이야기는 아닌데, 그래도 웃는 것이 보기는 좋군. 화성이 앞으로 독립된 행성으로 나아가야 하는데, 그 첫 출발이 이렇게 화기애애하게 시작될 수 있으니." 퀘일 총독은 표정이 심각하게 변하며 말을 이어갔다. "이런 날, 권세희 선장이 함께 있으면 좋으련만…."

모두가 세희를 생각하며 조용해졌다. 세희는 우주 공간에서 포티스발, 보라스칼 그리고 살보리스와 함께 사라지고 돌아오지 않았다. TSC는 공식적으로는 임무 수행 중이라고 표현을 하고 있었지만, 대다수의 많은 사람들은 행방 불명 혹은 이미 사망했을 것으로 생각하고 있었다.

"그녀 덕분에 우리 모두 새로운 시대를 살아가게 되었습니다." 잠시간의 정적을 깨고 인간 반더가 입을 열었다. "고마운 일이죠. 어쨌든 어려운 일을 맡게 되었는데, 퀘일 당신이라서 다행입니다."

"아닙니다. 사실 저는 정치인이 아닙니다." 화제를 전환하는 반더의 말에 퀘일 총독은 겸손한 듯 고개를 저으며 대답했다. "군인이죠. 행정 경험이 있다고는 하지만 전부 군과 관련된 일이었지요. 다만, 지금의 역할은 과도 정부로서 화성의 민의를 반영한 정부가 출범할 때까지만 맡으면 된다고 하니까요. 그리고 이 역할을 저 말고 할 사람이 없다고 하니 당분간만 맡는 것으로 생각을 하고 있습니다." 그는 어색한 듯 두 반더를 번갈아 보며 말을 덧붙였다. "그나저나, 두 분 반더께서 합류해주셔서 다행입니다. 화성을 안정시키는 데 큰 도움이 될 것입니다."

"나야 뭐 다른 곳에 갈 곳도 없는데, 받아주니 다행이지." 보게스 반더는 유쾌한 미소를 지으며 말했다.

"화성은 원래부터 내 꿈이었습니다." 인간 반더도 술잔을 흔들며 덧붙였다. "인류의 우주 개척이 현실화되고 있는데, 제가 그 현장에 없으면 그게 더 아쉬울 지경이죠."

"화성은 지구의 정치와 분리되어서 독립적인 행성이 되어야 한다고 생각합니다." 퀘일 총독은 고개를 끄덕이며 술잔을 들었다. "이미 지구의 정치인들에게도 그렇게 이야기했고, 그 방향으로 이끌어갈 생각입니다. 그렇게 해서 궁극적으로는 화성의 민의를 반영한 민주정부가 들어서야죠."

두 반더 역시 이에 동의하며 잔을 부딪쳤다. 그때 뒤쪽에서 익숙한 목소리가 들려왔다.

"퀘일 장군님? 아니, 이제는 총독이시군요?"

퀘일 총독이 뒤돌아보자, 그곳에는 오랜만에 보는 얼굴이 있었다. 에이드리언 폴이었다. 화성에서의 임무 중 술트리나스와 함께 어느 순간 중국으로 떠난 배신자로 여겨진 그 에이드리언이었다. 퀘일 총독은 순간적으로 놀랐지만, 빠르게 태연한 표정을 되찾았다.

캘빈 역시 순간적으로 당황한 표정을 지었지만, 곧 환하게 웃으며 에이드리언을 껴안았다.

"예전에 떠나갔을 땐 너무도 화가 났었는데, 그래도 이렇게 건강하게 잘 있는 것을 보니 반갑네."

"과거의 배신자가 어떤 바람을 타고 다시 이곳에 발을 디딘 걸까요?"

패트리시아는 얼굴을 찌푸리며 날카롭게 말했다.

"너무 나무라지 마세요. 저는 저 나름대로 조국을 위해서 한 일이니까요." 에이드리언은 이런 반응을 예상했다는 듯 피식 웃었다. "아! 오해하지 마세요. 그렇다고 해도 제가 당시 중국으로 간 것은 남아프리카공화국 정부와는 관계가 없습니다."

"그런데 여긴 무슨 일이지?" 퀘일 장군은 여전히 혼란스러운 표정이었지만, 이내 손을 내밀며 악수를 청했다.

"네, 총독님. 정식으로 인사드리겠습니다." 에이드리언은 천천히 그의 손을 잡으며 씩 웃었다. "저는 아시아연합에서 추천한 화성 부총독으로 이 자리에 왔습니다. 임기는 오늘부터 시작입니다."

퀘일 총독과 패트리시아, 반더들은 모두 놀란 표정을 지었다.

"화성 부총독?" 퀘일 총독이 되물었다.

에이드리언은 고개를 끄덕였다. 잠시 정적이 흘렀고, 퀘일 총독은 에이드리언을 바라보며 복잡한 심경을 감추려 애썼다. 그러나 이내 깊은숨을 내쉬며, 평온한 목소리로 말했다.

"그렇군. 당황스럽긴 하지만 환영하네. 자네도 알다시피 화성은 지구의 영향에서 벗어나 장기적으로 독립 행성으로 기능하게 될 것이네. 그 중대한 비전의 시작을 우리가 함께하니, 열심히 해보자고."

"네, 총독님. 아시아연합은 화성에 대해 조금 다른 생각이 있는 듯하지만, 잘 해나갈 수 있으리라 생각합니다." 에이드리언은 퀘일 장군의 손을 꼭 잡으며 부드럽게 웃으면서 화답했다. "그나저나 권세희 선장이 실종되었다는 소식을 들었습니다. 그녀는 뛰어난 인재였죠. 제가 도울 일은 없을까요?"

"우리가 아무리 공식적으로 임무수행 중이라고 해봐도 소용이 없군. 고맙네. 자네의 도움이 필요하면 바로 알리겠네." 퀘일 총독이 에이드리언에게 말했다.

"네. 한때 동료였으니까요." 에이드리언은 자신감이 넘치는 표정으로 퀘일 총독의 눈을 보며 계속해서 말을 이었다. "어쨌든 우린 앞으로 자주 보게 될 겁니다, 총독님. 생각보다 훨씬 더 자주요." 그리고 캘빈을 보며 미소를 지었다. "마일스 중위, 앞으로 자주 보자고."

에이드리언은 손에 들고 있던 와인을 한 모금 홀짝거리며 말을 했다. 캘빈은 에이드리언의 서늘해 보이는 미소에서 무엇인가 익숙하지 않은 불편함을 느꼈다.

퀘일 총독은 에이드리언의 뒷모습에서 화성의 독립을 약속한 지구의 정치가들이 떠오르며 약간의 불쾌감과 긴장감을 동시에 느끼며 혼잣말했다.

"또 다른 싸움이 시작되는가? 어쨌든 이번엔 목숨을 걸진 않았으면 좋겠군."

샌프란시스코의 오후는 유난히 따뜻했다. 태평양에서 불어오는 산들바람이 사저의 넓은 발코니를 부드럽게 스쳐 지나갔다. 푸른 하늘 아래 펼쳐진 골든게이트브리지가 멀리 보였고, 정원에서는 이름 모를 작은 새들이 지저귀고 있었다.

전 미국 대통령 이블린 카터와 전 중국 주석 리우가 나란히 앉아 있었다.

얼마 전까지 중국의 주석이었던 리우는 중국뿐 아니라 지구 자체가 새로운 시대로 접어들었다고 하며, "이제는 새로운 시대의 정치인들이 지구인들뿐 아니라 우주의 외계 종족들도 고려하면서 정책을 펼쳐나가야 한다. 그리고 나는 그 적임자가 아니다."라는 일성과 함께 사임했다. 리우 주석은 사임 직후 전직 중국 수석이라는 신분으로 여러 국가의 순방에 나섰으며, 그 첫 번째 국가로 미국을 택한 것이었다.

각국을 대표하는 지도자였던 두 사람은 이제 정계를 떠난 뒤, 오랜만에 경쟁자의 모습이 아닌 인간적인 대화 속에서 커피를 나누고 있었다.

"아직도 신공산주의를 주장하시나요?" 카터가 커피잔을 천천히 들어 올리며 먼저 입을 열었다.

"물론입니다. 저는 여전히 공산주의 이념이야말로 인류가 지구를 넘어서 우주 시대에서도 가장 인류를 인류답게 발전시킬 수 있는 길이라고 믿고 있습니다." 리우는 빙긋 웃으며 커피를 한 모금 마셨다. "그러나 이제 제일은 아니지요."

"정말 고집이 센 양반이군요. 그런데 이제는 한 가지 확실히 알겠네요." 카터는 피식 웃으며 커피를 입에 댔다. 따뜻한 커피가 입안을 감싸는 동안, 그녀의 눈가에는 묘한 빛이 스쳤다.

"무엇을 말입니까?" 리우가 그녀를 바라보았다.

"대통령으로서 주석과 이야기할 때는 그 이념 속에 정치적 야망이 들어 있지는 않을까 의심했었어요." 카터는 리우를 응시하며 천천히 말했다. "하지만 지금 보니, 순수한 이상향이셨군요."

"네. 사람들은 흔히 서로를 오해하곤 하죠." 리우는 잠시 말없이 그녀를 바라보다가, 곧 미소를 지었다. 그리고 커피잔을 내려놓으며 덧붙였다. "저 역시 대통령 각하가 미국이 주도하는 세계 질서를 더욱 강화하기 위해서, 외계인들의 조력을 받고 있다는 소문을 믿었었지요."

"제가 외계인이라고 하지는 않던가요?" 카터는 작게 웃었다.

리우는 순간 멈칫했다가, 이내 소리 내어 웃기 시작했다. 그가 웃음을 터뜨리자, 곧 카터도 따라 웃으며 발코니의 공기가 한층 부드러워졌다. 그들은 그렇게 한동안 별다른 말 없이, 오랜 라이벌이자 동료로서 따뜻한 샌프란시스코의 햇빛을 함께 맞이했다.

한편, 외계 종족들과 관련해서도 혁신적인 변화가 찾아왔다. 그동안 킬타르, 진테리언스, 드라보칸스 등 외계 종족들은 미국의 AERO와 비밀리에 협력하고 있었다. 그러나 이번 전쟁을 계기로 지구 전체와 정식 외교 관계를 맺는 방향으로 전환되었다.

이에 따라 각 종족의 본성으로부터 공식적인 외교 사절이 파견되었고, 지구 또한 대표적인 외교관들을 각 종족의 행성으로 보내기로 했다. 물론 많은 지구의 외교관은 외교 사절로 방문하기를 꺼렸지만, 누군가는 해야 하는 일이었다.

뉴욕의 지구연합 본부, 유리창 너머로 푸른 하늘이 펼쳐져 있었다. 그러나 이제 이곳은 단순한 지구 국가들의 외교 중심지가 아니었다. 본부 한쪽 날개에는 킬타르, 진테리언스, 그리고 드라보칸스의 공식 외교 공관이 새롭게 자리 잡고 있었다. 인류 역사상 최초로 외계 문명들의 외교 사절단이 정식으로 입주한 것이다.

각 공관 앞에는 각 종족의 국기가 걸려 있었고, 문 앞에는 그들의 상징이 새겨진 깃발들이 바람에 휘날리고 있었다. 킬타르는 독특한 기하학적 문양이 새겨진 흰색 깃발을, 진테리언스는 짙은 푸른색의 깃발을, 그리고 드라보칸스는 붉은색과 검은색이 혼합된 날카로운 문양이 새겨진 깃발을 내걸었다.

이렇게, 지구는 은하계 연합의 일원으로서 공식적인 첫걸음을 내디뎠다. 지구는 공식적으로 발타르 쿠니스, 즉 은하계 연합의 일원이 되었다. 이는 단순히 외계 문명들과의 교류를 의미하는 것이 아니었다. 이제 지구는 더 이상 외부에서 관찰당하는 문명이 아니라, 우주의 미래를 함께 결정하는 존재가 된 것이었다.

캐드웰 미국 대통령은 환영 연설을 위해 지구연합 본부 회담장으로 향했다. 그의 표정은 차분했지만, 내면 깊은 곳에서는 약간의 긴장감이 감돌고 있었다. 오늘 이 자리에는 단순한 외교적 수사 이상의 의미가 있었다. 이제 인류는 더 이상 우주의 고립된 문명이 아니라, 수많은 별들과 함께 미래를 결정하는 존재가 되었다.

연설이 끝난 뒤, 각국 외교 관계자들이 외계 사절단과 인사를 나누는 시간이 주어졌다. 그때, 회담장의 한쪽에서 거대한 그림자가 캐드웰 대통령에게 다가왔다. 드라보칸스의 외교 대사, 크라간이었다. 크라간은 드라보칸스 특유의 육중한 체구를 가지고 있었다. 키가 2.5미터에 달하는 그의 존재감은 압도적이었다. 거친 비늘로 덮인 피부, 황금빛 눈, 그리고 근육질의 몸체는 인간들에게 여전히 이질적인 모습이었다.

캐드웰 대통령은 본능적으로 긴장했다. 이 존재가 인간과 함께 서 있다는 것 자체가 비현실적인 순간처럼 느껴졌다. 크라간은 그런 그의 반응을 이미 예상하였다는 듯, 특유의 낮고 묵직한 목소리로 말했다.

"압니다. 인간들은 처음에 우리를 두려워하죠. 그러나 곧 익숙해지실 것입니다."

캐드웰 대통령은 멋쩍은 듯 가볍게 머리를 긁적였다. 하지만 침착함을 유지한 채 손을 내밀었다.

"환영합니다, 크라간 대사."

크라간은 조용히 손을 내밀어, 크고 거친 손으로 캐드웰 대통령의 손을 감싸 쥐었다. 그의 손은 차가운 파충류의 감촉을 지니고 있었지만, 그 악수는 단단하고 확고했다. 그는 낮고 진중한 목소리로 말을 이었다.

"저는 이번에 지구의 인류들과 위기를 함께 겪으면서, 지구인들을 존중하고 함께 하고 싶은 마음이 더 커졌습니다."

캐드웰 대통령은 미소를 지으며 감사하다고 답했다. 그러나 크라간은 여기에 멈추지 않았다. 그는 잠시 주변을 둘러보며 조금 더 낮은 목소리로 말을 이었다.

"그러나 저희의 본 행성과 진테리언스의 본 행성에는 저와는 다른 생각을 하는 자들도 상당수 있습니다. 그들을 주시하고 계셔야 합니다."

캐드웰 대통령은 순간적으로 그 말의 의미를 곱씹었다. 외교적 수사일까, 아니면 실질적인 경고일까? 크라간은 다시 한번 대통령과 눈을 맞추며 덧붙였다.

"화성 반더와 그리고 남은 보게스들을 적극적으로 활용하셔야 합니다."

순간적인 불안감이 스쳐 지나갔다.

'지금 평화의 분위기 속에서조차, 새로운 위기가 다가오고 있는 것일까?'

그러나 캐드웰 대통령은 흔들리지 않기로 했다. 그는 미소를 지으며 말했다.

"그 충고, 깊이 새기겠습니다."

잠시 흐르는 침묵 속에서, 크라간은 천천히 고개를 끄덕였다. 지구연합 회담장 밖에서는 푸른 하늘 아래 킬타르, 진테리언스, 드라보칸스의 깃발이 펄럭이고 있었다. 오늘, 인류는 우주의 중심으로 한 걸음 더 나아갔다.

또한, 우주에서 가장 발전한 문명을 뽐내던 술트리나스는 이번 사건을 계기로 자신들의 체제에 대해 깊은 고민을 하게 되었다. 그들의 셀라 체제 하에서의 데이터 기반 시스템은 논리적, 효율적인 결정을 내리는 데 있어 강력한 힘을 발휘했지만, 유연성과 감성적인 요소가 부족하다는 자체적인 평가를 내렸고 실제로 그 유연성 부족이 더 큰 위기를 불러올 수도 있었다. 역설적이게도 셀라들의 결정에 대해 의문을 제기하고 행동하였던, 제피론과 라이 덕분에 우주의 위기를 보다 유연하고 빠르게 수습할 수 있었다.

라이와 제피론은 이를 정확히 지적했다.

"우리는 데이터에 과도하게 의존했다. 우리는 인간의 감성, 본능을 배제하는 것이 맞는 길이라고 믿어왔다. 그러나 그 방식이 옳았던 것일까?"

이제 술트리나스는 자신들의 사회 체계를 재검토하며, 더욱 인간적인 요소를 수용하는 방향으로 나아가기로 했다. 그들은 잠시 동안 적극적인 우주 정치에서 한발 물러서, 내부적인 성찰의 시간을 갖기로 했다.

거대한 회의실은 무중력 속에서 부유하는 듯한 느낌을 주었다. 천장은 광활한 우주 그 자체처럼 빛났고, 중앙에는 투명한 에너지 장벽 속에서 다섯 명의 셀라가 마치 영겁을 살아온 존재들처럼 우뚝 서 있었다. 그들의 형상은 인간과 닮았으나, 그들이 풍기는 기운은 차갑고도 깊었다.

라이와 제피론은 조심스럽게 한 걸음 앞으로 나섰다. 술트리나스의 가장 위대한 존재들 앞에 서 있는 이 순간, 그들은 너무도 작아 보였다.

"위대한 셀라들이시여." 라이가 천천히 입을 열었다.

셀라들의 시선이 일제히 라이를 향했다. 그들의 눈빛은 감정을 알 수 없을 만큼 깊었다. 가장 중앙에 있던 셀라가 응답했다.

"무슨 일인가?"

"저희는 현재의 체제로 지난 수천만 년 이상을 끝없는 발전을 해온 것이 사실입니다." 라이는 잠시 숨을 고르고, 차분하지만 흔들림 없는 목소리로 말을 이어갔다.

셀라들은 라이를 가만히 바라보았다.

"그렇다네. 그리고 자네가 우리 중 한 명을 대체하여 앞으로 300여 년 이상 술트리나스를 위해 봉사해야 하지."

"셀라들이시여, 단도직입적으로 말씀드리겠습니다." 제피론이 한 발짝 더 나아가며 말을 끊었다. "저희는 이제 저희의 시스템이 변화할 때가 되었다고 믿습니다."

회의실이 순간 정적에 휩싸였다. 다섯 명의 셀라는 눈동자 하나 흔들리지 않은 채 제피론을 바라보았다. 가장 오른쪽에 있던 셀라가 낮고 묵직한 목소리로 질문했다.

"그게 무슨 말인가?"

라이가 조심스럽게 한 걸음 더 나아갔다.

"저희는 AI를 창조하는 대신 위대한 셀라들께서 직접 이 역할을 맡아 술트리나스를 이끌어주셨습니다. 하지만 이번에 다시 살보리스를 만나면서 저희의 문제점이 드러났다고 생각합니다." 그는 잠시 숨을 고르고 말을 이었다. "우주 전체가 존폐의 위기에 처한 상황에서도, 송구스럽게도 우리의 위기 경보 시스템은 동작하지 않았습니다. 술트리나스의 정책 결정 시스템은 완벽했지만, 유연성이 부족했습니다. 변화가 필요합니다."

셀라들은 서로를 바라보았다. 오랜 시간, 그들은 단 한 번도 이런 제안을 받은 적이 없었다. 마침내, 가장 중앙에 있던 셀라가 천천히 입을 열었다.

"그대들은 우리에게 사라져달라고 이야기하는 것인가?"

라이는 순간 말을 잇지 못했다. 셀라들의 존재가 가지는 무게를 감당하는 것은 쉽지 않았다. 하지만 곧 제피론이 특유의 단호한 태도로 말을 이어갔다.

"송구하오나, 그렇습니다. 하지만 어쩌면 더 큰 역할을 요청드립니다. 저희 술트리나스의 영원한 번영을 위해, 저희가 새로운 시스템으로 자리잡기까지 과도기 동안만 저희와 함께해주시다가 영원한 길로 접어들어 주시기 바랍니다."

그 순간, 셀라들의 시선이 묘하게 변화했다.

"과도기를 가져보도록 하지." 가장 오래되어 보이는 셀라가 조용히 말했다. "하지만 우리가 반드시 떠나야 한다는 법이라도 있는가?"

순간, 공기 자체가 얼어붙은 듯한 느낌이 들었다. 라이는 자신도 모르게 한 걸음 뒤로 물러섰다. 그러나 이 공간에서 한 발짝이라도 물러나는 것이 곧 패배를 의미하는 듯했다. 제피론도 말없이 손을 꽉 쥐었다. 그에게서 이런 반응이 나온 것은 처음이었다.

"우리의 역할이 끝났다고 누가 판단하는가?"

제피론은 이를 악물었다. 셀라들의 목소리는 담담했지만, 그것이 의미하는 바는 분명했다.

"변화가 반드시 진보라고 믿는가?"

회의실이 서서히 어두워지는 것 같았다. 아니, 어둠이 그들을 감싸고 있었다.

"우리는 떠나지 않는다." 그들은 조용히 말을 이었다. "우리는 변화를 관찰할 것이다. 하지만 변화를 말하는 그대들 또한 관찰 대상이다."

라이와 제피론의 눈빛이 흔들렸다.

"무슨 뜻입니까?" 제피론이 조심스럽게 물었다.

셀라 중 한 명이 미소를 지었다. 그것은 부드러운 미소였지만, 그 속에는 냉혹한 기계적 계산과 함께 날카로운 검은 파동이 일렁이고 있었다.

"그대들은 변화를 요청했다. 그 변화가 우리에게 필요할지, 그렇지 않을지, 판단할 시간이 필요하다. 그대들도 그대들이 옳다는 것을 증명하도록 하라."

"그리고 판단이 내려진다면요? 증명하지 못한다면요?"

라이의 목소리가 떨렸다. 셀라들은 아무 말 없이 서로를 바라보았다. 아주 짧은 순간, 그들의 시선에서 라이와 제피론이 더 이상 술트리나스의 일부가 아닐 수도 있다는 가능성이 스쳐 지나갔다.

제피론의 얼굴이 굳어졌다. '우리를 제거할 수도 있다는 뜻이다. 오판이다. 컴퓨터처럼 감정이 없는 줄 알았는데, 그 누구보다 계산적인 존재들이었다.'

회의실의 조명이 흔들렸다. 라이는 속으로 한 가지 사실을 깨달았다. '우리는 겨우 변화를 시작했지만, 이제 나와 제피론은 우리의 생존을 걸고 싸워야 할 수도 있다.'

"그렇다면, 판단을 기다리겠습니다." 제피론도 이를 눈치채고 말했다.

그러나 셀라들은 대답하지 않았다. 그들의 존재는 여전히 조용히 그 자리에 남아, 움직이지 않는 신의 석상처럼 술트리나스를 내려다보고 있었다. 이 순간부터, 라이와 제피론은 더 이상 술트리나스 내부에서 안전하지 않았다.

회의실의 천장에는 여전히 우주의 빛이 일렁이고 있었다. 그러나 이제 그것은 빛이 아니라, 서서히 다가오는 어둠의 전조처럼 느껴졌다. 회의실의 천상에는 여전히 우수의 빛이 일렁이고 있었다. 그러나 이제 술트리나스, 라이와 그리고 제피론의 미래는, 그 누구도 쉽게 예측할 수 없는 미지의 영역으로 접어들고 있었다.

에필로그

살보리스와의 우주 전쟁이 있은지도 이미 10년이 지났다. 어느덧 인류의 삶 속에는 우주와 외계 종족들과의 삶이 자연스러운 일상으로 자리를 삽았다. 그것은 단순한 과학의 발전이나, 정치적 통합을 넘어선 변화였다. 이제 인류는 우주의 일부가 되었으며, 우주 또한 인류의 일부가 되었다.

이렇게 새로운 시대의 장이 본격적으로 펼쳐지고 있었지만, 지구든 화성이든 사람들의 생활은 크게 바뀌지 않았다. 밖에서는 여전히 새들이 지저귀고 있었다. 도시의 거리에는 여전히 사람들이 걸어 다녔고, 아이들은 놀이터에서 뛰어놀았으며, 카페에는 여전히 따뜻한 커피를 마시며 이야기를 나누는 사람들이 있었다. 거대한 전쟁을 겪은 인류였지만, 사람들은 여전히 사랑했고, 여전히 웃었고, 여전히 삶을 살아가고 있었다.

화성의 풍경도 뉴제퍼슨시티를 중심으로 많은 것이 바뀌었다. 화성에는 뉴제퍼슨시티 외에도 신도쿄, 새서울, 네오파리, 신베이징 등 지구의 각국에서 개발하고 이주한 수많은 도시들이 새로 생겨났다. 이들 모든 도시 중에서 여전히 뉴제퍼슨시티는 화성의 정치적 수도로서 중심적인 역할을 하고 있었다.

화성의 정치적인 풍경도 많이 변화되어 초기 3년간의 과도기 총독제가 마감이 되고, 화성의 총독은 마치 지구의 대통령제처럼 선출제로 운영이 되기 시작했다. 정치체계는 미국의 체제를 참고하여 총독은 4년 임기에 연임이 가능한 형태가 되었다. 또한 마치 양당제인 것처럼 의회가 운영이 되고, TSC는 본격적으로 화성의 치안과 안보를 관리하는 경찰이자 군대의 역할을 전담하기 시작했다. 양당제의 형태는 지구의 아시아연합을 기반으로 한 오리엔탈 정당과 북미연합과 유럽연합을 기반으로 한 옥시덴털 정당이 주로 경쟁을 하는 구도였고, 여기에 알 마우타카, 아프리카연합 그리고 남미연합 등을 기반으로 한 세력이 중립만(Neutral Bay) 정당을 창당하여 양당제 속에서 캐스팅보트 역할을 하며 영향력을 키워가고 있었다. 또한, 지구의 주요 법 체계를 참조하여 대륙법 체계보다 조금은 유연성이 장점이라고 보이는 영미법 체계를 기반으로 해서 화성법을 마련하여 본격적으로 삼권분립이 되는 형태로 정치 체계가 구성이 되었다.

정치 체계가 개편이 되며 TSC의 건물에 위치해 있던 총독실은 인공적으로 조성된 해변에 새로이 건축한 '홈 오브 레드(Home of Red)'라고 불리는 총독 관저로 이동하게 되었다. 화성이 새로운 시대를 맞이한 지도 이미 10년이 지났지만, 놀랍게도 화성의 총독은 여전히 퀘일 앤더슨이었다. 퀘일은 '홈 오브 레드'의 자신의 집무실의 창을 통해서, 살짝 멀리 보이는 인공 바다의 파도를 감상하고 있었다. 10년의 시간을 증명하듯 흰 머리카락이 늘어났고, 이제는 군복보다는 양복이 잘 어울리는 진정한 정치인처럼 보였다.

집무실의 문이 열리면서 캘빈이 들어왔다. 그 역시 관록이 붙은 얼굴과 분위기는 10년의 세월을 알려주었다. 그리고 그의 군복 견장에 보이는 2개의 별은 그가 이제 TSC에서 상당히 성공적인 커리어를 쌓았음을 암시했다.

"마일스 총장. 잘 왔네."

"네. 총독 각하. 화성 궤도 위의 아레스포트 007에서 벌어진 무장 소동은 잘 진압이 되었습니다. 드라보칸스 중의 분리독립 세력이라고 합니다."

캘빈의 보고를 들으며 퀘일 총독은 못마땅한 듯 말을 했다.

"그래? 자기들의 독립운동을 왜 이 먼 화성까지 와서 하는 건지."

"아무래도 요사이 화성이 계속해서 개발되며 우주 전체로 봐도 주목받고 있으니 그런 것이 아닐까요?" 그러면서 캘빈은 퀘일 총독을 보며 말을 이어갔다. "이게 모두 총독님이 좋은 정책을 잘 펼치셔서 그런겁니다. 화성의 삶이 비약적으로 발전하고 주목을 받고 있지만, 이런 부작용도 있는 거지요."

퀘일 총독은 혀를 끌끌 차며 캘빈을 바라보았다.

"자네도 TSC 총장이 되더니 능구렁이가 되었어. 이런 아부도 할 줄 아나?"

캘빈은 퀘일 총독을 보며 너털웃음을 지었다.

"그럴 리가요." 그러면서, 캘빈은 진지한 표정으로 말을 이어갔다. "저는 그저 열심히 할 뿐입니다. 지금 제가 누리고 있는 이 모든 것들은 사실 권세희 선장의 것이라고 생각합니다. 선장님이 있었다면 저는 그저 보좌하는 역할이었겠지요. 선장님만큼의 역할은 못 하더라도, 최소한 망치지는 않기 위해서 노력하고 있습니다."

퀘일 총독은 캘빈의 어깨를 두들겨주며 벽에 걸린 사진을 보았다. 그곳엔 '희생에 감사합니다'라는 문구와 함께 권세희 선장의 흑백사진이 보였다. 그녀가 살보리스와 실종된 초기에는 화성과 지구 그리고 술트리나스들까지 그녀를 찾기 위한 노력을 기울였으나, 1년 여의 시간이 흐른 뒤에는 우주 주요 종족들은 권세희 선장을, 우주를 위해 희생한 영웅으로 기억하고 있었다. 퀘일 총독이 말을 했다.

"겸손할 필요 없네. 자네는 충분히 잘 해주었어. 세희도 자랑스러워 할 테지."

퀘일 총독의 말을 들으며 캘빈도 벽에 걸린 세희의 흑백사진을 보았다.

'홈 오브 레드'에서 해변의 반대편을 보면, 붉은 암석을 깎아 만든 듯한 외벽 위에 레드솔 카페라는 간판이 조용히 떠올랐다. 이곳에서는 화성의 붉은 저녁 하늘을 보며 보게스 반더가 카페의 테라스에서 테이블에 앉아서 커피를 홀짝거리며 건너편의 균열을 보이는 건물을 바라보고 있었다.

"마일스 총장이 일을 잘하는 거야? 10년을 했는데도 아직 복구가 안 된 것이 있잖아." 보게스 반더가 말했다.

"마일스 총장이 아니었다면, 일반인들이 이렇게까지 빠르게 일상으로 복귀하기는 힘들었을 거야. 그리고 그랬다면 당신의 사업에도 영향을 주지 않았을까?" 패트리시아가 말했다.

"그야 당신이 지금 이 정부의 보건부 장관이니까 그렇지." 보게스 반더가 코웃음을 치며 말했다. 팔은 안으로 굽는 법이라고."

투정을 부리는 반더를 보며 패트리시아는 미소를 지었다.

"이렇게 억지를 쓸 때는 유치해 보여도 그래도 가게 운영을 잘하는 것을 보면, 확실이 반더 씨는 반더 씨야. 사업 수완은 있는 것 같아." 패트리시아가 장난을 섞어 대답했다.

"반더로서의 사업 수완은 주로 B2B 사업에서 나오는 거야. 이 커피숍이야 소일거리로 하는 거고. 그리고 보게스가 화성에서 처음 오픈한 커피숍이라고 홍보를 하면 성공할 것이라는 확신도 있었고. 뭐, 별로 어려운 일도 아니지." 보게스 반더가 말했다.

보게스 반더는 노년인 인간 반더와 함께 초기에는 퀘일 총독의 보좌역이라는 형태로 재건 업무에 참여하기도 했지만, 대부분의 경우에 인간 반더 율리시스와 역할이 겹치게 되어서 스스로 보좌역의 역할을 사임하였다. 보게스 반더가 보좌역의 역할을 포기하고, 새로운 도전으로 선택한 것이 바로 이 '레드솔 카페'라는 뉴제퍼슨시티 최초의 커피숍이었다.

그리고 인간 반더 역시 보좌역의 역할을 수년간 하다가, 현재는 오픈 스텔라와 지구 각국의 대기업 및 화성의 정부가 출자한 '스텔라 트레이드'라는 우주 무역을 전담하는 회사의 총괄로서 역할을 하고 있었다. 이 회사의 아이디어 역시 인간 반더 율리시스가 제안한 것으로 과거 지구가 무역을 통해서 급격하게 성장을 한 것처럼, 무역을 우주 규모로 확대해서 지구인들의 생활을 빠르게 우주 다른 종족들의 수준까지 끌어올리겠다는 목표로 설립이 된 것이었다. 초기에 인간 반더는 나이를 이유로 아이디어 제시자로서의 역할만 하려고 했지만, 퀘일 총독과 다른 많은 사람들의 설득으로 스텔라 트레이드가 안정적으로 자리를 잡을때까지만 CEO의 역할을 하는 것으로 하고 회사의 운영을 맡은 지도 벌써 5년이 지났다.

인간 반더의 스텔라 트레이드와 규모는 다르지만, 보게스 반더의 커피숍 역시 성공했다. 아니, 성공할 수밖에 없는 몇 가지 요소들이 있었다. 첫째는 화성 최초였고, 인간이 아닌 보게스가 커피숍을 연다고 하는 것이 많은 호기심을 가져오기도 했었다. 무엇보다도 커피가 맛이 있었는데, 이는 사실 커피 애호가인 패트리시아의 도움이 컸었다. 레드솔 카페는 이제 뉴 제퍼슨시티에 찾아오는 사람들은 한 번씩 들르는 명물이 되어가고 있었다.

화성의 저녁빛이 서서히 짙어지던 시각, 보게스 반더는 레드솔 카페의 테라스에서 홀로링크를 켰다. 잠시 신호가 가더니 홀로링크의 반대편에서 머리가 희끗한 노인의 모습이 나타났다. 인간 반더였다. 그는 현재 화성 궤도 위 아레스 포트 003에서 킬타르로부터의 통신기기 수입을 진두 지휘하고 있었다.

"이제 돌아가실 날만 기다리는 양반이 일 욕심이 그렇게 많아서 어쩌시려고 그러나?" 보게스 반더가 놀리는 투로 인간 반더에게 이야기했다.

"또 놀리는 건가? 킬타르로부터의 첫 상품이 통관되는 이 기념비적인 날에 화성에만 있기엔 너무 억울하더군. 그리고 화성 궤도에서 보는 우주의 모습도 일품이고 말이야." 인간 반더가 웃으며 말했다. "자, 보게나. 킬타르에서 도착한 첫 번째 공식 통신기기 화물이야. 지구 기준으로는 최소한 100년은 앞선 기술이지. 이 기기들을 활용하면, 이제 화성에서 지구까지 혹은 더 먼 거리까지도 시간차 없이 실시간 통신이 가능하지."

"허, 영감 주제에 아직도 우주 곳곳을 돌아다니고 싶으신 욕심이 있나 보군." 보게스 반더는 비꼬듯 피식 웃으며 말했다.

인간 반더는 그 말을 무시하듯, 손에 든 장치를 조작해 실시간 화물 데이터를 보게스 반더의 홀로링크로 전송했다. 곧 보게스 반더의 홀로링크에 아레스포트 003의 화물 집하 모습이 보였다. 수십 개의 컨테이너가 일사불란하게 열리고, 내부의 반투명 장비들이 빛을 발하고 있었다.

"자. 이 장비는 중계기이고, 그리고 이게 휴대용 단말기. 그리고 이 형태는 우주선이나 건물 등에 부착이 가능한 단말기들이야."

인간 반더는 하나하나 장비를 짚으며 설명해나갔다. 그때 그의 옆에 킬타르의 무역담당자인 셀라크 제노스가 다가와서 반더의 곁에 섰다. 반더는 홀로링크를 그대로 켜둔 상태로 셀라크를 보았다.

"아! 셀라크, 일전에 말한 적이 있죠? 저에게는 같은 정체성을 공유하는 쌍둥이 같은 친구가 있다고요. 여기 홀로그램에 보이는 친구가 그 친구입니다."

인간 반더는 보게스 반더에게 셀라크를 소개했다.

"여기 이분은 킬타르의 무역 총괄 책임자인 셀라크 제노스 씨야. 언제 한번 소개시켜주고 싶었네."

인간 반더의 소개에 셀라크와 보게스 반더는 서로 간단하게 인사를 했다. 인사를 마치자마자 셀라크는 조금 심각한 모습으로 인간 반더에게 말했다.

"잠시 확인시켜드려야 할 것이 있습니다."

인간 반더는 셀라크의 변한 분위기에 홀로링크 통신을 종료하고, 그를 따라갔다. 셀라크는 자신들의 화물이 나란히 놓여 있는 화물 집하장의 끝에 조금은 자신들의 우주선을 가리켰다. 평범한 킬타르의 우주선이었다.

"그냥 보통의 우주선이 아닙니까?" 인간 반더는 셀라크를 보며 의아하게 물었다.

"우주선이 문제가 아니라 우주선 안에 이상한 것이 있어서요." 셀라크는 말을 마치자마자 자신이 먼저 자신의 우주선으로 올랐다. 반더는 셀라크가 우주선에 오르는 모습을 보다가 자신도 우주선에 따라 올랐다.

반더가 우주선 안에 들어가 보니 셀라크 외에도 두 명의 킬타르가 손에 무엇인가를 들고 자신들의 조종실 뒤편을 바라보고 있었다. 그들이 바라보는 공간이 마치 물결처럼 일렁이고 있었다. 성인 남성 두 명 이상이 너끈히 들어가고도 남을 크기였다. 반더가 올라온 것을 발견한 셀라크가 그곳을 손으로 가리키며 말했다.

"바로 이것입니다."

그러면서 셀라크가 그 공간에 손가락을 넣어보자 마치 물속에 손가락을 넣는것처럼 그 공간의 주변이 더욱 크게 일렁거렸다. 그 모습을 보고 반더 역시 셀라크의 옆에 나란히 서서 그 공간에 손을 넣어보았다. 마치 깊은 공간에 손이 빠져들어 가는 듯한 느낌이 들어서 반더는 깜짝 놀라며 손을 뺐다. 그런 그를 보며 셀라크가 말했다.

"당신이 술트리나스 이상의 지식이 있는 것을 알고 있습니다. 저희는 이것이 무엇인지를 전혀 모르겠습니다.

"이게 언제 생긴 것인가요?" 반더가 물었다.

"화성의 아레스포트 003에 착륙을 하고 화물을 내리다보니 갑자기 생겨난 것을 확인했습니다." 셀라크가 대답했다.

반더는 자신이 알고 있는 수많은 것 중에 이것과 비슷한 것이 있는지를 생각해보았다. 가장 비슷한 것이라면 자신이 살보리스의 우주를 오갈 때 활용했던 공간의 균열이었다. 하지만 그 공간의 균열은 그저 공간 중에 암흑이 생겨난 것처럼 보였을 뿐이었다. 유사하긴 하지만 지금 눈앞의 일렁거림과는 달랐다.

"글쎄요. 이런 것은 처음 보는군요."

반더의 말에 셀라크의 규소로 구성된 몸이 살짝 노란 빛으로 빛났다. 그들만의 실망에 대한 표시였다.

"그렇군요. 당신이라면 알 수 있을 것이라고 생각했습니다." 셀라크는 다른 킬타르가 든 기기 하나를 가져와서 반더에게 보여주면서 말을 했다. "거기다가 더욱 이상한 것은 이 공간에서 인간의 생체반응이 보인다는 것입니다."

기기의 디지털 화면에서 푸른색의 반응이 보이고 있었다.

"이것이 인간이라는 뜻인가요?" 반더가 물었다.

셀라크는 고개를 끄덕거렸다. 반더가 골똘히 생각해보았지만, 답을 짐작할 수 없었다.

"전혀 모르겠군요." 반더는 대답하며 그 공간의 일렁거림을 보았다.

그때였다. 일렁거림이 갑자기 거세지기 시작했다. 킬타르들이 그 모습을 보고 당황했다.

"무… 무슨 일이지?" 반더 역시 긴장하며 그 모습을 보았다.

일렁거림이 거세지면서 조금씩 작아지기 시작했다. 그리고 투명하게 투과되던 공간이 조금씩 혼탁해지며 형체를 갖추는 듯 보였다.

일렁거리는 커튼처럼 보였다. 커튼의 크기가 조금씩 작아지며 사람의 형태를 형성해가는 듯했다. 잠시 후 완전하게 여자의 모습이 된 형체는 조용히 킬타르 우주선의 바닥에 쓰러졌다. 그녀는 눈을 감고 있었다. 마치 깊은 잠에 빠져 있는 듯했다. 킬타르들이 놀라며 뒤로 물러섰다. 새근새근하는 숨소리가 그녀가 살아 있는 것을 알려주었다. 반더는 그 모습을 보고 놀랐다.

'권 선장?'

권세희였다. 그녀는 10년 전 사라질 때의 그 모습 그대로 돌아온 것이었다. 심지어 그때 입었던 우주복도 그대로였다.

반더는 머리를 돌려 셀라크를 바라보았다. 셀라크의 몸이 붉은색을 뜨고 있었다.

"셀라크, 저도 놀라고 있습니다. 이 사람은 10년 전 전쟁 때 우리 우주를 구하고 실종되었던 권세희 선장입니다." 반더가 말했다.

그녀에 대해서는 킬타르뿐만 아니라 진테리언스 그리고 드라보칸스 등의 종족들도 알고 있었다. 그리고 그들도 나름의 방식으로 우주를 구한 세희를 기념을 하기도 했었다.

"이 사람이 그 권세희 선장이라고요? 그런데 어떻게…." 셀라크가 놀라며 말을 했다.

"저도 나름대로 우주의 비밀을 많이 알고 있다고 생각해왔습니다. 그런데 아닌 것 같군요." 반더는 다시 평화로운 모습으로 잠들어 있는 세희를 보며 셀라크에게 말을 이어갔다. "10년 전 그 모습 그대로입니다."

"어떻게 이렇게 돌아온 것이죠?" 셀라크는 반더를 보며 말했다.

"글쎄요. 저도 전혀 짐작하지 못하겠군요. 어쩌면 이 우주가 다시 그녀를 필요로 하는지도 모르겠군요." 반더가 고개를 가로저으며 대답했다.

반더의 말에 셀라크를 포함한 킬타르들이 반더를 보았다. 반더는 여전히 잠들어 있는 세희를 보고 있었다. 세희의 입술이 살짝 열리는 듯했다. 그 모습을 보며 반더가 말했다.

"잘 돌아왔어요, 권세희 선장. 무언가 새로운 일과 함께 돌아온 건가요?"

〈끝〉

작가의 말

2012년인지 2013년인지는 정확히 기억나지 않지만, 어느 여름 장마철이었습니다. 장대처럼 쏟아지는 빗속에서 저는 프리랜서로 일하며, 카페 이곳저곳을 전전하던 시절을 보내고 있었습니다.

아이스 아메리카노 한 잔과 노트북 하나, 시원한 에어컨 바람 아래 앉아있으면 세상을 다 가진 듯 만족하던 때였습니다. 그 카페에는 늘 아이를 학교에 보낸 젊은 엄마들의 담소가 가득했지만, 어느 날부터인가 그 소리는 사라지고 그 자리를 휴대폰 알림음이 대신 채우기 시작했습니다. 대한민국을 뒤흔든 모바일 게임, '애니팡'의 등장 때문이었습니다. 게임을 하지 않던 젊은 엄마들이 하나의 세계로 빨려 들어가는 장면을 보며 저는 묘한 경이로움을 느꼈습니다. 비게이머였던 이들이 새로운 세계의 구성원이 되는 순간을 눈앞에서 목격하고 있는 느낌이었습니다.

이 순간의 목격은 마치 계시를 받은 듯한 기분이 들게 했습니다. 저는 몇몇 지인들과 함께 여성들이 게임 안에서 경쟁하고, 그 결과로 화장품 같은 상품을 보상으로 받는 게임 플랫폼 회사를 창업하게 되었습니다. 하지만 경험 없는 창업은 오래 버티지 못했습니다. 그 이후로도 몇 번의 도전과 실패가 이어졌고, 그 과정에서 저는 한 가지를 분명히 깨닫게 되었습니다.

단순히 돈을 벌고자 하는 마음으로 시작한 일은, 어려움 앞에서 쉽게 길을 잃는다는 사실이었습니다.

이 깨달음은 제가 지금까지 학교에서 배우고, 사회에서 익혀온 것들이 정작 가장 중요한 질문에는 답해주지 않았다는 사실을 알려주었습니다.

'우리는 왜 살아가야 하는가?'

돌이켜보면 이 질문은 누군가가 대신 답해줄 수 있는 성질의 것이 아니었습니다. 스스로 겪고, 흔들리고, 헤매며 찾아가야 하는 것이었죠. (물론 그 흔들림과 방황을 권하고 싶지는 않습니다.) 배운 것도, 익힌 것도 모두 공허하게 느껴지는 혼란의 시간이 이어졌습니다.

그 혼란 속에서도 새로운 인연들은 이어졌고, 가상현실 스포츠 게임 회사에 합류하며 만난 대표님과 부대표님과는 지금도 함께 일하며 감사한 인연을 이어가고 있습니다. 특히, 그분들이 수많은 어려움 속에서도 묵묵히 길을 만들어가시는 모습을 보며, 저는 다시 한번 스스로를 돌아보고 또 다른 배움을 얻기도 했습니다.

하지만, 삶은 '왜 사는가'에 대한 고민은 쉽게 제게 답을 내어주지 않았습니다. 그저 소일거리로 언젠가 게임 시나리오로 쓰려고 모아두었던 아이디어를 글로 쓰고 있었습니다. 그러던 어느 날이었습니다. 우연히 유튜브에서 소향이라는 가수가 부른 프랑스 상송 '사랑의 찬가'를 우연히 듣게 되었습니다. 프랑스어를 전혀 알지 못했지만, 그 노래를 듣는 순간 설명하기 어려운 감정이 파도처럼 밀려왔습니다. 계속되는 전율과 마치 밝은 빛이 머릿속을 채우는 듯한, 이전에 한 번도 겪어보지 못한 경험이었습니다.

마치 타인의 절절한 사랑을 대신 체험하는 듯한 말로 형용하기 힘든 어떤 경건한 기분마저 느꼈습니다. 나중에 알게 된 사실이지만, 이 노래의 원곡은 프랑스의 가수 에디트 피아프가 연인이었던 권투선수 마르셀 세르당의 갑작스러운 비행기 사고 이후 재기를 다짐하며 발표한 작품이라고 합니다.

"하늘이 무너지고 땅이 갈라져도 당신이 나를 사랑해 준다면 괜찮다"라는 그 절절한 가사는 어쩌면 소향이라는 가수를 통해 제게 전해졌는지도 모르겠습니다.

이 경험은 불현듯 저에게 하나의 사실을 떠올리게 했습니다. 그 가수가 어떤 의도로 노래를 불렀는지는 모르지만, 저는 마치 한 사람의 사랑과 고통을 경험한 것과 같은 감동을 느꼈습니다.

과거 사업을 하며 거듭된 실패가 어쩌면 여기에 있었을 것이라는 생각이 들었습니다. 저의 콘텐츠를 경험하는 분들이 하나의 경험을 했다면 어땠을까 하는 생각이 들었습니다.

　　이런 일종의 깨달음에 이르자 정리하고 있던 아이디어를 독자들이 경험할 수 있는 하나의 소설로 쓰고 싶다는 의욕이 생겼습니다. 그렇게 《에코스》는 이 세상에 나타났습니다. 《에코스》의 세계에서는 우주는 사랑으로 이루어져 있다고 가정합니다. 여기서 말하는 사랑은 남녀 간의 사랑이 아니라, 모든 것을 포용하는 근원적인 사랑입니다. 우주 안에 존재하는 모든 것들이 그 사랑 속에 놓여 있다는 가정입니다. 이 세계에서는 그 사랑의 본질을 의식적으로 깨달은 자들은 우주 창조마저 가능합니다. 마치 우리 개개인이 매일 벌어지는 사건, 사고들에 반응하며 우리만의 세계를 만들어가는 것처럼 말이죠.

　　부디 이 세계를 '경험'해보실 수 있기를 바랍니다. 《에코스》를 경험하신 이후에 어떤 감정이나 생각이 남게 될지는 저의 영역이 아님을 알고 있습니다. 《에코스》가 여러분의 긍정적인 경험으로 남는다면 감사한 일이겠습니다. 혹시 그러지 못하더라도 그 또한 이 시간을 함께해주셨다는 사실만으로 충분히 감사한 일이겠습니다.

　　《에코스》의 출간을 앞둔 지금도 아직 우리가 왜 살아가는지에 대한 대답은 아직 찾지 못했습니다. 사실 죽는 날까지 대답은 찾지 못하리라 생각합니다. 저 이전에 이런 생각을 하셨던 그 무수한 분들이 모두 답을 찾지 못하셨다면, 저 역시 답을 찾지는 못하겠죠.

　　그렇지만, 어떤 한 노래를 경험한 후 깨달은 바를 통해서, 나름대로 의미 있는 이야기를 소개할 수 있게 되었습니다. 특히, 훌륭한 출판사와 그 편집부의 전문성을 통해 제가 원래 쓴 원고보다 훌륭한 이야기를 소개할 수 있게 되어 정말 다행이라 생각합니다.

　　이 글을 읽어주시는 모든 분께 감사합니다.

2025년 12월 시드니에서, 이루다

의식의 잔향

초판 1쇄 발행 2026년 1월 10일

지은이   이루다
펴낸이   박은주
디자인   김선예, 이다솔, 이수정
마케팅   박동준

발행처   (주)아작
등록   2015년 9월 9일 (제2015-000140호)
주소   10542 경기도 고양시 덕양구 청초로 19
        아이에스비즈타워센트럴 A동 707호
전화   02.324.3945-6   **팩스** 02.324.3947
이메일   arzaklivres@gmail.com
홈페이지 www.arzak.co.kr

ISBN   979-11-6668-826-3 03810